mtb

Alles für dich

Nora Roberts
Stunde des Schicksals

Seite 5

BJ James
Rosen weinen nicht

Seite 249

Marie Ferrarella
Der erste Schritt ins Glück

Seite 397

MIRA® TASCHENBUCH

FSC
MIX
Papier
FSC® C014496

Umschlaggestaltung: Nele Schütz Design, München
Umschlagabbildung: Akugasahagy, Helen Hotson,
Sean Pavone, Nella / Shutterstock
Satz: GGP Media GmbH, Pößneck
Printed in Germany
Dieses Buch wurde auf FSC®-zertifiziertem Papier gedruckt.
ISBN 978-3-7457-0027-5

www.mira-taschenbuch.de

Nora Roberts

Stunde des Schicksals

Roman

Aus dem Englischen von
Patrick Hansen

Prolog

»Mutter!«

Anna MacGregor nahm die Hände ihres Sohnes, als er sich vor sie hockte. Panik, Angst und Trauer wallten in ihr auf und trafen auf eine unerschütterliche Mauer aus Willenskraft. Sie würde jetzt nicht die Beherrschung verlieren. Ihre Kinder waren da.

»Caine.« Ihre Finger waren eiskalt, aber sie zitterten nicht. Ihr Gesicht hatte durch die Anspannung der letzten Stunden alle Farbe verloren, ihre Augen blickten dunkel. Dunkel, jung und voller Angst. Caine hatte seine Mutter nicht ein Mal verängstigt erlebt. Noch nie.

»Ist alles in Ordnung mit dir?«

»Natürlich.« Sie wusste, was er brauchte, und küsste ihn leicht auf die Wange. »Mir geht es schon besser, jetzt, da du hier bist.« Mit der Rechten ergriff sie die Hände ihrer Schwiegertochter Diana, als diese sich neben sie setzte. Einige letzte Schneeflocken glitzerten noch auf Dianas langem dunklen Haar sowie an ihrem Mantel. Anna holte tief Luft und sah Caine an. »Ihr seid schnell gekommen.«

»Wir haben ein Flugzeug gechartert.« In dem erfolgreichen Anwalt und jungen Vater steckte im Grunde ein kleiner Junge, der dies alles nicht fassen konnte. Sein Vater war der MacGregor. Sein Vater war unbesiegbar und konnte unmöglich bewusstlos im Krankenhaus liegen. »Wie schlimm ist es?«

Anna war Ärztin und hätte ihm alles genau erklären können – die Rippenbrüche, die Gehirnerschütterung und die inneren Blutungen, die ihre Kollegen gerade zu stillen versuchten. Aber sie war auch Mutter. »Er ist noch im OP.« Sie drückte seine Hand und brachte beinahe ein Lächeln zustande. »Er ist stark, Caine. Und Dr. Feinstein ist der beste Chirurg, den wir hier haben. Wo ist Laura?«

»Bei Lucy Robinson«, antwortete Diana leise. »Mach dir keine Sorgen.«

Diesmal gelang Anna ein mattes Lächeln. »Nein, aber du kennst Daniel. Laura ist seine erste Enkelin. Wenn er aufwacht, wird er sofort nach ihr fragen.« Und aufwachen wird er, dachte sie. Bei Gott, er würde aufwachen.

»Anna.« Diana legte den Arm um ihre Schwiegermutter. Sie wirkte so schmal und zerbrechlich. »Hast du etwas gegessen?«

»Wie?« Anna schüttelte den Kopf und stand auf. Drei Stunden. Seit drei Stunden war er jetzt im OP. Wie oft war sie selbst dort gewesen, um ein Leben zu retten, während die Angehörigen des Patienten hier draußen warteten? Sie war Ärztin geworden, um Leid zu lindern. Aber jetzt, wo ihr Ehemann in Lebensgefahr schwebte, konnte sie nichts tun. Nur warten. Wie jede andere Frau. Nein, das stimmte nicht. Sie kannte den OP, die Geräusche, die Gerüche. Sie kannte die Instrumente, die Maschinen und den Schweiß nur zu gut. Sie wollte schreien. Sie verschränkte die Hände ineinander und trat ans Fenster.

Hinter diesen dunklen, ruhigen Augen lag ein eiserner Wille verborgen. Jetzt brauchte sie ihn für sich selbst, für ihre Kinder, aber am meisten für Daniel. Wäre es möglich, ihn durch reine Willenskraft zurückzubringen, sie würde es tun. Sie wusste, zum Heilen gehörte mehr als nur Medizin und ärztliches Können.

Der Schnee fiel inzwischen nur noch spärlich. Als es begonnen hatte zu schneien, waren die Straßen überfroren, und das Schneetreiben hatte einem jungen Mann die Sicht genommen.

Sein Auto war ins Schleudern geraten und frontal mit diesem albernen kleinen Zweisitzer ihres Mannes zusammengestoßen. Anna ballte die Fäuste.

Warum hast du nicht die Limousine genommen, du alter Kerl? Was wolltest du mit diesem angeberischen roten Spielzeug beweisen? Immer prahlen, immer großtun, immer … Ihre Gedanken schweiften ab, wanderten zurück in die Vergangenheit. Hatte sie sich nicht auch gerade deshalb in ihn verliebt? War das nicht einer der Gründe, weshalb sie ihn seit fast vierzig Jahren liebte und mit ihm lebte? Verdammt, Daniel MacGregor, nie lässt du dir etwas sagen. Anna presste die Finger auf ihre Augen und hätte fast aufgelacht. Wie oft hatte er sich das von ihr anhören müssen. Und wie sehr bewunderte sie ihn genau deswegen.

Als hinter ihr Schritte erklangen, fuhr sie herum. Alan, ihr ältester Sohn, hatte den Warteraum betreten. Noch vor der Geburt ihres ersten Kindes hatte Daniel sich geschworen, dass eines Tages einer seiner Nachkommen im Weißen Haus amtieren würde. Und auch wenn Alan jetzt kurz davorstand, seinem Vater diesen Wunsch zu erfüllen, so war er doch das einzige ihrer Kinder, das mehr nach seiner Mutter als nach seinem Vater kam. Die Gene der MacGregors waren stark. Jetzt ließ sie sich von ihm in den Arm nehmen.

»Er wird sich freuen, dich zu sehen«, sagte sie ruhig, auch wenn sie am liebsten endlos geweint hätte. »Aber er wird dir den Kopf waschen, weil du deine Frau in ihrem Zustand mitgebracht hast«, fügte sie hinzu und lächelte Shelby an. Ihre Schwiegertochter mit dem Haar wie Feuer und den warmen Augen war hochschwanger. »Du solltest dich setzen.«

»Nur wenn du es auch tust.« Ohne Annas Antwort abzuwarten, führte Shelby sie zu einem Sessel. Als Anna sich setzte, reichte Caine ihr einen Kaffee.

»Danke«, murmelte sie und nippte daran. Der Kaffee war heiß und stark, verbrannte ihr fast die Zunge, aber sie schmeckte nichts. Anna hörte das Klingeln von elektronischen Beepern, das Knirschen von Gummisohlen auf Linoleum. Krankenhäuser. Hier war sie genauso zu Hause wie in der Burg, die Daniel für sie beide gebaut hatte. Sie hatte sich immer wohl in Krankenhäusern gefühlt, zuversichtlich in den keimfreien Räumen. Jetzt fühlte sie sich hilflos.

Caine ging unruhig auf und ab. Es war seine Natur – das ständige In-Bewegung-Sein, das scharfe Beobachten. Wie stolz waren sie und Daniel gewesen, als er seinen ersten Fall gewann. Alan saß neben ihr, still, schweigsam, abwartend. So wie er immer war. Er litt. Sie sah, wie Shelby seine Hand nahm, und sie war beruhigt. Ihre Söhne hatten gut gewählt. Unsere Söhne, sagte sie in Gedanken, als versuche sie mit Daniel zu kommunizieren. Caine seine ruhige, starke Diana, Alan die quirlige, unkonventionelle Shelby. Ein Gegengewicht, ein Ausgleich war ebenso unerlässlich für eine gute Beziehung wie Liebe und Leidenschaft. Sie hatte das in ihrem Leben gefunden. Ihre Söhne hatten es gefunden. Und ihre Tochter …

»Rena!« Caine eilte zu seiner Schwester, zog sie in seine Arme.

Wie ähnlich sie sich doch waren. So schlank, so stolz. Serena war diejenige, die am meisten vom Temperament und dem Dickkopf ihres Vaters mitbekommen hatte. Und jetzt war ihre Tochter selbst Mutter. Anna spürte die ruhige Stärke, die Alan neben ihr ausstrahlte. Sie alle waren erwachsen geworden. Wann war das eigentlich passiert? Wir haben es gut gemacht, Daniel … Anna schloss die Augen. Nur einen Moment. Einen Moment durfte sie sich das erlauben. Du würdest mich doch nicht ganz allein diese Freude genießen lassen …

»Dad?« In einer Hand hielt Serena die Finger ihres Bruders, mit der anderen fasste sie nach ihrem Mann.

»Er ist noch im OP.« Caines Stimme war rau vor Sorge, als er Justin ansah. »Ich bin froh, dass ihr kommen konntet. Mom braucht uns alle.«

»Mom.« Serena kniete vor ihrer Mutter, wie sie es immer getan hatte, wenn sie Trost und Zuspruch brauchte. »Er wird es schaffen. Er ist stur, und er ist stark.«

Aber Anna erkannte den flehenden Blick in den Augen ihrer Tochter. »Natürlich wird er es schaffen.« Sie sah zu dem Mann ihrer Tochter hin. Justin war ein Spieler. Wie Daniel. Leicht berührte sie Serenas Wange. »Meinst du etwa, er würde sich ein solches Familientreffen entgehen lassen?«

Serena lächelte mit zitternden Lippen. »Genau das hat Justin auch gesagt.« Er hatte schon den Arm um seine Schwester gelegt. Serena stand auf und drückte sie an sich. »Diana. Wie geht es Laura?«

»Sie ist ein echter Schatz. Sie hat gerade ihren zweiten Zahn bekommen. Und Robert?«

»Ein Wildfang. Eben ein MacGregor.« Serena dachte an ihren Sohn, der seinen Großvater schon jetzt verehrte. »Shelby, wie fühlst du dich?«

»Dick«, erwiderte die schwangere Frau lächelnd und verschwieg, dass die Wehen bereits vor über einer Stunde eingesetzt hatten. »Ich habe meinen Bruder angerufen.« Sie wandte sich zu Anna. »Grant und Gennie kommen auch. Ich hoffe, das ist in Ordnung.«

»Natürlich.« Anna tätschelte ihre Hand. »Die beiden gehören doch zur Familie.«

»Dad wird begeistert sein.« Serena schluckte. »Dieser ganze Wirbel um ihn … Und dann möchten Justin und ich noch etwas verkünden.« Sie sah ihn an. »Justin und ich werden ein zweites Kind bekommen. Wir wollen doch sichergehen, dass die Familie weitergeführt wird. Mom ...« Ihre Stimme wurde brüchig, als sie sich wieder hinkniete. »Dad wird sich darüber freuen, nicht wahr?«

»Ja.« Anna küsste Serena auf beide Wangen. Sie dachte an die Enkel, die sie hatte, und an die, die sie noch haben würde. Familie, Fortbestand, Unsterblichkeit. Daniel. Immer wieder Daniel. »Er wird natürlich behaupten, dass ihm allein die Ehre dafür zukommt.«

Die Zeit zog sich dahin. Anna stellte ihren Kaffee ab, kalt und ungetrunken. Vier Stunden und zwanzig Minuten. Es dauerte zu lange. Neben ihr zuckte Shelby zusammen und begann tief durchzuatmen. Automatisch legte Anna eine Hand auf den gewölbten Bauch ihrer Schwiegertochter.

»Wie ist der Abstand?«, erkundigte sie sich.

»Etwas unter fünf Minuten.«

»Seit wann?«

»Ein paar Stunden.« Shelbys Blick verriet ein wenig Aufregung, ein wenig Angst. »Etwas über drei, um genau zu sein. Ich wünschte, ich hätte die Zeit besser abgepasst.«

»Du hast es perfekt getimt. Möchtest du, dass ich dich begleite?«

»Nein.« Shelby lehnte sich an Annas Schulter. »Es wird schon gut gehen. Es wird alles gut gehen. Alan ...« Sie streckte ihrem Mann beide Hände entgegen. »Ich werde das Baby nicht im Georgetown Hospital bekommen.«

Behutsam zog er sie hoch. »Nein?«

»Ich werde es hier bekommen. Und zwar bald.« Sie lachte, als er argwöhnisch die Augen zusammenkniff. »Bei einem Baby solltest du es erst gar nicht mit Logik versuchen, Alan. Ich glaube, es ist gleich so weit.«

Der ganze Clan drängte sich um sie, bot Hilfe, Rat und

Aufmunterung an. In gewohnt ruhiger Art rief Anna eine Krankenschwester und verlangte nach einem Rollstuhl. Entschlossen drückte sie Shelby hinein. »Ich werde nach dir sehen.«

»Uns geht es gut.« Shelby griff nach Alans Hand. »Uns allen. Sag Dad, dass es ein Junge wird. Dafür werde ich sorgen.«

Anna sah den beiden nach, bis die Fahrstuhltür sich hinter ihnen schloss. Sekunden später erschien Dr. Feinstein auf dem Korridor. »Sam«, rief Anna und eilte zu ihm.

In der Tür des Warteraums hielt Justin Caine zurück. »Lass ihr eine Minute«, murmelte er.

»Anna.« Der Chirurg legte eine Hand auf ihre Schulter. Jetzt war sie nicht nur eine Kollegin, die er respektierte. Sie war auch die Frau eines Patienten. »Er ist ein kräftiger Mann.«

Sie spürte Hoffnung in sich aufsteigen. »Kräftig genug?«

»Er hat viel Blut verloren, Anna, und er ist nicht mehr jung. Aber wir haben die Blutungen stoppen können.« Er zögerte, doch er respektierte sie zu sehr, um auszuweichen. »Wir hatten ihn schon verloren, aber er hat sich zurück ins Leben gekämpft. Wenn der Lebenswille zählt, Anna, hat er eine verdammt gute Chance.«

Sie schlang die Arme eng um sich. Ihr war plötzlich eiskalt. »Wann kann ich ihn sehen?«

»Er wird gerade auf die Intensivstation gebracht.« Seine Hände schmerzten von der langen Operation, aber er hielt ihre Schultern mit festem Griff. »Anna, ich muss dir nicht erklären, was die nächsten vierundzwanzig Stunden bedeuten können.«

Leben oder Tod. »Nein, das musst du nicht. Danke, Sam, du hast Großes geleistet. Ich werde mit meinen Kindern sprechen. Dann komme ich nach oben.«

Sie drehte sich um und ging davon. Eine kleine, anmutige Frau, in deren schwarzes Haar sich erste silberne Fäden gewoben hatten. Ihr Gesicht war fein geschnitten, die Haut noch so zart wie in ihrer Jugend. Sie hatte drei Kinder aufgezogen, in ihrem Beruf Karriere gemacht und über die Hälfte ihres Lebens einen einzigen Mann geliebt.

»Er ist aus dem OP«, verkündete sie ruhig. »Sie bringen ihn gerade auf die Intensivstation. Die Blutungen sind unter Kontrolle.«

»Wann können wir zu ihm?«, fragten gleich mehrere.

»Sobald er aufwacht.« Ihre Stimme klang fest. »Ich werde heute Nacht hierbleiben.« Sie sah auf die Uhr. »Er soll wissen, dass ich bei ihm bin. Aber vor morgen früh wird er nicht sprechen können.« Mehr Hoffnung konnte sie ihnen nicht machen. »Ich möchte, dass ihr auf die Entbindungsstation geht und nach Shelby seht. Dann fahrt nach Hause und wartet. Ich rufe an, sobald sich sein Zustand verändert.«

»Mutter ...«

Mit einem Blick brachte sie Caine zum Schweigen. »Tut bitte, was ich euch sage. Ich möchte, dass ihr frisch und ausgeruht seid, wenn euer Vater euch sieht.« Sie strich ihrem Sohn über die Wange. »Tut es für mich.«

Mit diesen Worten drehte sie sich um und ging zu ihrem Mann.

Er träumte. Trotz der Medikamente wusste Daniel, dass er träumte. Es war eine Welt aus weichgezeichneten Bildern, durchzogen von Erinnerungen. Trotzdem ließ er sich nicht darin treiben, sondern kämpfte sich an die Oberfläche. Als er die Augen öffnete, sah er Anna. Er brauchte nichts anderes mehr. Sie war wunderschön. Wie immer. Die starke, energische, intelligente Frau, die er erst bewundert, dann geliebt und schließlich respektiert hatte. Er versuchte sie zu berühren, aber seine Hand gehorchte ihm nicht. Wütend über seine Schwäche versuchte er es ein zweites Mal, bis er Annas sanfte Stimme hörte.

»Beweg dich nicht, Liebling. Ich gehe nicht weg. Ich bleibe hier und warte auf dich.« Ihm war, als würde er ihre Lippen an seinem Handrücken spüren. »Oh, ich liebe dich so sehr, Daniel MacGregor.«

Seine Lippen zuckten. Dann fielen ihm die Augen wieder zu.

1. Kapitel

Ein Imperium. Als er fünfzehn wurde, schwor Daniel MacGregor sich, dass er eines Tages eines errichten und regieren würde. Und er hielt immer Wort.

Jetzt war er dreißig und arbeitete an seiner zweiten Million. Mit derselben Energie, die ihm die erste eingebracht hatte. Dafür setzte er entweder seine Muskelkraft, seinen Kopf oder auch List und Tücke ein, je nachdem, was nötig war. Als er vor fünf Jahren nach Amerika gekommen war, hatte er ein wenig Geld in der Tasche gehabt. Er hatte es gespart, während er sich vom Minenarbeiter zum Chefbuchhalter hocharbeitete. Zudem hatte er einen messerscharfen Verstand und brennenden Ehrgeiz mitgebracht.

Er hätte gut als Regent durchgehen können. Hochgewachsen und breitschultrig war er, eine eindrucksvolle Gestalt. Seine Größe hatte ihn vor vielen Schlägereien bewahrt, war aber auch für manche Männer eine Herausforderung gewesen, sich mit ihm zu messen. Daniel machte beides nichts aus. Ihm eilte der Ruf voraus, aufbrausend und unbeherrscht zu sein, dabei betrachtete er sich selbst eigentlich als ruhigen und ausgeglichenen Menschen. Nein, in seiner Sturm-und-Drang-Zeit hatte er nicht mehr Nasen gebrochen als nötig. Gut aussehend fand er sich nicht unbedingt. Sein Kinn war kräftig und hart, von den Schläfen bis zur Wange verlief eine Narbe, die von einem eingebrochenen Stützbalken stammte, der ihn im Stollen getroffen hatte. Als Teenager hatte er sich aus Eitelkeit den ersten Flaum stehen lassen, der mit den Jahren zu einem tiefroten, gepflegten Vollbart gewachsen war. Das volle Haar war zu lang, um der Mode zu entsprechen. Es ließ ihn wild und erhaben zugleich aussehen, eine Kombination, die ihm gefiel. Als Gegensatz zu den hohen Wangenknochen wirkte sein Mund erstaunlich weich. Die Augen, strahlend blau, blitzten voller Humor, wenn er lachte und es auch meinte. Genauso wie sie eiskalt wurden, wenn er lächelte und es nicht so meinte.

Imposant. So wurde er beschrieben. Und verwegen. Daniel war es egal, wie man ihn nannte, solange man ihn wahrnahm. Er war ein Spieler, der kein Risiko scheute. Immobilien waren sein Rouletterad, Aktien sein Kartentisch. Wenn Daniel spielte, dann um zu gewinnen. Die Risiken, die er eingegangen war, hatten sich gelohnt. Den Gewinn hatte er wieder eingesetzt. Er war kein Mensch, der auf Nummer sicher ging. Mit der Sicherheit kam unweigerlich auch die Langeweile.

Obwohl arm geboren, betete Daniel MacGregor das Geld nicht an. Er benutzte es, setzte es ein, spielte damit. Geld war Macht, und Macht war eine Waffe.

Amerika war eine großartige Arena für Handel und Geschäfte. Das schnelllebige New York mit seinen lebenshungrigen Menschen. Das schillernde Los Angeles mit den hohen Einsätzen. Ein Mann mit Ideen konnte hier ein Imperium aufbauen. Daniel hatte in beiden Städten Zeit verbracht, aber er entschied sich schließlich für Boston als seine Heimat. Geld und Macht allein genügten ihm nicht, er suchte auch Stil. Diese Stadt an der Ostküste mit ihrem snobistischen Charme der Alten Welt und der unverbrüchlichen Würde war ideal für Daniel.

Er entstammte einem alten Geschlecht von Kriegern, und sein Stolz auf seine Herkunft war gewaltig. Ebenso gewaltig wie sein Ehrgeiz. Daniel war fest entschlossen, die Linie in starken Söhnen und Töchtern weiterleben zu lassen. Seine Kinder und Enkelkinder würden fortsetzen, was er begonnen hatte. Ein Imperium war sinnlos, wenn man keine Familie besaß, um es an sie weiterzugeben. Und dazu brauchte er als Erstes eine Frau. Sie zu finden und zu erobern war für Daniel eine Herausforderung wie die, eine begehrte Immobilie zu bekommen. Hinter beidem war er her, als er auf dem Sommerball der Donahues erschien.

Er hasste den steifen Kragen und die enge Krawatte, die ihn fast erwürgte. Wenn ein Mann wie ein Baum gebaut war, musste er frei atmen können. Sein Maßanzug war an der Newbury Street in Boston geschneidert worden, zum einen wegen der Größe, zum anderen vor allem aber, weil das Prestige es verlangte. Jeder andere Mann hätte darin elegant ausgesehen, Daniel jedoch wirkte, ob nun in schwarzem Smoking oder in schottischem Kilt, außergewöhnlich, und ihm gefiel das auch.

Cathleen, Maxwell Donahues ältester Tochter, gefiel sein Anblick ebenfalls.

»Mr. MacGregor.« Cathleen kam frisch aus einem exklusiven Internat in der Schweiz und wusste, wie man Tee servierte, Seide bestickte und elegant flirtete. »Ich hoffe, Sie genießen unsere kleine Party.«

Sie hatte ein Gesicht wie aus Porzellan und Haar wie Flachs. Schade nur, dass ihre Schultern so schmal waren. Aber auch Daniel verstand es zu flirten. »Jetzt sogar noch mehr, Miss Donahue.«

Wohlwissend, dass albernes Kichern die meisten Männer vergraulte, lachte Cathleen tief und leise. Ihr Taftrock raschelte, als sie sich zu ihm an das lange Büfett gesellte. Jetzt würde jeder, der die Trüffel- oder Lachsmousse probieren wollte, sie zusammen sehen. Wenn sie den Kopf nur ein wenig drehte, erhaschte sie das Bild in dem großen Wandspiegel, wie sie nebeneinanderstanden. Ihr gefiel, was sie sah.

»Mein Vater hat mir erzählt, dass Sie sich für ein Stück Klippe interessieren, das ihm auf Hyannis Port gehört.« Sie lächelte hinreißend. »Ich hoffe, Sie sind nicht hier, um geschäftliche Dinge zu besprechen.«

Daniel nahm zwei Gläser von dem Tablett, das ein Kellner ihm hinhielt. Er hätte dem Champagner einen Scotch vorgezogen, aber manchmal musste auch er sich anpassen. Während er daran nippte, musterte er Cathleen. Er wusste, dass Maxwell Donahue niemals mit seiner Tochter über Geschäfte gesprochen hätte, aber er nahm ihr die kleine Lüge nicht übel. Im Gegenteil, er bewunderte ihren Versuch, ihn auszuhorchen. Doch gerade deshalb kam sie für ihn nicht infrage. Seine Frau würde zu beschäftigt damit sein, Kinder großzuziehen, um Zeit zu haben, sich in Geschäfte einzumischen.

»Das Geschäftliche steht immer hinter einer schönen Frau. Waren Sie schon einmal dort?«

»Natürlich.« Sie neigte den Kopf, sodass die Brillanten an ihren Ohren das Licht einfingen. »Aber ich lebe lieber in der Stadt. Werden Sie nächste Woche zu der Party der Ditmeyers gehen?«

»Wenn ich in Boston bin.«

»Sie reisen viel.« Cathleen nahm einen Schluck Champagner. Ein Ehemann, der selten zu Hause war, wäre ideal. »Das muss sehr aufregend sein.«

»Nur geschäftlich. Sie sind doch selbst gerade erst aus Paris zurückgekehrt«, entgegnete er.

Dass er ihre Abwesenheit bemerkt hatte, schmeichelte ihr, und fast hätte sie gestrahlt. »Drei Wochen waren einfach nicht genug. Allein die Einkäufe haben so viel Zeit gekostet. Sie glauben nicht, wie viele Stunden ich nur für dieses Kleid bei Anproben verbracht habe.«

Wie sie erwartet hatte, ließ er seinen Blick an ihr hinabgleiten. »Es hat sich gelohnt.«

»Danke.« Als sie aufstand, um zu posieren, wurde sein Blick abwesend. Sicher, Frauen sollten sich hauptsächlich um Mode und Frisuren Gedanken machen, aber er hätte eine anregendere Konversation bevorzugt.

Da sie merkte, dass ihr seine Aufmerksamkeit entglitt, berührte sie hastig seinen Arm. »Waren Sie schon einmal in Paris, Mr. MacGregor?«

Er war in Paris gewesen und hatte die Schrecken des Krieges gesehen. Die hübsche Blondine, die ihn da anlächelte, würde nie wissen, was Krieg bedeutete. Warum auch? Trotzdem nagte eine gewisse Unzufriedenheit an ihm. »Vor einigen Jahren«, antwortete er beiläufig und nippte an dem perlenden Champagner. Er sah sich um. Überall funkelten Juwelen, glitzerte Kristall. Der Raum duftete nach teurem Parfum. In fünf Jahren hatte er sich daran gewöhnt, aber er hatte nicht vergessen, wie Kohlenstaub roch. Er würde es nie vergessen. »Mir gefällt es in Amerika besser. Ihr Vater versteht es, Feste zu geben.«

»Ich bin froh, dass es Ihnen gefällt. Mögen Sie die Musik?«

Er vermisste den Klang der Dudelsäcke noch immer. Das zwölfköpfige Orchester in weißen Smokings war nicht nach seinem Geschmack, aber er lächelte trotzdem. »Sehr.«

Sie warf ihm einen vielsagenden Blick zu. »Aber Sie tanzen nicht.«

Daniel nahm Cathleen das Glas aus der Hand und stellte es zusammen mit seinem ab. »Oh doch, Miss Donahue«, widersprach er und führte sie galant auf die Tanzfläche.

»Cathleen Donahue kennt wirklich keine Zurückhaltung.«

Myra Lornbridge knabberte an einem Kanapee und rümpfte die Nase.

»Zieh deine Krallen wieder ein, Myra.« Es war eine leise, von Natur aus sanfte Stimme.

»Es stört mich nicht, wenn jemand unhöflich oder berechnend oder sogar ein wenig dumm ist.« Seufzend schob Myra den letzten Bissen Leberpastete in den Mund. »Aber ich hasse es, wenn jemand sich aufdrängt.«

»Myra.«

»Schon gut, schon gut.« Myra schob den Löffel in die Lachscreme auf ihrem Teller. »Übrigens, Anna, dein Kleid ist sehr schön.«

Anna warf einen Blick auf die rosafarbene Seide. »Du hast es doch ausgesucht.«

Myra lächelte selbstzufrieden. »Wenn du dich nur halb so viel um deine Garderobe kümmern würdest wie um deine Bücher, hätte Cathleen Donahue nicht die geringste Chance gegen dich.«

Anna schaute lächelnd den Tänzern zu. »Cathleen interessiert mich nicht.«

»Stimmt, sie ist auch nicht sehr interessant. Und der Mann, mit dem sie tanzt?«

»Der rothaarige Hüne?«

»Er ist dir also aufgefallen?«

»Ich bin nicht blind.« Anna fragte sich, wann sie gehen konnte, ohne unhöflich zu sein. Sie würde jetzt viel lieber zu Hause sitzen und die medizinische Zeitschrift lesen, die Dr. Hewitt ihr zugeschickt hatte.

»Kennst du ihn?«

»Wen?«

»Anna ...« Geduld war eine Tugend, die Myra nur ihren engsten Freunden angedeihen ließ.

Anna lachte. »Also gut, wer ist das?«

»Daniel Duncan MacGregor.« Myra machte eine Kunstpause, um die Neugier ihrer Freundin zu wecken. Mit vierundzwanzig Jahren war Myra reich und attraktiv. Schön. Nein, nicht schön. Selbst an ihren besten Tagen, dessen war Myra sich bewusst, würde sie nicht schön sein. Schönheit war eine Möglichkeit, um an Macht zu gelangen. Verstand eine andere. Myra benutzte ihren Verstand. »Er ist Bostons neueste Koryphäe. Wenn du dich mehr für unsere Kreise interessieren würdest, wüsstest du es.«

Die feine Gesellschaft mit ihren Regeln und Ritualen interessierte Anna nicht im Geringsten. »Wozu? Du wirst es mir bestimmt gleich sagen.«

»Würde dir recht geschehen, wenn ich es dir nicht verrate.«

Aber Anna lächelte nur still und trank von ihrem Glas.

»Na schön, ich sag's dir.« Klatsch war eine der Versuchungen, denen Myra nie widerstehen konnte. »Bei seinem Namen und Aussehen wird es dich wahrscheinlich nicht erstaunen, dass er Schotte ist. Du müsstest ihn mal reden hören. Dieser Akzent ...«

In diesem Moment lachte Daniel so dröhnend, dass Anna unwillkürlich die Augenbrauen hochzog. »Sein Lachen ist auch nicht ohne.«

»Er ist ein wenig ungehobelt, aber manche Leute ...«, Myra warf einen vielsagenden Blick auf Cathleen Donahue, »... meinen, dass eine Million Dollar oder mehr alles erträglich machen.«

»Hoffentlich weiß er, mit wem er gerade tanzt«, murmelte Anna.

»Dumm ist er nicht. Vor sechs Monaten hat er ›Old Line Savings and Loan‹ gekauft, eine traditionsreiche Bank und eine ausgezeichnete Investition.«

»Wirklich?« Geld interessierte Anna nur, wenn es half, ein Krankenhaus zu betreiben. Als von links zwei Männer zu ihnen traten, wandte sie sich lächelnd ihnen zu. Es waren Herbert Ditmeyer und ein Gast, den sie nicht kannte. »Hallo.«

»Ich freue mich, Sie zu sehen.« Herbert war kaum größer als Anna, hatte das typisch schmale, hagere Gesicht eines Gelehrten und dunkles Haar, das in wenigen Jahren schütter werden würde. Um den Mund lag jedoch ein entschlossener Zug, und sein Blick verriet eine nicht zu unterschätzende Intelligenz.

»Sie sehen bezaubernd aus.« Er deutete auf den Mann neben ihm. »Mein Cousin Mark. Anna Whitfield und Myra Lornbridge.« Herberts Blick ruhte auf Myra, doch als das Orchester wieder einsetzte, schien sein Mut ihn zu verlassen, und er nahm Annas Arm. »Sie sollten tanzen.«

Anna passte sich seinen Schritten an. Sie liebte es zu tanzen und tat es lieber mit jemandem, den sie kannte. Herbert war ihr vertraut. »Wie ich höre, muss man Ihnen gratulieren.« Sie lächelte ihn an. »Dem neuen Bezirksstaatsanwalt.«

Er strahlte. Er war ausgesprochen jung für das Amt, wollte noch höher hinaus und hätte Anna gern von seinen ehrgeizigen Plänen erzählt, aber das tat man in diesen Kreisen nicht. »Ich war nicht sicher, ob die Neuigkeit bis nach Connecticut vorgedrungen ist.«

Anna lachte, während sie an einem anderen Paar vorbeiwirbelten. »Aber ja. Sie müssen sehr stolz sein.«

»Es ist ein Anfang«, erwiderte er mit gespielter Bescheidenheit. »Und Sie? Noch ein Jahr, und wir werden Sie mit Doktor Whitfield anreden müssen.«

»Ein Jahr«, murmelte Anna. »Manchmal kommt es mir vor wie eine Ewigkeit.«

»Ungeduldig, Anna? Das ist doch sonst nicht Ihre Art.«

Doch, das war es, aber bisher hatte sie es immer erfolgreich zu verheimlichen gewusst. »Ich will, dass es offiziell bekannt ist. Meine Eltern sind nicht gerade begeistert.«

»Nein? Aber Ihre Mutter erzählt überall, dass Sie seit drei Jahren zu den Besten Ihres Studienjahrgangs gehören.«

»Wirklich?«, fragte Anna überrascht. Bislang hatte ihre Mutter eher ihre Frisur gelobt als ihre Noten. »Ich glaube, sie hofft noch immer, dass der richtige Mann vorbeikommt und mich Operationssäle und Bettpfannen vergessen lässt.«

Noch während sie das sagte, drehte Herbert sie im Tanz, und unvermittelt sah sie direkt in Daniel MacGregors Augen. Sie spürte, wie sich in ihr etwas anspannte. Die Nerven? Unsinn. Sie fühlte, wie sie fröstelte. Angst? Welch absurder Gedanke.

Obwohl er noch immer mit Cathleen tanzte, starrte er Anna an. Auf eine Weise, die jede junge Frau zum Erröten gebracht hätte. Annas Herz schlug plötzlich wie wild, aber ihr Blick hielt kühl dem seinen stand. Wahrscheinlich ein Fehler, denn er lächelte langsam, als würde er eine Herausforderung annehmen.

Anna entging nicht, wie er unauffällig zu einem Mann am Rande der Tanzfläche hinüberschaute und fast unmerklich nickte. Sekunden später fand Cathleen sich in den Armen des anderen wieder. Gegen ihren Willen bewunderte Anna Daniel dafür, wie geschickt er seinen nächsten Schritt eingeleitet hatte. Sie war gespannt, was er wohl als Nächstes tun würde.

Routiniert wand er sich zwischen den Tänzern hindurch. Er hatte Anna bemerkt, kaum dass sie die Tanzfläche betreten hatte. Bemerkt, beobachtet und überlegt. Sobald sie seinen Blick kühl erwidert hatte, war er fasziniert gewesen. Sie war kleiner und zarter als Cathleen. Ihr Haar war dunkel und wirkte so weich und warm wie ein edler Pelz. Die Augen passten dazu. Das rosafarbene Kleid brachte ihre makellose Haut und ihre runden Schultern zur Geltung. Sie sah aus wie eine Frau, die perfekt in die Arme eines Mannes passen würde.

Mit jener Zuversicht, die ihn nie verließ, tippte er Herbert auf die Schulter. »Sie gestatten?«

Herbert hatte Anna kaum losgelassen, da hielt Daniel sie schon in den Armen und setzte mit ihr den Tanz fort. »Das war sehr geschickt, Mr. MacGregor«, stellte sie ein wenig atemlos fest.

Dass sie seinen Namen kannte, gefiel ihm. Und dass sie sich so gut in seine Arme schmiegte, wie er es geahnt hatte. »Danke, Miss ...?«

»Whitfield, Anna Whitfield. Und es war äußerst unhöflich.«

Verblüfft starrte er sie an, denn die strenge Stimme passte nicht zu ihrer anmutigen Erscheinung. Und da er gute Überraschungen liebte, lachte er, bis andere Paare die Köpfe wandten. »Aye, aber Hauptsache, es hat funktioniert. Ich glaube, wir sind uns noch nie begegnet, Miss Anna Whitfield, aber ich kenne Ihre Eltern.«

»Das ist gut möglich.« Die Hand, die ihre hielt, war riesig, fest und unglaublich sanft. Ihre Handfläche begann zu kribbeln. »Sie sind neu in Boston, Mr. MacGregor?«

»Ja. Ich lebe erst seit zwei Jahren hier, nicht seit zwei Generationen.«

Sie legte den Kopf in den Nacken, um ihm ins Gesicht sehen zu können. »Um nicht neu zu sein, brauchen Sie mindestens drei Generationen.«

»Oder einen hellen Kopf.« Er wirbelte sie dreimal herum.

Dass er für seine Größe unerwartet leichtfüßig war, überraschte sie angenehm. »Wie man mir erzählt hat, haben Sie den«, versetzte sie.

»Das werden Sie wohl noch öfter zu hören bekommen.« Er bemühte sich erst gar nicht, leise zu sprechen, auch wenn die Tanzfläche voll war. Macht war seine Stärke, nicht Bescheidenheit.

»Meinen Sie?« Anna hob eine Augenbraue. »Das wäre ungewöhnlich.«

»Nur, wenn Sie das System nicht verstehen«, korrigierte er unbeeindruckt. »Wenn einem die Herkunft fehlt, braucht man Geld.«

Obwohl sie wusste, wie wahr das war, verachtete sie beide Formen dieses Snobismus. »Wie schön für Sie, dass die feine Gesellschaft so flexibel ist.«

Ihr trockener, beiläufiger Ton ließ ihn lächeln. Anna Whitfield war weder dumm noch ein in Seide gehüllter Raubfisch wie Cathleen Donahue. »Sie haben ein Gesicht wie das einer Kamee, die meine Großmutter am Hals trug.«

Fast hätte sie gelächelt. Eine Miene, die ihm noch einmal klarmachte, dass er lediglich die Wahrheit gesagt hatte. »Danke, Mr. MacGregor, aber heben Sie sich Ihre Schmeicheleien für Cathleen auf. Sie ist dafür empfänglicher.«

Er legte die Stirn in Falten. Sein Blick verfinsterte sich, aber seine bedrohliche Miene erhellte sich rasch, bevor Anna ihre schnippische Bemerkung bereuen konnte. »Sie haben eine spitze Zunge. Ich bewundere Frauen, die offen aussprechen, was sie denken ... bis zu einem gewissen Punkt.«

Aus einem unerklärlichen Grund fühlte Anna sich gereizt. Sie wich seinem Blick nicht aus. »Und welcher Punkt wäre das, Mr. MacGregor?«

»Der, an dem es unweiblich wird.«

Bevor sie sich's versah, hatte er sie durch die Terrassentür geschwungen. Erst jetzt wurde ihr bewusst, wie warm und stickig es im Ballsaal geworden war. Trotzdem wäre sie bei jedem anderen Mann, den sie nicht kannte, mit einer knappen, aber entschlossenen Entschuldigung wieder ins Haus zurückgegangen. Jetzt jedoch blieb sie, wo sie war. In Daniels Armen, im Mondschein und umgeben von duftenden Rosen.

»Sicher haben Sie Ihre eigene Auffassung von Weiblichkeit, Mr. MacGregor, aber ich frage mich, ob Ihnen bewusst ist, dass wir bereits im zwanzigsten Jahrhundert leben.«

Es gefiel ihm, wie sie da in seine Arme geschmiegt stand und ihn mehr oder weniger hintergründig beleidigte. »Weiblichkeit, Miss Whitfield, ist für mich etwas, das sich nicht mit den Jahren oder mit jeder Mode wandelt.«

»Aha.« Sie löste sich aus seiner Umarmung und ging nachdenklich an den Rand der Terrasse, näher zum Garten. Die Luft war süßer hier, das Mondlicht schwächer, die Musik klang durch die Entfernung romantischer.

Ihr wurde bewusst, dass sie mit einem Mann, dem sie gerade erst begegnet war, eine intime Unterhaltung führte, noch dazu eine, die gut zu einem Streit führen könnte. Dennoch verspürte sie kein Bedürfnis, es abzubrechen. Sie hatte lernen müssen, sich in der Gesellschaft von Männern nicht unwohl zu fühlen. Als einzige Frau ihres Studienjahrgangs hatte Anna Erfahrung damit, mit Männern auf gleicher Ebene umzugehen, ohne sich ständig an deren Ego zu reiben. Sie hatte die Kritik und Anspielungen im ersten Studienjahr überlebt, indem sie ruhig geblieben war und sich nur auf das Studium konzentriert hatte. Jetzt stand sie vor ihrem Abschlussjahr und hatte es sogar geschafft, sich den Respekt ihrer zukünftigen Arztkollegen zu erwerben. Dennoch war ihr klar, was sie als frischgebackene Assistenzärztin im Krankenhaus erwartete. Als unweiblich bezeichnet zu werden tat zwar noch weh, aber sie hatte sich längst damit abgefunden.

»Ihre Ansichten über Weiblichkeit sind gewiss faszinierend, Mr. MacGregor.« Der lange Rock umwehte ihre Beine, als sie sich umdrehte. »Aber ich glaube nicht, dass ich mit Ihnen darüber diskutieren möchte. Was genau tun Sie in Boston?«, wechselte sie abrupt das Thema.

Er hatte sie nicht gehört. Seit sie sich umgedreht hatte, hatte er überhaupt nichts mehr gehört. Das Haar fiel ihr auf die weißen Schultern. In der hauchzarten rosafarbenen Seide sah sie aus wie eine zerbrechliche Porzellanfigur. Der Mond schien ihr ins Gesicht, ihre makellose Haut schimmerte wie Marmor, und die Augen waren dunkel wie die Nacht. Ein Mann, der vom Blitz getroffen wurde, hörte nichts außer dem Donner.

»Mr. MacGregor?« Zum ersten Mal, seit sie im Freien war, wurde Anna nervös. Er war riesig, ein Fremder, und er sah sie an, als wäre er nicht bei Sinnen. Sie straffte die Schultern und erinnerte sich daran, dass sie jede Situation meistern konnte. »Mr. MacGregor!«

»Ja?« Daniel riss sich aus seinen Fantasien und trat auf sie zu. Seltsamerweise entspannte Anna sich augenblicklich. Jetzt, da er neben ihr stand, wirkte er nicht mehr so bedrohlich. Und seine Augen waren hinreißend. Sicher, es gab einen einfachen genetischen Grund für diese Farbe, sie hätte eine Arbeit über Vererbungslehre schreiben können. Was nichts daran geändert hätte, dass diese Augen faszinierend waren.

»Sie arbeiten in Boston, nicht wahr?«

»Ja.« Vielleicht hatte es am Licht gelegen, dass sie ihm so perfekt, so geheimnisvoll, so verführerisch erschienen war. »Ich kaufe.« Als wollte er sich davon überzeugen, dass es sie wirklich gab, nahm er ihre Hand. »Und verkaufe.«

Seine Hand war so warm und sanft wie beim Tanzen. Anna zog ihre daraus hervor. »Wie interessant. Was kaufen Sie?«

»Was immer ich will.« Lächelnd trat er noch näher an sie heran.

Ihr Puls ging schneller, ihre Haut erglühte. Anna wusste, dass es dafür sowohl emotionale als auch rein körperliche Gründe gab. Auch wenn sie ihr im Moment nicht einfallen wollten, wich sie nicht zurück. »Das muss sehr befriedigend sein. Wobei sich der Gedanke aufdrängt, dass Sie also was auch immer verkaufen, wenn Ihnen nichts mehr daran liegt.«

»Sie haben es erkannt, Miss Whitfield. Und zwar mit Gewinn.«

Eingebildeter Esel, dachte sie und legte den Kopf leicht schief. »Manche Menschen könnten das für äußerst arrogant halten, Mr. MacGregor.«

Ihre kühle, gelassene Stimme begeisterte ihn ebenso sehr wie der kühle, gelassene Blick, in dessen Tiefen er einen Hauch von Leidenschaft entdeckte. Das war eine Frau, die einen Mann dazu bringen konnte, mit Blumen und Pralinen auf der Treppe vor ihrer Haustür zu warten. »Wenn ein armer Mann arrogant ist, wirkt es ungehobelt, Miss Whitfield. Bei einem wohlhabenden Mann nennt man es Stil. Ich war beides.«

Es lag ein wahrer Kern in seinen Worten, aber sie war nicht bereit, auch nur einen Zentimeter nachzugeben. »Seltsam, ich dachte nicht, dass sich Arroganz mit den Jahren oder jeder Mode wandelt«, erwiderte sie.

Ohne sie aus den Augen zu lassen, holte er eine Zigarre heraus. »Der Punkt geht an Sie.« Sein Feuerzeug flammte auf und ließ seine Augen blitzen. In diesem Moment wurde Anna bewusst, dass er doch bedrohlich war.

»Dann sollten wir uns vielleicht auf ein Unentschieden einigen.« Der Stolz hinderte sie daran, zurückzuweichen. Der Anstand ließ es nicht zu, dass sie fortsetzte, was sie – entgegen aller Vernunft – interessant zu finden begann. »Wenn Sie mich jetzt entschuldigen, Mr. MacGregor. Ich muss wieder zurück.«

Mit einer abrupten, besitzergreifenden Geste nahm er ihren Arm. Anna zuckte nicht zurück, erstarrte auch nicht, sondern bedachte ihn mit einem Blick, den eine Fürstin einem übel riechenden Untertan zuwerfen würde. Die meisten Männer hätten sich davon einschüchtern lassen und um Verzeihung gebeten. Aber nicht Daniel. Er grinste. Das ist ein Mädchen, dachte er, bei dem einem Mann die Knie weich werden können. »Wir sehen uns wieder, Miss Anna Whitfield.«

»Vielleicht.«

»Wir sehen uns wieder.« Er hob ihre Hand an den Mund, und sie spürte seinen erstaunlich weichen Bart an ihrem Handrücken. Eine Sekunde lang flackerte die Leidenschaft auf, die er in ihren Augen hatte glimmen sehen. »Ganz sicher.«

»Das bezweifle ich, da ich nur noch zwei Monate in Boston sein werde. Wenn Sie mich jetzt entschuldigen …«

»Warum?«

Er ließ ihre Hand nicht los, was sie mehr beunruhigte, als sie sich anmerken ließ. »Warum was, Mr. MacGregor?«

»Warum werden Sie nur noch zwei Monate in Boston sein?« Wenn sie abreiste, um irgendwo zu heiraten, änderte das natürlich einiges. Daniel sah ihr ins Gesicht und entschied, dass selbst das nichts ändern würde.

»Ich werde Ende August in Connecticut das letzte Jahr meines Medizinstudiums beginnen.«

»Medizinstudium?« Er zog die Brauen zusammen. »Ich hatte gedacht, Sie werden Krankenschwester.« In seiner Stimme schwang das Erstaunen eines Mannes mit, der kein Verständnis und nur wenig Toleranz für Frauen hatte, die einen Beruf anstrebten.

»Nein. Ich werde Chirurgin. Danke für den Tanz.«

Bevor sie an der Tür war, ergriff er ihren Arm erneut. »Sie wollen Menschen aufschneiden?« Er lachte. »Sie scherzen.«

Auch wenn sie innerlich kochte, ließ sie sich ihre Verärgerung nicht anmerken und gab sich einfach nur gelangweilt. »Glauben Sie mir, wenn ich scherze, bin ich wesentlich amüsanter. Gute Nacht, Mr. MacGregor.«

»Arzt zu sein ist ein Männerberuf.«

»Zufällig bin ich der Ansicht, dass es so etwas wie einen Männerberuf nicht gibt, wenn eine Frau ihn ebenso gut ausführen kann.«

Er schnaubte und zog an seiner Zigarre. »Blödsinn.«

»Das war deutlich, Mr. MacGregor, und einmal mehr unhöflich. Sie bleiben sich treu.« Ohne sich umzudrehen, ging sie ins Haus. Aber sie dachte an ihn. Dreist, unhöflich, pompös und dumm.

Und er dachte an sie, als sie zwischen den anderen Gästen verschwand. Kühl, starrsinnig, schroff und einfach albern.

Sie waren beide fasziniert.

2. Kapitel

»Erzähl mir alles.«

Anna stellte ihre Handtasche auf den weiß gedeckten Tisch und lächelte dem Kellner zu. »Ich nehme einen Champagner-Cocktail.«

»Zwei«, sagte Myra und beugte sich vor. »Und?«

Anna ließ sich Zeit und sah sich in dem kleinen Restaurant um. Ein halbes Dutzend Gäste kannte sie mit Namen, einige andere vom Sehen. Sie mochte dieses Restaurant, es war gemütlich und gepflegt. Während der Hektik der Seminare und Kurse sehnte sie sich manchmal nach einer ruhigen Atmosphäre wie dieser.

Irgendwie würde sie es schaffen, beides in ihrem Leben zu verwirklichen. »Weißt du, das Einzige, was mir in Connecticut fehlt, ist der Lunch hier.«

»Anna!«, drängte Myra. Es gab keinen Grund, höflich zu bleiben, wenn es solch große Neuigkeiten gab. »Nun erzähl schon.«

»Was soll ich erzählen?«, entgegnete Anna lächelnd und genoss für einen Moment das Aufblitzen von Frustration in den Augen ihrer Freundin.

Myra nahm eine Zigarette aus ihrem goldenen Etui und zündete sie an. »Erzähl mir, was zwischen dir und Daniel MacGregor passiert ist.«

»Wir haben einen Walzer getanzt.« Anna schlug gelassen die Speisekarte auf. Allerdings ertappte sie sich dabei, wie sie unter dem Tisch mit dem Fuß im Takt wippte, als sie an den Tanz zurückdachte.

»Und?«

Sie sah ihre Freundin über die Speisekarte hinweg an. »Und was?«

»Anna!« Myra verstummte, als die Drinks serviert wurden. Ungeduldig schob sie ihren Cocktail zur Seite. »Du warst mit ihm auf der Terrasse. Allein. Und das eine ganze Weile.«

»Wirklich?« Anna nippte an ihrem Cocktail, entschied sich für einen Salat und klappte die Karte zu.

»Ja, wirklich.« Mit einer übertriebenen Geste blies Myra Rauch an die Decke. »Offenbar habt ihr ein Gesprächsthema gefunden.«

»Ich glaube, ja.« Der Kellner kehrte zurück, und sie bestellte ihren Salat. Myra entschied sich für Hummer und versprach sich dafür, das Abendessen ausfallen zu lassen.

»Und? Worüber habt ihr gesprochen?«

»Unter anderem über Weiblichkeit, soweit ich mich erinnere«, erwiderte Anna beiläufig, aber es gelang ihr nicht, den Zorn aus ihrem Blick herauszuhalten. Sofort drückte Myra ihre Zigarette aus und lehnte sich gespannt vor.

»Ich vermute, Mr. MacGregor hat zu dem Thema recht eindeutige Ansichten.«

Anna nahm noch einen Schluck, bevor sie das Glas abstellte. »Mr. MacGregor ist ein rechthaberischer Rüpel.«

Ganz eindeutig zufrieden stützte Myra ihr Kinn in die Hand. Der kleine Schleier an ihrem Hut fiel ihr über die Augen, aber ihre Neugier war nicht zu übersehen. »Das mit dem rechthaberisch hatte ich längst vermutet, aber ein Rüpel … Tatsächlich?«

»Er bewundert Frauen, die ihre Meinung sagen«, berichtete Anna. »Bis zu einem gewissen Punkt.« Sie schnaubte wenig damenhaft. »Und dieser Punkt wird erreicht, wenn die Meinung der Frau mit seiner nicht mehr übereinstimmt.«

Ein wenig enttäuscht zuckte Myra mit den Schultern. »Das hört sich doch nach einem ganz normalen Mann an.«

»Für Männer wie ihn sind Frauen nur dazu da, um die eigene Männlichkeit zu bestätigen.« Anna lehnte sich zurück und tippte mit den Fingerspitzen gereizt auf das weiße Tischtuch. »Frauen sind wunderbare Kreaturen, solange sie Kekse backen, Windeln wechseln und das Bett wärmen.«

Fast hätte Myra sich an ihrem Champagner verschluckt. »Du meine Güte, in so kurzer Zeit hat er dich auf die Palme gebracht?«

Anna zügelte ihre Verärgerung. Sie verlor äußerst ungern die Beherrschung und verwahrte es nur für die wirklich wichtigen Dinge auf. Daniel MacGregor gehörte nicht dazu. »Er ist unhöflich und arrogant«, bemerkte sie ruhiger.

Myra überlegte einen Moment. »Mag sein«, stimmte sie schließlich zu. »Aber das spricht nicht unbedingt gegen ihn. Mir ist ein arroganter Mann immer noch lieber als ein langweiliger.«

»Also, als langweilig kann man ihn bestimmt nicht bezeichnen. Hast du gesehen, wie er Cathleen ausgetrickst hat?«

Myras Augen leuchteten auf. »Nein.«

»Er hat einem Mann ein Zeichen gegeben, woraufhin der ihn bei Cathleen ablöste, damit er Herbert bei mir ablösen konnte.«

»Ganz schön gerissen.« Myra strahlte vor Bewunderung und musste lachen, als Annas Miene sich verfinsterte. »Komm schon, du musst zugeben, dass es schlau war. Und Cathleen ist viel zu sehr von sich selbst überzeugt, um so etwas zu bemerken.« Myra seufzte genießerisch, als ihr Hummer serviert wurde. »Weißt du, Anna, du solltest dich geschmeichelt fühlen.«

»Geschmeichelt?« Anna ließ ihren Ärger am Salat aus und stach heftiger als nötig darauf ein. »Ich verstehe nicht, warum ich mich geschmeichelt fühlen soll, nur weil irgendein riesiger, von sich selbst eingenommener Tölpel von Mann mit mir tanzen will.«

Myra schnupperte am Hummer. »Riesig ist er, und vielleicht ist er auch ein Tölpel, aber er macht sich nicht wichtiger, als er auch ist. Und auf seine raue Art ist er attraktiv. So wie du sie immer abserviert hast, haben dich die aalglatten, weltmännischen Typen doch noch nie interessiert.«

»Ich muss an meinen Beruf denken, Myra. Ich habe keine Zeit für Männer.«

»Liebes, für Männer hat man immer Zeit«, widersprach Myra lachend. »Du musst ihn ja nicht ernst nehmen.«

»Das beruhigt mich.«

»Aber ich sehe auch nicht, warum du ihn wieder ins Wasser werfen musst.«

»Ich habe nicht vor, ihn mir zu angeln.«

»Jetzt bist du stur.«

Anna lachte. Einer der Gründe, warum Myra ihr eine so liebe Freundin war, war, dass sie die Dinge immer so klar erkannte und beim Namen nannte – natürlich auf ihre Weise. »Ich bin ich selbst.«

»Anna, ich weiß, was es dir bedeutet, Ärztin zu werden, und ich bewundere dich dafür. Aber«, fuhr sie hastig fort, bevor Anna sie unterbrechen konnte, »du verbringst den Sommer doch ohnehin hier in Boston. Was kann es da schaden, einen netten und einflussreichen Begleiter zu haben, der überall herumkommt?«

»Ich brauche keinen Begleiter.«

»Brauchen und haben sind zwei verschiedene Dinge.« Myra brach ein Stück von einem Brötchen ab und schwor sich, es nur halb aufzuessen. »Sag mal, Anna, drängen deine Eltern dich eigentlich noch immer, nicht als Ärztin zu arbeiten? Präsentieren sie dir noch immer potenzielle Ehemänner?«

»In diesem Sommer schon drei.« Anna bemühte sich, das lustig zu finden, und hätte es fast geschafft. »Ganz oben auf der Liste steht einer, den der Arzt meiner Mutter beigesteuert hat. Sein Enkel. Sie hofft, dass seine Verbindung zur Medizin mich reizt.«

»Ist er attraktiv?« Myra winkte ab, als Anna die Stirn runzelte. »Schon gut. Deine Eltern werden nicht damit aufhören. Es sei denn ...«, sie strich Butter auf das Brötchen, »... du hättest einen anderen.«

»Zum Beispiel Daniel MacGregor.«

»Warum nicht? Er wirkte gestern Abend stark interessiert.«

Anna nahm Myra das Brötchen aus der Hand und biss hinein. »Weil es unehrlich wäre. Außerdem bin ich nicht interessiert.«

»Aber es würde deine Mutter davon abhalten, jeden alleinstehenden Mann zwischen fünfundzwanzig und vierzig zum Tee einzuladen.«

Anna atmete tief aus. Myras Idee war vielleicht gar nicht so schlecht. Wenn ihre Eltern doch nur sehen würden, was sie wirklich brauchte, was sie zu erreichen versuchte ... Nur zu deinem eigenen Besten. Wie oft hatte sie diesen Satz gehört! Falls sie jemals heiraten und falls sie jemals Kinder haben sollte, würden diese Worte nie über ihre Lippen kommen.

Anna wusste genau, ihre Eltern hatten ihre Berufswahl seinerzeit nur akzeptiert, weil sie sicher gewesen waren, dass ihre Tochter das erste Semester nicht überstehen würde. Ohne Tante Elsie hätte sie das Studium nie geschafft. Elsie Whitfield war die exzentrische ältere Schwester ihres Vaters gewesen. Ein Blaustrumpf, die ihr Geld angeblich mit Alkoholschmuggel während der Prohibition verdient hatte. Wie auch immer,

Tante Elsie hatte Anna genug Geld hinterlassen, um das Studium zu finanzieren und von ihren Eltern unabhängig zu sein.

Heirate nie einen Mann, wenn du dir seiner nicht verdammt sicher bist, erinnerte sie sich jetzt an Elsies Rat. Wenn du einen Traum hast, verwirkliche ihn. Nimm das Geld, Anna, und mach etwas aus dir, für dich selbst.

Sie war nur noch Monate von ihrem Traum entfernt, dem Examen, dem Berufsanfang im Krankenhaus. Es würde nicht leicht für ihre Eltern sein, das zu akzeptieren. Noch schwieriger würde es sein, ihnen beizubringen, dass sie im Boston General Hospital anfangen würde und auch nicht vorhatte, weiterhin zu Hause wohnen zu bleiben.

»Myra, ich denke daran, mir eine Wohnung zu suchen.«

Die Gabel auf halbem Wege zum Mund, hielt Myra inne. »Hast du es deinen Eltern schon gesagt?«

»Nein.« Anna schob den Salat fort und fragte sich, warum das Leben so kompliziert sein musste, wenn sie die Dinge doch so klar vor sich sah. »Ich will sie nicht aufregen, aber es lässt sich nicht ändern. Ich bin eine erwachsene Frau, aber solange ich in ihrem Haus wohne, werden die beiden das nie einsehen. Außerdem, wenn ich den Strich jetzt nicht ziehe, werden sie erwarten, dass ich auch nach dem Examen weiter unter ihrem Dach lebe.«

Myra lehnte sich zurück und leerte ihr Glas. »Du hast recht. Ich denke allerdings, es wäre besser, sie vor vollendete Tatsachen zu stellen.«

»Ja, das denke ich auch. Was hältst du davon, den Nachmittag mit der Wohnungssuche zu verbringen?«

»Tolle Idee. Aber erst brauche ich eine Schokoladenmousse.« Sie winkte dem Kellner. »Trotzdem, Anna, das löst nicht dein Problem mit Daniel MacGregor.«

»Es gibt kein Problem.«

»Oh, ich denke, da irrst du. Wart's nur ab. Eine Schokoladenmousse«, sagte sie dann zum Kellner gewandt. »Und sparen Sie nicht mit der Schlagsahne.«

In seinem neu eingerichteten Büro saß Daniel an dem riesigen Eichenholzschreibtisch und steckte sich eine Zigarre an. Gerade hatte er die Anteilsmehrheit einer Firma gekauft, die Fernsehgeräte herstellte. Er rechnete sich aus, dass das, was momentan noch eine Neuheit war, in wenigen Jahren als fester Bestandteil in jedem amerikanischen Haushalt vorhanden sein würde. Außerdem machte es ihm selbst Spaß, in den kleinen Flimmerkasten zu schauen. Er kaufte gern Dinge, die ihm selbst Vergnügen bereiteten.

Sein größtes Projekt jedoch war im Moment die »Old Line Savings and Loan«. Er hatte vor, die kränkelnde Bank zum größten Kreditinstitut von Boston zu machen. Er hatte bereits zwei große Kredite verlängert und mehrere kleine refinanziert. Geld konnte sich nur vermehren, wenn es in Umlauf blieb. Der Bankmanager war entsetzt, aber Daniel ging davon aus, dass er sich entweder damit abfinden oder sich einen neuen Job suchen würde. In der Zwischenzeit hatte Daniel ein paar Nachforschungen anzustellen.

Anna Whitfield. Er kannte ihre Familie, denn ihr Vater gehörte zu den angesehensten Anwälten im Staat. Daniel hätte ihn fast engagiert, sich dann aber doch für den jüngeren und flexibleren Herbert Ditmeyer entschieden. Jetzt, da Herbert zum Bezirksstaatsanwalt gewählt worden war, brauchte er allerdings einen Nachfolger. Vielleicht war Anna Whitfields Vater die Antwort. Und auch Anna selbst könnte durchaus eine Lösung sein.

Die Familienvilla auf Beacon Hill war im achtzehnten Jahrhundert gebaut worden. Ihre Vorfahren waren echte Patrioten gewesen, die in der Neuen Welt eine neues Leben angefangen und es zu Wohlstand gebracht hatten. Seit Generationen gehörten die Whitfields als solide Stützen zur Bostoner Gesellschaft.

Nichts imponierte Daniel mehr als eine solide Ahnenreihe. Ob sie arm oder reich waren, interessierte ihn nicht. Für ihn zählten allein Kraft und Beharrlichkeit. Anna Whitfield stammte aus einer guten Familie, und das war Grundbedingung für die Frau, die Daniel einmal heiraten würde.

Sie stand mit beiden Beinen auf der Erde. Und sie war intelligent. Zwar studierte sie Medizin, was für eine Frau sehr ungewöhnlich war, aber er hatte schnell in Erfahrung gebracht, dass sie zu den Besten ihres Jahrgangs gehörte. Seine Kinder sollten schließlich keine Schwachköpfe sein. Sie war hübsch. Ein Mann, der eine Ehefrau und Mutter für seine Kinder suchte, musste auf Schönheit achten. Vor allem, wenn es sich dabei um eine solch sanfte, zarte Schönheit handelte.

Und sie hatte ihre eigene Meinung. Daniel wollte keine Frau, die stets nachgab und blind gehorchte. Allerdings erwartete er, dass sie sich letztendlich seinen Entscheidungen beugte.

Es gab ein Dutzend Frauen, die er umwerben und erobern konnte, aber keine von ihnen besaß dieses gewisse Etwas. Keine war eine Herausforderung. Nach nur einer Begegnung mit Anna Whitfield war Daniel überzeugt, dass sie ihm genau die bieten würde. Von einer Frau begehrt zu werden schmeichelte dem Selbstwertgefühl, aber eine Herausforderung weckte den Kampfgeist und heizte das Blut an. In ihm steckte genug von einem Krieger, dass er sich auf einen anständigen Kampf freute.

Und wenn es etwas gab, womit er sich auskannte, dann damit, wie man eine Übernahme vorbereitete. Zuerst fand er die

Schwächen und Stärken des Gegners heraus, dann nutzte er beides für seine Zwecke. Daniel griff nach dem Telefon, lehnte sich zurück und machte sich ans Werk.

Wenige Stunden später kämpfte er mit dem Knoten seiner schwarzen Seidenkrawatte. Wie er das sah, lag das einzige Problem beim Reichtum darin, dass man sich entsprechend kleiden musste. Dass er im Smoking eine imposante Erscheinung abgab, war keine Frage, dennoch fühlte er sich darin einfach nicht wohl. Aber wenn es darum ging, eine Frau zu erobern, scheute er kein Opfer.

Laut seinen Informationen würde Anna Whitfield den Abend mit Freunden im Ballett verbringen. Zum Glück hatte er sich von seinem Steuerberater dazu überreden lassen, eine Loge zu mieten. Bisher hatte er sie kaum genutzt, aber allein der heutige Besuch lohnte die Investition.

Pfeifend ging er nach unten. Manche fanden eine Villa mit zwanzig Zimmern für einen alleinstehenden Mann übertrieben, aber für Daniel bedeutete das Haus mit den hohen Fenstern und den schimmernden Böden mehr als Luxus. Solange er diese Villa besaß, würde er niemals in das Dreizimmerhäuschen zurückkehren müssen, in dem er aufgewachsen war. Die Villa bewies, dass Daniel MacGregor Erfolg, Ausstrahlung und Stil besaß. Dass er das Bergwerk und den Kohlenstaub in Poren und Augen für immer hinter sich gelassen hatte.

»McGee!«, rief er am Fuß der Treppe und freute sich wie ein Kind darüber, dass seine Stimme von den hohen Wänden widerhallte.

»Sir.« McGee kam aufrecht den langen Korridor entlang. Er hatte vielen Gentlemen gedient, aber keiner von ihnen war so unkonventionell oder auch so großzügig wie MacGregor gewesen. Außerdem machte es ihm Spaß, für einen Landsmann zu arbeiten.

»Ich brauche den Wagen.«

»Er wartet draußen.«

»Der Champagner?«

»Natürlich gekühlt, Sir.«

»Die Blumen?«

»Weiße Rosen, Sir. Zwei Dutzend, wie Sie verlangt haben.«

»Gut, gut.« Auf halbem Weg zur Tür drehte er sich noch einmal um. »Bedienen Sie sich vom Scotch, McGee. Sie haben den Abend frei.«

Ohne eine Miene zu verziehen, neigte McGee den Kopf. »Danke, Sir.«

Erneut pfeifend ging Daniel hinaus. Den silberfarbenen Rolls-Royce hatte er aus einer Laune heraus gekauft, es jedoch noch nie bereut. Der Gärtner freute sich über den Zusatzjob als Chauffeur und seine graue Uniform mit Mütze. Stevens Grammatik mochte zu wünschen übrig lassen, aber am Steuer verwandelte er sich in eine würdevolle Erscheinung.

»'n Abend, Mr. MacGregor.« Steven öffnete die Wagentür und polierte den Griff mit einem weichen Tuch, nachdem sein Chef eingestiegen war. Daniel mochte den Rolls bezahlt haben, doch Steven hütete ihn wie seinen Augapfel.

Als die Limousine fast geräuschlos anfuhr, öffnete Daniel den Aktenkoffer, der im Inneren des Wagens lag. Die Fahrt zur Oper dauerte fünfzehn Minuten, was bedeutete, dass er fünfzehn Minuten arbeiten konnte. Freizeit würde er sich im Alter noch genug gönnen können.

Wenn alles nach Plan verlief, würde das Grundstück in Hyannis Port ihm schon nächste Woche gehören. Die Klippen, der graue Fels und das hohe grüne Gras erinnerten ihn an Schottland. Dort würde er sein Zuhause errichten. Ein Zuhause, das er schon vor sich sah. Und wenn es stand, würde er es mit einer Frau und Kindern beleben. Also dachte er an Anna.

Die weißen Rosen lagen neben ihm, der Champagner war auf Eis gestellt. Er brauchte nur das Ballett zu ertragen, dann würde er mit seiner Werbung beginnen. Er schnupperte an einer Blüte. Ein sanfter und leiser Duft. Sie liebte weiße Rosen, es hatte nicht lange gedauert, um das herauszufinden. Eine Frau musste schon sehr hart sein, um einem Dutzend weißer Rosen widerstehen zu können, eine harte Frau, die dem Luxus widerstehen könnte, den er ihr bot. Er hatte seine Entscheidung getroffen. Und es würde auch nicht lange dauern, bis er die Entscheidung für sie gefällt hätte. Zufrieden lehnte er sich zurück und klappte den Aktenkoffer zu, als Steven vor der Oper hielt.

»Zwei Stunden«, sagte er zu dem Chauffeur und nahm spontan eine Rose mit. Es konnte nichts schaden, wenn er ein wenig früher mit seiner Kampagne begann.

In der Eingangshalle glänzten Perlen, glitzerten Brillanten und duftete es nach teurem Parfum. Lange Kleider in dezenten Pastellfarben kontrastierten mit schwarzen Smokings. Daniel bahnte sich einen Weg durch die Menge, nicht distanziert, eher abwesend. Seine Größe und seine lässige Ausstrahlung sorgten dafür, dass mehr als eine Frau ihm fasziniert nachblickte. Daniel nahm es mit einem Lächeln hin. Der Wermutstropfen dabei war, dass eine leicht zu faszinierende Frau auch leicht zu langweilen war. Launen und schnelle Stimmungsumschwünge waren nicht gerade Eigenschaften, nach denen ein kluger Mann bei der Wahl seiner Partnerin suchte. Vor allem dann nicht, wenn der Mann selbst anfällig für dieselben war.

Während er durch die Menge ging, wechselte er hier und dort ein freundliches Wort. Er mochte Menschen, es fiel ihm leicht, sich zu unterhalten, ob nun auf dem gesellschaftlichen Parkett in einer Theaterlobby oder auf einer seiner Baustellen. Da er zuallererst Geschäftsmann war, war es nicht schwierig für ihn, Konversation zu machen, während er gleichzeitig über ein gänzlich anderes Thema nachdachte. Für ihn war das nicht unehrlich, sondern vielmehr praktisch. Und während er also hier und dort im Gespräch zusammenstand, hielt er nach Anna Ausschau.

Als er sie entdeckte, traf es ihn genauso urplötzlich und ebenso hart wie auf dem Sommerball. Unwillkürlich hielt er den Atem an. Sie trug Blau, ein blasses, dezentes Blau, das ihre weiße Haut wie frische Milch aussehen ließ. Das Haar war hochgesteckt, und das Gesicht glich tatsächlich genau der Kamee seiner Großmutter. Er spürte, wie Verlangen ihn durchzuckte, dann etwas, das tiefer ging und stärker war, als er erwartet hätte. Trotzdem wartete er geduldig, bis sie den Kopf drehte und ihre Blicke sich trafen. Anders als die meisten Frauen errötete sie nicht. Sie lächelte auch nicht kokett, sondern erwiderte seinen Blick ruhig und gelassen. Daniel spürte, wie die Herausforderung sein Herz schneller schlagen ließ, als er ohne Hast auf sie zuging.

Mit einer Bewegung, die zu elegant war, um unhöflich zu erscheinen, trat er auf sie zu und stellte sich vor sie, ohne ihre Begleiter zu beachten. »Miss Whitfield, für den Walzer.«

Als er ihr die Rose reichte, zögerte Anna. Aber es wäre unhöflich gewesen, sie nicht zu nehmen. Der Duft stieg ihr in die Nase. »Mr. MacGregor, dies ist meine Freundin Myra. Myra Lornbridge, Daniel MacGregor.«

»Wie geht es Ihnen?« Myra gab ihm die Hand und sah ihm in die Augen. Zwar war sie sich nicht sicher, ob sie diesen Mann mögen würde, auf jeden Fall aber würde sie ihn respektieren. »Ich habe bereits viel von Ihnen gehört.«

»Ich habe geschäftlich mit Ihrem Bruder zu tun.« Sie war kleiner als Anna, mit mehr Kurven. Eine patente Frau, mit Sicherheit interessant.

»Nein, Jasper ist zu diskret, um etwas zu erzählen. Er hasst Klatsch und Tratsch.«

Daniel lächelte. »Genau deshalb mache ich gern Geschäfte mit ihm. Sie mögen Ballett, Miss Whitfield?«, wandte er sich wieder an Anna.

»Ja, sehr.« Sie roch an der Rose, ärgerte sich jedoch augenblicklich darüber und ließ die Hände sinken.

»Ich fürchte, ich habe bisher nicht allzu viele Vorstellungen besucht und weiß die Schönheit des Balletts nicht recht zu würdigen.« Er fügte dem Zauber der Rose noch ein kleinlautes Lächeln hinzu. »Aber man hat mir gesagt, dass es hilft, wenn man die Geschichte kennt oder es mit einem echten Ballett-Liebhaber besucht.«

»Das ist wahr.«

»Ob ich Sie wohl um einen großen Gefallen bitten dürfte?«

Alarmiert kniff sie die Augen zusammen. Sie ahnte, was er beabsichtigte. »Nur zu.«

»Ich habe eine Loge. Wenn Sie mir Gesellschaft leisten, können Sie mir vielleicht zeigen, wie man das Ballett wirklich genießt.«

Anna lächelte nur. So leicht war sie nicht zu beeindrucken. »Unter anderen Umständen gern. Aber ich bin mit Freunden hier, also …«

»Nicht doch«, mischte Myra sich ein. Welcher Teufel auch immer sie ritt, er trieb sie weiter voran. »Es wäre doch eine Schande, wenn Mr. MacGregor sich ›Giselle‹ ansehen müsste, ohne es zu genießen, findest du nicht auch?« Sie lächelte Anna durchtrieben zu. »Geht nur, ihr zwei.«

»Ich danke Ihnen.« Daniel warf Myra einen belustigten Blick zu. »Sehr sogar. Miss Whitfield?«

Er bot ihr den Arm. Einen Moment lang dachte Anna daran, die Rose zu Boden zu werfen, mit dem Fuß zu zertreten und dann davonzumarschieren. Doch dann lächelte sie nur milde und hakte sich bei ihm ein. Es gab wesentlich bessere Wege, ein Match wie dieses zu gewinnen, als unbeherrschte Wutanfälle. Daniel führte Anna fort und zwinkerte Myra zu. Gleichzeitig erkannte Myra auch, dass Anna die Stirn in tiefe Falten gelegt hatte.

»Wieso haben Sie eine Loge, wenn Sie Ballett nicht mögen?«

»Aus geschäftlichen Gründen«, gestand Daniel, während sie die Treppe hinaufgingen. »Aber heute Abend wird sich die Investition endlich bezahlt machen.«

»Bestimmt, darauf können Sie wetten.« Anna rauschte durch die Tür und nahm ihren Platz ein. Die Rose legte sie sich vorsichtig auf den Schoß und ließ sich von Daniel das Schultertuch aus elfenbeinfarbener Spitze abnehmen. Dabei berührten seine Finger ihre bloßen Schultern, und sie beide spürten es. Anna faltete anmutig die Hände und beschloss, es ihm heimzuzahlen, indem sie ihn beim Wort nahm. Er hatte es so gewollt.

»Nun, um Ihnen den Hintergrund zu erklären …« Im Tonfall einer Kindergärtnerin, die den Kleinen das Märchen von Rotkäppchen erzählte, erklärte Anna ihm ausführlich, worum es in »Giselle« ging. Ohne ihm Gelegenheit zu lassen, sie zu unterbrechen, gab sie danach alles zum Besten, was sie über das Ballett wusste. Was genug war, um auch den stärksten Mann einschlafen zu lassen, wie sie glaubte. »Ah, der Vorhang geht auf. Jetzt passen Sie auf.«

Zufrieden mit ihrer Taktik lehnte sie sich zurück. Aber anders als sonst fiel es ihr schwer, sich auf die Vorstellung zu konzentrieren. Keine zehn Minuten waren vergangen, und sie war mit ihren Gedanken ganz woanders. Daniel saß still neben ihr, aber er war keineswegs eingeschüchtert oder gar entmutigt. Dessen war sie sicher. Wie sie auch sicher war, dass, sollte sie ihren Kopf leicht zu ihm drehen, er sie angrinsen würde. Starr schaute sie nach unten und nahm sich vor, Myra nicht ungeschoren davonkommen zu lassen. Myra war dafür verantwortlich, dass sie jetzt hier mit diesem rothaarigen Banausen eingepfercht in der Loge zusammensaß. Sie würde ihn nicht ansehen. Sie würde nicht einmal an ihn denken, wie sie sich grimmig versprach. Stattdessen würde sie sich auf die Musik, die Farben, den Tanz, den sie so sehr liebte, konzentrieren. Sie musste sich nur entspannen und vergessen, dass dieser Mann neben ihr saß. Sie holte mehrmals tief Luft. Leise und unauffällig. Aber dann berührte er ihre Hand, und ihr Puls beschleunigte sich.

»Es dreht sich alles um Liebe und Glück, nicht wahr?«, flüsterte Daniel.

Banause oder nicht, sie hätte nicht daran zweifeln dürfen, dass er verstehen würde. Und seine leise, ernste Stimme verriet, dass ihm gefiel, was er sah. Unwillkürlich blickte sie ihn an. Ihre Gesichter waren einander so nah, das Licht in der Loge nur ganz schwach. Die Musik schwoll an und schlug über ihnen zusammen. Sie ahnte, dass er in genau diesem Moment ein kleines Stück ihres Herzens erobert hatte. »Darum geht es fast immer.«

Er lächelte. »Vergessen Sie das nicht, Anna.«

Bevor sie reagieren konnte, hatte er seine Finger zwischen ihre geschoben. Hand in Hand genossen sie den Tanz auf der Bühne.

Während der Pause blieb er an ihrer Seite und verhielt sich ausgesprochen aufmerksam, ohne dass sie es hätte verhindern können. Dann war es zu spät, um sich zu entschuldigen und für den zweiten Akt zu ihren Freunden zurückzukehren. Als sie wieder in seiner Loge Platz nahm, sagte Anna sich, dass sie nur höflich war. Nein, es hatte nichts damit zu tun, dass sie hier sein wollte oder es etwa sogar genoss. Allein Höflichkeit und gute Manieren erforderten es. Fünf Minuten lang saß sie steif und reglos da, doch dann ergab sie sich der Romantik des Balletts.

Als das tragische Ende kam, spürte Anna Tränen in sich aufsteigen. Obwohl sie starr nach unten schaute und heftig blinzelte, spürte Daniel, was in ihr vorging. Wortlos reichte er ihr sein Taschentuch. Sie nahm es mit einem leisen Seufzer.

»Es ist so traurig«, wisperte sie. »Egal, wie oft ich es sehe.«

»Manchmal muss das Schöne traurig sein, damit wir das Schöne auch dann schätzen, wenn es nicht traurig ist.«

Überrascht sah sie ihn an, Tränen hingen noch an ihren Wimpern. Das hatte so gar nicht nach dem ungehobelten Klotz geklungen, für den sie ihn halten wollte. Beunruhigt sah sie wieder nach unten.

Als nach dem Finale der Applaus endete und die Lichter angingen, hatte sie sich wieder unter Kontrolle. Dass sie innerlich noch immer aufgewühlt war, musste an der tragischen Geschichte liegen. Ohne es sich anmerken zu lassen, ließ sie sich von Daniel beim Aufstehen helfen.

»Ich kann ehrlich behaupten, dass ich noch nie ein Ballett so sehr genossen habe.« In der galanten Art, die er so völlig ohne Vorwarnung an den Tag legen konnte, streifte er ihre Finger mit den Lippen. »Danke, Anna.«

Sie räusperte sich. »Das freut mich. Wenn Sie mich jetzt entschuldigen, ich muss zurück zu den anderen.«

Er ließ ihre Hand nicht los, als sie die Loge verließen. »Ich habe mir erlaubt, Myra zu sagen, dass ich Sie nach Hause bringe.«

»Sie …«

»Das ist das Mindeste, was ich tun kann, nachdem Sie so freundlich waren, mir diese Nachhilfestunde zu geben«, unterbrach er sie. »Ich frage mich, warum Sie nie daran gedacht haben, Lehrerin zu werden.«

Ihre Stimme wurde immer kühler, während sie die Stufen zum Parkett hinunterstiegen. Er machte sich lustig über sie, aber das hatten auch schon andere vor ihm getan. »Sie hätten mich erst fragen sollen. Vielleicht habe ich ja noch etwas vor.«

»Verfügen Sie über mich.«

Anna verlor nicht oft die Geduld, doch dieses Mal war sie kurz davor. »Mr. MacGregor …«

»Daniel.«

Sie öffnete den Mund, schloss ihn wieder, wartete, bis sie sich beruhigt hatte. »Danke für Ihr Angebot, aber ich kann allein nach Hause fahren.«

»Anna, Sie haben mir schon einmal vorgeworfen, unhöflich zu sein«, erwiderte er unbekümmert und führte sie zu seinem Wagen. »Was wäre ich für ein Mann, wenn ich Sie nicht wenigstens nach Hause fahre?«

»Ich glaube, wir wissen beide, was für ein Mann Sie sind, nicht wahr?«

»Stimmt.« Er blieb draußen vor der Tür stehen. »Wenn Sie Angst haben, rufe ich Ihnen natürlich ein Taxi.«

»Angst?« In ihren Augen blitzte etwas auf. Leidenschaft, Trotz, Temperament. Was immer es war, Daniel fand sie immer faszinierender. »Sie überschätzen sich.«

»Andauernd.« Er zeigte auf die Wagentür, die Steven ihr aufhielt. Zu verärgert, um einen klaren Gedanken zu fassen, stieg Anna ein und wurde von dem süßen, schweren Duft von Rosen eingehüllt. Mit zusammengebissenen Zähnen nahm sie den Strauß Rosen in den Arm, um möglichst dicht an die gegenüberliegende Tür rücken zu können. Es dauerte nur einen Augenblick, bis ihr klar wurde, dass Daniels Präsenz viel zu übermächtig war, als dass dieser Abstand etwas geändert hätte.

»Haben Sie immer Rosen in Ihrem Wagen?«

»Nur, wenn ich eine wunderschöne Frau ins Ballett begleite.«

Sie wünschte, sie hätte den Mut, die Rosen einfach auf die Straße zu werfen. »Sie haben das hier sorgfältig geplant, was?«

Daniel entkorkte den Champagner. »Ich versuche stets auf alles vorbereitet zu sein.«

»Myra meint, ich sollte mich geschmeichelt fühlen.«

»Myra scheint eine kluge Frau zu sein. Wohin darf ich Sie bringen?«

»Nach Hause.« Sie nahm das Glas, das er ihr reichte, und nippte daran, um sich zu beruhigen. »Ich muss morgen sehr früh aufstehen. Ich arbeite im Krankenhaus.«

»Sie arbeiten?« Stirnrunzelnd schob er die Flasche wieder ins Eis. »Sagten Sie nicht, Sie hätten noch ein Jahr bis zum Examen?«

»Noch ein Jahr bis zu meinem Abschluss und meiner Assistenzzeit. Im Moment sieht meine klinische Ausbildung unter anderem auch vor, dass ich Bettpfannen leere.«

»Ich finde nicht, dass eine junge Frau wie Sie so etwas tun sollte.« Daniel leerte sein Glas und füllte es erneut.

»Seien Sie versichert, ich habe Ihre Meinung zur Kenntnis genommen.«

»Behaupten Sie bloß nicht, es würde Ihnen Spaß machen.«

»Das Wissen, etwas getan zu haben, um einem anderen Menschen zu helfen, befriedigt mich immens.« Sie trank ihren Champagner und hielt ihm ihr Glas hin. »Ihnen fällt es vielleicht schwer, das zu verstehen, da es nicht das Geringste mit Geschäft zu tun hat. Nur mit Menschlichkeit.«

Er hätte sie aufklären können. Hätte ihr aufzählen können, welche Summen er welchen Organisationen zukommen ließ, um die medizinische Versorgung für die Bergbaukumpel zu

Hause in Schottland sicherzustellen. Das war etwas, das nicht sein Steuerberater ihm geraten hatte, sondern das er einfach tun musste. Doch stattdessen konzentrierte er sich auf das eine Thema, von dem er wusste, dass es sie wütend machen würde.

»Ich finde, Sie sollten daran denken, bald zu heiraten und eine Familie zu gründen.«

»Weil eine Frau nicht dazu da ist, Kindern auf die Welt zu helfen, sondern nur dazu, sie selbst zu gebären?«

Er zog eine Augenbraue hoch. Eigentlich hätte er längst daran gewöhnt sein sollen, wie direkt Amerikanerinnen ihre Meinung äußerten. »Weil eine Frau dazu bestimmt ist, ihrer Familie ein Heim zu schaffen. Ein Mann hat es leicht, Anna. Er geht in die Welt hinaus und verdient Geld. Eine Frau hält die Welt in ihren Händen.«

Die Art, wie er das sagte, machte es praktisch unmöglich, ihn anzufauchen. Um Fassung ringend, atmete Anna tief durch. »Ist Ihnen je aufgegangen, dass ein Mann nicht zwischen Familie und Beruf wählen muss?«

»Nein.«

Fast hätte sie gelacht. »Natürlich nicht. Warum auch, nicht wahr? Daniel, ich rate Ihnen, sich eine Frau zu suchen, die ohne Zweifel weiß, wozu sie bestimmt ist. Finden Sie eine, die nicht ständig gegen Windmühlen kämpft und mehr will, als Sie ihr zutrauen.«

»Das kann ich nicht.«

Ihr Lächeln verblasste rasch, denn was sie in seinen Augen entdeckte, löste in ihr sowohl Panik als auch Erregung aus. »Oh nein.« Hastig leerte sie ihr Glas. »Das ist doch lächerlich.«

»Vielleicht.« Er legte eine Hand an ihr Gesicht und sah, wie ihre Augen groß wurden. »Vielleicht aber auch nicht. Wie auch immer, ich habe Sie gesucht und gefunden, Anna Whitfield, und ich werde Sie bekommen.«

»Man sucht eine Frau nicht aus wie eine Krawatte.« Sie versuchte, würdevoll und empört zugleich zu klingen, aber ihr Herz schlug zu heftig.

»Stimmt, das tut man nicht.« Ihre plötzliche Atemlosigkeit erregte ihn, und er strich mit dem Daumen über ihre Haut, fühlte die Wärme. »Ein Mann würde es nie wagen, eine Frau mit einem Kleidungsstück zu vergleichen.«

»Sie sind verrückt.« Sie griff nach seiner Hand, aber er nahm sie nicht fort. »Sie kennen mich doch gar nicht.«

»Ich werde Sie kennenlernen.«

»Ich habe keine Zeit für so etwas.« Sie schaute hektisch nach vorn. Noch drei Blocks bis zu ihrer Wohnung. Dieser Mann war eindeutig verrückt. Was tat sie hier in einem Rolls-Royce mit einem Verrückten?

Ihre plötzliche Panik freute ihn. »Für was?«, murmelte er und streichelte ihre Wange.

»Für das hier.« Vielleicht sollte sie das Ganze auf die leichte Schulter nehmen und sich unbekümmert geben. Aber nein, sie musste es ihm entschieden klarmachen. »Champagner, Blumen, Mondschein. Offenbar haben Sie es auf Romantik abgesehen, und ich …«

»Sie sollten jetzt mal für eine Minute den Mund halten«, fiel er ihr ins Wort und unterstrich seine Anordnung, indem er seinen Mund auf ihren legte.

Anna umklammerte die Rosen, bis ein Dorn in ihre Handfläche drang. Sie spürte es nicht. Wie hätten sie ahnen können, dass seine Lippen so weich waren, so äußerst verführerisch? Ein Mann von seiner Größe hätte linkisch sein, vielleicht sogar bedrohlich wirken müssen. Doch Daniel zog sie an sich, als hätte er das schon unzählige Male getan. Sein Bart streifte ihr Gesicht und erregte sie, während sie gleichzeitig um Selbstbeherrschung rang. Sie wollte ihre Finger in sein Haar gleiten lassen, und sie hob die Arme, um sie um seinen Hals zu schlingen, bevor ihr Verstand sie daran hindern konnte.

Etwas, das nicht zu bändigen war, flammte in ihr auf. Leidenschaft, die sie immer unter strengem Verschluss gehalten hatte, immer an kurzen Zügeln, riss sich los und schwemmte alles fort, woran sie geglaubt hatte, verstieß gegen alles, was sie sich jemals vorgenommen hatte. Wenn er verrückt war, dann war sie es auch. Sie stöhnte leise auf, aus Protest ebenso wie aus Verwirrung, umklammerte seine Schultern und schmiegte sich an ihn.

Daniel hatte mit Widerstand, zumindest mit Entrüstung gerechnet. Damit, dass sie zurückweichen und ihn mit einem ihrer kühlen Blicke auf seinen Platz verweisen würde. Stattdessen presste sie sich an ihn, und sein Verlangen flammte auf wie eine Fackel im Wind. Er hatte nicht damit gerechnet, dass eine Berührung ihrer Finger ausreichen würde, um ihn so erregbar und verletzlich zu machen. Nie hätte er vermutet, sie könnte sein Verlangen so anheizen, dass es schmerzhaft war. Sie war nur eine Frau. Eine, die er ausgesucht hatte, um seine Pläne von Macht und Erfolg zu vollenden. Nicht eine Frau, die ihn dazu brachte, alles andere zu vergessen und nur an sie zu denken.

Er wusste, wie es war, etwas zu wollen. Eine Frau, Erfolg, Macht. Jetzt, da er Anna in den Armen hielt, den Duft der Rosen in der Nase und ihren Geschmack auf der Zunge, war sie alles, was er wollte.

Als sie sich voneinander lösten, war sie atemlos, erregt und erschrocken. Um ihre Schwäche zu bekämpfen, berief Anna sich auf Würde und Stolz. »Deine Manieren lassen noch immer zu wünschen übrig, Daniel.«

Er konnte immer noch die Leidenschaft in ihren Augen sehen, konnte ihr Zittern spüren. Vielleicht war auch er es, der zitterte. »Du wirst mich so akzeptieren müssen, wie ich bin, Anna.«

»Ich muss dich überhaupt nicht akzeptieren.« Würde, dachte sie. Würde um jeden Preis, wenigstens den Anschein von Würde. »Ein hastiger Kuss auf dem Rücksitz eines Wagens ist nichts, worauf ein Mann sich etwas einbilden sollte.« Erst jetzt bemerkte sie, dass sie vor ihrem Haus standen. Seit wann? Ihre Wangen röteten sich, aber nur aus Zorn, wie sie sich sagte. Sie stieß die Wagentür auf, bevor der Chauffeur aussteigen und ihr öffnen konnte.

»Nimm die Rosen mit, Anna. Sie passen zu dir.«

Über die Schulter warf sie ihm einen kühlen Blick zu. »Leb wohl, Daniel.«

»Gute Nacht«, verbesserte er und sah ihr nach, als sie zur Haustür eilte. Das lange hellblaue Kleid flatterte um ihre Beine. Die Rosen lagen neben ihm auf dem Sitz. Er nahm eine davon und strich mit der Blüte über seine Lippen. Sie war nicht annähernd so weich und duftend wie Anna. Sie hatte die Rosen zurückgelassen, aber er würde sie ihr morgen früh schicken. Vielleicht nicht ein, sondern zwei Dutzend. Dies war erst der Anfang.

Seine Hand zitterte ein wenig, als er nach der Champagnerflasche griff. Daniel füllte das Glas bis zum Rand und leerte es in einem Zug.

3. Kapitel

Am nächsten Morgen arbeitete Anna im Krankenhaus. Die Zeit, die sie hier verbrachte, machte ihr zum Teil Spaß, zum Teil war es frustrierend. Niemandem, weder ihren Eltern noch ihren Freunden, hatte sie je verständlich machen können, mit welcher Aufregung es sie erfüllte, wenn sie eine Klinik betrat. Niemand würde verstehen, welche Befriedigung allein das Wissen ihr verschaffte, dazuzugehören – zu dieser Welt des Forschens und Helfens.

Die meisten Menschen dachten nur mit Unbehagen an ein Krankenhaus. Krankenhaus bedeutete weiße Wände und grelles Licht, der Geruch von Desinfektionsmitteln war unweigerlich verbunden mit Krankheit, sogar Tod. Für Anna jedoch verkörperten sie Leben und Hoffnung. Die Stunden, die sie hier arbeitete, bekräftigten nur ihren Wunsch, eines Tages zu der Ärzteschaft zu gehören. Genau wie die Stunden, die sie über ihren Büchern hing, sie nur entschlossener machten, alles zu lernen, was es zu lernen gab.

Sie hatte einen Traum, den sie mit niemandem teilen konnte. Für Anna war es ganz einfach: Sie wollte etwas bewegen. Und um ihren Traum wahr werden zu lassen, investierte sie Jahre ihres Lebens, um zu lernen.

Selbst jetzt, während sie Laken faltete und Zeitschriften sortierte, lernte sie. Sie sah, wie die jungen Ärzte sich nach einer nahezu schlaflosen Nacht auf die erste Visite konzentrierten. Viele von ihnen würden es trotz bester Noten im Examen nicht schaffen. Aber sie würde es. Anna sah und hörte genau hin und wurde immer entschlossener, nicht zu scheitern.

Und sie lernte noch etwas. Etwas, das sie nie vergessen würde: Das Rückgrat eines Krankenhauses waren nicht die Chirurgen oder die Assistenzärzte. Auch nicht die Verwaltungsangestellten, die Budgets planten und Entscheidungen trafen. Die Ärzte untersuchten und stellten Diagnosen, aber es war das Pflegepersonal, das heilte. Am Rande der Erschöpfung, jeden Tag endlose Stunden auf den Beinen, kilometerlange Strecken auf den Korridoren, doch stets voller Hingabe. Die Assistenzärzte wurden bis zum Äußersten getrieben, um die Spreu vom Weizen zu trennen, das Pflegepersonal wurde einfach nur bis zum Äußersten getrieben.

Und jetzt, vor dem letzten Studienjahr, nahm Anna sich etwas vor. Ganz fest. Eisern. Sie würde Ärztin werden, Chirurgin, aber sie würde mit ihren Patienten fühlen, so wie die Krankenschwestern es taten.

»Oh, Miss Whitfield.« Mrs. Kellerman, die Oberschwester, hielt Anna mit einer knappen Handbewegung auf. Seit zwanzig Jahren, seit sie Witwe war, arbeitete sie in ihrem Beruf. Mit fünfzig war sie unerschütterlich wie eine Veteranin und unermüdlich wie eine Lernschwester. Und mit ihren Patienten war sie so sanft, wie sie mit ihren Schwestern hart war. »Mrs. Higgs auf 521 hat nach Ihnen gefragt.«

Anna hob den Stapel Zeitschriften, den sie auf dem Arm trug, höher. »Wie geht es ihr heute?«

»Sie ist stabil«, erwiderte die Oberschwester, ohne den Blick von ihren Unterlagen zu nehmen. Sie hatte die Hälfte ihrer Zehnstundenschicht hinter sich und keine Zeit für Geplauder. »Ihre Nacht war ruhig.«

Anna unterdrückte ein Seufzen. Sie wusste, dass Mrs. Kellerman selbst nach der Patientin gesehen hatte und ihr Genaueres hätte sagen können. Allerdings kannte Anna auch die Einstellung der Oberschwester, wie das System zu funktionieren hatte: Frauen waren in einem Bereich tätig, Männer in einem anderen. Überlappungen hatte es nicht zu geben. Ohne Ausnahme. Anna verkniff sich einen Kommentar und steuerte Zimmer 521 an. Sie würde eben selbst nachsehen.

Durch die geöffnete Jalousie schien die Sonne auf weiße Wände und weiße Laken. Ein Radio spielte leise. Mrs. Higgs lag reglos in ihrem Bett. Ihr schmales Gesicht war faltiger, als es einer noch nicht Sechzigjährigen anstand. Ihr Haar war schütter, das Grau matt und gelblich. Das Rouge, das sie früh am Morgen aufgelegt hatte, wirkte unnatürlich und stach wie hektische rote Flecken von den blassen Wangen. Auch wenn die ungute Farbe Anna beunruhigte, so wusste sie doch, dass alles Menschenmögliche für Mrs. Higgs getan wurde. An den blassen Händen stach der rote Nagellack hervor. Anna lächelte. Mrs. Higgs hatte ihr gestanden, dass sie vielleicht ihr gutes Aussehen verlieren mochte, aber nie ihre Eitelkeit.

Da Mrs. Higgs die Augen geschlossen hatte, achtete Anna darauf, die Tür so leise wie möglich zu schließen. Sie legte die Zeitschriften ab und nahm die Krankenkarte zur Hand, die am Fußende des Bettes hing.

Wie Kellerman gesagt hatte, Mrs. Higgs' Zustand war stabil. Nicht besser, nicht schlechter, gleich geblieben, seit sie vor einer Woche eingeliefert worden war. Der Blutdruck war zu niedrig, und sie konnte keine feste Nahrung bei sich behalten, aber sie hatte eine ruhige Nacht verbracht. Zufriedengestellt ging Anna ans Fenster, um die Jalousien zu schließen.

»Nein, Kindchen, ich mag die Sonne.«

Anna drehte sich zum Bett um. Mrs. Higgs lächelte ihr zu. »Tut mir leid. Habe ich Sie geweckt?«

»Nein, ich habe nur ein wenig geträumt.« Die Schmerzen waren immer da. Trotzdem lächelte sie und streckte die Hand nach Anna aus. »Ich hatte gehofft, dass Sie heute zu mir kommen würden.«

»Oh, das musste ich doch.« Anna setzte sich auf den Stuhl neben dem Bett. »Ich habe Ihnen eine Modezeitschrift meiner Mutter mitgebracht. Sie glauben ja nicht, was Paris sich als neue Herbstmode vorstellt.«

Mrs. Higgs lachte und stellte das Radio aus. »Die Zwanzigerjahre werden sie niemals erreichen. Da war Mode noch etwas Aufsehenerregendes. Natürlich brauchte damals jeder, der mit der Mode gehen wollte, tolle Beine und großen Mut.« Sie zwinkerte Anna zu. »Ich hatte beides.«

»Das haben Sie immer noch.«

»Den Mut vielleicht, aber nicht die Beine.« Seufzend drehte Mrs. Higgs sich auf die Seite. Sofort stand Anna auf, um ihr das Kissen zurechtzurücken. »Ich sehne mich nach meiner Jugend zurück, Anna.«

»Ich dagegen wäre gern älter.«

Mrs. Higgs ließ sich schwach gegen die Kissen zurücksinken und sah zu, wie Anna die Bettdecke zurechtzog. »Sie sollten nicht so leichtfertig Ihre Lebensjahre wegwünschen.«

»Nicht Jahre.« Anna ließ sich auf die Bettkante nieder. »Nur dieses eine nächste.«

»Keine Sorge, Anna. Sie schaffen Ihr Examen schon. Und danach werden Sie sich nach der Zeit davor zurücksehnen. Die ganze Arbeit, die Sie gemacht haben, das Lernen und die Verwirrung wird Ihnen fehlen, glauben Sie mir.«

»Vielleicht haben Sie recht.« Behutsam nahm Anna ihr Handgelenk und maß den Puls. »Aber im Moment kann ich an nichts anderes denken, als diesen Sommer hinter mich zu bringen und wieder richtig anzufangen.«

»Die Jugend ist wie ein wunderbares Geschenk, mit dem man nichts so recht anzufangen weiß, wenn man jung ist. Kennen Sie die hübsche Schwester, die hochgewachsene mit dem roten Haar?«

Reedy, dachte Anna und ließ Mrs. Higgs' Handgelenk los. Aus dem Krankenblatt war ersichtlich, dass sie erst in einer Stunde ihre Medikamente bekam. »Ja.«

»Sie hat mir heute Morgen geholfen. So ein süßes Ding. Sie wird bald heiraten und erzählt mir immer von ihrem Liebsten. Sie tun das nie.«

»Was tue ich nie?«

»Sie erzählen mir nie von Ihrem Freund.«

Die Blumen neben dem Bett sahen ein wenig welk aus. Anna arrangierte sie in der Vase und schob sie zusammen. Sie wusste, dass eine der Schwestern sie dorthin gestellt haben musste, denn Mrs. Higgs hatte keine Angehörigen. »Ich habe keinen.«

»Oh, das glaube ich nicht. Eine so hübsche junge Frau wie Sie muss doch jede Menge Verehrer haben.«

»Die stören mich nur und halten mich vom Examen ab, wenn sie vor meiner Tür Schlange stehen«, sagte Anna und lächelte, als Mrs. Higgs schmunzelte.

»Das kann ich mir durchaus vorstellen. Ich war erst fünfundzwanzig, als ich meinen Mann verlor. Ich dachte, ich würde nie wieder heiraten. Aber natürlich hatte ich Verehrer.« Verträumt und etwas wehmütig schaute Mrs. Higgs zur Decke. »Ich könnte Ihnen ziemlich schockierende Geschichten erzählen.«

Lachend warf Anna ihr Haar zurück. Das Sonnenlicht traf kurz ihre Augen, machte sie tiefer, wärmer. »Ich bin nicht so leicht zu schockieren, Mrs. Higgs.«

»Ich fürchte, ich war ein schrecklich kokettes Früchtchen. Aber ich habe so gern geflirtet und hatte so viel Spaß dabei. Und jetzt …«

»Was jetzt, Mrs. Higgs?«

»Jetzt tut es mir leid, dass ich keinen von ihnen geheiratet habe. Dann hätte ich jetzt Kinder. Jemanden, dem ich wichtig bin und der sich an mich erinnert.«

»Sie haben doch jemanden, dem Sie wichtig sind.« Anna griff nach der Hand der alten Dame. »Mich.«

Nein, sie würde sich nicht dem Schmerz ergeben, auch nicht dem Selbstmitleid. Dankbar drückte Mrs. Higgs Annas Hand. »Aber es muss doch einen Mann in Ihrem Leben geben. Einen ganz besonderen Mann.«

»Keinen besonderen«, entgegnete Anna. »Sicher, es gibt einen.« Ihre Stimme wurde kühler. »Aber er geht mir auf die Nerven.«

»Welcher Mann tut das nicht? Erzählen Sie mir von ihm.«

Weil Mrs. Higgs' müde Augen plötzlich leuchteten, tat Anna ihr den Gefallen. »Er heißt Daniel MacGregor und kommt aus Schottland.«

»Sieht er gut aus?«

»Nein. Ja.« Anna stützte das Kinn auf die Hand. »Er ist nicht der Typ Mann, den man in Zeitschriften findet, aber er ist trotzdem ungewöhnlich. Er ist gut zwei Meter groß.«

»Breite Schultern?« Mrs. Higgs horchte auf.

»Allerdings.« Sie hatte vorgehabt, ihn um Mrs. Higgs willen noch eindrucksvoller zu machen, doch dann fiel ihr auf, dass sie gar nicht viel dazuerfinden musste. »Er könnte bestimmt leicht je einen Mann auf seinen Schultern tragen.«

Zufrieden lehnte Mrs. Higgs sich zurück. »Ich habe große und kräftige Männer immer gemocht.«

Anna runzelte die Stirn, doch dann gestand sie sich ein, dass Daniels Beschreibung mehr für Mrs. Higgs tat als das Pariser Modemagazin. »Er hat rotes Haar«, fuhr sie fort. »Und einen Bart.«

»Einen Bart!«, rief Mrs. Higgs begeistert. »Wie extravagant!«

»Nein ...« Viel zu schnell für ihren Geschmack sah Anna Daniels Gesicht vor sich. »Eher wüst und furchterregend. Aber er hat hübsche Augen. Sie sind sehr blau.« Wieder runzelte sie die Stirn. »Leider neigt er dazu, einen anzustarren.«

»Ein Draufgänger.« Mrs. Higgs nickte anerkennend. »Leisetreter konnte ich nie ausstehen. Was macht er beruflich?«

»Er ist Geschäftsmann. Ein erfolgreicher. Und er ist arrogant.«

»Das wird ja immer besser. Jetzt sagen Sie mir, warum er Ihnen auf die Nerven geht.«

»Er akzeptiert kein Nein als Antwort.« Unruhig stand Anna auf und ging ans Fenster. »Ich habe keinen Zweifel daran gelassen, dass ich nicht interessiert bin.«

»Und jetzt ist er fest entschlossen, das zu ändern.«

»So ungefähr.« *Ich habe Sie gesucht und gefunden, Anna Whitfield, und ich werde Sie bekommen.* »Er hat mir in dieser Woche jeden Tag Blumen geschickt.«

»Was für welche?«

Belustigt drehte Anna sich zu ihr um. »Rosen. Weiße Rosen.«

»Oh.« Mrs. Higgs seufzte sehnsuchtsvoll. »Es ist viel zu lange her, dass jemand mir Rosen geschickt hat.«

Gerührt sah Anna der alten Dame in die Augen. Mrs. Higgs war erschöpft. »Ich bringe Ihnen gern welche von meinen mit. Sie duften herrlich.«

»Das ist lieb von Ihnen, aber irgendwie ist es nicht dasselbe, nicht wahr? Es gab eine Zeit, da ...« Kopfschüttelnd verstummte sie. »Na ja, das ist Vergangenheit. Vielleicht sollten Sie sich diesen Daniel doch genauer ansehen. Es ist immer ein Fehler, Zuneigung zurückzuweisen.«

»Wenn ich meine Zeit als Assistenzärztin hinter mir habe, werde ich mehr Zeit für Zuneigung haben.«

»Wir denken immer, dass wir eines Tages mehr Zeit haben werden.« Mit einem neuerlichen Seufzer schloss Mrs. Higgs die Augen. »Ich drücke diesem Daniel die Daumen«, murmelte sie noch und schlief ein.

Anna betrachtete sie noch einen Moment, dann ließ sie Mrs. Higgs mit dem Sonnenschein und dem Modejournal zurück und schloss leise die Tür hinter sich.

Stunden später trat sie in die Nachmittagssonne hinaus. Ihre Füße schmerzten, aber sie war bester Stimmung. Den letzten Teil ihrer Schicht hatte sie auf der Entbindungsstation verbracht, wo sie mit jungen Müttern gesprochen und Neugeborene im Arm gehalten hatte. Sie fragte sich, wie lange es dauern würde, bis sie selbst einem Baby auf die Welt helfen dürfte.

»Du bist noch hübscher, wenn du lächelst.«

Verblüfft fuhr Anna herum. Daniel lehnte an der Motorhaube eines dunkelblauen Cabrios. Er war lässig gekleidet, trug eine sportliche Hose und ein Hemd, das am Hals offen stand. Eine leichte Brise wehte durch sein Haar, und er lächelte. So ungern sie es auch zugab, er sah fantastisch aus. Während sie noch überlegte, wie sie reagieren sollte, kam er auf sie zu.

»Dein Vater hat mir gesagt, wo ich dich finden kann.« Sie sah so … so kompetent und sachlich aus in dem dunklen Rock und der weißen Bluse. Nicht so zart wie in ihrem rosafarbenen oder hellblauen Kleid, aber genauso hinreißend.

Mit einer unbefangenen Geste schob sie sich eine Strähne hinters Ohr. »Oh. Mir war nicht klar, dass du ihn so gut kennst.«

»Jetzt, wo Ditmeyer Staatsanwalt geworden ist, brauche ich einen neuen Anwalt.«

»Meinen Vater.« Anna musste sich beherrschen. »Ich kann nur hoffen, dass du ihn nicht meinetwegen genommen hast.«

Daniel lächelte, langsam und unbeschwert. Ja, sie war genauso schön wie immer. »Ich trenne grundsätzlich geschäftliche Dinge sorgfältig von meinem Privatleben, Anna. Du hast keinen einzigen meiner Anrufe erwidert.«

Dieses Mal lächelte auch sie. »Nein.«

»Deine Manieren erstaunen mich.«

»Das sollten sie nicht, angesichts deiner eigenen. Wie auch immer, ich habe dir einen Brief geschickt.«

»Die förmliche Aufforderung, dir keine Blumen mehr zu schicken, ist für mich kein Brief«, entgegnete er.

»Und deshalb schickst du sie mir immer noch.«

»Stimmt. Hast du den ganzen Tag gearbeitet?«

»Ja. Wenn du mich jetzt also entschuldigen ...«

»Ich fahre dich nach Hause.«

Sie legte den Kopf ein wenig schief. Er kannte diese kühle Geste und hatte sie erwartet. »Das ist sehr freundlich von dir, aber nicht nötig. Es ist ein schöner Tag, und ich wohne in der Nähe.«

»Na gut, dann begleite ich dich.«

Erstaunt stellte Anna fest, dass sie die Zähne zusammenbiss. Rasch entspannte sie sich wieder. »Daniel, ich glaube, ich war deutlich genug.«

»Aye, das warst du. Und ich habe mich auch deutlich ausgedrückt. Deshalb ...«, er nahm ihre Hände in seine, »... müssen wir abwarten, wer von uns beiden am längsten durchhält. Ich bin sicher, dass ich das sein werde. Es kann doch nichts schaden, wenn wir uns etwas besser kennenlernen, oder?«

»Doch.« Sie begann zu verstehen, warum er ein so erfolgreicher Geschäftsmann war. Wenn er wollte, verströmte er einen ungeheuren Charme. Nur wenige Männer waren in der

Lage, eine Kampfansage mit einem gewinnenden Lächeln zu verbinden. »Du musst meine Hände loslassen.«

»Natürlich … wenn du eine Ausfahrt mit mir machst.«

Ihre Augen funkelten. »Ich lasse mich nicht erpressen.«

»Akzeptiert.« Weil er sie zu respektieren begann, gab er ihre Hände frei. Und weil er zu gewinnen gedachte. »Anna, es ist ein herrlicher Nachmittag. Komm, steig ein und fahr ein bisschen mit mir herum. Frische Luft und Sonnenschein sind gut für dich, oder nicht?«

»Das sind sie.« Warum eigentlich nicht? Wenn sie gute Miene zum bösen Spiel machte, konnte sie ihn vielleicht davon überzeugen, dass er seine Energie besser auf andere Dinge richten sollte. »Na gut, eine kurze Fahrt kann sicher nicht schaden. Du hast ein tolles Auto.«

»Mir gefällt's auch. Steven schmollt jedes Mal, wenn ich ohne ihn und den Rolls-Royce losfahre. Schrecklich, wenn ein erwachsener Mann schmollt.« Er wollte ihr die Beifahrertür öffnen, hielt dann aber inne. »Hast du einen Führerschein?«

»Natürlich.«

»Gut.« Er holte die Wagenschlüssel aus seiner Tasche und gab sie ihr.

»Du willst, dass ich fahre?«

»Es sei denn, du möchtest lieber nicht.«

Sie nahm die Schlüssel an sich. »Nichts lieber als das, aber woher weißt du, dass ich nicht wie eine Wilde rase?«

Er sah sie einen Moment lang schweigend an, dann lachte er laut und fröhlich auf. Bevor sie wusste, wie ihr geschah, hatte er sie hochgehoben und herumgewirbelt. »Anna Whitfield, ich bin verrückt nach dir.«

»Verrückt«, murmelte sie und versuchte sowohl Rock als auch Würde zu glätten, als sie wieder auf dem Boden stand.

»Komm, Anna.« Er ließ sich mit einem jungenhaften Grinsen auf den Beifahrersitz fallen. »Mein Leben und mein Auto liegen in deinen Händen.«

Sie warf das Haar über die Schulter, ging um den Wagen herum und setzte sich ans Steuer. Sie konnte nicht widerstehen – sie lächelte ihn durchtrieben an. »Du liebst das Risiko, was, Daniel?«

»Aye.« Er lehnte sich zurück, als der Motor ansprang. »Warum fährst du nicht ein wenig aus der Stadt heraus? Dort ist die Luft besser.«

Nur eine Meile, sagte sie sich, als sie anfuhr. Höchstens zwei.

Aber bald hatten sie zehn Meilen zurückgelegt und lachten beide.

»Das ist herrlich«, rief sie über den Fahrtwind. »Ich bin noch nie ein Cabrio gefahren.«

»Es passt zu dir.«

»Daran werde ich denken, wenn ich mir meinen ersten Wagen zulege.« Sie nagte an der Unterlippe, während sie eine scharfe Kurve fuhr. »Vielleicht wird das schon bald sein. Ich werde mir eine Wohnung näher am Krankenhaus nehmen, aber ein Auto wäre praktisch.«

»Du ziehst bei deinen Eltern aus?«

»Im nächsten Monat.« Sie nickte. »Sie haben gar nicht so sehr protestiert, wie ich erwartet hatte. Ich glaube, es war gut, dass ich in einem anderen Staat aufs College gegangen bin. Jetzt brauche ich sie nur noch davon zu überzeugen, bei mir nicht einzurichten.«

»Dass du allein leben wirst, gefällt mir nicht.«

Sie sah ihn kurz an. »Ob es dir gefällt oder nicht, spielt zwar keine Rolle, aber ich bin eine erwachsene Frau. Du lebst doch auch allein, oder?«

»Das ist etwas anderes.«

»Warum?«

Er öffnete den Mund, schloss ihn wieder. Warum? Weil er sich um sich selbst keine Sorgen machte. Aber um sie. Doch das sagte er nicht, sie würde es nie akzeptieren. Inzwischen kannte er sie gut genug. »Ich lebe nicht allein. Ich habe Personal.« Er wartete nur darauf, dass sie widersprechen würde.

»Dafür werde ich keinen Platz haben. Sieh nur, wie grün das Gras ist.«

»Du wechselst das Thema.«

»Ja, das tue ich. Nimmst du dir oft nachmittags frei?«

»Nein.« Er brummelte etwas in sich hinein, beschloss dann aber, es gut sein zu lassen. Er würde sich ihre Wohnung selbst ansehen und dafür sorgen, dass sie darin sicher war. Falls nicht, würde er die Wohnung eben kaufen. »Aber ich dachte mir, ich muss dich schon vor dem Krankenhaus abfangen, wenn ich mit dir allein sein will.«

»Ich hätte Nein sagen können.«

»Aye. Aber ich habe darauf gehofft, dass du nicht ablehnen würdest. Was tust du dort eigentlich? Noch darfst du doch keine Nadeln und Messer in Menschen stechen.«

Sie lachte. Der Wind war wunderbar, roch frisch und würzig. »Meistens besuche ich Patienten, rede mit ihnen und bringe ihnen etwas zu lesen. Ich mache alle möglichen Arbeiten, bei denen Hilfe nötig ist. Und ich helfe auch dabei, die Betten frisch zu beziehen.«

»Dafür hast du doch nicht studiert!«

»Nein, aber ich lerne viel dabei. Die Ärzte und Schwestern haben wenig Zeit für ihre Patienten, weil sie einfach zu beschäftigt sind. Ich dagegen habe die Zeit, wenn auch nicht mehr lange. Es hilft mir dabei, zu verstehen, wie es ist, stundenlang dazuliegen, krank, mit Schmerzen oder einfach nur gelangweilt. Daran werde ich mich erinnern, wenn ich selbst praktiziere.«

So hatte er es noch nie gesehen, aber er erinnerte sich daran, wie seine Mutter nach langer Krankheit gestorben war. Damals war er zehn gewesen. Er sah auch wieder vor sich, wie schwer es für sie gewesen war, ans Bett gefesselt zu sein. Den Geruch in ihrem Zimmer würde er ebenso wenig vergessen wie den Geruch in den Minen. »Macht es dir nichts aus, die ganze Zeit bei kranken Menschen zu sein?«

»Wenn es mir nichts ausmachen würde, hätte ich nicht den Wunsch gehabt, Medizin zu studieren.«

Daniel beobachtete, wie der Wind ihr das Haar aus dem Gesicht wehte. Er hatte seine Mutter geliebt und jeden Tag an ihrem Bett gesessen, aber irgendwann hatte ihm vor ihrer Krankheit und dem Dahinsiechen gegraut. Anna war jung und voller Leben. Trotzdem hatte sie sich entschieden, für Kranke da zu sein. »Ich verstehe dich nicht.«

»Manchmal verstehe ich mich selbst nicht.«

»Sag mir, warum du jeden Tag ins Krankenhaus gehst, damit ich dich verstehen kann.«

Sie dachte an ihren Traum. Warum sollte ausgerechnet er es verstehen, wenn es sonst niemand tat? Dann fiel ihr Mrs. Higgs ein. Vielleicht würde er das verstehen. »In der Klinik liegt eine Frau. Vor zwei Wochen hat man ihr einen Tumor entfernt. Und einen Teil ihrer Leber. Ich weiß, dass sie Schmerzen hat, aber sie beklagt sich fast nie. Sie muss reden, und das kann ich ihr geben. Anders kann ich ihr jetzt noch nicht helfen.«

»Aber es ist wichtig.«

Sie sah ihn an, und ihre Augen wurden dunkler, ihr Blick intensiver. »Ja, für uns beide. Heute hat sie mir erzählt, wie sehr sie es bereut, dass sie nach dem Tod ihres Mannes nicht wieder geheiratet hat. Sie möchte, dass jemand sich an sie erinnert. Ihr Körper versagt, aber ihr Verstand ist noch so klar. Vorhin habe ich ihr von dir erzählt …«

»Von mir?«

Sie hätte sich am liebsten die Zunge abgebissen. »Ja. Mrs. Higgs kam auf Männer zu sprechen«, erklärte sie nüchtern, »und ich erzählte ihr, dass ich einen kenne, der mir auf die Nerven geht.«

Er nahm ihre Hand und küsste sie. »Danke.«

Um ihre Heiterkeit zu unterdrücken, trat sie aufs Gaspedal. »Jedenfalls habe ich dich ihr beschrieben. Sie war beeindruckt.«

»Wie hast du mich beschrieben?«

»Bist du auch noch eitel, Daniel?«

»Absolut.«

»Nun, wenn du es wissen willst – als arrogant und ungezügelt. Ich entsinne mich nicht mehr, ob ich auch »unhöflich« erwähnt habe. Der Punkt ist, ich kann jeden Tag ein paar Minuten an ihrem Bett sitzen und ihr von der Welt draußen erzählen. Vielleicht hilft ihr das, ihr Leid zu ertragen. Ein Arzt darf nie vergessen, dass Diagnose und Therapie einfach nicht genug sind. Es gehört auch Mitgefühl dazu.«

»Ich glaube, du wirst das nie vergessen.«

Seine Antwort ging ihr ans Herz. »Du versuchst schon wieder, mir zu schmeicheln.«

»Keineswegs. Ich versuche dich zu verstehen.«

»Daniel …« Mit Arroganz, mit Eitelkeit, selbst mit Aufdringlichkeit konnte sie umgehen. Aber wie sollte sie auf Freundlichkeit reagieren? »Wenn du mich wirklich verstehen willst, musst du mir zuhören. Das Examen abzulegen und als Ärztin zu arbeiten, das sind nicht nur die wichtigsten Dinge in meinem Leben. Momentan sind es auch die einzigen. Ich will es schon zu lange und habe zu hart dafür gearbeitet, um mich von irgendetwas oder durch irgendjemanden ablenken zu lassen.«

Er strich mit einem Finger über ihre Schulter. »Lenke ich dich ab, Anna?«

»Das ist kein Scherz.«

»Nein, nichts davon. Ich möchte, dass du meine Frau wirst.«

Der Wagen schlingerte, als ihre Hände am Lenkrad erschlafften. Sie trat mit Wucht auf die Bremse, und mit quietschenden Reifen kam der Wagen mitten auf der Straße zum Stehen.

»Ist das ein Ja?«, fragte er lächelnd. Der schockierte Ausdruck auf ihrem Gesicht amüsierte ihn.

Sie brauchte ungefähr zehn Sekunden, um die Sprache wiederzufinden. Nein, er scherzte nicht. Er war verrückt. »Du weißt nicht, was du sagst. Wir kennen uns erst seit einer Woche, haben uns ein paarmal gesehen, und du machst mir einen Heiratsantrag. Wenn du als Geschäftsmann auch so unrealistisch bist, frage ich mich, wieso du nicht längst pleite bist.«

»Weil ich genau weiß, welchen Deal ich abschließen will und von welchem ich lieber die Finger lasse.« Er legte die Hände auf ihre Schultern. »Anna, ich hätte noch warten können, aber warum sollte ich? Ich bin mir meiner Sache sicher.«

»So, du bist dir also sicher, ja?« Sie holte tief Luft, um das Gefühlschaos in ihr unter Kontrolle zu bekommen. »Vielleicht interessiert es dich, dass zu einer Heirat immer zwei gehören. Zwei Menschen, die einander lieben und zu einer Heirat bereit sind.«

Diesen nichtigen Einwand tat er ab. »Wir sind zu zweit«, sagte er nur.

»Ich will nicht heiraten, weder dich noch einen anderen. Ich muss noch ein Jahr lang studieren, danach folgt die Assistenzzeit, dann will ich mich niederlassen.«

»Dass du Ärztin wirst, gefällt mir zwar nicht.« Und er war auch nicht überzeugt, dass sie es schaffen würde. »Aber ich bin bereit, einige Zugeständnisse zu machen.«

»Zugeständnisse?« Ihre Augen verdunkelten sich vor Empörung. »Mein Beruf ist kein Zugeständnis.« Ihre Stimme war zu ruhig, zu leise. »Ich habe versucht, vernünftig mit dir zu reden, Daniel MacGregor, aber du hörst mir einfach nicht zu. Begreif es endlich. Du verschwendest deine Zeit.«

Er zog sie an sich. Ihr Temperament erregte ihn, die Zurückweisung stachelte ihn nur an. »Ich kann mit meiner Zeit anfangen, was ich will.«

Als er sie dieses Mal küsste, geschah es nicht so sanft und zärtlich wie beim ersten Mal. Er hätte es vermutlich gar nicht gemerkt, wenn sie sich gewehrt hätte. In diesem Moment war Daniel zu sehr von dem eigenen Verlangen besessen, seine Gefühle waren zu turbulent, als dass er Widerstand oder Entgegenkommen bemerkt hätte.

Ihre Lippen waren warm von der Sonne, ihre Haut weich wie Samt. Er wollte sie. Das hatte nichts mehr mit seiner freien Entscheidung zu tun, war keine Frage von Überlegung oder Planung. Das Verlangen überwältigte ihn, schlug über ihm zusammen, übernahm die Kontrolle.

So hatte sie ihn sich vorgestellt. Kraftvoll, fordernd, gefährlich, aufregend. Dabei hätte es so einfach sein müssen, ihn von sich zu schieben. Aber wie konnte sie kalt bleiben, wenn ihr Körper entflammte? Oder gefühllos, wenn sie jede Empfindung so deutlich wie nie zuvor spürte? Entgegen jeder Vernunft, allen Vorsätzen zum Trotz schmiegte sie sich an ihn und gab dabei mehr, als sie für möglich gehalten hätte. Und zugleich nahm sie mehr, als sie sich je hätte vorstellen können.

Sie würde es wieder wollen, das wusste sie. Während das Blut in ihren Schläfen pochte, wusste sie es. Solange er in ihrer

Nähe war, solange sie sich an seine Berührung erinnern konnte, würde sie es wieder wollen. Was konnte sie dagegen tun? Aber warum sollte sie überhaupt etwas dagegen tun? Auf diese Fragen gab es Antworten, sie war ganz sicher. Sie musste sie nur finden.

Vernunft. Sie brauchte einen klaren Kopf, aber die süße Schwäche überwältigte sie, sie war verloren in der Dynamik, die sie gemeinsam schufen.

Als die Stärke zurückkehrte, enthielt sie auch Leidenschaft. Doch Leidenschaft war etwas, das sich kontrollieren ließ. Es fiel Anna unglaublich schwer, aber sie schaffte es, sich von ihm zu lösen. Sie setzte sich auf und starrte nach vorn.

»Ich werde dich nicht wiedersehen.«

Der Anflug von Panik überraschte ihn. Entschlossen unterdrückte er dieses Gefühl und sah sie an. »Wir wissen beide, dass das nicht wahr ist.«

»Ich meine, was ich sage.«

»Da bin ich ganz sicher. Aber es ist trotzdem nicht wahr.«

»Verdammt, Daniel, lässt du dir denn gar nichts sagen?«

Es war das erste Mal, dass er ihren Zorn zu spüren bekam. Und obwohl sie sich schnell wieder im Griff hatte, merkte er, dass er sich davor würde in Acht nehmen müssen.

»Selbst wenn ich in dich verliebt wäre, was ich nicht bin«, fuhr sie fort, »wäre es sinnlos.«

Er drehte sich eine ihrer Locken um den Finger. »Wir werden sehen.«

»Wir werden nicht …« Sie verstummte und zuckte zusammen, als hinter ihnen eine Hupe ertönte. Ein anderer Wagen fuhr langsam genug an dem Cabrio vorbei, dass der Fahrer ihnen einen wütenden Blick zuwerfen konnte. Er sagte etwas, das im Aufheulen des Motors unterging, als er sie überholte und davonraste. Daniel lachte fröhlich. Anna legte die Stirn auf das Lenkrad und stimmte in sein Lachen mit ein. Noch nie hatte sie einen Menschen getroffen, der sie so wütend und so schwach machen konnte und sie gleichzeitig zum Lachen brachte.

»Daniel, dies ist die lächerlichste Situation, in der ich mich je befunden habe.« Noch immer kichernd hob sie den Kopf. »Fast glaube ich, wir könnten Freunde werden, wenn du endlich mit der anderen Sache aufhören würdest.«

»Wir werden Freunde sein.« Er beugte sich vor und küsste sie, bevor sie ihm ausweichen konnte. »Ich will eine Frau, eine Familie. Es kommt die Zeit, da braucht ein Mann beides, denn sonst war alles andere umsonst.«

Sie legte die Arme auf das Lenkrad und stützte ihr Kinn darauf. Wieder ruhig, starrte sie auf das hohe Gras neben der Straße. »Das stimmt wohl. Für dich. Ich glaube, du hast dir fest vorgenommen zu heiraten, und jetzt suchst du die passende Frau.«

Verlegen senkte er den Blick. Es würde nicht einfach sein, mit einer Frau zusammenzuleben, die ihn so mühelos durchschaute. Aber er hatte nun einmal Anna gewählt. »Wie kommst du darauf?«

»Weil für dich alles Geschäft ist.« Sie sah ihn unverwandt an. »Es ist deine Natur. Geschäftlich wie privat.«

Er wollte ihr nicht ausweichen, konnte es nicht, nicht mit ihr. »Das mag sein. Aber … du bist nun einmal die Richtige. Nur du.«

Seufzend lehnte sie sich zurück. »Die Ehe ist keine geschäftliche Transaktion, zumindest sollte sie es nicht sein. Ich kann dir nicht helfen, Daniel.« Anna fuhr wieder an. »Wir sollten umkehren.«

Er legte eine Hand auf ihre Schulter, bevor sie wendete. »Es ist zu spät zur Umkehr, Anna. Für uns beide.«

4. Kapitel

Blitze zuckten über den Himmel, und in der Ferne grollte Donner, doch noch regnete es nicht. Der Sommer hatte gerade erst begonnen, aber der Abend war schwül. Ab und an fuhr eine Windbö durch die Bäume, ohne Kraft und ohne Kühlung zu bringen. Myra genoss die Hitze und das heranziehende Gewitter und hielt mit quietschenden Bremsen vor dem Haus der Ditmeyers.

»Was für ein grässliches Geräusch.« Sie klappte die Sonnenblende herunter, um ihr Gesicht in dem kleinen Spiegel zu überprüfen. »Ich sollte das endlich reparieren lassen.«

»Was? Dein Gesicht?« Annas harmloses Lächeln wurde gut gelaunt erwidert.

»Ja, das auch, wenn es so weit ist. Aber dringender sind im Moment die Bremsen.«

»Vielleicht solltest du es mal mit einer ... etwas gemächlicheren Fahrweise versuchen.«

»Aber wo bliebe dann der Spaß?«

Lachend stieg Anna aus. »Erinnere mich daran, dich nie meinen neuen Wagen fahren zu lassen.«

»Neuen Wagen?« Myra schlug die Autotür zu und schob die Träger ihres Abendkleids zurecht. »Seit wann hast du denn einen neuen Wagen?«

Es musste am Wetter liegen, dachte Anna, dass sie sich so rastlos, so übermütig fühlte. »Ab morgen vielleicht.«

»Wirklich? Ich komme mit. Neue Wohnung, neuer Wagen.« Myra hakte sich bei Anna ein, als sie den Weg entlang zur Tür gingen. Zwei Düfte, einer dezent, der andere kühn, vermischten sich. »Was ist denn mit unserer stillen Anna los?«

»Ich habe mir einen kleinen Vorgeschmack auf die Freiheit gegönnt.« Sie warf den Kopf zurück und schaute zum Himmel hinauf. Wolken ballten sich, etwas braute sich dort zusammen. Aufregend. »Jetzt bin ich unersättlich.«

Erstaunt sah Myra ihre Freundin an. Unersättlich war Anna bisher nur im Hinblick auf ihr medizinisches Wissen gewesen. Wenn sie nicht völlig danebenlag, waren die Gedanken ihrer Freundin längst nicht mehr nur auf ihre medizinischen Bücher gerichtet. Nachdenklich berührte sie ihre Oberlippe mit der Zungenspitze. »Ich würde zu gern wissen, wie viel Daniel MacGregor damit zu tun hat.«

Anna zog eine Augenbraue hoch, bevor sie auf den Klingelknopf drückte. Sie kannte diesen Blick von Myra, und sie wusste auch, wie sie damit umzugehen hatte. »Was soll der denn damit zu tun haben, dass ich mir einen Wagen kaufe?«

»Ich dachte da mehr an das ›Unersättlich‹.«

Es war nicht leicht, eine unbeteiligte Miene aufzusetzen, aber Anna gelang es, Myras anzügliches Lächeln zu ignorieren. »Du bist auf dem Holzweg, Myra. Ich habe nur beschlossen, stilvoll nach Connecticut zurückzufahren.«

»Einen roten«, entschied Myra. »Und auffällig muss er sein.«

»Nein. Weiß, finde ich. Und elegant.«

»Weiß passt zu dir, nicht wahr?« Seufzend trat Myra zurück, um die Freundin zu betrachten. Annas Kleid war pfirsichfarben, sehr sanft, sehr weiblich, mit schmalen Ärmeln, die in Manschetten ausliefen. »Würde ich ein Kleid in dieser Farbe tragen, wäre ich so unscheinbar, dass man mich nicht einmal sehen würde. Du dagegen siehst zum Anbeißen aus.«

Lachend nahm Anna Myras Arm. »Ich bin nicht hier, um vernascht zu werden. Dir stehen auffällige Sachen, Myra, wie keiner anderen.«

Geschmeichelt spitzte Myra die Lippen. »Ja, nicht wahr?«

Als der Butler der Ditmeyers ihnen öffnete, schwebte Anna förmlich ins Haus. Sie konnte sich nicht erklären, warum sie so gute Laune hatte. Vielleicht lag es daran, dass die Arbeit im Krankenhaus immer befriedigender wurde. Oder an dem Brief von Dr. Hewitt, in dem er ihr von einer neuen, faszinierenden Operationstechnik berichtete. An den weißen Rosen, die sie noch immer jeden Tag bekam, lag es mit Sicherheit nicht.

»Mrs. Ditmeyer.«

In lavendelfarbenen Chiffon gehüllt, kam ihre beeindruckende Gastgeberin auf sie zu. »Anna, wie bezaubernd Sie aussehen.« Louise Ditmeyer begutachtete Annas Kleid. »Pastelltöne sind wirklich ideal für junge Damen. Und Sie, Myra ...« Ihr Blick glitt an Myras smaragdgrünem Kleid hinab. Ihr Missfallen war nicht zu übersehen. »Wie geht es Ihnen?«

»Sehr gut, danke«, flötete Myra. Dumme alte Kuh, fügte sie im Stillen hinzu.

»Sie sehen wundervoll aus, Mrs. Ditmeyer«, sagte Anna hastig, bevor Myra aussprechen konnte, was sie offensichtlich dachte. Unauffällig versetzte sie ihrer Freundin einen warnenden Rippenstoß. »Ich hoffe, wir sind nicht zu früh.«

»Überhaupt nicht. Es sind schon einige Gäste im Salon. Kommen Sie.« Sie eilte voraus.

»Sie sieht aus wie ein riesiges, altes Schlachtschiff«, murmelte Myra.

»Dann pass lieber auf, was du sagst, sonst wirst du versenkt.«

»Ich hoffe, Ihre Eltern kommen auch.« Mrs. Ditmeyer blieb im Durchgang zum Salon stehen und ließ den Blick zufrieden über ihre Gäste wandern.

»Sie würden es um nichts in der Welt verpassen«, versicherte Anna ihr und fragte sich gleichzeitig, ob jemand es wohl wagen würde, Louise Ditmeyer offen zu sagen, dass sie in Lila aussah, als hätte sie die Gelbsucht.

Mrs. Ditmeyer winkte einem Dienstboten. »Charles, einen Sherry für die jungen Damen. Sie machen sich doch selbst bekannt? Es gibt noch so viel zu tun für mich.« Und schon war sie wieder weg.

Gereizt schlenderte Myra zur Bar. »Ich nehme einen Bourbon, Charles.«

»Und ich einen Martini«, erklärte Anna. »Trocken. Benimm dich, Myra. Ich weiß, sie ist anstrengend, aber sie ist nun einmal Herberts Mutter.«

»Du hast leicht reden«, klagte Myra und griff nach ihrem Drink. »Du hast in ihren Augen einen Heiligenschein und Flügel.«

Die Beschreibung behagte Anna ganz und gar nicht. »Du übertreibst.«

»Na gut, dann nur den Heiligenschein.«

»Würde es helfen, wenn ich meinen Drink über den Teppich schütte?« Anna fischte die Olive aus ihrem Martini.

»Das würdest du doch sowieso nie tun …«, setzte Myra an und schnappte nach Luft, als Anna ihr Glas schräg hielt. »Tu's nicht!« Kichernd richtete sie Annas Hand wieder auf. »Ich hatte vergessen, wie schnell du dich herausfordern lässt.« Sie stibitzte die Olive von Anna und schob sie sich in den Mund. »Wenn du den Drink auf diesen Drachen schütten würdest, hätte ich vielleicht gar nichts dagegen, aber der Teppich ist einfach zu schön. Der arme Herbert.« Sie schaute sich im Salon um. »Dahinten steht er, in die Ecke getrieben von dieser entsetzlich aufdringlichen Mary O'Brian. Ich wette, sie ist hinter ihm her. Weißt du, irgendwie ist er auf seine vergeistigte Art sehr attraktiv. Schade, dass er so …«

»Ja?«

»So nett ist«, schloss Myra und hob das Glas, um ihr Grinsen zu verbergen. »Dort drüben ist übrigens jemand, den wohl niemand unbedingt als nett bezeichnen würde.«

Anna brauchte sich gar nicht erst umzudrehen. Plötzlich kam ihr der Raum kleiner vor. Und wärmer. Wärmer und wie elektrisch aufgeladen. Sie spürte die Erregung, erinnerte sich an das herrliche Gefühl. Einen Moment lang geriet sie in Panik. Die Terrassentür lag rechts von ihr. Sie könnte hinausgehen und verschwinden. Gleich morgen würde sie Mrs. Ditmeyer anrufen. Irgendeine Ausrede würde ihr schon einfallen.

»Oje.« Myra legte Anna eine Hand auf den Arm und fühlte, wie sie zitterte. »Dich hat es ja schlimm erwischt.«

Wütend auf sich selbst stellte Anna ihr Glas erst ab und nahm es dann sofort wieder auf. »Unsinn.«

Halb belustigt, halb besorgt musterte Myra sie. »Anna, ich bin es. Myra, deine beste Freundin.«

»Er ist so hartnäckig, das ist alles. Geradezu unverschämt. Das macht mich nervös.«

»Na gut.« Myra wusste, dass es manchmal besser war, Anna nicht zu widersprechen. »Belassen wir es dabei. Aber ich glaube, du könntest eine Minute gebrauchen, um dich zu beruhigen. Ich schlage vor, wir gehen zu Herbert und befreien ihn aus Marys Fängen.«

Anna widersprach nicht. Ja, sie brauchte diese Minute. Besser noch eine Stunde. Vielleicht Jahre. Es war unerheblich, dass sie ihr Reagieren auf Daniel genauestens analysiert und für rein körperlich befunden hatte. Die Reaktion blieb die gleiche, wurde mit jedem Mal, wenn sie ihm begegnete, stärker. Die aufgekratzte Stimmung, die sie befiel, wenn sie im gleichen Raum mit ihm war, behagte ihr keineswegs und war mehr als unerwünscht. Und genau deshalb würde sie ihn ignorieren und sich entspannen. Sie hatte immer volle Kontrolle über ihren Körper gehabt. Langsam atmen, sagte sie sich still. Konzentriere dich auf jeden einzelnen Muskel. Die Anspannung in ihrem Nacken löste sich. Immerhin befanden sie sich auf einer sehr formellen Dinnerparty, in der Gesellschaft einer Unmenge anderer Leute. Es war ja nicht so, als säßen sie allein zu zweit in einem Auto am Straßenrand. Ihr Magen verkrampfte sich.

»Hallo, Herbert.« Myra stellte sich neben ihn. »Mary.«

»Myra.« Offensichtlich wenig erfreut über die Unterbrechung wandte Mary sich an Anna. Was Herbert die Gelegenheit gab, entnervt die Augen zur Decke zu schlagen. Amüsiert und voller Mitgefühl hakte Myra sich bei ihm ein.

»Kürzlich ein paar Kriminelle hinter Gitter gebracht, Herbert?«

Bevor der Angesprochene etwas erwidern konnte, bedachte Mary Myra mit einem vernichtenden Blick. »Also wirklich, bei dir hört sich das an, als würdest du das alles nur für ein Spiel halten. Herbert nimmt eine sehr wichtige Position in unserem Rechtssystem ein.«

»Ist dem so, ja?« Myra zog die Augenbrauen in die Höhe, wie nur sie es konnte. »Und ich dachte immer, er schickt Verbrecher in den Knast.«

»Regelmäßig, ja«, ließ Herbert sich trocken vernehmen. Er nickte Myra zu. »Ich riskiere ständig mein Leben, um unsere Straßen sicher zu halten. Du müsstest mal die ganzen Einstiche in meinem Aktenkoffer sehen.«

Entzückt, dass Herbert das Spiel mitspielte, schmiegte sie sich enger an ihn und klimperte theatralisch mit den Wimpern. »Oh Herbert, ich bewundere dich ja so.«

Leider war diese kleine Showeinlage eine genaue Nachahmung von Cathleen Donahue, die wiederum Mary O'Brians beste Freundin war. Welche nun pikiert leise schnaubte. »Wenn ihr mich dann entschuldigen wollt ...«

»Ich glaube, irgendwas stimmt mit ihrer Nase nicht.« Myra sah mit großen unschuldigen Augen zu Anna. »Was sagt unsere zukünftige Ärztin dazu?«

»Zickigkeit, unheilbar.« Anna tätschelte Myra den Arm. »Vorsicht, meine Liebe, das könnte ansteckend sein.«

»Welch eine Vorstellung.«

Anna erkannte die Stimme sofort, erstarrte und zwang sich dazu, sich zu entspannen. Wie schaffte ein so großer Mann es nur, sich so lautlos zu bewegen?

»Guten Abend, Mr. MacGregor.« Erfreut streckte Myra ihm die Hand hin. Jetzt würde die Party doch nicht so langweilig werden, wie sie befürchtet hatte. »Wie fanden Sie das Ballett?«

»Sehr schön. Aber Ihr Auftritt eben war genauso gut.«

Herbert schüttelte Daniels Hand. »Mit Myra ist es nie langweilig.«

Geschmeichelt und überrascht sah Myra ihn an. »Danke«, meinte sie und traf eine spontane Entscheidung. Sie liebte Anna wie eine Schwester, und wenn Anna nicht wusste, was das Beste für sie war ... »Ich glaube, ich brauche noch einen Drink vor dem Essen. Du bestimmt auch, nicht wahr, Herbert?« Ohne ihm überhaupt Gelegenheit zu lassen, zuzustimmen, zog sie ihn mit sich fort.

Kopfschüttelnd sah Daniel ihr nach, als sie Herbert durch die Menge manövrierte. »Was für eine Frau.«

»Oh ja, das kann man wohl sagen.«

»Deine Frisur gefällt mir.«

Fast hätte sie danach getastet. Nach dem langen Tag in der Klinik hatte sie nicht viel Zeit gehabt, also hatte sie ihr Haar einfach nach hinten gebürstet. Doch anstatt sie ernst und sachlich aussehen zu lassen, ließ es ihr Gesicht verletzlich wirken. »Warst du schon einmal bei den Ditmeyers?«

»Du wechselst schon wieder das Thema.«

»Ja. Warst du?«

Er lächelte. »Nein.«

»Im Esszimmer steht eine großartige Sammlung Waterford-Kristall. Du solltest sie dir ansehen, wenn wir zu Tisch gehen.«

»Magst du Kristall?«

»Ja. Es sieht so kalt aus, bis das Licht darauf trifft. Und dann gibt es so viele Überraschungen.«

»Wenn ich dich zum Essen zu mir nach Hause einladen darf, zeige ich dir meine.«

Das mit dem Essen war natürlich Unsinn, aber der Rest interessierte sie. »Du sammelst auch?«

»Ich mag schöne Dinge.«

Sein Tonfall war unmissverständlich. Ihr Blick blieb so gelassen und ruhig wie immer. »Wenn das ein Kompliment war, bedanke ich mich. Aber ich habe nicht vor, mich sammeln zu lassen.«

»Ich will dich nicht auf einem Regal oder in einer Vitrine, Anna. Ich will dich einfach.« Er ergriff ihre Hand und hielt sie fest, als sie sie ihm entziehen wollte. »Du bist ängstlich«, sagte er und stellte fest, dass es ihm gefiel.

»Nur vorsichtig.« Anna betrachtete ihre und seine Hand. »Du hast meine Hand.«

Er beabsichtigte, sie zu behalten. »Hast du bemerkt, wie perfekt sie in meine passt?«

Sie sah ihm ins Gesicht. »Du hast sehr große Hände. Jede andere würde hineinpassen.«

»Wohl kaum.« Er ließ ihre Hand los, aber nur, um ihren Arm zu nehmen.

»Daniel …«

»Ich glaube, wir werden zu Tisch gebeten.«

Sie konnte keinen Bissen herunterbekommen. Sie aß ohnehin nie sehr viel, was Myra zu ständigen Bemerkungen veranlasste, aber heute Abend hatte sie nicht den geringsten Appetit. Zunächst glaubte sie an einen Streich des Schicksals, als Daniel an der langen Tafel neben ihr platziert wurde. Aber ein Blick in sein zufriedenes Gesicht, und ihr war klar, dass er es so arrangiert hatte. Er ließ sich sowohl die Vorspeise von Meeresfrüchten als auch die Suppe schmecken, während sie gerade genug aß, um nicht aufzufallen.

Er war so schrecklich aufmerksam. So sehr, dass er seine Nachbarin zur Rechten völlig ignorierte. Immer wieder beugte er sich zu ihr und flüsterte ihr etwas ins Ohr, forderte sie auf, dieses oder jenes zu probieren. Ihre Erziehung zwang sie dazu, sich auf ihre Manieren zu besinnen und Haltung zu wahren. Annas Eltern saßen nicht weit entfernt auf der anderen Seite des Tischs, und ihr entging nicht, dass sie hin und wieder neugierig und anerkennend herüberschauten.

Also kämpfte sie tapfer mit ihrem Filet Wellington. Es dauerte nicht lange, bis sie bemerkte, dass auch andere Gäste sie beobachteten. Sie erhaschte ein mildes Lächeln hier, einen vielsagenden Blick da, ein zustimmendes Nicken dort. Daniel ließ in aller Öffentlichkeit durchblicken, dass sie beide für ihn schon ein Paar waren.

Ihr Temperament, immer so gut unter Kontrolle gehalten, heizte sich langsam auf. Unwirsch schnitt sie ein Stück Fleisch ab. »Wenn du nicht aufhörst, den liebeskranken Verehrer zu spielen, werde ich mein Weinglas umstoßen«, murmelte sie und lächelte dabei zuckersüß. »Es könnte sein, dass der Inhalt auf deinem Schoß landet.«

Daniel tätschelte ihre Hand. »Das würdest du nicht tun.«

Anna holte tief Luft und beschloss, auf die nächste Gelegenheit zu warten. Die bot sich, als das Dessert gereicht wurde. Sie ließ ihre Hand über den Tisch gleiten und stieß gegen das Glas. Hätte Daniel nicht in genau dem Moment auf seinen Teller gesehen, wäre es ihm entgangen und der edle Burgunder auf seine Hose geschwappt. So griff er rasch zu, und das halbe Glas ergoss sich auf die Tischdecke. Er hörte, wie Anna unter angehaltenem Atem etwas wenig Damenhaftes von sich gab, und unterdrückte nur mit Mühe ein triumphierendes Lachen.

»Wie ungeschickt von mir.« Er warf der Gastgeberin einen entschuldigenden Blick zu. »Ich habe so große Hände«, erklärte er und strich mit einer davon über Annas Bein. Er war sich nicht sicher, aber er glaubte zu hören, wie sie mit den Zähnen knirschte.

»Das macht doch nichts.« Mrs. Ditmeyer betrachtete den Schaden und beschloss, dass es schlimmer hätte kommen können. »Dazu sind Tischdecken ja da. Sie haben doch hoffentlich nichts abbekommen?«

Daniel strahlte erst sie, dann Anna an. »Keinen Tropfen.« Als das Tischgespräch wieder einsetzte, beugte er sich zu Anna. »Bewundernswert und sehr schnell«, flüsterte er. »Ich finde dich immer aufregender.«

»Du hättest dich noch mehr aufgeregt, wenn ich dich getroffen hätte.«

Er hob sein Glas und berührte ihres damit. »Was glaubst du, wie würde unsere Gastgeberin reagieren, wenn ich dich hier und jetzt küssen würde?«

Anna nahm ihr Messer und studierte ausgiebig das Design.

Dann warf sie Daniel einen eisigen Blick zu. »Ich weiß, wie ich reagieren würde.«

Dieses Mal lachte er, laut und ausgiebig. »Verdammt, Anna, du bist die Einzige für mich«, sagte er, ohne die Stimme zu senken, und jeder am Tisch hörte es. »Aber ich werde dich jetzt nicht küssen. Schließlich möchte ich nicht, dass du deine erste Operation an mir vornimmst.«

Nach dem Essen wurde im Salon Bridge gespielt. Obwohl Anna dieses Kartenspiel langweilig fand, überlegte sie, ob sie nicht daran teilnehmen sollte, um sich abzulenken und Daniel zu entkommen. Doch bevor sie sich melden konnte, zog ein halbes Dutzend junger Gäste sie mit nach draußen.

Noch immer drohte ein Gewitter, der Mond war hinter Wolken verborgen, aber die Luft war frischer. Der zunehmende Wind ließ Annas Rock flattern. Diskret verteilte Lampen tauchten die Bäume und den ganzen Garten in mildes Licht. Im Haus hatte jemand das Radio eingeschaltet, und die Musik drang durch die geöffneten Fenster ins Freie. Die kleine Gruppe wanderte ziellos über den Rasen, bis die ersten Paare sich absetzten.

»Kennst du dich mit Gärten aus?«, fragte Daniel, als auch sie allein waren.

Sie hatte nicht erwartet, ihn so einfach loszuwerden. Achselzuckend fügte sie sich in ihr Schicksal, achtete jedoch darauf, in Sichtweite einiger Freunde zu bleiben. »Ein wenig.«

»Steven ist ein guter Chauffeur, aber kein sehr einfallsreicher Gärtner. Ich habe mir meinen Garten etwas …«

»Auffälliger vorgestellt?«, unterbrach sie ihn.

Das Wort gefiel ihm. »Aye. Auffälliger, farbenfroher. In Schottland hatten wir Heidekraut und die wilden Rosen. Nicht die zahme Sorte, die man im Geschäft kauft, sondern die mit fingerdicken Stielen und Dornen, an denen man sich ernsthaft verletzen kann.« Er ignorierte Annas Kopfschütteln, pflückte eine Blüte und steckte sie hinter ihr Ohr. »Zarte Blumen sind nett anzusehen, im Haar einer Frau zum Beispiel, aber wilde Rosen … sind zäh und langlebig.«

Sie hatte längst vergessen, dass sie nicht mit ihm allein sein wollte, hatte vergessen, in der Nähe ihrer Freunde zu bleiben. Sie fragte sich, wie eine wilde Rose wohl duftete und ob ein Mann wie Daniel sie zurückschneiden oder wuchern lassen würde. »Vermisst du Schottland?«

Er sah sie stumm an, für einen Moment in seine Erinnerungen versunken. »Manchmal. Wenn ich nicht zu beschäftigt bin. Die Klippen und die See und das Gras, das viel grüner ist als anderswo.«

Die Wehmut, die in seinen Worten lag, war unüberhörbar. Sie hätte nicht gedacht, dass man einem Land nachtrauern könnte, nur Menschen. »Wirst du dorthin zurückkehren?« Sie musste es wissen und hatte Angst vor seiner Antwort.

Er schaute zur Seite. In diesem Moment zuckte ein Blitz durch die Nacht und erhellte sein Gesicht. Ihr Herz begann wild zu schlagen. Im grellen Licht sah sein Profil einen Augenblick lang so aus, wie sie sich Thor immer vorgestellt hatte. Verwegen, rücksichtslos, unbesiegbar. Als er sprach, war seine Stimme leise. Es hätte sie beruhigen sollen, doch stattdessen wuchs ihre Erregung noch. »Nein. Ein Mann muss sich zur rechten Zeit eine eigene Heimat suchen.«

Sie strich mit einem Finger über die feine Rispe einer Glyzinie. Nur eine optische Illusion, ein Trick des Lichts. Es war albern, sich von so etwas beeinflussen zu lassen. »Hast du dort keine Familie?«

»Nein.« Sie glaubte, Schmerz in seiner Stimme hören zu können. Etwas Tieferes als nur nostalgische Sehnsucht. Doch seine Miene war ausdruckslos, als er sie ansah. »Ich bin der Letzte meiner Familie. Ich brauche Söhne, Anna.« Er berührte sie nicht. Er brauchte es nicht zu tun. »Ich brauche Söhne und Töchter. Ich will, dass du sie mir schenkst.«

Warum erschienen seine Worte, so unverfroren sie auch waren, ihr plötzlich nicht mehr so empörend? Verunsichert ging Anna weiter. »Ich will mich nicht mit dir streiten, Daniel.«

»Gut.« Er umfasste ihre Taille und wirbelte sie herum. Der ernste Ausdruck in seinen Augen wich einem breiten Grinsen. »Wir fahren nach Maryland und heiraten morgen früh.«

»Nein!« Obwohl sie es würdelos fand, versuchte sie sich aus seinem Griff zu winden.

»Na gut. Wenn du eine große Hochzeit willst, warte ich eine Woche.«

»Nein, nein, nein!« Warum sie es komisch fand, wusste sie nicht, aber sie musste plötzlich lachen, als sie sich gegen ihn stemmte. »Daniel MacGregor, unter all dem roten Haar verbirgt sich der dickste Schädel, den es gibt. Ich werde dich nicht morgen heiraten. Und auch nicht in einer Woche. Ich werde dich nie heiraten.«

Er hob sie hoch, bis ihre Gesichter auf einer Höhe waren. Nachdem sie ihren ersten Schock überwunden hatte, empfand sie ein seltsames und keineswegs nur unangenehmes Gefühl. »Wollen wir wetten?«

Ihre Stimme war so kalt wie ein Bergquell. »Wie bitte?«

»Himmel, was für eine Frau«, sagte er bewundernd und küsste sie fest. Die Bilder, die durch ihren Kopf wirbelten, kamen und gingen so schnell, dass sie sie nicht auseinanderhalten konnte. »Wenn ich kein Gentleman wäre, würde ich dich jetzt einfach über die Schulter werfen und es hinter uns bringen.« Er lachte und küsste sie erneut. »Stattdessen biete ich dir eine Wette an.«

Wenn er sie noch einmal küsste, würde sie sich nicht einmal mehr an ihren Namen erinnern können. Sie hielt sich an ihrer

Würde und seinen Schultern fest und setzte eine entrüstete Miene auf. »Daniel, lass mich sofort los.«

»Kommt gar nicht infrage.« Er grinste nur.

»Ich warne dich. Du wirst mindestens eine Woche lahmen, wenn du es nicht tust.«

Er erinnerte sich an ihre Drohung mit dem Weinglas und entschied sich für einen Kompromiss. Er setzte sie ab, ließ sie aber nicht los. »Eine Wette«, wiederholte er.

»Ich weiß nicht, wovon du redest.«

»Du hast doch gesagt, ich sei ein Spieler, und du hattest recht. Was ist mit dir?«

Sie stellte fest, dass ihre Hände an seiner Brust lagen, und nahm sie hastig weg. »Ganz sicher nicht!«

»Ha!« Seine Augen blitzten herausfordernd. Und nahezu unwiderstehlich. »Jetzt lügst du. Eine Frau, die heutzutage Ärztin werden will und dem System die Nase zeigt, muss Spielerblut in den Adern haben.«

Damit hatte er nicht ganz unrecht. Sie legte den Kopf schief. »Wie soll diese Wette aussehen?«

»Na, das ist mein Mädchen.« Am liebsten hätte er sie wieder hochgehoben, aber ihr Blick hielt ihn zurück. »Ich sage, in weniger als einem Jahr wirst du meinen Ring an deinem Finger tragen.«

»Ich halte dagegen. Werde ich nicht.«

»Wenn ich gewinne, wirst du die ganze erste Woche als meine Ehefrau in meinem Bett verbringen. Wir werden essen, schlafen und uns lieben.«

Wenn er sie schockieren wollte, hatte er sie unterschätzt. Anna nickte nur. »Und wenn du verlierst?«

Die Herausforderung ließ seine Augen funkeln, er konnte den Sieg schon schmecken. »Das bestimmst du.«

Ihre Lippen zuckten. Diese Wette würde er bereuen. »Du

spendest dem Krankenhaus Geld. Genug, um einen neuen Flügel zu bauen.«

»Abgemacht«, willigte er ohne das geringste Zögern ein.

Sie war sicher, dass er Wort halten würde, so absurd die Umstände auch waren. Feierlich streckte sie die Hand aus. Daniel nahm sie und führte sie an den Mund. »Um einen höheren Einsatz habe ich noch nie gespielt und werde es auch nie wieder tun. Jetzt lass mich dich küssen, Anna.« Als sie zurückwich, hielt er sie fest. »Die Wette gilt, aber wie stehen die Chancen?« Er fuhr mit den Lippen über ihre Stirn und fühlte, wie sie erschauerte. »Aye, meine geliebte Anna, wie stehen die Chancen?«

Langsam strich er mit den Lippen über ihre Haut, verlockend, versprechend, aber ohne sich ihrem Mund zu nähern. Er ließ seine Hände sanft und gleichzeitig zuversichtlich an ihrem Rücken hinaufgleiten, streichelte den empfindlichen Nacken und kehrte wieder zu ihrer Taille zurück. Daniel spürte es sofort, als Anna ihrem Verlangen nachgab. Ihrem und seinem, das unaufhaltsam wuchs. Aber er ließ sich Zeit, sie zu verführen.

Der Donner grollte, aber sie nahm ihn kaum wahr, so laut klopfte ihr eigenes Herz. Als ein Blitz aufflackerte, war es wie das Feuer in ihrem Blut. Was war Leidenschaft? Was war Verlangen? Was war Gefühl? Wie konnte sie das wissen, da doch noch kein Mann sie dazu gebracht hatte, dies alles so intensiv zu empfinden? Sie wusste, es war wichtig, diese Empfindungen klar voneinander zu trennen, doch sie flossen zusammen und verschmolzen zu einer einzigen weißglühenden Wahrnehmung.

Es war Reinheit und Schönheit. Als die Wärme sie durchströmte, wurde sie sich dessen bewusst. Es war Gefahr. Als ihre Muskeln sich entspannten, akzeptierte sie es.

Sein Mund streifte ihren nur, anstatt zu verweilen. Frustriert und sehnsüchtig drängte sie sich mit einem Seufzer näher an ihn. War das sein Lachen oder der Donner?

Dann brach der Himmel auf, und der Regen ergoss sich über sie. Mit einem gemurmelten Fluch hob Daniel sie auf die Arme. »Du schuldest mir einen Kuss, Anna Whitfield«, rief er und stand einen Moment da, während der Regen über sein Haar und sein Gesicht herabströmte. Die Blitze spiegelten sich in seinen Augen. »Glaub ja nicht, dass ich das vergessen werde.« Dann drückte er sie fest an sich und rannte zum Haus zurück.

War es da verwunderlich, dass es Anna am nächsten Tag schwerfiel, sich auf die Arbeit zu konzentrieren? Sie lief durchs Krankenhaus und musste ab und zu stehen bleiben, um zu überlegen, auf welcher Station sie sich gerade befand und was sie hatte tun wollen. Das beunruhigte sie. Es machte sie wütend. Wenn sie erst Ärztin war und sich um ihre Patienten kümmern musste, durfte sie sich nicht so leicht aus der Fassung bringen lassen. Sie durfte sich nicht von ihren Pflichten ablenken lassen, wenn sie in der Klinik war.

Trotzdem musste sie immer wieder daran denken, wie Daniel sie durch den strömenden Regen ins Haus gebracht hatte. Wie er sie in den Salon getragen und die ruhige Bridge-Partie unterbrochen hatte, um lautstark Handtücher und einen Brandy für sie zu verlangen. Es hätte peinlich sein müssen. Anna hatte es entzückend und süß gefunden. Noch etwas, das sie beunruhigte. Louise Ditmeyer waren fast die Augen aus dem Kopf gefallen, Anna musste sich ein Kichern verkneifen. Auf jeden Fall hatte es ein wenig Würze in die eintönige Dinnerparty gebracht.

Den größten Teil des Arbeitstages verbrachte Anna damit, Bücher und Zeitschriften zu den Patienten auf die Stationen zu bringen und mit jedem einen kleinen Plausch am Bett zu halten. Ein Mangel an Privatsphäre konnte ähnlich schwerwiegende Folgen mit sich bringen wie die Krankheit selbst, wegen der die Menschen ins Krankenhaus eingeliefert worden waren. Aber es gab eben nur begrenzten Raum, nur eine begrenzte Zahl an Ärzten. Anna lächelte vor sich hin, als sie an die impulsive Wette dachte, die sie mit Daniel eingegangen war. Mit der Spende würde sich einiges verändern lassen.

Sie sah auf ihre Armbanduhr. Noch knapp eine Stunde, dann würde sie sich mit Myra treffen, um sich ihren neuen Wagen auszusuchen. Etwas Praktisches, ja, aber es durfte nichts Langweiliges sein. Vielleicht war es albern, wegen einer Anschaffung mit vier Rädern und einem Motor so aufgeregt zu sein, aber sie stellte sich schon die ausgiebigen Ausfahrten vor, die sie unternehmen würde. Als sie Myra anvertraut hatte, dass sie ihre Freiheit wollte, hatte sie es genauso gemeint, wie sie es gesagt hatte. Wenn sie jetzt daran dachte, konnte sie es kaum noch erwarten. Doch sie konnte das Haus nicht verlassen, ohne nicht vorher noch bei Mrs. Higgs vorbeigeschaut zu haben.

Auf dem Weg zum fünften Stock plante sie den Rest des Tages. Nach dem Autokauf würde sie Myra zum Essen einladen. Anschließend vielleicht eine kleine Ausfahrt, um das Auto zu testen. An einem Wochenende würden sie dann gemeinsam an den Strand fahren und den ganzen Tag lang in der Sonne faulenzen. Ja, die Idee gefiel ihr. Voller Vorfreude stieß Anna die Tür zu Zimmer 521 auf und blieb wie angewurzelt stehen.

»Oh Anna, wir fürchteten schon, Sie würden nicht mehr kommen.« Mit leuchtenden Augen saß Mrs. Higgs aufrecht in ihrem Bett. Auf dem Tisch neben ihr stand ein Strauß roter Rosen. Frisch, wunderschön und herrlich duftend. Und neben dem Bett saß, wie ein Verehrer, Daniel MacGregor.

»Ich habe Ihnen doch gesagt, dass Anna nie gehen würde, ohne nicht vorher nach Ihnen zu sehen.« Daniel stand auf und bot ihr einen Stuhl an.

»Nein, natürlich nicht.« Verwirrt trat Anna ans Bett. »Sie sehen heute viel besser aus.«

Mrs. Higgs tastete über ihr Haar. Die junge rothaarige Schwester hatte ihr am Morgen geholfen, es zu bürsten. »Wenn ich gewusst hätte, dass ich heute Herrenbesuch bekomme, hätte ich mich ein wenig hübscher gemacht«, sagte sie und warf Daniel ein geradezu schmachtendes Lächeln zu.

»Sie sehen bezaubernd aus«, versicherte er ihr und nahm ihre schmale Hand zwischen seine.

Er klang, als würde er es ernst meinen. Am meisten beeindruckte Anna, dass nicht der kleinste Anflug von gönnerhaftem Ton in seiner Stimme mitschwang, in den andere so oft verfielen, wenn sie zu den Kranken und Alten sprachen. In Mrs. Higgs' Augen blitzte eine Mischung aus Dankbarkeit und Stolz auf.

»Es ist wichtig, so gut wie möglich auszusehen, wenn man einen Verehrer empfängt, nicht wahr, Anna?«

»Ja, natürlich.« Anna ging ans Fußende und versuchte unauffällig das Krankenblatt zu lesen. »Die Blumen sind wunderschön. Du hast nicht erwähnt, dass du ins Krankenhaus kommst, Daniel.«

Er zwinkerte Mrs. Higgs zu. »Ich liebe Überraschungen.«

»Ist es nicht nett von Ihrem jungen Mann, mich zu besuchen?«

»Er ist nicht ...« Anna verstummte und sprach sanfter weiter. »Ja, das ist es.«

»Ich weiß, Sie beide haben sicher etwas vor, also werde ich Sie nicht aufhalten.« Mrs. Higgs drückte Daniels Hand. »Sie kommen doch wieder? Es war schön, mit Ihnen zu reden.«

Er hörte das Flehen, das sie so verzweifelt zu verbergen suchte. »Ich komme wieder.« Er beugte sich hinab und küsste sie auf die Wange.

Als er zurücktrat, rückte Anna Mrs. Higgs' Kissen zurecht und machte es ihr bequemer. Daniel sah, dass Annas Hände nicht nur zart und weich und zum Küssen geschaffen waren, sondern auch geschickt und kräftig. Einen Moment lang war er verunsichert. »Sie sollten sich jetzt ausruhen. Sie dürfen sich nicht zu sehr anstrengen.«

»Machen Sie sich um mich keine Sorgen.« Mrs. Higgs seufzte. »Ich wünsche Ihnen beiden noch viel Spaß.«

Als Anna und Daniel das Zimmer verließen, war sie schon fast eingeschlafen.

»Bist du für heute hier fertig?«, fragte er, als sie über den Korridor gingen.

»Ja.«

»Ich fahre dich nach Hause.«

»Ich bin mit Myra verabredet.« Wie immer war der Fahrstuhl gerade nicht da. Anna drückte auf den Rufknopf und wartete.

»Dann setze ich dich ab.« Er wollte sie für sich haben, außerhalb des Krankenhauses, wo sie so sachlich und professionell wirkte.

»Nicht nötig. Wir treffen uns nur ein paar Blocks von hier entfernt.« Zusammen betraten sie die Liftkabine.

»Geh heute Abend mit mir essen.«

»Das kann ich nicht. Ich habe etwas vor.« Annas Hände waren fest verschränkt, als die Tür wieder aufglitt.

»Morgen?«

»Ich weiß nicht, ich …« Sie war innerlich aufgewühlt. Als der Fahrstuhl hielt, trat sie in den Sonnenschein hinaus. »Daniel, warum bist du hergekommen?«

»Um dich zu sehen, natürlich.«

»Du warst bei Mrs. Higgs.« Anna ging weiter. Sie hatte den Namen nur einmal erwähnt. Wieso hatte er ihn sich gemerkt? Warum sollte ihn das interessieren?

»Hätte ich das nicht tun sollen? Ich glaube, sie hat sich über ein bisschen Gesellschaft gefreut.«

Kopfschüttelnd suchte Anna nach den richtigen Worten. Sie hatte nicht geahnt, dass er so freundlich sein konnte. Noch dazu, wenn es ihm gar nichts einbrachte. Schließlich war er Geschäftsmann, und in seinem Beruf ging es um Gewinn und Verlust. Die Rosen waren für ihn kein finanzielles Opfer, aber für Mrs. Higgs bedeuteten sie mehr, als man mit Geld kaufen konnte. Ob er das wusste?

»Dein Besuch hilft ihr mehr als jede Medizin, die die Ärzte ihr geben können.« Sie blieb stehen und drehte sich zu ihm um. In ihren Augen konnte er den Tumult erkennen, der sich in ihrem Inneren abspielte, die stille Intensität der Gefühle, die ihn gefangen hielten und Antworten von ihm verlangten. »Warum hast du das getan? Um mich zu beeindrucken?«

Niemand würde es fertigbringen, in diese Augen zu sehen und zu lügen. Natürlich hatte er vorgehabt, sie zu beeindrucken, und war verdammt stolz auf sich gewesen, eine so clevere Idee gehabt zu haben. Doch dann hatte er angefangen, sich mit Mrs. Higgs zu unterhalten. Und hatte etwas von der verblassenden Schönheit und Würde seiner Mutter entdeckt.

Er würde sie wieder besuchen, nicht für Anna, sondern für sich selbst. Er konnte es ihr unmöglich erklären, und er hatte auch nicht vor, Gefühle, die er schon so lange in sich trug, vor ihr offenzulegen.

»Das war der Hauptgrund, ja. Außerdem wollte ich mir den Ort ansehen, der dir offenbar so viel bedeutet. Ich verstehe zwar noch lange nicht alles, aber ich habe eine erste Vorstellung.«

Als sie nicht antwortete, schob er die Hände in die Taschen und ging mit ihr weiter. Diese Frau beschäftigte ihn weit mehr, als er vorausgesehen hatte. Er wollte ihr gefallen, und es erstaunte und beunruhigte ihn, wie sehr. Er wollte sie wieder lächeln sehen. Selbst mit einem ihrer kühlen Blicke hätte er sich begnügt. Frustriert schaute er düster vor sich hin. »Also, was ist jetzt, Anna? Warst du nun beeindruckt oder nicht?«

Sie blieb stehen und sah ihn an. Ihr Blick war nicht zu deuten. Und dann überraschte sie ihn, indem sie sein Gesicht zwischen die Hände nahm und es langsam nach unten zog, bis ihre Lippen seine berührten. Es war kaum mehr als die Andeutung eines Kusses, aber es traf ihn direkt ins Herz. Sie hielt ihn einen Moment lang fest und schaute ihm tief in die Augen. Dann ließ sie ihn los und ging wortlos davon.

Zum ersten Mal in seinem Leben hatte es Daniel MacGregor die Sprache verschlagen.

5. Kapitel

Daniel saß in seinem Büro bei der »Old Line Savings and Loan«, zog an seiner Zigarre und hörte sich den langatmigen Bericht des Bankdirektors an. Im Bankgeschäft kannte er sich aus, wie Daniel zugeben musste, und er war ein wahrer Zahlenjongleur, aber er konnte nicht weiter als bis über seine eigene Nasenspitze sehen.

»Außerdem schlage ich vor, die Hypothek aufzukündigen und Haus und Grundstück der Hallorans zu versteigern«, schloss der Mann. »Eine Zwangsversteigerung würde alle ausstehenden Forderungen decken und vorsichtig geschätzt rund fünf Prozent Gewinn einbringen.«

Daniel streifte die Asche ab. »Verlängern Sie den Kredit.«

»Wie bitte?«

»Ich sagte, verlängern Sie den Halloran-Kredit, Bombeck.«

Bombeck schob seine Brille höher auf die Nase und blätterte in den Unterlagen. »Wie ich schon sagte, die Hallorans sind mit der Abzahlung ihrer Hypothek sechs Monate im Rückstand. In den letzten beiden Monaten sind nicht einmal die Zinszahlungen entrichtet worden. Selbst wenn Halloran, wie er behauptet, bald wieder Arbeit findet, wird er das in diesem Quartal nicht mehr aufholen können. Ich habe alle Zahlen hier.«

»Das bezweifle ich auch nicht«, brummte Daniel gelangweilt. Seine Arbeit durfte ihn nicht langweilen, sonst verlor er das Gespür dafür, ermahnte er sich.

Bombeck zog die Unterlagen hervor und breitete sie auf Daniels Schreibtisch aus. Die Auflistungen waren, wie Bombeck selbst, penibel akkurat. »Wenn Sie sich das vielleicht einmal selbst ansehen wollen … Ich bin sicher, dann …«

»Geben Sie ihm weitere sechs Monate Aufschub, um die Sache mit den Zahlungen in Ordnung zu bringen.«

Bombeck erblasste. »Sechs …« Er räusperte sich und rutschte unruhig auf seinem Stuhl. Er benutzte die Hände, um seine Worte zu unterstreichen. »Mr. MacGregor, Ihr Verständnis für die schwierige Lage der Hallorans ist anerkennenswert, aber Sie müssen einsehen, dass man eine Bank nicht auf der Grundlage von Gefühlen führen kann.«

Daniel blies eine Rauchwolke über den Schreibtisch. Um seinen Mund lag ein Lächeln, aber hätte Bombeck es gewagt, genauer hinzusehen, wäre ihm nicht entgangen, wie eisig Daniels Blick war. »Ist das so, Bombeck? Danke für den Hinweis.«

Bombeck befeuchtete sich die Lippen. »Als Manager der Old Line …«

»Einer Bank, die vor einem Monat, als ich sie kaufte, so gut wie pleite war.«

»Ja.« Bombeck räusperte sich erneut. »In der Tat, Mr. MacGregor, und genau das ist der Punkt. Als Manager fühle ich mich verpflichtet, Ihnen mit meiner Erfahrung in Rat und Tat zur Seite zu stehen. Ich bin seit fünfzehn Jahren im Bankgewerbe.«

»Fünfzehn?« Daniel tat beeindruckt. Vierzehn Jahre, acht Monate und zehn Tage. Er kannte die Daten aller seiner Angestellten, einschließlich der Reinmachefrau. »Sehr schön, Bombeck. Vielleicht sollte ich mich anders ausdrücken, um meine Denkweise verständlich zu machen.« Daniel lehnte sich in seinen Bürosessel zurück. Die Sonne, die hinter ihm durch das Fenster fiel, ließ sein rotes Haar aufflammen. Auch wenn er das nicht geplant hatte, wäre er sehr zufrieden mit dem

Effekt gewesen. »Sie gehen also von einer fünfprozentigen Profitspanne aus, wenn wir die Immobilie zwangsversteigern, sehe ich das richtig?«

Sarkasmus triefte auf Bombecks Haupt. »Genau, Mr. MacGregor.«

»Fein. Gut. In den nächsten zwölf Jahren der laufenden Hypothek können wir, langfristig gesehen, mit etwa dem Dreifachen rechnen, oder?«

»Langfristig gesehen, sicher. Ich könnte Ihnen die genauen Zahlen beschaffen, aber ...«

»Na also. Dann verstehen wir uns doch bestens. Verlängern Sie.« Daniel machte eine Kunstpause, bevor er die nächste Bombe platzen ließ. »Ab nächstem Monat werden wir die Hypothekenzinsen um ein Viertel Prozent senken.«

»Senken? Aber Mr. MacGregor ...«

»Und wir erhöhen die Zinsen auf Sparkonten auf das zulässige Höchstniveau.«

»Mr. MacGregor, auch Ihnen dürfte bewusst sein, dass das Old Line tief in die roten Zahlen bringen wird.«

»Kurzfristig«, entgegnete Daniel brüsk. »Langfristig – Sie verstehen doch, was langfristig heißt, oder, Bombeck? –, langfristig gesehen werden wir das durch ein größeres Volumen ausgleichen. Old Line wird die niedrigsten Hypothekenzinsen im Staat haben.«

Bombeck schluckte schwer. »Ja, Sir.«

»Und die höchsten Sparzinsen.«

Der Direktor konnte die Dollarscheine schon zum Fenster hinausfliegen sehen. »Das kostet die Bank ...« Bombeck wagte gar nicht, es sich vorzustellen. »Ich werde die genauen Zahlen errechnen, dann werden Sie verstehen, was ich sagen will. Mit einer derartigen Politik werden wir in spätestens sechs Monaten ...«

»Das führende Kreditinstitut im Staat sein«, unterbrach Daniel ihn gelassen. »Gut, dass wir uns einig sind. Wir werden in den Zeitungen für uns werben.«

»Werben«, murmelte Bombeck wie im Traum.

»Große Anzeigen, auffallend, aber nicht protzig«, fuhr Daniel fort. »Lassen Sie sich etwas einfallen und legen Sie es mir vor. Sagen wir, bis morgen zehn Uhr.«

Bombeck brauchte ein paar Sekunden, bis er begriff, dass das Gespräch beendet war. Viel zu benommen, um zu widersprechen, schob er seine Papiere zusammen und stand auf. Als er hinausging, drückte Daniel seine Zigarre aus.

Verknöcherter alter Trottel. Was er brauchte, war jemand Junges und Unverbrauchtes. Jemanden frisch vom College, mit mehr Mut und neuen Ideen. Bombecks Stolz würde er mit einer neu geschaffenen Position beruhigen. Für Daniel war Loyalität keine leere Floskel, und Trottel oder nicht, Bombeck arbeitete seit fast fünfzehn Jahren für Old Line. Vielleicht sollte er sich mit Ditmeyer über diese Sache unterhalten. Das war ein Mann, auf dessen Meinung Daniel vertraute.

Bankiers mussten lernen, dass es zu ihrem Geschäft gehörte, Risiken einzugehen. Daniel erhob sich, ging ans Fenster und blickte auf Boston hinaus. Im Moment war sein Leben ein einziges Risiko. Das Geld, das er verdient hatte, konnte er ebenso gut wieder verlieren. Was kümmerte ihn das? Dann würde er es eben ein zweites Mal verdienen, und dann mehr. Die Macht, die er besaß, konnte vergehen. Er würde sie erneut erwerben. Aber es gab etwas, das sich nicht ersetzen ließ, wenn er es verlor. Anna.

Wann hatte sie aufgehört, ein Posten in seiner Lebensplanung zu sein, und angefangen, sein Dasein zu bestimmen? Wann hatte er das Geschäftliche aus den Augen verloren und sich in sie verliebt? Er wusste es genau: als sie sein Gesicht zwischen ihre Hände genommen, ihm tief in die Augen geschaut und seinen Mund mit ihrem berührt hatte. Seitdem war es mehr als ein Reiz, mehr als Verlangen, mehr als eine Herausforderung.

Seine wohldurchdachte Werbung hatte sich in Rauch aufgelöst. Der Schritt für Schritt gezeichnete Plan war in kleine Fetzen zerrissen worden. In jenem Moment war er zu einem einfachen Mann reduziert worden, der völlig verhext von einer Frau war. Was jetzt? Für diese eine Frage fand er keine Antwort. Er hatte eine Frau gewollt, die schön brav und geduldig zu Hause saß und auf ihn wartete, während er sich ums Geschäft kümmerte. Eine solche Frau war Anna aber nicht. Er hatte eine Frau gewollt, die seine Entscheidungen nie infrage stellen würde, sondern sich sofort daranmachte, sie in die Tat umzusetzen. So eine Frau war Anna auch nicht. Da gab es einen Teil ihres Lebens, mit dem er nie zu tun haben würde. Wenn sie ihren Ehrgeiz erfolgreich verwirklichte – und mittlerweile war er überzeugt davon –, würde man sie mit »Doktor« ansprechen müssen, noch bevor das Jahr vorbei war. Für Anna war das nicht nur einfach ein Titel, für sie war das eine Lebenseinstellung. Konnte ein Mann, dessen Geschäfte so hohe Anforderungen an ihn stellten, so viel Zeit seines Tages beanspruchten, überhaupt eine Ehefrau haben, deren Beruf genau das Gleiche von ihr verlangte?

Wer würde sich um das Heim kümmern? Entnervt fuhr er sich durch das Haar. Wer würde die Kinder großziehen? Besser, wenn er ihr jetzt gleich den Rücken zukehrte und eine Frau fand, die damit zufrieden war, genau das zu tun, und nichts anderes im Sinn hatte. Besser, wenn er ihren Rat befolgte und sich keine Frau aussuchte, die gegen die eigenen Windmühlen kämpfte.

Er sehnte sich nach einem Heim. Es war schwer für ihn, sich einzugestehen, wie verzweifelt er sich danach sehnte. Er brauchte eine Familie – den Duft von frisch gebackenem Brot aus der Küche, von Blumen, die in Vasen standen. Das waren die Dinge, mit denen er aufgewachsen war. Dinge, auf die er schon viel zu lange hatte verzichten müssen. Er wusste nicht, ob er das mit Anna haben könnte. Und doch ... Ohne sie, so glaubte er zu wissen, waren diese Dinge nicht mehr wichtig.

Diese verflixte Frau. Er sah auf die Uhr. Ihr Arbeitstag im Krankenhaus war fast vorbei. In etwas weniger als einer Stunde hatte er eine Besprechung auf der anderen Seite der Stadt. Fest entschlossen, sein Leben nicht nach dem Terminplan eines anderen Menschen auszurichten, setzte er sich wieder an den Schreibtisch und griff nach Bombecks Bericht.

Nach dem ersten Absatz warf er ihn hin. Schnaubend und fluchend stürmte er aus seinem Büro.

Sie war den ganzen Tag auf den Beinen gewesen, und Anna sehnte sich nach einem heißen Bad und einem ruhigen Abend mit einem guten Buch. Vielleicht würde sie in der Wanne darüber nachdenken, wie sie ihre neue Wohnung einrichten sollte. In zwei Wochen würde sie die Schlüssel in der Hand halten. Wenn ihre Füße nicht so laut protestieren würden, könnte sie jetzt noch ein wenig in Antiquitäten- und Trödelläden schnüffeln. Aber erst einmal freute sie sich über das weiße Cabrio, das draußen auf dem Parkplatz auf sie wartete. Es bedeutete ihr mehr als nur die Erleichterung, nicht mehr nach Hause laufen zu müssen. Es bedeutete Unabhängigkeit.

Auf dem Weg aus der Klinik hinaus holte sie die Wagenschlüssel aus ihrer Handtasche und ließ sie in der Hand klingeln. Die Welt gehörte ihr! Anna hatte ihr Ego nie für übertrieben groß gehalten, aber als ihrem Vater beim Anblick des neuen Autos praktisch das Wasser im Mund zusammengelaufen war und er um eine Probefahrt gebeten hatte, war ihr das zu Kopf gestiegen. Endlich. Endlich hatte sie seine Zustimmung. Sie hatte ihr eigenes Geld benutzt, ihre eigene Wahl getroffen, und es hatte keinen Ton der Kritik gegeben. Sie sah wieder vor sich, wie er ihre Mutter am Arm aus dem Haus gezogen und auf den Rücksitz verfrachtet hatte. Fast eine volle Stunde war Anna durch Boston gefahren, ihre Eltern zufrieden und traulich vereint wie die Teenager im Wagenfond.

Endlich sahen sie in ihr etwas anderes als das kleine Mädchen, dem man immer noch die nächsten Schritte vorpredigen musste. Ob es ihnen schon bewusst geworden war oder nicht, aber sie hatten sie als erwachsene Frau akzeptiert. Vielleicht, dachte Anna jetzt, aber auch nur vielleicht, würden sie auch stolz sein, wenn sie ihr Examen in der Tasche hatte.

Schwindlig vor Glück über ihren Durchbruch warf sie die Schlüssel hoch und fing sie wieder auf. Sekunden später stieß sie mit Daniel zusammen.

»Du hast nicht aufgepasst, wo du hingehst.«

Sie war glücklich gewesen, aber jetzt war sie noch glücklicher, weil sie ihn sah. Fast hätte sie es ihm gesagt. »Nein, stimmt.«

Er hatte sich entschieden, wie er ab jetzt mit ihr umgehen würde. Auf seine Art. »Du wirst heute Abend mit mir essen.« Bevor sie antworten konnte, legte er die Hände um ihre Schultern. »Ich dulde keinen Widerspruch.« Er sprach so laut, dass einige Passanten sich schon nach ihnen umdrehten. »Ich bin diese ewige Streiterei leid und habe im Moment sowieso keine Zeit dafür. Du wirst mit mir essen. Ich hole dich um sieben ab.«

Es gab mehrere Möglichkeiten, wie sie reagieren könnte. In Sekunden war Anna sie in Gedanken durchgegangen. Sie wählte die eine, die er mit Sicherheit am wenigsten erwartete. »Einverstanden, Daniel«, sagte sie gehorsam.

»Mir ist egal, ob du … Was?«

»Ich sagte, einverstanden«, wiederholte sie lächelnd. Wie sie erwartet hatte, brachte ihn das völlig aus der Fassung.

»Ich … Na gut.« Stirnrunzelnd schob er die Hände in die Taschen. »Bis dann.« Er hatte genau das bekommen, was er gewollt hatte, aber er blieb auf halbem Weg zu seinem Wagen stehen und sah über die Schulter zurück. Anna stand noch immer da, eingehüllt in strahlenden Sonnenschein. Ihr Lächeln war ruhig und gelassen und engelsgleich. »Frauen«, brummte er und riss die Wagentür auf. Man konnte ihnen einfach nicht trauen.

Anna wartete, bis er losgefahren war, dann brach sie in helles Lachen aus. Ihn so stottern zu hören war besser als jeder Streit. Noch immer lachend ging sie zu ihrem Wagen. Ein Abend mit Daniel war bestimmt interessanter als einer mit einem Buch, dessen war sie gewiss. Als sie den Motor startete, spürte sie die Macht. Sie hatte alles unter Kontrolle. Und das gefiel ihr.

Er brachte ihr Blumen mit. Nicht die weißen Rosen, die er ihr nach wie vor täglich schickte, sondern bescheidene Veilchen aus seinem eigenen Garten. Er beobachtete voller Wohlgefallen, wie sie sie in einer kleinen Glasvase arrangierte, während er sich mit ihren Eltern unterhielt. In dem kleinen Salon ihrer Mutter wirkte er riesig und einschüchternd, aber er fühlte sich wie ein linkischer Teenager beim ersten Rendezvous. Nervös setzte er sich auf einen Stuhl, der seiner Meinung nach besser in ein Puppenhaus gepasst hätte, und nippte an dem mittlerweile lauwarmen Tee, den Mrs. Whitfield ihm serviert hatte.

»Sie müssen zum Abendessen kommen«, forderte sie ihn auf. Die unablässigen Rosenlieferungen hatten ihr Hoffnung gemacht. Hatten ihr auch ein Thema geboten, mit dem sie auf ihren Bridge-Abenden angeben konnte. Die Wahrheit jedoch war, dass sie ihre Tochter nicht verstand und wohl nie verstehen würde. Natürlich, Anna war ein wunderbares Kind gewesen, aber sie selbst war sich immer mehr oder weniger ratlos vorgekommen, wenn es um andere Dinge als das Aussuchen eines Kleides oder das Zusammenstellen eines Menüs gegangen war. Annas verbissener Ehrgeiz und stille Entschlossenheit waren ihr vollkommen fremd.

Mrs. Whitfield war jedoch nicht blind. Ihr entging nicht, wie Daniel Anna ansah, und verstand nur zu gut. Mit einer Mischung aus Wehmut und Erleichterung stellte sie sich vor, wie aus Anna eine Ehefrau und Mutter wurde. Sicher, Daniel mochte vielleicht etwas ungeschliffen wirken, aber daran würde ihre Anna noch erfolgreich feilen. Vielleicht wäre sie in ein oder zwei Jahren schon Großmutter. Noch eine Vorstellung, die gemischte Gefühle in ihr wachrief. Während sie an ihrem Tee nippte, musterte Mrs. Whitfield Daniel.

»John und Sie sind ja jetzt Geschäftspartner, aber über die Arbeit wollen wir jetzt nicht reden. Ich verstehe sowieso nichts von den geschäftlichen Dingen.« Sie tätschelte Daniels Hand. »John erzählt mir ja nie etwas, obwohl ich ihn immer auszufragen versuche.«

»Oh ja, das tut sie«, warf Mr. Whitfield ein.

»Also wirklich, John.« Mit einem Lachen sah sie Daniel scharf an. Wenn dieser Mann ernste Absichten gegenüber ihrer Tochter hegte – und sie war sicher, dass er die hatte –, so würde sie alles über ihn herausfinden, was es herauszufinden gab. »Natürlich sind wir alle neugierig, was Mr. MacGregors Geschäfte angeht. Pat Donahue hat mir übrigens erzählt, dass

Sie ihnen ein Grundstück in Hyannis Port abgekauft haben. Ich hoffe doch, Sie wollen nicht aus Boston wegziehen.«

Daniel ahnte, woher der Wind wehte. »Ich mag Boston.«

Anna fand, dass er lange genug Rede und Antwort gestanden hatte, und reichte ihm ihren Umhang. Erleichtert sprang er sofort auf und legte ihn ihr um die Schultern.

»Macht euch einen schönen Abend, Kinder.« Mrs. Whitfield wollte sie zur Tür bringen, aber ihr Mann legte ihr eine Hand auf den Arm.

»Gute Nacht, Mutter.« Anna küsste sie auf die Wange und lächelte ihrem Vater dankbar zu. Ihr war nie richtig klar geworden, wie einfühlsam er doch war. Sie gab auch ihm einen Kuss.

»Viel Spaß«, sagte er und strich ihr über den Kopf, wie er es tat, seit sie denken konnte.

Vor dem Haus atmete Daniel tief durch. »Dein Zuhause ist …«

»Vollgestellt«, beendete Anna den Satz für ihn und hakte sich lachend bei ihm ein. »Meine Mutter schleppt alles an, was ihr gerade gefällt. Erst vor ein paar Jahren ist mir aufgegangen, wie tolerant mein Vater ist.« Entzückt, dass er mit dem blauen Cabrio gekommen war, raffte sie ihren Rock und stieg ein. »Wo wollen wir essen?«

Er glitt hinters Steuer und ließ den Motor an. »Zu Hause. Bei mir zu Hause.«

Anna verspürte einen Anflug von Nervosität. Hastig erinnerte sie sich an ihre beste Waffe – ihren Willen –, um das Flattern in ihrem Magen zu beruhigen. Sie hatte nicht vergessen, dass sie alles unter Kontrolle hatte. Sie würde schon mit ihm fertigwerden. »Aha.«

»Ich bin die Restaurants und die Menschenmengen leid«, erwiderte er, und sie hörte die Anspannung aus seiner Stimme heraus. Erfreut stellte sie fest, dass auch er nervös war. Selbst im Sitzen überragte er sie um Haupteslänge. Seine Stimme hätte jedes Fenster zum Klirren bringen können, aber er war nervös, weil er den Abend mit ihr verbrachte. Es kostete sie ungeheure Mühe, nicht selbstzufrieden zu grinsen.

»So? Ich hatte den Eindruck, dass du gern unter Menschen bist«, sagte sie sehr ruhig.

»Ich habe keine Lust, mich beim Essen anstarren zu lassen.«

»Es ist erstaunlich, wie unhöflich manche Menschen sein können, nicht wahr?«

»Und wenn ich mit dir rede, möchte ich nicht, dass uns halb Boston zuhört.«

»Natürlich nicht.«

Er bog in seine Einfahrt ein. »Falls du dir Sorgen machst ... Ich habe Personal.«

Sie warf ihm einen undurchdringlichen Blick zu. »Warum sollte ich mir Sorgen machen?«

Er war nicht sicher, wie er das auffassen sollte, aber er wusste, dass sie mit ihm spielte. Er wusste nur nicht, nach welchen Regeln. »Du wirkst auf einmal sehr selbstsicher, Anna.«

»Daniel.« Sie griff nach dem Türgriff und stieg aus. »Das war ich immer.«

Nach einem ersten schnellen Blick beschloss sie, dass sein Haus ihr gefiel. Eine schulterhohe Hecke schirmte es zur Straße hin ab. Nicht so kalt oder unpersönlich wie eine Mauer, aber die Hecke hatte den gleichen Effekt. Während sie zu den hohen Fenstern hinaufblickte, von denen einige schon erleuchtet waren, nahm sie die Gerüche wahr, die aus dem angrenzenden Garten herüberwehten.

Wicken, wie sie ausmachte. Sie lächelte. Sie hatte eine Schwäche für Wicken. Er hatte ein imposantes Haus für sich ausgesucht, groß genug für eine zehnköpfige Familie, aber er hatte nicht vergessen, es mit etwas so Simplem wie einem Garten zu einem Heim zu machen. »Warum hast du dir ausgerechnet dieses Haus ausgesucht?«

Er folgte ihrem Blick und betrachtete das Haus. Er sah die massiven Ziegelsteine, von den Jahren auf attraktive Weise leicht verwittert, die Fenster mit ihren frisch gestrichenen weißen Läden. Für ihn gab es hier kein Zugehörigkeitsgefühl, es war nur ein Eigentum. Schließlich hatte jemand anders es gebaut. Als er die Abendluft einatmete, roch er nicht den Duft der Wicken, sondern nur den der Frau neben sich. »Weil es groß ist.«

Lächelnd beobachtete sie einen Sperling, der in einem Ahornbaum von Ast zu Ast hüpfte. »Das ist nachvollziehbar. Du hast dich in Mutters Salon unwohl gefühlt, nicht wahr? So als hättest du Angst gehabt, dich zu bewegen und etwas umzustoßen. Das hier passt besser zu dir.«

»Für den Moment«, murmelte er, denn er hatte andere Pläne. »Von diesen Fenstern aus kann man den Sonnenuntergang beobachten.« Er zeigte hinauf, dann nahm er ihren Arm und führte sie über den schmalen Weg zur Haustür. »Aber nicht mehr lange.«

»Wieso?«

»Der Fortschritt. Sie werden hier Häuser hochziehen und damit die Aussicht verbauen. Natürlich nicht überall, aber es reicht.« Er schloss die Haustür auf, trat mit ihr zusammen ein und wartete.

Als Erstes fielen ihr die gekreuzten Schwerter an der Wand auf. Es waren keine schmalen Klingen, wie Anna sie aus den Kostümfilmen kannte, sondern schwere, tödlich aussehende Waffen, die nur beidhändig zu führen waren. Anna konnte nicht widerstehen und trat näher heran. Es kostete sie keine

Mühe, sich vorzustellen, was so ein Schwert einem Körper aus Fleisch und Blut antun konnte. Ja, diese Waffen waren tödlich, aber nicht abstoßend.

»Die Schwerter stammen aus meinem Clan. Meine Vorfahren haben sie getragen.« Stolz lag in der einfachen Erklärung. »Die MacGregors waren immer Krieger.«

Hörte sie da eine Herausforderung in seinen Worten? Möglich. Anna betrachtete die Schwerter genauer. Die Schneiden waren nicht stumpf geworden, sondern scharf wie immer. »Das sind die meisten von uns, oder?«

Ihre Antwort überraschte ihn. Aber er hätte wissen müssen, dass sie kein zartbesaitetes Geschöpf war, das beim Anblick einer Waffe oder von Blut in Ohnmacht fiel. »Der englische König«, fast spuckte er aus und hatte damit Annas ungeteilte Aufmerksamkeit, »hat uns den Namen und das Land genommen, aber unseren Stolz konnte er uns nicht nehmen. Wenn es sein musste, haben wir so manchen Kopf abgehackt«, erklärte er, und seine blauen Augen leuchteten kämpferisch, als würde er wie seine Vorfahren zum Schwert greifen, wenn es nötig war. »Die meisten davon gehörten den Campbells.« Jetzt grinste er und nahm ihren Arm. »Sie wollten uns aus Schottland vertreiben, aber wir haben uns gewehrt.«

Sie fragte sich, wie er in einem Kilt aussehen mochte, mit einem solchen Schwert in den Händen. Nicht albern, sondern eindrucksvoll. Anna sah wieder auf die Schwerter. »Nein, ich bin sicher, das hätten sie nie geschafft. Du hast guten Grund, stolz zu sein.«

Er strich ihr über die Wange. »Anna ...«

»Mr. MacGregor.« McGee stand reglos da, als Daniel herumwirbelte. Er hielt dem zornigen Blick des Hausherrn stand.

»Aye?« In diesem einen Wort lagen tausend deftige Flüche.

»Ein Anruf aus New York, Sir«, sagte der Butler ungerührt. »Ein Mr. Liebowitz. Er sagt, es sei wichtig.«

»Führen Sie Miss Whitfield in den Salon, McGee. Entschuldige, Anna, ich beeile mich.«

»Schon gut.« Erleichtert über die Atempause sah sie ihm nach.

»Hier entlang, Miss.«

Ihr fiel der Akzent auf, der stärker war als bei Daniel, und lächelte in sich hinein. Natürlich, Daniel würde sich mit seinesgleichen umgeben, wenn es irgend möglich war. Nach einem letzten Blick auf die Schwerter folgte sie dem Butler. Verglichen mit Daniels Salon wirkte der ihrer Mutter wie ein Wandschrank. Keine Frage, der Mann liebte es großzügig.

»Möchten Sie einen Drink, Miss Whitfield?«

»Nein, danke.«

Er deutete eine Verbeugung an. »Bitte läuten Sie, wenn Sie etwas brauchen.«

»Danke«, sagte sie noch einmal und schaute sich um, kaum dass er fort war. Groß, ja, viel größer als normale Räume. Wenn sie sich nicht täuschte, hatte Daniel eine komplette Wand einreißen lassen, um aus zwei Räumen einen zu machen.

Die imposante Größe wurde durch ebenso imposante Möbel ergänzt. Ein Beistelltisch war mit solch feinen Schnitzereien ausgestattet, dass man sie für Spitze hätte halten können. Ein Stuhl mit hohen Rückenlehnen und dunkelroten Samtpolstern wirkte eher wie ein Thron. Hier könnte er Hof halten, dachte sie lächelnd. Warum eigentlich nicht?

Anstatt sich zu setzen, schlenderte Anna in dem Raum umher. Kräftige Farben herrschten vor, aber sie sagten Anna zu. Vielleicht hatte sie genug von den ewigen Pastelltönen ihrer Mutter. Ein Sofa nahm fast die ganze Wandbreite ein, es wären vier starke Männer nötig, um dieses Möbelstück zu bewegen. Anna lachte leise auf. Wahrscheinlich hatte Daniel diese Couch aus genau diesem Grund gewählt.

Am westlichen Fenster war seine Kristallsammlung aufgestellt. Waterford, Baccarat. Eine Vase, mehr als einen halben Meter hoch, fing die letzten Strahlen der untergehenden Sonne ein und schickte Funken durch den Raum. Eine zarte Schale passte in ihre Handfläche, und Anna fragte sich, was dieses Stück hier unter den Riesen zu suchen hatte.

So fand Daniel sie vor. Sie stand da, eingehüllt in Sonnenlicht, und lächelte auf die glitzernde Schale herab. Sein Mund wurde trocken. Obwohl er nichts sagte, nichts sagen konnte, drehte sie sich zu ihm um.

»Was für ein wunderbarer Raum.« Begeisterung hatte einen rosa Hauch auf ihre Wangen gezaubert, ihre Augen strahlender gemacht. »Im Winter, mit einem Feuer im offenen Kamin, muss es einfach großartig sein.« Als er nichts sagte, erstarb ihr Lächeln. »Der Anruf«, sagte sie. »Schlechte Nachrichten?«

»Wie?«

Den Anruf hatte er völlig vergessen. Wie alles andere auch. Es behagte ihm überhaupt nicht, dass ein einziger Blick von ihr ausreichte, um seine Zunge zu lähmen und seinen Magen zu verknoten. »Nein. Ich muss für ein paar Tage nach New York, um einige Wogen zu glätten.« Unter anderem die in mir, dachte er. »Ich habe etwas für dich.«

»Das Abendessen, hoffe ich«, erwiderte sie lächelnd.

»Das auch.« Ihm wurde klar, dass er noch bei keiner Frau je so verlegen gewesen war. Er holte eine kleine Schachtel aus seiner Tasche und reichte sie ihr.

Für einen Moment stieg Panik in ihr auf. Ein Ring? Was fiel ihm ein? Doch dann setzte ihre Vernunft wieder ein. Dieses

Kästchen war nicht aus Samt wie die, in denen Verlobungsringe steckten, sondern alt und aus Pappe. Gespannt hob sie den Deckel an.

Die Kamee war fast so lang wie ihr Daumen und fast zweimal so breit. Alt und anmutig lag sie auf verblasstem Seidenpapier. Ein sanftes Profil mit stolzem Ausdruck.

»Sie passt zu dir«, sagte Daniel leise. »Das erwähnte ich schon einmal.«

»Sie hat deiner Großmutter gehört«, erinnerte sie sich. Gerührt strich sie mit der Fingerspitze darüber. »Sie ist wunderschön.« Es fiel ihr schwer, den Deckel wieder zu schließen. »Daniel, du weißt, dass ich sie nicht nehmen kann.«

»Nein, das weiß ich nicht.« Er nahm ihr die Schachtel ab, öffnete sie und nahm die Kamee an ihrem samtenen Band heraus. »Ich möchte sie dir anlegen.«

Fast spürte sie schon seine Finger in ihrem Nacken. »Ich sollte kein Geschenk von dir annehmen.«

Er zog eine Augenbraue hoch. »Sag nicht, dass dich das Gerede schert, Anna. Würdest du sonst Medizin studieren?«

Natürlich hatte er recht, aber sie wollte fest bleiben. »Es ist ein Erbstück, Daniel. Es wäre nicht richtig.«

»Es ist mein Erbstück, und ich will es nicht länger in einer Schachtel verschlossen halten. Meine Großmutter würde wollen, dass eine Frau das Stück trägt, die es auch zu schätzen weiß.« Er legte ihr die Kamee um, und sie schmiegte sich an ihre Haut, als wäre sie für Anna geschaffen. »Dort gehört es hin.«

Sie konnte nicht widerstehen, sie tastete danach. Alle Vernunft war längst verschwunden. »Danke. Sagen wir einfach, ich hebe es für dich auf. Wenn du es zurückhaben willst …«

»Verdirb nicht den Moment.« Er legte eine Hand unter ihr Kinn. »Ich wollte sehen, wie du sie trägst.«

Es war unmöglich, das Lächeln zurückzuhalten. »Und du bekommst immer, was du willst?«

»Genau.« Sehr zufrieden mit sich strich er mit dem Daumen über ihre Wange und ließ dann die Hand sinken. »Möchtest du etwas trinken? Einen Sherry?«

»Lieber nicht.«

»Keinen Drink?«

»Keinen Sherry. Hast du noch etwas anderes?«

Er spürte, wie die Nervosität von ihm abfiel. »Ich lasse mir von einem Freund in Edinburgh erstklassigen Scotch schicken. Schmuggelware, wenn du so willst.«

Sie rümpfte die Nase. »Der schmeckt wie Seife.«

»Seife?« Er sah so verblüfft aus, dass sie lachte.

»Nimm es nicht persönlich.«

»Probier ihn einfach«, meinte er und ging zur Bar. »Seife«, murmelte er, während er ihr das Getränk einschenkte. »Das ist nicht der Fusel, den du auf deinen feinen Bostoner Partys bekommst.«

Je länger sie ihn kannte, desto liebenswerter wurde er. Wie von selbst tastete Anna nach der Kamee. Sie atmete tief durch und erinnerte sich daran, dass sie die Zügel in der Hand hatte. Kontrolle. Als er ihr ein Glas reichte, betrachtete sie den Inhalt. Sehr dunkel, dachte sie, und vermutlich so tödlich wie die Schwerter an der Wand. »Kein Eis?«

»Nie.« Er leerte sein Glas und sah sie herausfordernd an. Anna holte tief Luft und nippte an ihrem Scotch.

Warm, weich und kräftig. Mit gerunzelter Stirn nippte sie erneut. »Nein, der schmeckt wirklich nicht wie Seife. Im Gegenteil, er schmeckt ganz ausgezeichnet«, gestand sie und gab ihm das Glas zurück. »Wenn ich allerdings mehr davon trinke, kann ich nicht mehr stehen.«

»Dann musst du etwas essen.«

Sie warf ihr Haar zurück und reichte ihm ihre Hand. »Wenn das deine Art ist, mir zu sagen, dass das Essen angerichtet ist, nehme ich die Einladung gerne an.«

Er nahm ihre Hand und hielt sie fest. »Du wirst nicht viele charmante Schmeicheleien von mir zu hören bekommen, Anna. Ich habe nie allzu großen Wert auf geschliffene Manieren gelegt. Und habe auch nicht vor, sie mir anzueignen.«

Das Haar lag ihm in weichen Wellen um sein Gesicht, ungezähmt und abenteuerlich. Der Bart ließ ihn verwegen aussehen, wie die Krieger, deren Blut in ihm floss. »Nein, das solltest du auch nicht.«

Nein, er war nicht geschliffen, aber er umgab sich gern mit schönen Dingen. Nicht die feinen, dezenten Dinge, an die Anna so gewöhnt war, sondern es war eine kraftvolle, wagemutige Schönheit, die einen packte und überwältigte. Im Esszimmer hingen ein Schild und ein Speer an der Wand. Darunter stand eine Chippendale-Vitrine, um die ihn jeder Antiquitätensammler beneidet hätte. Der Tisch war massiv, und darauf stand das feinste Porzellan, das Anna je gesehen hatte. Sie setzte sich auf einen Stuhl, der in eine mittelalterliche Burg gepasst hätte, und stellte erstaunt fest, wie entspannt sie sich fühlte.

Das Licht der untergehenden Sonne drang rotgolden durch die Fenster. Während sie aßen, wurde es immer dunkler. McGee erschien, um die Kerzen anzuzünden, und verschwand ebenso geräuschlos, wie er gekommen war.

»Wenn ich meiner Mutter von diesem Essen erzähle, wird sie versuchen, deine Köchin abzuwerben.« Anna nahm einen Bissen von der Schokoladentorte und verstand endlich die Bedeutung der Worte »sündhaft reich«.

Es bereitete ihm ein stilles, warmes Vergnügen, sie zu beobachten, wie sie sein Essen genoss, von den Tellern, die er selbst ausgewählt hatte. »Jetzt verstehst du vielleicht, warum ich lieber zu Hause als im Restaurant esse.«

»Absolut.« Sie nahm noch einen Bissen, weil es manche Dinge im Leben gab, denen man nicht widerstehen durfte. »Hausmannskost wird mir fehlen, wenn ich in meine eigene Wohnung ziehe.«

»Warum kochst du nicht selbst?«

»Das würde ich gern, aber ich kann es nicht. Keine Sorge«, sagte sie, als er die Stirn runzelte. »Ich habe vor, es zu lernen. Reiner Selbsterhaltungstrieb.« Sie verschränkte die Hände und stützte das Kinn darauf. »Ich nehme nicht an, dass du kochst.«

Er wollte lachen, ließ es aber. »Nein.«

Es gefiel ihr mehr und mehr, dass sie ihn so überrumpeln konnte. »Aber du findest es seltsam, dass ich als Frau nicht kochen kann?«

Es war schwer, sich nicht von ihrer Logik beeindrucken zu lassen, auch wenn sie sich gegen ihn richtete. »Du hast die Angewohnheit, einen Mann in die Enge zu treiben, Anna.«

»Es macht mir einfach Spaß, dir zuzusehen, wie du dich da wieder herausboxt. Ich weiß, es könnte deinem Ego gefährlichen Auftrieb geben, aber … du bist nun mal ein interessanter Mann.«

»Mein Ego ist groß genug. Da muss schon mehr kommen, um mich zu beeindrucken. Aber warum erklärst du nicht genauer, warum ich interessant bin?«

Lächelnd stand sie auf. »Vielleicht ein anderes Mal.«

Er erhob sich ebenfalls und nahm ihre Hand. »Dann wird es ein anderes Mal geben?«

Sie hielt nichts von Lügen und wenig von Ausweichmanövern. »Das wird es wohl. Mrs. Higgs hat heute nur von dir gesprochen«, sagte sie, als sie gemeinsam in den Salon gingen.

»Eine bezaubernde Frau.«

Anna musste lächeln. Er sagte es mit solcher Überzeugung. »Sie rechnet fest damit, dass du sie wieder besuchst.«

»Ich habe es versprochen.« Er sah die Frage in ihren Augen und blieb stehen. »Und ich halte mein Wort.«

»Ja, das tust du. Und das ist edel von dir, Daniel. Sie hat sonst niemanden.«

Verlegen runzelte er die Stirn. »Verpass mir keinen Heiligenschein, Anna. Ich will unsere Wette gewinnen, aber nicht unter falschen Voraussetzungen.«

»Ich habe nicht vor, dir einen Heiligenschein zu verpassen.« Sie schob sich das Haar von der Schulter. »Genauso wenig, wie ich vorhabe, die Wette zu verlieren.«

Im Durchgang zum Salon war sie es, die stehen blieb. Überall brannten Kerzen, dutzende, ihr Schimmer erfüllte den Raum. Durchs Fenster fiel der Mondschein, wetteiferte mit dem sanften Licht. Leise Musik erklang, ein Blues, der aus dem Schatten zu kommen schien. Anna fühlte, wie ihr Puls sich beschleunigte, ging jedoch weiter.

»Sehr stilvoll«, stellte sie fest, als sie die silberne Kaffeekanne bemerkte, die zusammen mit zwei Tassen neben der Couch bereitstand.

Während Daniel zur Bar ging, um den Brandy einzugießen, blieb sie stehen und fragte sich, warum sie nicht angespannt war. »Ich mag es, wie du bei Kerzenschein aussiehst«, gestand er und reichte ihr den Schwenker. »Es erinnert mich an den Abend, an dem wir uns das erste Mal begegnet sind. Du standest auf der Terrasse, und der Mond schien dir ins Gesicht.« Als er ihre Hand nahm, glaubte er, sie zittern fühlen zu können. Aber ihre Augen blickten so ruhig. »Ich habe dich angesehen und wusste, dass ich dich haben musste. Seitdem denke ich Tag und Nacht an dich.«

Es wäre so einfach, nur zu einfach, dem nachzugeben, was seine Nähe, seine Berührung in ihr auslöste. Sollte sie das tun, würde sie seinen Mund wieder auf ihren Lippen spüren können, würde das Prickeln auf ihrer Haut fühlen, das seine großen sanften Hände auslösen konnten. Ja, es wäre so einfach. Doch das Leben, das sie gewählt hatte, war damit nicht vereinbar.

»Ein Mann in deiner Position müsste wissen, wie gefährlich spontane Entscheidungen sind.«

»Nein.« Er hob ihre Hand und küsste jeden Finger, langsam, träge, sinnlich.

Der Atem stockte ihr in der Kehle, und nur mit reiner Willenskraft gelang es ihr, gelassen und, wie sie hoffte, unbeteiligt zu klingen, als sie sprach. »Daniel, versuchst du etwa, mich zu verführen?«

Wann würde er sich je an diese ruhige, ehrliche Direktheit gewöhnen? Würde es ihm überhaupt möglich sein? Er stieß ein knappes Lachen aus und nahm einen Schluck Brandy. »Ein Mann verführt nicht die Frau, die er heiraten will.«

»Natürlich tut er das«, widersprach Anna und klopfte ihm auf den Rücken, als er sich verschluckte. »Genauso wie ein Mann Frauen verführt, die er nicht zu heiraten beabsichtigt. Aber ich werde dich nicht heiraten, Daniel.« Sie trat an den Tisch neben der Couch und sah ihn über die Schulter an. »Und ich lasse mich nicht verführen. Kaffee?«

Er liebte sie nicht nur, er betete sie förmlich an, das wurde ihm in diesem Moment klar. Im Moment gab es vieles, über das er sich nicht so recht im Klaren war, aber eines wusste er mit Bestimmtheit: Ohne sie würde er nicht mehr leben können. »Aye.« Er ging zu ihr und nahm die Tasse. Vielleicht war es besser, wenn er seine Hände beschäftigt hielt. »Du kannst nicht behaupten, dass du mich nicht begehrst, Anna.«

Ihr Körper prickelte. Er brauchte sie nur zu berühren, und

sie fühlte ihr Verlangen, ihre Schwäche. Sie zwang sich dazu, ihn anzusehen. »Nein, das kann ich nicht. Aber das ändert nichts.«

Er stellte den Kaffee ab, ohne getrunken zu haben. Dabei war ihm mehr danach, die Tasse an die Wand zu werfen. »Natürlich tut es das. Du bist hergekommen.«

»Zum Abendessen«, erinnerte sie ihn ruhig. »Und weil ich aus irgendeinem unerfindlichen Grund deine Gesellschaft genieße. Es gibt Dinge, die ich akzeptieren muss, aber auch solche, die ich nicht riskieren darf.«

»Ich darf.« Behutsam legte er eine Hand um ihren Nacken, auch wenn es ihm schwerfiel, sanft zu bleiben, wo er sie doch lieber an sich gerissen und wild genommen hätte, wonach ihn dürstete. Sie wich zurück, aber er ignorierte es und zog sie an sich. »Und ich werde.«

Als sie seine Lippen an ihren spürte, wusste Anna, dass es noch etwas gab, womit sie sich abfinden musste. Mit dem Unausweichlichen. Sie hatte gewusst, dass sie beide nicht zusammen sein konnten, ohne dass sich Leidenschaft in ihnen regte. Und doch war sie hier, aus freien Stücken. Zwischen ihnen brannte ein Feuer, das auf Dauer nicht einzudämmen war. Irgendwann würde die Zeit kommen, da es sie beide verschlang, das war ihr klar. Sie legte die Arme um ihn und näherte sich dem Feuer.

Als er sie auf die Couch drückte, protestierte sie nicht, sondern zog ihn an sich. Nur für einen Moment, nahm sie sich vor. Nur für einen Moment wollte sie erfahren, wie es sein könnte, wollte seinen festen, kräftigen Körper an ihrem fühlen. Sie konnte das verzweifelte Verlangen spüren, und wider besseres Wissen genoss sie es.

Er ließ seinen Mund über ihr Gesicht gleiten. Sein Atem strich heiß über ihre Lippen und den Hals, als er ihren Namen flüsterte. Sie schmeckte den Brandy, als ihre Zungen sich fanden. Um sie herum flackerten die Kerzen, und die Musik schien einen noch sinnlicheren, lockenderen Rhythmus anzunehmen.

Er musste sie anfassen. Wenn er nicht mehr von ihr bekam, würde er den Verstand verlieren. Doch als er sie berührte, ihre weiche Haut und ihr rasendes Herz spürte, wusste er, dass er nie genug von ihr bekommen würde. Seine Hände, so groß und kräftig, strichen über ihren Körper mit einer Zärtlichkeit, die sie erbeben ließ. Als er hörte, wie sie zitternd seinen Namen wisperte, musste er sich beherrschen, um sich nicht einfach zu nehmen, was er wollte. Er küsste sie, und ihr Mund schien auf seinen gewartet zu haben.

Fiebrig kämpfte er mit den Knöpfen an ihrem Kleid. Seine Hände waren so groß, die Knöpfe so winzig. Das Blut begann in seinen Ohren zu rauschen. Als er sah, dass seine korrekte Anna Spitze und Seide auf der Haut trug, stockte ihm der Atem.

Unter seiner Berührung bog sie sich ihm entgegen, wand sich und erschauerte, verlangte nach mehr. Was er in ihr auslöste, war mehr, als sie erwartet hatte, mehr, als sie je hätte erahnen können. Er entführte sie in eine Traumwelt, unglaublich sanft strich er mit seinen kräftigen Fingern über ihren Körper. Er streichelte sie, verhielt, wagte sich dann weiter. Das Gefühl war unwiderstehlich, und sie ließ sich von ihm führen. Kontrolle war nicht mehr wesentlich, Ehrgeiz und Ambitionen unwichtig geworden. Es gab nur noch eins. Verlangen. Und für einen verrückten Moment gab sie sich diesem Gefühl hin.

Mit jedem Herzschlag wuchs seine Verzweiflung. Er wusste, was er wollte. Jetzt und sein ganzes Leben lang. Anna. Nur Anna. Ihr Mund war heiß, ihre Haut kühl. Die Bilder, die durch seine Gedanken flimmerten, waren dunkel und gefährlich wie unerschlossenes Land. Sie klammerte sich an ihn und schien ihm alles zu geben. Vor Lust und Freude wurde ihm fast schwindlig. Dann presste sie das Gesicht an seinen Hals und erstarrte.

»Anna?«, fragte er mit rauer Stimme.

»Ich kann nicht behaupten, dass ich das hier nicht will.« Der Widerstreit, der in ihr tobte, erschreckte sie. »Aber ich kann auch nicht sicher sein, dass ich es wirklich will.« Sie erschauerte und zog sich zurück. Im Kerzenschein konnte er ihr Gesicht sehen. Es war blass, die Augen dunkel. »Ich hatte nie damit gerechnet, so etwas zu fühlen, Daniel. Ich muss nachdenken.«

In ihm brannte das Verlangen. »Ich kann für uns beide denken.«

Bevor er sie küssen konnte, legte sie beide Hände an seine Wangen. »Und genau das macht mir Angst.« Sie machte sich frei und setzte sich auf. Ihr Kleid stand fast bis zur Taille offen. Zum ersten Mal in ihrem Leben hatte sie sich einem Mann so gezeigt. Dennoch empfand sie keine Scham. Ihre Finger zitterten nicht, als sie die Knöpfe schloss. »Was zwischen uns passiert … zwischen uns passieren könnte … ist die wichtigste Entscheidung meines Lebens. Ich muss sie allein treffen.«

Er packte sie bei den Armen. »Sie ist längst getroffen.«

Ein Teil von ihr stimmte ihm zu, ein anderer wehrte sich voller Angst dagegen. »Du weißt, was du willst. Ich nicht. Und solange ich das nicht weiß, kann ich dir nichts versprechen.« Erst jetzt begannen ihre Finger zu zittern. »Vielleicht werde ich dir nie etwas versprechen können.«

»Wenn ich dich in den Armen halte, fühlst du, dass es richtig ist. Fühlst du das nicht, wenn ich dich berühre?«

»Doch.« Anna zwang sich, ruhig zu bleiben. »Und genau deshalb brauche ich Zeit. Wie immer meine Entscheidung ausfällt, ich muss sie mit einem klaren Kopf treffen.«

»Mit klarem Kopf.« Wütend und von schmerzhaftem Verlangen durchtränkt, sprang er auf und begann im Zimmer auf und ab zu marschieren. »Mein Kopf ist nicht mehr klar, seit ich dich zum ersten Mal gesehen habe.«

Sie erhob sich ebenfalls. »Dann brauchen wir beide Zeit, ob es dir nun gefällt oder nicht.«

Er nahm ihr Glas und leerte es. »Du brauchst Zeit, Anna.« Er drehte sich zu ihr um. Nie hatte er wilder, wunderbarer ausgesehen für sie. Eine kluge Frau würde auf ihr Herz aufpassen, Anna versuchte sich daran zu erinnern. »Ich werde drei Tage in New York sein. Da hast du deine Zeit. Wenn ich zurückkomme, werde ich zu dir kommen. Dann will ich deine Entscheidung hören.«

Anna hob das Kinn, gab unbewusst den Blick auf den langen, fein geschwungenen Hals frei. Würde umhüllte sie wie ein eleganter Umhang. »Ich lasse mich von dir nicht unter Druck setzen, Daniel.«

»Drei Tage«, wiederholte er und stellte das Glas ab, bevor er es zerbrechen würde. »Ich bringe dich nach Hause.«

6. Kapitel

Als aus drei Tagen eine ganze Woche wurde, wusste Anna nicht, ob sie wütend oder erleichtert sein sollte. So zu tun, als würde weder das eine noch das andere sie interessieren, und ihr Leben wie üblich weiterlaufen zu lassen, war unmöglich. Er war doch derjenige gewesen, der ihr eine Frist gesetzt hatte, und jetzt hielt er sich selbst nicht daran. Allerdings musste sie sich auch ehrlich eingestehen, dass sie noch zu keiner Entscheidung gelangt war.

Wenn Anna sich vornahm, ein Problem zu lösen, dann tat sie es auch. Man musste die Sache von allen Seiten betrachten, alle Möglichkeiten durchspielen und Prioritäten setzen. Allerdings gab es in ihrer Beziehung mit Daniel so viele verschiedene Aspekte, was eine vernünftige Lösung praktisch unmöglich machte. Auf der einen Seite war er unhöflich und aufreibend, andererseits steckte er voller Leben und Energie und war amüsant. Er war unerträglich arrogant – und unwiderstehlich zärtlich. Seine rauen Kanten würden nie ganz abgeschliffen werden können. Er verfügte über eine ausgesprochen wache und schnelle Intelligenz. Er war listig. Er konnte über sich selbst lachen. Er war erdrückend. Er war unglaublich großzügig.

Wenn sie Daniel nicht analysieren konnte, wie sollte es ihr gelingen, ihre eigenen Gefühle für ihn zu analysieren? Verlangen. Sie hatte wenig Erfahrung mit diesem Gefühl, aber sie konnte es klar in sich erkennen. Wie erkannte man Liebe? Und falls es das sein sollte, was wollte sie dann unternehmen?

Nur eines hatte Anna während seiner Abwesenheit herausgefunden: Sie vermisste ihn. Sie war so sicher gewesen, dass sie nicht einmal an ihn denken würde. Dabei hatte sie kaum an etwas anderes als an ihn gedacht. Aber wenn sie nachgab, wenn sie alle Vorsicht in den Wind schlug und seinen Antrag annahm, was würde dann aus ihrem Traum werden?

Sie könnte ihn heiraten, seine Kinder bekommen, ihm ihr Leben widmen ... und ihn mehr und mehr verabscheuen, weil sie dafür ihre eigenen Wünsche hatte aufgeben müssen. Das wäre nur ein halbes Leben, und Anna zweifelte nicht daran, dass sie das nicht ertragen würde. Und wenn sie ihn abwies? Hieße das nicht auch, nur ein halbes Leben zu führen?

Diese Fragen quälten sie tagaus, tagein, ließen sie in der Nacht nicht zur Ruhe kommen. Sie kannte die Fragen, aber sie fand keine Antworten. Also traf sie gar keine Entscheidung, wohlwissend, dass ein solcher Entschluss ein Leben lang seine Gültigkeit bewahren würde.

Sie zwang sich dazu, die Routine in ihrem Leben aufrechtzuerhalten. Um sich von den quälenden Fragen abzulenken, ging sie mit Freunden ins Theater und auf Partys. Tagsüber stürzte sie sich in die Arbeit im Krankenhaus, getrieben von einer Energie, die ihrer Frustration entstammte.

Wie immer besuchte sie zuerst Mrs. Higgs. Anna brauchte keinen Titel, um zu erkennen, dass die alte Dame nicht mehr lange zu leben hatte. Trotz ihrer anderen Pflichten versuchte sie, so viel Zeit wie möglich in Zimmer 521 zu verbringen.

Eine Woche nach dem Abendessen bei Daniel setzte Anna bewusst ein Lächeln auf und ging zu Mrs. Higgs. Diesmal waren die Vorhänge zugezogen, im Raum lagen mehr Schatten als Licht. Fast schien es, als würden diese Schatten geduldig warten.

Ihre Lieblingspatientin war wach und starrte lustlos auf die welken Blumen neben dem Bett. Als sie Anna sah, leuchteten ihre Augen auf.

»Ich bin so froh, dass Sie hier sind. Ich habe gerade an Sie gedacht.«

»Ich musste doch kommen.« Anna legte die Zeitschriften auf den Nachttisch. Instinktiv spürte sie, dass Hochglanzbilder der schillernden Modewelt nicht das waren, was Mrs. Higgs heute brauchte. »Wie sonst sollte ich Ihnen den neuesten Klatsch berichten, den ich gestern auf der Party, bei der ich war, gehört habe?« Sie tat, als müsste sie das Laken glatt streichen, und warf einen Blick auf das Krankenblatt. Betrübt stellte sie fest, dass Mrs. Higgs' Zustand sich rapide verschlechtert hatte. Doch als sie sich auf den Stuhl neben dem Bett setzte, lächelte sie.

»Sie erinnern sich doch an meine Freundin Myra?« Anna wusste, wie gern Mrs. Higgs von Myras Eskapaden hörte. »Gestern Abend trug sie ein trägerloses Kleid. Der Ausschnitt war so gewagt, dass einige der älteren Damen fast in Ohnmacht gefallen wären.«

»Und die Männer?«

»Nun ja, sagen wir, Myra konnte sich zwischen den Tänzen kaum ausruhen.«

Mrs. Higgs lachte und verzog das Gesicht, als der Schmerz einsetzte. Anna sprang auf.

»Ich hole den Arzt.«

»Nein.« Die Hand, mit der Mrs. Higgs nach Annas Hand griff, besaß überraschend viel Kraft. »Der gibt mir nur wieder eine Spritze.«

Tröstend rieb Anna über das zerbrechlich wirkende Handgelenk, während sie den Puls maß. »Nur gegen die Schmerzen, Mrs. Higgs. Sie müssen doch nicht leiden.«

Mrs. Higgs entspannte sich und ließ den Kopf wieder in die Kissen sinken. »Lieber Schmerzen als gar nichts fühlen. Es geht schon wieder.« Sie lächelte matt. »Mit Ihnen zu reden ist besser als jede Medizin. Ist Ihr Daniel schon zurück?«

Den Finger noch immer am Puls, setzte Anna sich wieder. »Nein.«

»Es war so nett von ihm, mich zu besuchen, bevor er nach New York flog. Stellen Sie sich vor, auf dem Weg zum Flughafen ist er bei mir vorbeigekommen.«

Diese Neuigkeit verwirrte Anna nur noch mehr. »Er besucht Sie gern. Das hat er mir erzählt.«

»Er hat mir versprochen, dass er wieder kommt, wenn er aus New York zurück ist.« Sie warf einen Blick auf die Rosen, die die Schwestern nicht wegnehmen durften, obwohl sie schon eine Woche alt waren. »Es ist etwas Besonderes, jung und verliebt zu sein.«

Anna spürte einen Stich im Herzen. Liebte er sie denn? Er hatte sie erwählt, er begehrte sie, aber Liebe war etwas anderes. Sie wünschte, sie hätte jemanden, bei dem sie sich aussprechen könnte. Aber Myra war in letzter Zeit ständig beschäftigt, und jemand anders würde sie nicht verstehen. Und Mrs. Higgs durfte sie mit ihren Problemen sicherlich nicht belasten, wenn sie doch gekommen war, um zu trösten. Also streichelte sie lächelnd die Hand der Patientin. »Sie waren bestimmt oft verliebt.«

»Oh ja. Sich zu verlieben ist so einfach, Anna. Es ist so aufregend, das ständige Auf und Ab, die Erregung. Wie ein sich ewig drehendes Karussell, und die Musik hört nie auf zu spielen. Aber es dann auch zu bleiben, liebend …« Sie seufzte, in Erinnerungen versunken. »Das ist der Irrgarten, das Verworrene, immer wieder neue Abzweigungen und Straßen, die ins Nichts führen. Man darf die Hoffnung nicht aufgeben, muss immer weitergehen und es neu versuchen, voller Zuversicht und Vertrauen. Ich hatte nur so kurze Zeit mit meinem Mann, und nach ihm habe ich es nie wieder im Irrgarten versucht.«

»Wie war er, Ihr Mann?«

»Oh, er war jung und so ehrgeizig. Voller Pläne. Sein Vater hatte ein Lebensmittelgeschäft, und Thomas wollte es erweitern. Er war so clever. Aber dazu kam er nicht mehr … Es sollte nicht sein. Glauben Sie daran, dass manche Dinge vorherbestimmt sind, Anna?«

Sie dachte an ihr Studium, an ihren Wunsch, Menschen zu heilen. Sie versuchte, nicht an Daniel zu denken. »Ja, das tue ich.«

»Thomas war es vorherbestimmt, jung zu sterben. Und doch, er war so voller Tatkraft und hat in seinem kurzen Leben viel erreicht. Je öfter ich an ihn denke, desto mehr bewundere ich ihn. Ihr Daniel erinnert mich an ihn.«

»Wie das?«

»Der Schwung – jene Tatkraft, die man ihnen vom Gesicht ablesen kann. Und dann weiß man einfach, dass diese Menschen großartige Dinge vollbringen werden.« Mrs. Higgs lächelte und wehrte sich gegen den Schmerz. »Da ist eine gewisse Rücksichtslosigkeit zu erkennen, die sie antreibt, alles zu tun, war nötig ist, um zu erreichen, was sie sich vorgenommen haben. Aber da gibt es auch Sanftmut, Güte und Großzügigkeit. Jene Großzügigkeit, die Thomas dazu brachte, einem Kind, das kein Geld hatte, eine Hand voll Bonbons zu schenken. Jene Güte, die Ihren Daniel dazu bringt, eine alte Frau zu besuchen, die er gar nicht kennt. Ich habe mein Testament geändert …«

Besorgt richtete Anna sich auf. »Mrs. Higgs …«

»Oh, jetzt regen Sie sich gefälligst nicht auf.« Die alte Dame schloss die Augen, um Kraft zu sammeln. »Ich sehe Ihnen schon an, Sie fürchten, ich könnte Sie da in was hineinziehen. Thomas hat mir etwas hinterlassen, und ich habe es gut angelegt. Es hat mir ein gutes Leben garantiert. Ich habe keine Kinder, keine Enkel. Aber für Reue ist es jetzt zu spät. Ich möchte der Welt etwas zurückgeben, ich möchte, dass jemand sich an mich erinnert.« Sie sah Anna an. »Ich habe mit Daniel darüber gesprochen.«

»Mit Daniel?« Beunruhigt beugte Anna sich vor.

»Er ist clever, genau wie mein Thomas. Ich habe ihm gesagt, was ich will, und er hat mir erklärt, wie ich es tun muss. Mein Anwalt hat für mich eine Stiftung gegründet, und ich habe Daniel zu meinem Nachlassverwalter ernannt, damit er sich um alles kümmern kann.«

Anna wollte das Thema Sterben als viel zu verfrüht abtun, doch dann wurde ihr bewusst, dass Mrs. Higgs keine Angst vor dem Tod hatte. »Was für eine Stiftung?«

»Eine Stiftung für junge Frauen, die in die Medizin gehen wollen.« Mrs. Higgs lächelte über Annas verblüfften Gesichtsausdruck. »Ich wusste, dass es Ihnen gefallen würde. Ich habe mich gefragt, was ich machen könnte, und dann musste ich an Sie denken und an all die wunderbaren Schwestern, die sich so nett um mich gekümmert haben.«

»Das ist eine wunderbare Idee, Mrs. Higgs!«

»Ich hätte allein sterben können, ohne jemanden, der bei mir sitzt und mit mir redet. Ich hatte Glück.« Sie ergriff Annas Hand. »Anna, machen Sie nicht den gleichen Fehler wie ich. Denken Sie nicht, dass Sie niemanden brauchen. Lassen Sie die Liebe zu, leben Sie mit ihr. Fürchten Sie sich nicht vor dem Irrgarten.«

»Nein«, flüsterte Anna. »Das werde ich nicht.«

Mrs. Higgs fühlte keinen Schmerz mehr. Sie fühlte kaum noch etwas, starrte mit gebrochenen Augen in das Licht, das immer schwächer wurde. »Wissen Sie, was ich tun würde, wenn ich noch einmal von vorn anfangen könnte?«

»Was denn?«

»Ich würde mir alles nehmen.« Sie lächelte, auch wenn die Ränder um das Licht verschwammen. »Es war dumm von mir zu glauben, man könnte mit einzelnen Teilen zufrieden sein. Thomas hätte es besser gewusst.« Erschöpft schloss sie die Augen. »Bleiben Sie noch ein Weilchen bei mir.«

»Natürlich.«

Anna saß in dem abgedunkelten Zimmer, die schmale Hand der Sterbenden in ihrer, und lauschte dem schwächer werdenden Atem. Als es vorbei war, stand sie leise auf und küsste Mrs. Higgs auf die Stirn. »Ich werde Sie nie vergessen.«

Ruhig und beherrscht ging sie über den Korridor zu Mrs. Kellerman. Die Oberschwester war gerade mit fünf Neuaufnahmen beschäftigt und warf ihr einen kurzen Blick zu. »Wir sind im Moment ein wenig unter Druck, Miss Whitfield.«

Sie stand sehr gerade. Als sie sprach, klangen sowohl Autorität als auch Geduld in ihrer Stimme mit. »Schicken Sie einen Arzt zu Mrs. Higgs.«

Sofort stand Mrs. Kellerman auf. »Hat sie Schmerzen?«

»Nein.« Anna verschränkte die Hände. »Nicht mehr.«

Mrs. Kellerman verstand sofort, und ein Anflug von Trauer trat in ihre Augen. »Danke, Miss Whitfield. Schwester Bates, rufen Sie Doktor Liederman. 521.« Ohne eine Antwort abzuwarten, eilte sie selbst den Korridor hinunter. Anna folgte ihr und wartete in der Tür zu Mrs. Higgs' Zimmer. Die Oberschwester drehte sich zu ihr um. »Miss Whitfield, Sie brauchen nicht zu bleiben.«

Entschlossen hielt Anna den Blick auf die Oberschwester gerichtet. »Mrs. Higgs hatte niemanden.«

Mitgefühl lag in Mrs. Kellermans Blick und zum ersten Mal auch Respekt. Sie kam von dem Bett zu Anna und legte ihr eine Hand auf den Arm. »Bitte warten Sie draußen. Ich sage dem Doktor, dass Sie mit ihm sprechen möchten.«

»Danke.« Langsam ging Anna zum Warteraum und setzte sich. Mit jeder Minute, die verging, wurde sie ruhiger. So etwas würde sie als Ärztin Tag für Tag erleben, für den Rest ihres Lebens. Dies war das erste, aber nicht das letzte Mal. Der Tod würde zu ihrem Leben gehören. Sie würde ihn mit allen Mitteln bekämpfen, aber auch akzeptieren müssen, wenn sie verlor. Und sie würde lernen müssen, sich dagegen zu wappnen. Damit würde sie jetzt sofort anfangen.

Anna holte tief Luft und schloss die Augen. Als sie die Augen wieder öffnete, sah sie Daniel auf sich zukommen.

Für einen Moment wich jeder Gedanke aus ihrem Kopf. Dann sah sie die Rosen in seiner Hand, und sie spürte, wie ihr die Tränen kamen. Sie verdrängte sie, und als sie aufstand, zitterten ihre Beine nicht.

»Ich dachte mir, dass ich dich hier finde.« Alles an ihm wirkte aggressiv, sein Gang, sein Gesicht, selbst seine Stimme. Nur einen flüchtigen Moment wünschte sie, sich den Luxus erlauben zu können, sich in seine Arme zu werfen und den Tränen freien Lauf zu lassen.

»Ich bin jeden Tag hier.« Und daran würde sich nichts ändern, dessen war sie sich jetzt sicherer als je zuvor.

»Die Sache in New York hat länger gedauert.« Und in den Nächten hatte er nur wenig geschlafen, weil er immerzu an sie gedacht hatte. Er wollte weiterreden, genauso scharf und zornig wie zuvor, aber etwas in ihrem Blick ließ ihn innehalten. »Was ist?« Sie schaute auf die Rosen, und er wusste Bescheid. »Mist.« Mit einem Seufzer ließ er den Strauß fallen. »War sie allein?«

Dass er das fragte, dass er zuerst an Mrs. Higgs dachte, ließ sie nach seiner Hand greifen. »Nein, ich war bei ihr.«

»Das ist gut.« Eiskalt lag ihre Hand in seiner. »Ich bringe dich nach Hause.«

»Nein.« Wenn er jetzt zu viel Mitgefühl zeigte, würde ihre beherrschte Haltung zusammenbrechen. »Ich möchte erst mit ihrem Arzt sprechen.«

Er wollte widersprechen, legte dann aber nur den Arm um ihre Schultern. »Ich warte mit dir.«

Schweigend saßen sie nebeneinander. Der Duft der Rosen stieg ihr in die Nase. Es waren junge Knospen, frisch und noch feucht. Teil eines Kreislaufs. Wenn man das Leben schätzen wollte, musste man diesen Kreislauf verstehen lernen und akzeptieren.

Als der Arzt hereinkam, stand Anna langsam auf.

»Miss Whitfield. Mrs. Higgs hat oft von Ihnen gesprochen. Sie sind Medizinstudentin.«

»Ja.«

Er nickte, behielt sich ein Urteil vor. »Sie wissen, dass wir ihr vor einigen Wochen einen Tumor, einen bösartigen, entfernt haben. Leider gab es noch einen weiteren. Eine zweite Operation hätte sie nicht überstanden. Uns blieb nur, ihr das Ende so leicht wie möglich zu machen.«

»Ich verstehe.« Anna begriff, dass auch sie eines Tages solche Entscheidungen treffen musste. »Mrs. Higgs hatte keine Angehörigen. Ich möchte mich um ihre Beisetzung kümmern.«

Ihre Haltung erstaunte den Arzt ebenso sehr wie ihre Antwort. Interessiert musterte er sie. Sollte sie ihr Studium erfolgreich abschließen, würde er sie gern als Assistenzärztin unter sich haben. »Ich bin sicher, das wird sich machen lassen. Wir werden Mrs. Higgs' Anwalt bitten, sich mit Ihnen in Verbindung zu setzen.«

»Danke.« Sie gab ihm die Hand. Ihr kühler, aber fester Griff beeindruckte Liederman. Ja, er würde sie gern weiter ausbilden.

»Gehen wir«, sagte Daniel, sobald sie allein waren.

»Meine Schicht ist noch nicht zu Ende«, wandte Anna ein.

»Doch, das ist sie.« Er nahm ihren Arm und führte sie zum Fahrstuhl. »Es ist dir erlaubt, auch mal zum Durchatmen zu kommen. Und keine Widerrede jetzt.« Er hatte geahnt, dass das kommen würde. »Sagen wir einfach, dass du mir einen Gefallen tust. Außerdem möchte ich dir etwas zeigen.«

Sie hätte protestieren können. Allein das Wissen um ihre Kraft ließ sie nachgeben. Sie würde mit ihm gehen, denn morgen würde sie ohnehin wiederkommen und tun, was immer getan werden musste.

Als sie ins Freie traten, winkte Daniel seinem Chauffeur.

»Ich habe meinen eigenen Wagen«, sagte sie.

Er zog eine Augenbraue hoch und nickte dann. »Augenblick.« Er ging zu seinem Rolls-Royce und schickte Steven nach Hause. »Dann fahren wir eben mit deinem Wagen. Fühlst du dich in der Lage dazu?«

»Ja. Ja, sicher.« Sie zeigte auf ihr kleines weißes Cabrio und ging darauf zu.

»Ich habe deinen Geschmack immer bewundert«, meinte er anerkennend.

»Wohin fahren wir?«

»Nach Norden. Ich beschreibe dir den Weg.«

Das Fahren, der Wind in ihren Haaren und die Tatsache, nicht zu wissen, wohin es gehen sollte, beruhigte sie irgendwie. Sie fuhren zur Stadt hinaus, und eine Weile lang überließ er sie ihren Gedanken.

»Tränen zu vergießen ist nicht unbedingt ein Zeichen von Schwäche.«

»Nein, stimmt.« Sie seufzte und sah auf die Schatten, die das Sonnenlicht auf die Straße warf. »Ich kann nicht. Noch nicht. Erzähl mir von deiner Reise nach New York.«

»Eine verrückte Stadt. Mir gefällt sie, hat sie immer schon gefallen.« Er grinste und legte den Arm auf die Sitzlehne. »Ich möchte dort nicht leben, aber dem Trubel kann man sich nicht entziehen. Sagt dir ›Dunripple Publishing‹ etwas?«

»Ja, natürlich.«

»Nun, ab jetzt heißt es ›Dunripple & MacGregor‹.« Er war sehr zufrieden damit, wie der Deal sich entwickelt hatte – oder besser gesagt, in welche Richtung er den Deal gelenkt hatte.

»Sehr angesehen.«

»Pfeif auf das Ansehen«, knurrte er. »Die brauchten frisches Blut und eine kräftige Finanzspritze.«

»Und du? Was brauchtest du?«

»Ich muss meine Investitionen streuen. Ich mag es gar nicht, wenn alle meine Geschäfte alle in ein und dieselbe Richtung zielen.«

Sie runzelte nachdenklich die Stirn. »Woher weißt du, in was du investieren sollst?«

»In alteingesessene Firmen, die an Marktanteil verlieren, oder neue Firmen, die groß im Kommen sind. Bei Ersteren kann ich instand bringen, durch Letztere eröffnet sich mir die Möglichkeit, Neues zu versuchen.«

»Aber woher weißt du, dass sich die Investitionen auch lohnen?«

»Sicher werden nicht alle Profit einbringen. Aber das ist ja das Interessante daran. Es ist ein Spiel.«

»Hört sich nach einem riskanten Spiel an.«

»Mag sein, aber so ist das Leben.« Er musterte sie. Sie war immer noch blass, ihre Augen zu groß, zu ruhig. »Ein Arzt ist sich auch bewusst, dass nicht alle seine Patienten es schaffen werden. Das hält ihn aber nicht davon ab, weiter Kranke zu behandeln.«

Ja, er verstand. Sie hätte es wissen müssen. »Stimmt, du hast recht.«

»Wir alle gehen Risiken ein, Anna, wenn wir wirklich leben wollen.«

Sie fuhr schweigend weiter, folgte Daniels Richtungsanweisungen. Gedanken wirbelten durch ihren Kopf, aufgewühlte Gefühle rauschten durch ihren Körper. Es war eine lange, ruhige Fahrt, eigentlich hätte sie sie beruhigen müssen. Aber als sie schließlich die Küstenstraße entlangfuhren, war Anna angespannt und nervös. Als in einiger Entfernung ein kleines Lebensmittelgeschäft auftauchte, zeigte Daniel darauf.

»Halt dort vorn an.«

Sie fuhr auf den Parkplatz und sah ihn an. »Ist es das, was du mir zeigen wolltest?«

»Nein. Aber du wirst Hunger bekommen.«

Sie presste die Hand auf den Magen. »Ich glaube, ich bin schon hungrig.« Ohne große Erwartungen auf ein opulentes Mahl folgte Anna Daniel in das Geschäft.

Es war ein altmodischer Tante-Emma-Laden. Konserven standen an den Wänden gestapelt, haltbare Lebensmittel waren in offenen Regalen verstaut. Ein frisch gewachster Steinboden glänzte Anna entgegen, an der Decke drehte sich träge ein Ventilator.

»Mr. MacGregor!« Mit strahlendem Gesicht glitt eine rundliche Frau von ihrem Hocker hinter dem Tresen.

»Mrs. Lowe. Hübsch wie immer.«

Sie war nicht hübsch, und sie wusste es. Also quittierte sie das Kompliment nur mit einem verächtlichen Schnauben. »Was kann ich heute für Sie tun?«, fragte sie und musterte Anna unverhohlen.

»Die junge Dame und ich brauchen alles, was zu einem ordentlichen Picknick gehört.« Daniel beugte sich über den Tresen. »Sie haben doch hoffentlich noch etwas von diesem zarten Roastbeef, bei dem einem das Wasser im Mund zusammenläuft, oder?«

»Keinen Krümel mehr.« Sie blinzelte ihm zu. »Aber ich habe da einen Schinken, bei dem Ihnen die Augen übergehen werden und Sie Ihrem Schöpfer danken.«

Ganz Charmeur, griff er ihre Hand und drückte einen Kuss darauf. »Da werde ich doch lieber Ihnen dafür danken, Mrs. Lowe.«

»Also ein Sandwich für die Lady«, sagte Mrs. Lowe. »Und für Sie mache ich wohl besser zwei. Die kalte Limonade steure ich bei – vorausgesetzt, Sie kaufen die Thermoskanne.«

»Einverstanden.«

Kichernd verschwand Mrs. Lowe nach hinten.

»Du warst schon mal hier«, stellte Anna trocken fest.

»Ab und zu. Ein bemerkenswerter Laden.« Er wusste, dass die Lowes ihn selbst führten und sich um alles kümmerten. »Wenn sie anbauen und einen richtigen Imbiss aufziehen würden, könnte Mrs. Lowe ein Vermögen mit ihren Sandwiches verdienen.«

Anna lächelte über den Blick in seinen Augen. »Lowe & MacGregor.«

Lachend lehnte er sich an den Tresen. »Nein, manchmal ist es besser, stiller Teilhaber zu sein.«

Die Ladeninhaberin kehrte mit einem großen Korb zurück. »Den Korb bringen Sie mir zurück, nicht?« Sie zwinkerte Daniel zu. »Die Thermoskanne können Sie ja behalten.«

Daniel holte einige Geldscheine aus seiner Brieftasche. Anna zählte mit und zog eine Augenbraue hoch. »Bestellen Sie Ihrem Mann schöne Grüße von mir, Mrs. Lowe.«

»Mache ich. Ich wünsche Ihnen und Ihrer Begleiterin viel Spaß«, sagte Mrs. Lowe, während sie das Geld einsteckte.

»Den werden wir haben«, erwiderte Daniel. »Vertraust du mir deinen neuen Wagen an?«, fragte er Anna auf dem Parkplatz.

Anna hielt die Schlüssel schon in der Hand. Niemand hatte sich bisher hinter dieses Steuer setzen dürfen, obwohl ihr Vater es mit mehr als einem Wink mit dem Zaunpfahl versucht und Myra ganz offen gequengelt hatte. Nach kurzem Zögern überließ sie ihm die Schlüssel.

Augenblicke später fuhren sie die steile Straße hinan. Nie zuvor war Anna auf einer so engen, so kurvenreichen und stetig bergauf führenden Straße gewesen. Die Aussicht über die Klippen, die direkt daneben steil zum Meer abfielen, raubte ihr den Atem. Zwischen dem grauen Fels leuchtete ab und zu etwas Farbe auf, ein Klecks Rot, eine Andeutung von Grün. An manchen Stellen wirkte der Fels, als hätte sich jemand mit einer Axt daran zu schaffen gemacht und große Stücke herausgehauen. Wellen brandeten an die Küste, zogen sich zurück, nur um mit voller Wucht erneut zuzuschlagen. Ein endloser Kreislauf, ursprünglich und wild. Anna sog tief den Geruch des Meeres ein und lehnte sich zurück.

Meile um Meile legten sie zurück. Die wenigen Bäume hatten sich in Jahrzehnten dem Wind gebeugt. Kurz fragte Anna sich, was Daniel wohl tun würde, sollte ihnen ein anderes Auto entgegenkommen. Aber es beunruhigte sie nicht. Sie sah einem Seevogel nach, der über der Wasseroberfläche dahinglitt und wenig später steil in die Lüfte emporstieg.

Als die Straße wieder eben wurde, verspürte sie fast so etwas wie Enttäuschung. Und dann sah sie das Land vor sich. Überwuchert, felsig und einsam erstreckte es sich bis an den äußersten Rand der Klippe. Irgendetwas breitete sich in ihr aus, scharf und schnell wie ein Pfeil, sanft und süß wie ein Kuss. Ein Wiedererkennen.

Daniel hielt an, stieg aus und nahm alles in sich auf. Die wilde Ursprünglichkeit war es, die ihn anzog, ihn festhielt. Er spürte das Meer und den Wind. Er war zu Hause angekommen.

Wortlos folgte Anna ihm. Die wuchtige Leidenschaft der Landschaft überwältigte sie, aber sie spürte auch die tiefe Ruhe, die dieser Gegend innewohnte. Ein Windstoß zerzauste ihr Haar. »Dies ist dein Land«, murmelte sie, als er neben sie trat.

»Aye.«

Ungeduldig strich sie sich das Haar aus dem Gesicht. Sie wollte alles genau sehen. »Es ist wunderschön.«

Ihre Worte klangen so aufrichtig, es war eine so einfache Feststellung. Erst jetzt wurde ihm richtig bewusst, wie wichtig es für ihn war, dass sie seine Begeisterung teilte, dass sie verstand. Mehr noch, er hatte nicht gewusst, wie wichtig es ihm war, dass sie dieses Land vom ersten Anblick an liebte, so wie er es getan hatte. Die Sonne schien auf sein Gesicht, als er ihre Hand an seine Lippen hob und einen Kuss darauf hauchte.

»Dort kommt das Haus hin.« Er zeigte auf eine ebene Stelle und zog sie mit sich. »Dicht an der Klippe, damit man das Meer hört. Es wird aus Stein sein, Tonnen von aufgeschichteten Steinen, sodass es selbst wie ein Fels wirkt. Einige Fenster werden vom Boden bis zur Decke reichen, und die Eingangstür wird breit genug für drei Männer sein.« Er blieb stehen. »Und hier wird ein Turm stehen.«

»Ein Turm?« Entgeistert starrte sie ihn an. »Das hört sich an wie eine Burg.«

»Richtig. Eine Burg. Und über den Eingang kommt das Wappen der MacGregors.«

Kopfschüttelnd versuchte sie sich das Haus vorzustellen. Eine faszinierende und gleichzeitig unverständliche Vorstellung. »Warum so gewaltig?«

»Es ist nicht nur für mich. Meine Großenkel sollen es auch noch sehen.« Er ging zum Wagen, um den Korb zu holen.

Da sie nicht wusste, wie sie seine Stimmung einzuschätzen hatte, half Anna ihm, die Decke auszubreiten, die Mrs. Lowe ihnen mitgegeben hatte. Außer den Sandwiches gab es würzigen Kartoffelsalat und als Dessert Kuchen. Sie setzte sich mit überschlagenen Beinen, der Wind spielte mit ihrem Rock, während sie aß und den Wolken nachsah.

So vieles war in so kurzer Zeit geschehen, irgendwie konnte sie das alles gar nicht verarbeiten. Sie hatte keine Ahnung mehr, was sie finden würde, wenn sie nach links oder rechts abbog. Der Pfad, der einst so klar und gerade vor ihr gelegen hatte, verlief jetzt in einem seltsamen Zickzack. Sie konnte nicht mehr wissen, was sie hinter der nächsten Biegung erwarten würde. Und da Daniel schwieg, sagte auch sie nichts, aber sie wusste, dass er sich genauso unbehaglich fühlte wie sie.

»In Schottland haben wir in einem kleinen Cottage gelebt«, brach er schließlich das Schweigen und sprach mehr zu sich selbst. »Es war nicht größer als die Garage am Haus deiner Eltern. Ich war fünf oder sechs, als meine Mutter krank wurde. Nach der Geburt meines Bruders wurde sie nie wieder richtig gesund. Meine Großmutter kam jeden Tag, um zu kochen und sich um das Baby zu kümmern. Ich saß bei meiner Mutter, redete mit ihr. Sie war noch so jung.«

Anna hatte die Hände im Schoß verschränkt, ihr Blick ruhte ernst auf Daniels Gesicht. Noch vor ein paar Wochen hätte Anna nur höflich zugehört, jetzt hing sie an seinen Lippen. »Erzähl weiter, bitte.«

Es war nicht leicht für ihn. Er hatte auch gar nicht vorgehabt, darüber zu sprechen. Aber jetzt, da er einmal angefangen hatte, merkte er, dass er es ihr schon die ganze Zeit über hatte erzählen wollen. »Mein Vater kam aus dem Bergwerk nach Hause, mit roten Augen in dem von Kohlenstaub schwarzen Gesicht. Himmel, wie erschöpft muss er gewesen sein. Aber er setzte sich zu meiner Mutter, spielte mit dem Baby und hörte mir zu. Sie hielt noch fünf Jahre durch, und dann, als ich zehn war, schlief sie einfach ein. Sie hatte gelitten, aber sie hat sich nie beklagt.«

Anna dachte an Mrs. Higgs. Jetzt hielt sie die Tränen nicht zurück. Daniel machte keine Bemerkung, sah nur aufs Meer hinaus.

»Meine Großmutter zog zu uns. Sie war verdammt zäh. Sie brachte mich dazu, aus Büchern zu lernen. Als ich im Alter von zwölf Jahren ins Bergwerk ging, konnte ich besser lesen, schreiben und rechnen als die erwachsenen Männer. Ich war schon so groß wie manche von ihnen.« Er lachte und machte eine Faust, spreizte die Finger wieder. Mehr als einmal war er dankbar dafür gewesen.

»Die Mine war die Hölle. Staub in der Lunge, in den Augen. Jedes Mal, wenn die Erde bebte, wartete man auf den Tod und hoffte, dass es schnell gehen würde. Ich war etwa fünfzehn, als ich McBride, dem die Mine gehörte, auffiel. Da ich gut mit Zahlen umgehen konnte, half ich ihm bei den Abrechnungen. Auf seine Art war er ein fairer Mann, er bezahlte mich für die Extraarbeit. Ein Jahr später blieb ich ganz über Tage und wurde sein Buchhalter. Obwohl wir arm waren, sorgte mein Vater dafür, dass ich die Hälfte meines Lohns in einer Blechdose sparte. Mein Bruder Alan musste das auch tun.«

»Er wollte, dass ihr es weiter bringt als er«, murmelte Anna.

»Aye. Es war sein Traum, dass Alan und ich aus der Mine herauskamen. Wir sollten nicht das Leben führen, das er gehabt hatte.« Er sah sie an. Seine Augen brannten. »Ich war zwanzig, als der Hauptstollen einstürzte. Wir haben drei Tage und drei Nächte lang gegraben. Zwanzig Männer waren tot, darunter mein Vater und mein Bruder.«

»Oh Daniel.« Sie legte den Kopf an seine Schulter. Da war mehr als nur Trauer. Sie konnte die Wut, die Verbitterung und das Schuldgefühl spüren. »Das tut mir so leid.«

»Als wir sie beerdigten, schwor ich mir, dass dies nicht das Ende bedeutete, sondern ein neuer Anfang. Ich würde den Traum meines Vaters erfüllen und genug Geld verdienen, um dem Bergbau den Rücken kehren zu können. Als ich genug Geld hatte, war es allerdings zu spät, um meine Großmutter mitzunehmen. Sie hatte ein langes Leben, und bevor sie starb, nahm sie mir ein Versprechen ab. Ich sollte nicht der Letzte unserer Familie sein und nicht vergessen, woher ich komme. Ich werde dieses Versprechen halten, Anna.« Er drehte sie zu sich, damit sie ihn ansah. »Wegen ihr, wegen mir. Mit jedem Stein, aus dem dieses Haus gebaut werden wird.«

Jetzt verstand sie ihn, vielleicht zu gut. Und sie wusste, dass sie sich hier, auf diesem einsamen, vom Wind gepeitschten Kliff, in ihn verliebt hatte. Aber mit dieser Erkenntnis kamen nur noch mehr Fragen.

Sie stand auf und ging dorthin, wo er sein Haus bauen wollte. Er würde es bauen, dessen war sie sicher. »Sie wären stolz auf dich.«

Er folgte ihr. »Eines Tages werde ich nach Schottland fahren, um mich an alles zu erinnern. Ich möchte, dass du dann an meiner Seite bist.«

Sie drehte sich zu ihm um. Und während sie dies tat, blitzte der Gedanke in ihrem Kopf auf, dass es genau diese Bewegung war, für die sie ihr ganzes bisheriges Leben gelebt hatte. »Ich fürchte, ich werde dir nie alles geben können, was du erwartest, Daniel. Und ich fürchte mich noch mehr davor, dass ich es trotzdem versuchen werde.«

Er blieb vor ihr stehen. Immer noch viel zu viel Abstand. »Du hast mir gesagt, dass du Zeit brauchst. Ich habe dich gebeten, eine Entscheidung zu treffen. Jetzt frage ich dich, wie sie lautet.«

Anna stand da, reglos und gefasst am Rande ihrer Welt.

7. Kapitel

Sie wollte ihm alles geben, worum er sie bat. Sie wollte ihm viel mehr geben, als er je zu fragen gewagt hätte. Sie wollte alles nehmen, was sie ergattern konnte, festhalten und nie wieder loslassen. In diesem Moment verstand Anna, was der nächste Schritt für sie beide bedeuten konnte. Sie fragte sich, ob auch er sich dessen bewusst war. Ein Schritt vorwärts konnte ihrer beider Leben für immer ändern, selbst wenn dieser Schritt später vielleicht zurückgegangen werden sollte. Ein Schritt nur, und alles, was gesagt oder getan wurde, konnte nicht mehr geändert werden. Anna glaubte an das Schicksal. Ein Schicksal, dem man sich mit offenen Augen und bei vollem Verstand stellte.

Und auch wenn die Vernunft darum rang, die Oberhand zu behalten, übernahm ihr Herz langsam, aber unausweichlich, die Zügel. Was war Liebe? In diesem Moment wusste sie nur, dass die Liebe viel, viel stärker war als die Logik, nach der sie immer gelebt hatte. Wegen der Liebe waren Kriege geführt worden und Imperien zusammengebrochen, die Liebe hatte Männer in den Wahnsinn getrieben und aus Frauen Närrinnen gemacht. Anna könnte stundenlang rational über dieses Thema nachdenken und es zu analysieren versuchen, aber nie würde sie die Kraft dieser allumfassenden Macht schmälern können.

Sie standen am Kliff. Der Wind brauste gegen den Fels, heulte durch das hohe Gras und über das Land, auf dem Daniel einen Traum verwirklichen und ein Versprechen einlösen wollte. Wenn Daniel ihre Bestimmung war, würde sie sich diesem Schicksal stellen.

Er sah wilder aus als je zuvor, fast Angst einflößend. Seine Augen brannten sich in ihre, während die Sonne in seinem Rücken stand. Zeus, Thor, er hätte beide verkörpern können. Aber er war aus Fleisch und Blut, ein Mann, der das Schicksal verstand und akzeptierte und Berge versetzen würde, um den Weg zu gehen, den er gewählt hatte. Er hatte sie gewählt.

Sie ließ sich Zeit, fest entschlossen, ihre Entscheidung mit klarem Verstand zu treffen. Aber die Gefühle, die in ihr tobten, waren weder klar noch ruhig. Wie hätte sie auch in seine Augen sehen sollen, die Wünsche und Bedürfnisse darin erkennen, und ruhig bleiben können? Er hatte von Familie gesprochen, von Versprechen, von einer Zukunft, von der sie nicht sicher war, ob sie sie auch mit ihm teilen konnte. Aber es gab etwas, das sie jetzt mit ihm teilen konnte, etwas, das sie geben konnte und nur einmal geben würde. Sie ließ sich von ihrem Herzen führen, trat auf ihn zu und in seine Arme.

Zusammen waren sie wie der Donner, drängend, wild, ungestüm. Ihre Münder trafen sich, voll der Begierde, die sie bis jetzt zurückgehalten hatten. Anna fühlte die Macht des Strudels, der sie mitriss, das Feuer, das hell aufloderte, sich unaufhörlich ausbreitete, jenseits aller Kontrolle. Es gab nur das Hier und Jetzt.

Seine Hände griffen in ihr Haar, wühlten durch die seidigen Strähnen, dass die Kämme, die ihr Haar zusammengehalten hatten, unbeachtet zu Boden fielen. Sein Mund war gierig und fordernd, strich fiebrig über ihr Gesicht, presste sich auf ihre Lippen, wanderte weiter, begierig, ihren Geschmack in sich aufzunehmen. Sie hörte, wie er mit tiefer, heiserer Stimme ihren Namen flüsterte, spürte die Vibrationen an ihren Lippen. Sie schmiegte sich enger an ihn, merkte, wie ihr Körper weich und nachgiebig wurde, eine fließende Sehnsucht, die nur eine Frau empfinden konnte. Ihr Verstand jubelte, als sie erkannte, dass man sich ergeben konnte und gleichzeitig Macht besaß. Dann verließ jeder klare Gedanke sie, bis auf einen: Sie war, wo sie sein wollte.

Zusammen ließen sie sich ins Gras sinken, so eng umschlungen, dass nicht einmal der Wind sich zwischen sie drängen konnte. Wie zwei Liebende, die jahrelang getrennt gewesen waren, erforschten sie einander, ohne Zurückhaltung, ohne Zögern. Voller Ungeduld, endlich das wunderbare Gefühl von Haut an Haut auskosten zu können, zerrte Anna an seinem Hemd. Muskeln, die er schon als Junge entwickelt hatte, liefen über seine Arme, seinen Rücken, spannten sich unter ihrer Berührung an. Angespornt durch seine Stärke, setzte Anna ihren Zärtlichkeiten keine Grenzen und erfuhr, wie herrlich es war, einem Mann – ihrem Mann – mit ihren Berührungen ein heiseres Stöhnen entlocken zu können.

Er begehrte sie, wollte sie hier und jetzt. Anna spürte es mit jedem Schlag ihres eigenen Pulses. Bis zu diesem Moment hatte sie nicht gewusst, wie wichtig es gewesen war, sich ganz sicher zu sein. Was immer er sonst noch von ihr wollte, welche Pläne er auch immer für die Zukunft schmiedete, es war ihr egal. Denn jetzt beherrschte sie nur noch eins: Verlangen. Pures, nahezu verzweifeltes Verlangen.

Er hatte sich vorgenommen, behutsam und zärtlich zu sein, aber sie weckte in ihm etwas, das er noch nie erlebt hatte. Angesichts dieser Realität verblassten alle Fantasien, alle Träume. Anna war viel mehr als ein Ziel, das er erreichen wollte, oder eine Frau, die es zu erobern galt. Ihre Hände waren schmal, geschickt und neugierig, ihr Mund warm und fordernd. Das Verlangen pochte in seinem Körper, so laut, dass er selbst die krachende Brandung nicht mehr wahrnahm. Ihr sanfter, unaufdringlicher Duft überlagerte den Geruch des wilden Grases, auf dem sie lagen. Sie war so zart, so herzzerreißend nachgiebig, dass er sich zügeln musste, während er sie auszog. Aber sie gestattete es ihm nicht nur, sie verlangte es, indem sie sich unter ihm wand.

Er konnte ihr nicht widerstehen, genauso wenig wie er dem Druck, der sich in ihm bildete, etwas entgegenzusetzen hatte. Angefeuert von Leidenschaft, zerrte er ihr die restlichen Kleider vom Leib und ergab sich seinem Verlangen. Ihre Haut war weiß wie Porzellan im Schein der heißen Sommersonne, ihr Körper so perfekt und geschmeidig wie ihr Verstand. Keine andere Frau, kein Traum hatte ihn je so sehr erregt. Auf den Laut, der tief in seiner Kehle entstand, folgte ihr erstauntes Aufstöhnen wie ein lustvolles Echo.

Da gab es noch mehr? Sie hatte es für unmöglich gehalten, aber Daniels Lippen verschafften ihr überall, wo sie sie berührten, unaussprechliches Vergnügen. Hätte sie wissen müssen, dass ein Mann und eine Frau am helllichten Tage etwas so Geheimnisvolles, etwas so Intimes erleben konnten? Hätte sie ahnen können, dass sie, die sie stets so beherrscht und vernünftig war, sich hier, im tiefen Gras über einem Kliff, der Leidenschaft hingeben würde? Sie begriff nur, dass es nicht mehr wichtig war. Es gab nur noch Daniel, würde immer nur Daniel geben.

Sie wollte jede neue Empfindung auskosten, doch bevor sie das tun konnte, folgte schon die nächste. Mit einem atemlosen Lachen begriff sie, dass sie nicht mehr verstehen, sondern nur noch fühlen musste. Doch statt Angst vor dem Unbekannten spürte sie nichts als Vorfreude darauf.

In ihr loderte das gleiche Feuer wie in ihm, sie bewegte sich im gleichen Rhythmus, der ihn vorantrieb. Aber sie war noch unberührt. Und bei aller Ungeduld wusste Daniel, dass er das nicht vergessen durfte. Sie umklammerte ihn, bot sich ihm ungehemmt dar, aber er durfte und wollte ihr unter keinen Umständen wehtun.

Er holte tief Luft, um sich wieder unter Kontrolle zu bekommen. »Anna …«

»Ich will dich.« Ihr Flüstern hallte in seinen Ohren. »Ich brauche dich, Daniel.« Als er ihre Worte hörte, fühlte er den süßen Schmerz in sich.

»Ich werde dir nicht wehtun.« Er hob den Kopf und sah, dass ihr Blick verschleiert war.

»Nein, du wirst mir nicht wehtun.«

Er brachte seine gesamte Willenskraft auf, als er in sie eindrang. Sie nahm ihn in sich auf, und ein völlig neues Gefühl durchströmte ihn mit ungekannter Wucht. Er hatte Frauen besessen, aber noch nie war es so gewesen wie jetzt. Er hatte sich der Leidenschaft ergeben, aber nie war es so gewesen wie mit ihr.

Anna fühlte, wie er in sie eindrang, sie füllte und erfüllte. Es dauerte nur einen Herzschlag, bis ihre Unschuld in einer Leidenschaft unterging, die jeden Schmerz vertrieb. Macht, schoss es ihr durch den Kopf. Ich habe Macht über ihn. Es war ein Gefühl von Macht, das das ungläubige Staunen überlagerte. Berauscht davon zog sie Daniel noch fester an sich und hörte, wie er ihren Namen rief, bevor er seine Lippen auf ihren Mund presste.

Dann warfen sie alle Vorsicht über Bord und nahmen einfach, was sie einander geben konnten.

Natürlich kannte er den Spruch von der Katze, die den Kanarienvogel gefressen hatte. Jetzt verstand er ihn. Hier so zu liegen, auf dem wilden Gras, mit Anna im Arm, kam er sich vor wie eine Katze, die man unbeaufsichtigt im Vogelhaus allein gelassen hatte. Die nie gekannte noch je erlangte Zufriedenheit entlockte ihm einen trägen Seufzer.

Er hatte sich eine wunderbare, intelligente Frau zum Heiraten ausgesucht. Eine logische Wahl für einen Mann, der vorhatte, ein Imperium aufzubauen, das Generationen überdauern sollte. War es da nicht großartig, dass er sich in sie verliebt hatte und jetzt wusste, wie liebevoll, sanft und leidenschaftlich sie war? Seine zukünftige Frau, die Mutter seiner noch ungeborenen Kinder, passte hervorragend zu ihm. Es lohnte sich also, clever zu sein und gleichzeitig Glück zu haben.

Sie lag still neben ihm. An ihrem ruhigen Atem und an der Art, wie ihre Hand auf seiner Brust lag, wusste er, dass sie ihren Gedanken nachhing, aber kein Bedauern fühlte. Ihren Kopf hatte sie an seine Schultern geschmiegt, so natürlich und vertraut, dass er hätte schwören mögen, sie hätten schon vorher und viele Male so gelegen, das Gras weich unter ihren Rücken, der Himmel blau und klar über ihnen. Wolkengucker. Kinder legten sich so auf den Boden, um Gesichter und Träume in den Wolken zu erkennen. Als Junge hatte er keine Zeit für so etwas gehabt. Mit Anna würde er sich diese Zeit nehmen, und er brauchte nicht nach Träumen zu jagen.

Er hätte stundenlang hier so liegen können, auf der Erde, mit dem Wind und der Sonne. Er hatte seine Frau, sein Land, und das war nur der Anfang. Ihm war klar, dass sie bald aufbrechen mussten. Dennoch rührte er sich nicht, ließ den Arm um Annas Schultern, während in seinem Kopf die Zukunft Gestalt annahm.

»Im Haus gibt es mehr als genug Platz für uns«, sagte er mehr zu sich selbst. Mit halb geschlossenen Augen und dem immer noch anhaltenden sanften Glühen in seinem Körper konnte er sie sich bestens in dem Haus vorstellen. Sie würde die Akzente setzen, die er oft einfach vergaß. Vasen mit Blumen,

Musik, die durch die Räume schwebte. »Sicherlich wirst du einiges verändern wollen, alles ein bisschen aufpeppen.«

Sie sah zu, wie die Sonnenstrahlen durch die Blätter fielen. Sie hatte einen Schritt vorwärts gemacht. Der Zeitpunkt, ihn wieder zurückzugehen, war bereits gekommen. »Mit deinem Haus ist alles in Ordnung, so wie es ist, Daniel.«

»Aye, aber es ist ja nicht für immer.« Seine Finger spielten mit ihrem Haar, während er auf den Platz blickte, wo er seinen Traum bauen würde. Ab jetzt ihrer beider Traum. Wie viel schöner es doch war, jemanden zu haben, mit dem man einen Traum teilen konnte. »Wenn das hier erst gebaut ist, verkaufen wir das Haus in Boston. Oder vielleicht behalten wir es auch, fürs Geschäft. Ich werde nicht mehr so viel reisen, wenn ich eine Frau habe.«

Die Wolken zogen langsam über den Himmel, der Wind, der durch das Gras raschelte, berührte sie nicht. »Reisen ist wichtig für dein Geschäft.«

»Im Moment noch. Aber nicht mehr lange, und dann kommen sie alle zu mir. Sie werden hierherkommen. Ich habe nämlich nicht vor, zu heiraten und meine Frau dann ständig alleinzulassen.«

Die Hand immer noch auf seiner Brust, fragte sie sich, ob er sich im Klaren war, mit welcher Selbstgefälligkeit er ›meine Frau‹ aussprach. Mit der gleichen Lässigkeit könnte ein Mann sein neues Auto beschreiben.

»Ich werde dich nicht heiraten, Daniel.«

»Ich werde ab und zu nach New York fliegen müssen, aber du kannst mich begleiten.«

»Ich sagte, ich werde dich nicht heiraten.«

Lachend zog er sie an sich, bis sie halb über ihm lag. Ihre Haut war warm von der Sonne und der Leidenschaft. »Was soll das denn heißen? Natürlich wirst du.«

»Nein.« Sie legte eine Hand an seine Wange. »Das werde ich nicht.«

»Wie kannst du so etwas sagen?« Er packte sie an den Schultern. Panik ergriff ihn, als er ihren ruhigen Blick erkannte. Ein Teil seines Erfolges lag in seiner Fähigkeit begründet, Angst in Wut zu verwandeln, und Wut in Entschlossenheit. »Jetzt ist nicht die Zeit für Spielchen, Anna.«

»Da hast du recht.« Ohne Hast zog sie sich an.

Zwischen Verwirrung und Ärger hin und her gerissen, packte er ihre Handgelenke, bevor sie überhaupt in die Bluse schlüpfen konnte. »Wir haben gerade miteinander geschlafen. Du bist zu mir gekommen.«

»Ja, aus freien Stücken«, erwiderte sie. »Weil wir einander brauchten.«

»Und das wird auch in Zukunft so sein. Deshalb wirst du mich heiraten.«

Sie zwang sich, lautlos auszuatmen. »Ich kann nicht.«

»Warum nicht, zum Teufel?«

Sie zitterte. Trotz der warmen Sonne fror sie plötzlich. Sie wollte sich von ihm losmachen, aber sie wusste, dass er jede Gegenwehr ignorieren würde. Plötzlich wollte sie wegrennen, schneller rennen, als sie je in ihrem Leben gerannt war. Doch sie blieb still stehen. »Du willst, dass ich dich heirate, eine Familie gründe und umziehe, wenn deine Geschäfte es erfordern.« Sie schluckte. »Aber dazu müsste ich auf etwas verzichten, das mir wichtig ist, seit ich denken kann. Das kann ich nicht, Daniel, nicht einmal für dich.«

»Unsinn.« Er schüttelte sie leicht. »Wenn dir dein verdammter Abschluss so wichtig ist, hol ihn dir. Du kannst mich trotzdem heiraten.«

»Nein.« Jetzt trat sie doch zurück und zog sich mit fahrigen Händen an. Sie würde sich nicht einschüchtern lassen, genauso wenig, wie sie sich von ihm überreden lassen würde, selbst wenn er ein Meister in beidem war. »Wenn ich als Mrs. MacGregor weiterstudiere, werde ich es nie schaffen. Du würdest mich daran hindern, auch wenn du es nicht willst.«

»Das ist doch lächerlich.« Nackt stand er vor ihr, aber Anna hielt der Versuchung stand und erhob sich.

»Nein, durchaus nicht. Und ich werde mein Examen ablegen, Daniel. Ich muss.«

»Also ist dir deine Medizin wichtiger als ich.« Er war verletzt und wütend, und es interessierte ihn nicht, ob er fair war oder nicht. Er sah nur, dass ihm das, was sein Leben vollständig machen würde, es wirklich werden lassen würde, entglitt.

»Ich will beides.« Sie schluckte. »Ich werde dich nicht heiraten, aber ich werde mit dir leben.«

Er kniff die Augen zu schmalen Schlitzen zusammen. »Du wirst was?«

»Ich werde bis September mit dir in deinem Haus in Boston leben. Danach können wir uns eine Wohnung außerhalb des Campus suchen, und dann …«

»Und dann was, Anna?«, fiel er ihr scharf ins Wort und sah sie wütend an.

Sie hob hilflos die Hände, ließ sie wieder sinken. »Und dann weiß ich auch nicht.«

Den Kopf hatte sie stolz erhoben, der Wind spielte mit ihrem Haar. Aber sie war bleich und ihre Augen viel zu groß. Er liebte sie, dass es schon fast an Wahnsinn grenzte, und seine Wut war ebenso groß. »Kommt gar nicht infrage, Anna! Ich will dich als meine Frau, nicht als meine Geliebte.«

Die Zweifel in ihren Augen schwanden, machten einer Rage Platz, die der seinen in nichts nachstand. Empörung hatte

Farbe auf ihre Wangen gebracht. »Ich biete dir ja auch nicht an, es zu werden.« Sie drehte sich auf dem Absatz um und wollte zum Wagen zurück, doch er griff ihren Arm und schwang sie so heftig herum, dass sie fast das Gleichgewicht verloren hätte.

»Was bietest du mir dann an?«

»Mit dir zu leben.« Sie schrie nicht oft, aber wenn, dann gab sie alles, was sie hatte. Wäre er nicht so wütend gewesen, hätte er ihr Respekt gezollt. »Ich werde mich nicht von dir aushalten lassen. Ich will weder dein Geld noch dein großes Haus oder ein Dutzend Rosen am Tag. Dich will ich. Der Himmel allein weiß, warum.«

»Dann heirate mich.« Immer noch nackt, immer noch wütend, zog er sie an sich.

»Bildest du dir ein, du kannst alles erreichen, nur weil du lauter schreist und stärker bist?« Sie schob ihn von sich und stand da, klein und grazil und überwältigend. »So viel werde ich dir geben, mehr nicht.«

Er fuhr sich mit beiden Händen durchs Haar. Wie sollte ein Mann mit einer solchen Frau umgehen? »Wenn du nicht an deinen Ruf denkst, ich tue es.«

Sie zog eine Augenbraue in die Höhe. »Du solltest besser an deinen eigenen Ruf denken.« Mit der majestätischen Haltung, die sie so mühelos einnehmen konnte, musterte sie ihn von oben bis unten. »Im Moment scheint dich das auch nicht zu stören.«

Mit einem wütenden Ruck griff er nach seiner Hose. Bei jedem anderen Mann hätte es lächerlich gewirkt, Daniel sah großartig aus. »Vor ein paar Minuten habe ich dich verführt ...«, setzte er an.

»Oh, mach dir doch nichts vor.« Kühl und selbstsicher reichte sie ihm sein Hemd. »Vor ein paar Minuten haben wir uns geliebt. Das hatte nichts mit Verführen zu tun.«

Er riss ihr das Hemd aus der Hand und zog es über. »Du bist sehr viel härter, als du aussiehst, Anna Whitfield.«

»Stimmt.« Sehr zufrieden mit sich begann sie die Reste des Picknicks einzusammeln. »Du hast mir mal gesagt, ich solle dich nehmen, wie du bist. Das gilt auch für dich, Daniel. Wenn du mich willst, dann nur zu meinen Bedingungen. Denk darüber nach.« Sie ließ ihn halb angekleidet zurück und ging zum Wagen.

Auf der langen Rückfahrt sprachen sie kaum. Anna war nicht zornig, sondern ausgelaugt. In so kurzer Zeit war derart viel passiert, was in ihrer Lebensplanung nicht vorgesehen gewesen war. Sie brauchte Zeit, um in Ruhe über alles nachzudenken. Daniel kochte. Er musste nichts sagen, damit sie es erkannte.

Zum Teufel mit seinem Temperament, dachte sie. Sollte er doch wütend sein. Immerhin sah er dann so großartig aus, was lange nicht jeder von sich behaupten konnte.

Seine Geliebte. Sie merkte, wie auch in ihr die Wut aufstieg, aber sie riss sich zusammen. Niemals würde sie die Geliebte eines Mannes werden. Anna lehnte sich mit verschränkten Armen in den Sitz zurück. Und sie würde auch erst dann die Frau eines Mannes werden, wenn sie bereit dazu war. Ihr Puls beschleunigte sich, als sie daran dachte, was sie tun würde. Ja, sie würde mit einem Mann schlafen. Auf ihre eigene ruhige Art war sie genauso stur und entschlossen wie Daniel, genau das zu tun, was sie wollte.

Mit ihm leben. Daniel umklammerte das Lenkrad mit eisernem Griff, während er die Kurve mit einer Geschwindigkeit nahm, die jeder Vernunft widersprach. Er bot ihr die Hälfte von allem, was er hatte, die Hälfte von allem, was er war. Und was am wichtigsten war, er bot ihr seinen Namen. Und was tat sie? Sie schleuderte es ihm vor die Füße!

Bildete sie sich ein, er hätte ihr die Unschuld genommen, wenn es für ihn nicht selbstverständlich wäre, dass sie nun zueinandergehörten? Was für eine Frau schlug einen ernst gemeinten Antrag aus und schlug stattdessen vor, mit ihm durchzubrennen? Er wollte eine Frau, verflucht, eine Familie. Und sie wollte ein Stück Papier, das ihr erlaubte, Nadeln in Leute zu stechen.

Er hätte von Anfang an auf sie hören sollen. Anna Whitfield war die letzte Frau in ganz Boston, die eine passende Ehefrau für ihn abgeben würde. Also würde er sie eben vergessen. Er würde sie vor ihrer Tür absetzen, sich höflich verabschieden und seiner Wege gehen. Aber er konnte sie immer noch schmecken, roch noch immer den Duft ihres Haars, spürte noch immer ihre samtene Haut an seinen Fingern.

»Das werde ich nicht akzeptieren.«

Mit quietschenden Reifen zog er den Wagen an den Bordstein vor ihrem Elternhaus. Nur wenige Meter entfernt schnitt Annas Mutter gerade Rosen. Das Geräusch ließ sie zusammenzucken. Nervös schaute sie sich um. Die Tatsache, dass keiner der Nachbarn draußen war und mitbekam, dass Daniel das Cabrio lenkte, beruhigte sie nur bedingt.

»Das bleibt dir überlassen«, entgegnete Anna mit absoluter Ruhe.

»Jetzt hörst du mir zu.« Daniel drehte sich auf seinem Sitz und packte Anna bei den Schultern. Er wollte nicht streiten, auch nicht diskutieren. In dem Moment, als die großen braunen Augen sich auf ihn richteten, wollte er nichts anderes als sie an sich ziehen und sie lieben.

Anna zog wartend eine Augenbraue in die Höhe. »Ich bin ganz Ohr.«

Er versuchte sich zu erinnern, was er hatte sagen wollen. »Was zwischen uns passiert ist, erleben nur die wenigsten Menschen. Ich weiß das.«

Sie lächelte milde. »Da werde ich mich wohl auf dein Urteil verlassen müssen.«

Die Frustration wuchs. »Genau darum geht es ja«, murmelte er, bemühte sich aber, genauso beherrscht zu bleiben wie sie. »Ich will dich heiraten«, erklärte er, und zwischen den Rosenbüschen ließ Mrs. Whitfield die Schere fallen. »Ich wollte dich schon heiraten, als ich dich zum ersten Mal sah.«

»Und genau das ist das Problem.« Da ihr Herz schon fast ganz ihm gehörte, legte Anna beide Hände an seine Wangen. »Du suchtest etwas Passendes, und ich schien deiner Vorstellung zu entsprechen. Vielleicht könnte ich den Platz, den du mir in deinem Leben zugedacht hast, sogar ausfüllen, aber das werde ich nicht tun.«

»Jetzt ist viel mehr daraus geworden.« Er zog sie an sich, und für einen Moment erkannte sie das Aufleuchten von Leidenschaft in seinen Augen, dann spürte sie dieses Gefühl auf ihren Lippen. Ohne Zögern erwiderte Anna seinen Kuss. Ja, jetzt gab es da viel mehr – vielleicht zu viel, um damit fertigzuwerden. Wenn sie so zusammen waren, schien alles andere nicht mehr zu existieren. Und das machte ihr unglaubliche Angst. Es berauschte sie aber auch.

Verzweifelt hielt er sie von sich ab. »Du siehst doch, was wir zusammen haben. Was wir zusammen haben können.«

»Ja«, erwiderte Anna ruhig. »Und ich will es. Ich will dich – aber keine Ehe.«

»Ich will dir meinen Namen geben.«

»Und ich will, dass du mir zuallererst dein Herz gibst.«

»Du denkst nicht vernünftig.« Er auch nicht. Zögernd ließ

er seine Hände von ihren Schultern gleiten. »Ich denke, du brauchst nur Zeit.«

»Nicht unbedingt.« Bevor er sie aufhalten konnte, war sie aus dem Wagen gestiegen. »Aber es ist offensichtlich, dass du Zeit brauchst. Auf Wiedersehen, Daniel.«

Mrs. Whitfield beobachtete, wie ihre Tochter ausstieg und zum Haus ging. Als sie sich umdrehte, sah sie, wie Daniel losfuhr. Dann fiel ihm ein, wessen Wagen er fuhr. Er bremste scharf und legte den Rückwärtsgang ein. Er hielt vor dem Haus, stieg aus, knallte die Fahrertür zu und marschierte davon.

Anna wollte mit klopfendem Herzen im Haus verschwinden, doch am Fuß der Treppe holte Mrs. Whitfield ihre Tochter ein.

»Anna! Was ist los?«

Anna wollte allein sein. Sie wollte in ihr Zimmer gehen, die Tür verriegeln und sich aufs Bett werfen. Es gab so vieles, über das sie sich klar werden musste. Sie wollte endlich den Tränen freien Lauf lassen und wusste nicht einmal, warum. Trotzdem blieb sie stehen. »Was soll los sein?«

»Nun, ich habe Rosen geschnitten …« Verlegen streifte Mrs. Whitfield die Handschuhe ab. »Ich habe zufällig mit angehört, wie du und …« Sie brach ab, der ruhige Blick aus den braunen Augen ihrer Tochter schien ihr plötzlich so erwachsen, so reif.

»Mir ist klar, dass du nicht absichtlich gelauscht hast, Mutter.«

»Natürlich nicht! Das würde mir im Traum nicht einfallen!« Sie atmete tief durch. »Anna, du und Mr. MacGregor … habt ihr …?« Sie ließ die Frage unvollendet und starrte in ihren Korb mit Rosen.

»Ja.« Lächelnd ließ Anna das Geländer los. »Wir haben heute Nachmittag miteinander geschlafen.«

»Oh.« Eine dürftige Reaktion, aber zu mehr konnte Mrs. Whitfield sich nicht bringen.

»Mutter«, Anna nahm ihr den Rosenkorb ab, »ich bin kein Kind mehr.«

»Nein.« Mrs. Whitfield besann sich auf ihre Mutterpflichten. »Wenn Mr. MacGregor dich verführt hat, dann muss …«

»Er hat mich nicht verführt.«

Annas Mutter blinzelte verwirrt. »Aber du sagtest doch …«

»Ich sagte, wir haben miteinander geschlafen. Er brauchte mich nicht zu verführen.« Anna nahm den Arm ihrer Mutter. »Vielleicht sollten wir uns einen Moment hinsetzen.«

»Ja, vielleicht sollten wir das.« Mrs. Whitfield ließ sich in den Salon führen.

Anna setzte sich neben ihre Mutter auf das Sofa. Wie sollte sie anfangen? Nie hätte sie sich träumen lassen, eines Tages neben ihrer Mutter in dem kleinen Salon voller Krimskrams zu sitzen und über Liebe und Sex zu reden. Sie holte tief Luft und sprang ins kalte Wasser. »Mutter, ich war nie zuvor mit einem Mann zusammen. Mit Daniel wollte ich zusammen sein. Es ist nicht aus einer Laune heraus geschehen, sondern ich habe gründlich darüber nachgedacht.«

»Ich habe ja immer gesagt, dass du zu viel denkst«, kam die automatische Bemerkung von Mrs. Whitfield.

»Entschuldige.« An die elterliche Kritik gewöhnt, verschränkte Anna die Finger in ihrem Schoß. »Ich weiß, du willst das alles nicht unbedingt hören, aber ich will auch nicht lügen.«

Liebe, Diskretion und Verwirrung kämpfen miteinander. Die Mutterliebe gewann. »Oh Anna.« Es war eines der seltenen Male, dass Mrs. Whitfield ihre Tochter umarmte. »Geht es dir denn gut?«

Gerührt legte Anna den Kopf an die Schulter ihrer Mutter.

»Aber natürlich. Ich fühle mich großartig. Es ist, als ob … ich weiß nicht … als ob ich schwebte.«

»Ja.« Mrs. Whitfield blinzelte. »So sollte es auch sein. Ich weiß, wir haben nie darüber gesprochen, aber dein Studienfach, und dann diese Bücher …« Sie erinnerte sich nur zu gut daran, wie schockiert sie gewesen war, als sie eines mal durchgeblättert hatte. »Ich denke, ich habe mich einfach unnütz und unwissend gefühlt.«

»Es ist überhaupt nicht so, wie es in den Büchern steht.«

»Nein, das ist es wirklich nicht.« Mrs. Whitfield nahm Annas Hände. »Bücher kann man zuklappen. Anna, ich möchte nicht, dass du verletzt wirst.«

»Daniel wird mir nicht wehtun.« Wenn sie nur daran dachte, wie zärtlich er gewesen war, wurde ihr ganz warm. »Um genau zu sein … er will mich heiraten.«

Ihre Mutter seufzte vor Erleichterung. »Ja, mir war, als hätte ich das gehört, aber es klang, als würdet ihr euch streiten.«

»Das war kein Streit, sondern eine Meinungsverschiedenheit. Ich werde ihn nämlich nicht heiraten.«

»Anna!« Streng sah sie ihre Tochter an. »Was soll der Unsinn? Ich gebe ja zu, ich verstehe dich nicht immer, aber ich kenne dich gut genug, um eins zu wissen: Wenn er dir nicht sehr viel bedeuten würde, wäre … wäre nichts passiert.«

»Er bedeutet mir viel. Vielleicht zu viel.« Ihre Selbstbeherrschung begann zu wanken. Anna presste zwei Finger auf ihre Augen. »Und das macht mir Angst. Er will eine Ehefrau, Mutter, fast so wie ein Mann einen Schuh will, der perfekt passt.«

»So ist das nun mal eben bei Männern.« Jetzt auf sicherem Gebiet, setzte Mrs. Whitfield sich weiter zurück. »Manche Männer sind Dichter, andere Träumer, aber die meisten sind einfach nur Männer. Ich kenne genügend Frauen, die meinen, romantische Musik und Kerzenschein seien unerlässlich. Aber in Wahrheit ist es viel simpler.«

Neugierig betrachtete Anna ihre Mutter. Aus Erfahrung wusste sie, dass ihre Mutter nie einen Hang zum Philosophieren gehabt hatte. »Wolltest du denn romantische Musik und Kerzenschein?«

»Aber natürlich.« Mit einem verträumten Lächeln dachte Mrs. Whitfield an die Vergangenheit zurück. »Dein Vater ist ein guter Mann, aber seine Gesetzbücher faszinieren ihn mehr. Ich glaube, Mr. MacGregor ist auch ein guter Mann.«

»Ja, das ist er. Ich will ihn nicht verlieren, aber ich kann ihn nicht heiraten.«

»Anna …«

»Ich werde mit ihm zusammenleben.«

Mrs. Whitfield öffnete den Mund, schloss ihn wieder und schluckte. »Ich glaube, ich brauche einen Drink.«

Anna ging an den Barschrank. »Sherry?«

»Scotch. Einen doppelten.«

Lächelnd goss Anna den Drink ein. »So ähnlich hat Daniel auch reagiert.« Sie brachte ihrer Mutter das Glas. Die leerte es in einem Zug. »Daniel bedeutet mir sehr viel«, setzte Anna wieder an und stieß langsam die Luft aus. »Ich habe mich in ihn verliebt. Das habe ich mir nicht ausgesucht, deshalb habe ich jetzt das Gefühl, ich müsste die Kontrolle zurückgewinnen. Wenn ich ihn heirate, verliere ich alles, wofür ich gearbeitet habe.«

Mrs. Whitfield stellte ihr leeres Glas ab. »Deinen Abschluss.«

»Ich weiß, das verstehst du auch nicht. Niemand scheint es zu verstehen.« Sie fuhr sich durchs Haar. Es fiel ihr auf die Schultern und erinnerte sie daran, dass ihre Kämme noch irgendwo in dem hohen Gras über der Klippe liegen mussten.

Die Kämme ließen sich ersetzen, andere Dinge, die sie dort oben verloren hatte, nicht. »Ich weiß, dass ich das Studium nie beenden werde, wenn ich Daniel heirate. Und das könnte ich weder mir selbst noch ihm verzeihen. Ich habe es dir immer zu erklären versucht, Mutter. Ärztin zu werden ist nicht etwas, das ich tun will, sondern das ich tun muss.«

»Manchmal müssen wir Dinge, die uns wichtig sind, gegeneinander abwägen und eine Wahl treffen.«

»Ja, und manchmal muss man das nicht tun.« Sie sehnte sich so nach Geborgenheit und ließ sich zu ihrer Mutter Füßen nieder. »Vielleicht ist es egoistisch, beides zu wollen, aber ich habe es immer und immer wieder durchdacht. Ich will Ärztin werden, und ich will nicht ohne Daniel leben.«

»Und Daniel?«

»Er will heiraten. Weiter denkt er nicht. Aber das wird sich schon noch ändern.«

Ihre Mutter lächelte. »Ich muss zugeben, ich habe immer gehofft, dass du die Medizin vergessen und heiraten würdest. Ich wollte, dass du eine Familie gründest und glücklich wirst, aber andererseits habe ich dich auch bewundert.«

Anna nahm ihre Hand. »Du glaubst gar nicht, wie wichtig mir das ist.«

»Ich ahne es. Aber dein Vater ...« Mrs. Whitfield schloss die Augen. Sie konnte sich seine Reaktion bildlich vorstellen.

»Er wird sich aufregen, ich weiß. Das tut mir leid.«

»Ich werde schon mit ihm fertig.« Die Worte waren impulsiv gesprochen worden, aber in dem Moment, da sie heraus waren, wusste sie, dass sie wahr waren. Mrs. Whitfield straffte die Schultern.

Anna hob den Kopf. Ihre Mutter und sie wechselten einen Blick. Zum ersten Mal von Frau zu Frau. »Ich liebe dich, Mutter.«

»Und ich liebe dich.« Mrs. Whitfield zog ihre Tochter zu sich auf die Couch. »Und dazu muss ich dich nicht verstehen.«

Seufzend legte Anna den Kopf an ihre Schulter. »Ist es zu viel verlangt, dich zu bitten, mir Glück zu wünschen?«

»Für eine Mutter, ja.« Sie lächelte. »Aber als Frau wünsche ich dir alles Glück der Welt.«

8. Kapitel

Mit jedem Tag, der verging, wuchs in Anna die Angst, Daniel verloren zu haben. Es gab keine Anrufe mehr, keine zornigen Auftritte. Und auch keine weißen Rosen. Die, die noch in ihrem Zimmer standen und verblühten, waren wie ein Mahnmal, das sie daran erinnerte, was hätte sein können.

Immer öfter ertappte sie sich dabei, dass sie bei dem Geräusch eines vorbeifahrenden Wagens aus dem Fenster blickte. Oder zum Telefon rannte, sobald das Klingeln ertönte. Und jedes Mal schwor sie sich hinterher, es nicht mehr zu tun. Vergeblich.

Nie verließ sie das Krankenhaus, ohne auf dem Parkplatz nach einem blauen Cabrio Ausschau zu halten. Jedes Mal, wenn sie ins Freie trat, rechnete sie damit, einen breitschultrigen, rotbärtigen Mann mit blitzenden Augen und voller Ungeduld auf sie warten zu sehen. Er war nie da, aber sie hörte nicht auf, gespannt nach ihm Ausschau zu halten.

Die Erkenntnis, von ihm abzuhängen, war aufreibend. Noch schlimmer war allerdings, was für sie von ihm abhing. Ihr Glücklichsein. Ohne ihn war sie zu zufrieden mit ihrem Leben und ihrer Karriere. Aber jetzt war Anna sich nicht mehr sicher, ob sie ohne Daniel in ihrem Leben auch wirklich glücklich sein konnte.

Als sie an einem Tag einer kleinen Patientin mit einem gebrochenen Bein vorlas, schweiften ihre Gedanken ab. Mal wieder. Das passierte ihr jetzt oft, seit Daniel an jenem Tag von ihrem Haus fortgegangen war. Immer wieder hatte sie sich während der Arbeitszeit ertappt, wie sie Tagträumen nachhing. Sie ging streng mit sich ins Gericht und widmete ihre Aufmerksamkeit wieder der Patientin und dem Märchen.

Ihre Gedanken zerstoben wie Sand. Die Geschichte mit dem glücklichen Ausgang hatte nichts mit der Realität gemein. Das Letzte, was Anna wollte, war, geduldig auf den Prinzen zu warten, damit er ihr den gläsernen Schuh anprobieren konnte. Und natürlich war sie viel zu nüchtern, um an Burgen hoch auf den Klippen, in den Wolken, zu glauben. Natürlich hatte so ein Märchen seinen Reiz, es war schön, von Prinzen und Helden zu träumen. In einem Märchen. Im wahren Leben brauchte eine Frau … nun, einen Partner, keinen edlen Ritter und jungen Prinzen, zu dem man aufblickte und den man bewunderte. Eine echte Frau wollte einen echten Mann. Und eine kluge Frau saß nicht in ihrem Turm und wartete, bis irgendwann einer vorbeikam. Sie lebte ihr eigenes Leben und traf ihre eigenen Entscheidungen.

Jeder war seines eigenen Glückes Schmied, daran glaubte Anna fest. Man gestaltete sich sein Leben nach den eigenen Bedürfnissen, mit Verstand und Geduld. Warum also saß sie herum und wartete, fragte sie sich plötzlich. Wenn sie doch angeblich so unabhängig war, warum wartete sie jammernd darauf, dass das Telefon klingelte? Jeder, der still und brav ausharrte, bis der andere die Initiative ergriff, war ein Narr und ein Versager. Sie hatte nicht vor, entweder das eine oder das andere zu sein.

Mit diesem Entschluss im Hinterkopf las Anna dem kleinen Mädchen weiter vor, bis ihm die Augen zufielen. Dann klappte sie das Buch zu und trat in den Korridor hinaus. Auf ihrem Weg nach unten begegnete sie einem völlig übermüdeten Assistenzarzt. Fast hätte sie gelächelt. Er würde bestimmt nicht verstehen können, warum sie ihn beneidete. Niemand konnte das, höchstens vielleicht ein anderer Medizinstudent.

Aber in ein paar Monaten würde sie nicht einfach mehr so spontan das Krankenhaus verlassen können. Es konnte also nichts schaden, wenn sie die ihr verbleibende Zeit noch einmal ausnutzte.

Als sie ins Freie trat, war der Himmel grau, und es war so heiß, dass der Regen zu verdampfen schien, sobald er auf dem Asphalt aufschlug. Bis sie ihren Wagen erreicht hatte, war sie klitschnass und summte vor sich hin. Als sie durch die Stadt fuhr, drehte sie das Radio auf. Die laute Musik passte zu ihrer Stimmung.

Das Gebäude der »Old Line Savings and Loan« sah würdevoll und vertrauenerweckend aus. Während sie über den Rasen lief, fragte sie sich, welche Veränderungen Daniel wohl vorgenommen haben mochte. Innen konnte man den frischen Anstrich und den neuen Teppich bemerken, aber gesprochen wurde immer noch mit einem geflüsterten Murmeln. Anna fuhr sich mit beiden Händen übers Haar und verteilte Wassertropfen auf dem Boden, dann ging sie auf den nächsten Bankangestellten zu und hielt die Finger hinter dem Rücken über Kreuz.

Oben in seinem Büro betrachtete Daniel die Anzeigen, die in der Woche darauf in den Zeitungen erscheinen sollten. Der Manager hatte sich gekrümmt, als er die Unterlagen durchgesehen hatte, aber der junge Assistent, den Daniel eingestellt hatte, war begeistert gewesen. Manche Entscheidungen mussten eben aus dem Instinkt heraus getroffen werden. Und der Instinkt sagte Daniel, dass diese Anzeigen sowohl den Umsatz als auch seinen Ruf steigern lassen würden. Das eine war genauso wichtig wie das andere. Er würde der Old Line nicht nur wieder auf die Füße helfen, sondern in zwei Jahren gedachte er eine Zweigstelle in Salem zu eröffnen.

Doch noch während er sich das ausmalte, wanderten seine

Gedanken zurück zu einer windigen Klippe, zu einer Frau mit dunklen Haaren und braunen Augen. Die Erregung, die ihn jetzt durchlief, war ebenso intensiv wie zu dem Zeitpunkt, als er sie in seinen Armen gehalten hatte. Er konnte noch immer ihren Duft wahrnehmen. Selbst hier, allein in seinem Büro, meinte er sie schmecken zu können.

Mit einem ungeduldigen Knurren schob er die Papiere zur Seite und stellte sich ans Fenster. Er sollte sich nach einer anderen Frau umsehen. Hatte er sich das nicht vorgenommen, als er von Anna weggegangen war? Er hatte es ernst gemeint, hatte sogar erste Schritte unternommen. Aber jedes Mal, wenn er an eine andere Frau dachte, schob sich Anna vor seine Augen. Sie war so fest in seinem Kopf verankert, dass kein Platz mehr für irgendjemand anderen blieb. Er würde nicht über sie hinwegkommen.

Daniel starrte hinaus in den Regen. Boston wirkte grau und düster. Es passte zu seiner Stimmung. Wenn er hier mit dem Papierkram fertig war, würde er einen langen Spaziergang am Fluss entlang machen.

Schlechtes Wetter oder nicht, er musste allein sein, ohne Diener oder Angestellte. Nur ohne Anna konnte er nicht sein. Er würde auch nicht vor ihr fliehen können. Wie konnte man vor etwas fliehen, das man im Blut hatte, in jeder einzelnen Körperzelle? Denn da war Anna. Ganz gleich, wovon er sich auch zu überzeugen versuchte – genau da war sie.

Er wollte sie heiraten. Daniel wandte sich vom Fenster ab und marschierte im Zimmer auf und ab, die Hände tief in den Hosentaschen. Verflixtes Weib! Er wollte morgens neben ihr aufwachen. Er wollte abends nach Hause kommen und sie in die Arme schließen. Er wollte sehen, wie sein Kind in ihr heranwuchs. Und er wollte all das mit einer Verzweiflung, die ihm ebenso fremd war wie eine Niederlage.

Niederlage? Allein das Wort ließ ihn mit den Zähnen knirschen. Bevor er eine Niederlage eingestand, musste noch einiges mehr geschehen. Zum Teufel mit anderen Frauen, entschied er abrupt. Es gab für ihn nur eine Frau, und die würde er bekommen.

Als das Telefon auf seinem Schreibtisch läutete, war er schon fast an der Tür. Mit einem leisen Fluch riss er den Hörer von der Gabel. »MacGregor.«

»Mr. MacGregor, hier ist Mary Miles, die Hauptkassiererin. Entschuldigung, dass ich störe, aber hier unten ist eine junge Frau, die Sie unbedingt sprechen möchte.«

»Sie soll sich bei meiner Sekretärin einen Termin geben lassen.«

»Ja, Sir, das habe ich ihr auch gesagt, aber sie besteht darauf, Sie jetzt zu sprechen. Sie meint, sie will warten.«

»Ich habe keine Zeit, mich um jeden zu kümmern, der von der Straße hereinspaziert, Mrs. Miles.« Daniel sah auf die Uhr. Annas Dienst im Krankenhaus war längst vorbei. Er würde zu ihr nach Hause fahren müssen.

»Ja, Sir. Genau das habe ich ihr erklärt, aber … Sie ist sehr hartnäckig, Mr. MacGregor, ich glaube nicht, dass sie wieder gehen wird.«

Daniel verlor die Geduld und fluchte. »Sagen Sie ihr …« Er verstummte, als die Beschreibung der Kassiererin sich zu einem Bild verdichtete. »Wie heißt sie?«

»Whitfield. Anna Whitfield.«

»Wieso lassen Sie sie da unten in der Lobby warten?«, brüllte er. »Schicken Sie sie hoch.«

Mary Miles verdrehte die Augen und dachte an die Gehaltserhöhung, die Mr. MacGregor jedem Angestellten gegeben hatte, sobald er die Bank gekauft hatte. »Ja, Sir, sofort.«

Sie hatte es sich anders überlegt! Ha! Das Triumphgefühl

breitete sich nicht langsam aus, sondern rauschte machtvoll über ihn hinweg. Seine Geduld hatte sich also ausgezahlt, auch wenn es schwer gewesen war. Sie war zur Vernunft gekommen. Sicher, in seinem Büro über eine Heirat zu sprechen war nicht gerade das, was er sich vorgestellt hatte. Aber er war zu Zugeständnissen bereit. Zu vielen Zugeständnissen sogar. Immerhin war sie zu ihm gekommen. Er würde alles bekommen, was er wollte, einschließlich seinen Stolz bewahren.

Seine Sekretärin klopfte an die Tür und öffnete sie. »Miss Whitfield, Sir.«

Er nickte ihr kurz zu, bevor er seinen Blick und jeden seiner Gedanken auf Anna richtete. Klitschnass stand sie auf dem edlen grauen Teppichboden. Das Make-up war durch den Regen verlaufen. Ihr Haar lag feucht und lockig auf den Schultern. Ihr Anblick raubte ihm den Atem.

»Du bist ja völlig durchnässt.« Es klang mehr wie eine Anschuldigung denn wie ein Ausdruck der Sorge.

Sie lächelte. »Es regnet.« Es tat so gut, ihn zu sehen. Einen Moment würde sie es sich erlauben, ihn einfach nur anzusehen. Er hatte die Krawatte abgelegt, sein Kragen stand offen. Seinem Haar war anzusehen, wie oft er mit den Fingern hindurchgefahren war. Sie wollte die Arme um ihn schlingen, ihn an sich ziehen, denn da, so wurde ihr immer klarer, gehörte er hin. Doch sie lächelte nur weiter und tropfte still auf seinen eleganten Teppich. Und während sie lächelte, starrte er sie an. Für endlose Sekunden sagte keiner von ihnen ein Wort.

Dann räusperte Daniel sich. »Wer Medizin studiert, sollte wissen, wie gefährlich es ist, in nassen Sachen herumzulaufen.« Er nahm eine Flasche Brandy aus dem Schrank. »Du wirst noch mehr Zeit in deinem Krankenhaus verbringen, als dir lieb ist.«

»Ich glaube nicht, dass ein kleiner Sommerschauer mir schaden wird.« Erst jetzt ging ihr auf, wie sie vermutlich aussah. Aber sie blickte nicht an sich herab. Durchnässt oder nicht, sie hatte ihre Würde.

»Trotzdem, trink das hier.« Er drückte ihr ein Glas in die Hand. »Setz dich.«

»Nein, ich …«

»Setz dich«, wiederholte er scharf.

Sie zog eine Augenbraue hoch und ging zu einem Sessel. »Wenn du darauf bestehst.«

Sie setzte sich. Er blieb stehen. Das süße Gefühl des Triumphs war vergangen. Er brauchte sie nur anzusehen, um zu wissen, dass er sich geirrt hatte. Sie hatte es sich nicht anders überlegt. Nun ja, er hätte es wissen müssen. Die Frau, in die er sich verliebte, konnte nicht wankelmütig sein. Sie war nicht gekommen, um seinen Heiratsantrag anzunehmen. Nun, und er war nicht bereit, ihre Alternative auch nur in Betracht zu ziehen.

Er verzog die Lippen zu einem leichten Lächeln. Ein Funkeln trat in seine Augen, das die, die geschäftlich mit ihm zu tun hatten, kannten – und fürchteten. Lass gut sein, Daniel, ermahnte er sich still. Doch er würde Miss Anna Whitfield nicht den Gefallen tun und zugeben, dass es ihr gelungen war, ihn an den Rand des Wahnsinns zu treiben. Noch einmal musterte er sie von Kopf bis Fuß, wie sie dasaß und seinen Sessel ruinierte.

»Brauchst du einen Kredit, Anna?«

Sie nippte an ihrem Brandy und ließ sich durch seinen unbeschwerten Tonfall nicht täuschen. Also war er noch immer wütend. Hatte sie denn etwas anderes erwartet? Hätte sie sich in einen Mann verliebt, der so leicht zu besänftigen war? Nein, sie hatte sich in Daniel verliebt, weil er genauso war, wie er eben war.

»Im Moment nicht.« Sie sah sich in seinem Büro um. »Sehr schön, Daniel.« An der Wand hing ein abstraktes Gemälde in diversen Blautönen. Man musste schon genau hinsehen, um zu erkennen, dass es darauf um Erotik ging. »Sehr dezent.«

Er sah, wie sie das Bild betrachtete, und wusste, dass sie es verstand. Er hatte eine Menge Geld für den Picasso bezahlt. Es gefiel ihm, und in kürzester Zeit würde der Wert sich vervielfachen. »Du bist nicht leicht zu schockieren, Anna.«

»Das stimmt.« Sie entspannte sich. »Ich war schon immer der Überzeugung, dass das Leben viel zu kurz ist, um sich ständig über etwas aufzuregen. Ich habe deine Rosen vermisst.«

Er lehnte sich mit der Hüfte an den Schreibtisch. »Ich dachte, du willst nicht, dass ich dir Rosen schicke.«

»Wollte ich auch nicht. Bis keine mehr kamen.« Sicherlich hatte auch sie ein Recht auf ein paar bissige Bemerkungen. »Seit Tagen habe ich nichts mehr von dir gehört, deshalb frage ich mich, ob ich dich vielleicht schockiert haben könnte.«

Vor wenigen Minuten hatte er gleichzeitig Anspannung und Langeweile gefühlt. Jetzt, in Annas Gegenwart, beruhigte sich alles wieder. »Ich bin nicht so leicht zu schockieren.«

»Gekränkt? Weil ich zwar mit dir leben, dich aber nicht heiraten will?«

Fast hätte er gegrinst. Hatte er nicht einmal gesagt, dass er Frauen vorzog, die ihre Meinung sagten – bis zu einem gewissen Punkt? Mittlerweile wunderte es ihn nicht mehr, dass er seine Meinung geändert hatte. »Verärgert«, korrigierte er. »Man könnte sogar sagen, du hast mich in Rage gebracht.«

Sie erinnerte sich nur zu gut an seine Reaktion. »Ja, so könnte man wohl sagen. Und das bist du noch immer?«

»Richtig. Du willst mich nicht heiraten?«

»Nein.«

Er holte eine Zigarre heraus, steckte sie an, blies eine Rauchwolke an die Decke. Im Geschäftsleben wusste er, wie er mit seinem Gegenüber umzugehen hatte. Ihn aus der Reserve locken. Wenn der andere das Erklären übernahm, konnte man selbst die Zügel in der Hand behalten. Zigarrenrauch schwebte über seinem Kopf, während er Anna studierte und wartete. »Warum bist du gekommen, Anna?«

Also hatte er nicht vor, auch nur einen Zentimeter nachzugeben. Sie nippte wieder an dem Brandy. Na gut, dann würde sie es auch nicht tun. »Weil mir klar wurde, dass ich dich wiedersehen musste.« Sie stellte das Glas ab und stand auf. »Gehst du heute Abend mit mir essen?«

Er runzelte die Stirn. »Normalerweise lädt der Mann die Frau ein.«

Seufzend trat sie vor ihn hin. »Du vergisst schon wieder, in welchem Jahrhundert wir leben. Ich hole dich um sieben ab.«

»Du …«

»Um sieben«, wiederholte sie und stellte sich auf die Zehenspitzen, um ihn zu küssen. »Danke für den Brandy, Daniel. Jetzt will ich dich nicht länger aufhalten.«

Erst als sie an der Tür war, rief er: »Anna.«

Lächelnd drehte sie sich zu ihm um. »Ja?«

Er sah ihr an, dass sie mit seinem Protest rechnete. Ändere die Taktik, verwirre sie, dachte Daniel und zog an der Zigarre. »Ich kann erst um halb acht. Eine Besprechung.«

Zufrieden registrierte er die Verunsicherung in ihrem Blick. Dann nickte sie. »Einverstanden.«

Als sie die Tür hinter sich schloss, atmete sie tief durch.

An seinem Schreibtisch lächelte Daniel. Dann schmunzelte er. Schließlich lachte er aus vollem Hals. Er hätte nicht sagen können, wer hier wen übertrumpft hatte, aber das war auch nicht wichtig. Er war immer offen für ein neues Spiel. Er würde Anna das Mischen und Austeilen der Karten überlassen.

Aber er würde gewinnen.

Als Anna nach Hause kam, war aus dem strömenden Regen ein Nieseln geworden. Ihre Eltern waren ausgegangen, aber das Parfum ihrer Mutter hing noch in der Luft. Froh darüber, dass sie allein war, ging Anna nach oben, um sich ein Bad einzulassen. Es war ein gutes Gefühl, die Initiative ergriffen zu haben. Jetzt hatte sie wieder die Kontrolle, auch wenn ihr Fundament nicht ganz so fest war, wie es hätte sein können.

Daniel MacGregor war kein Mann, der sich manipulieren ließ. Das hatte sie von Anfang an gewusst. Doch sie hielt ihn für einen Mann, der offen für Verhandlungen war. Ihr Hauptproblem lag darin, ihn nicht merken zu lassen, wie viel sie zu geben bereit war. Nämlich alles.

Sie ließ sich in das heiße Wasser gleiten und schloss die Augen. Wenn er das herausfand, würde er sie gnadenlos in eine Ecke drängen. Er hatte sich nicht mit Nachgiebigkeit an die Spitze gearbeitet. Aber sie wollte es in ihrem Beruf ebenfalls bis an die Spitze schaffen. Deshalb musste sie ebenso entschlossen und unnachgiebig sein.

Sie würde ihn also abholen, und sie würden ein ruhiges Dinner zusammen verbringen. Nur leichte Konversation. Beim Kaffee würden sie dann – ganz vernünftig – ihre Situation besprechen. Und dann würde er ihre Gefühle und ihre Einstellung verstehen.

Anna sank bis ans Kinn ins Wasser. Wem machte sie hier eigentlich etwas vor? Ein Dinner mit Daniel MacGregor würde nie so verlaufen. Sie würden sich wie Boxkämpfer im Ring gegenüberstehen. Sie würden debattieren, streiten und wahrscheinlich noch mehr zusammen lachen. Sicherlich würde er zu brüllen anfangen. Und es war davon auszugehen, dass sie zurückbrüllen würde. Wenn sie sich dann wieder beruhigt hatten, würde er gar nichts verstehen. Nur, dass er sie heiraten wollte.

In ihrem Magen flatterte es bei dem Gedanken. Er wollte sie. Sie wäre vielleicht durch ihr ganzes Leben gegangen, ohne dass jemand sie ansah, wie Daniel es tat. Vielleicht hätte nie jemand an den festen Schlössern gerüttelt, hinter der sie ihre Leidenschaft verschlossen hielt. Wie ihr Leben dann wohl ausgesehen hätte?

Fad. Das Wort zauberte ein Lächeln auf ihr Gesicht. Damit würde sie sich jetzt nie mehr zufriedengeben können. Sie wollte Daniel MacGregor. Und sie würde ihn bekommen.

Sie hatte schon den halben Sieg in der Tasche, wenn sie sich ihr Selbstvertrauen von ihm nicht erschüttern ließ. Dabei war es so einfach, alles zu vergessen, wenn er sie ansah. Aber das würde sie heute Abend nicht zulassen.

Sie stieg aus der Wanne, zog sich einen Bademantel über und wickelte sich ein Handtuch um das Haar. Sie hatte ihn zum Dinner eingeladen. Nur ein winziger Vorteil, aber den würde sie ausnutzen.

Mit gerunzelter Stirn betrachtete sie den Inhalt ihres Kleiderschranks. Normalerweise hatte sie ein untrügliches Gespür dafür, welche Garderobe für die Gelegenheit angebracht war. Doch alles, was sie herausnahm, erschien ihr viel zu schlicht. Sie griff nach dem meergrünen Seidenkleid. Es war so dezent, dass es schon fast streng wirkte, aber für den heutigen Abend mochte es wohl die beste Wahl sein. Wenn ich etwas Aufregenderes suche, hätte ich vorher Myras Kleiderschrank plündern sollen, dachte sie gerade, als es unten an der Haustür läutete.

Bei der Unterbrechung stieß sie einen verärgerten Fluch aus. Das war so untypisch für sie, dass sie sich auf dem ganzen

Weg die Treppe hinunter Vorhaltungen machte. Kaum dass sie die Tür aufgezogen hatte, stürmte Myra herein und ergriff ihre Hände.

»Oh Anna, gut, dass du zu Hause bist.«

»Myra. Ich habe gerade an dich gedacht.« Erst jetzt registrierte sie, wie fest Myra ihre Hände gepackt hielt. »Was ist los?«

»Ich muss mit dir reden. Allein. Sind deine Eltern da?«

»Nein.«

»Gut. Aber erst brauche ich einen Drink. Hast du einen Brandy?«

»Sicher.« Belustigt führte Anna sie in den Salon und gab ihr den gewünschten Drink. »Toller Hut.«

»Wirklich?« Myra fuhr mit der Hand über die elfenbeinfarbene Kappe mit dem kleinen Schleier. »Nicht zu gewagt?«

»Gewagt?«, wiederholte Anna und schenkte einen doppelten Brandy ein. »Du fragst mich, ob etwas, das du trägst, zu gewagt ist?«

»Lass die Witze, Anna.« Myra drehte sich zum Spiegel und zupfte an dem Schleier. »Vielleicht sollte ich die Feder herausziehen ...«

Anna betrachtete die weiße Feder, die sich vorwitzig um Myras Ohr ringelte. »Jetzt bin ich sicher, dass etwas mit dir nicht stimmt.«

»Was sagst du zu dem Kleid?« Myra schlüpfte aus dem roten Regenmantel und stand in einem schmal geschnittenen, elfenbeinfarbenen Kostüm mit Spitzenbesatz da.

»Wunderschön. Ist es neu?«

»Zwanzig Minuten alt.«

Anna ließ sich auf einer Sessellehne nieder, während ihre Freundin den Brandy hinunterstürzte. »Für mich hättest du dich aber nicht so schick zu machen brauchen.«

»Jetzt ist wirklich nicht der Zeitpunkt für dumme Witze.« Myra stieß den Atem aus und stellte ihr Glas ab.

»Das merke ich. Warum sagst du mir nicht endlich, was los ist?«

»Wie schnell kannst du etwas Tolles anziehen und eine Tasche packen?«

»Eine Tasche packen? Myra, was ist los?«, fragte Anna nun zum dritten Mal.

»Ich heirate«, platzte Myra heraus und ließ sich auf die Couch fallen.

»Du heiratest?« Entgeistert verharrte Anna regungslos. »Myra, ich weiß, du bist schnell, und wir haben uns zwei Wochen lang nicht gesehen, aber heiraten? Wen denn? Peter?«

»Wer? Oh nein, natürlich nicht.«

»Natürlich nicht«, murmelte Anna. »Ich weiß. Jack Holmes.«

»Unsinn.«

»Steven Marlowe.«

Myra nestelte an ihrem Rocksaum. »Anna, den kenne ich doch kaum.«

»Also wirklich, vor sechs Monaten hast du …«

»Das war vor sechs Monaten, okay?«, unterbrach Myra sie und wurde zum ersten Mal, seit Anna sie kannte, rot. »Vergiss alles, was ich über ihn gesagt habe, ja? Und verbrenn am besten alle Briefe, in denen ich ihn erwähnt habe.«

»Liebes, die sind von allein in Flammen aufgegangen, ehe ich sie zu Ende lesen konnte. Du hättest feuerfestes Papier benutzen sollen.«

Obwohl sie unendlich nervös war, musste Myra grinsen. »Du redest mit einer verlobten Frau. Das habe ich alles hinter mir gelassen. Sieh mal.« Sie hob die linke Hand.

»Oh.« Anna starrte auf den Brillanten. »Wunderschön, Myra, wirklich wunderschön.« Sie umarmte ihre Freundin und lachte. »Aber wie kann ich mich für dich freuen, wenn ich nicht einmal weiß, wen du heiratest?«

»Herbert Ditmeyer.« Myra wartete auf den erstaunten Gesichtsausdruck und wurde nicht enttäuscht.

»Aber du fandest ihn doch immer ...« Anna räusperte sich.

»Spießig«, ergänzte Myra und lächelte glücklich. »Und das ist er auch. Und schrecklich nüchtern und korrekt. Aber er ist auch der süßeste Mann, dem ich je begegnet bin. In den letzten zwei Wochen ...« Mit verträumtem Blick hielt sie inne. »Ich wusste ja nie, wie es ist, wenn ein Mann dir zeigt, dass du etwas ganz Besonderes bist. Ich bin mit ihm ausgegangen, weil ich sah, wie schwer es für ihn war, mich überhaupt zu fragen. Er hat mir leidgetan, und ich habe mich auch geschmeichelt gefühlt«, gestand sie ein. »Und dann bin ich wieder mit ihm ausgegangen, weil das erste Mal so viel Spaß gemacht hat. Herbert kann so lustig sein. Irgendwie merkst du es gar nicht, und dann, plötzlich, hat es dich gepackt.«

»Ja, ich weiß.«

»Du warst ihm immer eine so gute Freundin. Ich bin froh, dass er sich nicht in dich verliebt hat. Weißt du, er hat mir gestanden, dass er mich seit Jahren liebt.« Mit fahrigen Fingern zog sie eine Zigarette hervor. »Wir sind zwei Wochen lang ausgegangen, und da hat er es mir gesagt. Ich war so perplex, dass ich kein Wort herausbekam. Dann wollte ich mich zurückziehen, ganz vorsichtig und sanft, um ihm nicht wehzutun.«

Anna hob die beringte Hand ihrer Freundin an. »Sieht aber nicht danach aus, als hättest du dich zurückgezogen.«

»Nein.« Myra schien es selbst noch nicht richtig fassen zu können. Sie starrte auf den blitzenden Stein. »Denn plötzlich ging mir auf, dass ich verrückt nach ihm war. Ist das nicht irre?«

»Ich finde es wunderbar.«

»Ich auch.« Myra drückte die Zigarette aus. Ungeraucht. »Und heute Abend hat er mir diesen Ring auf den Finger gestreift und verkündet, dass wir um acht nach Maryland fliegen und dort heiraten.«

»Heute Abend?«, wiederholte Anna skeptisch. »So schnell, Myra?«

»Warum warten?«

Ja, warum warten? Sie könnte hundert gute Gründe vorbringen, aber keiner würde durch das verträumte Funkeln in Myras Augen dringen. »Bist du dir sicher, Myra?«

»So sicher wie noch nie in meinem Leben, Anna. Freu dich für mich.«

»Das tue ich.« Tränen verschleierten Annas Blick, als sie Myra an sich drückte. »Das weißt du doch.«

»Dann zieh dich an.« Halb lachend, halb weinend hielt Myra sie von sich ab. »Du bist meine Brautjungfer.«

»Du willst, dass ich heute Abend mit dir nach Maryland fliege?«

»Ja. Wir haben beschlossen durchzubrennen. Das ist einfacher, als sich mit Herberts Mutter auseinanderzusetzen. Sie mag mich nicht und wird mich wahrscheinlich nie mögen.«

»Oh Myra ...«

»Aber das ist uns egal. Ich liebe Herbert, und er liebt mich. Ich will gar keine große Hochzeit. Aber ohne meine beste Freundin kann ich einfach nicht heiraten. Ich brauche dich, Anna. Ich will Herbert heiraten, aber ich habe solche Angst.«

Alle Einwände waren vom Tisch gewischt. »Gib mir zwanzig Minuten, ja?«

Myra umarmte sie noch mal. »Weil du dabei bist, werde ich daran glauben.«

»Ich muss meinen Eltern allerdings eine Nachricht hinterlassen.« Anna hielt den Kugelschreiber schon in der Hand.

»Oh Anna.« Myra fuhr sich mit der Zungenspitze über die Zähne. »Ich weiß, du kannst nicht lügen, aber … könntest du den wahren Grund verschweigen? Herbert und ich würden es gern geheim halten, bis wir es seiner Mutter beichten.«

Anna überlegte kurz und begann zu schreiben. »Fahre kurz mit Myra weg. Bin in ein oder zwei Tagen zurück.« Sie unterschrieb und zeigte Myra die Nachricht. »Okay?«

»Perfekt. Danke.«

»Komm, du kannst mir helfen.« Sie eilte davon, blieb stehen und drehte sich um. »Oh, ich muss Daniel anrufen und das Essen absagen.«

»Daniel MacGregor?« Auf ihre unnachahmliche Art zog Myra die Brauen hoch.

»Genau der.« Anna ignorierte den Blick und eilte ans Telefon.

»Du kannst in Maryland mit ihm essen.« Myra nahm ihr den Hörer aus der Hand. »Herbert hat ihn gebeten, Trauzeuge zu sein.«

»So?« Anna lächelte. »Tja, das ist ja praktisch.«

»Ja, sehr, nicht wahr?« Mit einem Grinsen zog Myra sie zur Treppe.

9. Kapitel

Anna war noch nie geflogen, und wäre Myra nicht ihre beste Freundin gewesen, hätte sie auf der Stelle kehrtgemacht. Dabei war sie sicher, dass die Blechkiste mit Propellern sich in die Luft erheben würde. Sie wünschte allerdings, sie wäre genauso sicher, dass das Ding auch heil wieder landen würde.

»Tolle Maschine, was?« Daniel wartete, bis Anna sich gesetzt und angeschnallt hatte. Dann nahm er neben ihr Platz.

»Ja, toll«, murmelte sie und überlegte, ob Fallschirme an Bord waren.

»Erster Flug?«

»Ja«, gestand sie ein wenig atemlos.

»Sieh es einfach als Abenteuer an«, schlug er vor.

Sie schaute auf die Startbahn und wünschte sich, sie würde noch darauf stehen. »Gute Idee. Ich nehme an, du bist das Fliegen gewöhnt. Nimmst du so ein Flugzeug, wenn du nach New York musst?«

Schmunzelnd überprüfte er ihren Sicherheitsgurt, bevor er seinen anlegte. »Ich nehme dieses hier. Es gehört mir.«

»Oh.« Dass es Daniels Flugzeug war, nahm ihr die Angst. Sie sah zu Myra und Herbert hinüber. Die beiden hatten die Köpfe zusammengesteckt. Na gut, dachte Anna. Ein Abenteuer. Sie nahm sich vor, es zu genießen. »Wann starten wir?«

»Tapferes Mädchen«, murmelte er und gab dem Piloten ein Zeichen. Mit lautem Dröhnen sprangen die Triebwerke an, und die Maschine rollte zur Startbahn.

Obwohl ihre eigene Anspannung sich gelegt hatte, war die

Luft angefüllt mit Erregung und freudiger Erwartung. Anna sah, wie Myra nervös ihr Spitzentaschentuch zwischen den Fingern zerknüllte, während sie unablässig plapperte und lachte. Herbert saß blass und steif da und sagte nur dann etwas, wenn er angesprochen wurde. Anna hörte die Stimmen und Geräusche um sich herum und betrachtete die Landschaft unter sich mit einem Gefühl, als wäre alles nur ein Traum. Daniel tat sein Bestes, die Stimmung aufzulockern. Ohne sein Witzeln und seine Bemerkungen hätte sich gut leichte Hysterie breitmachen können. Er flirtete zwanglos mit Myra und hielt die zukünftige Braut so davon ab, die Wände hochzugehen. Er war nicht nur ein interessanter Mann, er war auch ein guter Freund. Anna beschloss, ihm zu helfen.

»Du hast einen ausgezeichneten Geschmack, Herbert.«

»Wie?« Er schluckte und rückte seine Krawatte gerade. »Oh ja. Danke.« Dann sah er Myra an. In seinem Blick lag nichts als Liebe. »Sie ist wundervoll, nicht wahr?«

»Das ist sie. Ich weiß nicht, was ich ohne sie gemacht hätte. Bestimmt wäre mein Leben viel langweiliger gewesen.«

»Wir ernsthaften Menschen brauchen jemanden, der unser Leben ein wenig aufpeppt, nicht wahr?« Er schenkte Anna ein Lächeln, das etwas gezwungen ausfiel.

Ernsthaft? Ja, vermutlich war sie das. Und Herbert hatte recht. »Und Menschen mit … Pep brauchen jemanden, der sie davor bewahrt, im Übermut von einer Klippe zu springen.«

»Ich werde sie glücklich machen.«

Weil Herberts Worte eher fragend als entschlossen klangen, nahm Anna seine Hände. »Ja, das wirst du. Sehr glücklich sogar.«

Die kleine Privatmaschine landete auf einem ländlichen Flugplatz in Maryland. Es war spät am Abend und der Himmel voller Sterne.

Herbert legte sich Myras Hand auf den Arm und führte sie in das kleine Terminal. »Der Friedensrichter, der mir empfohlen wurde, wohnt nur zwanzig Meilen von hier. Mal sehen, ob wir ein Taxi oder einen Mietwagen bekommen.«

»Nicht nötig.« Im Terminal blickte Daniel sich um und winkte dann einem wartenden Chauffeur.

»Mr. MacGregor?«

»Aye. Beschreib ihm den Weg«, sagte er zu Herbert. »Ich habe mir erlaubt, für eine Fahrgelegenheit zu sorgen.«

Der Chauffeur nahm ihr Gepäck und ging voran zu einer silbergrauen Limousine, die vor dem Terminal stand.

»Ihr habt einem ja nicht viel Zeit gelassen, ein passendes Geschenk zu finden«, erklärte Daniel. »Das hier war das Beste, was mir in der Eile einfiel.«

»Es ist perfekt.« Lachend umarmte Myra ihn. »Einfach perfekt.«

Über ihren Kopf hinweg zwinkerte Daniel Herbert zu. »Als Trauzeuge sollte man sich um die Details kümmern.«

Anna wartete, bis Herbert seiner Braut in den Wagen half. »Das war sehr nett von dir«, sagte sie leise zu Daniel.

»Ich bin eben ein sehr netter Mann«, erwiderte Daniel.

Lachend stieg sie ein. »Mag sein. Aber darauf würde ich mich nicht verlassen.«

Im Fond der Limousine hatte Myra sich schon bei Herbert eingehakt. »Zwei Flaschen Champagner?«

»Eine für vorher.« Daniel nahm eine aus dem Eiskübel. »Eine für danach.« Er öffnete sie und schenkte vier Gläser ein. »Auf das Glück.«

Vier Gläser klirrten, doch als Daniel trank, sah er nur Anna an. Der Champagner prickelte auf ihrer Zunge, und sie begriff, dass das Abenteuer noch längst nicht vorüber war.

Als sie vor dem kleinen weißen Haus hielten, war die Flasche leer. Myra verschwand mit Anna in dem kleinen Waschraum und richtete ihr Haar und das Make-up.

»Wie sehe ich aus?«

»Wunderschön.«

»Mir haben immer ein paar Kleinigkeiten gefehlt, um als wirklich schön durchzugehen, aber heute Abend, das muss ich schon sagen, bin ich auf jeden Fall eindrucksvoll.«

Mit beiden Händen drehte Anna ihre Freundin wieder zum Spiegel. »Heute Abend bist du schön. Sieh nur genau hin.«

Zusammen sahen sie in den Spiegel. Myra lächelte. »Er liebt mich wirklich, Anna.«

»Ich weiß.« Anna schlang den Arm um Myras Hüfte. »Ihr werdet ein tolles Team abgeben.«

»Ja, das werden wir bestimmt.« Mit hoch erhobenem Kopf betrachtete Myra sich. »Ich glaube, er weiß noch gar nicht, was für ein Team.« Sie stieß den Atem aus und blickte auf Anna. »Ich werde nur ungern sentimental, aber ich beabsichtige, nur einmal in meinem Leben zu heiraten. Also ist es das jetzt wohl. Du bist meine beste Freundin, und ich liebe dich. Ich wünsche mir, dass du genauso glücklich wirst, wie ich es in dieser Minute bin.«

»Ich werde daran arbeiten.«

Myra nickte. »Okay, gehen wir. Und noch etwas …« Mit der Hand am Türgriff hielt sie inne. »Falls ich anfangen sollte zu stottern, verrat's niemandem, vor allem nicht Cathleen Donahue.«

Mit ernstem Gesicht legte Anna die Hand aufs Herz. »Kein Sterbenswörtchen, Ehrenwort.«

In einem winzigen Salon mit Marmorkamin und Sommerblumen war Anna dabei, als ihre Freundin Herbert versprach, ihn zu lieben und zu ehren. Als ihre Augen feucht wurden, kam sie sich albern vor und blinzelte heftig. Eine Heirat war schließlich nicht mehr als ein Vertrag. Und bevor man den unterschrieb, musste man sorgfältig überlegen. Trotzdem rann ihr eine Träne über die Wange. Daniel drückte ihr sein Taschentuch in die Hand, wie er es schon mal getan hatte. Kurz darauf war die Zeremonie bereits vorüber. Und dann schloss sie eine völlig benommene Myra in die Arme.

»Ich habe es getan«, murmelte Myra, dann lachte sie auf und drückte Anna fest an sich.

»Und ohne zu stottern.«

»Ich hab's getan«, wiederholte sie und hielt die Hand hoch, an deren Ringfinger jetzt ein goldener Ring über dem Diamantring steckte. »Verlobt und verheiratet innerhalb von fünf Stunden!«

Daniel nahm die Hand, die sie so bewunderte, und küsste sie formvollendet. »Mrs. Ditmeyer.«

Lachend fasste Myra seine Finger. »Ihr müsst mich heute Abend noch viel öfter so nennen, damit ich mich daran gewöhne. Oh Anna, ich werde gleich weinen und mein Make-up ruinieren«, schluchzte Myra.

»Das macht nichts.« Anna reichte ihr Daniels zerknautschtes Taschentuch. »Herbert kann nicht mehr zurück.« Sie drückte ihn fest an sich.

Der frischgebackene Ehemann lachte. »Und sie auch nicht.«

»Dein Leben wird komplizierter werden.«

»Ich weiß.«

»Ist das nicht herrlich?« Anna küsste ihn herzhaft. »Ich weiß nicht, wie es euch geht, aber ich habe Hunger. Das Hochzeitsmahl spendiere ich.«

Auf Empfehlung des Friedensrichters und mit der Hilfe des Chauffeurs fanden sie ein kleines Landgasthaus, das auf dem Gipfel eines bewaldeten Hügels lag. Es war bereits geschlossen, aber ihre Überredungskunst und ein paar Geldscheine brachten den Eigentümer dazu, das Restaurant zu öffnen und den Koch zu wecken. Während die anderen in den Speisesaal geführt wurden, entschuldigte Anna sich und nahm den Eigentümer beiseite.

»Mr. Portersfield, ich kann Ihnen gar nicht genug danken, dass Sie für uns aufgemacht haben.«

Natürlich war er über jeden zahlenden Gast glücklich, aber die späte Stunde hatte ihn doch ein wenig verstimmt. Jetzt allerdings fand er es unmöglich, bei diesem netten Lächeln, das Anna ihm schenkte, noch länger böse zu bleiben. »Meine Türen stehen immer offen«, sagte er liebenswürdig. »Leider schließt die Küche um neun, das Mahl wird also zu dieser späten Stunde vielleicht nicht ganz unserem Ruf entsprechen.«

»Ich bin sicher, es wird ganz köstlich sein. Um genau zu sein, meine Freunde werden Ihnen bestimmt versichern, dass es das beste Essen ihres Lebens ist. Sehen Sie«, sie hakte sich bei ihm ein und zog ihn ein wenig weiter von den anderen fort, »sie haben gerade eben geheiratet. Deshalb brauche ich Ihre Hilfe, um ein paar Dinge zu arrangieren.«

»Frisch Vermählte.« Mr. Portersfield war nicht gänzlich unempfänglich für Romantik. »Es freut uns immer, wenn wir Brautpaare aufnehmen können. Wenn wir vorher davon gewusst hätten …«

»Oh, ich bin sicher, dass alles zur vollsten Zufriedenheit verläuft. Habe ich übrigens schon erwähnt, dass Mr. Ditmeyer Bezirksstaatsanwalt in Boston ist? Wenn er mit seiner Braut zurück zu Hause ist, wird er Sie allen seinen Freunden empfehlen. Und Mr. MacGregor … nun, ich brauche Ihnen bestimmt nicht zu sagen, wer er ist, oder?«

Mr. Portersfield hatte nicht die geringste Ahnung, aber die Andeutung reichte ihm völlig. »Nein, natürlich nicht.«

»Ein Mann in seiner Position findet nur selten ein ruhiges Fleckchen, wo er sich entspannen kann. Hausmannskost, frische Landluft. Ich weiß, wie beeindruckt er von Ihrem Restaurant ist. Sagen Sie, Mr. Portersfield, haben Sie zufällig einen Plattenspieler?«

»In meinem Wohnraum, ja, aber …«

»Wunderbar!« Anna tätschelte seine Hand und setzte ihr nettestes Lächeln auf. »Ich wusste doch, dass Sie mir helfen werden.«

Als sie zehn Minuten später an den Tisch zurückkehrte, stand nicht viel mehr als ein Brotkorb und ein Teller Butter auf der Tafel.

»Wohin bist du denn verschwunden?«, fragte Daniel, als sie sich setzte.

»Ich habe mich um ein paar Details gekümmert. Auf die Braut und den Bräutigam«, brachte sie einen Toast mit ihrem Wasserglas aus.

Myra lachte. »Ich habe Herbert gerade gewarnt, dass er sich auf viele Mahlzeiten wie diese einstellen kann.« Mit dem Kopf deutete sie auf Wasser und Brot. »Bis wir einen Koch einstellen.«

Herbert nahm ihre Hand und küsste sie. »Ich habe dich nicht wegen deiner kulinarischen Talente geheiratet.«

»Umso besser«, ließ Anna sich vernehmen. »Sie hat nämlich keine.«

Ein verschlafener Fünfzehnjähriger kam und stellte eine Vase voller Wildblumen auf den Tisch. Er musste sie frisch gepflückt haben. Es sah also so aus, als würde Mr. Portersfield doch noch mitmachen.

»Oh, wie schön.« Myra nahm einen Stängel aus der Vase, während der Junge davonschlurfte und damit begann, Tische umzustellen. Lautstark. Mr. Portersfield kam mit einem Plattenspieler auf dem Arm herein, und innerhalb weniger Augenblicke ertönte Musik.

»Der erste Tanz für das Brautpaar Ditmeyer.« Anna stand auf und zeigte auf die Stelle, die der Junge frei gemacht hatte.

Als sie allein am Tisch saßen, strich Daniel Butter auf ein Stück Brot und reichte es Anna. Hungrig biss sie hinein.

»Weißt du, als du mich zum Abendessen einludst, hatte ich mir das etwas anders vorgestellt.«

Jetzt strich Anna Butter auf ein Stück Brot und gab es an ihn weiter. »Eigentlich hatte ich auch vorgehabt, etwas näher an zu Hause zu bleiben.«

»Die beiden sehen glücklich aus.«

Sie sah zu Myra und Herbert hinüber, wie sie einander auf der winzigen Tanzfläche festhielten. »Ja. Schon seltsam, die beiden wären die Letzten gewesen, die ich mir zusammen vorstellen konnte. Aber wenn ich sie jetzt so sehe – sie passen perfekt zueinander.«

»Gegensätze.« Daniel hielt seine Hand an ihre. Seine war groß und hart, ihre klein und weich. »Nur die machen das Leben spannend.«

»Ja, so langsam fange ich auch an, es zu glauben.«

Mit dem freundlichsten aller Lächeln servierte Mr. Portersfield den Salat. »Aus unserem eigenen Garten«, verkündete er stolz. »Das Dressing ist ein altes Familienrezept.« Er arrangierte die Blumen um und verschwand wieder.

»Er wirkt sehr viel fröhlicher als vorhin noch«, bemerkte Daniel.

»Das sollte er auch.« Sie dachte daran, wie viel sie für dieses freundliche Lächeln bezahlt hatte. »Daniel …« Nachdenklich spießte sie Salat auf die Gabel. »Dieser Kredit, den du heute Nachmittag erwähntest – könnte sein, dass ich darauf zurückkommen muss. Aber nur, bis wir wieder in Boston sind.«

Daniel sah zu Portersfield, der pfeifend in der Küche verschwand, dann zu Anna, deren dunkle Augen schelmisch funkelten. Und nachdem er zwei und zwei zusammengezählt hatte, brach er in schallendes Gelächter aus. Er nahm ihr Gesicht in beide Hände und küsste sie herzhaft. »Für dich sogar ohne Zinsen, Liebste.«

Es gab nur zwei Flaschen Champagner. Mehr hatte der Wirt nicht auf Lager. Es gab einen Braten, der auf der Zunge zerging, sowie eine zerkratzte Billie-Holiday-Schallplatte, nach der Daniel die Braut auf die improvisierte Tanzfläche führte. Myra hielt nichts davon, lange um den heißen Brei herumzureden.

»Du hast dich in Anna verliebt.«

Da er keinen Grund sah zu leugnen, ging er über ihre Taktlosigkeit hinweg. »Aye.«

»Und was gedenkst du jetzt zu tun?«

Seine Lippen zuckten. »Ich könnte sagen, das geht dich nichts an.«

»Das könntest du«, stimmte Myra zu. »Allerdings gedenke ich es herauszufinden.«

Daniel zögerte nur kurz, bevor er sich entschloss, ehrlich zu Myra zu sein. Er wollte sie auf seiner Seite. »Ich hätte sie heute Abend geheiratet, aber sie ist einfach zu störrisch.«

»Oder zu schlau.« Myra lächelte, als seine Augen aufblitzten. »Ich mag dich, Daniel. Wirklich. Aber ich erkenne eine Dampfwalze, wenn ich eine sehe.«

»Gleichgesinnte erkennen sich eben sofort.«

»Genau.« Myra war nicht gekränkt, sondern geschmeichelt. »Anna wird Ärztin, wahrscheinlich die beste Chirurgin im Staat.«

Er sah düster auf sie herab. »Was weißt du denn von Ärzten?«

»Ich verstehe etwas von Anna«, erwiderte sie. »Und ich verstehe genug von Männern, um zu sehen, dass dir ihr Beruf nicht passt.«

»Ich will eine Ehefrau, keinen Skalpellschwinger.«

»Dein Blinddarm sieht das vielleicht anders.«

»Dann würde ich mich nicht von meiner Frau aufschneiden lassen.«

»Wenn du Anna willst, musst du auch ihren Beruf akzeptieren. Hast du um ihre Hand angehalten?«

»Du bist zu neugierig.«

»Natürlich. Hast du?«

Diese amerikanischen Frauen, dachte er. Würde er sich je daran gewöhnen? »Ja.«

»Und?«

»Sie hat abgelehnt, aber sie will mit mir zusammenleben.«

»Klingt vernünftig.«

Daniel hob stumm die Hand, an der Myras Ehering glitzerte.

»Oh, das ist etwas ganz anderes. Ich liebe Herbert, aber ich hätte ihn nie geheiratet, wenn er mich nicht so nehmen würde, wie ich bin.«

»Und wie ist das?«

»Neugierig, indiskret, verrückt und ehrgeizig«, erwiderte sie mit einem Blick zum Tisch hinüber. »Herbert wird sich noch wundern, was für eine Ehefrau er sich da eingefangen hat.«

Daniel sah sie an. Ihr Blick war voller Liebe, aber ihr Kinn war entschlossen vorgereckt. »Das wird er wohl.«

Daniel wollte gerade Myra den Stuhl halten, als Portersfield einen Servierwagen hereinrollte, auf dem ein Schichtkuchen mit Blüten aus rosafarbenem Zuckerguss thronte. Mit schwungvoller Geste reichte er Myra ein silbernes Tortenmesser.

»Mit unseren besten Wünschen für eine lange und glückliche Ehe«, erklärte er.

Den Tränen nahe, legte Myra die Finger um den Griff und wartete, bis sie Herberts Hand auf ihrer fühlte.

Anna wartete, bis vom Kuchen nur noch Krümel übrig waren und es keinen Champagner mehr gab. »Eins noch.« Sie nahm einen Schlüssel aus ihrer Handtasche und gab ihn Herbert. »Die Hochzeitssuite.«

Grinsend ließ er ihn in die Tasche seines Jacketts gleiten. »Ich hätte nicht gedacht, dass es hier so etwas gibt.«

»Gab es auch nicht. Bis vor zwei Stunden.« Lächelnd sah Anna den beiden nach, als sie Arm in Arm zur Tür eilten.

»Dein Stil gefällt mir, Anna Whitfield.«

»Tatsächlich?« Aufgeputscht vom Champagner und ihrem Erfolg, lächelte sie Daniel an. Ohne den Blick von ihm zu wenden, griff sie erneut in ihre Handtasche. »Ich habe noch einen.«

Daniel starrte auf den einzelnen Schlüssel auf ihrer Handfläche. »Du neigst dazu, die Dinge selbst in die Hand zu nehmen, was?«

Sie zog eine Augenbraue hoch und stand auf. »Wenn es dir nicht passt, kannst du Portersfield wecken. Bestimmt hat er noch ein Zimmer für dich.«

Er erhob sich und nahm den Schlüssel an sich. »Nicht nötig.«

Wortlos stiegen sie die knarrende Treppe hinauf. In der kleinen Herberge, die eben noch eine fröhliche Feier erlebt hatte, lag alles still und ruhig da. Als Daniel die Zimmertür aufschloss, stieg ihm der blumige Duft eines Potpourris in die Nase. Es ließ ihn an seine Großmutter denken, an Schottland und alles, was er dort zurückgelassen hatte. Sobald Anna die Tür schloss, dachte er nur noch an sie.

Sie sagten noch immer nichts. Eine kleine Lampe erhellte den Raum mit mildem Licht. Durch die offenen Fenster drang die warme Sommerluft. Die Vorhänge bauschten sich leicht, und aus dem Wald hinter dem Haus ertönte der melancholische Gesang eines Nachtvogels.

Anna wartete. Oben auf dem Kliff war sie zu Daniel gegangen. Jetzt wartete sie auf ihn. Ihr Herz gehörte bereits ihm, auch wenn sie sich fürchtete, es ihm zu gestehen. Ihr Körper würde nie einem anderen gehören. Trotzdem wartete sie, eingehüllt in sanftes Licht und laue Sommerluft.

Daniel sah sie an. Nie hatte sie schöner ausgesehen. Leidenschaft, Sehnsüchte, Liebe, Träume. Das alles war sie. Sein Herz machte den ersten Schritt, und er folgte ihm.

Zärtlich umfasste er ihr Gesicht. So zärtlich, dass sie den Druck seiner Finger auf ihrer Haut kaum spürte. Trotzdem hielt sie den Atem an. Mit offenen Augen und fest aneinandergeschmiegt küssten sie sich und genossen, wie das Verlangen augenblicklich erwachte.

Anna war nicht sicher, wie lange sie so dastanden. Ihr Verlangen wurde zu einem Begehren, das an Schmerz grenzte. Mit einem lustvollen Stöhnen legte sie den Kopf in den Nacken, und er schlang die Arme um sie. Der Kuss wurde leidenschaftlicher, und Anna gab sich ihren Gefühlen hin. Ihren Gefühlen und Daniel.

Es brachte ihn fast um den Verstand, die starke, selbstbewusste Anna so weich und nachgiebig zu erleben. Es machte ihn schwach, es machte ihn stark. Sie schien Stück für Stück mit ihm zu verschmelzen, bis es keinen Raum mehr für nichts anderes gab als sie.

Er hielt sie von sich ab, erschreckt über die Intensität, besorgt über diese Verschmelzung. Sie stand da, den Kopf immer noch in den Nacken gelegt, die Arme um ihn geschlungen.

Was er in ihren Augen sah, war weit mehr als nur bloßes Verlangen. Es war eine bewusste Entscheidung. Für ihn. Für sie beide. Langsam, ohne Hast, begann er damit, sie auszuziehen.

Die dünne, fast durchsichtige Jacke, die sie über ihrem Kleid trug, glitt an ihr hinab wie ein Windhauch. Mit beiden Händen strich er über ihre Arme, und als er innehielt, um ihre warme Haut an seiner zu fühlen, löste sie seine Krawatte. Wie in Zeitlupe streifte sie ihm das Jackett von den Schultern.

Er verlor sich immer schneller in ihr, aber das war gleichgültig. Der Sommerwind seufzte leise durch die Fenster hinter ihm, als er den Reißverschluss ihres Kleides aufzog. Lautlos glitt es zu Boden.

Sie hörte, wie sein Atem schneller ging, und war plötzlich stolz auf ihren Körper. Er schien ihren Anblick in sich aufzusaugen, Zentimeter für Zentimeter. Unter seinem Blick brannte ihre Haut. Die Kamee, die er ihr geschenkt hatte, lag kühl auf ihrer Haut. Durch das spitzenbesetzte Nichts ihres Unterkleides hindurch spürte er die Wärme ihres Körpers.

Ihre Hände zitterten, als sie ihm das Hemd auszog, aber ihr Blick blieb mit seinem verschmolzen. Irgendwo im Haus schlug eine Uhr die Stunde, aber so etwas wie Zeit und Raum gab es für sie längst nicht mehr. Wortlos sanken sie gemeinsam aufs Bett.

Die alte Matratze knarrte leise, als Daniel sich auf die Arme stützte, um Anna zu betrachten. Doch bald zog sie ihn auf sich.

Mund an Mund, heiß und ungeduldig. Haut an Haut, pulsierend und empfindsam. Die Lampe warf ihre Schatten an die Wand. Die Brise trug ihr Seufzen in die Nacht hinaus. Der Vogel sang noch immer, aber sie hörten ihn nicht. Die Welt – ihre Welt – war nur noch ein kleines Zimmer in einem alten Landgasthaus. Ihre ehrgeizigen Pläne verblassten angesichts des

Verlangens zu nehmen, zu geben und noch mehr zu erleben. Zu besitzen und besessen zu werden.

Er sog ihren Duft in sich ein und nahm den der getrockneten Blüten gar nicht mehr wahr. Es gab nur noch Anna. Langsam, aber nicht mehr ganz so zärtlich ließ er seinen Mund an ihrem Hals hinabwandern, bis er die Seide an ihren Brüsten fühlte. Durch sie hindurch sog und zog er an den längst festen Knospen.

Dann erkundete er ihren ganzen Körper und ließ Feuer auflodern, von denen sie gar nicht geahnt hatte, dass sie in ihr glühten. Mit Zunge und Fingern brachte er sie immer wieder an den Rand der Ekstase. Nie hätte sie geglaubt, dass Qual so lustvoll, dass Lust so qualvoll sein konnte.

Sie atmete immer heftiger, als er sie ganz entblößte, und ihre Haut war feucht. Wo immer er sie berührte, flackerte ein Feuer auf.

Anna schlang die Arme um seine Taille, wälzte sich mit ihm übers Bett, tastend, suchend, entdeckend. Sie fühlte, wie er erbebte, presste die Lippen auf seine Haut und schmeckte nichts als Verlangen. Und dann, bevor er es erahnen konnte, ließ sie sich auf ihn sinken und nahm ihn in sich auf.

Anna sah ihm tief in die Augen und entdeckte in dem strahlenden Blau etwas, das sie erschauern ließ. Liebe. Sie klammerte sich an Daniel, während sie ihn dorthin entführte, wo Verstand und Vernunft keinen Zutritt hatten.

Genau dort wollte sie mit ihm bleiben und alles andere vergessen. Worum er sie jetzt auch bat, sie würde es ihm geben, denn in diesem Moment gehörte sie nur ihm.

Ihr Körper war so zart und schmal, dass er ihr Gewicht kaum spürte, als sie erschöpft auf ihm lag. Er spürte ihr Zittern, die langsam abklingende Leidenschaft, und wusste, dass er nicht mehr ohne sie leben konnte.

Also gut, dachte er, wenn es nicht anders geht. Dann legte er den Arm um sie. »Du ziehst morgen bei mir ein.« Er griff in ihr Haar und hob ihren Kopf an, um sie anzusehen. Er gab nach, aber er gab nicht auf. »Wenn wir wieder in Boston sind, packst du deine Sachen. Ich werde keine Nacht mehr ohne dich verbringen.«

Sie starrte ihn an. Hinter der Leidenschaft, die immer noch in seinen Augen funkelte, lag auch Wut. Wie sollte sie mit einem Mann wie Daniel umgehen? Anna hatte das Gefühl, dass es eine ganze Weile dauern würde, das zu lernen. »Morgen?«

»Ja. Du ziehst morgen in mein Haus. Hast du noch etwas hinzuzufügen?«

Sie überlegte kurz und lächelte. »Du machst besser Platz in deinem Kleiderschrank.«

10. Kapitel

Annas erste Besichtigung des Hauses fand unter der Aufsicht eines äußerst steifen und wortkargen McGee statt. Denn kaum hatte der Butler ihre Taschen nach oben getragen, war Daniel in einer dringenden Angelegenheit in seine Bank gerufen worden. Er war gegangen, wütend, mit einem knappen Kuss für sie und der zerstreuten Order an McGee, sie herumzuführen. So war sie also allein mit einem distanzierten Butler und einer Köchin, die ihren Kopf bisher noch nicht zur Küche herausgesteckt hatte.

Der erste Gedanke, der ihr kam, war, sich zu entschuldigen und ins Krankenhaus zurückzukehren, wohin sie gehörte. Sie konnte es sich genauso wenig leisten wie Daniel, den Nachmittag einfach freizunehmen. Und der war jetzt fort, während sie hier war. Aber etwas an dem steifen breiten Rücken des Mannes, der vor ihr die Treppe hinaufstieg, ließ sie durchhalten. Stolz und Würde waren nun mal untrennbar für sie miteinander verbunden. Sie hatte ihre Entscheidung getroffen, und wenn der Butler der Erste war, dem sie missfiel, würde sie das akzeptieren. Mehr noch. Sie würde damit leben lernen müssen. Und zwar ab sofort.

»Mr. MacGregor beherbergt hin und wieder auswärtige Geschäftsfreunde«, erklärte McGee. »Dazu haben wir mehrere Gästezimmer. Auch sein Büro ist auf dieser Etage. Er findet es so bequemer. Dies ist sein Schlafzimmer«, fuhr er fort und öffnete eine schwere, handgeschnitzte Tür.

Der Raum war groß, ganz wie Daniel es mochte, aber nur

spärlich möbliert, so als würde er hier nur wenig Zeit verbringen. Anna konnte sich vorstellen, dass sein Büro ganz anders aussah, voller Unterlagen und Bücher. Sicherlich verriet sein Arbeitszimmer mehr über den wahren Menschen, als es dieser, eigentlich der persönlichste, Raum tat. Hier gab es weder Fotografien noch irgendwelche anderen Erinnerungsstücke. Die Farbe an den Wänden war noch frisch und die Vorhänge steif mit Stärke. Das Bett war aus Eiche und groß genug für vier Personen. Am Fußende stand ihr Gepäck.

Anna hatte erwartet, sich verlegen und befangen zu fühlen. Stattdessen verspürte sie nur ein vages Gefühl von Neugier. Die Stelle oben auf den Klippen über dem Meer hatte ihr mehr von Daniel MacGregor offenbart als dieser Raum, in dem er seine Nächte verbrachte. Aber jetzt war nicht der Zeitpunkt, um Rätsel zu lösen. Als sie sich zu McGee umdrehte, war ihr Kinn ein kleines bisschen höher erhoben als normal.

»Mr. MacGregor hat sich nicht bezüglich der Haushaltungsführung geäußert. Liegt dies nun in Ihrem Verantwortungsbereich?« Falls überhaupt möglich, wirkte McGees Rücken noch gerader. »Dreimal pro Woche kommt eine Haushälterin. Ansonsten kümmere ich mich um alles. Mr. MacGregor teilte der Köchin und mir mit, dass Sie eventuell ein anderes Arrangement treffen möchten.«

Sie hätte Daniel liebend gern dafür erwürgt. Doch sie hielt sich gerade und sah sich kühl im Raum um. »Ich denke nicht, dass das nötig sein wird, McGee. Sie scheinen ein Mann zu sein, der sowohl seine Pflichten kennt als auch seinen eigenen Wert.«

Ihr kühles Kompliment war weder dazu gedacht gewesen, ihn zu besänftigen, noch tat es das. »Danke, Miss. Möchten Sie die anderen Räume ebenfalls sehen?«

»Später. Ich möchte erst auspacken.« Und allein sein, dachte Anna.

»Natürlich, Miss.« Er verbeugte sich und ging zur Tür. »Wenn Sie etwas benötigen, brauchen Sie nur zu läuten.«

»Danke, McGee.«

Kaum war er fort, ließ sie sich auf das riesige Bett sinken. Was hatte sie nur getan? Alle Zweifel, die sie bisher verdrängt hatte, stürzten auf sie ein. Sie hatte das Heim ihrer Kindheit verlassen, aber nicht, um in ihr eigenes kleines Apartment zu ziehen, sondern in dieses riesige Haus, in dem sie eine Fremde war. Ein Eindringling. Und wenn man sich den steifen McGee ansah, hielt er sie wohl eher für den Teufel persönlich. Wenn sie nicht so nervös wäre, könnte sie fast darüber schmunzeln.

Sie strich mit der Hand über die weiße Tagesdecke. Hier werde ich also ab jetzt schlafen, dachte sie. Jede Nacht. Und morgens mit ihm aufwachen. Keinen Rückzug mehr in ein ruhiges Bett nach dem Gutenachtgruß. Er würde immer in ihrer Nähe sein. Und sie in seiner.

Panik stieg in ihr auf. In einem Wandspiegel sah sie sich an. Klein, blass und mit weiten Augen auf dem viel zu großen Bett. Und sie sah die massive Eichenkommode, sehr klare Linien, sehr maskulin. Mit weichen Knien stand sie auf und ging hinüber. Ihre Finger waren taub, als sie den Verschluss von einer Eau-de-Cologne-Flasche abdrehte. Dann stieg ihr Daniels typischer Duft in die Nase – herb, lebendig und sehr männlich. Die Welt hörte endlich auf, sich zu drehen. Als sie die Flasche wieder zuschraubte, waren ihre Hände ruhig, sie zitterten nicht mehr.

Was hatte sie denn getan? Genau das, was sie hatte tun wollen. Mit einem leisen erleichterten Lachen begann sie, ihre Sachen in Daniels Schrank zu verstauen.

Außer ihrer Kleidung und ein paar Lieblingsfotos hatte sie nichts mitgebracht. Trotzdem fühlte sie sich nach dem Auspacken wohler und sogar ein wenig zu Hause. Was noch fehlte, war ein Nachttisch für sie, passend zur Kommode natürlich. Und die steifen Vorhänge ließen sich sicherlich durch etwas Freundlicheres, Fließenderes ersetzen.

Zufrieden sah sie sich um. Nie wäre ihr der Gedanke gekommen, dass es sie faszinieren könnte, ein paar häusliche Entscheidungen zu treffen. Sicher, es war nicht, als müsste sie entscheiden, ob eine Operation nötig war oder eine medikamentöse Behandlung ausreichte, aber es war trotzdem ein gutes Gefühl. Vielleicht konnte sie wirklich alles haben. Im Moment würde sie sich damit begnügen, McGee damit zu beauftragen, ein paar bequeme Sessel für das Schlafzimmer aufzutreiben. Und eine Leselampe, dachte sie, als sie das Zimmer verließ. Vielleicht noch ein kleiner Schreibtisch für sie. Der Raum war mit Sicherheit groß genug dafür. In einem Haus wie diesem würden sich bestimmt ein paar passende Dinge finden lassen. Falls nicht, würde Anna morgen nach ihrem Dienst eben ein wenig bummeln gehen.

Im ersten Stock war sie versucht, den Salon und die Bücherei zu durchstöbern und selbst ein paar Sachen umzustellen. Aber da sie das Prinzip des Stolzes verstand, ließ sie es sein. Es selbst in die Hand zu nehmen, würde nur McGees Butler-Ego verletzen. Und McGee gehörte zu Daniels Leben. Wenn sie ihre Entscheidungen erfolgreich durchsetzen wollte, musste sie zusehen, dass der Butler auch zu ihrem Leben gehören würde.

Sie eilte nach unten und steuerte die Küche an, einfach weil die der logischste Anlaufpunkt war. Als sie näher kam, hörte sie Stimmen und blieb stehen.

»Wenn sie für den MacGregor gut genug ist, dann bin auch ich mit ihr einverstanden. Ich weiß gar nicht, warum du dich so aufregst, McGee.« Die Frauenstimme hatte den gleichen melodischen schottischen Akzent wie die des Butlers.

»Ich rege mich nicht auf. Sie hat kein Recht, ohne Heiratsurkunde unter diesem Dach zu leben«, erwiderte McGee mit eisiger Entrüstung.

»Unsinn«, kam es humorvoll zurück, und Anna fand die Köchin auf Anhieb sympathisch. »Seit wann bist du denn Richter? Der MacGregor weiß, was er tut, und das Mädchen sicher auch, sonst würde er sie kein zweites Mal ansehen. Und genau das interessiert mich jetzt – ist sie hübsch?«

»Hübsch genug«, knurrte McGee. »Immerhin hat sie genug Anstand, sich nicht zur Schau zu stellen.«

»Zur Schau stellen«, schnaubte die Köchin ungnädig. »Eine Frau macht sich für einen Mann hübsch, und sie stellt sich zur Schau, wie? Und wenn sie es nicht tut, ist sie vernünftig. Pah! Jetzt geh wieder an deine Arbeit und lass mich meine machen, sonst schaffe ich es nicht, sie mir noch vor dem Abendessen anzusehen.«

Anna überlegte noch, ob sie sich diskret zurückziehen oder hineingehen sollte, als ein Schmerzensschrei ihr die Entscheidung abnahm. Als sie die Küchentür aufriss, beugte McGee sich bereits über eine rundliche Frau mit weißem Haar. Auf dem Boden lag ein blutverschmiertes Messer, und daneben bildete sich schon eine kleine Lache.

»Lassen Sie mich sehen.«

»Miss Whitfield …«

»Weg da!«, befahl Anna und schob den Butler einfach beiseite. Ein kurzer Blick auf das Handgelenk der Köchin zeigte ihr, dass das Messer eine Schlagader verletzt hatte. Sofort presste sie die Finger auf die Wunde und stillte die Blutung.

»Es ist nichts, Miss«, wehrte die Köchin ab, während ihr Tränen übers Gesicht liefen. »Sie werden sich schmutzig machen.«

Anna ging gar nicht auf die Bemerkung ein, nahm ein trockenes Geschirrtuch und warf es McGee zu. »Reißen Sie das in Streifen, und dann fahren Sie meinen Wagen vor die Tür.«

Daran gewöhnt, auf Anordnungen zu reagieren, begann McGee das Tuch zu zerreißen. Anna drückte die Wunde zu und führte die Frau zu einem Stuhl.

»Ganz langsam. Keine Angst.« Anna sprach beruhigend auf die Köchin ein. Sie wusste, wie schwer es werden würde, sollte die massige Frau in Ohnmacht fallen. »McGee, binden Sie den Arm ab, genau hier.« Ohne die Finger von der Wunde zu nehmen, zeigte sie ihm die Stelle. »Wie heißen Sie?«

»Sally, Miss.«

»Okay, Sally, schließen Sie die Augen und entspannen Sie sich. Nicht zu fest«, warnte sie den Butler. »Gut. Jetzt holen Sie den Wagen. Sie fahren.«

»Ja, Miss.« Doppelt so schnell wie sonst und ganz ohne die übliche Würde eilte er davon.

»So, Sally. Können Sie gehen?«

»Ich versuche es. Mir ist schwindlig.«

»Kein Wunder«, murmelte Anna. »Halten Sie sich an mir fest. Wir gehen durch die Küchentür zum Wagen. In fünf Minuten sind wir im Krankenhaus.«

»Ins Krankenhaus.« Anna spürte, wie die Frau zu zittern begann. »Ich mag keine Krankenhäuser.«

»Kein Grund, Angst zu haben. Ich bleibe bei Ihnen. Ich arbeite nämlich dort. Einige von den Ärzten sehen recht gut aus.« Während sie sprach, half sie Sally aufzustehen und führte sie vorsichtig zur Tür. »So gut, dass Sie sich fragen werden, warum Sie sich nicht schon eher geschnitten haben, um die Herren kennenzulernen.«

Als sie durch die Tür traten, war McGee da, um ihr das Gewicht der Frau abzunehmen.

»Gut gemacht, Miss Whitfield«, lobte Dr. Liederman, während er sich die Hände wusch. »Ohne Ihr schnelles Handeln wäre die Frau vermutlich verblutet.«

Anna hatte einen Blick auf Sallys Handgelenk geworfen. Wie sie geschätzt hatte, war die Wunde mit zehn Stichen genäht worden. »Wirklich eine unglückliche Stelle, um sich mit einem Küchenmesser zu schneiden.«

»Ja, wir haben hier Selbstmordpatienten, die nicht so genau getroffen haben. Nur gut, dass Sie nicht in Panik geraten sind.«

Sie zog eine Augenbraue hoch. Hielt er das etwa für ein Kompliment? »Wenn ich kein Blut sehen könnte, würde ich eine schlechte Chirurgin abgeben.«

»Chirurgie also, ja?« Er warf einen Blick über die Schulter. Sie hatte kein leichtes Fach gewählt. »Um ein Skalpell zu führen, braucht man mehr als Geschick, wissen Sie. Man braucht Mut und Selbstsicherheit.«

»Ich dachte, Arroganz«, erwiderte sie lächelnd.

Es dauerte einige Sekunden, bis er das Lächeln erwiderte. »So könnte man es wohl auch nennen. Ihre Patientin wird sich noch ein paar Tage schwach fühlen und die Hand zwei oder drei Wochen schonen müssen.«

»Möchten Sie, dass der Verband täglich gewechselt wird?«

»Ja. Und er muss trocken gehalten werden. Ich möchte sie in zwei Wochen wiedersehen, um die Fäden zu ziehen.« Der Arzt drehte sich zu Anna um. »Aber eigentlich könnten Sie das ebenso gut erledigen, was?«

»Erst in einigen Monaten.«

»Wissen Sie, Miss Whitfield, Sie haben in dieser Klinik einen guten Ruf.«

Das überraschte sie, aber noch hielt sie sich zurück. »Wirklich?«

»Wirklich.« Er warf das Handtuch fort. »Und das kommt aus direkter Quelle. Von den Schwestern.«

»Das freut mich«, sagte Anna, und es stimmte.

»Sie stehen kurz vor dem Abschluss. Wie sind Ihre Noten?«

Stolz hob sie das Kinn. »Ausgezeichnet.«

Er lachte leise und musterte sie eindringlich. »Wo wollen Sie Ihre Assistentenzeit verbringen?«

»Hier.«

Er streckte die Hand aus. »Melden Sie sich bei mir.«

Anna ergriff sie freudig. »Das werde ich tun.«

»McGee!« Fluchend eilte Daniel durchs Haus. Wo, zum Teufel, steckten bloß alle? Als Erstes hatte er nachgesehen, ob Annas Sachen in seinem Schrank hingen. Dass sie also wirklich eingezogen war, freute ihn. Er hatte keine Blaskapelle erwartet, aber dass kein Mensch ihn willkommen hieß, ärgerte ihn. Er riss sämtliche Türen auf und knallte sie wieder zu. Als er die Küche betrat, war seine Stimmung auf dem Nullpunkt.

»Wieso ist kein Mensch da?«, rief er zornig.

»Könntest du aufhören, hier herumzuschreien?«, bat Anna leise. »Ich habe sie gerade zu Bett gebracht.«

Daniel fuhr herum. »In meinem Haus schreie ich so laut …« Jäh brach er ab, als er sie in der Tür stehen sah und das Blut an ihrer Kleidung bemerkte. »Um Himmels willen!« Mit zwei Schritten war er bei ihr und zog sie an sich. »Was ist passiert? Hast du dich verletzt? Ich bringe dich ins Krankenhaus.«

»Da komme ich gerade her.« Bevor sie ihn daran hindern konnte, hob er sie auf die Arme. »Daniel, das ist nicht mein Blut. Daniel!« Er war schon fast durch die Tür. »Sally hatte einen Unfall, nicht ich.«

»Sally?«

»Deine Köchin.«

»Ich weiß, wer Sally ist«, knurrte er und drückte sie noch fester an sich, als die Erleichterung ihn durchflutete. »Mit dir ist alles in Ordnung?«

»Ja«, brachte sie gerade noch heraus, bevor er seinen Mund auf ihren presste. Leidenschaft flammte auf, und durch diese Leidenschaft spürte sie seine Erleichterung, die ebenso intensiv war. Bewegt ließ sie ihn sich den Trost nehmen, den er brauchte. »Daniel, ich wollte dich nicht erschrecken.«

»Das hast du aber.« Er küsste sie erneut, fest, und wurde ruhiger. »Was ist mit Sally?«, fragte er schließlich.

»Das Küchenmesser ist abgerutscht und hat eine Schlagader am Handgelenk getroffen. Daher das viele Blut. McGee und ich haben sie ins Krankenhaus gebracht. Sie schläft jetzt. Sie wird ein paar Tage Ruhe brauchen.«

Erst jetzt bemerkte er das Messer im Waschbecken und das Blut auf dem Boden. »Ich gehe zu ihr.«

»Nein, bitte. Sie schläft. Warte bis morgen früh.«

Er warf einen zweiten Blick auf das Messer. Ihm oblag die Verantwortung – für seine Köchin, seinen Butler, seine Angestellten. »Bist du sicher, dass es ihr gut geht?«

»Ja. Sie hat eine Menge Blut verloren, aber ich stand vor der Tür, als es passierte. McGee hat mir geholfen.«

»Wo ist er?«

»Er parkt meinen Wagen. Da ist er schon«, sagte sie, als der Butler erschien.

»Mr. MacGregor.« Blass, aber korrekt wie immer blieb McGee neben der Tür stehen. »Ich fürchte, das Abendessen wird sich verzögern.«

»Miss Whitfield hat mir erzählt, wie sehr Sie ihr geholfen haben.«

Über McGees sonst so starres Gesicht huschte etwas, das wie eine Gefühlsregung aussah. »Ich fürchte, ich konnte nur wenig tun. Miss Whitfield war sehr besonnen … und, wenn ich das sagen darf, sehr tapfer.«

Anna unterdrückte ein Schmunzeln. »Danke, McGee.«

»Machen Sie sich wegen des Essens keine Sorgen«, meinte Daniel. »Wir versorgen uns selbst.«

»Sehr wohl, Sir. Gute Nacht, Miss.«

»Gute Nacht, McGee.« Die Küchentür fiel hinter ihnen zu. »Daniel, du kannst mich jetzt absetzen.«

»Nein.« Mühelos trug er sie die Treppe hinauf. »So hatte ich mir deinen Einzug nicht vorgestellt.« Er küsste ihren Hals. »Tut mir leid.«

Bisher hatte sie nicht gewusst, wie schön es war, getragen zu werden, als wäre man etwas sehr Kostbares. »Niemand konnte etwas dafür.«

Gott, sie roch so gut. Jeder Hunger in ihm würde gestillt werden, sobald er mit ihr allein war. »Deine Bluse ist völlig ruiniert, Liebes.«

»Jetzt hörst du dich schon an wie Sally. Den ganzen Weg zum Krankenhaus hat sie das vor sich hin gemurmelt.«

»Ich kaufe dir eine neue.«

»Na, Gott sei Dank!« Anna lachte. »Daniel, haben wir denn nichts Wichtigeres zu tun, als über meine Bluse zu reden?«

»Weißt du, woran ich während der ganzen Sitzung gedacht habe?«

»Nein, woran?«

»Daran, wie ich dich in meinem Bett … in unserem Bett willkommen heiße.«

»So?« Als er die Schlafzimmertür aufstieß, verschränkte sie die Hände in seinem Nacken. Ihr Puls begann bereits vor Erwartung zu rasen. »Weißt du, woran ich gedacht habe, während ich meine Sachen ausgepackt habe?«

»Nein, woran?«

»An genau dasselbe.«

Ihre Worte verliehen dem Raum, aus dem er sich nie viel gemacht hatte, etwas Besonderes. »Na, dann sollten wir schnellstens etwas in dieser Hinsicht unternehmen.« Zusammen mit Anna ließ Daniel sich auf die weiße Tagesdecke fallen.

Mit Daniel zu leben, mit ihm aufzuwachen und einzuschlafen war leichter, als Anna es sich vorgestellt hatte. Trotzdem verliefen die ersten Wochen ihres Zusammenlebens nicht ohne ein gewisses Umstellen und Eingewöhnen.

Im Hause ihrer Eltern und auf dem Campus war Anna daran gewöhnt gewesen, nach ihrem eigenen Gutdünken zu agieren und Zeit für sich allein zu haben.

Jeden Morgen neben einem anderen Menschen aufzuwachen war etwas ganz anderes. Vor allem, wenn es sich dabei um einen Mann handelte, der Schlaf als vergeudete Zeit betrachtete. Daniel MacGregor war nicht der Typ, der gern lange schlief und dann gemütlich bei einer Tasse Kaffee wach wurde. Der Morgen war die ideale Zeit für Geschäfte, und der begann, sobald Daniel die Augen aufschlug.

Weil Anna einem anderen Rhythmus folgte, tappte sie erst für ihre erste Tasse Kaffee in die Küche, wenn er schon seine zweite und letzte getrunken hatte. Die Verabschiedung war knapp und gehetzt und alles andere als romantisch. Daniel war mit seinem Aktenkoffer zur Tür hinaus, noch bevor ihr Gehirn überhaupt richtig zu arbeiten begonnen hatte. Nicht gerade wie Flitterwochen, schoss es ihr durch den Kopf, als sie wieder einmal allein am Frühstückstisch saß. Aber mit dieser Routine konnte sie leben.

Bis sie dann zum Krankenhaus fuhr, hatte Daniel bereits etliche Geschäftsentscheidungen getätigt. Während sie Laken faltete und den Patienten vorlas, jonglierte er auf dem Aktienmarkt mit Firmenübernahmen und Aufkäufen. Da sie jetzt mit ihm lebte, bekam sie langsam eine Vorstellung davon, wie mächtig er wirklich war. Sie hatte schon einen Senator am Telefon gehabt, und der Gouverneur von New York hatte eine Nachricht hinterlassen.

Dass die Politik ein Aspekt seiner Karriere war, daran hatte sie bisher nie gedacht. Und sie hatte erfahren, dass er, obwohl er nur selten die Oper oder das Ballett besuchte, enorme Summen für die Künste spendete. Kultur, Politik, Wirtschaft – für Daniel war das alles Geschäft. Und auch wenn sie jetzt wusste, dass das Geschäft den größten Teil seiner Zeit und seines Lebens einnahm, so tat er ihre Fragen danach doch mit knappen Antworten ab, so wie ein Vater die lästigen Fragen eines neugierigen Kindes abfertigen würde.

Anna verbrachte ihre Tage im Krankenhaus, in Vorlesungen und über Büchern, um sich für das letzte Studienjahr und auf ihr Abschlussexamen vorzubereiten. Daniel fragte sie selten danach, und wenn er es tat, geschah es aus reiner Höflichkeit. Anna spürte das und erzählte daher auch nicht viel.

Die Abende verbrachten sie bei einer gemeinsamen Mahlzeit oder beim Kaffee im Wohnzimmer. Keiner von ihnen beiden sprach über seine Wünsche und Ambitionen, was sie in ihrer Karriere erreichen wollten. Während sie die Gesellschaft des anderen genossen, schien es doch so, als läge ein Teil ihres Lebens hinter einem Schleier, den keiner als Erster lüften wollte.

Kleinlich wachten sie über ihre freie Zeit, verbrachten sie fast nur allein zu Hause. Wenn sie ausgingen, dann mit den frisch vermählten Ditmeyers. Man ging ins Kino, wo sie im Dunkeln Händchen halten und den Druck des Alltags vergessen konnten. Sie lernten einander kennen, die Gewohnheiten, Vorlieben und Abneigungen des anderen, die Schwächen und

Fehler. Aber obwohl ihre Liebe sich festigte, waren sie beide sich noch immer nicht einig.

Daniel wollte eine Ehe. Anna wollte eine Partnerschaft. Sie hatten noch nicht herausgefunden, wie sich beides verbinden ließ.

Die Sommerhitze flirrte durch den August. Sie weichte den Asphalt auf und hing drückend in der Luft. An den Wochenenden fuhren Daniel und Anna hinaus und picknickten auf Daniels Grundstück in Hyannis Port. Dort schliefen und lachten sie miteinander, so ungehemmt wie beim ersten Mal. Und dort war es auch, wo Daniel wieder anfing, Druck auf Anna auszuüben.

»Nächste Woche wird der erste Spatenstich getan«, berichtete Daniel eines Tages, während sie den Rest einer Flasche Chablis tranken.

»Nächste Woche schon?« Überrascht hob Anna den Kopf und sah ihn an. Er starrte dorthin, wo bald sein Haus stehen würde. Er konnte es bereits vor sich sehen, das wusste sie, so als blinkten dort schon gemauerte Wände im Sonnenlicht. »Ich hätte nicht gedacht, dass es so schnell gehen würde.« Er hatte ihr nichts gesagt. Er hatte ihr keine Pläne gezeigt, obwohl sie danach gefragt hatte.

Er zuckte nur die Schulter. »Es hätte schon früher sein sollen, aber ich musste erst noch ein paar Dinge klarstellen.«

»Ich verstehe.« Diese anderen Dinge hatte er auch mit keinem Wort erwähnt. Anna unterdrückte einen Seufzer und versuchte zu akzeptieren. »Ich weiß, wie wichtig dieses Haus für dich ist, aber ich werde das hier vermissen.« Sie lächelte und legte eine Hand an seine Wange. »Hier ist es so friedlich. Nur Wasser und Felsen und Gras.«

»Das bleibt, auch wenn das Haus steht und wir darin leben.« Er fühlte, dass sie sich zurückzog, und nahm ihre Hand.

»So schnell wird es nicht gehen. Solide Dinge brauchen ihre Zeit. In etwa zwei Jahren wird es fertig sein. Aber unsere Kinder werden hier aufwachsen.«

»Daniel …«

»Das werden sie«, fiel er ihr ins Wort. »Und wann immer wir uns in diesem Haus lieben, werde ich an unser erstes Mal hier denken. In fünfzig Jahren noch.«

Sie konnte ihm nicht widerstehen, wenn er so war. Er war viel gefährlicher, wenn er leise sprach, wenn seine Stimme sie warm und zärtlich einhüllte. Für einen Moment glaubte sie ihm. Dann dachte sie daran, welch weiter Weg noch vor ihnen lag. »Du verlangst schon wieder Versprechen, Daniel.«

»Aye. Darauf warte ich.«

»Bitte nicht.«

»Und warum nicht? Du bist die Frau, die ich will, die mich will. Es wird Zeit, dass wir uns etwas versprechen.« Ohne ihre Hand loszulassen, griff er in die Tasche und holte ein kleines Samtetui hervor. »Ich will, dass du das hier trägst, Anna.« Mit dem Daumen klappte er den Deckel hoch. Zum Vorschein kam ein herrlich geschliffener Diamant.

Anna stockte der Atem. Zum Teil vor Staunen über die Schönheit des Rings. Aber auch aus Angst vor dem, was er bedeuten sollte. Ein Versprechen, ein Schwur, eine Verpflichtung. Sie wollte es, sie sehnte sich danach, sie hatte panische Angst davor.

»Ich kann nicht.«

»Natürlich kannst du.« Als er den Ring aus dem Kästchen nehmen wollte, legte sie beide Hände über seine.

»Nein, ich kann nicht. Ich bin noch nicht bereit dazu, Daniel. Ich habe versucht, es dir zu erklären.«

»Und ich habe versucht, dich zu verstehen, Anna.« Aber seine Geduld schwand rapide. Jeden Tag, den er mit ihr verbrachte, war er gezwungen, nur die Hälfte von dem zu akzeptieren, was er wirklich wollte. »Du willst keine Ehe, zumindest jetzt noch nicht. Aber ein Ring ist keine Heirat, nur ein Versprechen.«

»Ein Versprechen, das ich dir nicht geben kann.« Dabei wollte sie es, mit jedem Tag mehr. »Wenn ich den Ring nehme, gebe ich dir ein Versprechen, das vielleicht gebrochen wird. Das kann ich nicht. Du bist mir zu wichtig.«

»Was du sagst, ergibt keinen Sinn.« Er hatte damit gerechnet, abgewiesen zu werden. Schon als er den Ring gekauft hatte, hatte er gewusst, dass sie ihn nicht annehmen würde. Aber die Tatsache, dass er richtig vermutet hatte, schmälerte den Schmerz nicht. »Ich bin dir wichtig, aber du nimmst meinen Ring nicht?«

»Oh Daniel, ich kenne dich.« Sie nahm sein Gesicht zwischen ihre Hände. »Wenn ich diesen Ring nehme, wirst du mich spätestens in einem Monat bedrängen, einen Ehering zu akzeptieren.« Sie seufzte traurig, denn was sie tun musste, fiel ihr unendlich schwer. »Manchmal denke ich, du denkst über uns beide wie über eine Firmenfusion.«

»Vielleicht.« Ärger flackerte in seinen Augen auf, aber er beherrschte sich. Bei Anna konnte er das. »Vielleicht ist das der einzige Weg, den ich kenne.«

»Ja, schon möglich«, stimmte sie leise zu. »Und das versuche ich zu verstehen.«

»Und du siehst es wie ein Rechtsverfahren.« Er sagte es tonlos und absolut nüchtern. Als sie erstaunt aufblickte, fuhr er in demselben Ton fort: »Nur ist mir nicht ganz klar, wer von uns vor Gericht steht, du oder ich.«

»Das stimmt nicht. Bei dir hört sich das so kalt und kalkuliert an.«

»Nicht kalkulierter als eine Fusion.«

»Für mich hat das, was zwischen uns ist, nichts mit Geschäft zu tun, Daniel.«

Hielt er es denn für ein Geschäft? Mit einem unwohlen Gefühl wurde ihm klar, dass er das früher wohl getan hatte. Aber jetzt wusste er nicht mehr so genau, was es war. »Vielleicht solltest du mir sagen, wie du es siehst.«

»Du machst mir Angst.« Die Worte waren so schnell und mit solcher Inbrunst herausgekommen, dass sie beide für einen Moment schockiert dasaßen.

»Anna, ich würde dir nie wehtun.«

»Ich weiß.« Sie dachte an den Ring in dem Kästchen, an das Haus, das gebaut werden sollte, und ihre Nerven spielten verrückt. »Am liebsten würdest du mich behandeln, als wäre ich aus Glas, etwas so Zerbrechliches, das unbedingt beschützt werden muss und das man dann bewundert. Aber es ist einfacher für mich, wenn du das vergisst und mich anbrüllst.«

Er verstand nicht, tat gar nicht erst so. Aber er stand auf und stellte sich hinter sie. »Dann brülle ich eben öfter.«

»Das wirst du bestimmt«, murmelte sie, »wenn ich dich verärgere und nicht mit dir einer Meinung bin. Aber was passiert, wenn ich dir alles gebe, was du willst?« Sie drehte sich zu ihm um und sah ihn mit glühenden Augen an. »Was geschieht, wenn ich sage, okay, ich gebe auf?«

Er hielt ihre Hände fest, weil er Angst hatte, sie könnte sich von ihm abwenden. »Ich verstehe nicht, was du meinst.«

»Oh doch, ich glaube schon. Du weißt, dass ein Teil von mir genau das Gleiche will wie du. Aber kann einer von uns wissen, ob ich das für mich selbst will oder nur deshalb, um dir einen Gefallen zu tun? Wenn ich Ja sagen und dich morgen heiraten würde, müsste ich alles andere aufgeben.«

»Das würde ich nie verlangen. Niemals.«

»Wirklich nicht?« Anna schloss für einen Moment die Augen und rang um Fassung. »Kannst du mir ehrlich sagen, dass du Dr. Anna Whitfield genauso akzeptieren würdest wie mich jetzt?«

Er wollte etwas sagen, doch ihre Augen waren so ernst, so dunkel. Bei Anna gab es nur die Wahrheit. »Ich weiß es nicht.«

Sie seufzte, langsam und leise. Hätte er gelogen, wenn er gewusst hätte, wie sehr sie es sich wünschte, es aus seinem Mund zu hören? Und falls er gelogen hätte, hätte sie dann den Ring angenommen und das Versprechen gegeben? »Lass uns beiden Zeit. Wenn ich deinen Ring annehme, will ich es von ganzem Herzen tun, mit allem, was ich bin. Und wenn er erst an meinem Finger sitzt, wird er für immer dortbleiben. Das kann ich dir versprechen. Wir müssen beide vollkommen sicher sein, dass er dort auch hingehört.«

»Der Ring kann warten.« Daniel steckte das Kästchen wieder ein und nahm Anna in die Arme. Als sie den Kopf hob, küsste er sie. »Das hier nicht«, murmelte er und zog sie mit sich ins warme Gras.

11. Kapitel

Anna nahm es mit relativer Gelassenheit hin, dass man eine Party für den Gouverneur geben würde. Schon ihre Großeltern und auch ihre Eltern hatten solche Empfänge für Würdenträger arrangiert. Sie wusste, wie man ein entsprechendes Menü zusammenstellte, wusste, welche Weine und Spirituosen gereicht werden mussten. Was sie ärgerte, war nicht so sehr das Organisieren dieses Abends, sondern die Tatsache, mit welcher Selbstverständlichkeit Daniel voraussetzte, dass sie es übernehmen würde.

Natürlich hätte sie ihm das sagen können. Anna debattierte mit sich, während sie nach einem langen Tag im Krankenhaus auf dem Weg nach Hause war. Sie hätte ihn daran erinnern können, dass sie zwischen den Stunden im Krankenhaus und dem Studieren ihrer Bücher weder Zeit noch Lust hatte, sich Gedanken darüber zu machen, ob sie nun Austern oder Coquilles St. Jacques als Vorspeise servieren sollte. Wahrscheinlich hätte ihr das für einen kurzen Moment immense Befriedigung eingebracht. Und dann hätte sie sich ewig lang schuldig gefühlt, weil sie so kleinlich war.

Immerhin würde es ihre erste Dinnerparty als Paar sein. Und es war wichtig für ihn. Es ging ihm ebenso sehr darum, sie vorzuführen, wie auch den Gouverneur zu unterhalten. Eigentlich hätte es sie wütend machen sollen, aber irgendwie fand sie es rührend. Mit einem Kopfschütteln gestand sie sich ein, dass die Liebe zu Daniel sie seltsame Dinge tun ließ. Wenn er sie unbedingt vorführen wollte, würde sie ihn nicht enttäuschen.

Um ehrlich zu sein – die Vorbereitung eines Menüs fiel ihr genauso leicht wie das Aufzählen jedes einzelnen Handknochens. Was sie daran erinnerte, dass sie sich gleich nach ihrer Ankunft zu Hause Sallys Hand ansehen musste.

Zu Hause. Anna lächelte unwillkürlich. Erst drei Wochen war es her, dass sie ihre Sachen in das Zimmer geräumt hatte, das einst Daniels Schlafzimmer gewesen war. Jetzt war es ihrer beider Schlafzimmer. Vielleicht hegte sie Zweifel wegen morgen, nächster Woche, nächstem Jahr, aber über das Heute gab es nicht die geringste Unsicherheit. Sie war glücklich. Das Zusammenleben mit Daniel hatte ihrem Leben eine Dimension hinzugefügt, von deren Existenz sie nie gewusst hatte. Der Gedanke an eine Heirat jedoch sandte ihr immer noch einen Schauder über den Rücken. Es war Misstrauen, wie sie sich eingestand. Aber wem misstraute sie? Daniel oder sich selbst? Er hatte gesagt, dass sie mit ihrer Einstellung sie beide vor ein Tribunal stellte. Vielleicht stimmte das sogar, aber nur, weil sie Angst hatte, ihn zu verletzen. So wie sie Angst hatte, selbst verletzt zu werden.

In manchen Augenblicken schien ihr alles so klar. Sie würde ihn heiraten, ihm Kinder schenken, das Leben mit ihm teilen. Sie würde Ärztin werden, und zwar die beste, die es geben konnte. Er wäre stolz auf ihre Errungenschaften, so wie sie auf seine stolz sein würde. Sie hätte alles, was eine Frau sich je wünschen könnte. Es war möglich.

Und dann fiel ihr wieder ein, wie desinteressiert er an ihrer Arbeit im Krankenhaus war. Wie er sich in sein Arbeitszimmer einschloss und seinen Geschäften nachging, ohne ihr gegenüber auch nur ein Wort fallen zu lassen. Und dass er keine Fragen stellte über die medizinischen Lehrbücher, die jetzt überall im Schlafzimmer herumlagen. Kein einziges Mal hatte er angesprochen, dass sie in wenigen Wochen nach Connecticut zurückmusste. Oder ob er gedachte, sie zu begleiten.

Konnten zwei Menschen ein Leben, eine Liebe teilen, wenn sie nicht auch das teilten, was für sie als Individuen das Wichtigste war? Wenn sie diese Antwort gefunden hätte, könnte sie endlich alle anderen Fragen vergessen.

Anna riss sich zusammen, als sie auf die Auffahrt einbog. Sie weigerte sich, jetzt düsteren Gedanken nachzuhängen. Sie war zu Hause, das war genug.

Als sie in die Küche trat, schob Sally gerade etwas in den Ofen.

»Sie sollen diese Hand doch schonen.«

»Die hat genug Schonung abbekommen.« Ohne sich umzudrehen, holte Sally eine Tasse aus dem Schrank. »Sie sind spät heute.«

»Ein Autounfall in der Notaufnahme, mit vielen Schnitten, Kratzern und blauen Flecken. Ich bin dageblieben, um ein paar Hände zu halten.«

Sally schenkte Kaffee ein und stellte die Tasse auf den Tisch. »Viel lieber hätten Sie genäht, nicht wahr?«

Mit einem Seufzer setzte Anna sich an den Tisch. »Ja. Es ist so schwer, wenn man nicht einmal die kleinsten Dinge tun darf. Nicht einmal Blutdruck messen.«

»Nicht mehr lange, dann werden Sie viel mehr als das übernehmen.«

»Ja, das sage ich mir auch immer wieder. Nur noch ein Jahr. Aber ich bin so ungeduldig, Sally.«

»Das haben Sie und der MacGregor gemein.« Da sie wusste, dass sie willkommen sein würde, setzte Sally sich mit einer eigenen Tasse zu Anna an den Tisch. »Er hat angerufen und Bescheid gesagt, dass er später kommt. Er meinte, Sie sollten ruhig schon zu Abend essen, aber man hat ihm angehört, dass es ihm lieber wäre, wenn Sie auf ihn warteten.«

»Ich kann warten. Haben Sie noch Schmerzen in der Hand?«

»Morgens nach dem Aufwachen ist sie ein bisschen steif, aber tagsüber merke ich kaum etwas.« Sally streckte den Arm aus und betrachtete die Stiche. »Hätte ich selbst kaum ordentlicher machen können.« Dann grinste sie. »Ich denke, menschliches Fleisch zu nähen hat nicht viel gemein mit dem Nähen eines Saums an einer Tischdecke.«

»Die Technik ist sehr ähnlich.« Anna tätschelte Sallys Hand. »Da Daniel erst später kommt, ist das doch eine gute Gelegenheit für uns, die Menüfolge für nächste Woche durchzugehen. Ich hätte da ein paar Vorschläge, aber wenn Sie eine Spezialität haben …« Sie brach ab und schnupperte. »Sally, was haben Sie da im Ofen?«

»Pfirsichkuchen.« Sally strahlte. »Ein Rezept meiner Großmutter.«

»Oh.« Anna schloss die Augen und nahm den Duft in sich auf. Warmer Pfirsichkuchen an einem Sommerabend. »Wie spät, sagte Daniel, kommt er?«

»Gegen acht.«

Anna sah auf ihre Uhr. »Wissen Sie, Sally, ich denke, diese Menüzusammenstellung ist anstrengende Arbeit. Da müsste ich mich vorher ein wenig stärken.«

»Vielleicht mit einem Stück Pfirsichkuchen?«

»Ja, das könnte helfen.«

Als Daniel nach Hause kam, saß Anna mit Sally immer noch in der Küche. Rezepte, Listen und Notizzettel lagen auf dem Tisch verstreut, die Hälfte eines Pfirsichkuchens und eine Flasche Weißwein standen dazwischen.

»Mir ist gleich, wie sehr wir den Gouverneur beeindrucken wollen«, sagte Anna zu Sally. »Haggis wird nicht serviert. Ich würde grün werden, wenn ich Innereien essen müsste.«

»Sie werden ja eine feine Chirurgin abgeben, wenn Sie so empfindlich sind.«

»Ich bin nicht empfindlich, wenn ich es sehen oder anfassen muss, sondern wenn es in meinen Magen soll.«

»Guten Abend, Ladys.«

Annas Kopf ruckte mit einem strahlenden Lächeln hoch. »Daniel.« Sie sprang auf und nahm seine Hände. »Sally und ich planen gerade für die Dinnerparty. Ich fürchte, ich habe sie gekränkt, weil ich ihren Haggis nicht gebührend würdige. Aber ich denke, unsere Gäste würden sich auch lieber für den Coq au Vin entscheiden.«

»Das überlasse ich ganz euch.« Er beugte sich vor, um sie zu küssen. »Es hat länger gedauert, als ich annahm. Ich bin froh, dass du nicht mit dem Abendessen auf mich gewartet hast.«

»Abendessen?« Erst jetzt wurde ihr bewusst, wie flau sie sich fühlte. »Sally und ich haben ihren Pfirsichkuchen probiert. Möchtest du ein Stück?«

Seine Augen brannten vom Lesen einer Unmenge von Seiten mit Kleingedrucktem. »Später. Aber ich könnte ein Glas Wein gebrauchen. Wenn ihr noch welchen übrig gelassen habt …«

»Oh.« Verdutzt blickte sie auf die fast leere Flasche Wein.

»Ich gehe erst duschen.«

»Ich komme mit dir nach oben.« Anna suchte zwischen den Blättern auf dem Tisch nach etwas. »Hier. Ich wollte die Einladungsliste mit dir durchgehen, damit wir niemanden vergessen.«

»Gut. Gehen Sie ruhig zu Bett, Sally. Ich nehme mir nachher ein Stück von Ihrem Kuchen.«

»Ja, Sir. Gute Nacht.«

»Du siehst müde aus, Daniel. War es ein harter Tag?«

»Nicht anders als sonst.« Den Arm um ihre Taille gelegt, ging er gemeinsam mit ihr die Treppe hinauf. »Nur ein paar Probleme mit den Details in einem Deal, an dem ich gerade arbeite. Ich denke, wir haben sie gelöst.«

»Kannst du darüber reden?«

»Ich bringe meine Probleme nicht mit nach Hause.« Er drückte sie leicht. »Ich habe den Nachmittag mit deinem Vater verbracht.«

»So?« Argwohn flackerte auf, aber ihre Stimme blieb ruhig. »Wie geht es ihm?«

»Gut. Und er kann Geschäft und Privates auseinanderhalten. Er hat aber auch nach dir gefragt.« Er sagte es leise, denn er kannte das angespannte kleine Lächeln auf ihrem Gesicht.

»Wirklich?«

»Aye.«

Daniel öffnete die Schlafzimmertür, und sie trat vor ihm ein. Weil ihr plötzlich heiß war, ging sie ans Fenster und lehnte sich hinaus. »Vielleicht sollte ich ihn anstellen, damit er aufhört, mir aus dem Weg zu gehen.«

»Er sorgt sich eben nur um seine Tochter.«

»Es gibt nichts, worum er sich Sorgen machen müsste.«

»Davon kann er sich bei dem Dinner nächste Woche selbst überzeugen.«

Anna drehte sich um, die Gästeliste in der Hand zerknüllt. »Er kommt?«

»Aye.«

Sie stieß den Atem aus, dann lächelte sie. »Wahrscheinlich muss ich dir dafür danken.«

»Ich glaube, deine Mutter hat da mehr mit zu tun.« Er warf Jackett und Krawatte auf einen der Sessel, die Anna vor den Kamin hatte stellen lassen. Als er sein Hemd aufknöpfte, stieg ihm der Duft von Wickenblüten in die Nase, die Anna in einer

Schale auf der Fensterbank arrangiert hatte. Kleine Dinge, die einen riesengroßen Unterschied machten. Daniel ließ von den Knöpfen seines Hemdes ab, um Anna in die Arme zu nehmen.

Sie spürte das jähe Aufflammen von Emotionen, schlang die Arme um seine Taille und ließ sich von den Gefühlen überschwemmen. Daniel küsste sie aufs Haar und gab sie dann frei.

»Wofür war das?«

»Dafür, dass du hier bist«, sagte er simpel. »Dafür, dass du du bist.« Mit einem erleichterten Seufzer streifte er seine Schuhe und die restliche Kleidung ab. »Ich brauche nicht lange. Du kannst mir die Namen vorlesen, während ich unter der Dusche stehe.« Damit ging er ins Bad.

Mit gerunzelter Stirn sah Anna auf den achtlos zu Boden geworfenen Kleiderhaufen. Würde sie sich je daran gewöhnen können? Die offensichtliche Alternative, die sich aufdrängte, ignorierend, stieg sie mit einem großen Schritt über den Stapel. Eine Frau, die einem Mann hinterherräumte, war selbst schuld.

»Also, da wären zum einen der Gouverneur und seine Gemahlin«, rief sie laut durch die Tür. »Und Ratsvorsitzender Steers mit Frau.«

Aus dem Bad kam eine wenig schmeichelhafte Bezeichnung für den Ratsvorsitzenden. Anna räusperte sich und beschloss, dieses Paar so weit wie möglich vom Gastgeber entfernt am Tisch zu platzieren.

»Dann Myra und Herbert, die Maloneys und die Cooks.« Ihr war immer noch so heiß. Sie öffnete die ersten drei Knöpfe ihrer Bluse. »Die Donahues, John Fitzsimmons als Begleiter für Cathleen.« Anna musste blinzeln, die Buchstaben schienen zu hüpfen.

»John wer?«

»Fitzpimmons … Fitzschimmons. Fitzsimmons«, brachte sie endlich hervor. »Dann Carl Benson und Judith Mann. Myra sagte mir, dass die beiden so gut wie verlobt sind.«

»Sie ist gebaut wie eine …« Daniel unterbrach sich rechtzeitig. »Eine attraktive Frau. Wer noch?«

Mit zusammengekniffenen Augen marschierte Anna ins Bad. »Sie ist gebaut wie was?«, verlangte sie zu wissen.

Hinter dem Duschvorhang begann Daniel zu grinsen. »Was sagtest du?« Als Anna den Vorhang beiseiteriss, war er dann doch überrascht. »Weib, ist dir denn nichts heilig?«

»Ich will wissen, woher du weißt, wie Judith Mann gebaut ist.«

»Zieh lieber den Vorhang wieder zu, sonst wirst du noch nass.« Stattdessen stieg sie, voll bekleidet, die Gästeliste in der Hand, zu ihm unter die Dusche. »Anna!« Lachend sah er zu, wie das Wasser ihre Bluse an ihren Körper drückte. »Was soll denn das?«

»Ich will eine klare Antwort.« Sie wedelte mit der tropfenden Liste vor seinem Gesicht. »Was weißt du über Judith Manns Anatomie?«

»Nicht mehr als jeder Mann, der Augen im Kopf hat.« Er fasste ihr Kinn und betrachtete sie eindringlich. »Und diese Augen zeigen mir jetzt noch etwas anderes.«

Sie musste sich an seiner eingeseiften Brust abstützen, um das Gleichgewicht zu halten. »Und was sollte das sein?«

»Du bist betrunken, Anna Whitfield.«

Würdevoll straffte sie die Schultern. »Das ist ja lächerlich!«

Entzückt strich er ihr das nasse Haar aus der Stirn. »Doch, du bist eindeutig betrunken«, wiederholte er. »Betrunken wie ein irischer Seemann, aber mindestens zweimal so hübsch.«

»Ich war noch nie in meinem ganzen Leben betrunken. Du

willst nur vom Thema ablenken, damit du meine Frage nicht beantworten musst.«

»Wie lautete die Frage?«

Sie öffnete den Mund, schloss ihn wieder. Dann grinste sie. »Ich hab's vergessen. Habe ich dir eigentlich schon gesagt, was für einen wunderbaren Körper du hast, Daniel?«

»Nein.« Er zog sie an sich und machte sich daran, ihr die Bluse auszuziehen.

»Die Pektoral-Muskulatur ist wundervoll entwickelt.«

Die Bluse fiel vollgesogen und klatschend zu Boden. »Und wo genau sitzt die?«

»Hier.« Mit einer Hand strich sie über seine Brust. »Der Deltamuskel ist sehr fest. Und der Bizeps ... nicht übertrieben, aber beeindruckend.« Sie fuhr über seine Schultern und Arme. »Das zeugt nicht nur von Stärke, sondern auch von Ausdauer. Wie auch das Abdomen. Sehr fest, sehr kräftig.«

Der Atem stockte ihm, als ihre Finger dorthin glitten. »Sag mir, Anna«, flüsterte er an ihrem Ohr, »wie viele Muskeln hat ein Mensch eigentlich?«

Ihr Kopf fiel zurück, als er an ihrem Ohr knabberte. Nackt, nass und verführerisch lächelte sie ihn an. »Über sechshundert, alle mit den zweihundertundsechzig Knochen verbunden, die das Skelett ausmachen.«

»Faszinierend. Ob du wohl alle diese Muskeln in meinem Körper aufzeigen könntest?« Er drehte das Wasser ab und griff nach einem Badelaken, um sie beide darin einzuwickeln. Dann hob er sie auf seine Arme und trug sie zum Bett hinüber.

»Nun, da ist zum Beispiel der Adduktor. Das ist der Muskel an der Innenseite deines Schenkels ...«

»Zeig ihn mir.«

»Genau hier.« Sie fuhr mit den Fingern über die Stelle, während er sich über sie beugte und ihren Mund in Besitz nahm.

Mit halb geschlossenen Augen stieß sie einen Seufzer aus und schmiegte sich enger an ihn. »Du passt ja gar nicht auf, was ich dir erkläre«, murmelte sie.

»Oh doch, sehr genau sogar. Der Adduktor. Hier ist er.« Starke Finger griffen nach ihrem Schenkel. »Genau hier, wo deine Haut so weich und samten ist. Und wie«, seine Finger glitten zu der Stelle, wo ihre Schenkel sich trafen, »heißen diese Muskeln hier?«

»Das sind die …« Aber sie konnte nur aufstöhnen und sich an ihn pressen.

Er biss zärtlich in ihr Ohrläppchen. »Weißt du es etwa nicht?«

»Berühr mich einfach nur«, flüsterte sie. »Ganz egal, wo.«

Mit einem triumphierenden Laut nahm er sie. Und jedes Mal, so dachte sie benommen, war die Erfahrung aufregender, schöner, wunderbarer. Das erste Mal, das hundertste Mal, die Leidenschaft würde nie stumpf werden. Ob unter freiem Himmel auf dem Gras oder in einem Zimmer unter warmen Federn. Ob am helllichten Tag oder im schützenden Dunkel der Nacht. Sie würde nie aufhören, sich nach ihm zu sehnen. Von all den Fragen, die in ihrem Kopf schwirrten, dieser Antwort war sie sich absolut sicher. Die Sehnsucht nach ihm würde nie schwinden.

Sie schlang die Beine um ihn und barg das Gesicht an seiner Schulter, während ihr Atem immer schneller ging. Sie krallte sich in seinem Rücken fest und fühlte seinen Schweiß an ihren Händen. Und während sie sich miteinander bewegten, saß sie auf dem Karussell, flog mit der Achterbahn und verlief sich im Irrgarten.

»Du siehst wunderbar aus.« Daniel betrachtete sie, während sie sich im Spiegel musterte. »Absolut umwerfend.«

Die Worte wärmten sie, auch wenn sie sich bisher nie viel aus Komplimenten gemacht hatte. Das Kleid ließ ihre Schultern frei und fiel in weichen Falten bis zu ihren Füßen. Perlen waren auf die Korsage gestickt und liefen bis auf den langen Rock hinunter. Myra hatte sie überredet, dieses Kleid zu kaufen. Es hatte ein großes Loch in ihre Ersparnisse gerissen, Geld, das sie eigentlich für ihren Unterhalt im Herbst eingeplant hatte, aber sie war sicher, dass sie die Habenseite irgendwie wieder ausgleichen konnte. Und der Ausdruck auf Daniels Gesicht war jeden Penny wert.

»Gefällt es dir?«

Wie konnte er ihr erklären, dass, obwohl er jeden Zentimeter an ihr kannte, allein ihr Anblick ihm immer noch den Atem rauben konnte? Sie hatte recht damit gehabt, als sie ihm vorgeworfen hatte, dass er sie vorführen wollte. Wenn einem Mann etwas so Exquisites gehörte, musste er es der Welt zeigen. Nein, das konnte er nicht erklären. »Es gefällt mir so gut, dass ich wünschte, der Abend wäre schon vorüber.«

Sie drehte sich einmal um die eigene Achse, für sich selbst und für ihn. »Du siehst aber auch wunderbar in dem Dinnerjackett aus. So elegant barbarisch.«

Er zog eine Augenbraue in die Höhe. »Barbarisch?«

»Ändere das nie.« Sie streckte ihm beide Hände entgegen. »Was immer auch anders wird, das darf sich nicht ändern.«

Er hielt ihre Hände an seine Lippen, küsste erst die eine, dann die andere. »Ich bezweifle, dass ich das könnte, selbst wenn ich wollte. Genauso wenig wie du etwas daran ändern kannst, dass du eine Lady bist – selbst nach zu viel Wein und Pfirsichkuchen.«

Sie wollte ihm einen vorwurfsvollen Blick senden, doch sie musste lachen. »Das wirst du mich wohl nie vergessen lassen.«

»Himmel, nein! Das war einer der faszinierendsten Abende

meines Lebens. Anna, ich bin verrückt nach dir.«

»Ja, das sagtest du schon.« Sie presste ihrer beider verschlungenen Hände an ihre Wange. »Das ist auch so etwas. Ändere das nie.«

»Das werde ich nicht. Ich mag es, wenn du die Kamee trägst.« Er strich mit einem Finger darüber.

»Sie bedeutet mir sehr viel.«

»Aber meinen Ring nimmst du nicht an.«

»Daniel …«

»Du nimmst meinen Ring nicht an«, wiederholte er. »Aber ich möchte, dass du das hier annimmst.« Er zog ein Etui aus seiner Tasche.

Anna faltete die Hände. »Daniel, du musst mir keine Geschenke kaufen.«

»Das ist mir klar.« Was ihm nicht klar war, war, wie er diese Tatsache akzeptieren sollte. »Vielleicht bringt mich das dazu, es zu wollen. Komm schon, tu mir den Gefallen«, sagte er und brachte sie damit zum Lachen.

»Auch das hast du schon gesagt.« Weil er lächelte, nahm sie das Etui entgegen. »Danke.« Und als sie dann das flache Kästchen öffnete, verschlug es ihr die Sprache.

»Stimmt etwas nicht damit?«

Sie schaffte es, den Kopf zu schütteln. Perlen und Diamanten. Unschuldig in ihrer Reinheit, arrogant in ihrer Schönheit, lagen die Ohrringe auf schwarzem Samt und funkelten vor Leben. Eine diamantene Träne hing von dem milchig weißen Globus herab. Der eine strahlend schillernd, der andere sanft schimmernd, bildeten sie zusammen eine perfekte Einheit.

»Daniel, sie sind …« Sie sah zu ihm hoch. »Sie sind so wunderschön. Ich weiß nicht, was ich sagen soll.«

»Du hast es doch gerade gesagt.« Erleichtert nahm er die Ohrringe aus ihrem Futteral. »Wahrscheinlich solltest du

Myra danken, ich habe sie nämlich um Rat gefragt. Sie sagte etwas über Klasse und Extravaganz, die das beste Team bilden würden.«

»Das hat sie gesagt?«, murmelte Anna in sich hinein, während Daniel ihr die Ohrringe anlegte.

»Da.« Befriedigt trat er zurück. »Ja, sie sind hübsch. Und hoffentlich werden sie die Männerblicke anziehen anstatt deine wunderbare Haut, von der du heute so viel zeigst.«

Anna lachte. »Aha, ich wusste doch, dass du Hintergedanken hast.«

»Es fällt mir schwer, mir keine Gedanken darüber zu machen, ob du dich nicht doch genauer umsiehst und jemanden findest, der dir mehr gefällt.«

»Sei nicht albern.« Sie tat es als Scherz ab und hakte sich bei ihm ein. »Wir sollten wohl besser nach unten gehen. Die Gäste werden gleich eintreffen. Und dann wird McGee uns böse sein, weil wir zu spät kommen und somit unverzeihlich unhöflich sind.«

»Ha!« Als sie zur Tür hinausgingen, verschränkte Daniel seine Finger mit ihren. »Als wenn du ihn nicht schon längst um den kleinen Finger gewickelt hättest.«

Anna sah ihn unschuldig an. »Ich weiß gar nicht, was du meinst.«

»Er bringt dir Sonntagshörnchen mitten in der Woche. Für mich hat er das noch nie getan.«

»So, da wären wir.« Sie hielt auf dem letzten Treppenabsatz. »Versprich, dass du keine bösen Blicke schleuderst, auch nicht an Ratsvorsitzenden Steers.«

»Ich starre nie«, log er unbefangen und führte sie in die große Eingangshalle.

Innerhalb von zwanzig Minuten war das große Wohnzimmer angefüllt mit Gästen, die sich angeregt unterhielten. Auch wenn Anna wusste, dass sie und Daniel das Gesprächsthema des Tages waren, ging sie von Gruppe zu Gruppe und begrüßte ihre Gäste charmant. Die Warnung ihrer Mutter, dass sich einige aus der Gesellschaft von ihr abwenden würden, war nicht nötig gewesen. Sie wusste es, aber sie hatte ihre Entscheidungen noch nie von der Meinung anderer beeinflussen lassen.

Louise Ditmeyers Begrüßung fiel steif aus, aber Anna ignorierte es und führte sie mit leichtem Geplauder weiter zu einer Gruppe von Bekannten. Mehr als einmal fing sie argwöhnische Blicke auf, aber damit konnte sie umgehen. Anna ahnte nicht, dass ihre ruhige, gelassene Art mehr dazu tat, den Klatsch im Keim zu ersticken, als Daniels Macht oder der Name ihrer Familie.

Ein Wermutstropfen fiel für Anna in den Abend, als der Gouverneur sie nach ihrer Meinung über Daniels geplante Textilfabrik fragte. Wie konnte sie eine intelligente Antwort geben, wenn sie noch nicht einmal von diesem Vorhaben wusste? Daniel hatte dieses Projekt mit keinem Wort erwähnt, und so musste sie sich das überschwängliche Lob des Gouverneurs über ein Vorhaben anhören, das Hunderte von Arbeitsplätzen schaffen und dem Staat ansehnliche Einnahmen bringen würde. Es war ihrer Erziehung zu verdanken, dass sie die Situation mit einem charmanten Lächeln und nichtssagenden Antworten überstand. Für Ärger blieb kein Raum, als sie vom Gouverneur und seiner Gemahlin einem anderen Paar vorgestellt wurde. Nur der Neid ließ sich nicht ganz abstellen, weil die Frau des Gouverneurs so viel über seine Arbeit zu wissen schien. Aber ihre Pflichten als Gastgeberin verlangten, dass Anna auch dieses Gefühl beiseiteschob.

Erst als ihre Eltern eintrafen, wurde sie nervös. Mit angehaltenem Atem ging sie auf ihren Vater zu.

»Ich freue mich so sehr, dass ihr gekommen seid.« Sie stellte sich auf die Zehenspitzen und küsste ihn auf die Wange, auch wenn sie nicht wusste, wie es aufgenommen werden würde.

»Du siehst gut aus.« Seine Stimme klang nicht kühl, aber Anna spürte seine Reserviertheit.

»Du auch. Hallo, Mutter.« Anna legte die Wange an die ihrer Mutter und fühlte die aufmunternde Umarmung.

»Du siehst wunderschön aus.« Sie warf ihrem Mann einen Seitenblick zu. »Und sehr glücklich.«

»Ich bin auch glücklich. Kommt, ich hole euch etwas zu trinken.«

»Mach dir wegen uns keine Umstände«, wandte ihre Mutter ein. »Du hast noch so viele andere Gäste. Da kommt Pat Donahue. Geh nur, wir kommen schon zurecht.«

»Also gut, danke.« Als Anna sich abwenden wollte, fasste ihr Vater nach ihrer Hand.

»Anna …« Als er zögerte, drückte sie seine Hand fest. »Es tut gut, dich zu sehen.«

Das reichte aus für sie. Sie schlang die Arme um ihn und hielt einen Moment ganz still. »Wenn ich irgendwann bei dir im Büro auftauche, wirst du dann ausbüxen und mit mir eine Spritztour im Wagen machen?«

»Lässt du mich deinen Wagen fahren?«

Sie lächelte strahlend. »Vielleicht.«

Er blinzelte ihr zu und streichelte ihr über den Kopf, so wie er es immer getan hatte. »Kümmer dich jetzt um deine Gäste.«

Als sie sich umdrehte, stand Daniel nur wenige Schritte hinter ihr und lächelte sie an. Sie ging auf ihn zu, und ihr Glück strahlte aus ihren Augen. »Jetzt bist du noch schöner«, murmelte er.

»Was soll das denn?« Myra kam auf sie zu und stellte sich zwischen sie. »Die Gastgeber sollten bei einer solchen Veranstaltung gar keine Zeit füreinander haben. Daniel, du solltest besser den Gouverneur vor unserem geschätzten Ratsvorsitzenden retten, sonst vergeht ihm noch der Appetit. Dem Gouverneur, meine ich.« Als Daniel eine unhöfliche Bemerkung über den Ratsvorsitzenden knurrte, nickte Myra zustimmend. »Aber es hilft nichts, geh schon. Anna, wir beide werden uns jetzt zu Cathleen gesellen, die gerade die armen Maloneys zu Tode langweilt. Außerdem möchte ich sehen, wie sie erstickt, sobald sie deine Ohrringe sieht.«

»Mäßige dich, Myra«, warnte Anna, während sie sich durch die Menge schlängelten. »Erinnere dich an Takt und Diskretion.«

»Liebes, natürlich werde ich das. Aber mir würde es auch gefallen, wenn du ab und zu mal mit der Faust auf den Tisch schlagen würdest. Ah, Cathleen, was für ein bezauberndes Kleid!«

Cathleen hielt in der Auflistung ihres sommerlichen Terminkalenders inne und wandte sich zu Myra. Anna hätte es nicht schwören wollen, aber sie glaubte, einen erleichterten Seufzer von beiden Maloneys zu hören.

»Danke, Myra. Man muss wohl gratulieren, nicht wahr? Ich habe dich nicht mehr gesehen, seit du und Herbert zusammen durchgebrannt seid.«

»Stimmt.« Myra nippte an ihrem Drink und ignorierte die wenig schmeichelhafte Beschreibung ihrer Heirat. Wenn man glücklich war, konnte man über solche Kleinigkeiten hinwegsehen.

»Ich muss schon sagen, das war ja wirklich eine Blitzheirat.«

»Jeder nach seiner Fasson«, gab Myra zurück und versuchte in Erinnerung zu behalten, dass das hier Annas Dinnerparty war.

»Sicher.« Cathleen nickte knapp. »Nur schade, dass Herbert und du jetzt unter die Eremiten gegangen seid, nachdem ihr uns schon um eine anständige Hochzeitsfeier gebracht habt.«

»Ja, ich fürchte, Herbert und ich hatten noch keine Gelegenheit, um Gäste zu laden. Wir wollen erst noch das Haus renovieren, bevor wir unsere engsten Freunde zu uns bitten. Das verstehst du doch sicher.«

Anna hielt es für nötig, vorbeugend einzuschreiten. »Du hast doch sicherlich einen interessanten Sommer verbracht, nicht wahr, Cathleen?«

»Oh ja, sehr interessant.« Sie lächelte Anna kühl an. »Obwohl sich bei manch anderen sehr viel mehr in kurzer Zeit ereignet hat. Da fahre ich mal für ein paar Tage an die Küste, und als ich zurückkomme, muss ich erfahren, dass Herbert und Myra durchgebrannt sind und eine neue Adresse haben. Sind etwa schon Glückwünsche in anderer Hinsicht angebracht?«

Anna legte Myra eine beruhigende Hand auf den Arm. »Aber nein. Du hast wirklich eine gesunde Bräune an der Küste bekommen. Schade, dass ich es dieses Jahr nicht an den Strand geschafft habe. Aber dazu blieb einfach keine Zeit.«

»Natürlich, das verstehe ich.« Cathleen nippte genüsslich an ihrem Glas. Es war nicht einfach zu akzeptieren, dass zwei Frauen, mit denen sie auf dem Debütantinnenball gewesen war, sich innerhalb kürzester Zeit die beiden einflussreichsten Junggesellen der Stadt geschnappt hatten – vor allem, weil sie selbst fest entschlossen gewesen war, sich Daniel zu angeln. »Sag mir, Anna, wie soll ich dich und Daniel denn bei nächster Gelegenheit vorstellen? Ich fürchte, ich habe in solchen Dingen nur wenig Erfahrung.«

Selbst Annas Geduld hielt nur für eine begrenzte Zeit. »Ist das denn wichtig?«

»Oh, aber natürlich. Denn ich hatte vor, demnächst selbst eine kleine Dinnerparty zu geben. Ich habe keine Ahnung, was ich auf eure Einladung schreiben soll.«

»Darüber würde ich mir keine Gedanken machen.«

»Oh, aber ich schon. Es wäre mir fürchterlich peinlich, wenn ich einen Fauxpas beginge. Ich meine, wie nennt man denn die Mätresse eines Mannes, ohne die Höflichkeit zu verletzen?« Sie schrie leise auf, als Myras Drink sich über ihr Kleid ergoss.

»Meine Güte, wie ungeschickt von mir!« Myra lehnte sich zurück, um den Schaden auf Cathleens rosa Crêpe de Chine zu begutachten. Sie war befriedigt. »Manchmal bin ich ein solcher Tollpatsch«, sagte sie leichthin. »Ich gehe mit dir nach oben, Cathleen. Nur zu gern werde ich dich abreiben.«

»Das mache ich selbst«, stieß Cathleen zwischen zusammengepressten Zähnen hervor. »Bleib mir einfach vom Leib!«

Myra steckte sich eine Zigarette an und blies blauen Rauch zur Decke. »Ganz, wie du meinst.«

Anna fühlte sich verpflichtet. Sie nahm Cathleens Arm. »Komm, lass uns zusammen nach oben gehen.«

»Nimm deine Finger da weg«, zischte Cathleen. »Du und deine tölpelhafte Freundin.« Sie wirbelte auf dem Absatz herum und verschwand in der Menge.

»Mäßigung und Takt.« Anna seufzte. »Hatten wir vorhin nicht noch darüber gesprochen?«

»Immerhin habe ich ihr den Drink nicht ins Gesicht gekippt«, gab Myra arglos zurück. »Und um ehrlich zu sein, das hatte ich schon lange vor. Dieses Mal hatte ich endlich eine absolut wasserdichte Berechtigung.« Sie grinste Anna verschmitzt zu. »Kriege ich jetzt noch einen Drink vor dem Dinner?«

12. Kapitel

Vielleicht, wenn Daniel den Zwischenfall mit Cathleen Donahue nicht mitbekommen hätte, hätte er sich anders verhalten. Aber er hatte es bemerkt. Vielleicht, wenn die Wut über die Beleidigung nicht so an ihm genagt hätte, hätte ihre Beziehung wie bisher weiterlaufen können. Aber dem war nicht so. Während des restlichen Abends blieb er ganz der souveräne Gastgeber, seine Gäste verließen sein Haus satt und zufrieden. Dabei konnte er es kaum erwarten, hinter dem Letzten die Tür zu schließen.

»Wir müssen miteinander reden«, sagte Daniel zu Anna, noch bevor sie den ersten Seufzer der Erleichterung hatte ausstoßen können.

Sie wappnete sich innerlich und nickte. Andere hatten sich durch Daniels Geplauder und seine scheinbar gut gelaunte Großzügigkeit täuschen lassen, aber sie hatte seine Wut und seine Anspannung gespürt. In schweigendem Einverständnis stiegen sie gemeinsam die Treppe zum Schlafzimmer empor.

»Etwas beschäftigt dich.« Anna setzte sich auf eine Sessellehne. Dabei war sie so erschöpft, dass sie am liebsten ins Bett gefallen wäre. »Ich habe gesehen, wie du mit dem Gouverneur gesprochen hast. Gab es Probleme?«

»Mit meinen Geschäften läuft alles bestens.« Er ging ans Fenster und steckte sich eine Zigarre an. »Nur in meinem Privatleben gibt's Probleme.«

Nervös verschränkte sie die Hände im Schoß. »Ich verstehe.«

»Nein, du verstehst nicht.« Er drehte sich angriffslustig um. »Wenn du es verstehen würdest, wären wir längst verheiratet. Unsere Ehe wäre Fakt.«

»Fakt also«, wiederholte sie und ermahnte sich, daran zu denken, wie unproduktiv Ärger war. »Daniel, das größte Problem unserer Beziehung entstammt unseren verschiedenen Ansichten über die Ehe. Für mich ist das kein Fakt, sondern der größte Schritt, den ein Mensch mit einem anderen machen kann. Ich kann es erst, wenn ich dazu bereit bin.«

»Falls du das je sein wirst«, knurrte er.

Sie befeuchtete ihre Lippen. Hinter dem wachsenden Ärger versteckte sich Bedauern. »Ja, falls ich das je sein werde.«

Der Zorn, den er den ganzen Abend hindurch unterdrückt hatte, machte sich Luft. »Also versprichst du mir nichts, Anna. Gar nichts.«

»Ich habe dir gesagt, ich verspreche nichts, was ich nicht halten kann. Aber ich gebe dir alles, was ich kann, Daniel.«

»Das reicht mir nicht.« Er zog an seiner Zigarre und musterte sie durch die Rauchwolke hindurch.

»Das tut mir leid. Wenn ich könnte, würde ich dir mehr geben.«

»Wenn du könntest?« Der Zorn raubte ihm die Vernunft. »Was hindert dich denn? Außer deiner Sturheit!«

»Wenn dem so wäre, wäre ich eine Närrin.« Anna stand auf. Es war an der Zeit, dass sie sich ihm stellte. Dass sie sich sich selbst stellte. »Vielleicht bin ich das sogar, denn ich erwarte, dass du meine Wünsche und Ziele ebenso sehr respektierst wie ich deine.«

»Was, zum Teufel, hat das mit einer Heirat zu tun?«

»Alles. In neun Monaten habe ich meinen Abschluss.«

»Ein Stück Papier.«

Alles an ihr wurde kalt. Ihre Haut, ihre Stimme, ihre Augen. »Ein Stück Papier? Was anderes sind denn deine Aktien und Verträge? Aber sie sind so wichtig, dass du sie nie mit mir besprechen würdest, nicht wahr? Oder die Textilfabrik, über die mich der Gouverneur heute Abend befragt hat. Offensichtlich hältst du mich nicht für intelligent genug, um deine Arbeit zu verstehen.«

»An deiner Intelligenz habe ich nie gezweifelt«, knurrte er. »Aber was haben Aktien und Verträge mit uns zu tun?«

»Sie sind ein Teil von dir, genau wie mein Abschluss ein Teil von mir ist. Ich habe Jahre dafür investiert. Man sollte annehmen, das würdest du verstehen.«

»Ich sage dir, was ich verstehe.« Wütend drückte er die Zigarre aus. »Ich verstehe, dass ich es leid bin, an zweiter Stelle zu stehen. Hinter deinem verdammten Abschluss.«

»Verdammt, Daniel, dir kann man überhaupt nichts erklären.« Sie stützte sich mit beiden Händen auf die Kommode und rang um Beherrschung. »Das hat nichts mit erster oder zweiter Stelle zu tun, es ist kein Wettbewerb.«

»Was dann? Was, zum Teufel, ist es?«

»Eine Frage des Respekts«, entgegnete sie ruhiger und drehte sich zu ihm. »Respekt und Achtung.«

»Und was ist mit der Liebe?«

Er sprach so selten von Liebe, dass die Frage sie beinahe aus der Fassung brachte. Tränen brannten in ihren Augen, und ihre Stimme klang brüchig. »Ohne Respekt ist Liebe ein leeres Wort. Von einem Mann, der mich nicht so akzeptieren kann, wie ich bin, möchte ich sie nicht. Und ich möchte sie keinem Mann schenken, der seine Probleme nicht ebenso mit mir teilt wie seinen Erfolg.«

Daniels Stolz war so groß wie ihrer. Selbst jetzt, als er sie sich zurückziehen fühlte, klammerte er sich daran, als wäre es alles, was er besaß. »Dann wäre es dir vielleicht lieber, wenn ich aufhörte, dich zu lieben. Ich werde mein Bestes tun.« Er drehte sich auf dem Absatz um. Sekunden später hörte Anna, wie die Haustür laut ins Schloss fiel.

Sie hätte sich weinend aufs Bett werfen können. Aber sie tat es nicht. Jetzt gab es nur noch eins. Mechanisch begann sie ihre Sachen zu packen.

Die Fahrt nach Connecticut war lang und einsam. Noch Wochen später erinnerte Anna sich lebhaft daran. Sie fuhr die ganze Nacht hindurch, bis ihre Augen schmerzten und die Sonne aufging. Völlig erschöpft stieg sie in einem Motel ab und schlief bis zum Abend. Als sie erwachte, versuchte sie zu vergessen, was sie hinter sich gelassen hatte.

Zum Glück fand sie eine Wohnung in der Nähe der Universität. Ihre Tage waren angefüllt mit Plänen und Vorbereitungen für das Studienjahr. Anna bedauerte nur, dass ihre Nächte nicht ebenso erfüllt waren.

Während des Tages gelang es ihr, Daniel für längere Zeitspannen aus ihrem Kopf zu verbannen, aber in der Nacht lag sie in ihrem Bett und dachte an das Gefühl, wie es war, an ihn geschmiegt einzuschlafen. Oder sie aß abends allein in ihrer winzigen Küche und erinnerte sich daran, wie lange Daniel und sie stets am Tisch gesessen und geredet hatten.

Sie ließ bewusst kein Telefon installieren. Das hätte es ihr zu einfach gemacht, Daniel anzurufen. Als die Vorlesungen und Seminare begannen, stürzte sie sich erleichtert ins Studium.

Den anderen Studenten fiel auf, dass sie sich verändert hatte. Die umgängliche, vielleicht etwas zurückhaltende Miss Whitfield war verschlossen geworden. Sie sprach nur, wenn sie eine Frage stellen oder beantworten musste. Wer am späten Samstagabend an ihrer Wohnung vorbeifuhr, sah unweigerlich, dass bei ihr noch Licht brannte. Selbst den Professoren fielen die Schatten unter ihren Augen auf. Jede Frage blockte sie mit höflicher, aber unerbittlicher Zurückhaltung ab.

Die Tage verliefen nach einem eintönigen Muster, doch das war ihr nur recht so. Wenn sie hart genug, lange genug arbeitete, konnte sie wenigstens sechs Stunden traumlos schlafen.

Ein goldener September breitete sich über Connecticut, aber Anna bemerkte nicht einmal, mit welch wunderbaren Farben sich das Laub schmückte, stattdessen vertiefte sie sich in medizinische Lehrbücher und Anatomie-Klassen. Früher hatte sie immer Zeit gefunden, um ihre Umgebung zu bewundern, aber wenn sie jetzt einen Blick auf die Farbenpracht um sich herum warf, sah sie nur eine Klippe über dem Meer und die Wellen, die heranrauschten. Und für einen kurzen Moment, bevor sie sich zusammenriss, fragte sie sich, ob Daniel wohl schon sein Haus baute.

Um sich zu schützen, hatte sie sogar den Kontakt zu Myra vermieden, auch wenn die Freundin ihr lange, besorgte Briefe sandte. Erst als das Telegramm eintraf, wurde ihr klar, dass sie sich nicht ewig verstecken konnte.

Wenn Du nicht willst, dass ich in 24 Stunden vor Deiner Tür stehe, ruf an. Stop. Myra. Stop.

Anna wühlte es zwischen ihren Aufzeichnungen über den Herzkreislauf hervor und betrat, mit Kleingeld bewaffnet, die Telefonzelle in der Cafeteria.

»Hallo?«

»Myra, wenn du vor meiner Tür stehst, wirst du auf der Fußmatte schlafen müssen. Ich habe kein Gästebett.«

»Anna! Gott sei Dank! Ich hatte schon gedacht, du wärst in den Atlantik gefallen.« Anna hörte das Klicken eines Feuerzeugs und einen tiefen Atemzug. »Immerhin wäre das besser zu verkraften gewesen, als zu glauben, dass du unhöflich genug bist, um meine Briefe nicht zu beantworten.«

»Tut mir leid. Ich hatte viel zu tun.«

»Du hast dich versteckt«, verbesserte Myra unverblümt. »Solange du dich nicht vor mir versteckt hast, toleriere ich das. Ich habe mir Sorgen um dich gemacht.«

»Es geht mir gut.«

»Natürlich.«

»Nein, es geht mir nicht gut«, gestand Anna, weil es Myra war. »Aber ich bin wirklich beschäftigt. Ich stecke bis über beide Ohren in Büchern und Aufzeichnungen.«

»Hast du Daniel angerufen?«

»Nein, das kann ich nicht.« Anna schloss die Augen und legte die Stirn an das kühle Metall des Telefons. »Wie geht es ihm? Hast du ihn gesehen?«

»Gesehen? An dem Abend, an dem du ihn verlassen hast, ist er fast durchgedreht. Er hat Herbert und mich um zwei Uhr morgens geweckt und wollte wissen, wo du bist. Herbert hat ihn beruhigt. Der Mann ist einfach erstaunlich – Herbert, meine ich. Seitdem haben wir ihn kaum zu Gesicht bekommen. Er ist oft in Hyannis Port auf der Baustelle seines Hauses.«

»Ja, das kann ich mir vorstellen.« Er würde sehen wollen, wie das Haus wuchs.

»Anna, wusstest du, dass er Cathleens kleinen Auftritt auf eurer Party mitbekommen hat?«, fragte Myra besorgt.

»Nein.« Anna schüttelte den Kopf. »Nein, das hat er mir nicht erzählt. Oh …« Sie erinnerte sich an den Zorn, den er nur mühsam gebändigt hatte. Das erklärte eine Menge.

»Er hat Herbert gesagt, dass er ihr am liebsten den dürren Hals umdrehen würde. Ich fand die Idee gut, aber Herbert hat es ihm ausgeredet. Daniel ist offenbar der Ansicht, dass er dich vor Beleidigungen schützen muss. Das ist ja wirklich süß von ihm, aber ich denke, wir können auf uns selbst aufpassen.«

»Ich kann Daniel nicht heiraten, nur um nicht beleidigt zu werden«, murmelte Anna.

»Natürlich nicht. Aber er hat sein Herz am rechten Fleck. Er liebt dich, Anna.«

»Nur einen Teil von mir.« Sie schloss die Augen und beschwor sich, stark zu bleiben. »Tut mir leid, dass er euch da mit reingezogen hat. Ich hätte es wissen und verhindern müssen.«

»Oh bitte, Anna. Du weißt doch, wie gern ich mich in so was hineinhänge. Anna, möchtest du darüber reden? Soll ich kommen?«

»Nein. Jedenfalls noch nicht.« Anna rieb sich die Schläfen und rang sich ein Lachen ab. »Ich bin froh, dass ich deine Briefe nicht beantwortet habe. Mit dir zu sprechen hat mir gutgetan.«

»Dann gib mir deine Nummer. Es gibt keinen Grund, warum wir nicht miteinander reden können.«

»Ich habe kein Telefon.«

»Kein Telefon?« Myra klang entsetzt. »Anna, Liebling, wie überlebst du das?«

Diesmal lachte sie wirklich. »Du wärst noch schockierter, wenn du meine Wohnung sehen könntest.« Sie fragte sich, ob Myra je verstehen würde, warum sie die Nachmittage mit einem Dutzend anderer Medizinstudenten und einer Leiche verbrachte. Aber manche Dinge blieben besser ungesagt. »Hör zu, ich verspreche, ich setze mich heute Abend hin und schreibe dir einen langen Brief. Und nächste Woche rufe ich wieder an.«

»Na gut. Noch einen Rat, Anna. Daniel ist ein Mann. Also hat er von Anfang an schon mal einen Punkt gegen sich. Vergiss das nicht.«

»Danke. Grüß Herbert von mir.«

»Mache ich. Und denk an den Brief, ja?«

»Gleich heute Abend«, versprach Anna. »Bis bald, Myra.«

Als sie einhängte, fühlte sie sich zum ersten Mal seit Wochen wirklich ruhig. Mit ihrer Abfahrt aus Boston hatte sie ihr eigenes Leben in die Hand genommen. Sie hatte eine eigene Wohnung angemietet, sich nach ihrer eigenen Zeitplanung für die Kurse eingetragen. Sie war jetzt selbst verantwortlich für Erfolg oder Scheitern, aber sie war nicht glücklich. Dafür war sie auch selbst verantwortlich, wie sie sich erinnerte, als sie den Korridor zurücklief. Es war an der Zeit, sich den Entscheidungen, die sie getroffen hatte, zu stellen. Und wenn sie allein leben musste – wie es aussah –, würde sie eben das Beste daraus machen.

Ein Blick auf ihre Armbanduhr sagte ihr, dass ihr noch zehn Minuten bis zum nächsten Seminar blieben. Solange würde sie ins Freie gehen und das schöne Wetter genießen, anstatt die Nase ins Lehrbuch zu stecken.

Draußen sah sie die Symphonie der Farben, die sie seit Wochen ignoriert hatte. Sie sah ihre Kommilitonen, die zum nächsten Seminarraum schlenderten oder sich auf dem grünen Gras ausgestreckt hatten und im Sonnenschein lasen. Sie sah den alten roten Backstein des Krankenhauses oben auf der flachen Anhöhe. Und sie sah das blaue Cabrio am Straßenrand.

Für einen Moment war Anna unfähig, sich zu bewegen. Es war genau wie damals in Boston, als Daniel vor der Klinik auf sie gewartet hatte. Unwillkürlich umklammerte sie das Buch, das sie trug, fester. Aber dies ist nicht Boston, beruhigte sie sich. Und es gab noch mehr blaue Cabrios an der Ostküste. Ein Streich, den das Schicksal ihr spielte, dass sie ausgerechnet jetzt ins Freie getreten war. Entschlossen ging sie davon. Sekunden später war sie wieder da, um sich den Wagen genauer anzusehen.

»Soll ich dich mitnehmen?«

Als sie seine Stimme hörte, blieb ihr fast das Herz stehen, aber sie fasste sich schnell. »Daniel, was machst du denn hier?« Das war doch völlig egal. Es war genug, ihn nur ansehen zu können.

»Wie es aussieht, warte ich auf dich.« Er hätte sie gern berührt, ließ die Hände jedoch in den Taschen. »Wann ist dein letztes Seminar zu Ende?«

»Letztes Seminar?« Sie hatte plötzlich vergessen, welcher Tag heute war. »Oh, in etwa einer Stunde.«

»Na gut, dann bin ich in einer Stunde zurück.«

Zurück? Wie benommen sah sie, wie er um den Wagen herumging und die Fahrertür öffnete. Bevor ihr bewusst wurde, was sie tat, riss sie die Beifahrertür auf.

»Was tust du?«

»Ich fahre mit«, platzte sie heraus.

Er bedachte sie mit einem langen, kühlen Blick. »Was ist mit deinem Seminar?«

»Ich leihe mir von jemandem die Aufzeichnungen«, sagte sie beim Einsteigen. »Das hole ich nach.« Eine Stunde mit ihm konnte sie nicht nachholen.

»Du bist nicht der Typ, der Seminare schwänzt.«

»Nein, bin ich nicht.« Sie legte die Bücher auf den Schoß. »Es ist nicht weit bis zu meiner Wohnung. Wir können Kaffee trinken. Hinter dem Krankenhaus nach links und dann …«

»Ich weiß«, unterbrach er sie. Allerdings sagte er nicht, dass er es schon gewusst hatte, als die Tinte auf dem Mietvertrag kaum trocken gewesen war.

Während der fünfminütigen Fahrt ging ihr alles Mögliche durch den Kopf. Wie sollte sie ihn behandeln? Höflich? War er noch wütend? Zum ersten Mal konnte Anna Daniels Stimmungslage nicht einschätzen. Als er vor dem Haus hielt, zitterte sie vor Nervosität. Er dagegen war ganz ruhig.

»Ich hatte niemanden erwartet«, sagte sie, als sie die Treppe zu ihrer Wohnung im zweiten Stock emporstiegen.

»Tja, man könnte sich telefonisch anmelden … wenn du ein Telefon hättest.«

»Darüber habe ich nicht viel nachgedacht.« Sie schloss die Tür auf. »Komm herein.«

In dem Moment, als er ihre Wohnung betrat, wurde ihr bewusst, wie unmöglich klein ihr Zuhause war. Im Wohnbereich hätte Daniel nur die Arme ausbreiten müssen, um sämtliche Wände zu berühren. Sie besaß eine Couch, einen Tisch und eine Lampe. Mehr hatte sie nicht für erforderlich gehalten.

»Setz dich. Ich mache Kaffee«, forderte sie ihn auf und flüchtete in die Küche.

Kaum dass er allein war, lockerte er seine Fäuste. Er sah nicht nur einfach einen winzigen Raum, sondern auch die Details. Da lagen farbenfrohe Kissen auf der Couch, eine Schale mit Muscheln stand auf dem Tisch. Mehr noch – in dem sonnendurchfluteten Raum lag ihr Duft. Jener Duft, der in seinem Schlafzimmer immer schwächer wurde. Er ballte unwillkürlich wieder die Fäuste und folgte ihr in die Küche.

Ob sie oft kochte, wusste er nicht, aber er sah sofort, dass sie hier arbeitete. Auf dem Tisch am Fenster stand eine Schreibmaschine, daneben lagen Bücher und Papierstapel. In einer Tasse steckten stumpfe und frisch angespitzte Bleistifte. Hier befand er sich auf unbekanntem Gebiet. Er fühlte es. Und kämpfte dagegen an.

»Der Kaffee dauert nur eine Minute«, sagte sie, um das angespannte Schweigen zu brechen. Er war hier, und sie hatte keine Zeit gehabt, sich vorzubereiten. Sie konnte nicht ahnen, dass er sich genauso fühlte wie sie. »Leider kann ich dir nichts anderes anbieten. Ich war diese Woche noch nicht einkaufen.«

Er hörte an ihrer Stimme, wie nervös sie war. Erstaunt sah

er, dass ihre Hände zitterten, als sie nach den Tassen griff. Das Flattern in seinem eigenen Magen beruhigte sich ein wenig. Wie sollte er sich ihr gegenüber verhalten? Er zog sich einen Stuhl heran und setzte sich.

»Du siehst blass aus, Anna.«

»Ich bin selten in der Sonne. In den ersten Wochen geht es immer hektisch zu.«

»Und an den Wochenenden?«

»Bin ich im Krankenhaus.«

»Wenn du Ärztin wärst, würdest du Überarbeitung diagnostizieren müssen.«

»Ich bin noch nicht Ärztin.« Sie stellte ihm den Kaffee hin, zögerte kurz und setzte sich zu ihm. Fast so wie früher. Und doch ganz anders. »Ich habe heute mit Myra gesprochen. Sie hat mir erzählt, dass du in Hyannis Port zu bauen begonnen hast.«

»Ja.« Er hatte zugesehen, wie die Fundamente geschüttet wurden. Und es hatte ihm nichts bedeutet. Überhaupt nichts. »Wenn alles klappt, wird das Haus im nächsten Sommer bezugsfertig sein.«

»Du musst sehr zufrieden sein.« Ihr Kaffee schmeckte grauenhaft. Sie schob ihn beiseite.

»Ich habe die Pläne im Wagen. Möchtest du sie sehen?«

»Gern.«

Stirnrunzelnd starrte er auf seine Hände. Er war ein Spieler, oder? Jetzt war der Zeitpunkt, ein Risiko einzugehen. »Ich spiele mit dem Gedanken, hier in der Stadt ein Bürogebäude zu kaufen. Niedrige Mieten für kleinere Unternehmen, aber ich bin sicher, der Grundstückspreis wird sich in den nächsten fünf bis sieben Jahren verdoppeln.« Er gab Zucker in seinen Kaffee, rührte aber nicht. »Mit der Textilfabrik gibt es ein paar Schwierigkeiten. Dein Vater versucht die Unebenheiten auszubügeln.«

Sie sah ihn unentwegt an. »Was willst du mir damit sagen?«

Er brauchte eine ganze Minute, um genug Mut aufzubringen. Geständnisse fielen ihm nicht leicht. Aber ihm war klar geworden, dass er sie so sehr brauchte wie seinen eigenen Stolz. »Ein Mann gibt nicht gern zu, dass er sich geirrt hat, Anna. Und er stellt sich auch nicht gern der Frau, die sich von ihm abgewandt hat, weil er es nicht zugeben konnte.«

Seine Ehrlichkeit machte ihr bewusst, wie sehr sie ihn liebte. »Ich habe mich nicht von dir abgewandt, Daniel.«

»Du bist weggelaufen.«

Sie schluckte. »Also gut, ich bin weggelaufen. Vor uns beiden. Ist dir klar, dass du mir in den letzten fünf Minuten mehr von dir gegeben hast als in der ganzen Zeit unseres Zusammenlebens?«

»Es ist mir nie in den Sinn gekommen, dass du dich für Fabriken und Zinsraten interessieren könntest.« Er wollte aufstehen, sah jedoch die Ungeduld in ihren Augen. »Sag lieber gleich, was dir durch den Kopf geht.«

»Als ich das erste Mal dein Schlafzimmer betrat, fiel mir auf, wie wenig von dir selbst dort in diesem Raum zu entdecken ist. Dann wurde mir klar, warum. Du bist so entschlossen, vorwärtszukommen. Sosehr du dir auch ein Heim und eine Familie wünschst, in deiner Vorstellung machst du das alles allein. Ich sollte einfach nur mitlaufen.«

»Ohne dich gäbe es keine Familie, Anna.«

»Du willst geben, aber du willst nicht teilen. Du hast mir nie angeboten, die Pläne für das Heim, von dem du behauptest, es für uns beide zu wollen, einzusehen. Du hast mich nie nach meiner Meinung oder meinen Vorschlägen gefragt.«

»Nein. Und als ich zusah, wie sie das Fundament legten, erkannte ich, dass ich das Haus haben würde, das ich wollte, aber nie ein Heim, das ich brauche.« Er ließ den Löffel geräuschvoll fallen. »Ich wusste nicht, dass es dir wichtig war.«

»Und ich wusste nicht, wie ich es dir zeigen sollte.« Sie lächelte schwach. »Dumm, nicht wahr?« Sie stand auf und trat ans Fenster, weil sie Abstand brauchte. Seltsam, aber bisher war ihr die tiefrote Farbe der Ahornblätter vor ihrem Fenster nie aufgefallen, obwohl sie jeden Abend hier gesessen und gearbeitet hatte. Wie viel Schönheit hatte sie sonst noch aus ihrem Leben ausgeschlossen? »Ein Teil von mir wünscht sich nichts anderes, als dieses Heim mit dir zu teilen.«

»Aber nur ein Teil.«

»Es ist dieser andere Teil, den du nicht akzeptieren kannst, der mich davon zurückhält. Der uns beide zurückhält. Du hast mich nie gefragt, warum ich im Krankenhaus arbeite, hast mich nie nach meinen Büchern gefragt oder warum ich Chirurgin werden will.«

Auch er erhob sich. »Ein Mann fragt eine Frau, die er liebt, nicht nach ihrem anderen Liebhaber.«

Schwankend zwischen Verwirrung und Ärger, drehte sie sich zu ihm um. »Daniel …«

»Erwarte nicht von mir, dass ich vernünftig bin«, knurrte er. »Ich bin schon fast so weit, dass ich auf Knien bettle, aber vernünftig kann ich nicht sein.«

Sie schnaubte und schüttelte den Kopf. »Na schön. Dann lass uns einfach sagen, eine Frau kann zwei Liebhaber haben und trotzdem ein glückliches Leben führen, weil jeder dem anderen gibt, was er braucht.«

»Ein schweres Leben.«

»Nicht, wenn beide Liebhaber bereit sind, der Frau zu geben, was sie braucht.«

Die Küche war zu klein, um hier auf und ab zu marschieren, also wippte Daniel auf den Fersen. »Weißt du, in den letzten Wochen habe ich viel über deine Arztkarriere nachdenken können. Mehr, als ich je vorhatte.« Er nahm eins ihrer Bücher vom Tisch und las den Titel. »Ich habe dich nie gefragt, warum du Chirurgin werden willst. Jetzt frage ich dich.«

Sie zögerte, hatte Angst davor, dass er eine gönnerhafte Bemerkung machen würde. Er war zu ihr gekommen und spielte mit hohem Einsatz. Nun, sie war auch bereit zu setzen. »Ich habe einen Traum«, antwortete sie leise. »Ich möchte etwas bewirken.«

Schweigend musterte er sie, intensiv, mit leuchtend blauen Augen. »Ich habe auch einen Traum, Anna.« Er legte das Buch hin. Erst jetzt machte er einen Schritt auf sie zu. »Das hier ist eine kleine Wohnung. Aber ich glaube, sie ist groß genug für zwei.«

Langsam stieß sie den angehaltenen Atem aus, bevor sie die Arme um ihn schlang. »Wir werden ein größeres Bett brauchen.«

»Das ist mein Mädchen.« Lachend nahm er sie auf die Arme und küsste sie. Die Erleichterung durchströmte ihn, bis er geradezu berauscht war. »Ich habe dich vermisst, Anna. Ich möchte nie wieder ohne dich sein.«

»Nein.« Das Gesicht an seinem Hals geborgen, sog sie tief seinen Duft in sich auf. »Nie wieder, Daniel. Ich fühle mich, als würde ich nur halb leben ohne dich. Ich habe versucht, die Tage mit Lernen vollzupacken, härter zu arbeiten, länger im Krankenhaus zu bleiben, aber es bedeutete mir nichts. Ich will, ich brauche dich bei mir.«

»Du hast mich. Ein größeres Bett und drei Telefone müssten reichen.«

Lachend presste sie ihren Mund auf seine Lippen. Sollte er doch seine Telefone haben, solange sie ihn hatte. »Ich liebe dich.«

»Das hast du mir nie gesagt.« Bewegt hielt er sie von sich ab. »Nie zuvor hast du mir das gesagt.«

»Ich hatte Angst, es auszusprechen. Ich dachte, wenn du erst weißt, wie sehr ich dich liebe, würdest du es benutzen, damit ich alles aufgebe.«

Er wollte es leugnen, dann verfluchte er sich selbst, weil es die Wahrheit war. »Und jetzt?«

»Jetzt bedeutet mir alles nicht mehr so viel, wenn du nicht bei mir bist.«

Er zog sich noch weiter zurück. »Als ich dir einmal sagte, dass ich Angst davor hätte, du könntest dich umsehen und jemanden finden, der dir besser gefällt, meinte ich das ernst.«

Sie schüttelte ihn leicht. »So ein Unsinn.«

Wusste sie denn nicht, wie wunderbar sie war, wie würdevoll? Ahnte sie denn nicht, dass sich ein Mann bei dem kleinsten Lächeln von ihr wie ein Tollpatsch vorkommen konnte? »Glaub nie, dass ich dich als selbstverständlich hinnehmen würde, selbst wenn es manchmal den Anschein haben mag. Anna, du bist die Antwort auf alle meine Fragen, und ich wünsche mir, dass ich dasselbe für dich bedeute.«

Einen Moment lang legte sie die Wange an seine Schulter. Nie wäre es ihr in den Sinn gekommen, dass er unsicher sein könnte. Sie liebte ihn dafür nur umso mehr. »Das bist du, Daniel. Ich wusste nur nie, ob ich dir würde geben können, wonach du dich so sehr sehntest.«

»Ich wollte eine Frau, die auf mich wartet, wenn ich abends nach Hause komme. Eine, die immer frische Blumen in den Vasen und strahlend weiße Spitzengardinen an den Fenstern hat. Eine, die immer mit dem zufrieden ist, was ich ihr biete.«

Sie blickte zu dem Bücherstapel auf dem Tisch, bevor sie Daniel ansah. »Und jetzt?«

»Jetzt glaube ich, dass eine solche Frau mich schon nach einer Woche langweilen würde.«

Sie presste die Finger auf ihre Augen, um die Tränen zurückzuhalten. »Das würde ich zu gern glauben.«

»Ich gebe nicht auf, Anna.« Seine Stimme klang plötzlich rau. »Du wirst mich heiraten. Am Tag nach deinem Abschluss. Du wirst keine vierundzwanzig Stunden Dr. Whitfield sein.«

Sie legte die Hände an seine Brust. »Daniel, ich …«

»Ab dann wirst du Dr. MacGregor sein.«

Ihre Finger erstarrten, sie musste tief Luft holen, bevor sie zu sprechen wagte. »Ist das dein Ernst?«

»Aye. Ich meine immer, was ich sage. Und du wirst es ertragen müssen, dass ich meine Frau als die beste Chirurgin des Landes vorstelle. Ich will deinen Traum mit dir teilen, Anna, und ich möchte, dass du meinen mit mir teilst.«

»Es wird nicht leicht werden. Als Assistenzärztin werde ich fast rund um die Uhr im Dienst sein.«

»Und in zwanzig Jahren werden wir zurückblicken und uns fragen, wie wir das durchgestanden haben. Mir gefällt es, auf lange Sicht zu planen. Ich wollte dich heiraten, weil du in meinen Plan passtest.« Er nahm ihre Hände in seine. »Jetzt bitte ich dich, meine Frau zu werden, weil ich dich so liebe, wie du bist.«

Lange schaute sie ihm in die Augen. Dieses Mal würde es keine Möglichkeit geben, um den Schritt zurückzunehmen. »Hast du den Ring noch?«

»Aye.« Er griff in die Tasche. »Ich hatte ihn immer bei mir.«

Lachend umfasste sie mit beiden Händen sein Gesicht. »Dieses Mal nehme ich ihn.« Als er ihr den Ring aufsetzte, legte sie eine Hand auf seine. »Und hier ist mein Versprechen, Daniel. Ich werde mein Bestes tun.«

Der Ring glitt auf ihren Finger. »Das ist gut genug.«

Epilog

Anna hatte in der Nacht kaum geschlafen, war nur hin und wieder eingenickt. Sie legte sich nicht auf die Liege, die man ihr gebracht hatte, sondern blieb auf dem Stuhl an Daniels Bett sitzen. Wenn er ihren Namen flüsterte, machte sie ihm Mut und sprach leise mit ihm, bis er sich wieder beruhigte.

Nur einmal ließ sie ihn allein, um nach Shelby zu sehen. Ansonsten saß sie bei ihm, betrachtete ihn und lauschte dem vertrauten Klicken und Summen der Maschinen.

Neue Schwestern traten ihre Schicht an. Jemand brachte ihr Kaffee. Der Mond ging langsam unter. Sie dachte an den Mann, den sie liebte, und an alles, was sie sich zusammen aufgebaut hatten.

Kurz vor Tagesanbruch beugte sie sich vor, um den Kopf neben seine Hand aufs Bett zu legen. Als Daniel erwachte, war sie das Erste, was er sah. Sie war eingeschlafen.

Es dauerte nur einen Moment, bis er sich an den Unfall erinnerte. Auch wenn die Medikamente ihn benommen machten, erinnerte er sich mit erschreckender Klarheit. Er dachte kurz an seinen Wagen. Ein hübsches Spielzeug, an dem er sehr gehangen hatte. Dann spürte er den Druck in seiner Brust und sah die Schläuche, die an seinem Arm lagen.

Jetzt erinnerte er sich an das, was nach dem Unfall geschehen war. An Anna, wie sie sich über ihn beugte und beruhigend auf ihn einsprach, während man ihn auf einer Trage ins Krankenhaus rollte. An die Angst in ihren Augen, bevor er das Bewusstsein verlor. An seine eigene Panik, dass man ihn von ihr wegbrachte.

Komischerweise erinnerte er sich auch daran, wie er auf sich selbst heruntergeschaut hatte, während Ärzte und Schwestern hektisch herumliefen. Dann war es ihm erschienen, als würde er wieder in seinen Körper zurückgezogen werden, aber dieses Gefühl war zu verschwommen, um es überhaupt zu beschreiben. Und dann wieder an Anna. Wie sie sich über ihn beugte, ihn verfluchte und seine Hand küsste. Danach hatte er nur noch geträumt.

Sie sah so erschöpft aus. Dann wurde ihm bewusst, wie schwach er selbst war. Wütend darüber versuchte er sich aufzurichten, doch es gelang ihm nicht. Hilflos tastete er nach Annas Wange. Augenblicklich war sie wach.

»Daniel.« Sie schloss ihre Finger um seine. Er sah alle Gefühle, die in Sekundenbruchteilen über ihr Gesicht huschten: Angst, Erleichterung, Trauer, unendliche Sorge und Stärke. Nur ihre Willenskraft hinderte sie daran, den Kopf auf seine Brust fallen zu lassen und in Tränen auszubrechen. »Daniel …« Ihre Stimme war so ruhig und sachlich wie bei ihrer ersten Begegnung. »Erkennst du mich?«

Es kostete ihn viel Kraft, aber er hob eine Augenbraue. »Warum, zum Teufel, sollte ich die Frau, mit der ich seit fast vierzig Jahren lebe, nicht erkennen?«

»Ja, warum, zum Teufel, nicht?«, fragte sie zurück und küsste ihn sanft auf den Mund.

»Du hättest es bequemer, wenn du dich zu mir ins Bett legen würdest.«

»Vielleicht später«, versprach sie und zog sein Augenlid hoch, um sich die Pupille anzusehen.

»Hör auf, an mir herumzufummeln. Ich will einen richtigen Arzt.« Er brachte ein Lächeln zustande.

Sie drückte auf den Knopf neben seinem Bett. »Siehst du mich verschwommen?«

»Ich sehe dich deutlich genug. Du bist so schön wie bei unserem ersten Walzer.«

»Du halluzinierst«, entgegnete sie trocken und sah auf, als eine Schwester den Raum betrat. »Bitte rufen Sie Dr. Feinstein. Mr. MacGregor ist bei Bewusstsein und verlangt nach einem richtigen Arzt.«

»Ja, Dr. MacGregor.«

»Ich liebe es, wenn sie dich so anreden«, murmelte er und schloss kurz die Augen. »Welchen Schaden habe ich angerichtet, Anna?«

»Gehirnerschütterung, drei gebrochene Rippen und …«

»Nicht bei mir«, unterbrach er sie ungeduldig. »Am Wagen.«

Schnaubend verschränkte sie die Arme vor der Brust. »Du bist unverbesserlich, Daniel. Ich weiß wirklich nicht, warum ich mir Sorgen gemacht habe. Jetzt tut es mir leid, dass ich die Kinder angerufen habe.«

»Die Kinder?« Das Funkeln mochte nicht so stark wie sonst sein, aber es war da. »Du hast die Kinder angerufen?«

Das war genau die Reaktion, die Anna erhofft hatte. Sie ließ es sich nicht anmerken. »Ja, sie sind hier. Ich werde mich bei ihnen allen entschuldigen müssen.«

»Sie sind gekommen?«

Sie kannte ihn gut genug, sie wusste, worauf er hinauswollte. »Natürlich.«

»Wozu? Um an meinem Totenbett zu trauern?«

Sorgfältig deckte sie ihn zu. »Wir wollten auf alles vorbereitet sein.«

Er zog die Stirn kraus und zeigte mit schwacher Hand zur Tür. »Na, dann hol sie herein.«

»Ich wollte nicht, dass sie die Nacht im Krankenhaus verbringen. Sie sind zu Hause.«

»Zu Hause? Du meinst, sie sind nicht hiergeblieben? Sie haben ihren eigenen Vater auf dem Sterbebett zurückgelassen und sind auf und davon, um seinen Scotch zu trinken?«

»Ja, ich fürchte, es sind sehr eigensinnige Kinder. Sie kommen nach dir, Daniel. So, hier kommt Dr. Feinstein«, schloss sie, als ihr Kollege das Zimmer betrat. »Ich lasse euch beide allein.«

»Anna.«

Sie blieb in der Tür stehen und drehte sich lächelnd zu ihm um. »Ja, Daniel?«

»Bleib nicht zu lange fort.«

Für sie war er noch immer so, wie sie ihn vor vielen Jahren kennengelernt hatte. Unerschütterlich, selbstsicher und stark genug, sie zu brauchen. »Habe ich das je getan?«

Sie verließ die Intensivstation und ging direkt in ihr eigenes Büro. Sie verschloss die Tür und gönnte sich den Luxus, zwanzig Minuten lang zu weinen. Sie hatte schon oft dort geweint. Jedes Mal, wenn sie einen Patienten verlor. Dieses Mal weinte sie vor Erleichterung. Und aus Liebe. Beide Gefühle waren zu groß, um sie in Worte zu fassen. Nachdem sie sich das Gesicht ausgiebig mit kaltem Wasser gewaschen hatte, ging sie ans Telefon.

»Hallo?«

»Caine«, sagte sie.

»Mom, wir wollten gerade anrufen. Ist er …«

»Euer Vater will euch sehen«, unterbrach sie ihn. »Er hat Angst, dass ihr seinen Scotch ausgetrunken habt.«

Caine machte eine unflätige Bemerkung, aber sie wusste, dass er damit nur seine unermessliche Erleichterung verbarg. »Sag ihm, dass noch genug für ihn da ist. Bist du okay, Mom?«

»Ich fühle mich großartig. Bitte Rena, mir ein paar Sachen zum Umziehen mitzubringen, wenn ihr kommt.«

»Wir sind in einer halben Stunde da.«

»Es ist wirklich eine Schande, dass ein Mann fast sterben muss, damit seine Kinder ihn besuchen.«

In die Kissen gelehnt, von Kopf bis Fuß bandagiert, hielt Daniel Hof.

»Ein paar gebrochene Rippen.« Serena saß am Fußende und kniff ihn leicht in den Zeh. Die ganze Nacht über hatte sie wach in Justins Armen gelegen.

»Ha! Sag das dem Arzt, der mir diesen Schlauch in die Brust geschoben hat. Und du hast es nicht einmal für nötig gehalten, meinen Enkel mitzubringen.« Er starrte Serena finster an, bevor er den Blick ebenso anklagend auf Caine richtete. »Oder meine Enkelin. Sie werden auf dem College sein, bevor ich sie wiedersehe. Sie werden nicht einmal wissen, wer ich bin.«

»Wir zeigen Laura einmal pro Woche dein Foto«, meinte Caine trocken. Dianas Hand ließ er nicht los. Er fragte sich, wie er die letzten vierundzwanzig Stunden ohne die Stärke seiner wunderbaren Frau hätte durchstehen sollen. »Nicht wahr, Liebling?«

»Jeden Sonntag«, stimmte Diana ungerührt zu.

Mit einem entrüsteten Brummen wandte er sich an Grant und Gennie. »Ich nehme an, deine Schwester hat einen guten Grund für ihre Abwesenheit«, sagte er zu Grant. »Und da ist es nur richtig, dass Alan bei ihr ist. Auch wenn er mein Erstgeborener ist. Schließlich wird sie mir in den nächsten Wochen ein weiteres Enkelkind schenken.«

»Jede Entschuldigung zählt«, sagte Grant glatt, und Caine studierte grinsend seine Nägel.

»Du siehst hübsch aus, Mädchen«, sagte Daniel jetzt zu Gennie. »Eine Frau blüht immer auf, wenn sie ein Kind unter dem Herzen trägt.«

»Ja, und sie geht in die Breite.« Gennie strich sich über den gewölbten Leib. »Noch einen Monat, und ich komme nicht mehr an meine Staffelei heran.«

»Du wirst einen Schemel benutzen«, ordnete Daniel an. »Eine Schwangere soll nicht den ganzen Tag auf den Füßen stehen.«

»Und du sieh zu, dass du bis zum Frühling wieder auf deinen eigenen Füßen stehst.« Grant legte seiner Frau einen Arm um die Schultern. »Du wirst nämlich nach Maine kommen müssen, um Patenonkel für unser Kind zu werden.«

»Patenonkel.« Daniel verzog das Gesicht. »Wie weit ist es mit der Welt schon gekommen, wenn ein MacGregor Pate eines Campbells wird.« Er ignorierte Grants Grinsen, auch wenn seine eigenen Lippen zu zucken begannen, und sah zu Gennie. »Aber für dich tue ich es. Ruhst du dich auch genug aus?«

Anna legte die Finger an sein Handgelenk und maß unauffällig seinen Puls. »Er vergisst, dass ich während der letzten drei Monate meiner Assistenzzeit mit Alan schwanger war. Habe mich nie besser gefühlt.«

»Ich muss sagen, ich habe meine Schwangerschaft auch genossen«, warf Serena ein. »Wahrscheinlich mache ich es deshalb noch mal.«

Daniel verstand sofort. »Noch mal?«

Serena gab Justin einen Kuss, bevor sie ihren Vater anlächelte. »Ja, in sieben Monaten ist es so weit.«

»Also da …«

»Es gibt keinen Scotch, Daniel.« Anna wusste genau, was er im Sinn gehabt hatte. »Zumindest nicht, bevor du nicht die Intensivstation verlassen hast.«

Er runzelte die Stirn, brummte etwas Unverständliches und breitete die Arme aus, so weit es ihm möglich war. »Komm her, kleines Mädchen.«

Serena umarmte ihn vorsichtig. »Erschrecke uns nie wieder so«, murmelte sie inbrünstig.

»Jetzt schimpf nicht.« Er streichelte ihr übers Haar. »Schon genauso schlimm wie deine Mutter. Und du passt gut auf sie auf«, befahl er Justin. »Ich will nicht, dass mein nächstes Enkelkind an einem Roulettetisch auf die Welt kommt.«

»Acht zu fünf, dass es ein Mädchen wird«, bot Justin grinsend an.

»Die Wette gilt.« Dann wandte Daniel sich an Diana. »Du hängst hinterher, du wirst aufholen müssen.«

»Nicht gierig werden«, tadelte sie gespielt ernst und nahm seine Hand.

»Ab einem gewissen Alter ist es einem Mann erlaubt, gierig zu sein, oder etwa nicht, Anna?«

»Eine Frau hat das Recht auf ihre eigene Entscheidung, und zwar in jedem Alter.«

»Ha! Habe ich euch eigentlich je erzählt, dass eure Mutter schon für Gleichberechtigung gekämpft hat, als es noch gar nicht in Mode war? Das Leben mit ihr war die reinste Hölle. Und hör endlich auf damit, mir den Puls zu fühlen, Frau! Für einen Mann gibt es keine bessere Medizin als die Familie.«

»Dann sollten wir wohl die Dosis erhöhen.« Anna nickte der Schwester an der Tür zu. Sie brachen bereits alle Krankenhausregeln, da kam es auf eine mehr oder weniger auch nicht mehr an. Sie spürte, wie Daniels Finger sich fester um ihre Hand klammerten, als Alan Shelby in einem Rollstuhl ins Zimmer schob.

»Was ist das?« Wenn Anna ihn nicht zurückgehalten hätte, hätte er versucht, sich aufzusetzen.

»Das«, setzte Shelby an und wickelte das Bündel auf ihrem Arm aus, »ist Daniel Campbell MacGregor. Er ist acht Stunden und zwanzig Minuten alt und will endlich seinen Großvater kennenlernen.«

Alan nahm seinen Sohn und legte ihn seinem Vater in die Arme. Die ganze Nacht hatte er gebetet, genau dies tun zu können.

»Sieh nur, Anna.« Daniel bemühte sich nicht, die Tränen zurückzuhalten. »Ein Enkelsohn. Er hat meine Nase. Da, jetzt lacht er mich an.« Als Anna sich mit kritischem Blick vorlehnte, um das zu überprüfen, lachte Daniel. »Erzähl mir jetzt nichts von Narkose und Halluzinationen, Anna. Ich erkenne ein Lachen, wenn ich es sehe.« Strahlend sah er zu seinem Sohn auf. »Gut gemacht, Alan.«

»Danke.« Alan setzte sich auf die Bettkante und legte seine Hand über die seines Vaters, der das Baby hielt. Drei Generationen von MacGregor-Männern waren glücklich.

»Campbell«, stieß Daniel plötzlich hervor. »Hast du gesagt, er heißt Campbell?« Er warf Shelby einen bohrenden Blick zu.

»Allerdings.« Sie erhob sich und griff nach Alans Hand. Vielleicht hatte sie vor weniger als neun Stunden noch auf der Entbindungsstation gelegen, aber sie fühlte sich, als könnte sie Bäume ausreißen. Auf jeden Fall war sie stark genug, um es mit einem MacGregor aufzunehmen. »Du gewöhnst dich besser gleich an die Tatsache, dass er zur Hälfte ein Campbell und zur Hälfte ein MacGregor ist.« Herausfordernd hob sie ihr Kinn ein wenig an.

Daniels Augen blitzten. Anna sah, wie Farbe in sein Gesicht schoss, und war zufrieden. Dann hörte sie sein Lachen. Daniel lachte, bis er schwach davon war. »Was für ein Mundwerk! Immerhin hattest du genug Verstand, ihn Daniel zu nennen.«

»Ich habe ihn nach jemandem benannt, den ich liebe und bewundere.«

»Du brauchst mir nicht um den Bart zu gehen.« Nur widerwillig gab er Alan ein Zeichen, ihm das Baby aus dem Arm zu nehmen, dann ergriff er Shelbys Hand. »Du siehst wunderschön aus.«

Sie lächelte und war überrascht über die Tränen, die in ihren Augen schwammen. »Ich fühle mich auch wunderschön.«

»Du hättest sie den Arzt verfluchen hören sollen.« Alan drückte ihr einen Kuss auf die Schläfe. »Sie hat gedroht, aufzustehen und nach Hause zu gehen und das Kind ohne seine lästige Einmischung zu bekommen.«

»Recht so. Es gibt nichts Schlimmeres als einen Arzt, der wie ein aufgescheuchtes Huhn um einen herumschwirrt, wenn man nur seine Ruhe haben will.« Er warf Anna ein unschuldiges Lächeln zu und wandte sich dann wieder an Shelby. »Und jetzt ab mit dir, zurück ins Bett, wo du hingehörst. Ich will mir keine Sorgen um dich machen müssen. Du hast uns ein wunderbares Geschenk gemacht.«

Shelby beugte sich vor und küsste ihn auf die Wange. »Und du mir, nämlich Alan. Ich liebe dich, du alter Griesgram.«

»So was muss ich mir von einer Campbell anhören. Marsch ins Bett.«

»Ich fürchte, ihr werdet jetzt alle gehen müssen, bevor der Krankenhausvorstand mir die Kündigung reicht.«

»Aber, aber, Anna ...«

»Wenn euer Vater genug Ruhe bekommt«, Anna drehte sich zu ihm um und warf ihm einen vielsagenden Blick zu, »kann er morgen früh die Intensivstation verlassen.«

Es ging weder leise noch schnell vor sich, doch schließlich hatte Anna ihre versammelte Nachkommenschaft aus dem Zimmer gescheucht. Sie tat, als hätte sie es nicht gehört, wie

Daniel Justin leise bat, auf ein Pokerspiel zurückzukommen. Oder Caine noch leiser die Order erteilte, ihm die im Arbeitszimmer versteckten Zigarren zu bringen. Sie wäre besorgt gewesen, hätte er nicht darum gebeten. Aber sie wusste auch, wie sehr Besuche einen Kranken anstrengen konnten. Bis sie mit Daniels Zustand zufrieden war, würde sie die Kinder nur einzeln oder paarweise zu ihm lassen. Und nur kurz. Der Trick dabei war, es ihm als seine eigene Idee zu verkaufen. Aber darin hatte sie jahrelange Übung.

Sie strich ihm das Haar aus der Stirn. »So, ich habe noch andere Dinge zu erledigen. Die habe ich vernachlässigt, weil ich mich um dich kümmern musste. Überflüssigerweise«, fügte sie lächelnd hinzu.

Jetzt, da er mit ihr allein war, brauchte er seine Schwäche nicht mehr zu verbergen. »Geh nicht, Anna. Ich weiß, du bist müde, aber ich möchte, dass du noch ein wenig bleibst.«

»Na gut.« Sie setzte sich zu ihm. »Aber ruh dich aus.«

»Wir haben gute Arbeit geleistet, was?«

Er meinte ihre Kinder, das wusste sie. »Ja.«

»Bereust du es?«

Verwirrt schüttelte sie den Kopf. »Was für eine dumme Frage.«

Er nahm ihre Hand. »Ich habe geträumt. Von dir. Von unserem ersten Walzer.«

»Der Sommerball«, flüsterte sie. Sie konnte den Mondschein sehen, die Blumen riechen. Seltsam, auch sie hatte in der Nacht davon geträumt. »Es war ein wunderschöner Abend.«

»Du warst wunderschön«, verbesserte er. »Und ich wollte dich mehr als alles andere auf der Welt.«

»Du warst arrogant«, erinnerte sie sich lächelnd. »Und unwiderstehlich attraktiv.« Sie küsste ihn voller Zärtlichkeit. »Das bist du noch immer.«

»Ich bin alt, Anna.«

»Das sind wir beide.«

Er presste ihre Hand an die Lippen. Der Ring, den er ihr vor so vielen Jahren geschenkt hatte, lag kühl an seiner Haut. »Und ich will dich noch immer so, wie ich nichts anderes gewollt habe.«

Anna verstieß gegen alle Regeln und legte sich neben ihn, um seine Schulter unter ihrem Kopf zu spüren. »Das hier wird mich meinen Ruf kosten.« Sie schloss die Augen. »Aber das ist es mir wert.«

»Du bist mir gerade die Richtige, um über Reputation zu reden.« Er berührte mit den Lippen ihr Haar. Selbst nach all den Jahren war es immer noch der gleiche Duft. »Ist schon komisch, aber ich habe jetzt unheimlich Lust auf Pfirsichkuchen.«

Sie lag einen Augenblick still, dann lachte sie und sah ihn an. Ihre Augen blitzten jung und verführerisch und voller Lebenslust. »Sobald du ein Einzelzimmer hast.«

– ENDE –

BJ James

Rosen weinen nicht

Roman

Aus dem Englischen von
Constanze Suhr

mtb

1. Kapitel

»Dann sind wir uns einig, Mr. Briggs.«

Patrick McCallum lehnte sich in seinem Stuhl zurück, er sagte jetzt nichts mehr, sondern wartete nur. Ein genüssliches Lächeln auf den Lippen, tippte er langsam gegen den Stiel seines Weinkelches. Auf die anderen beiden Männer wirkte er dabei ruhig und vollkommen konzentriert.

Ein paar hundert Meter weiter unter ihnen herrschte hektischer Großstadtverkehr. Abgaswolken zogen wie graue Nebelschwaden über die Straßen dahin.

Auf dem Dach des Hochhauses von Atlanta duftete es nach Blumen und exquisitem Essen. In diesem Restaurant fühlte sich jeder, als wäre er in einer anderen Welt. Die Aprilsonne ließ die zahlreich aufgestellten Zierbäume Schatten werfen, und das üppige Laubwerk, das noch immer feucht vom Morgentau war, schimmerte smaragdgrün.

Sanfte Violinenklänge untermalten das gedämpfte Stimmengewirr, das den Garten in luftiger Höhe füllte.

Doch Patrick McCallum war gegen den Charme dieses überdachten Paradieses hoch über Atlanta immun.

Er befand sich in einer Auseinandersetzung, genauer gesagt, am Ende einer Konfrontation. Es war der Moment, den Patrick besonders genoss: Der Sieg war schon greifbar nahe.

Briggs, von »Briggs Publishing«, arbeitete mit allen möglichen Tricks. Patrick hatte nichts anderes erwartet, er liebte die Herausforderung. Je gerissener der Gegner war, desto beglückender fiel der Triumph hinterher aus.

Mit seinen siebenunddreißig Jahren hatte Patrick McCallum auch bereits reichlich Niederlagen einstecken müssen, aber das war schon lange her! Für ihn schien zur Zeit nichts unmöglich zu sein, die Verzweiflung des Besiegten war ihm fremd geworden. Leben bedeutete für ihn kämpfen, der Rausch des Erfolges war alles, was für ihn zählte – und er kostete ihn reichlich aus.

»Briggs Publishing« gehörte ihm, das war so gut wie sicher – ein weiterer Erwerb für die Firma »McCallum Investments«. Es galt nur noch, auf der Hut zu sein, wenn Briggs sein letztes Register zog.

Langsam drehte sich Patrick zu dem Mann um, der schweigend an seiner Seite saß. Es war Rafe Courtenay, der Geschäftsführer der »McCallum American«. Er hatte diesen Kauf in die Wege geleitet.

Rafe kannte Briggs gut. Patrick und Rafe blickten sich einen Moment fest an. Ohne die Miene zu verziehen oder sich zu bewegen, verständigten sie sich miteinander.

»Behalte ihn im Auge!« signalisierten sie sich.

Patrick lenkte seine Aufmerksamkeit wieder auf Briggs, der immer noch müde lächelte. Das leise Fingertippen verstummte. Die Gesprächspartner musterten sich schweigend.

Die Spannung am Tisch hatte sich inzwischen auf die Umgebung übertragen, die Blicke der Gäste an den Nebentischen waren fast ohne Ausnahme auf Patrick, Rafe und Briggs gerichtet. Etwas passierte da, das spürte jeder. Es war etwas Aufregendes, das einen Hauch von Verruchtheit besaß.

Das kleine Orchester begann wieder zu spielen.

Der eindringliche Ton einer Violine riss die Kellnerin aus ihrer Starre. Die junge Frau hatte die drei Männer am Tisch fasziniert beobachtet und zuckte nun erschrocken zusammen.

Sie erinnerte sich wieder an ihre Pflichten und wollte hingehen, um Getränke nachzuschenken.

»Nicht, Irina.« Die steifen Finger ihrer Großmutter schlossen sich um das Handgelenk der jungen Frau. Irina blieb erstaunt stehen. Leere Gläser oder nicht nachgefüllte Tassen galten doch sonst in diesem Haus als eine Todsünde? »Aber Grandma«, protestierte Irina, »die Gläser sind leer.«

»Nein.« Die alte Frau hielt sie eigensinnig fest. »Wenn die Kater auf der Pirsch sind, wollen sie keine Störung. Auch nicht von einem so hübschen Mädchen wie dir.«

Irina betrachtete das gealterte Gesicht von Madame Zara. Deren Schönheit war zwar vergangen, aber die Weisheit, der Witz und Geist nicht. Das bemerkte jeder, wenn die kleine Frau ihren Posten an der Registrierkasse verließ, so wie in diesem Augenblick, um sich von der Arbeit ein wenig zu entspannen und mit den Gästen vertraulich zu plaudern.

Madame Zara war eine gebürtige Ungarin. Wenn sie in guter Stimmung war, ließ sie sich manchmal dazu hinreißen, einigen Besuchern weiszusagen. Und in ihren humoristischen Aussagen steckte immer ein Körnchen Wahrheit. Madame Zara spürte, was andere nicht bemerkten. Sie konnte in Worte fassen, was andere nur ahnten.

Bei ihrer heutigen Runde hatte sie den Tisch ausgelassen, an dem die Geschäftsverhandlungen stattfanden. Während sie die Männer beobachtete, flüsterte sie ihrer Enkelin mit dramatischer Stimme zu: »Das sind Dschungelkatzen, Irina, die eine Straßenkatze im Visier haben. Sie warten nur auf eine falsche Bewegung.«

»Dschungelkatzen?« Irina lächelte. Selbst für Grandma war das zu theatralisch. »Unser Gartenrestaurant kann ja wohl kaum als Dschungel bezeichnet werden.«

»Das tut gar nichts zur Sache. Die haben ihren Dschungel

immer dabei.« Madame Zara berührte die mit Edelsteinen besetzte Anstecknadel über der linken Brust. »Hier.«

Irina wandte sich in die Richtung, wo Rafe saß. »Der Dunkelhäutige, Grandma, was für eine Katze ist er?«

»Ah. Der Amerikaner.« Mit ihren schwarzen Augen musterte Zara den breitschultrigen, hochgewachsenen Mann mit dem kräftigen Körperbau, der auch durch das elegante Jackett, die Bügelfaltenhose und die ordentliche Krawatte für sie nichts von seiner eigenartigen Ausstrahlung verlor. Das ist ein eigenwilliger Typ, das Haar ist schwarz wie die Nacht, die Augen funkeln grün, wenn er in kalte Wut versetzt wird«, sinnierte sie.

Eine Strähne schlohweißen Haars fiel ihr über die faltige Wange. Abwesend griff sie danach und steckte sie zurück in den Haarknoten, der wie eine Krone auf ihrem Kopf saß. »Alles in allem: Er ist ein richtiger Panther.«

»Und der andere?«, fragte Irina mit einem Blick auf den kräftigen, eindrucksvollen männlichen Patrick. »Der große, gut aussehende Typ mit dem netten Akzent? Wie ordnest du ihn ein?« Gespannt blickte sie ihre Großmutter an.

Madame Zara richtete sich kerzengerade auf. »Das ist ein Schotte, er ist es gewohnt zu befehlen. Ein harter Mann, nicht sehr rücksichtsvoll. Er ist ein Zyniker, der hauptsächlich an sich selbst glaubt. Kein Mensch schöner Worte.« Ihr Blick ging ins Leere, als sie eine Weile nachdachte. »Er ist allein, das ist ein richtiger Löwe«, flüsterte sie andächtig und nickte – zufrieden mit dem Ergebnis.

Irina betrachtete die strengen Linien in Patricks Gesicht, das ausgeprägte Kinn, die hohe Stirn, in die sich bereits einige Linien eingegraben hatten, und den Mund, der nie zu lächeln schien.

Patrick war recht groß, er überragte sicher die meisten anderen Männer an Körpergröße, seine Schultern waren außergewöhnlich breit. Als Irina vorhin an ihm vorbeigekommen war, hatte sie gehört, wie er das R rollte.

Sein Haar wechselte im Licht von Rot bis zu einem dunklen Rotbraun. Und obwohl er es kurz geschnitten trug, konnte sie sich vorstellen, dass er oft daran dachte, es kürzen zu lassen. Dann würde es vermutlich wie eine echte Mähne wirken.

Wegen der Narben, die seine Lippe und die Stirn zeichneten, und wegen seiner Ruhe und Schweigsamkeit schien er ihr ein Mann zu sein, der sich gut kontrollieren konnte, der sein Temperament und seine Leidenschaft zügelte.

Irina lief ein Schauer über den Rücken, sie fühlte, wie recht ihre Großmutter hatte. Und sie fragte sich, ob es eine Frau gab, die den Löwen bändigen konnte.

Mit einem letzten Blick auf diese faszinierenden Männer eilte sie zu den anderen Tischen, um dort die wartenden Gäste zu bedienen.

Patrick lehnte sich leicht ungeduldig vor. Ohne das Interesse zu beachten, dass er um sich herum erweckt hatte, wandte er sich an seinen Kontrahenten. »Keine letzte Strategie, Briggs?«, erkundigte er sich spöttisch mit seinem schottischen Akzent. »Kein letztes Manöver, um den Einsatz doch noch zu erhöhen?«

Als Briggs schluckte und sich räusperte, lächelte Patrick. Der Mann hatte ihm über sich und seine Firma nicht die Wahrheit gesagt und glaubte, Patrick und seinen Vertrauten, Rafe Courtenay, übervorteilen zu können. In seinem Eifer hatte er versuchen wollen, noch mehr aus dem Verkauf der maroden Firma herauszuholen.

»Zuerst«, fuhr Patrick in ruhigem Ton fort, »seien Sie realistisch. Bedenken Sie den wahren Wert Ihres Unternehmens für mich – den verminderten Wert, meine ich.«

Briggs griff nach seinem Wasserglas, doch es war leer.

»Ah«, bemerkte Patrick mitfühlend. »Es denkt sich schlecht mit einem trockenen Mund. Dem können wir ja vielleicht abhelfen.«

Er drehte sich um und hielt nach der Bedienung Ausschau. Gleich hatte er Irina entdeckt. Während er schon die Hand hob, um sie heranzuwinken, hielt er plötzlich mitten in der Bewegung inne.

Langsam ließ er die Hand wieder sinken. Er rührte sich nicht von der Stelle, seine ganze Körperhaltung wirkte angespannt. Rafe Courtenay, der nichts lieber tat, als sich zurückzulehnen und Patrick dabei zu beobachten, wie er dem Gegner seinen Todesstoß versetzte, wurde augenblicklich wachsam. Er wandte sich ebenfalls um und folgte dem Blick seines Chefs.

Eine junge Frau stand in aufrechter, selbstsicherer Haltung hinter der Kellnerin am Eingang, sie hatte sich locker bei ihrem Begleiter eingehakt. Während Rafe sie beobachtete, trat sie in das helle Sonnenlicht, das den Saal durchflutete. Er sah ihr fließendes goldenes Haar, einen warmen, ein wenig sonnengebräunten Teint und eine schlanke, große Figur, die von einem tiefblauen Kleid betont wurde. Es war eine sehr schöne Frau, und sie hatte irgendwie ein bekanntes Gesicht …

Er lenkte seine Aufmerksamkeit wieder auf Patrick und erschrak. Er hatte sich weder bewegt, noch hatte er seinen starren Blick von der Frau abgewandt. In den vielen Jahren ihrer Freundschaft hatte Rafe den beeindruckenden Schotten noch nie so wie vom Donner gerührt erlebt. Briggs und dessen Firma waren vollkommen vergessen. Das hitzige Wortgefecht und die kühle Genugtuung des winkendes Erfolges ebenso. Rafe war klar, dass sogar er selbst im Moment für Patrick nicht existierte.

»Wer ist sie?«, stieß er hervor. »Wer ist sie?«

Briggs war aus der Lethargie erwacht und zuckte zusammen. Dabei stieß er mit dem Knie unsanft gegen das Tischbein. Bevor Rafe antworten konnte, rief er: »Mein Gott! Jordana, was macht sie hier?«

Patrick reagierte nicht auf den Ausruf. Er sagte keinen Ton, als die Frau in Blau an ihrem Tisch vorbeikam und den Raum durchquerte.

Die Hand noch immer auf dem Arm ihres Begleiters, schritt sie am Brunnen vorbei, durchquerte den Schatten der Zierbäume und trat dann wieder zurück ins Sonnenlicht. Sie hielt den Rücken gerade, und das betonte so recht ihre hohen Brüste. Unter dem schwingenden Rock zeichneten sich ihre langen, schlanken Beine bei jeder ihrer anmutigen Bewegungen ab. Der weiche Stoff schmiegte sich sanft um ihre schönen Hüften und die schmale Taille.

Diese Frau bewegte sich selbstsicher, mit erhobenem Kopf, der Blick war geradeaus gerichtet. Ihr Gesichtsausdruck zeigte Gelassenheit. Kein Fältchen war in ihren Augenwinkeln oder auf der Stirn zu sehen, als das grelle Tageslicht sie traf. Ihr Begleiter sagte etwas zu ihr, und sie wandte sich ihm zu.

Patrick hörte ihr heiseres Lachen, es war ein wundervoller Klang.

Mit dem gleichen unverhohlenen Interesse, das er vorher bei den anderen Gästen erregt hatte, beobachtete er die schöne Besucherin. Von seinem in sicherer Entfernung gelegenen Beobachtungsposten aus entging ihm nichts.

Er sah, wie der Begleiter den Stuhl für sie zurechtrückte, und hielt den Atem an, als sie mit langen, schlanken Fingern über das Holz und den Stoff der Rückenlehne strich. Es war eine sinnliche Bewegung. Sie musste jemand sein, der es liebte, feines Material zu berühren. Der Stoff ihres Rockes bedeckte den ganzen Sitz, als sie Platz nahm. Unwillig registrierte Patrick, wie ihr Begleiter ihre Wange berührte und lächelte, bevor er ihr gegenüber Platz nahm.

Bedächtig, jede Geste kontrolliert, entfaltete sie die Serviette und legte sie sich auf den Schoß. Dann schloss sie die Finger um das Wasserglas vor sich, das noch nicht gefüllt war, und wartete ruhig und ohne die Stellung zu wechseln.

Wieder legte sie den Kopf schief und lauschte den Worten ihres Begleiters. Dann verzogen sich ihre Lippen, und das wundervolle Lachen war wieder zu hören.

Als hätte ihn dieser wohlklingende Laut aus seinem Bann erlöst, wandte Patrick sich wieder um. Auf seinem Gesicht zeigte sich der konzentrierte, geschäftsmäßige Ausdruck, der für ihn so typisch war. Er blickte seinem Verhandlungspartner Briggs kühl und intensiv in die Augen.

Rafe lehnte sich erneut zurück, bereit, mit der Verhandlung fortzufahren. Er war immer noch erstaunt über Patricks ungewöhnliche Reaktion auf diese Frau, die allerdings unbestritten schön war.

»Jordana?«, fragte Patrick plötzlich wie aus heiterem Himmel und riss die Augen auf.

Briggs zuckte mit den Schultern. »Einfach Jordana.«

»Einfach Jordana? Was soll das heißen?« Irritiert blickte er sein Gegenüber an.

»Das heißt, sie wird nur einfach so genannt. Niemand kennt ihren richtigen Familiennamen. Sie ist die schöne Geheimnisvolle – mehr weiß man nicht.«

»Merkwürdig – sie gilt als die Geheimnisvolle. Sie haben sie aber sofort erkannt. Sie waren außerdem vollkommen überrascht, sie hier im Restaurant zu sehen. Etwas zweideutig, das Ganze, oder?«

»Diesmal nicht«, mischte sich Rafe ein. »Es gibt wohl kaum eine Person in Atlanta, die Jordanas Gesicht nicht kennt. Und wenn du mehr Zeit bei uns als in Schottland verbringen würdest, dann wäre sie dir auch bekannt. Jordana ist das Titelmädchen von fast jeder Zeitschrift im Lande – und das schon seit Monaten. Sie gilt seit Langem als das begehrteste Model überhaupt. Niemand weiß, wer sie eigentlich ist und woher sie kommt. Vielleicht ist auch Jordana nicht einmal ihr richtiger Name.«

Rafe blickte zu Jordana hinüber, als sie gerade das gefüllte Wasserglas an die Lippen hob. »Es muss schon ein besonderer Anlass sein, wenn sie sich aus ihrer strengen Isolation herausbegeben hat«, bemerkte er.

»Ist dieser Mann ihr Liebhaber? Ihr Ehemann?« Das erste hätte Patrick nicht davon abgehalten, sich um sie zu bemühen, das zweite schon. Ein ganz eiserner Grundsatz bei all seinen Affären war, dass er niemals etwas mit Ehefrauen anfing. Dazu hatte er als Kund zu schlechte Erfahrungen mit seiner Mutter gemacht, die seinen Vater ungeniert hintergangen hatte.

Rafe zog die Stirn kraus. »Ich habe keine Ahnung, wer dieser Mann ist.«

»Finde es heraus.«

»Patrick ...«

Patrick unterbrach ihn mit einer ungeduldigen Handbewegung. »Für welche Agentur arbeitet sie?«

»Ich nehme an, für die Meistbietende.«

»Finde es heraus.«

»Ist das eine Anweisung?«

»Ja«, war die knappe Antwort.

Briggs stockte vor Überraschung der Atem. Patrick fuhr sich ärgerlich durch die hellen Locken. Er hatte es diesmal mit seiner Arroganz ein wenig übertrieben. Rafe gegen sich aufzubringen war auch keine Lösung, wenn ihn diese merkwürdige, rastlose Langeweile stets und ständig plagte.

Nicht einmal Rafe, der ihn besser als jeder andere verstand, konnte sich vorstellen, wie monoton Patrick im Moment sein Leben fand. Was ihm einmal aufregend erschienen war, wurde trist und öde. Nichts war mehr richtig erregend, es gab keine tiefe Befriedigung.

Patrick hatte sich bisher immer wieder mit Erfolg eingeredet, dass dieser Zustand nur vorübergehender Natur sei, einfach eine Stimmung, die sich wieder änderte.

Er hatte eben härter gearbeitet, riskanter gespielt, war manchmal bis an die Grenze des Erträglichen gegangen. Doch nichts hatte geholfen. Seine frühere Begeisterung war verflogen. Die Leidenschaft, das Wichtigste in seinem Leben, war dabei, für immer zu erlöschen.

Bis zu diesem Tag.

Gerade eben hatte ihn der Anblick einer Frau gebannt und wieder zum Leben erweckt. Nichts und niemand hatte in den letzten Monaten so sehr sein Interesse entfacht wie diese Jordana. Sie erschien ihm wie ein Sonnenstrahl, der die finstere Nacht erhellte, in der er lebte. Vielleicht war sie Wirklichkeit, vielleicht aber auch nur eine Illusion, die er sich aus seinem Gefühl der Übersättigung heraus geschaffen hatte?

»Nein, Rafe«, bemerkte er schließlich mit einem ironischen Grinsen. »Es ist kein Befehl.«

Sein Mitarbeiter betrachtete ihn aus zusammengekniffenen Augen, dann lachte er. »Kein Befehl, aber eine nachdrückliche Bitte. Habe ich recht?«

»Ja«, stimmte Patrick zu.

»Nur zu meiner eigenen Information, Patrick. Was ist, wenn der Begleiter von Jordana ihr Liebhaber ist?«

»Was dann ist?« Patrick sah ihn irritiert an. Dieser Mann würde ihn ebenso wenig von einem Entschluss abbringen können wie Maeve Delmari, seine derzeitige Geliebte.

»Dann lass es mich anders ausdrücken. Was ist, wenn Jordana ihr Leben so gefällt, wie es im Augenblick ist?«

Patrick hatte Jordana hinter Rafes Rücken ständig im Blickfeld. Gerade saß sie allein am Tisch, ihr Begleiter war in die Privaträume des Restaurants verschwunden, wo es eine Reihe von Telefonen gab. Sie saß still da, wirkte auf ihn wie eine Insel der unerschütterlichen Ruhe.

Patrick schob seinen Stuhl zurück und stand auf. Er warf dem verblüfften Briggs und seinem amüsierten Freund einen herausfordernden Blick zu. »Was für eine bessere Gelegenheit als diese gibt es, um das herauszufinden?«

Von vielen neugierigen Blicken gefolgt, durchquerte er unternehmungslustig den Saal. Mit sicherem Schritt bahnte er sich den Weg zu Jordana. Er hörte dabei weder die Kommentare einiger Gäste, noch sah er die begehrlichen Blicke, die manche Frauen ihm zuwarfen. An ihrem Tisch, der etwas abseits von den anderen stand, blieb er stehen.

Während er darauf wartete, von ihr endlich zur Kenntnis genommen zu werden, stellte er fest, dass sie nicht ein einziges Schmuckstück trug. Als sie nicht auf ihn reagierte, sagte er nach einer Weile laut ihren Namen.

Er stand so eine Ewigkeit da, bis sie endlich den Kopf hob und sich in seine Richtung wandte. Er hatte sich getäuscht, als er annahm, dass ihre Augen einfach blau seien. War es wirklich möglich, dass sie die Farbe eines Amethysts hatten?

Ihr Blick, der auf ihn eigenartig und verführerisch wirkte, schien durch ihn hindurchzugehen. Keine Gefühlsregung drückte sich darin aus, keine Begrüßung oder irgendeine andere Reaktion. »Entschuldigung, kenne ich Sie?«

Ihre Stimme war so angenehm, wie Patrick es erwartet hatte. »Nein, aber das werden Sie bald.«

»Verzeihung, wie meinen Sie das?« Verständnislos zog sie die Stirn kraus.

»Bevor wir miteinander fertig sind, Jordana, werden Sie mich sehr gut kennen«, kündigte er in sanftem Tonfall seine Absichten unmissverständlich an.

Auf ihrem Gesicht machte sich ein alarmierter Ausdruck breit. »Ich glaube, da muss ein Irrtum vorliegen, Mr. …«

»McCallum, aber ich hätte es lieber, wenn Sie mich Patrick nennen würden.«

Jordana reagierte nicht mit einer nervösen Geste oder einer koketten Bewegung, wie er es erwartet hatte. Stattdessen faltete sie die Hände. Doch der verkrampfte Griff ihrer Finger verriet ihre Anspannung.

»Sie irren sich, Mr. McCallum, Sie werden keine Rolle in meinem Leben spielen, nicht die geringste.«

»Der Irrtum liegt bei Ihnen, Jordana.«

»Was soll das denn bedeuten?« Jordanas Begleiter tauchte plötzlich wieder auf und fuhr Patrick verärgert an. »Wer, zum Teufel, sind Sie denn?«

»Nicht, Philip.« Jordana schloss die Finger um seine Hand, die er ihr beschützend auf die Schulter gelegt hatte. »Dieser Gentleman hat sich nur getäuscht. Er hatte mich mit einer Freundin verwechselt.« Sie wandte die amethystfarbenen Augen in Patricks Richtung. »Oder war es eine Geliebte, Mr. McCallum? Das würde mich interessieren.«

Patrick ließ den Blick über ihre vollen Brüste gleiten und betrachtete unverschämt lange ihr Dekolleté. »Wir beide kennen die Antwort darauf. Oder jedenfalls werden wir sie bald kennen. Da bin ich sicher.«

Seine anzüglich geflüsterte Antwort bewirkte, was er mit seiner Musterung nicht gekonnt hatte. Ihr schoss Röte ins

Gesicht, und sie griff noch fester nach der Hand ihres Begleiters. Doch sie hatte ihre Stimme unter Kontrolle, und nicht einmal der aufmerksamste Zuhörer hätte herausgehört, wie beunruhigt Jordana war.

»Nein, Mr. …«

»Patrick«, verbesserte er sie.

McCallum«, fuhr sie fort. »Wir wissen die Antwort jetzt schon.«

»Und wie ist die Antwort, die wir schon wissen, meine Liebe?«

Ihre schönen Augen waren auf ihn gerichtet, doch sie schien ihn nicht zu sehen. »Wir wissen, dass wir keine Freunde sind, dass wir niemals Geliebte sein werden und mein Name nicht ›meine Liebe‹ ist.«

»›Niemals‹ ist eine lange Zeit«, erwiderte Patrick lächelnd, »und ›meine Liebe‹ passt auf jeden Fall sehr gut zu Ihnen.«

»Philip!« Jordana nahm die Hand ihres wütenden Begleiters und wehrte seine Erwiderung mit einer Geste ab. »Ich würde jetzt gern gehen.« Sie hielt seine Hand so lange, bis er sich beruhigt hatte. »Bitte, Philip«, sagte sie dann nach einem Moment. »Lass uns gehen.«

»In Ordnung, Dani.« Philip seufzte und beachtete Patrick einfach nicht mehr.

Er griff nach Jordanas ausgestreckter Hand. Als sie ihre Finger um seine schloss, half er ihr auf die Füße.

Patrick blieb einfach dort stehen, wo er war, und versperrte den beiden so den Weg. Erst als Jordana mit ihren wundervollen Augen direkt an ihm vorbeisah, trat er zur Seite. Sie hatte ihn vollkommen ignoriert und ihn nicht ein einziges Mal angeblickt. Ein leiser Zweifel überfiel ihn, als sie schweigend an ihm vorbeiging und einen leichten Duft von Blüten hinterließ, während ihr Begleiter sie aus dem Garten führte.

»Sonnenlicht und Blumen«, flüsterte er. »Das ist genau das, was ich brauche.« Jordana hatte das Restaurant verlassen, bevor er an seinen Tisch zurückkehrte.

Briggs war inzwischen geflüchtet, das Geschäft war von Rafe abgeschlossen worden, und zwar zum Vorteil von McCallum American. Patrick spürte Hochstimmung in sich aufsteigen, aber das hatte weit mehr mit der geheimnisvollen Jordana zu tun als mit Briggs und dem günstigen Kaufvertrag.

Um auf Rafes fragenden Blick zu antworten, sagte Patrick einfach: »Finde sie für mich. Beginne mit dem Mann. Sein Name ist übrigens Philip.«

Rafe nickte und nahm die Rechnung vom Tisch. »Sie muss wirklich eine Lady sein, wenn sie so viel Loyalität bei ihrem Freund findet. Ich dachte, der kleine Kerl würde sich in seiner Wut auf dich stürzen.«

»Klein?«

»Patrick, mit dir verglichen, ist jeder klein.«

Patrick war mit seinen Gedanken schon wieder woanders. »Ich hatte ganz vergessen, wie es ist, so lebendig zu sein. Sie ist wunderschön, Rafe, und im Augenblick glaubt sie, mich auf den Tod nicht ausstehen zu können.«

»Vielleicht stimmt es ja auch.«

Patrick lächelte selbstbewusst. »Dann kann es noch interessanter sein, ihr dabei zu helfen, diese Meinung über mich zu ändern, habe ich recht?«

Rafe wollte seinen Freund warnen, aber es war zu spät. Wenn er sich herausgefordert fühlte, war Patrick immer ruhelos und impulsiv – aber noch nie so wie in diesem Augenblick. Sein Freund wusste, dass es genauso unsinnig war, sich vor einen Güterzug zu stellen, wie zu versuchen, Patrick aufzuhalten. Wenn er etwas wollte, dann verfolgte er dieses Ziel. Ob er damit bei Jordana Erfolg haben würde, blieb allerdings abzuwarten.

Patrick war bereits halb aus der Tür, seine Gedanken drehten sich um Jordanas zarte Finger und ihre dunklen amethystfarbenen Augen, als Rafe ihn einholte. Der prüfende Blick Madame Zaras folgte den beiden Männern, von denen der eine so groß und dunkel, der andere riesig und einschüchternd war. Diese Männer hatten ihren friedlichen Garten hoch über Atlanta für einen Nachmittag in einen Dschungel verwandelt.

»Der Löwe glaubt, er würde die Lady zähmen können, aber er ist es, der gezähmt werden wird ... Ich sehe es schon ganz deutlich vor mir«, flüsterte sie und wandte sich kopfschüttelnd wieder ihrer Arbeit zu.

2. Kapitel

»Nun gut, und was ist mit diesen Äpfeln?« Miranda Taylor starrte auf das Telefon und ließ eine Flut von Fragen über sich ergehen. Mit den manikürten Fingernägeln klopfte sie ungeduldig gegen den Hörer, dann zog sie die Stirn kraus, als ihr Blick durch den eleganten Raum zum Garten schweifte.

Mit einem Schulterzucken legte sie schließlich den Hörer wieder sachte auf die Gabel zurück und stand von dem roten Seidensofa auf.

Ihre Schritte waren weitausholend und geschmeidig, sie hatte den anmutigen Gang einer selbstsicheren schönen Frau. An der kleinen Bar, die diesem Raum eine besondere Atmosphäre gab, goss sie frisches Wasser in zwei Kelche und trug diese durch die Terrassentür hinaus in die Sonne.

Sofort umfing sie der Duft von Blüten, der sich in der Hitze des Tages so gut entfaltete. Das Rauschen des nahe gelegenen Flusses war außerdem deutlich zu hören. Das gleißende Sonnenlicht begrüßte sie. An einem Liegestuhl neben dem Pool blieb sie mit ihren Gläsern stehen.

»Jordana Daniels, wenn du hier noch länger draußen herumliegst, wirst du bald so tiefbraun sein wie ich. Und dann wird sich Philip beschweren. Du weißt doch: Sonnenbräune ist sowieso out.«

Die letzte Bemerkung hatte sie fallen lassen, obwohl ihr klar war, dass die spärlich bekleidete Frau auf dem Liegestuhl sich weder um modische Trends noch Sonnenbräune kümmerte. Es war das wunderbare Gefühl der Hitze auf der Haut, in dem Jordana schwelgte.

Mit einer sinnlichen Bewegung richtete sie sich auf und genoss einen letzten Moment, das Gesicht zur Sonne gerichtet, die Wärme. »Bin ich denn schon so lange draußen, Randy?«

»Lange genug. Aber noch nicht zu lange«, fügte sie dann versöhnlich dazu. Sie griff nach einem T-Shirt, das auf dem Tisch neben dem Liegestuhl lag, und warf es Jordana in den Schoß. »Nur für alle Fälle.«

Randys fürsorgliches Schimpfen war ihr bereits vertraut. Leise lachend, schlüpfte Jordana in das Hemd und schloss sorgfältig die Knopfleiste vom Hals bis zu den Hüften, bedeckte so ihre bloßen Brüste und den knappen Bikinislip. »Bitte schön. Alles zugeknöpft, sittsam und züchtig.«

»Ich wette, in einem früheren Leben warst du ein Naturkind, das in irgendeinem tropischen Land wild und frei, ohne einen Faden am Leib, umhergezogen ist.«

Und das, dachte Randy, während sie Jordanas weißgoldene Haarmähne betrachtete, die locker von einem Haarband zusammengehalten wurde, ist genau der Grund, warum sie auf fast jedem Magazin-Cover zu bewundern ist.

Jordanas Gesicht zog die Blicke aller Menschen auf sich. Sie war eine natürliche Schönheit. Jordana verkörperte vergessene Träume, Freiheit und Glück – und die Leidenschaft einer neuen Liebe. Sie besaß eine Ausstrahlung, die sich auch auf den Titelblättern der Zeitschriften erhielt.

»Randy, hast du über Philips Vorschlag nachgedacht?«, wollte Jordana wissen.

»Welchen Vorschlag?« Randy wusste sehr gut, welcher Vorschlag gemeint war.

»Du weißt, worum es geht«, sagte Jordana weich, als Randy ihre Hand nahm und die Finger zum Stiel des Glases führte.

Sie nahm dankbar einen erfrischenden Schluck, bevor sie weitersprach. »Das Modellstehen.« Philip wollte, so wie er es erklärte, »das Licht mit dem Dunkel vervollkommnen.« Im Klartext hieß das, er wollte Randys heißblütige Körperlichkeit mit Jordanas unschuldigem Charme auf ein Foto bannen: Zwei beeindruckende Gesichter, das eine verkörperte Wollust, das andere den reinen Eros.

»Ich habe darüber nachgedacht.« Randy ließ sich in den Liegestuhl neben Jordana sinken. »Und zwar lange genug, um sicher zu sein, dass es wirklich das ist, was ich will. Ich habe mit meinem Gesicht und meinem Körper früher Geld verdienen müssen, und das reicht mir.«

»Das wäre etwas anderes.«

»Alles ist anders als dieses Leben, das wir jetzt führen«, erwiderte Randy schroff.

»Nicht.« Jordana hob die Hand ruckartig und bespritzte sich dabei mit Wasser. »Die Vergangenheit ist vergessen. Keine von uns ist das, was sie einmal war.«

»Das verdanken wir ausschließlich dir.«

»Nein.« Jordana streckte die Hand aus und wartete darauf, dass Randy sie ergriff. Sie drückte sie schnell und heftig und ließ sie dann wieder los. »Wir haben beide etwas dazu getan. Ich habe Philips Idee nur deshalb angesprochen, weil ich mir dachte, dass du vielleicht mehr möchtest als das hier.«

Randy war Jordanas Reisegefährtin, ihre Sekretärin, ihre Haushälterin. Außerdem musste sie das kleine Aufnahmestudio managen, das Jordana Jahre zuvor gegründet hatte. Gab es Verträge zum Modellstehen, so hieß das, Jordanas Make-up herzurichten, sie zu frisieren oder sogar die passende Kleidung auszusuchen.

»Ich will nichts weiter als ein ruhiges Leben und Zeit, um meine Tochter großzuziehen.« Randy strich versonnen über den Rand des Glases und betrachtete das Wasser, das in der Sonne funkelte. »Es sei denn, du meinst, ich müsse mehr für meinen Unterhalt tun.«

»Noch mehr! »Jordana lachte hell auf. »Wenn du noch mehr tun würdest als bisher, könnte ich es mir nicht mehr leisten, dich zu bezahlen.«

Randy lächelte über das Kompliment. Jordana war sehr wohlhabend. Einiges von ihrem Vermögen war geerbt, anderes selbst erarbeitet. Durch das Modellstehen hatte sie dem Reichtum noch einiges hinzugefügt. Dass Jordana ihre Unterstützung für wertvoller einstufte als das ganze Besitztum, beschwichtigte Randy in ihren Befürchtungen. »Ich bedeute dir so viel?«, fragte sie, weil sie es gern einmal ausgesprochen hören wollte.

»Das tust du. Aber bilde dir nur nichts ein. Wenn du annehmen würdest …«

»Nein, ich will nicht«, warf Randy ein, um damit das Thema zu beenden. »Da wir übrigens gerade von Philip sprechen: Er hat vorhin angerufen. Es ist etwas Brandeiliges. Chassen will dich als Sommer-Girl haben.«

»Girl«, schnaufte Jordana. »Ich bin achtundzwanzig! Wie sollen wir denn das machen?«

»Also erst mal siehst du aus, als wärst du zwanzig. Und außerdem, so erklärte Philip es, suchen sie mehr nach einer Stimmung, das Alter scheint ihnen nicht das Wichtigste zu sein. Die Aufnahmen werden im Freien gemacht. Und er hat Chassens Einwilligung, hier bei uns mit der Serie zu beginnen.

»Keine Reisen? Wahnsinnig!«

»Ganz zu schweigen davon, dass es endlich der große Kuchen ist, den Philip immer haben wollte. Hinter dem ist er doch her, seit er deine Freundschaft ausnutzte, um mit dir als Model viel Geld zu verdienen.«

»Er hat immerhin sein Wort gehalten, Randy. Ich hatte bisher nie mit jemand anderem zu tun als mit ihm. Niemand weiß, wer ich bin oder was ich bin. Das ist doch sehr beruhigend. Findest du nicht?«

»Das führt uns zum nächsten Punkt. Philip erzählte mir ganz besorgt, der Typ, der im Restaurant in Atlanta hinter dir her war, hat nicht aufgegeben.«

»Patrick.«

Etwas in Jordanas Tonfall ließ Randy aufhorchen. Patrick? Wieso erinnerte sie sich so gut an den Vorfall? Was konnte sie da bei Jordana heraushören? Angst, Erwartung, Interesse? »Nicht er, der andere. Er heißt Courtenay«, berichtete sie. »Den Gerüchten nach ist dieser McCallum wieder zu Hause.«

»In Schottland also.« Jordana fragte sich, warum sie noch immer den Klang seines weichen Akzents in den Ohren hatte.

»Ja, er lebt in Schottland. Aber der Mann scheint hartnäckig zu sein, er hat nicht aufgegeben.«

»Er ist es gewohnt, dass ihn die Frauen bewundern. Das habe ich nicht getan. Wenn er seinen verletzten Stolz überwunden hat, wird er die Sache wieder vergessen.«

»Da bin ich nicht so sicher.«

»Ich schon.«

»Bist du plötzlich eine Expertin, was Männer betrifft?«, zog Randy ihre Freundin auf.

»Kaum.«

In den ganzen achtundzwanzig Jahren ihres Lebens hatte es bei Jordana nie einen Mann gegeben. Da war kein Schwarm in der Kindheit gewesen, keine Teenager-Liebe und noch nicht einmal ein College-Flirt. Vielleicht war eine Liebesaffäre oder feste Freundschaft mit einem Mann etwas für eine normale Frau. Jordana war da anders. Trotzdem war sie mit der Situation zufrieden. Es war allerdings eine schwer erarbeitete Zufriedenheit. Deshalb wollte sie lieber nichts ändern.

McCallum war für sie bisher nichts weiter als eine sehr angenehme Stimme. Frech und selbstsicher hatte er dreiste Unterstellungen geäußert und provokative Versprechungen gegeben. Ja, provokativ. Kein Mann hatte sie bisher so neugierig werden lassen und sie so durcheinandergebracht wie dieser Patrick McCallum.

»Alles, was wir bisher über ihn gelesen haben, zeigt ihn als einen Frauenhelden, der auf schnelle Eroberungen aus ist. Ich habe ihn einen Moment gereizt, aber das war schon alles. Das war ein Reiz, der verfliegt. Er wird mühelos andere Frauen finden, wenn er nicht schon längst wieder eine neue Eroberung im Sinn hat.«

»Na, na, na.« Randy schüttelte den Kopf. »Hör doch nur zu, was diese Frau für einen Unsinn redet. Ein Reiz, der verfliegt? Hä! Der Mann ist besessen. Und er wird so lange besessen bleiben, bis er dich gefunden hat und bekommt, was er will.«

»Und was ist das, Randy?«

»Schätzchen, selbst du bist nicht so unschuldig. Tu nicht so. Dich will er!«

»Warum?«

»Das weiß nur der Himmel – und vielleicht Patrick McCallum. Aber wenn ich so überlege, dann würde ich sagen, dass die Frauen für ihn bisher zu leicht zu bekommen waren. Vielleicht ist ihm die Geschichte langweilig geworden, du bist nun für ihn eine Herausforderung. Und glaub mir, meine Liebe, nichts bringt einen Mann mehr in Form als eine Herausforderung.«

»Davon gibt es doch noch mehr. Überall leben Frauen«, gab Jordana zu bedenken.

»Das stimmt. Aber keine von den Frauen bist du. Sei also auf alles gefasst.«

»Gefasst auf was?«

»Das ist noch etwas, was zurzeit nur Mr. McCallum weiß.« Randy blickte nach oben zum Himmel und schätzte, wie spät es sein könnte. »Wenn du noch länger hier draußen bleibst, wird deine Nase bald rot gefärbt sein, und Philip macht uns dann die Hölle heiß. Cassie wird in einer Stunde von der Schule zurückkommen. Es bleibt genug Zeit, um Schokoladensplitter-Kekse zu backen. Willst du mir helfen?« Aufmunternd sah sie die Freundin an.

Es gab nichts, das Cassie lieber mochte als Schokoladensplitter-Kekse, und es gab niemanden, den Jordana mehr liebte als Cassie, Randys neunjährige Tochter. Unternehmungslustig stand sie auf. »Ich darf die Mixquirle ablecken.«

»Wir schließen einen Kompromiss«, bestimmte Randy. »Ein Mixquirl für dich, einer für mich. Die Schüssel für Cassie.«

»Abgemacht.«

Unbefugtes Betreten ist das Eindringen in den Besitz eines anderen ohne dessen Einwilligung, dachte Patrick.

Und das ist unbefugtes Betreten, was ich hier mache. Das musste er zugeben, als er über die Mauer in den Garten stieg, in dem Farne und Blumen bis zu einem mit einer Steinkante gesicherten Pool wuchsen. Jordana Daniels' Zuflucht war exklusiv, abgelegen und sehr eindrucksvoll. Als Patrick von Rafe die Nachricht erhielt, dass er Jordana gefunden habe, war er aus Schottland herbeigereist und hatte keine Ahnung gehabt, was ihn erwarten würde.

Bei der Information, dass sie die Haupterbin des Finanziers und Unternehmers Henry Daniels war, hätte er eher an eine umzäunte Villa mit Bewachung gedacht. Stattdessen fand er ein bescheidenes Haus vor, das umgeben war von sprießendem Grün.

»Tritt nur ein, Patrick. Fühl dich wie zu Hause«, murmelte er vor sich hin. Jetzt war es zu spät, sich darüber Gedanken zu machen. Er war bereits zu weit gegangen, um sich wieder zurückziehen zu können.

Und all das nur, weil eine schöne Frau einfach durch ihn hindurchgesehen und ihn mit ihren amethystfarbenen Augen so herausgefordert hatte wie noch nie eine zuvor.

Diese Augen hatten ihn Tag und Nacht verfolgt. Selbst in seinem geliebten Schottland hatte er keine Ruhe vor seinen Erinnerungen gehabt. Aber von diesem Tag an würde er dem Spuk ein Ende setzen.

Nachdem er den Pfad entlanggegangen war, der vom Pool wegführte, fand er sich vor dem Hintereingang des Hauses wieder. Genauer gesagt, vor der Küche, in der eine dunkelhäutige, attraktive Frau herumwerkelte. Als er an den Türrahmen klopfte, blickte sie von den Karotten, die sie gerade schnitt, hoch.

»Mr. McCallum, was hat Sie denn so lange aufgehalten?«, fragte sie ihn, ohne auch nur einen Moment zu stutzen oder mit dem Arbeiten innezuhalten.

»Sie haben mich erwartet?«, staunte Patrick.

»Früher oder später schon.« Sie wischte sich die Finger an einem Handtuch ab und kam ihm mit ausgestreckter Hand entgegen. »Ich bin Randy Taylor, Jordanas Sekretärin, Gefährtin, Freundin, was auch immer.«

»Sie wussten, dass ich kommen würde?« Er ergriff irritiert ihre Hand und registrierte, dass sein Gegenüber einen angenehm festen Griff hatte.

»Als Philip uns erzählte, dass Sie Jordana suchen, habe ich mich nach Ihnen erkundigt. Alles, was ich herausgefunden habe, war, dass Sie niemals aufgeben, bevor Sie das bekommen, was Sie wollen. Und im Augenblick scheint das Jordana zu sein. Habe ich recht?«

»Kann ich Ihre Begrüßung so auslegen, dass Sie das Ganze als keine schlechte Idee ansehen?«

»Sie können davon ausgehen, dass ich mich grundsätzlich dem Unvermeidlichen beuge. Jordana braucht noch jemand anderen in ihrem Leben außer meiner Tochter, Philip und mir. Und nur ein Mann wie Sie kann die Barrieren, die sie um sich aufgebaut hat, vielleicht überwinden.«

Randy stützte die Fäuste auf die Hüfte, kniff die Augen ein wenig zusammen und musterte ihn ausgiebig. »Sie können der richtige Mann sein oder sind es auch nicht. Es gibt da nämlich Probleme, mit denen Sie nicht gerechnet haben. Wir werden sehen, ob Sie genug Mumm besitzen, um trotzdem zu bleiben.«

Mumm? dachte Patrick amüsiert und wurde neugierig. »Probleme? Hat Miss Daniels sechs Finger an jeder Hand oder ein Holzbein?«

»Keine Extra-Finger oder Zehen. Ihre Beine sind übrigens auch perfekt.«

»Nach allem, was ich bisher gesehen habe, ist sie rundum ein vollkommenes Wesen.«

»Dann sind Sie genauso blind wie…« Randy wandte sich ab, ging zum Tresen und griff nach einer Karotte. »Wenn Sie um sechs Uhr immer noch hier sind, dann sind Sie herzlich zum Dinner eingeladen, Mr. McCallum. Wir essen früh, wegen meiner Tochter.« Sie reckte das Kinn und deutete damit in eine Richtung. »Folgen Sie Ihrer Nase, und gehen Sie am Pool und dem Bach vorbei. Sie werden Jordana mit Philip auf der Wiese finden.«

»Einfach so?«

»Einfach so.«

»Keine Ankündigung? Keine Warnung für Jordana?« Patrick konnte sein Glück kaum fassen.

»Nein.«

»Aber warum?«

»Weil alles, was ich über Sie erfahren habe, mir sagt, dass Sie trotz Ihrer Arroganz und Aggressivität – und aller Frauengeschichten – ein anständiger Mensch sind.«

»Tatsächlich?« Patrick hob süffisant die Augenbrauen.

»Ich lese eine Menge. Genauso viel picke ich mir auch zwischen den Zeilen heraus. Ich weiß zwar nicht, was Sie heute früh gelesen haben, aber alles, was von Belang ist, kenne ich schon.«

»Sie setzen wohl viel Vertrauen in das, was Sie lesen?«

Und in das, was ich bei Jordana heraushöre, wenn sie von dir spricht, dachte Randy. »Ich vertraue auf das, was ich lese, und auf mein eigenes Urteilsvermögen. Ich habe ein ganzes Leben lang Erfahrung in der Beurteilung von Männern sammeln können.«

»Ein ganzes Leben.« Patrick betrachtete sie kritisch und stellte fest, dass sie noch sehr jung war.

»Man kann sehr intensiv leben«, ließ Randy ihn wissen, die seinen Blick verstanden hatte.

Patrick ließ das Thema fallen, nahm sich aber vor, später darauf zurückzukommen. »Und wenn Sie sich täuschen? Ich könnte Jordana verletzen.«

»Ich weiß. Man muss aber auch Risiken eingehen. Ich hätte sie Ihnen sicher nicht mit Absicht über den Weg geschickt, aber nun sind Sie eben hier, ich werde Sie nicht aufhalten.« Sie hätte es sowieso nicht gekonnt, selbst wenn sie es gewollt hätte.

»Und wenn Sie Ihr Spiel verlieren und ich ihr weh tue?«, fragte Patrick neugierig nach.

»Wenn Sie es absichtlich tun, dann schlitze ich Ihnen den Bauch auf.« Randy hob das Gemüsemesser hoch und blickte Patrick ernst an. »Zweifeln Sie nicht daran. In dieser Hand habe ich bereits ganz andere Dinge gehalten – nicht nur kleine Küchenmesser.«

»Ich verstehe«, behauptete Patrick freundlich, aber er verstand gar nichts. Er wusste nicht, was mit ihm selbst los war, warum diese geheimnisvolle Jordana eine solche Wirkung auf ihn ausübte. Und er verstand auch nicht, warum diese im Grunde sympathische Frau ihn zuerst freundlich begrüßte und ihm im nächsten Moment drohte. Es war ihm alles rätselhaft, aber er würde dieses Mysterium entschleiern.

3. Kapitel

»Okay, Dani. Lauf einfach auf den Teich zu. Zwölf Schritte ungefähr. Bleib stehen, dreh dich um. Wirf das Haar herum, so dass es dein Gesicht streift. Du bist ein Mädchen und achtzehn, es ist Sommer, und du fühlst dich wunderbar.«

»Achtzehn.« Jordana lachte, und der heisere Klang ihrer Stimme war bis zu der Baumreihe zu hören, bei der Patrick stand und ihr zusah.

»Das soll eine Traumszene werden, wir benutzen deshalb den Weichzeichner. Nicht, dass du es nötig hättest! Später geben wir mehr Schärfe, das wirkt dann realistisch. Das Foto soll von der Jahreszeit, den Stimmungen erzählen. Der Sommer hat gerade begonnen, und du bist das Sommer-Girl. Ihr werdet zusammen reif. Nun, bist du bereit?«

Auf Jordanas Nicken legte Philip ihr die Hände auf die Schultern und drehte sie mit dem Gesicht zum Teich. Als er sich zu ihr hinunterbeugte und ihr einen Kuss auf die Wange gab, fühlte sich Patrick auf unsinnige Weise irritiert. Er wünschte, es wären seine Hände, die auf ihren Schultern lagen, seine Lippen, die ihre Wangen berührten – und ihren Mund.

Und bald wird es auch so sein! Das versicherte er sich nochmals voller Überzeugung.

Ein- oder zweimal wiederholte sich die Szene, und jedes Mal hatte Philip Conroy seine Hände auf Jordanas Schultern gelegt. Jede nur denkbare Gelegenheit nutzte er, um sie zu berühren.

Patrick umfasste wütend den Stamm eines jungen Baumes

und fragte sich, wie lange er das noch mit ansehen konnte. Er beobachtete, wie Jordana ein weiteres Mal den Hügel hinunterlief und erst kurz vor dem Teich stehen blieb. Als dieser Conroy sie dort fortzog, war sie nur Zentimeter von dem steilen Ufer entfernt gewesen, unter dem das tiefe, klare Wasser wie ein dunkler Saphir in der Sonne glitzerte.

Jordana trug ein weißes Gewand aus leichtem, schwingendem Stoff. Den einzigen Farbfleck in ihrer Kleidung bildete das bunte Blütenmuster auf der Krempe des weißen Strohhutes, der ihren Kopf schmückte.

Widerwillig musste Patrick Conroy zugestehen, dass er es fantastisch schaffte, die Stimmung festzuhalten, die er haben wollte. Er hatte aus Jordana ein Symbol von Jugend gemacht. Sie verkörperte unschuldige Jugend, wirkte wie der Sommertag, der frisch zum Leben erwachte.

Patrick zweifelte nicht daran, dass jeder Mann, der später die Fotos sehen würde, das Gleiche fühlte wie er. Faszination hatte ihn erfasst, und ein süßer, köstlicher Schmerz breitete sich in ihm aus, es war das Verlangen, Jordana zu besitzen.

»Das war's für heute«, rief Philip plötzlich. »Das Licht ändert sich. Wenn wir das hier geschafft haben, was ich glaube, dann können wir mit einer anderen Stimmung weitermachen. Sie soll auch weich und sanft sein, aber eher verträumt wirken. Unser unschuldiges junges Mädchen, dessen Leben reine Harmonie ist, beginnt davon zu träumen, wie sein Leben sein könnte. Wir werden nach und nach den Reifungsprozess darstellen.«

Philip zögerte und legte Jordana einen Arm um die Schultern, als wollte er sie festhalten. »Ich habe ein männliches Model bestellt, einen Typ, der in der letzten Sequenz deinen Liebhaber spielen wird.«

»Nein!« Jordana befreite sich ruckartig aus seiner Umarmung. »Du weißt, dass ich mit niemand anderem als mit dir arbeite.«

»Schätzchen, du musst es diesmal tun! Der Liebhaber ist ganz natürlich im Fortlauf unserer Geschichte.«

»Nein!« Der verzweifelte Ausruf von Jordana ging Patrick durch und durch. Er hörte mehr heraus als nur Ärger oder Überraschung. Es war Panik darin enthalten.

»Jordana.« Philip griff nach ihrem Arm. »Es muss so sein. Ich habe dir das vorher nicht gesagt, weil...«

»Nein.«

»Bitte, Jordana.«

»Sie haben gehört, was die Lady gesagt hat, Conroy. Sie meint Nein!«

»Patrick!« Jordana fuhr herum und wandte sich der Richtung zu, aus der die Stimme gekommen war.

»McCallum!«, rief Philip zur gleichen Zeit. »Wie, zum Teufel, sind Sie hierhergekommen?«

»Mit dem Flugzeug, dem Auto und zu Fuß.«

Patrick schenkte Conroy keine weitere Beachtung, als er auf die Wiese trat. Seinen Namen von Jordanas Lippen zu hören, das hatte ihn sehr gefreut. Mit sehnsüchtigem Blick betrachtete er sie, als er geradewegs auf sie zulief.

»Die Aufnahmen sind nicht öffentlich. Jordanas Aufenthaltsort ist geheim«, erklärte Philip verärgert, der überrascht beobachtete, wie sich der hochgewachsene Besucher auf sie zu bewegte, »Niemand konnte das wissen. Niemand hat das... Doch – Richard Chassen! Es ist sein Projekt. Er wusste es. Sie oder Ihr Kollege, dieser Courtenay, haben mit ihm gesprochen?«

»Es ist ganz egal, was ich weiß und von wem ich meine Informationen habe, Conroy. Was zählt, ist, dass ich hier bin und Sie gehen werden.«

»Wenn Sie glauben, ich ließe Sie hier mit Jordana allein, dann haben Sie sich aber geirrt«, tobte Philip.

»Es ist schon in Ordnung, Philip, du brauchst nicht hierzubleiben.« Jordana hatte ihr Gesicht noch immer dem Eindringling zugewandt. »Geh nur, ich bin sicher, Randy wartet schon auf uns. Sag ihr, dass Mr. McCallum uns gefunden hat und dass ich mit ihm später nachkomme.«

»Ich glaube, es ist besser, wenn ich bleibe, Dani.«

»Mr. McCallum ist kein Verrückter, Philip. Wenn er es wäre, hätte Randy sicher das Alarmsystem in Gang gesetzt. Sie sind doch kein Verrückter, Mr. McCallum, oder?«

»Wenn ich das wäre, würde ich es wohl kaum zugeben.«

Und wenn ich nicht ganz bei Trost wäre, fragte sich Patrick, würde ich es dann selbst überhaupt wissen?

»Auf jeden Fall ist es jetzt zu spät. Du musst doch noch arbeiten, Philip! Und unser Besucher wird mich bestimmt gern zum Haus zurückbegleiten.«

Patrick versuchte, ihren Blick einzufangen, aber diese wunderschönen Augen waren auf etwas gerichtet, das neben ihm lag. Er hatte das überwältigende Bedürfnis, sie an sich zu reißen, sie zu küssen und zu umarmen, bis sie sich so nach ihm sehnte wie er sich schon jetzt nach ihr. Er wollte, dass diese fantastischen amethystfarbenen Augen wirklich auf ihn gerichtet waren und dasselbe Verlangen in ihnen zu lesen war, das er empfand.

»Das würden Sie doch tun, Mr. McCallum?« Jordana richtete diese Frage an ihn.

Patrick schluckte, dann nickte er. »Es wird mir ein Vergnügen sein, Miss Daniels zum Haus zu begleiten.«

»Jordana?«, versuchte Philip es noch einmal. »Bist du sicher?«

»Ja, ich bin sicher.« Sie streckte die Hand aus und wartete, bis Philip sie ergriff. »Es wird nicht lange dauern. Bald kommen wir nach.«

Als Philip gegangen war – nicht ohne sich noch mehrmals umzudrehen –, breitete sich ein zynisches Lächeln auf Patricks Gesicht aus. Jordana hatte sich nicht von der Stelle gerührt. Sie stand aufrecht da, die Arme hingen locker herab. Sie machte einen vollkommen arglosen Eindruck und sah aus, als sei sie tatsächlich das Sommer-Girl, das Philip zu fotografieren versuchte: unschuldig, unkompliziert und rein.

»Sie sind eine wirklich Kühle, was?«, meinte Patrick schließlich herausfordernd.

»Bin ich das?« Sie hob den Kopf ein wenig, abgesehen von dieser Andeutung einer Bewegung, reagierte sie nicht.

»Und eine gute Schauspielerin ebenfalls.«

»Eine Schauspielerin? Wie kommen Sie darauf?« Jordana wurde unsicher.

»Sie sind wochenlang vor mir davongerannt – oder haben zumindest so getan. Und nun bin ich hier, und Sie würdigen mich keines Blickes.«

Ein Verdacht machte sich plötzlich in Patrick breit. War das womöglich nur eine billige Taktik gewesen, die er nicht durchschaut hatte und die ihn dazu bringen sollte, genauso zu reagieren, wie er es jetzt getan hatte?

Er begann sie zu umkreisen, während er weitersprach. »Sie sind nicht so wie andere Frauen, Jordana. Sie haben nicht reagiert, wie ich es erwartet habe. Ich liebe die Herausforderung und das Wagnis. Sie verkörpern beides für mich.«

Jordana drehte sich auf der Stelle und folgte damit dem Klang der Stimme. Dabei dachte sie gar nicht daran, sich zu orientieren. »Sie meinen, ich habe Sie absichtlich herausgefordert?« Erstaunt nahm sie das zur Kenntnis.

»So etwas in der Art.« Er lief noch immer um sie herum, ohne sie aus den Augen zu lassen. Wenn seine Anschuldigung stimmte, dann spielte sie ihr Spiel wirklich hervorragend. Das musste man ihr lassen.

»Wie könnte ich das denn tun?«

Patrick hob die Hand, um eine Locke von ihrer Schulter zu streichen. Genüsslich ließ er das weiche Haar durch seine Finger gleiten. »Jordana Daniels. Die goldene Frau. Schön, geheimnisvoll und unnahbar.«

Mit dem Daumen strich er leicht über ihre Wange. Als sie wie hölzern dastand und seine Berührung über sich ergehen ließ, reizte ihn das noch mehr. Mit der Fingerspitze fuhr er provozierend über ihre Mundwinkel, die volle Unterlippe, ganz langsam weiter hinunter bis zum Kinn, um schließlich ihren Hals dort sanft zu berühren, wo der Puls schlug. Und erst dabei bemerkte er eine Reaktion auf seine dreiste Annäherung.

»Jordana Daniels. Du verkörperst für mich das Sonnenlicht in der Finsternis und die Sanftheit in einer brutalen Welt. Du bist nicht greifbar und aufregend, begehrenswerter als alle Frauen, die mir je begegnet sind. Es ist verrückt, aber wie könnte ich widerstehen? Könnte das irgendein Mann?«

Als er die Hand auf ihren Nacken legte, um sie zu sich heranzuziehen, spürte er, wie sie erschauerte. Mit der anderen Hand griff er in ihr volles Haar und zog ihren Kopf zurück. Sie ließ es willig geschehen.

Jordana hatte die Hände auf seine Brust gelegt, doch sie blieb passiv. Ihre Lippen waren weich und nachgiebig, als er sie berührte. Ein leiser Ton drang an sein Ohr, es war wie eine Mischung aus Protest und Zustimmung. Dann wurde daraus ein kleiner wohliger Seufzer.

Er vertiefte den Kuss, ohne Widerstand zu spüren. Sein Verlangen stieg ins Unermessliche. Diese Frau, dachte er, wird mich noch mehr kosten als nur Diamanten und Rubine.

»Was immer es auch kostet«, stöhnte er leise, und dabei meinte er etwas anderes als Geld, während er langsam die Hand von ihrem Haar herunternahm.

»Kosten?« Jordana wandte sich widerwillig von ihm ab. Dieser Kuss hatte sie verwirrt, sie war vollkommen durcheinander gewesen, doch seine Worte hatten sie wieder ernüchtert. Sie hob Patrick das Gesicht entgegen und wand sich aus seiner Umarmung. »Kosten, Mr. McCallum?«

»Du hast mich vorher Patrick genannt. Ich mag es, wenn du Patrick zu mir sagst.«

»Was für Kosten, Mr. McCallum?«, beharrte Jordana.

»Die Kosten, dich zu bekommen, Jordana Daniels«, sagte er mit samtweicher Stimme. »Was sonst?«

»Randy sagte, Sie seien arrogant«, flüsterte sie. Ihr dämmerte, dass genau das zutraf.

»Arrogant?« Patrick lachte auf. »Ist es arrogant, zu wissen, dass dir mein Kuss gefallen hat, dass du es wolltest? Dass du noch mehr möchtest?«

»Nein.« Sie trat von ihm weg.

»Ja.«

Jordana war völlig desorientiert, als sie sich umwandte, um vor ihm zu fliehen. Sie wollte nur von ihm fort und ihm entkommen. Hilflos drehte sie sich und versuchte davonzurennen.

»Jordana! Halt! Jordana!« Er folgte ihr mit großen Schritten und riss sie ruckartig an sich, als sie bereits mit einem Fuß über den Rand der Uferböschung getreten war.

»Verdammt noch mal!« Er presste sie fest an seine Brust. »Bist du denn blind?«

Ihre Antwort war nur ein undeutliches Flüstern, aber er hatte es verstanden. »Wie bitte?«, rief er ungläubig.

»Ja, Patrick«, antwortete sie noch einmal fest. »Ich bin blind. Hast du das noch nicht gemerkt?«

Er umfasste ihr Gesicht, diesmal war seine Berührung sanft. Schweigend betrachtete er ihren leeren Blick. Die Wahrheit, die einzige Wahrheit, die Sinn machte, erschütterte ihn. Und plötzlich wurde ihm so manches klar.

Diese wunderbaren Augen, die ihn so verrückt gemacht hatten – diese Augen hatten ihn noch nie gesehen.

Seine arroganten Anschuldigungen lasteten schwer auf ihm, als er Jordana an sich zog.

»Es tut mir leid, Jordana«, entschuldigte er sich reumütig. »Mein Gott, es tut mir wirklich leid.«

4. Kapitel

»Sie haben mich da hineinrennen lassen«, beschwerte sich Patrick bei Randy.

»Nein.« Randy goss einen großzügigen Schluck Brandy aus der Karaffe und schob das gefüllte Glas über den Küchentresen zu Patrick hinüber. »Ich habe nur nichts unternommen, um Sie an Ihrem Vorhaben zu hindern.«

»Sie hätten mich warnen können.«

»Ich habe Sie gewarnt.«

Patrick fuhr sich über das Kinn und starrte durch die geöffneten Türen zum Garten. Dort bewegten sich die Blumen und Gräser im lichten Wind. Und vor ihm entstand das Bild von Jordana, wie sie sich auf der sommerlichen Wiese gedreht hatte.

Jordana, wie ruhig und still sie war! Ihre Augen, die dieses wunderbare Blau hatten, glänzten geheimnisvoll in der Sonne. Augen, die mich niemals sehen konnten …

Er sah Jordana, die sich im Kreis drehte, dem Klang seiner Stimme folgte. Zuerst war sie gelassen geblieben, als er sie geküsst hatte – dann plötzlich hatte sie auf atemberaubende Weise reagiert.

Verlangen hatte ihn erfasst – so einzigartig, beruhigend fast. Es war ohne Begierde gewesen, ohne Wildheit und Kraft. Nur Verlangen, so, wie er es nie erlebt hatte. Zärtlichkeit und Versprechen und mehr. Hoffnung, Träume, Vertrauen – Dinge, über die er sich bisher eher lustig gemacht hatte.

Er hatte nicht verstanden, was ihn getrieben hatte, seit er ihr das erste Mal im Restaurant in Atlanta begegnet war. Er hatte es nicht verstanden, bis zu diesem Kuss auf der Wiese. Dann war ihm klar gewesen, dass er sie haben musste und all das, was sie für ihn repräsentierte.

Er sah Randy frustriert an. »Probleme? Ach du meine Güte, sollte das ein Witz sein?«

Randy spürte, wie er mit sich kämpfte. Patrick McCallum war verrückt genug nach Jordana, um den Ozean für sie zu überqueren. Es war bei ihm nicht einfach nur das übliche Interesse, und er war auch kein gewöhnlicher Mann. Jordana brauchte andererseits einen Mann, der sie umsorgte, und es musste ein ungewöhnlicher Mann sein …

»Trinken Sie das.« Randy schob das Brandy-Glas noch dichter an ihn heran. »Jordana wird in wenigen Minuten unten sein.«

Sie zuckte mit den Schultern und seufzte. Nun hatte sie das Spiel bereits begonnen und konnte genauso gut weitermachen. Sich zurückzuziehen, wenn sie sich auf dem rechten Weg vermutete, war nicht ihr Stil. Oder besser, wenn sie hoffte, auf dem rechten Weg zu sein.

»Sie können sich für die kleinen Unannehmlichkeiten entschuldigen und gehen«, fügte sie herausfordernd hinzu. Ihre Haltung veränderte sich nur unmerklich. »Das ist es doch, was Sie vorhaben, oder?« Ihre Verachtung war nicht zu überhören. »Der große Patrick McCallum macht sich aus dem Staub!«

Patrick wandte ihr ruckartig das Gesicht zu und blickte sie wütend an, doch Randy hielt seinem Angriff stand. Während sie sich wie zwei Kampfhähne anstarrten, bemerkte keiner von beiden die leisen Schritte draußen im Flur und Jordana, die an der Tür auftauchte.

Patrick schlug ärgerlich mit der Faust auf den Tresen. »Verdammt noch mal! Was soll ich denn Ihrer Meinung nach jetzt tun?«

»Das, weshalb Sie gekommen sind.«

»Haben Sie Ihren Verstand ganz und gar verloren? Diese Frau ist blind!«

»So?« Randy hielt noch immer den Blick fest auf ihn gerichtet, ohne mit der Wimper zu zucken.

Mit einer halb verzweifelten, halb ärgerlichen Geste schob Patrick das Glas mit dem Brandy von sich. Er benötigte einen klaren Kopf.

Randy griff nach dem verschmähten Getränk und hob es an die Lippen. Über den Rand des Glases beobachtete sie unbewegt, wie er krampfhaft nach Worten suchte. Sie nahm einen Schluck und spürte, wie ihr die bernsteinfarbene Flüssigkeit die Kehle hinab rann, sich warm ausbreitete und langsam ihre Nerven beruhigte.

»Sehen Sie, Randy«, begann Patrick ungeduldig. »Ich kam aus freien Stücken hierher und habe Sie alle rücksichtslos überfahren, ich gebe es zu. Aber ich habe es ja nicht gewusst. Ich konnte es doch nicht wissen.«

Er hob abwehrend die Hände und ließ sie dann resignierend auf die Theke sinken. Es kam selten vor, dass er sich bei jemandem entschuldigte, und er war nicht sehr gut darin. Ihm fehlte es einfach an Übung.

»Sie kamen, weil Sie Jordana wollten«, begann Randy in unnachgiebigem Ton. »Und dabei war es Ihnen in Ihrer anmaßenden Art zunächst egal, was mit denen geschieht, die Ihnen eventuell im Weg stehen können.«

Patrick unterdrückte einen Einwand und holte tief Atem. »Ja!«, rief er aufgebracht. Sie versuchte ihn mit seinen eigenen Waffen zu schlagen, hielt ihm seine eigene Arroganz vor Augen. Und zum ersten Mal seit Langem gefiel ihm nicht, was er da über sich erkannte. Die Wahrheit war unangenehm.

Wieder holte er tief Luft – wie ein Ertrinkender, der seinen letzten Atemzug tat. »Ja«, gab er zu. »Ich kam her, weil ich sie wollte. Und so verdammt großspurig, wie ich war, dachte ich, ich könnte sie dazu bringen, mich genauso zu begehren. Es hat mich nicht interessiert, was irgendjemand anders dazu zu sagen haben könnte. Ich wollte sie wirklich besitzen.«

Randy setzte das Glas ab und verschränkte die Arme vor der Brust. »Ja, und?«

»Und die Beziehung oder die Liebesgeschichte, wenn Sie so wollen, hätte ihren typischen Verlauf genommen.«

»Ihren Verlauf?« So wie Grippe oder Mumps, nur weniger ungelegen, kam es Randy in den Sinn. »Und nun?«

»Nichts.«

Randy ließ mutlos die Schultern sinken. Sie hatte den Einsatz gewagt und verloren. Jetzt konnte sie nichts mehr tun, um ihn daran zu hindern, wieder aus Jordanas Leben zu verschwinden. Das war sehr schade.

Andererseits war es vielleicht auch besser so.

Vielleicht war er zu hart und kompromisslos. Mit ihm hätte sich Jordanas behütetes Dasein verändert, sie wäre sicher manches Mal von ihm verletzt worden. Aber auf der anderen Seite war die Erfahrung nicht wertlos.

Jordana brauchte mehr als nur die Arbeit und ein paar wenige, ausgewählte Freunde. Sie brauchte im Grunde einen Partner. Einen wie Patrick, dessen Liebe genauso kompromisslos wäre wie sein ganzes Verhalten. Er dürfte die Eingeschlossenheit Jordanas, die sich in den letzten Monaten noch intensiviert hatte, einfach nicht akzeptieren.

Jordana, die immer so tapfer hatte sein müssen, zieht sich mehr und mehr zurück, ohne jemals richtig gelebt zu haben. Das war Randys Ansicht.

Aber das lasse ich nicht zu, wenn ich es verhindern kann,

dachte sie mit neu aufwallender Entschlossenheit. Sie hätte diese Situation niemals absichtlich herbeigeführt, aber da Patrick nun einmal da war, würde sie nicht so leicht aufgeben. Vielleicht konnte sie ihn dazu bewegen, seine Entscheidung zu überdenken?

»Sie haben eine Frau getroffen, und etwas an ihr hat Sie berührt – so sehr, dass Sie Himmel und Hölle in Bewegung gesetzt haben, um sie wiederzufinden. Sie ist noch immer die gleiche Frau, die Frau, für die Sie vom anderen Ende der Welt hergekommen sind.« Randy griff nach dem Glas, es war leer. Stattdessen fasste sie nach der Kante des Tresens. »Dass sie blind ist, macht sie nicht weniger schön. Oder weniger begehrenswert.«

»Vielleicht für Patrick schon«, sagte Jordana ruhig von der Tür her.

Patrick drehte sich ruckartig mit dem Barhocker herum und stieß dabei mit dem Ellbogen sein Glas um. Es gab aber kein klirrendes Geräusch, weil Randy schnell reagierte. Doch er hätte es sowieso nicht registriert, denn seine Aufmerksamkeit galt nur Jordana. Er betrachtete sie von oben bis unten und suchte nach typischen Anhaltspunkten, die ihm vorher nicht aufgefallen waren.

Nun bemerkte er sie, auf den ersten Blick – aber nur, weil er Bescheid wusste.

Es stimmte. Sie war jetzt nicht weniger schön, nicht weniger begehrenswert.

Sie hatte das weiße Gewand gegen ein leichtes, scharlachrotes Kleid getauscht, das am Nacken zusammengehalten war und ihre Schultern freiließ. Das Haar fiel ihr lose auf den Rücken hinunter, hier und dort kringelte sich eine feuchte weißgoldene Locke. Ihre Haut glänzte.

Die reizende Unschuldige in Weiß war nicht mehr zu sehen, an ihre Stelle war eine herzliche, verführerische Frau getreten. Ihr natürliches, ungeschminktes Gesicht, ihr Kleid, ihr wildes Haar stellten nicht die Unberührte dar, sondern eine Frau, die gestreichelt und umarmt werden wollte. Sie war nun eine Frau, die er an sich ziehen könnte, um das Gesicht in der Fülle der Haare zu betten, während er das Band des Kleides löste, um die süßen Geheimnisse darunter zu enthüllen.

Patrick zwang sich, den Blick von dem aufreizenden Brustansatz zu wenden, den das Dekolleté entblößte. Er sah hinter sich, in der Erwartung, Conroy dort zu sehen. Er hätte es sein müssen. Aber was wusste dieser Fotograf schon davon, wie man Jordana beschützte?

»Wo ist Ihr Freund?«, erkundigte er sich barsch. »Derjenige, der Sie über die Wiese scheucht und wenige Zentimeter vor der Böschung als Model stehen lässt?«

»Philip tut nur seinen Job«, verteidigte Jordana ihren Betreuer verärgert.

»Seinen Job«, empörte sich Patrick. »Also wo ist denn Ihr Freund jetzt?«

Der letzte Mensch, den er im Moment sehen wollte, war Conroy. Trotzdem war er wütend, dass er nicht da war. Genauso wütend war er über Randy, die ihn so unversöhnlich betrachtete. Auch Jordana hasste er, weil sie so begehrenswert wie zuvor war, und sich selbst, weil er sie trotz ihrer Behinderung noch immer wollte.

Patrick fragte sich, warum er nicht schon längst weg war und stattdessen weiter in diesem Haus herumlungerte, obwohl er Jordana wohlbehalten zurückgebracht hatte. Es hatte ihm doch nie große Schwierigkeiten bereitet, eine Frau zu verlassen. Also, warum ging er nicht?

Er hatte sie gewollt, bevor er wusste, dass sie blind war. Und er wollte sie auch jetzt noch.

Die Erinnerung daran, dass sie vorhin auf der Wiese wegen seiner Plumpheit und Arroganz vor ihm geflüchtet war, stachelte seine Wut noch mehr an.

»Nachdem er wochenlang unerschütterlich mein Kommen verhindern wollte, knickte Ihr guter Freund nun um wie ein Strohhalm und liefert Sie mir kampflos aus. Wo ist denn Ihr guter Ritter geblieben?«

»Ich bin hier zu Hause und sicher.«

Patrick lachte bitter auf und fragte sich, ob Jordana tatsächlich an ihre eigenen Worte glaubte. Sicher? Nach dem berauschenden Kuss auf der Wiese? Nicht einmal die unschuldigste Person konnte so naiv sein.

Wie unschuldig war sie eigentlich? Für den Preis einer Zeitschrift konnte jeder Mann sich in ihren goldenen Versprechungen verlieren. Aber wie viele Männer hatten daraus Realität werden lassen? Wie viele könnten es gewesen sein? fragte er sich, und plötzlich spürte er ein hässliches Gefühl von Eifersucht, ein Gefühl, das ihm vorher fremd gewesen war.

Patrick verfolgte mit finsterem Blick Jordanas Weg durch die Küche. Ihre Schritte wirkten ruhig und sicher, ohne jeden Anflug von Zögern.

Fast hätte er meinen können, dass sie doch sehen konnte.

Aber er griff nach einem Strohhalm. Jordana war blind, und sosehr er es auch leugnen wollte, nichts hatte sich verändert. Mit der Tatsache musste er sich abfinden.

Kurz vor dem Küchentresen blieb Jordana stehen. »Sie sind über Philip verärgert, Sie meinen, er hätte mich im Stich gelassen, aber das ist nicht der Fall. Er wollte jetzt hier sein, aber ich hatte ihn gebeten, nicht herzukommen.« Bevor

Patrick eine schroffe Antwort geben konnte, wandte sich Jordana an Randy, die sie beobachtete wie eine Tigerin ihre Jungen.

»Randy?« Jordana streckte wieder ihre Hand aus und wartete, dass ihre Freundin sie ergriff. »Würdest du uns allein lassen? Mr. McCallum und ich haben etwas zu besprechen. Es wird nicht lange dauern.«

Randy umschloss Jordanas Finger mit beiden Händen und betrachtete dabei genau ihre Gesichtszüge. »Bist du sicher, dass du das willst?«

»Ja, ich bin sicher.«

Randy hielt Jordanas Hand einen Moment und verließ dann nach einem letzten warnenden Blick auf Patrick die Küche. Als ihre Schritte verklungen waren, entstand eine drückende Stille im Raum. Patrick war klar, dass Jordana nichts sagen würde. Er musste den ersten Schritt tun.

»Nach meinem lächerlichen Auftritt vorhin auf der Wiese hätten Sie allen Grund, mich zu hassen«, begann er das Gespräch unter vier Augen.

»Was vorhin passiert ist, war genauso meine Schuld wie Ihre. Dafür kann ich Ihnen nicht böse sein.«

Das entsprach kaum der Wahrheit, aber Patrick widersprach nicht. »Fürchten Sie sich vor mir, Jordana?«

»Nein.« Dann schüttelte sie den Kopf und verbesserte sich. »Ja, Sie jagen mir manchmal Angst ein. Aber im Moment nicht.« Sie berührte seinen Arm und legte ihre Hand auf seinen Ellbogen. Ein kleines wehmütiges Lächeln erhellte ihr Gesicht. »Kommen Sie, wir setzen uns in den Garten. Randy meint, das sei die schönste Zeit des Tages.«

Ihre Hand immer noch auf seinem Arm, ging Patrick mit Jordana hinaus in den Garten. Sie setzten sich dort an einen Tisch, der direkt neben dem Pool stand.

Als sie ihm von der gegenüberliegenden Seite des Tisches das Gesicht zuwandte, hatte er das Gefühl, sie blicke durch seine raue Schale hindurch und sähe den richtigen Patrick, den er vor der Welt versteckte.

»Was können Sie eigentlich genau sehen?«, erkundigte er sich schroff.

»Hell und Dunkel. Umrisse und Schatten, wenn die Lichtverhältnisse einigermaßen vernünftig sind.« Sie sagte das so unbewegt, als spräche sie über das Wetter.

»Sind die Lichtverhältnisse jetzt richtig für Sie, können Sie mich sehen?«, wollte er wissen.

»Nein, Patrick«, sagte sie fast sanft, als wollte sie ihn mit ihrer Antwort nicht verletzen. »Meine anderen Sinne helfen mir, die Situation zu erfassen. Sie sitzen jetzt zum Beispiel, denn Ihre Stimme kommt von der gleichen Höhe wie meine. Wenn Sie stehen würden, käme sie von oben.«

Jordana lachte leise. »Und mein Verstand sagt mir, dass Sie mir gegenübersitzen, weil ich das Kratzen des Stuhls über Stein gehört habe und es sonst keine Fliesen an diesem Rand des Pools gibt.«

»An dem Tag im Restaurant in Atlanta hätte ich schwören können …«

»Sie waren für mich eine Stimme. Ich konnte Sie nicht sehen, das werde ich auch nie können.«

Er erinnerte sich daran, wie sie an Conroys Arm durch die Reihen der kleinen Tische gegangen war. Ruhig und selbstsicher hatte sie gewirkt, geführt von großem Vertrauen. Wie sie zart über die Konturen des Stuhls gestrichen hatte, unauffällig abtastend, sich orientierend. Das leere Glas hatte sie geduldig in der Hand gehalten und es, nachdem es gefüllt worden war, präzise neben sich platziert. Er dachte an ihre Überraschung, als er sich als Fremder genähert hatte. Der leicht verwirrte Gesichtsausdruck, während sie überlegte, ob sie ihn vielleicht kannte.

Das alles waren Reaktionen und Bewegungen, die bei ihr schon instinktiv erfolgten, lange zur Gewohnheit geworden waren. »Wie lange sind Sie denn blind?«

»Mein Leben lang.«

Patrick atmete tief ein. Er hatte an viele Jahre gedacht, aber nicht, dass es schon immer so gewesen sein könnte. Es war ihm unmöglich, sich vorzustellen, dass sie noch nie einen Sonnenuntergang gesehen hatte oder eine Blume, solche Morgen wie die, die er in Schottland so liebte. Es war ihm nicht klar gewesen, dass sie auch keine Ahnung hatte, wie wunderschön sie war.

»Wie kam das?«

Vielleicht war seine Fragerei grausam direkt, aber er musste es einfach wissen.

»Jordana machte nicht den Eindruck, als störte sie seine offene Neugier. Sie hatte ihm weiterhin das Gesicht zugewandt und verzog keine Miene. »Ich war eine Frühgeburt, und es gab eine Störung in dem Brutkasten, in dem ich lag. Das war vor achtundzwanzig Jahren nichts Ungewöhnliches.«

»Sicher hat Ihre Familie versucht, etwas dagegen zu tun, eine Heilmethode zu finden. Die Medizin macht doch ständig Fortschritte. Es werden täglich neue Therapien entwickelt, irgendeine Aussicht auf Heilung muss es doch geben.«

»Sie haben alles versucht. Bis zu dem Tag, an dem mein Vater starb, hat er alles Mögliche unternommen. Ich war damals neun Jahre alt. In diesem Jahr hat meine Großmutter dem ein Ende bereitet. Ein nicht wiedergutzumachender Schaden, sagte sie, sei eben nicht auszubessern. Damit müsse man leben lernen. Zumindest hatte sie in dieser Beziehung recht.«

Ein unerklärlicher Ausdruck veränderte ihr Gesicht, ein Ausdruck, den Patrick bei ihr noch nicht kannte. Aber er war augenblicklich wieder verschwunden.

»Ihre Großmutter hatte wohl Probleme mit Ihrer Blindheit, oder?«, wagte Patrick seine Vermutung auszusprechen. »Sie lehnte Sie ab, weil Sie nicht perfekt waren.«

»Das war der zweite Ansatzpunkt für Kritik.« Sie lächelte wehmütig, und Patrick stellte fest, dass auch blinde Augen traurig aussehen konnten. Doch wieder waren es nur wenige Momente, dann begann sie in derselben ruhigen und gleichgültigen Art weiterzureden wie zuvor. »Der erste Fehler war, dass ich nicht männlich bin. Jemand, der den Namen Daniels weitervererben kann.

Jetzt, nachdem meine Mutter sich in der Schweiz zum zweiten Mal verheiratet hat, gibt es nur noch zwei mit unserem Namen – Großmutter Emma und mich. Das bedeutet, eine verbitterte alte Frau und eine Blinde. Wir sind die Letzten der Familie.«

»Haben Sie keinen Kontakt mehr zu Ihrer Großmutter?«, wollte Patrick wissen.

»Seit meinem achtzehnten Lebensjahr weigert sie sich, mich zu sehen.«

»Was passierte, als Sie achtzehn waren, Jordana? Was kann eine Achtzehnjährige in den Augen von Emma Daniels so Fürchterliches tun, dass sie es ihr in zehn Jahren nicht vergibt?« Patrick fand das sehr mysteriös.

»Meine Großmutter ist eine sehr altmodische Lady und eine richtige Südstaatlerin. Korrekt, stolz und außerordentlich um die Familie und deren guten Ruf besorgt. Sie hat noch die Ansichten einer Zeit, in der ein Kind wie ich versteckt wurde. In ihren Augen bin ich eine Quelle der Scham, die man nicht preisgibt. Ohne einen Vater konnte meine Mutter nichts gegen sie ausrichten, und genauso ging es mir. Bis ich achtzehn war und rebellierte.

Sie befürchtete, ihre Freunde könnten sie bemitleiden, weil sie eine Enkelin wie mich hatte. Eines, was uns verbindet, ist die Abscheu vor Mitleid. Sie wählte den Weg, das Problem zu verleugnen. Ich kämpfte. So haben Großmutter und Enkelin unterschiedliche Ansichten und unterschiedliche Methoden. Daraus entstand zwangsläufig diese Entfremdung.«

Patrick war im Grunde kein sehr mitfühlender Mann, dafür war er zu hart. Doch als er Jordana betrachtete, die in dem schwächer werdenden Licht der Nachmittagssonne saß, verspürte er das Bedürfnis, sie in die Arme zu nehmen und ihr zu sagen, dass sie nicht minderwertig oder eine Schande sei, wohl aber die ehrgeizige Emma Daniels.

Betroffen schweigend saß Patrick da und fragte sich, warum Jordana, die wochenlang unnahbar und ausweichend gewesen war, sich entschlossen hatte, ihm, einem völlig Fremden, etwas so Privates und Schmerzvolles zu erzählen.

Als spürte sie die Spannung, berührte Jordana ihre Schläfen mit den Fingerspitzen und presste sie leicht. Dann fuhr sie sich durch das Haar und hinterließ es noch zerzauster als vorher.

Für die Außenwelt war sie geheimnisvoll, unnahbar, ein Traum. Hier im Garten saß sie als Frau aus Fleisch und Blut, mit den Sorgen und Sehnsüchten einer realen Person. Wenn ihre Fans ihr nicht sowieso schon zu Füßen gelegen hätten, dann wäre es spätestens dann der Fall gewesen, wenn sie sie so sähen.

»Ich habe eine Frage, Patrick.« Sie hatte eine Augenbraue skeptisch hochgezogen, das war für sie ebenfalls eine ungewöhnliche Geste. Dann schüttelte sie den Kopf und suchte nach einem Anfang.

»Ich weiß so viel von Ihnen. Als Sie sich nach mir zu erkundigen begannen, versuchte Randy, ebenfalls alles über Sie herauszubekommen. Ich weiß, Sie sind beruflich außerordentlich erfolgreich, ebenso im Sport und bei Frauen. Boulevardblätter wie auch seriöse Zeitungen nehmen immer wieder das Thema Ihrer ewig wechselnden Liebesbeziehungen auf.

Ich weiß von Ihren Ländereien in Schottland, von Ihrem Vater und wie eng Sie miteinander verbunden waren. Nur Ihre Mutter ist eine vage Figur. Es gibt keine Informationen über sie. Fast scheint es, als hätte sie niemals existiert. Mir ist klar, dass es einen privaten Patrick gibt, der mehr ist als nur ein Porträt, das sich aus Zeitungsartikeln zusammensetzt. Genauso, wie es eine private Jordana gibt, die wenig mit der gemeinsam hat, deren Fotos auf den Zeitschriftentiteln erscheinen und die in der Werbung zu sehen ist. Wahrheit und öffentliche Darstellung haben nichts gemeinsam.«

»Stellen Sie Ihre Frage, Jordana.« Nachdem er sie wochenlang verfolgt und ohne Ankündigung und uneingeladen bei ihr zu Hause eingedrungen war, schuldete er ihr das einfach. Vielleicht war es das, was ihn hier noch so lange hielt? Da trieb ihn wohl das Bedürfnis, sein Verhalten auf der Wiese wiedergutzumachen. Wenn das erledigt war, würde er sich so elegant wie möglich aus dem Staub machen.

»Ich verspreche Ihnen, ich werde versuchen, jede Frage zu beantworten, die Sie stellen.«

»Sagen Sie mir doch die Wahrheit!« Alles, was sie über diesen Mann erfahren hatte, deutete darauf hin, dass er auf brutale Weise seine Gedanken offen aussprach. Aber würde er das selbst bei ihr tun? »Die Wahrheit, egal, ob es weh tut?«

»Ja.«

»Dann beginnen wir mit zwei Fragen. Warum sind Sie tatsächlich hier? Und nachdem Sie nach wochenlangem Suchen endlich am Ziel sind, warum gehen Sie jetzt?«

»Sie wissen, warum ich hergekommen bin. Und Sie wissen, warum ich wieder gehe. Warum ich gehen muss.« Randy mit ihrer rauen Art, zu sprechen, und ihrer scharfsinnigen Logik hätte sich ein Beispiel an Jordana nehmen können. Diese wusste sich auch zu helfen, wenn es darum ging, ein Problem beim Schopf zu packen.

»Sie haben die Fragen nicht beantwortet, Patrick.« Jordana wurde ungeduldig.

»Verdammt noch mal, Jordana! Was soll ich denn sagen?« Patrick wurde verlegen.

»Sie haben mich im Restaurant angesprochen. Warum haben Sie das getan?«

»Warum? Mein Gott, mein Gott! Warum spricht ein Mann eine Frau an? Weil er sie will.«

»Warum? Warum wollten Sie mich? Wie kann man das von einem einzigen Blick her beurteilen? Sie kannten mich nicht, wussten überhaupt nichts über mich.«

»Sie sind eine schöne Frau. Sie haben keine Ahnung, wie schön Sie sind. Ich war gelangweilt, hatte alles satt. Meine Welt war hässlich und verbraucht, und das war allein meine eigene Schuld, es gab darin zu viel Schnelllebigkeit ohne richtige Werte. Sie waren für mich wie das Sonnenlicht im Dunkel. Das Sonnenlicht, das ich wollte.« Er hatte versprochen, ehrlich zu sein, also sollte sie die Wahrheit hören. »Sie waren das, was ich scheinbar brauchte. Als Sie mich ansahen, als existiere ich nicht, wurden Sie für mich nur interessanter. Sie kennenzulernen wurde zu einer Besessenheit für mich, ich musste Sie haben.«

»Und mit ›haben‹ meinen Sie wohl, mit mir ins Bett gehen?« Jordana ließ nicht locker.

»Ja. Ich wollte mit Ihnen ins Bett gehen und Trost finden für einen Schmerz, der mich nicht verließ, seit ich Sie das erste Mal sah. Es ist ein Schmerz, den keine andere Frau aufheben kann.« Das war die Wahrheit. »Weil ich keine andere Frau wollte, seit ich Sie gesehen habe. Das ist reinste Besessenheit, und ich war besessen.«

»Und es endete mit einem Kuss und der Entdeckung, dass Ihre makellose Angebetete nicht ganz so makellos ist. Sie hatten sich ein Fantasiegebilde geschaffen, und die Realität hat es gnadenlos zerstört.«

Emma Daniels hatte Jordana wegen ihrer Blindheit versteckt. Patrick fragte sich, ob er einen Deut besser war, vor ihr davonzulaufen. Die Antwort war schwer zu ertragen. »Was würden Sie sich denn wünschen, was soll ich tun, Jordana?«

»Etwas geschah, als Sie mich auf der Wiese küssten. Es hat Sie schockiert und mich erschreckt, weil es für uns beide neu war. Geben Sie uns die Chance, herauszufinden, was es uns beiden bedeutet hat.«

»Sie wissen nicht, um was Sie mich da bitten.«

»Ich gehe ein Risiko ein.«

Er wollte sie schütteln, damit sie vernünftig wurde. »Ich mache Ihnen zusätzliche Probleme, und Sie haben doch genug davon am Hals. *Ist* es nicht so?«

»Ich kann mit Problemen umgehen – besser als mit Mitleid«, gab Jordana trocken zurück.

»Mitleid?« Er hatte sie überhaupt nicht bemitleidet. Er bedauerte es allerdings, dass sie achtundzwanzig Jahre gelebt hatte, ohne sehen zu können. Bedauerte, dass sie all die anderen schönen Dinge nicht mit den Augen hatte erfassen können, aber das war doch kein Mitleid! »Ich weiß nicht, was ich fühle und warum, aber es ist jedenfalls kein Mitleid.«

Jordana ahnte, ein Teil von dem, was er fühlte, war Furcht. Das hatte sie mehrmals gespürt – dieses Unwohlsein anderer aus Angst, einen Fehler zu begehen. Die erhobene Stimme, als wäre sie taub. Die Leute wichen ihr zum Beispiel nicht von der Seite. Ihre Vorsicht, als wäre sie zerbrechlich. Die Unsicherheit, der Abstand, weil sie anders war. Das fand sie genauso schrecklich wie Mitleid.

»Sollten wir es dann nicht untersuchen und herausfinden, was es ist, und eine Lösung dafür finden? Müssen wir das nicht Ihnen und mir zuliebe tun? Wie Sie selbst sagten, gibt es zurzeit keine Frau in Ihrem Leben.«

»Bieten Sie sich an?«

»Vielleicht. Aber das geht nicht, wenn Sie nach Schottland zurückfahren.«

Bisher hatte ihm noch keine Frau Auflagen gemacht, aber er war klug genug, zu bemerken, wann er der Schwächere war, und stark genug, das zuzugeben.

»Ich werde hierbleiben, Jordana, ich fahre nicht nach Schottland zurück.« Er seufzte laut. »Ich hoffe, es ist kein Fehler.«

»Es ist zu spät, um sich darüber Sorgen zu machen, Patrick!«

»Ich glaube auch.«

Er betrachtete ihr Gesicht, das einen Schatten von Müdigkeit zeigte, und meinte: »Ich sollte jetzt gehen. Sie sind müde. Es war ein … ungewöhnlicher Tag für uns beide.«

Er schob seinen Stuhl zurück und stand entschlossen auf. Jordana wartete, dass er etwas sagte, erklärte, wie es mit ihnen weitergehen sollte.

»Randy hat mich zum Dinner eingeladen. Würden Sie ihr danken und ihr ausrichten, dass ich es ein anderes Mal annehmen werde?« Er berührte ihr Gesicht, strich über die sanften Konturen ihrer Wange. Er wollte sie küssen, traute sich aber nicht. »Ich muss über einige Dinge nachdenken.«

Jordana konnte kaum widerstehen, seine Hand zu küssen, und sie war über diese Verrücktheit schockiert. Er war doch ein Fremder, ein bedrohlicher und arroganter Mann, und sie wollte ihm im Grunde nur eine Lektion erteilen. Aber mit einer einzigen Berührung wurde ihr Plan zunichtegemacht. Dieser Patrick McCallum war gefährlich – sehr gefährlich –, und das sollte sie lieber nie vergessen.

»Ich denke…« Ihr Mund war trocken, die Kehle wie zugeschnürt, und ihr Herz klopfte wild. »Ich denke, wir müssen beide über einiges nachdenken.«

Er trat einen Schritt zurück. »Sehen wir uns morgen eventuell wieder?«

Sie wandte das Gesicht in die Richtung, aus der seine Stimme kam. »Ja, morgen!«, versprach sie ihm.

5. Kapitel

Verhaltene Schritte waren in der Stille zu hören, sie waren ganz leicht und vorsichtig. Jordana tat so, als schliefe sie. Sie lauschte, wie die sanften Fußtritte langsam näherkamen. Auf einmal stürzte sich jemand kreischend auf sie, kicherte und küsste immer wieder ihr Gesicht.

»Habe ich dich erwischt!«, schrie Cassie triumphierend. »Du hast mich nicht kommen hören!«

»Cass!«, rief Jordana in vorgetäuschter Überraschung und schwang ihre langen nackten Beine von der Couch herunter. »Woher kommst du denn um alles in der Welt so unvermutet?« Sie ergriff die Kleine, bevor sie weglaufen konnte, zog sie in die Arme und küsste sie an einer besonders kitzligen Stelle, bis sie lachte, quietschte und zappelte. »Du warst so leise, als wärst du geradewegs herbeigeschwebt.«

»Bin ich nicht«, behauptete Cassie grinsend. Das Spielchen konnte beginnen.

»Dann bist du in einem großen Ballon angeflogen gekommen. In einem roten, so rot wie mein Bikini, aber mit gelben Elefanten an der Seite der Gondel aufgemalt.«

Die Kleine klatschte lachend in die Hände und wartete auf die nächste verrückte Vermutung.

»Oder war es ein richtiger Elefant? Er hat dich vielleicht mit seinem rosa Rüssel hochgehoben und hergetragen, und voilà! Da bist du. Nein…« Jordana hielt inne, als hätte sie plötzlich einen Einfall. »Nein, kein rosa Elefant! Es war bestimmt ein grüner.«

»Nein, du Dumme!« Cassie krümmte sich vor Lachen und rutschte aus Jordanas Umarmung auf den Poolrand. »Es war ein großes grünes Auto, das mich gebracht hat. Aber ich habe in der Tagesschule einen Elefanten gemalt. Mom hat ihn an den Kühlschrank geklebt. Soll ich dir von ihm erzählen?«

»Ja, ich würde sehr gern etwas über deinen Elefanten hören.« Sie tippte mit dem Finger einladend an ihre Seite. »Komm, setz dich zu mir, und erzähl mir von ihm. Wie viele Beine hat er? Sind sie alle grün und seine Zehennägel knallpink?«

»Nein, du Dumme.« Das war Cassies Lieblingsausdruck in der letzten Zeit. »Humphrey ist ein richtiger Elefant, und er ist grau wie alle Elefanten.«

Im Arbeitszimmer legte Randy den Speiseplan für die kommende Woche zur Seite. Von dem Gelächter angezogen, ging sie ans Fenster, von dem aus sie den Pool übersehen konnte. Dir nachdenklicher Gesichtsausdruck hellte sich augenblicklich auf, als sie Jordana so unbeschwert mit Cassie herumalbern sah.

Nachdem Patrick am Abend zuvor gegangen war, hatte sie eigentlich Fragen und Erklärungen, auch Vorwürfe erwartet. Aber Jordana war ruhig geblieben – viel zu ruhig nach Randys Meinung. Was ging in ihrem Kopf vor?

Während des Dinners wirkte sie abgelenkt und entschuldigte sich plötzlich, sie sei müde. Doch in der Nacht hörte Randy sie im Haus herumlaufen. An diesem Morgen, sofort nach dem Frühstück, das sie kaum angerührt hatte, schloss Jordana sich in ihrem kleinen Arbeitszimmer ein, um zu arbeiten. Das Komponieren und das Schreiben von Geschichten für Kinder war ihre Lieblingstätigkeit – die Arbeit, die sie ganz besonders liebte.

Jordana hatte nie Klavier- oder Gitarrenunterricht erteilt bekommen, trotzdem musizierte und komponierte sie sehr professionell. Wenn sie mit dem Text und der Melodie zufrieden war, überspielte sie das Stück auf eine Kassette. Ein Experte schrieb dann die Noten und einen Text dazu. Später wurde dieses kleine Werk dann in dem Tonstudio produziert, das Jordana gehörte, und von ihrer eigenen Firma vertrieben wurde. Diese Plattenfirma, sie nannte sich einfach »Soar«, arbeitete unspektakulär und ohne Profit.

Nach Randys Meinung war Jordana eine bemerkenswerte Frau, so großzügig, vielseitig interessiert. Insgesamt war sie ein Multitalent, obwohl sie sich selbst nie so beurteilen würde.

Doch sie hatte sich im Laufe der Jahre arrangiert und aufgehört, sich wegen ihrer Behinderung zu bedauern. Sie war viel zu sehr damit beschäftigt, Neues zu lernen und sich am Leben zu erfreuen, als dass sie die dummen Reaktionen anderer noch hätten stören können.

Zumindest war das bis vor Kurzem so gewesen. Die Überschwänglichkeit, mit der sie als Teenager das Leben zu entdecken versucht hatte, das ihr durch eine böse alte Frau vorenthalten worden war, hatte sich inzwischen gelegt. Einerseits war das Teil eines Reifungsprozesses gewesen, andererseits aber auch etwas Dunkles und Ungesundes. So empfand Randy das jedenfalls.

Sie hatte diese Ernüchterung bei Jordana mit Missbilligung beobachtet, konnte sie aber nicht verhindern. Dann war Patrick McCallum in Jordanas Leben geplatzt. Hartnäckig, entschlossen und, wie er selbst zugab, auch großspurig und rücksichtslos. Er war von dem Geheimnisvollen fasziniert, das Jordana umgab, fühlte sich von ihrer Gleichgültigkeit herausgefordert und war wild darauf, sie zu besitzen. Das konnte im Ergebnis eine Katastrophe für sie bedeuten – oder ein Glück sein!

Am Tag zuvor hatte Randy auf das Letztere getippt. Heute fragte sie sich, ob sie wirklich ein Trost war. Während sich

Cassie in der Tagesschule und Jordana in ihrem Arbeitszimmer aufhielt, hatte sie sich unentwegt Sorgen gemacht. Jetzt schöpfte sie wieder Hoffnung; als sie Jordana so ausgelassen mit ihrer Tochter herumalbern hörte.

»Ich weiß, was diese Gesellschaft braucht.« Sie drehte sich um und ging in die Küche. Dort belud sie ein Tablett mit frisch gebackenen Schokoladensplitter-Keksen, einer Karaffe mit Limonade sowie drei Bechern und ging zum Pool hinaus.

»Kekse!«, schrie Cassie sofort enthusiastisch, als sie ihre Mutter mit dem beladenen Tablett erblickte.

»Ein Friedensangebot«, sagte Randy leise, als sie den Teller mit Gebäck und die Getränke auf den Tisch stellte und sich Jordana gegenüber hinsetzte.

»Hast du dich mit jemandem gestritten, Mom?«

»Nein, mein Schatz, ich habe aber einen schlimmen Fehler gemacht.«

»Ach so.« Cassie verlor augenblicklich das Interesse und angelte sich den zweiten Keks vom Teller. »Kann ich vor dem Essen ein bisschen schwimmen, Mom?«

»Sicher.«

»Prima!« Cassie stürzte begeistert los, um sich Badezeug zu holen.

Randy blickte ihr nach, bis sie im Haus verschwunden war, dann wandte sie sich an Jordana. »Es tut mir leid.«

Jordana war vollkommen überrascht. »Was denn?«

»Was gestern war. Ich meine, dass ich Patrick zu dir geschickt habe. Ich weiß, dass du den ganzen Tag lang ziemlich ärgerlich auf mich warst.«

»Das stimmt nicht, Randy. Ich werfe dir überhaupt nichts vor. Warum sollte ich?«

»Ich hätte ihn nicht zu dir schicken sollen.«

»Du hättest ihn nicht aufhalten können.«

»Aber ich habe ihm genau erklärt, wo er dich finden kann. Das war sicherlich falsch.«

»Er hätte uns auch so gefunden. Du hast ihm dadurch nur ein paar Minuten erspart. Gibt es Limonade?«

Randy lachte erleichtert auf. »Gibt es die nicht immer bei uns im Hause?«

Nachdem Randy ihr das Getränk in die Hand gedrückt hatte, nahm Jordana einen Schluck, dann hielt sie den Becher zwischen beiden Handflächen und genoss die kühlende Wirkung auf der heißen Haut. »Ich war erstaunt über das, was ich in der Küche mitgehört hatte. Du schienst es sehr wichtig zu finden, dass er zu mir kommt. Warum, Randy?«

»Wir waren bisher immer ehrlich zueinander.« Randy zögerte, sie fragte sich, ob zu viel Ehrlichkeit vielleicht auch ein Fehler sein konnte.

»Das waren wir allerdings. Deine Ehrlichkeit und deine Meinung waren für mich immer wichtig.«

»Dein Eindruck ist richtig«, begann Randy mit der Erklärung. »Ich wollte tatsächlich, dass du mit Patrick zusammentriffst. Du brauchst jemanden. Jemand, der so respektlos und unverblümt ist wie er. Derjenige sollte dich ins Leben zurückbringen. Seit du für Philip arbeitest …« Randy zögerte. Sie war unentschlossen, ob sie wirklich fortfahren sollte.

»Nach dem Berühmtwerden habe ich mich in mein Schneckenhaus verkrochen.«

»Und das hast du nicht nötig! Du hast zu viel zu bieten, um dich zu verstecken.«

»Einem Mann zu bieten, meinst du.«

»Einem Mann, der deine Werte würdigen kann.«

»Meinst du, Patrick ist der Mann?«

»Patrick oder ein Mann wie er. Es muss jemand sein, der

stark ist. Denn, ob du dich nun zurückziehst oder nicht, du bist selbst eine starke Persönlichkeit. Ein schwacher Mann könnte dich nie akzeptieren. Philip zum Beispiel. Er kennt deine Geschichte, er sollte dich eigentlich verstehen. Aber er sieht an dir nur das schöne Gesicht, das er zu seinem Vorteil nutzen kann. Er hat keine Ahnung von deinem Charakter und ahnt nicht, wie viel Vertrauen du ihm schenkst. Sein Leben lang wird er es nicht schaffen, sich mit deiner Kraft und Stärke zu messen.«

»Also hast du Patrick für mich ausgesucht.«

»Patrick hat sich selbst für dich ausgesucht.«

Jordana fand einen freien Platz auf dem Tisch und stellte dort entschieden den Becher ab. »Bis er herausgefunden hatte, dass ich blind bin.«

»Also hat er sich aus dem Staube gemacht.« Randy sackte enttäuscht in sich zusammen.

»Nein, er geht nicht. Und ich glaube, ich habe den größten Fehler meines Lebens begangen.«

»Fehler?«, fragte Randy gleichzeitig erfreut und alarmiert. Sie war gespannt, was Jordana ihr jetzt erzählen würde.

»Ich war verärgert und durcheinander, verzweifelt.« Sie zuckte mit den Schultern und überließ den Rest Randys Vorstellungskraft. »Du weißt, dass ich es nicht leiden kann, wenn mich jemand so behandelt, als wäre ich aus Glas.«

»Und? Was hast du getan, Jordana?«

»Was wissen wir denn eigentlich über Patrick, außer dass er auf jede Herausforderung reagiert? Ich war von Anfang an eine Herausforderung für ihn.« Sie lachte bitter auf. »Das ist der wesentliche Teil meiner angeblich geheimnisvollen Aura.«

Randy verstand, worauf Jordana hinauswollte. »Er geht nicht, weil du ihm eine weitere Herausforderung geboten hast, nämlich die, ob er es wagt zu bleiben.«

»Volltreffer! Zum Teil möchte ich ihm schlicht eine Lektion erteilen, zum Teil möchte ich ganz einfach, dass er bleibt.« Jordana senkte beschämt den Kopf.

»Und wo ist das Problem?«

Jordana zog die Knie an und legte die Arme um ihre Beine, das Kinn auf die Knie gestützt. Widerstrebend verriet sie Randy: »Er hat mich geküsst.«

»Und?«

»Es hat mir Angst gemacht, weil es mir gefiel. Ich wollte, dass er es noch einmal wiederholt, so etwas habe ich noch nie erlebt. Es war, als ginge mir etwas Warmes wohlig durch den ganzen Körper. Es war so intensiv, dass es mir fast den Atem raubte.« Sie schwieg einen Moment und durchlebte dabei noch einmal den Kuss. »Selbst als er mich nicht mehr berührte, zitterte ich innerlich noch immer.«

»Schätzchen, so ist es eben, von einem attraktiven Mann geküsst zu werden.«

»Ich bin schon vorher geküsst worden«, gab Jordana vorsichtig zu bedenken.

»Nicht von Patrick.«

»Nein. Nicht von Patrick«, kam es leise.

»Jordana, du bist intelligent. Intelligent genug, um zu wissen, dass du Entscheidungen treffen musst, wenn er bei dir bleiben soll. Du bist eine schöne und begehrenswerte Frau. Er ist ein vitaler Mann, und er will dich. Willst du ihn auch?«

»Ich weiß nicht.«

»Du wirst es schon wissen, wenn es so weit kommt.« Sie strich Jordana durch das volle Haar. »Sei nur vorsichtig.«

Jordana lachte bitter auf. »Es ist ein bisschen spät, um vorsichtig zu sein, nicht wahr?«

»Es ist nie zu spät, um vorsichtig zu sein.« Randy tätschelte ihr die Schulter und fragte sich, ob es vielleicht eine Höllenstrafe für die Menschen gab, die kleine Kätzchen Löwen vorwarfen und ihnen dabei rieten, vorsichtig zu sein. »Wann wirst du ihn wiedersehen?«

»Er sagte, heute, aber er meinte auch, dass er über einiges nachdenken müsse.«

»Das kann ich mir vorstellen.« Als sie den verlegenen Ausdruck auf Jordanas Gesicht bemerkte, munterte sie sie auf. »Ich habe eine Idee. Lass uns heute Abend feiern.«

»Warum sollten wir feiern?«

»Brauchen wir dafür einen Anlass? Wie wär's damit, dass heute Freitag ist? Oder, weil ich nicht Geburtstag habe? Vielleicht ist es Grund genug, dass am Kühlschrank ein Elefant namens Humphrey klebt?«

Jetzt lächelte Jordana. »Lass uns Humphrey feiern. Das halte ich für die beste Idee.«

»Dann wollen wir es tun. Und Humphrey zu Ehren müssen wir uns in Schale werfen. Du hast das blaue Kleid schon lange nicht mehr getragen, und ich besitze ein aufregendes Etwas, das müsste ein bisschen abgestaubt werden. Ich könnte sogar ein besonderes Dessert anrühren. Cassie darf heute ein bisschen länger aufbleiben, lass uns doch ein kultiviertes Dinner einnehmen. Um acht Uhr am Pool?«

»Um acht Uhr.«

Randy stand auf und strich sich die Hose glatt. »Cassie findet offenbar ihren Badeanzug nicht. Ich gehe besser mal und sehe nach, was dort los ist.«

Jordana lauschte Randys vertrauten Schritten, die hart auf dem Stein klangen und gedämpft auf dem Gras und sich dann endgültig entfernten.

Sie war nun im Garten allein und dachte intensiv wieder an Patrick.

Das hatte Patrick nicht beabsichtigt. Er musste verrückt sein. Das wäre eine logische Erklärung. Rafe würde der gleichen Meinung sein. Patrick wusste, dass er, sobald die Sonne aufging, im Flugzeug nach Schottland sitzen sollte, wenn er auch nur noch ein bisschen Verstand besäße.

Er hatte ihr versprochen, »morgen« wiederzukommen. Und jetzt war es »morgen«.

Er fluchte, als er mit dem Knie in die Gangschaltung stieß. Mit seinen einsfünfundneunzig war er für Rafes Wagen zu groß, aber die Unbequemlichkeit war nicht der Grund für seine schlechte Laune. »Dummkopf!«, schimpfte er sich. Was er von Jordana bisher erfahren hatte, ließ ihn glauben, dass er die letzte Person war, die sie in ihrem Leben brauchte.

Was er bisher herausgefunden hatte, war so viel und doch verschwindend wenig! Die Fülle der Informationen, die folgte, als er einmal ihren Namen wusste, war erstaunlich gewesen. Das meiste handelte von der bekannten Familie, der sie entstammte, und deren Werdegang.

Sehr wenig war über Jordana zu lesen gewesen, doch genug, um eine hässliche Geschichte zwischen den Zeilen zu lesen. Jene, die die Daniels vor Henrys Tod kannten, erinnerten sich an das Kind. Einige glaubten sich an etwas wie einen Skandal zu erinnern, andere spielten auf eine Tragödie in Zusammenhang mit Henry Daniels kleinem Mädchen an. Da sie Jordana seit Jahren weder gesehen noch von ihr gehört hatten, nahmen nicht wenige an, dass sie gestorben sei. Nicht einer brachte die wunderschöne Frau, die so viele Titelseiten von Zeitschriften schmückte, mit der Familie Daniels in Zusammenhang.

Emma Daniels war mit dem Verbergen des Kindes sehr erfolgreich gewesen. Doch aus dem Kind war inzwischen eine faszinierende Frau geworden – eine, die ihn nun in ihr Netz zog.

»Dummkopf«, stieß er laut hervor, während er gleichzeitig das Auto in die Zufahrt lenkte, die zu Jordanas Haus führte. Jetzt gab es kein Zurück mehr.

Als er den Weg entlanglief, bemerkte er den Abendhimmel, der sich über dem Haus wölbte. Er hatte bereits festgestellt, dass sie den Garten und das Sonnenlicht liebte. Vielleicht mochte sie die Dämmerung ebenso gern? Nur, erinnerte er sich schockiert, dass sie die Dämmerung gar nicht sehen konnte! Verflucht, er kam mit dieser Situation nicht klar. Für ihn bedeutete dieses ein völlig fremdes Gefühl. Eines, das er hasste.

Dreh wieder um, McCallum, flüsterte ihm die Stimme der Vernunft zu, als er den Pfad einschlug, der zum Garten führte. Dreh um, steig ins Auto, und fahr einfach weg. Die Forderung wurde drängender, er wusste, er sollte ihr Beachtung schenken. Aber stattdessen lief er weiter. Als er um die Ecke bog, empfing ihn Lachen und flackerndes Kerzenlicht.

Da saßen drei Personen um einen Tisch herum, auf dem noch die Reste eines üppigen Mahls standen. Jordana – sie trug das blaue Kleid, das er nie vergessen würde, Randy, ganz in Weiß gekleidet –, und dann gab es da ein Kind, bei dem es sich unübersehbar um Randys Tochter handelte. Sie war ganz in Pink gehüllt. Die drei schienen zu feiern.

Er betrat die Fliesen, die den Pool umgaben, und bemerkte, wie Jordana sich sofort verspannte. Irgendwie war es beunruhigend und unheimlich, aber natürlich hörte und spürte sie seine Gegenwart eher als die anderen.

»Patrick.« Sie wandte sich erfreut in seine Richtung. Allein seine Schritte, die ihr bereits so sehr vertraut waren, ließen ihr Herz aufgeregt klopfen.

»Andere zu stören ist offenbar zu meiner festen Gewohnheit geworden.«

»Mr. McCallum.« Randy war aufgestanden, um ihn zu begrüßen. »Wir haben gerade unser Essen beendet. Aber vielleicht möchten Sie etwas?«

»Danke, nein. Es sieht aus, als ob es hier eine Party gibt?«

»Wir feiern Humphrey«, erzählte das Kind schnell.

»Meine Tochter, Cassie«, erklärte Randy.

»Hallo, Cassie. Ich bin Patrick, aber wer ist denn dieser Humphrey?«, wollte er wissen.

»Er ist ein Elefant, der, der im Kühlschrank wohnt«, erklärte das Mädchen eifrig.

»Ein Elefant, der im Kühlschrank lebt?«

»Nein, Dummkopf, er lebt nicht im Kühlschrank. Dazu ist er natürlich viel zu groß.«

»Das kann ich mir vorstellen.«

»Ich habe ihn in der Tagesschule gemalt, und wir haben beschlossen, ihn zu feiern.«

»Ich verstehe.« Patrick lächelte. Er hatte wenig Erfahrung mit Kindern, aber er nahm an, dieses hier war nicht viel anders als die meisten anderen.

»Cassie, es ist schon nach acht Uhr. Wenn wir das Video sehen wollen, bevor du ins Bett gehst, dann müssen wir jetzt damit anfangen. Mr. McCallum.« Randy nickte ihm zu und drehte sich zu Jordana um. »Jordana?«

»Ich komme bald nach, Randy.« Bisher hatte Jordana geschwiegen und sich damit begnügt, dem Klang von Patricks Stimme zu lauschen, die zu dem passte, was Randy ihr über sein Aussehen erzählt hatte.

Er war nach ihrer Beschreibung sehr groß, aber das hatte sie in seinen Armen bereits selbst herausgefunden. Sein Körper war kräftig und gut trainiert. Auch das hatte sie schon vorher gewusst, als sie ihn bei der Umarmung gefühlt hatte. Sein Haar war von dunklem Rotbraun. Randy verglich die Farbe mit den spätherbstlichen Tönen der Blätter. Seine Augen waren von strahlendem saphirblau und bildeten einen Kontrast zu der Haut, die wie helles Kupfer getönt war. Farben konnte sich Jordana nur vorstellen, da sie sie nur schwach erkannte. Er habe Narben, meinte Randy. Eine über der Augenbraue und die andere an der Lippe.

Patrick war kein besonders gut aussehender Mann, aber zweifellos der eindrucksvollste. Wenn er einen Raum betrat, so versicherte Randy ihr, gab es bestimmt keine Frau, die ihn nicht augenblicklich bemerkte.

Deshalb hatte Jordana wohl seine Anwesenheit sofort gefühlt, als er auf die Terrasse kam. So, wie sie auch sofort spürte, dass er sie gerade beobachtete. Da ihr nichts Geistreiches oder Witziges einfiel, griff sie in ihrer Hilflosigkeit auf Höflichkeitsfloskeln zurück. »Hallo, wie war Ihr Tag?«

»Sehr gut.« Der Tag war eine einzige Katastrophe gewesen, aber er wollte ihr nicht beichten, dass er die ganze Zeit unsinnige Befehle ausgeteilt und Leute angeranzt hatte, die es nicht verdienten. Selbst Rafe hatte ihn mit einem Ausdruck, der an Mitleid erinnerte, angesehen und ihm vorgeschlagen, entweder diese Blinde endlich aus seinem Kopf zu verbannen oder für eine Weile nach Schottland zurückzukehren. Dann könnte das Chaos, das er zurzeit hervorrief, in der Zwischenzeit von kühleren Köpfen wieder in Ordnung gebracht werden.

Jordana umklammerte ihr Glas und strich über den Rand. »Ich war nicht sicher, ob Sie kommen würden.«

»Das war ich auch nicht.«

»Und warum sind Sie dann hier?«

»Ich wünschte, ich wüsste es.« Das war eine Lüge. Er wusste sehr gut, warum.

»Wollen Sie sich setzen?«

»Nein.« Die Worte kamen schroffer heraus, als er beabsichtigt hatte. »Nein«, wiederholte er beherrschter. »Die Fahrt von Atlanta hierher war lang, ich muss meine Beine ausstrecken.«

»Möchten Sie mit mir im Garten spazieren gehen? Randy sagt, es ist sehr schön dort, wenn der Mond gerade aufgeht.«

»Ja, gern.« Er sah zu, wie sie sich erhob, wobei der blaue Stoff des Oberteils sich über ihren Brüsten spannte und der Rock um ihre Hüften schwang. Als sie stand, wusste er, dass er ihr höflicherweise entgegenkommen musste. »Wie machen wir das?«, fragte er missmutig. »Sie müssen mir helfen.«

»Da gibt es überhaupt keinen Trick. Ich nehme Ihren Arm, so einfach ist das.«

Sie hakte sich bei ihm ein und legte die Finger auf sein Handgelenk. Dann lächelte sie ihn vertrauensvoll an. Es war ein wunderbares Lächeln, das sein Herz sofort schneller schlagen ließ.

Jordanas Garten stand voller Blumen. Weinreben rankten sich zudem an allen Wegen entlang. Die Luft war schwer erfüllt vom Blütenduft, und Jordana kannte erstaunlicherweise all die verschiedenen Gewächse. Bei einer unscheinbaren zarten Pflanze blieb sie stehen und bückte sich, um sie abzupflücken. »Für Cassie«, erklärte sie und griff wieder nach seinem Arm. »Sie liebt die Vier-Uhr-Blume.«

In dem Moment, als sie seine Hand losgelassen hatte, fragte sich Patrick, wie es wohl war, von allem abgeschnitten zu sein und in diffusem Grau zu leben. Es musste eine Menge Mut dazugehören. Jeden Tag benötigte sie Mut. Und Vertrauen. Vertrauen in sich selbst, in ihre Fähigkeiten und in die Personen um sie herum. Als sie ihm den Arm wieder unterschob, spürte er dieses Vertrauen, und er fühlte sich beschämt dadurch.

»Was…« Er hörte, wie rau seine Stimme klang, und er räusperte sich. »Was sind denn Vier-Uhr-Blumen?«, wollte er erstaunt wissen.

Jordana lachte hell auf. »Ich nehme an, es klingt etwas lächerlich, aber der Name ist berechtigt. Nun, fast jedenfalls. Die Blüten öffnen sich erst in den späten Nachmittagsstunden. Ich habe nie nachgeprüft, zu welcher Zeit genau, aber es muss um vier Uhr herum sein. Cassie beobachtet so gern, wenn sie sich öffnen und schließen. Sie sind nicht besonders hübsch, aber der Duft ist wunderbar.«

»Sie sehen aus wie Unkraut.« Patrick rümpfte die Nase.

»Einige Leute würden dem zustimmen. Der Gärtner hat die ganze Zeit geschimpft, als er sie pflanzte. Sie würden den ganzen Garten überwuchern, meinte er. Das haben sie auch getan, jedenfalls diese Ecke hier. Aber der Duft ist es wert. Wie sind eigentlich die Blumen in Schottland?«

»Sie sind auch sehr schön«, war alles, was Patrick darauf antworten konnte, der sich mit solchen Fragen nie beschäftigt hatte.

»Das ist alles?«

»Das ist alles, was ich davon weiß«, räumte er verlegen ein.

»Dann erzählen Sie mir bitte von dem Schottland, das Sie gut kennen.« Jordana ließ nicht locker.

Als sie tiefer in den Garten schlenderten, erzählte Patrick von seinem Schottland und suchte nach Worten, um es ihr verständlich zu machen. Dabei war er sich ständig ihrer Nähe bewusst, spürte, wie ihre Brust ihn streifte, wenn sie sich noch näher an ihn drängte und dabei aufmerksam jedes Wort verfolgte.

»Es muss sehr schön dort sein«, bemerkte sie, als er mit seinem Bericht geendet hatte. »Es scheint viele faszinierende Orte in Ihrer Heimat zu geben.«

Er hörte den wehmütigen Ton. »Haben Sie einige Reisen gemacht?«

»Sehr wenige. Randy und ich besuchten vier Jahre in der Schweiz eine Schule. Aber sonst kenne ich außer Atlanta und diesem Ort hier sehr wenig. Es gibt dabei so viele interessante Gegenden. Cassie ist begeistert von dem Fach Erdkunde, und im Moment sieht sie viele Videos. Manchmal sitze ich dabei und höre den Landschaftsbeschreibungen zu. Ich versuche, mir alles vorzustellen.«

»Wohin würden Sie gern reisen? Was würden Sie gern …« Er verstummte, weil er nicht wusste, welches Wort er in diesem Zusammenhang benutzen konnte.

»Was ich gern sehen würde?« Jordana lächelte amüsiert. »Das Wort ist sehr passend, Patrick. Scheuen Sie sich nicht, es zu benutzen. Sie sollten sich übrigens generell keine Sorgen um Ihre Wortwahl machen.«

»Das werde ich nicht, in Zukunft nicht mehr.« Er zog sie ein bisschen näher zu sich und lief weiter. »Also, dann sagen Sie mir, was Sie gern sehen möchten.«

»Viele Orte. Den Grand Canyon, die Rocky Mountains, die Blue Ridge, Yosemite, Australien, Schottland.«

»Schottland?«

»Nach Ihrer Beschreibung muss die Landschaft dort wundervoll sein.«

»Vielleicht werden Sie es eines Tages besuchen.«

»Das glaube ich kaum.«

Als Patrick die Sehnsucht aus ihren Worten heraushörte, wünschte er, dass sie eines Tages das bekommen könnte, was sie wollte. So, wie er auf dem besten Weg war, sich zu holen, was er begehrt hatte – von dem Augenblick an, als er Jordana im Restaurant im flackernden Kerzenlicht hatte sitzen sehen.

Er verlangsamte seinen Schritt, blieb stehen und drehte sie zu sich herum. Er wollte es jetzt, aber er hatte es nicht geplant. Genauso wenig, wie er geplant hatte, überhaupt wieder zurückzukommen. Sachte berührte er ihr Gesicht und streichelte ihre Wange mit dem Handrücken. »Ich weiß, du magst an Menschen keine plötzlichen oder unerwarteten Bewegungen, deshalb warne ich dich. Ich werde dich jetzt küssen, Jordana.«

Er schob die Hände unter ihr Haar und beugte sich zu ihr hinunter. Sie wandte ihm einladend das Gesicht zu und rückte näher an ihn heran. Ihre Lippen waren warm und süß und öffneten sich langsam unter dem Druck seines Mundes. Es war ein unschuldiger, ungeübter Kuss, der schnell vorbei war. Aber er berührte Patrick.

Als er den Kopf wieder hob und sie an sich drückte, fragte er sich, was sie, um Himmels willen, nur mit ihm anstellte.

Jordana war froh, dass Patrick sie hielt, dankbar für seine Stärke, denn ihre hatte sie nach dem Kuss ganz und gar verlassen. Sie war etwas unsicher auf den Beinen, als sie sich in stummer Übereinkunft umwandten und den Weg zurück durch den Garten zum Haus hin nahmen.

»Ich habe mir geschworen, dich nicht zu irritieren«, ließ sich Patrick vernehmen, während sie durch die hereinbrechende Dunkelheit liefen.

»Dasselbe habe ich mir auch vorgenommen. Wir sind aber eigentlich Fremde füreinander. Wieso nehmen wir so viel Rücksicht aufeinander?«

»Ich suche seit Wochen nach einer Erklärung für diese ganze verrückte Situation.«

Wieder war dieser grimmige Ausdruck in seine Stimme zurückgekehrt und damit eine rücksichtslose Entschlossenheit, die auf sie wie eine kalte Dusche wirkte. Patricks Welt war anders als ihre, in seinem Leben hatte es schon so viele Frauen gegeben. Das Zusammensein mit ihr war kaum etwas Besonderes für ihn. Vielleicht verliefen alle seine Eroberungen auf diese Weise? Ein Rätsel fasziniert nur so lange, bis es gelöst war.

Jordana drehte sich der Magen um, ihre Kehle brannte. Sie wollte sich von ihm entfernen, aber sie war vollkommen orientierungslos. Als sie losgegangen waren, hatte sie nicht auf den Weg geachtet, deshalb hatte sie keine Ahnung, wo sie sich zurzeit befanden.

»Arbeitest du morgen?«

»Arbeiten?« Seine Frage irritierte sie. Das war das Letzte, woran sie im Moment dachte.

»Mit Conroy.«

»Philip ist gestern vor dem Dinner abgereist«, antwortete sie geistesabwesend. »Er wird eine Woche wegbleiben.«

Es bereitete Patrick irgendwie Genugtuung, dass der Fotograf zurzeit nicht in ihrer Nähe war. Er würde sie dann nicht anfassen können. »Ich muss morgen erst einiges erledigen, ein paar Dinge ins Reine bringen, aber ich werde hinterher zurückkommen.«

»Nein.« Sie spürte endlich den vertrauten Steinboden der Terrasse unter den Füßen und zog sich sofort von ihm zurück, brachte sich so vor ihm ihn Sicherheit. »Du hattest gestern recht, du solltest lieber gehen.«

»Zurück nach Schottland?«

»Egal, wohin, nur weg von hier.«

»Das hast du aber nicht gedacht, als du mich umarmt hast! Du hast mich voller Leidenschaft geküsst, Jordana, und du wolltest mich genauso wie ich dich.«

»Das war ein riesiger Fehler. Ich möchte nicht noch einen schlimmeren begehen.«

»Es ist im Grunde zu spät, uns noch aus dem Weg zu gehen. Das haben wir beide schon gestern gewusst.«

»Patrick…«

Er legte ihr den Finger auf die Lippen, damit sie schwieg, und ließ ihn noch einen Moment dort, um sanft über ihren weichen Mund zu streichen.

»Ich möchte dich so gern noch einmal küssen, aber wenn ich das tue, kann ich dich nicht verlassen. Aber ich muss jetzt gehen. Doch das nächste Mal, Jordana, bin ich nicht sicher, ob ich mich so pflichtbewusst zurückhalten kann.«

Nachdem er die Warnung ausgesprochen hatte, trat er noch einen Schritt zurück. »Randy steht an der Tür und macht sich offenbar Sorgen um dich.«

Und dann konnte er sich doch nicht beherrschen, er musste ihr noch einen kurzen, leichten Kuss geben.

»Nein«, sagte sie leise zu ihm, trotzdem hob sie das Gesicht an, um ihm entgegenzukommen.

Langsam löste er sich nach einer Weile wieder von ihr und ließ sie mit dem gleichen brennenden Verlangen zurück, das er selbst schon so lange verspürte.

»Ja«, flüsterte er. Er wusste selbst nicht, ob das eine Warnung oder ein Versprechen sein sollte. Leicht strich er mit dem Handrücken über ihre Wange. »Ja, Jordana, und es gibt nichts, was einer von uns beiden dagegen unternehmen kann. Die Dinge entwickeln sich nach ihrem eigenen Gesetz.«

Mit einem verkrampften Lächeln verließ er Jordana, die schwankend wie die zarten Blumen im Garten dastand und, den Kopf in seine Richtung gedreht, seinem Gehen lauschte.

6. Kapitel

Patrick sah von den Papieren auf, die er gerade las. Die Klänge von Jordanas Gitarrenspiel hatten ihn abgelenkt. Sie saß, mit Cassie an ihrer Seite, auf dem Fußboden und begeisterte ihre kleine Zuhörerin mit einer wundervollen Kombination von Erzählung und Lied. Von Jordana und ihrer Musik verführt, legte auch er die Arbeit zur Seite, um ihr zu lauschen.

Er war immer wieder zu ihr zurückgekommen in den drei Wochen, die seit seinem ersten Besuch bei ihr vergangen waren. In dieser Zeit hatte er sie nicht im Arm gehalten oder gar geküsst. Irgendwie scheute er sich davor.

Niemals in seinem Leben war Patrick so geduldig gewesen. Bisher hatte er auch noch nie Sex und Romanze gleichzeitig erlebt. Affären begannen bei ihm bisher aus unterschiedlichen Gründen, aus einer Laune heraus, einem vorübergehenden Interesse, aus Langeweile oder weil sich gerade die Gelegenheit dazu ergab. Und wie sie begannen, so endeten sie auch. Ganz einfach. Patrick war immer ein Meister auf dem Gebiet der Verführung gewesen, aber eine Frau mit allen zur Verfügung stehenden Mitteln zu umwerben, das war neu für ihn. Aber genau das tat er mit Jordana.

Jordanas Blindheit wirkte inzwischen nicht mehr abschreckend auf ihn. Nach einem unbeholfenen Anfang hatte er gelernt, mit den Problemen umzugehen, die sich daraus ergaben. Fast automatisch platzierte er alles an seinen richtigen Ort, er geleitete sie, statt sie zu fahren, und er half nur, wenn es wirklich notwendig war.

Er bewunderte Jordana, die in ihrer Welt der Schatten klarer sah als manch Sehender. Sie war eine außergewöhnliche Frau und viel zu gut für ihn. Das sagte er sich immer wieder, doch seine Sehnsucht danach, mit ihr immer zusammen zu sein, milderte dieses nicht.

Randy werkelte in der Küche. Cassie war vollkommen von Jordanas Geschichte gefangen und wie in einer anderen Welt. Es gab niemanden, der ihn dabei hätte beobachten können, wie er Jordana ausführlich betrachtete. Er versuchte stets zu ergründen, was ihn an ihr so faszinierte, dass er, statt seinen Pflichten nachzukommen, sich lieber bei ihr aufhielt.

Es war nicht nur ihre Schönheit. Er kannte ein Dutzend anderer Frauen, die ebenso schön waren und die er nur anzurufen brauchte, um sie zu sehen. Es war ihr Lächeln, die Art, wie sie den Kopf zur Seite neigte, wenn sie zuhörte, wie sie das Kinn vorschob, wenn sie sich fürchtete. Sie hatte eine ganz bestimmte Ausstrahlung, es war etwas, was er fühlte, aber nicht erklären konnte.

Sie war ehrlich und mutig, sensibel und unschuldig. Und – wie oft sollte er sich das noch sagen – absolut nicht sein Typ. Er würde Jordana nur verletzen. Aber sosehr er es auch versuchte, er konnte trotzdem nicht gehen.

Papier raschelte in seiner Hand, der Bericht, den er eigentlich lesen sollte, hatte die Form eines Knäuels angenommen. Mit einem leisen Fluch warf er ihn zur Seite und stand auf.

»Patrick, stimmt etwas nicht?«

Sie spürte es, immer spürte sie es. Sie wusste oft schon vor ihm, wie es um seine Stimmung stand.

»Patrick?«, fragte sie noch einmal besorgt.

»Ich bin nur etwas rastlos, Jordana. Mach weiter, es ist alles in Ordnung. Ich gehe ein bisschen spazieren, ich muss ein bisschen nachdenken.«

Drei Wochen lang war er umsichtig und zurückhaltend gewesen. Er hatte sie selten berührt, und wenn, dann nur, um sie zu geleiten. Heute war er aber nicht in der Lage, sich zu beherrschen. Er wartete nicht auf Jordanas Antwort. Stattdessen lief er durch das Haus zur Küche und dort zum Ausgang, um Frieden und Ruhe im stillen Garten zu finden.

»Die Umstände werden nach und nach wohl etwas heikel für Sie, was, Mr. McCallum?«

Randy schob gerade einen Braten in den Ofen. Als er zu ihr hinübersah, grinste sie spöttisch. Je nachdem, wie sie aufgelegt war, sprach sie ihn mit dem Vor- oder mit dem Nachnamen an. »Mr. McCallum« benutzte sie normalerweise nur, wenn sie sich über ihn lustig machte.

»Wer, zum Teufel, sind Sie eigentlich, und welches Interesse haben Sie an der Sache?«, beschwerte er sich.

»Ich dachte, das wäre Ihnen inzwischen klar geworden.« Sie stemmte die Hände auf die Hüften und straffte die Schultern. »Mich hat Jordana vor Jahren von der Straße aufgelesen. Sie hat mir sehr geholfen, und ich möchte, dass sie glücklich ist.«

»Und Sie glauben, ich wäre der Schlüssel zu ihrem Glück?« Erwartungsvoll sah er sie an.

»Die Jury hat noch nicht entschieden, aber ich glaube, Sie waren bisher der beste Kandidat.«

»Jordana braucht mehr, als ich ihr geben kann.« Patrick war voller Selbstzweifel.

»Niemand bittet Sie darum, ewig bei ihr zu bleiben. Genauso, wie ein Leben in kurzer Zeit gelebt werden kann, gibt es ein begrenztes Glück, das für's ganze Leben reicht. Cassie ist ein Beispiel dafür.« Sie zuckte mit den Schultern und lächelte. »Wer weiß, vielleicht bleiben Sie ja sogar! Sehen Sie mich zum Beispiel an. Nach zehn Jahren bin ich immer noch bei Jordana.«

»Wer sind Sie wirklich? Wie sind Sie zu ihr gekommen?« Patrick war neugierig geworden.

»Das ist eine lange Geschichte.«

»Ich habe bis morgen Zeit. Falls Sie es vergessen haben sollten: Sie waren diejenige, die es albern fand, abends nach Atlanta zu fahren, um am nächsten Morgen zurückzukommen, wenn es doch im Haus freie Schlafzimmer gibt. Ein Vorschlag, den Sie in der Zwischenzeit bereuen, Miss Taylor?«

»Gewonnen«, bemerkte Randy spöttisch, dann schwieg sie nachdenklich. »Ich denke, was Sie betrifft, habe ich sehr gemischte Gefühle. Ich wünsche mir, dass Sie bleiben, ich möchte gleichzeitig, dass Sie gehen. Ich glaube, dass Sie für Jordana das sind, was sie braucht, ich glaube andererseits, Sie sind es doch nicht – ich bin eben zwiespältig. Das erklärt meinen merkwürdigen Humor. Aber Sie wollten eine Story hören, vielleicht ist es Zeit, sie Ihnen zu erzählen.«

Sie ging zum Schrank, holte eine Flasche Scotch heraus, goss einen großzügigen Drink ein und reichte ihn Patrick. »Vielleicht können Sie ihn gebrauchen, bis ich fertig bin.«

Als Patrick bei Randy am Tisch saß, mit Jordana im Blickwinkel, die wie ein Kunstwerk vom Torbogen, der zum angrenzenden Zimmer führte, gerahmt wurde, hörte er eine erschütternde Geschichte. Jordanas Version von ihrer Kindheit war nicht im entferntesten mit Randys Bericht darüber zu vergleichen. Selbst wenn sie Grund zum Hassen hatte, besaß Jordana noch immer ein freundschaftliches Empfinden für ihre Großmutter.

»So war ihr Leben von neun bis achtzehn«, beendete Randy ihre Erzählung. »Emma hätte sie am liebsten eingesperrt, so wie sie es früher mit den Geisteskranken getan haben.«

»Wo war ihre Mutter?« Patrick umklammerte wütend sein Glas. »Sie hat sicher versucht, ihr Kind zu beschützen.«

»Ava ist in Ordnung, aber sie ist schwach. Henry Daniels hat sich um sie wie um eine Tochter gekümmert. Als er starb, übernahm Emma das Kommando, und Ava konnte ihr nichts entgegensetzen. Allerdings muss man ihr zugutehalten, sie passte immerhin auf, dass Jordana nicht auch noch körperlich gezüchtigt wurde. Gegen den Psychoterror konnte sie aber nicht viel ausrichten. Es war Jordana, die schließlich genug hatte und sich wehrte.

Es geschah im Stadthaus der Daniels in Atlanta. Als die alte Dame einen ihrer seltenen Einkaufsausflüge machte, rannte Jordana weg. Können Sie sich vorstellen, was das für einen Mut erfordert? Ein Mädchen, das niemals unter Menschen sein oder zur Schule gehen durfte, das wie eine Gefangene gehalten wurde, das blind ist? Können Sie sich nur im Entferntesten ein Bild von der Verzweiflung machen, die sie in das unbekannte Atlanta getrieben hat?«

»War das der Zeitpunkt, als Sie sich getroffen haben?« Patrick hörte gespannt zu.

Randy nickte heftig, die Erinnerung an das Zusammentreffen mit Jordana vor zehn Jahren war noch so lebendig und frisch, als wäre es erst ein paar Tage her.

»Sie heulte, ohne einen Ton von sich zu geben. Und sie war dreckig, meine Güte! Wie oft musste sie wohl gestürzt sein, von einem Ort zum nächsten gestolpert, ohne zu wissen, wohin sie laufen sollte. Aber trotz allem Schmutz war es nicht zu übersehen, dass ihre Kleidung für die Gegend, in der sie sich herumtrieb, viel zu gut war. Als ich sie so hilflos und verzweifelt im Rinnstein hocken sah, dachte ich sofort, sie sei ein reiches Mädchen, das mit ihrem Freund Krach habe und sich nun herumtrieb.

Ich hatte selbst Probleme und fand, dass ihre im Vergleich zu meinen lachhaft waren. Ich blieb stehen und lästerte, doch dann blieb ich schließlich, um ihr zu helfen. Aber was immer ich getan habe, Jordana hat noch mehr für mich getan. Trotz ihrer eigenen Schwierigkeiten hatte sie Ohren für meine.

Und dann, einfach so, bot sie mir ein Leben an, von dem ich nicht einmal zu träumen gewagt hätte. Ich war eine Fremde für sie.

Ich hätte rauschgiftsüchtig sein können, eine Diebin, eine Mörderin. Aber ihr Instinkt ist fast unheimlich sicher, sie traute mir von Anfang an. Sie bot mir eine Ausbildung an und ein Heim für das Kind, das ich in mir trug.«

»Als Gegenleistung hierfür?« Patrick umriss mit einer Handbewegung die Küche und meinte damit die Arbeit, die Randy dort fleißig verrichtete.

Randy schüttelte den Kopf. »Nein, sie wollte das nicht als Gegenleistung. Den Haushalt führe ich, weil es mir Spaß macht.«

Patrick beobachtete, wie Jordana im Nebenzimmer die Gitarre hinlegte. Sie lachte mit Cassie über irgendetwas.

»Dann besuchten Sie mit ihr eine Schule in der Schweiz«, bemerkte er, dabei konnte er den Blick nicht von Jordana wenden. Ihr Haar sah aus wie Seide, wie es ihr über die Schultern floss. »Und schließlich kamen Sie nach Georgia zurück. Sie hatten eine Ausbildung und hätten sich um Ihre Karriere kümmern können. Warum sind Sie geblieben?«

»Warum sollte ich gehen? Wo hätte ich denn noch jemanden gefunden, der das für mich täte, was Jordana mir gab? Sie holte eine schwangere Frau von der Straße und machte aus ihr eine Lady. Sie gab Cassie die Chance für ein besseres Leben als das, was wir beide sonst gehabt hätten. Würden Sie jemanden verlassen, dem Sie so viel verdanken?«

Patrick zuckte nur mit den Schultern. »Was ist mit Cassies Vater? Sehen Sie ihn noch?«

»Der hat mit allem überhaupt nichts zu tun. Er war schon aus meinem Leben verschwunden, bevor ich überhaupt wusste, dass ich schwanger war. Ich war verknallt, er wollte nur ein Abenteuer.«

Jordana hatte die Arme um Cassie gelegt. Mit den langen, schlanken Fingern führte sie die kleinen unbeholfenen Hände über die Gitarrensaiten, um Cassie die Akkorde zu zeigen. Patrick wandte den Kopf wieder um und blickte Randy aus zusammengekniffenen Augen an. »Wenn man Ihre eigenen schlechten Erfahrungen mit einem Mann bedenkt, wie kommen gerade Sie darauf, dass Jordana einen Partner in ihrem Leben braucht?«

»Die Alternative ist schlimmer«, kam die Antwort ohne Zögern. »Sie hat sich sehr in sich zurückgezogen, sie braucht jemanden, der sie daran hindert, sich völlig einzumauern. Es muss jemand sein, der mitten im Leben steht und sie mit sich zieht.«

»Wenn sie verletzt wird, kann es noch bedrohlicher werden, sie könnte sich noch mehr von allem zurückziehen.«

»Sie würde Erinnerungen an bessere Zeiten haben, das ist besser als gar nichts.«

»Ist es das?«

»Ja!«

Patrick nahm einen ersten Schluck aus seinem Glas und setzte es wieder ab, um eine Weile nachdenklich hineinzustarren. »Jordana braucht Dauerhaftigkeit in ihrem Leben, das kann ich ihr mit Sicherheit nicht geben.«

»Dann gehen Sie.«

»Ich kann nicht.«

Randys Ausdruck wurde plötzlich wieder weicher. Sie legte die Hand über Patricks. »Ich weiß«, sagte sie leise, als er sich wieder zu Jordana umdrehte. »Ich weiß.«

Als Patrick aufgestanden war und im dunklen Garten verschwand, blickte Randy ihm nach. »Patrick McCallum, du bist störrisch! Zu störrisch, um dir selbst einzugestehen, dass du dich ernsthaft in Jordana verliebt hast.« Lächelnd kippte sie den Rest des Drinks in den Ausguss.

»Gute Nacht, Jordana.«

Während Randy ihre Tochter ins Bett brachte, saß Jordana nachdenklich da und hörte zu, wie die beiden zusammen alberten. Dann legte sie die Gitarre weg und stand auf. Zielsicher ging sie durch das Arbeitszimmer und die Küche zur Gartenterrasse. Obwohl Patrick es nicht zugeben wollte, wusste sie, dass ihn nicht allgemeine Rastlosigkeit quälte. Durch ihre Naivität fühlte er sich an sie gebunden, es wurde Zeit, dass sie ihn freigab.

Eine Weile war ihre Beziehung erfreulich gewesen. Patrick hatte sich von einem häufigen Gast zu einem Hausfreund entwickelt, kam und ging, wann sein Terminplan es erlaubte. Sie hatten sich eine Zeit lang eine Art idyllische Welt aufgebaut, zusammen gelacht und geredet und den anderen so allmählich kennengelernt.

Sie waren Freunde geworden, aber diese Freundschaft basierte im Grunde auf verletztem Stolz und erbitterter Eitelkeit. Patrick hatte sich von ihr angezogen gefühlt und sie dann, nachdem er abgewiesen worden war, mit einem einzigen Ziel vor Augen verfolgt.

Sie war vor ihm ausgewichen, hatte sich jeder Annäherung entzogen, bis er selbst sich von ihr zurückgezogen hatte. Daraufhin hatte sie plötzlich in ihrer Eitelkeit den Beweis haben wollen, dass sie als blinde Frau genauso begehrenswert für ihn sein könnte wie die geheimnisvolle Fremde, die er aus dem Restaurant in Atlanta kannte.

Letztendlich waren sie beide von ihrer Eitelkeit getrieben worden, doch das Ergebnis hatte nicht gut ausgesehen.

Sie lief über die Terrasse, dabei ließ sie sich von dem leisen Knarren des Liegestuhls leiten, der nicht für so große Männer wie Patrick gemacht war. »Patrick.« Sie berührte seine Schulter sachte und bemerkte an seiner Reaktion, dass er sie nicht hatte kommen hören. »Ich weiß, du wolltest allein sein, aber darf ich mich trotzdem zu dir setzen?«

Er hielt ihre Hand fest. Dass er vorher kurz angebunden gewesen war, schien sie ihm nicht im Geringsten nachzutragen. »Wie machst du das nur?«, fragte er erstaunt. »Du bewegst dich immer nur durch Dunkelheit, durch die Welt, die oft schrecklich für dich sein muss, und trotzdem bist du immer fair und freundlich und ausgeglichen.«

»Nicht immer.« Sie entwand ihm ihre Hand, weil sie räumlichen Abstand bei dem benötigte, was sie ihm sagen wollte. »Ich war nicht fair zu dir.«

»Wann warst du das nicht?«

Sie fand einen Stuhl und setzte sich. »Als ich glaubte, ich könnte genauso begehrenswert sein wie eine gesunde Frau. Ich war verärgert, um die Konsequenzen zu berücksichtigen, die das für uns beide haben würde. Ich habe einfach nicht lange genug nachgedacht.«

»Was willst du damit sagen, Jordana?«

Sie verschränkte die Hände und drehte das Gesicht weg. Eine schwache Brise mit kühler Nachtluft strich über ihre erhitzte Haut. Sie hatte nicht erwartet, dass es so schwierig sein würde, ihn gehen zu lassen. Sie hatte nicht damit gerechnet, dass sie sich in ihn so schnell verlieben würde. »Ich gestehe meine eigene Arroganz ein und entschuldige mich dafür. Es gibt im Grunde nichts, das dich hier hält, aber da du rücksichtsvoller bist, als du zugeben möchtest…«

»Glaubst du, dass mich Rücksichtnahme hier hält?«

»Du möchtest eine Freundin nicht verletzen.«

»Siehst du dich so, nur als meine Freundin?« Er strich über ihre Wange und berührte ihr Haar.

»Das habe ich eigentlich gehofft, Patrick – dass wir Freunde sind. Ich dachte, dass wir das wären, bis …« Sie stockte, als seine Berührung ihr einen Schauer über den Rücken jagte.

»Bis ich meine Launen bekam? Jordana, meine Liebe, ein Mann faucht und spuckt doch nicht wie ein Kater, wenn ihm eine Frau gleichgültig ist.« Er schnitt eine Grimasse. »Im Gegenteil.«

»Aber du warst jederzeit der perfekte Gentleman.«

»Jede Minute davon war eine Qual für mich.«

»Warum, Patrick?«

»Warum? Weil ich immer nur das hier tun wollte.« Er streifte mit den Lippen ihre Augenlider, bis sie sie schloss. »Und das.« Er legte die Hand an ihren Hinterkopf und küsste sie auf den Mund, bis er sie leise seufzen hörte.

»Doch am meisten sehne ich mich danach.« Er zog sie fest an sich, und sein Kuss wurde drängender, eroberte ihren Mund mit der Zunge, als sie die Lippen leicht öffnete. Ihr Hemd war in Sekundenschnelle geöffnet, der BH weggeschoben, und schon umfasste er ihre Brust, fühlte Stolz, als sich die Spitze sofort hart aufrichtete.

Patricks Berührungen waren keine zärtlichen Liebkosungen, er war entschlossen, Jordana genauso leidenschaftlich zu entflammen wie sie ihn. Er reizte und lockte sie, bis sie sich wand und mehr und immer mehr wollte.

Langsam strich er an ihren Schenkeln auf und ab und legte die Hand auf ihren flachen Bauch. Mit einem leisen Aufschrei reagierte sie darauf, seinen heißen, feuchten Mund zu spüren, der sich um ihre Brustspitze schloss. Mit der Zunge reizte er die Knospe, saugte an ihr, bis Jordana heiße Schauer durchliefen und sie alles um sich herum vergaß.

»Patrick!« Sie umklammerte seinen Kopf und zog ihn so an ihre Brust, voller Begehren und Sehnsucht nach mehr.

Plötzlich lehnte Patrick sich zurück, und sie fröstelte, als seine Wärme nicht mehr zu spüren war. »Bitte«, flehte sie und streckte die Arme nach ihm aus. Voller Verlangen zog sie ihn erneut an sich, bis sie wieder seinen harten, muskulösen Körper an ihren weichen Rundungen, seine Zungenspitze an ihrer Brust spürte.

Patrick folgte mit den Lippen dem Weg, den seine liebkosenden Hände zeichneten, über ihren Mund, die Wange, den Hals und wieder zu den Brüsten. Aufreizend verfolgte er die Spur hinunter bis zum Bauchnabel, berührte ihn mit der Zungenspitze und verhärmte eine Weile, bevor seine forschenden Finger bis zur intimsten Stelle weiterglitten.

Er rieb seine Wange leicht an ihrem Bauch, sie spürte seinen heißen Atem dort. »Hat dich jemals ein Mann geliebt?«, wollte er von ihr wissen.

Unfähig, ein Wort hervorzubringen, schüttelte Jordana den Kopf, aber er hatte es bereits geahnt.

»Dann darf das hier nicht geschehen. Es soll nicht so für dich sein, jedenfalls nicht beim ersten Mal.« Langsam, fast wie in Zeitlupe, ordnete er ihre Kleidung, schloss sorgsam die Knöpfe ihrer Bluse, den Reißverschluss der Jeans, bis alles wieder an seinem Platz saß.

Er schwang die Beine über den Rand des Stuhles und stand abrupt auf. Mit weitausholenden Schritten ging er zum Pool, ohne Jordana noch einmal anzublicken. Mit ihrem wilden Haar und den vom Küssen geschwollenen Lippen sah sie zu aufreizend aus! Er konnte sich sowieso kaum losreißen.

Jordanas Duft haftete noch immer an ihm. Er kam ihm wie eine leichte Umarmung vor, die seine Leidenschaft von Neuem erweckte. Deshalb kniete er sich beim Wasser hin und schüttete sich eine Handvoll über den Kopf und noch eine und immer mehr, bis das Hemd triefend nass war und ihm am Körper klebte. Doch das brachte ihm auch keine Erleichterung. Nach Wochen der Enthaltsamkeit, in denen ihm nicht einmal die schönste und willigste Frau hatte reizen können, brauchte er Jordana. Nur sie – und niemand sonst.

Patrick hörte ihre Schritte nicht und zuckte zusammen, als sie ihm unvermutet die Hand auf die Schulter legte. Er sprang auf, um ihrer Berührung zu entkommen, und sie verlor dabei das Gleichgewicht. Nur seiner schnellen Reaktion war es zu verdanken, dass sie trotzdem nicht stürzte.

»Es tut mir leid«, brachte er schließlich verlegen hervor.

»Was tut dir denn leid, Patrick? Dass ich fast hingefallen bin? Oder sind wir wieder bei dem alten Thema gelandet? Tut es dir immer noch leid, dass ich blind bin?«

»Falls es dir irgendwie Genugtuung verschafft, Jordana: Heute Abend ist es äußerst nachhaltig bewiesen worden. Deine Blindheit hat nichts mit deiner Anziehungskraft zu tun.«

»Warum willst du mich dann nicht lieben? Ich bin eine Frau und habe die Bedürfnisse einer Frau.« Sie legte die flache Hand auf seine Brust und spürte unter dem nassen Hemd seinen starken, gleichmäßigen Herzschlag. »Ich brauche dich, Patrick – mir geht es genauso wie dir.«

»Spiel nicht mit dem Feuer, Jordana. Du könntest dich sonst ganz schnell verbrennen.«

»Zu spät.« Sie hob das Gesicht, ein trauriges Lächeln lag auf ihren Lippen. »Das habe ich bereits getan.«

Er wusste nicht genau, was sie meinte – er wollte es auch nicht wissen. Es genügte, dass sie ihn haben wollte, ihn begehrte. »Dann komm mit mir.« Er zog sie an sich, bis ihre

Brüste sich an sein nasses Hemd pressten, und beugte sich zu ihr hinunter, um sie zu küssen. »Komm mit mir nach Schottland«, flüsterte er gegen ihre Lippen. »Komm eine Weile mit mir, und lass uns dort das Leben genießen.«

»Ja«, willigte sie spontan ein, obwohl sie wusste, dass die Liebe, die er ihr versprach, nur körperlicher Natur war. »Ich komme mit dir, Patrick, wohin du willst.«

»Nein!« Als ihm klar wurde, um was er sie da gebeten und wozu sie so schnell die Zustimmung gegeben hatte, wehrte er heftig ab. Er umschloss ihre Gelenke mit den Händen und schob sie von sich. Ihr bedingungsloses Vertrauen war zu viel für ihn. Zum ersten Mal in seinem Leben war Patrick McCallum unsicher und verwirrt. Er wollte sich schnellstens vor dem Gefühl schützen, das sie in ihm hervorrief.

»Das würdest du wirklich tun, was?«, fragte er verärgert. »Du würdest mit mir überall hingehen, alles tun, ohne etwas zu verlangen, und alles geben? Du willst nicht einmal deine bezaubernde Unschuld vor mir schützen?«

Ein Muskel zuckte an seinem Kinn. »Ich liebe aber gerade deine Unschuld. Für alles andere brauche ich eine Frau, die Bescheid weiß – eine, die genug erlebt hat, um sich selbst beschützen zu können. Verstehst du, was ich damit meine, Jordana? Oder bist du zu unschuldig, um an so etwas zu denken?«

Als sie zusammenzuckte und erblasste, wusste er, dass sein Schlag getroffen hatte.

»Es tut mir leid, Jordana. Verzeih mir.«

Seine Stimme war jetzt wieder sanfter. Er hob die Hand und hätte sie fast noch einmal, zum letzten Mal, an der Wange berührt. Doch dann riss er sich von ihr los, als würde ihre Nähe ihm wehtun, und ballte die Hände zu Fäusten. Er trat entschlossen noch einen Schritt zurück.

»Vergiss Schottland«, bat er leise. »Vergiss mich.«

Mit einem letzten Blick auf sie verschwand er in der Dunkelheit.

7. Kapitel

»Ja, Patrick. Ich bin mir darüber klar, dass du ziemlich überstürzt nach London aufgebrochen bist. Nein, ich habe nichts von Jordana gehört.« Rafe klemmte den Telefonhörer zwischen Schulter und Kinn, um nach Papier und Kugelschreiber zu greifen. Mit schwungvoller Handschrift machte er kurze Notizen, während er einen Schwall von Instruktionen über sich ergehen ließ. »Was, zum Teufel, ist denn nur eine Vier-Uhr-Blume?«

Rafe lächelte, dann seufzte er und schüttelte den Kopf. »Ja, Patrick.«

Er legte Stift und Block zur Seite und hörte weiter den Anweisungen seines Freundes zu. Dabei fragte er sich, warum ein Blumenstrauß nicht einfach ein Blumenstrauß sein konnte und warum deshalb eine halbe Stunde über den Atlantik telefoniert werden musste.

»Die Frau kann sowieso nicht sehen, was bedeutet es da schon, welche Blumen du ihr schickst?«

Bei Patrick musste immer alles kompliziert sein. Rafe unterstrich den seltsamen Namen, den eine der Blumen hatte. Wenn Patrick es wollte, dass Jordana »Vier-Uhr-Blumen« bekam, dann sollte sie sie eben haben.

»Ich werde sie persönlich abgeben, pünktlich um vier Uhr – wie besprochen. Und nun, falls du deine Gedanken mal von der Lady auf etwas anderes lenken könntest. Wie gehen die Geschäfte in London? Wird Sheffield dem geplanten Geschäft zustimmen? Schwierig? Was ist schwierig?« Rafe klopfte ungeduldig auf die Tischplatte. »Länger, als du erwartet hast? Wie viel länger?«

Bei Firmenzusammenlegungen von dieser Größenordnung war eine Woche Verhandlungszeit nicht viel, auch nicht ein Monat oder ein halbes Jahr. Normalerweise wusste Patrick das und akzeptierte es. Manchmal nicht gerade sehr bereitwillig, aber jedenfalls mehr als diesmal. Der springende Punkt war Jordana. Sein Freund war da Hals über Kopf in etwas hineingeraten. Rafe war nicht sicher, ob es Liebe oder einfach sexuelles Verlangen war. Wie auch immer, er hatte den Freund noch nie so erlebt.

»Ja«, sagte er schließlich zum zehnten Mal oder mehr mit unerschütterlicher Geduld. »Ich werde mich darum kümmern. Pünktlich um vier Uhr.«

»Wo hält er sich auf?«

Rafe blickte von seinen Notizen hoch und bemerkte eine modisch gekleidete Frau. Es war Maeve Delmari – sie hatte sich heute sehr dezent gekleidet.

»Sie meinen Patrick?«

»Natürlich Patrick! Wen sollte ich sonst meinen?«

»Sicher, wen sonst«, murmelte Rafe. »Wie sind Sie eigentlich hereingekommen?«

»Ich habe Mrs. Hedley erklärt, dass Sie mich erwarten. Das ging alles ohne Probleme über die Bühne.«

»Verstehe.« Er hatte versäumt, Mrs. Hedley, die Empfangsdame, davon zu unterrichten, dass Maeve Delmari in den Büros der McCallum American nicht mehr willkommen war. Das würde er als Erstes klarstellen.

»Sie haben mir noch nicht gesagt, wo er sich aufhält.«

»Nein, das habe ich nicht.« Rafe sah zu, wie sie durch das Büro zum Fenster ging. Sie zog eine Zigarette aus der Handtasche und zündete sie sich mit einem goldenen Feuerzeug an.

Tief sog sie den Rauch ein und blies ihn wieder aus. Dann verschränkte sie die Arme und blickte auf die Stadt hinunter.

»Ich wusste, es würde nicht lange dauern.«

»Sie wussten, dass was nicht lange dauern würde, Maeve? Sie sprechen in Rätseln.«

»Patricks neueste kleine Liaison, natürlich.«

»Natürlich. Und woraus schließen Sie das?«

»Ich habe Ihnen zugehört? Sie haben doch eben mit Patrick gesprochen, und Sie haben wie ein guter, artiger Junge seine Anweisungen entgegengenommen.«

Maeve durchquerte den Raum und lehnte sich über den Schreibtisch, um ihre Zigarette im Aschenbecher auszudrücken.

»Welche Anordnungen, Maeve?«

»Für das Geschenk. Was gibt es denn diesmal? Sind es Diamanten? Smaragde? Selbst für eine so kurze Zeit wird Patrick sich bestimmt nicht lumpen lassen.«

»Versuchen Sie's mit Blumen.«

»Blumen? Warum sollte er ihr nur Blumen schicken?«

»Weil es nicht zu Ende ist. Ich nehme an, es hat gerade erst richtig begonnen.«

Nervös steckte sie sich die nächste Zigarette an und verschränkte die Arme fest. »Vielleicht sind es heute Blumen, aber morgen werden es die Abschieds-Juwelen sein – oder übermorgen oder danach.«

»Diesmal nicht.«

»Doch.« Sie fuchtelte mit der Zigarette herum. »Patrick wird sich von ihr holen, was er braucht, bis er zufrieden ist, und dann kommt er zu mir zurück.« Sie holte ein flaches Samtschächtelchen aus ihrer Handtasche und legte es auf den Schreibtisch. »Das werde ich nicht brauchen.«

»Sie überschätzen sich.«

»Und Sie irren sich, er kommt zurück!« Wütend fegte sie das Schmuckkästchen vom Schreibtisch, so dass es in hohem Bogen auf den Teppich flog. Sie blickte mit einem zynischen Lächeln auf das Halsband, das dabei herausgerutscht war. Mit der Hand auf der Klinke, sah sie sich noch einmal um. »Sie kennen ihn besser als alle anderen, aber diesmal liegen Sie falsch.«

Als das Klicken ihrer Absätze verklungen war, stand Rafe auf, schloss die Tür, die von der Besucherin demonstrativ offengelassen worden war, und hob das Schmuckstück vom Boden auf. Er wählte die Nummernkombination des Wandsafes und schloss die kleine Kostbarkeit dort ein. Sollte Patrick später entscheiden, was er mit dem Geschenk und Maeve tun wollte!

»Sie sind schön!«

Es war genau vier Uhr, und wie Rafe versprochen hatte, hielt Jordana Patricks Blumenstrauß in den Händen. Nach der langen Fahrt von Atlanta bis zu ihrem Haus waren die Blüten nicht mehr so ganz frisch, doch als er beobachtete, wie sie ihr Gesicht hineinsteckte, war ihm klar: Für sie zählte nur, dass sie als Geschenk von Patrick kamen. Selbst wenn sie die traurig hängenden Blütenköpfe hätte sehen können, hätte es sie nicht gekümmert.

»Vier-Uhr-Blumen!« Der Kummer der letzten Wochen war sofort vergessen. »Er war so verärgert, als er ging, aber trotzdem hat er es nicht vergessen.«

»Natürlich hat er es nicht vergessen«, kam die trockene Bemerkung von Randy. »Wie kann er vergessen, dass du und Cassie nach einer Blume verrückt seid, die für ihn wahrscheinlich wie Unkraut aussieht? Und außerdem ist ein schlechtes Gewissen meist mit einem sehr guten Gedächtnis verbunden.«

»Ich bin genauso schuld an dem Missverständnis, Randy«, verteidigte Jordana Patrick.

»Tatsächlich? Irgendwie habe ich da meine Zweifel. Aber immerhin, die Blumen sind eine nette Geste. Gib sie mir, ich werde sie schnellstens ins Wasser stellen, während du unseren Gast ins Wohnzimmer führst.«

Jordana, die an Randys ruppige Art gewöhnt war, lächelte nur und gab ihr kommentarlos den Strauß. Dann hakte sie sich bei Rafe ein, als wären sie gute alte Freunde, und führte ihn in einen warmen, einladenden Raum.

»Als ich anrief, hatte ich erst befürchtet, Sie würden mich nicht empfangen.« Rafe setzte sich Jordana gegenüber.

»Warum dachten Sie das?«

»Ich repräsentiere schließlich den Mann, mit dem Sie sich gestritten haben. Patrick hat mir nichts Näheres verraten, aber seinem Verhalten nach zu urteilen, steckt mehr dahinter als ein bloßes Missverständnis.«

»Aber so etwas ist es. Ich war nicht sicher, ob ich Patrick überhaupt etwas bedeute, aber die Blumen und Ihr Besuch bei mir scheinen das auszudrücken.«

Aller Ärger und ihre Verletztheit waren im Nu vergessen, als sie zu dem Schluss kam, dass diese Geste für Patrick genauso ungewohnt war wie für sie die Liebe. Sie war deshalb so glücklich wie nie zuvor.

»Patrick hat mir so viel von Ihnen erzählt«, fuhr sie fort. »Ich habe fast das Gefühl, Sie zu kennen.«

»Er hat mit mir auch von Ihnen gesprochen.«

»Hat er das?« Sie lachte erst erfreut, doch dann wurde sie schnell wieder ernst. »Ich nehme an, er spricht von all seinen …« Sie verschränkte die Hände fest auf ihrem Schoß. »Ich weiß nicht, wie ich eigentlich die anderen Frauen in seinem Leben nennen soll, oder mich.«

»Er hat mit mir nie von anderen Frauen gesprochen, jedenfalls nicht so wie von Ihnen.«

»Sie müssen denken, ich sei dumm, aber das ist alles so neu für mich. Es gab für mich noch nie jemanden wie Patrick.« Sie wandte ihm das Gesicht zu. Es war unglaublich, dass diese wunderschönen Augen nicht sehen konnten.

»Es hat für Patrick auch noch nie jemanden wie Sie gegeben, das kann ich Ihnen versichern.«

»Weil ich blind bin?« Die Frage kam ohne Koketterie.

»Das ist nicht wichtig, Jordana. Was Sie sind, das allein zählt. Sie sind eine schätzenswerte Person. Davon hat es in Patricks Leben nicht viele gegeben. Außer bei der ersten Frau in seinem Leben hatte das nie viel Bedeutung für ihn, bei seinen Freundinnen – bis Sie auftauchten.«

»Die erste?«

»Seine Mutter.«

»Hat sie ihn verletzt?«

Das Telefon klingelte, wie Rafe es erwartet hatte. »Das wird Patrick sein, er ruft aus London an.« Er stand auf, seine Mission war beendet. »Ich verabschiede mich jetzt.«

»Bitte bleiben Sie doch, Rafe!« Sie hielt die Hand in seine Richtung ausgestreckt. Als er sie nahm, drückte sie fest zu. »Bitte gehen Sie nicht. Es gibt noch einiges, das ich nicht verstehe. Sie sollen nicht Patricks Vertrauen missbrauchen, ich möchte nur, dass Sie mir helfen zu begreifen.«

Das Telefon klingelte weiter, bis Randy im Nebenzimmer abnahm und mit Patrick sprach.

Rafe betrachtete Jordana. »In Ordnung.« Liebevoll umschloss er ihre Hand mit seinen. »Ich werde noch nicht gehen. Während Sie telefonieren, werde ich Randy zu überreden versuchen, mir ein Glas dieser köstlichen Limonade einzugießen, von der Patrick immer so schwärmt.«

Jordana lächelte dankbar, dann hob sie den Hörer erwartungsvoll ans Ohr. »Patrick!«

In London lief Patrick Stunden später durch das Hotelzimmer und betrachtete die edle Einrichtung. Er fühlte sich gefangen.

»Es war lächerlich, anzurufen«, schimpfte er vor sich hin und fuhr sich durch das Haar. »Diese ganze Geschichte ist lächerlich. Ich hätte mit ihr ins Bett gehen sollen, als sich die Chance dazu bot. Sie wollte es doch genauso wie ich. Ich hätte sie mit nach Schottland nehmen müssen. Dann hätten wir uns lieben können, wann immer Zeit gewesen wäre. Irgendwann wäre sie mit einem angemessenen Geschenk wieder nach Hause gefahren. Dann müsste ich jetzt nicht hier herumtigern und mich wie ein Gefangener fühlen.«

Patrick blickte zu seinem Adressbuch, das aufgeschlagen am Telefon lag. Es enthielt die Nummern von Frauen, die auf einen Anruf hin zu ihm kämen. Er würde aber nicht anrufen. Er hatte zwar große Sehnsucht danach, mit einer Frau zusammen zu sein. Aber nicht mit irgendeiner. Er wollte Jordana.

»Jordana, was soll ich nur mir dir machen?«, flüsterte er. Als er sich in einen Sessel setzte und das Gesicht in den Händen vergrub, wusste er sehr gut, was er zu tun hätte.

»Warum sind Sie überrascht, dass Patrick morgen zurückkommen will?« Jordana hatte die Hand auf Rafes Arm gelegt. Weil er die Vier-Uhr-Blume in ihrer natürlichen Umgebung sehen wollte, hatte sie ihn zu einem Rundgang durch den Garten eingeladen.

»Vorher erklärte er, noch ein paar Tage für Verhandlungen zu brauchen. Ich denke, eine Woche oder zwei wären eventuell noch angemessener gewesen.«

»Er hat seine Meinung eben geändert. Ist das so ungewöhnlich?«, wollte Jordana wissen.

»Dass er seine Meinung ändert, nicht, wohl aber, dass er ein Geschäft, das ihm viel bedeutet, liegen lässt.«

»Sicher weiß er, was er tut.« Jordana hoffte es wenigstens.

»Vorher war das so.«

»Sie meinen, bevor ich in sein Leben trat?«

»Er hat in all den Jahren bisher wegen keiner Frau den Kopf verloren, so wie bei Ihnen.«

Jordanas Herz begann schneller zu schlagen. »Sie müssen es wissen, oder?«, flüsterte sie.

»Besser als jeder andere. Wir sind seit fünfundzwanzig Jahren Freunde, seit wir zusammen die Militärschule besuchten«, erzählte Rafe stolz.

»Wie alt war er, als Sie sich trafen?«

»Zwölf. Seine Mutter hatte die Familie verlassen, und sein Vater kam nicht mit der Situation klar, deshalb schickte er Patrick fort. Nicht etwa, weil er sein Kind nicht liebte. Er konnte nicht mit ansehen, wie Patrick unter den Verhältnissen litt.

Patrick verstand das alles. Aufgrund seiner ungewöhnlichen Lage, in der er schon als Junge war, schien jeder zu vergessen, dass er trotzdem ein Kind war. Jeder erwartete von ihm, dass er den Verlust der Mutter und die Trennung vom Vater wie ein Erwachsener hinnahm. Er konnte sich nie wie ein Kind verhalten.«

»Außer bei Ihnen.«

»Ja, außer bei mir. Ich bemerkte, dass es ihn überhaupt nicht erleichterte, von seinem Vater fort zu sein. Er war nun sogar zwischen zwei Welten hin- und hergerissen. Er war einerseits noch das Kind, das seinen Vater brauchte, und gleichzeitig schon ein junger Mann, der spürte, dass sein Vater ihn eigentlich um sich haben musste.«

»Hat er seinem Vater das alles nachgetragen?«

»Nie.«

»Nur seiner Mutter.«

Und er hatte seitdem keine Frau geliebt oder ihr vertraut! Ein Junge von zwölf Jahren, der auf sich allein gestellt war, und mit seinen Problemen irgendwie zurechtkommen musste, der nur von einem anderen Kind etwas Zuneigung bekam! Jordana seufzte. Ein verletztes und trauriges Kind wird nie zu groß, um geliebt und umsorgt zu werden.

»Sein Vater starb, als Patrick sechzehn Jahre alt war. Erst mit zweiundzwanzig brachte er es über sich, wieder nach Schottland zurückzukehren. Er hat jahrelang versucht, seine Herkunft zu vergessen, aber Patrick ist ein Schotte, und Schottland ist sein Zuhause. Das ist ihm in den letzten Jahren klar geworden.«

»Als er zurückkehrte, blieben Sie immer noch Freunde«, bemerkte Jordana.

Rafe strich ihr abwesend ein Blatt vom Haar. »Wir haben zusammen gelacht und gekämpft. Wenn wir andere Charaktere gewesen wären, hätten wir wahrscheinlich auch zusammen geweint. Aber vielleicht haben wir das auf unsere Art auch getan«, fügte er leise und versonnen hinzu.

Jordana schwieg, während sie immer weiter durch den schattigen Garten schlenderten.

»Ich kann ihm sowieso nie wieder zurückzahlen, was er für mich getan hat. Patrick hat mir das Leben gerettet.«

Jordana hielt inne.

»Da steht eine Bank in der Nähe der Mauer. Es ist Patricks Lieblingsplatz im Garten. Wollen wir uns dort eine Weile hinsetzen?«, schlug sie vor.

Die Bank knarrte unter Rafes Gewicht. »Patrick war gerade dabei, die Verwaltung des Familienvermögens zu übernehmen. Wir waren auf dem Heimflug, nachdem wir mit einem letzten Vertrag alle Voraussetzungen dafür geschaffen hatten, als unser Flugzeug in einem abgelegenen Teil der Appalachen abstürzte. Der Pilot wurde dabei getötet. Ich erlitt innere Verletzungen und, wie wir zuerst glaubten, eine Gehirnerschütterung. Patricks Bein war gebrochen, die Knochen waren gesplittert und stachen durch die Haut.

Patrick machte sich aus Ästen Krücken. Er meinte, es habe keinen Zweck, auf Hilfe zu warten, die womöglich nie käme. Es war Winter, die meisten Sträucher und Bäume waren kahl, aber wir kamen trotzdem nur mühsam voran. Innerhalb einer Stunde war Patrick klar, dass ich mehr als nur eine Gehirnerschütterung abbekommen hatte. Später erfuhren wir, dass es Gehirnblutungen waren. Ich war kaum noch klar im Kopf, mein linker Arm und mein linkes Bein bewegungslos.

Patrick sagte keinen Ton, aber er litt große Schmerzen. Mit jedem Schritt schnitten sich die Knochensplitter mehr ins Fleisch. In der Nacht fiel die Temperatur so stark, dass es zu kalt für uns werden würde. Ich hatte schon genug im Leben mitbekommen, um zu begreifen, dass ich es nicht schaffen würde, aber Patrick blieb eine Chance. Er konnte ohne mich schneller vorwärtsgelangen, aber er wollte nicht allein gehen. Stattdessen suchte er einen schmalen Felsspalt, in den er mich zog. Gewärmt von den Steinwänden und dem Feuer, das er entfachte, konnten wir die bittere Kälte überstehen.

Ich fiel in dieser Nacht ins Delirium. Patrick blieb wach, passte auf, dass das Feuer nicht ausging, und baute eine Trage, die es ihm ermöglichte, mich zu transportieren und dabei die Hände für die eigenen Krücken freizuhaben. Am nächsten Morgen war mir sowieso alles gleichgültig. Er hatte dann für uns beide gesorgt – trotz seiner irrsinnigen Schmerzen.«

Rafe machte eine Pause. »Ich erinnere mich an nichts mehr, was nach diesem Morgen geschah. Ich bin froh, dass ich nicht mitbekommen musste, was er durchmachte, um mich durch die Berge zu transportieren. Wie oft er fiel, wie er sich Meter für Meter vorwärtsquälte, gleicht einem Wunder.«

Rafe lachte bitter auf. »Wir waren ein nettes Pärchen in den nächsten Monaten, mit unseren Schnitten und Bandagen, mein geschorener Kopf und seine Beinschienen.«

»Sie haben mir die Geschichte doch aus einem bestimmten Grund erzählt, Rafe.«

»Ich wollte, dass Sie verstehen, wie tief seine Anteilnahme sein kann. Wenn es nicht so wäre, könnte er nicht so stark verletzt werden, wie es der Fall ist. Zugegeben, er ist ein schwieriger Mann, Jordana, aber wenn Sie ihn lieben, dann ist er die Schwierigkeiten, die sich für Sie daraus ergeben können, wert.«

Er strich sachte über die Konturen ihres Kinns. »Wenn es schwierig mit ihm wird, dann denken Sie einfach nur daran, dass er Sie im Grunde liebt.«

»Nein, Rafe.«

»Doch. Ich war erst nicht ganz sicher, aber wenn ich mir alles genauer ansehe, die ganze Sache überdenke und dabei Patricks Charakter berücksichtige – was er wohl fühlt …« Rafe schüttelte den Kopf und wunderte sich plötzlich, dass ihm das nicht viel früher aufgefallen war. »Das ist die Erklärung, die ganz offensichtliche Erklärung.«

»Nein!« Jordana wandte das Gesicht ab.

»Jordana.« Rafe legte einen Finger unter ihr Kinn und drehte ihren Kopf wieder zu sich. »Haben Sie keine Angst! Sie lieben ihn, das habe ich Ihnen angesehen, als Sie sich so über die Blumen, sein Friedensangebot, gefreut haben. Er hat es bisher noch nicht zugegeben, aber er liebt Sie auch. Das gibt Ihnen eine Macht über ihn, die noch nie eine Frau vorher hatte.«

»Ich möchte keine Macht über Patrick.«

»Ich weiß, dass Sie das nicht wollen, aber Liebe ist nun einmal so etwas wie Macht.

Sie kann bereichern oder zerstören. Wenn Patrick Ihnen erklärt, dass er Sie liebt, haben Sie gewonnen.«

»Das ist kein Gefecht, Rafe.«

»Doch, genau das ist es. Es ist Ihr Kampf mit Patricks trauriger Vergangenheit.«

»Was soll ich denn tun?«

»Seien Sie einfach Sie selbst, folgen Sie weiterhin Ihrem Instinkt«, riet er ihr.

Rafe nahm ihre Hand und zog sie von der Bank. »Ich habe schon genug von Ihrer Zeit in Anspruch genommen. Ich sollte jetzt wieder in die Stadt zurückfahren.«

Jordana fasste all ihren Mut zusammen. »Wann landet Patricks Flugzeug? Ich würde bei seiner Ankunft gern dabei sein. Ich habe ein Haus in Atlanta, das kaum benutzt wird. Wenn Sie mir Zeit geben würden, ein paar Sachen zusammenzupacken.« Vor Verlegenheit wurde sie rot.

»Wir haben beide bis morgen Abend Zeit, Jordana. Ich werde Sie abholen.«

Patrick am Flughafen zu treffen würde all ihren Mut erfordern, aber wenn er den Ozean nur überquerte, um schnell zu ihr zu kommen, dann wollte sie ihm auch ein Zeichen ihrer Zuneigung geben und zu seiner Begrüßung bereitstehen.

8. Kapitel

Patrick betrat langsam die Flughafenhalle. Andere Fluggäste hasteten an ihm vorbei, es war ein Strom von Menschen, die zu irgendwelchen Zielen eilten, zu Jobs oder Verabredungen. Als er die Menschenmenge nach dem Fahrer absuchte, den Rafe ihm hatte schicken wollen, flammte sein Ärger erneut auf.

Tagelang war er gereizt gewesen, und es hatte auch nicht gerade zur Steigerung seiner Laune beigetragen, dass der Firmenjet nach dem Start einen Motorschaden gehabt hatte. Sein erster Gedanke war gewesen, eine andere Maschine zu chartern. Nur das Bedürfnis, sich, wenn nicht sogar Jordana, zu beweisen, dass er noch ein letztes Fünkchen von Beherrschung besaß, hatte ihn davon abgehalten. Aber was hatte er denn bewiesen, als er den erstmöglichen Linienflug gebucht und sich Stunden in einen Sitz geklemmt hatte, der viel zu klein für ihn gewesen war?

Er stöhnte ungeduldig. Als er sich herumdrehte, um nach der nächsten Telefonzelle zu suchen, sah er Jordana an. Er blieb abrupt stehen und stieß dabei mit einem Mann zusammen, der dicht hinter ihm gelaufen war.

Ohne auf die Schimpftirade zu achten, die sofort darauf folgte, starrte er sie an. Es war, als sähe er sie zum ersten Mal. Er war auf ihren Anblick nicht vorbereitet gewesen, auf diese Sanftheit, die sie ausstrahlte und die selbst von dem grellen, harten Licht in der Flughalle nicht überdeckt werden konnte. Leidenschaft ergriff ihn plötzlich. Dann empfand er Ärger, weil Rafe sich so vertraulich zu ihr hinbeugte, ihr etwas ins

Ohr flüsterte und dabei mit den Fingern ihre Wange berührte.

Er beobachtete aus zusammengekniffenen Augen, wie sie lächelte und nickte, wobei ihre goldblonden Locken von der Schulter herunterrutschten. Rafe legte einen Arm um sie und zog sie näher an sich. Als er ihr einen freundschaftlichen Kuss auf das Haar drückte, hätte Patrick fast vergessen, dass Rafe Courtenay seit mehr als fünfundzwanzig Jahren sein Freund war.

Und er hätte auch fast vergessen, dass er gar kein Recht hatte, eifersüchtig zu sein – dass er das auch gar nicht wollte, schließlich lag ihm viel an seiner Freiheit.

Er blieb kurz vor den beiden stehen und nickte seinem Freund kaum merklich zu. »Hallo, Rafe«, begrüßte er ihn knapp und abweisend.

Mit einem verschmitzten Grinsen zog Rafe sich sofort zurück. Jordana bewegte sich erwartungsvoll lächelnd auf Patrick zu. Der griff automatisch nach ihren Händen.

»Patrick!« Sie schloss die Finger fest um seine Hand. »Dein Flugzeug hatte Verspätung, wir haben uns schon Sorgen gemacht. Ist alles in Ordnung?«

»Jetzt ja.« Er konnte den Blick nicht von ihr wenden, er hatte diesen Anblick vermisst, seit er sie verlassen hatte. Endlich trennte sie nichts mehr, er hätte eine Ewigkeit so stehen können, er konnte sich einfach nicht an ihr sattsehen.

»Jordana«, sagte er schließlich leise und hob ihr Gesicht leicht mit den Fingern an.

Ein Reisender stieß gegen Patricks Arm und murmelte etwas von der schlechten Standortwahl für ein Rendezvous. Patrick wandte sich ärgerlich um und legte schützend die Arme um Jordana. Dann wurde ihm wieder bewusst, wo sie sich befanden. Er musste sie schnellstens aus dem Flughafengebäude herausbringen.

»Wo ist eigentlich Rafe hin?«

»Er ist fort.«

»Weg? Ohne Abschied? Und was ist mit dir, wie kommst du seiner Ansicht nach nach Hause?«

Sie zog einen Schlüssel aus der Hosentasche. »Er hat dir das hinterlassen und ein Taxi genommen.«

»Einfach so? Er lässt dich einfach hier stehen? Das ist ja ein seltsames Benehmen.«

»Einfach so? Er hat mich schließlich dort gelassen, wo ich so gern sein möchte.«

Er war zu sehr mit seinen dummen eifersüchtigen Gedanken beschäftigt gewesen, um klar denken zu können. Jetzt wurde ihm erst bewusst, dass sie sich von ihrer gewohnten Umgebung abgeschnitten, die Sicherheit ihres Heims verlassen hatte, um ihn vom Flughafen abzuholen.

»Du möchtest bei mir sein?«

Nur die Schaulustigen, die sich indessen um sie herum versammelt hatten und flüsternd auf Jordana zeigten, weil sie ihr Gesicht wohl erkannten, hielten ihn davon ab, sie zu küssen. Er berührte nur ihre Wange zärtlich.

»Weißt du auch, was du da eigentlich sagst? Was das heißt? Was es heißen muss?«

»Ich weiß, Patrick. Das weiß ich schon, seit du mich das erste Mal geküsst hast«, bekannte Jordana ruhig.

Er nahm ihren Arm und sah sich verärgert zu den Neugierigen um. »Wir müssen hinaus aus der Halle, bevor ich noch eine Szene mit diesen Gaffern veranstalte.«

Mit der Hand an ihrem Ellbogen, bahnte Patrick sich einen Weg durch die Menge und zog Jordana mit sich bis zum Parkdeck. Er sagte kein Wort mehr, bis sie beide in Rafes Wagen saßen und endlich allein waren.

»Jetzt«, stöhnte er und zog sie heftig an sich. Aber sie wartete vergebens auf den Kuss, nach dem sie sich sehnte. Er strich nur liebevoll an ihrem Körper hinunter, seine Stirn ruhte dabei auf ihrer Schulter. Sein Herz hämmerte, sie konnte es spüren. Liebevoll schloss sie ihn in die Arme und strich ihm durch das Haar. So verharrten sie eine ganze Weile.

Jordana konnte sich nur vorstellen, wie Patrick aussah, aber in ihrer Fantasie war er schön. Der schönste Mensch, den sie je kennengelernt hatte.

Langsam beruhigte sich Patrick, und er atmete tief durch. Er hob den Kopf und umfasste mit beiden Händen ihr Gesicht. »Jetzt«, sagte er heiser. »Jetzt, Jordana.«

Sein Mund fühlte sich hart auf ihrem an. Er kannte keine Zurückhaltung mehr, er wollte sie besitzen, und sie war bereit. Sie hatte längst aufgehört, sich um die Zukunft Sorgen zu machen. Richtig oder falsch, sie hatte ihn wieder bei sich, und das allein zählte. Voller Leidenschaft zog sie ihn näher an sich und öffnete die Lippen bereitwillig für seine, begegnete seiner Leidenschaft mit ihrer Liebe.

Er stöhnte, als er sich schließlich wieder von ihr löste, umfasste das Steuerrad mit festem Griff und starrte in die Dunkelheit hinaus. »Es ist mir unmöglich, jetzt stundenlang zu fahren und dich dabei nicht berühren zu dürfen.«

»Ich will nicht nach Hause.«

»Jordana.« Er wusste nicht, was er darauf erwidern oder tun sollte. Hilflos sah er sie an.

Sie nahm seine Hand. »Hör auf zu kämpfen, Patrick! Das Gefecht ist für uns beide entschieden. Du hast gelernt, dich mit meiner Blindheit abzufinden. Heute Nacht bitte ich dich, sie ganz zu vergessen. In der Dunkelheit und in deinen Armen wird so etwas sowieso egal sein. Ich werde sein wie jede andere Frau. Du hast mir nichts versprochen, ich erwarte nichts. Ich möchte nur diese Nacht mit dir verbringen.«

Ihre Kehle fühlte sich trocken an. Sie umschloss seine Hand fester. »Ich will dich.«

Patrick schwieg, dann atmete er tief durch und seufzte. »Wo? Hast du das auch schon entschieden?«

Jordana entzog ihm die Hand wieder. Er machte es ihr nicht leicht. Wollte er sie so dazu bringen, von sich aus einen Rückzieher zu machen, weil er es nicht schaffte?

Sie würde es sich aber nicht anders überlegen, das konnte sie gar nicht mehr.

»Ich denke an das Stadthaus meiner Familie.« Wie eine Fremde hörte sie sich ihre eigene Adresse aufsagen. »Ich war dort seit vielen Jahren nicht mehr, aber alles dort ist immer vorbereitet für…« Sie war über den plötzlichen schmerzhaften Stich überrascht, den sie verspürte. Sie hatte geglaubt, inzwischen immun dagegen zu sein. »Es ist alles so belassen, wie meine Großmutter es wollte, aber sie benutzt es nie. Es gehört mir, von meinem Geld wird es finanziert.«

Patrick startete entschlossen den Wagen und fuhr die schlaufenförmige Ausfahrt vom Garagendeck hinunter auf die Straße.

Die Einrichtung des Hauses war anders, als Patrick erwartet hatte. Jordanas Heim strahlte Wärme aus mit seiner Schlichtheit und Eleganz. Diese Wohnung hier war mit kühler Perfektion eingerichtet. Alles wirkte abweisend. Ein Porträt, das über dem Kamin hing, zeigte eine kerzengerade sitzende Frau, die hochmütig auf sie herunterblickte.

Das musste Emma Daniels sein! Patrick umfasste Jordanas Schulter fester und zog sie näher an sich heran.

»Sie ist vollkommen unwichtig, Patrick, jedenfalls für uns.« Jordana ahnte, was in ihm vorging.

»Nur du bist wichtig.« Er beugte sich hinunter, hob sie

auf die Arme und besiegelte seine Aussage mit einem Kuss, der keine Zweifel mehr ließ. »Dein Zimmer. Wo ist es?«

»Hinter der Treppe, am Ende des Flurs.« Sie legte die Wange an seine Schulter und schöpfte Kraft aus seiner Wärme. So konnte sie die Kälte vertreiben, die ihre unerfreulichen Erinnerungen begleitete. Sie hatte ihn aus einem ganz bestimmten Grund in dieses Haus mitgenommen. Hier hatte sie, das verängstigte, verzweifelte Mädchen, einst ihr Leben heldenhaft in die eigene Hand genommen.

Zehn Jahre waren seitdem vergangen, es schien ihr folgerichtig zu sein, dass sie heute zurückkehrte.

Sie seufzte und vertrieb, zufrieden mit der Entscheidung, die Vergangenheit aus ihrem Denken. Ihr Herz klopfte stark, aber nicht vor Angst oder Scham, die ihr früher einmal beigebracht worden waren, sondern vor freudiger Erwartung.

Als sie die Tür zu Jordanas Zimmer schlossen, war es, als wären Patrick und sie in eine andere Welt eingetreten. Ohne sie loszulassen, drehte er sich in dem Raum um. Bücher, die speziellen Bücher, die sie benötigte, standen in Regalen aufgereiht, und der Teppich war dick und weich, das Holz wirkte warm. Vor der Doppeltür, die zu einem kleinen mit einem Geländer begrenzten Balkon führte, hingen keine Vorhänge, die das Licht aussperrten.

»Erstaunlich.« Er ließ Jordana langsam auf den Boden herunter und legte ihre Hände um die Taille. Das Zimmer strahlte Jordanas Wesen aus, zeigte, wie sie sich eine persönliche Nische in dieser allgemeinen Starre im Haus gebildet hatte.

»Erstaunlich«, flüsterte er erneut und küsste sie hungrig. Dann zwang er sich, sie wieder loszulassen. Er hatte diesen weiten Weg zwar zurückgelegt, weil er sich nach ihr sehnte. Sie verdiente aber etwas Besseres als eine schnelle, hitzige

Eroberung. Es würde ihm schwerfallen, aber er wollte sich beherrschen.

Dies war ihr erstes Mal, und es sollte ihr bestes werden! Das schwor er sich.

Als sie nach ihm griff, verwundert über seinen Rückzug, nahm er ihre Hände in seine. »Nicht, mein Schatz.« Er küsste ihre Handflächen. »Wir haben keine Eile, die ganze Nacht steht uns zur Verfügung. Wir wollen alles genießen.«

Jordana verstand ihn nicht. Erst hatte er sie so sehr gedrängt, und nun zog er sich zurück?

»Vertrau mir, Jordana.«

»Das tue ich.«

»Ich hole deine Taschen aus dem Auto, du kannst inzwischen ein schönes heißes Bad nehmen und dich entspannen. Dann sehe ich mal nach, was ich in der Küche für uns finde.« Er legte einen Finger erst auf seine Lippen, dann auf ihre.

Dann ging er und zog die Tür langsam hinter sich zu, ließ sie in dem blitzsauberen, aufgeräumten Zimmer zurück. Wie der Staub waren für Jordana auch die bösen Erinnerungen fortgewischt. Nun war Platz für die Zukunft.

Bevor sich die Tür ganz schloss, nahm Patrick das Bild, das sich ihm bot, noch einmal auf.

Der Raum war fast dunkel, nur von schwachem Mondlicht erhellt. Jordana sah wunderschön aus, das Haar fiel ihr wie ein goldener Schleier auf die Schultern. Sie war das Sommermädchen, wie sie da in der sanften Beleuchtung stand.

Patrick ging zu ihr und zog sie mit sich durch die geöffnete Balkontür ins Freie. Die Nacht war still. Er goss ihnen Wein ein, doch als sie das Glas nahm, wusste er, dass sie es nicht austrinken würde.

»Auf die Träume.« Er stieß mit ihr an.

»Auf die Träume.« Sie nippte von dem Wein und kostete den delikaten Geschmack, während ihr Verlangen immer größer wurde. Geduld, sagte sie sich im Stillen und lächelte.

Patrick beobachtete, wie sich ihre Lippen verzogen und ihre Brüste sich bei einem leisen Seufzer anhoben. Er nahm ihr Glas und stellte es mit seinem zur Seite. »Komm zu mir, Jordana.«

»Ja.« Es war vorbei mit der Geduld, als sie sich in seine Arme schmiegte. Er roch nach Seife. Sein Hemd war aufgeknöpft, die Haut noch feucht vom Duschen.

Nervös strich sie ihm über den Oberkörper. Unsicher zuerst, dann immer freier, erforschte sie Patricks Körper. Sie fühlte seine starken Muskeln, die sich unter ihrer Berührung anspannten. Als sie über seine Schultern strich, zögerte sie erst, dann schob sie sein Hemd weg, um die nackte Haut darunter fühlen zu können.

Lustvoll aufstöhnend, schüttelte Patrick es ab. Er blieb selbst tatenlos, um Jordanas Liebkosungen nicht im Weg zu sein. Viele erfahrene Frauen hatten ihn schon gestreichelt, aber Jordanas Berührung war ganz etwas anderes. Alles war so neu und unschuldig, so wunderbar – fast mehr, als er ertragen konnte.

Sie strich zu seinen Armen hinunter, über die Bizepse und die muskulösen Unterarme. Sie fuhr bewundernd über seinen breiten Brustkorb und spürte, wie sein Herz schneller schlug, ahnte die süße Folter, die er durchlebte.

Schließlich berührte sie wieder sein Gesicht, das Kinn, die Wange, fuhr ihm in sein Haar und zog ihn zu sich heran, um ihn zu küssen. Er wollte sie erst an sich ziehen, hielt aber inne, um ihr die Führung zu überlassen, gab ihr nur, was sie wollte.

Jordana trat etwas zurück. Den Arm ausgestreckt, beschrieb sie mit den Fingerspitzen einen Pfad von seinem Hals bis zur Taille. »Ich glaube, du bist der schönste Mann der Welt.«

»Du bist schön, Jordana, nicht ich.«

»Für mich bist du es.«

»Du hast keinen Vergleich, woher willst du das wissen?«, gab Patrick zu bedenken.

»Ich brauche keine anderen Männer, um das zu wissen. Ich brauche niemanden außer dir.«

Noch ehe er sie daran hindern konnte, hatte sie den obersten Knopf seiner Hose geöffnet. Er legte verlegen seine Hand auf ihre, um weitere Aktionen zu verhindern.

»Um Himmels willen, nicht hier! Ich glaube nicht, dass ich noch mehr aushalten kann.«

Entschlossen hob er sie auf die Arme und drückte sie fest an sich. »Dafür gibt es doch bessere Plätze.« Er schritt zielbewusst durch den Raum und trug sie zum Bett.

Als sie in ihrem romantischen Nachthemd erwartungsvoll auf dem Bett lag, sah sie so schön aus, als wäre sie nur ein Traum. Doch als er ihr sanft die zarte Spitze vom Körper nahm, fühlte sie sich warm und sehr lebendig an. Er streichelte zärtlich ihre Brüste, und sie begann zu zittern.

»Zitterst du vor Angst, Jordana?«, fragte er besorgt.

»Nein.« Sie schluckte krampfhaft, entzog sich aber seinen Liebkosungen nicht. »Ich habe keine Angst vor dir. Du bist ein vollendeter Mann, Patrick, das gilt auch für deine inneren Werte.«

»Nein …«, begann er, verstummte aber, als er sie betrachtete. Für Jordana war Zuneigung Schönheit, und für sie war er daher schön. »Ich hoffe, du hast recht«, flüsterte er, während er sie liebevoll an sich zog.

Von ihren Berührungen, ihren Worten und dem grenzenlosen Vertrauen, das sie ihm entgegenbrachte, fast an den Rand seiner Beherrschung gebracht, begann er damit, sie zu verführen.

Er kannte alle Tricks, um ihre süße Qual zu steigern, ihre Leidenschaft vollends zu erwecken. Er wusste, wo er sie berühren musste, wo er mit Küssen das Begehren einer Frau steigern konnte, bis sie noch mehr wollte, immer mehr. Er schaffte es, dieses tiefe, unfassbare Verlangen hervorzurufen, das jeden weiteren Kuss, jede nächste Berührung noch wundervoller erscheinen ließ.

Leidenschaft um der Leidenschaft willen! Nie hatte er bisher mehr gewollt als die einfache sexuelle Befriedigung. Doch jetzt wollte er es. Diese Vereinigung sollte sein Geschenk für sie sein.

Er war zärtlicher, als er es jemals gewesen war, kümmerte sich mehr um ihre Lust als um seine. Doch das Zusammensein war trotzdem auch für ihn wie ein Geschenk. Jordana war vollkommen auf ihn eingestimmt, teilte ihre Empfindungen mit ihm, lernte seine Bedürfnisse kennen, spürte sie, gab ihm zurück, was sie von ihm bekam.

Sie flüsterte seinen Namen, und ihm wurde so heiß, als würde er innerlich brennen. Besitzergreifend strich er durch ihr Haar und über ihren Körper. Alles, was sie verletzt und in die Einsamkeit getrieben hatte, war vergessen. Sie waren nur noch in dem Feuer ihrer Leidenschaft gefangen, erzitterten, als sie gemeinsam Glück und Erfüllung fanden.

Patrick wurde von Musik geweckt. In die Stille des Morgens drangen sanfte, leidenschaftliche Töne von einer Gitarre. Der Himmel, den man vom Balkonfenster aus sehen konnte, war noch grau. Nur ein blasser Rosaton kündigte den bevorstehenden Sonnenaufgang an.

Barfuß und nur mit seiner Hose bekleidet, folgte Patrick

der Musik. Er würde Jordana, wie so oft schon vorher, im Schneidersitz auf dem Boden, über die Gitarre gebeugt vorfinden. Die Lider geschlossen, mit versunkenem Gesichtsausdruck, würde Sie über die Saiten streichen und ihre Melodie spielen.

Die rauen Kacheln fühlten sich kalt unter den Füßen an, als er im Türrahmen stehen blieb, um Jordana zuzuhören. Die Klangfolge, die sie unter dem Porträt ihrer Großmutter sitzend spielte, klang zuerst traurig, langsam mischten sich Töne ein, die Zufriedenheit ausdrückten, sie wurden immer intensiver. Der Takt änderte sich nicht, auch nicht die Leidenschaft, mit der sie spielte, doch Patrick wusste Bescheid. Er musste kein Experte sein, um Jordanas Musik zu verstehen.

Als die letzte Note verhallte, sprach er sie an. »Es war für sie, nicht? Für Emma Daniels.«

Jordana wandte sich zu ihm um und presste die alte Gitarre, die sie schon als Kind gehabt hatte, an sich. »Ja, für sie.« Sie lächelte.

»Und für mich.«

Patrick setzte sich neben sie auf den Teppich und fragte sich, was die prüde Emma Daniels wohl sagen würde, wenn sie den halb nackten Mann mit ihrer Enkelin, die nur sein Hemd trug, zusammen auf dem Boden vor ihrem Bild sitzen sehen könnte. Für einen Moment wünschte er sich, sie würde sie beide sehen. Er wünschte, sie hätte das Lied hören können, das sowohl ein trauriges Lebewohl war wie ein Bekenntnis zur Stärke. Das Lied hätte sie sicher bis in den Schlaf verfolgt. Er wusste, dass er es nicht vergessen würde, auch nicht, wenn Jordana irgendwann aus seinem Leben verschwunden sein sollte.

Doch sie würde diese Melodie nie wieder spielen. Selbst er verstand, dass manche Dinge nur einmal passierten.

Er wollte sie festhalten, legte ihr aber nur leicht die Hand auf die Schulter, eine Geste, die ihr zeigte, er war da, um zuzuhören, wenn sie das wollte. Wenn nicht, dann war es auch gut.

Sie neigte den Kopf und schmiegte die Wange an seinen Handrücken. Das war ihre Art, sich bei ihm zu bedanken, eine Art, die ausdrucksvoller war als alle Worte.

Schließlich legte Jordana die Gitarre zur Seite und verschränkte die Hände ineinander.

»Vielleicht sollte ich das alte Haus hassen, aber das tue ich nicht. Ich liebe es. Hier habe ich damals den Mut gefunden, mein Leben von Grund auf zu ändern.« Sie legte eine Hand auf Patricks. »Es schien mir nur richtig zu sein, dass ich dich heute Abend hierhergebracht habe.«

»Ich weiß.« Er nahm ihre beiden Hände in seine und küsste ihre Wange. »Bist du hungrig?«

Sie lachte. »Ich bin am Verhungern.«

Als die Sonne aufging, saßen sich Jordana und Patrick auf dem Balkon gegenüber. Sie tranken aus einem Glas Wein und knabberten an demselben Stück Käse, lachten wie Kinder über alles und nichts. Bis sie plötzlich still wurden, weil sie feststellten, dass sie nach anderen Dingen als nach Wein und Käse verlangten.

Patrick nahm ihre Hand und zog Jordana mit sich hoch. Arm in Arm gingen sie zum Bett. Jordana sollte Blumen von mir geschenkt bekommen, ging es Patrick durch den Kopf.

Als sie die Arme für ihn öffnete, versprach er sich selbst, dass sie sie bekommen würde.

9. Kapitel

»Nichts ist unmöglich.« Den Telefonhörer zwischen Schulter und Ohr geklemmt, umrandete Patrick mit einem gelben Stift die Liste mit Namen auf einem Notizblock vor sich. »Ich erinnere mich nicht daran, nach den Kosten gefragt zu haben.«

Rafe erschien an der Tür zum Büro. Als er bemerkte, dass Patrick beschäftigt war, wollte er wieder umkehren. Doch Patrick forderte ihn mit einer stummen Geste zum Bleiben auf. So betrat er den Raum.

»Entweder Sie können den Auftrag erledigen oder nicht. In diesem Fall, Mr. Osaka, gibt es andere, die das übernehmen würden.« Der gelbe Stift flog auf den Schreibtisch. »Ich besitze sehr viel Geld, Mr. Osaka.«

Rafe hob erstaunt die Augenbrauen. Er nahm sich einen Stuhl und hörte amüsiert zu.

»Zum Wochenende.« Patrick verzog das Gesicht. »Was Sie tun müssten, Mr. Osaka«, fuhr er fast verzweifelt fort, »ist folgendes: Sie sollen selbst hinzugehen, statt auf die Lieferung zu warten. Ja, gehen Sie selbst. Haben Sie alles auf der Liste? Haben Sie notiert, was ich Ihnen angesagt habe? Ja, Rasen und Efeu. Später Gardenien. Sie liefern zum Wochenende. Ja, sehen Sie zu, dass alles klappt. Ich verlasse mich darauf.«

»Nun«, bemerkte Rafe amüsiert, als Patrick den Hörer auf die Gabel zurückgelegt hatte, »das war ja eine äußerst interessante Unterhaltung.«

»Wie ich sehe, hast du das Zuhören genossen.«

»Was, in aller Welt, hast du denn nur vor?«

»Wie hörte es sich denn an? Ich plane, einen stattlichen Garten herzurichten.«

»Für Jordana?«

»Nein, für mein eigenes Vergnügen«, erwiderte er sarkastisch. »Natürlich für Jordana.«

»Weiß sie schon davon?«

»Von dem Haus und dem Garten? Nein. Dass ich entschlossen bin, eine wichtige Rolle in ihrem Leben zu spielen? Ja. Das habe ich ihr schon gesagt.«

»Und für wie lange?«

»Ich weiß es nicht, das weiß ich nie vorher.«

»Diese Frau ist anders als deine bisherigen Freundinnen, Patrick«, gab Rafe leise zu bedenken.

Patrick sah seinen Freund ernst an. »Ich weiß.«

»Sie passt nicht in das Muster – auch nicht in deine Zukunftspläne, könnte ich dazufügen. Jordana ist absolut nicht der Typ des Hausmütterchens, mit dem du immer geplant hast, dich einmal zur Ruhe zu setzen und Erben zu zeugen. Übrigens, wenn du das wirklich machst, wird dich die Situation irgendwann so langweilen, dass du deine Freuden woanders suchst, das wäre für alle Beteiligten traurig.«

»An meinen Plänen hat sich nichts geändert.«

»Das könnte es noch, wenn du irgendwann mal eine Frau lieben lernst.«

»Das wird nicht passieren.«

Rafe widersprach nicht. Es wäre zwecklos gewesen. »Und bis dahin gibt es also Jordana?«

»Bis ich das Interesse an ihr verliere«, gab Patrick zurück. Er wollte seinem Freund damit andeuten, dass das Thema für ihn beendet war. »Ich nehme an, du hast etwas Bestimmtes auf dem Herzen?«

»Ich besitze die Information, die du über Jordanas finanzielle Situation brauchst – im Besonderen über die ›Soar‹, ihr Aufnahmestudio.«

»Und die ist?«

Rafe las von seinen Notizen ab. »Eine private Firma, die Anteile gehören Jordana, Randy und ein Teil als Treuhandschaft Cassie. Das Studio trägt sich selbst, macht aber keinen Profit. Der ganze Gewinn wird wieder in die Arbeit gesteckt.«

»Möglichkeiten?«

»Gut.« Rafe steckte den Block in seine Jackentasche. »Wenn jemand Interesse daran hätte. Alle Verantwortlichen scheinen mit dem, was ist, zufrieden zu sein.«

»Gibt es finanzielle Probleme für Jordana?«

»Absolut nicht. Henry Daniels hat seiner Tochter mehr als genug hinterlassen. Die Großmutter, deretwegen du dir Sorgen gemacht hast, fährt bei Weitem nicht so gut.«

Henry Daniels war ein kluger Mann gewesen, er hatte seine Tochter so gut wie möglich zu beschützen versucht. »Und es gibt keine Möglichkeit, dass diese Person ihre Nase in Jordanas Angelegenheiten stecken kann?«

»Keine. Sie hat es übrigens bereits versucht, aber es hat nicht geklappt.«

»Das ist es, was ich wissen wollte. Danke.«

»Deine Lady ist in jeder Hinsicht gesichert.« Rafe warf einen Packen Papier auf den Schreibtisch. »Das ist übrigens der Bericht über Briggs Publishing. Er sieht vielversprechend aus.«

Patrick blätterte die Papiere durch. »Mit dem Ankauf haben wir gute Arbeit geleistet.«

»Das London-Projekt könnte ebenso gut werden«, kündigte Rafe an. »Wenn wir es durchziehen«, fügte er bedeutungsvoll hinzu.

»Das werden wir.« Patrick blickte auf seine Uhr. »Innerhalb der nächsten Stunde werde ich nach London aufbrechen.«

»Und wann kommst du zurück?«

»Am Wochenende.«

»Du gehst davon aus, in den drei Tagen solche Fortschritte zu machen?«

»Genug immerhin, um den Rest von hier aus telefonisch erledigen zu können.«

»Und wie lange willst du dann in Atlanta bleiben, Patrick?« Rafe blickte ihn neugierig an.

»Das wird sich noch zeigen.«

»Du wolltest doch nach Schottland zurückkehren?«

»Das kann warten.«

»Ich verstehe.«

»Tust du das?«

»Ich sehe, was ich sehe, egal, wie sehr du auch protestierst, diese Geschichte mit Jordana ist anders als alle anderen.«

Patrick stand auf und nahm seine Aktentasche. »Ich muss mein Flugzeug rechtzeitig bekommen.« Schon lief er zur Tür und blieb dort noch einmal stehen. »Ich wiederhole es mit Jordanas eigenen Worten: In der Dunkelheit sind alle Frauen gleich.«

»Du spielst den Widerling ganz gut, Patrick.« Rafe schüttelte amüsiert den Kopf.

»Wer sagt, dass ich spiele?« Mit einem kurzen Gruß war Patrick auf und davon.

»Tust du das etwa nicht?«, murmelte Rate, als er allein war. »Aber du spielst nicht gut genug, dafür protestierst du zu viel.«

»Steh still«, kommandierte Randy mit dem Mund voll Stecknadeln. »Ich sage dir, Jordana, wenn du nervös bist, dann zappelst du wie Cassie. Auf die Art hast du bei dem Kleid hier auch den Saum aufgerissen. Eine Hose wäre für den Ausflug per Hubschrauber sowieso besser geeignet gewesen. Hubschrauber! Was kommt wohl als Nächstes?«

»Ich muss das Kleid anziehen, Randy. Patrick war fast zwei Wochen länger in London, als er vorgehabt hat, und das hier ist sein Lieblingskleid.« Auf Jordanas Gesicht zeigte sich ein nachdenklicher Zug. »Es sieht doch gut aus, oder?«

»Es sieht umwerfend aus, aber ein Kartoffelsack hätte denselben Effekt auf Patrick, wenn du drinsteckst. Ich wundere mich nur, dass es noch passt. Er lässt dich ja kaum lange genug vom Telefon weg, damit du mal essen kannst.«

Jordana tippte Randy auf die Hand, als sie eine Falte an der Taille glatt strich. »Komm doch mit!«, bat sie. »Cassie wird bestimmt über einen Flug mit dem Hubschrauber begeistert sein. Und wenn du dann in Atlanta bist, kannst du mit ihr einen ausgiebigen Einkaufsbummel machen.«

»Na, Patrick wäre aber begeistert, wenn er uns als Gepäck dabeihätte!« Randy legte liebevoll den Arm um Jordana. »Bist du sehr aufgeregt?«

»Vielleicht hat er ja seine Meinung geändert? Vielleicht ist er gar nicht da, wenn ich komme.«

»Das wird wohl kaum der Fall sein.«

»Randy, was wird nur aus mir werden?«, flüsterte sie. »Ich hätte nie gedacht, dass ich nur einmal die Geliebte, nicht die Frau des Mannes werden könnte, den ich liebe.«

»Jetzt ist aber Schluss mit dem Unsinn«, schimpfte Randy. »Du klingst ja wie deine eigene Großmutter, redest dir Schuldgefühle ein, nur weil du dir ein bisschen Glück gönnst. Wenn es aber etwas auf dieser Welt gibt, das man nicht zweimal braucht, dann ist es jemand, der wie Emma Daniels denkt. Du bist eine kluge, sensible Frau, Jordana, und liebst einen vitalen Mann. Das ist das Natürlichste von der Welt.«

»Ja, ich liebe ihn.«

»Ich weiß.«

Ein Blick in ihr Gesicht genügte, um das zu erkennen. Nur Patrick McCallum wollte es wohl nicht begreifen. Er sah nur, was er sehen wollte. Einen Moment war Randy voller Zweifel. Sie hatte auf Patrick gesetzt. Jetzt fürchtete sie, dass Jordanas liebevolles Wesen vielleicht ein zu großer Einsatz gewesen war.

Als das Dröhnen des Hubschraubers zu hören war, lief Randy mit Jordana über die offene Wiese, hielt ihre Hand und versuchte zu ignorieren, dass ihrer Freundin alle Farbe aus dem Gesicht wich.

Der Hubschrauber landete kurz darauf, und Rafe kam über die Wiese herbeigelaufen, um Jordana abzuholen. Wenn sie Atlanta erreichten, würde das Flugzeug aus London schon gelandet sein und Patrick auf sie warten.

Es hatte leicht zu regnen begonnen, als Patrick den Wagen vor dem prächtigen alten Haus der Familie Daniels parkte. Die Tropfen, die auf sie niederfielen, als sie Arm in Arm von der Einfahrt zum Haus gingen, waren warm und angenehm.

Patrick beeilte sich nicht. Auf der vorletzten Stufe zum Hauseingang blieb er stehen. Jordana wandte sich zu ihm und hob das Gesicht.

»Patrick«, sagte sie sanft, während sie zärtlich über sein Gesicht strich. Sie ertastete die tiefen Furchen, die die Müdigkeit in seine Haut gegraben hatte.

Patricks Leben hatte sich in der letzten Zeit genauso geändert wie ihres. So, wie sie sich von alten Verhaltensweisen gelöst hatte, war mit seiner Einstellung zu vielen Dingen eine Veränderung vor sich gegangen. Das erste Mal, seit seine Mutter ihn und seinen Vater verlassen hatte, war ihm eine Frau wieder wichtig. Es war gegen seinen Willen geschehen. Er hatte lange und erbittert dagegen angekämpft. Es war ein Kampf gegen sich selbst gewesen.

Es war vielleicht nicht die romantische Liebe, die Jordana sich gewünscht hatte, aber die Zärtlichkeit und Zuneigung, die Patrick geben konnte, waren genauso wertvoll.

»Patrick«, wiederholte sie noch einmal und fuhr ihm durch die wilde Haarmähne. Sie stellte sich auf die Zehenspitzen und küsste ihn auf den Mund. »Ich liebe dich«, flüsterte sie ihm voller Verlangen zu.

Er antwortete nicht. Nur das leichte Prasseln des Regens war zu hören. Jordana wand sich aus seiner Umarmung und wartete auf seine Antwort.

Patrick hatte die Hände geballt. Ihm stockte der Atem. Ja, er hatte diese Worte oft gehört. Aber nie war das auf diese Weise geschehen. Keine Frau hatte sie ihm bisher gesagt, ohne dafür eine Gegenleistung zu erwarten.

Jordanas Wangen waren nass vom Regen, die Tropfen hingen ihr in den Wimpern wie Tränen, aber ihr Gesichtsausdruck war entspannt. Mit dem Daumen wischte er ihr einen Regentropfen von der Wange.

»Ich weiß«, sagte er schließlich. Im Grunde hatte er es schon lange gewusst. Er hatte es gespürt, als sie sich geliebt hatten. Und es jagte ihm Angst ein. »Niemand hat mich jemals vorher geliebt«, meinte er stockend. »Ich weiß nicht, was ich sagen soll … was ich tun soll.«

Sie legte den Finger auf seine Lippen, damit er schwieg. »Sag gar nichts, das brauchst du nicht. Alles, was ich möchte, ist, dass du mich jetzt liebst.«

»Ja.« Er nahm sie auf die Arme und trug sie ins Haus, riss die Tür so ungeduldig auf, dass sie mit einem Krachen gegen die Wand schlug. Seine Schritte hallten auf dem blank polierten Marmorfußboden wider, der Geruch von frischer Farbe und Zitronenöl vermischte sich mit dem Duft der Blumen, die überall in den Zimmern standen.

Er hatte sie mit den Veränderungen im Haus überraschen wollen. Aber er konnte damit warten, ihr alles zu zeigen. Alles musste warten – bis auf Jordana.

In ihrem Zimmer stellte er sie auf die Füße. Die einzige Veränderung hier war, dass er eine alte Gitarre mit einem vollen, schönen Klang erworben hatte und einen kleinen Schreibtisch für sich selbst. Diesen Raum schmückte nur eine Rose, in einem Glas, die er im Garten unter dem Balkon gepflückt hatte.

Er zog Jordana an sich und küsste sie, nahm gern die Liebe, die sie ihm anbot. Er reizte sie mit den Lippen und liebkoste sie mit zärtlichen Händen, bis sie nur noch leise seufzte. Dabei fühlte er die Hitze ihres Körpers unter dem vom Regen feuchten blauen Seidenstoff, der wie eine zweite Haut an ihr klebte.

Als er mit den Lippen dem Pfad seiner Hände vom Hals hinunter bis zu ihren Brüsten folgte, warf sie den Kopf zurück und umklammerte seine Schulter. Sie stieß unverständliche, unzusammenhängende Worte hervor. Dann schloss er die Lippen um eine der mit Seide bedeckten Brustspitzen, und sie rief leise seinen Namen.

Als Jordana plötzlich ein kleiner Schauer überlief, flüsterte Patrick etwas in seiner schottischen Muttersprache, das wie ein verhaltener Fluch klang.

»Dir ist bestimmt kalt! Ich lasse dich hier mit den nassen Sachen stehen.« Er drückte sie an sich und lachte. »Wo ich dich sowieso lieber nackt hätte.« Er lehnte sich zurück und musste bei ihrem Anblick schnell noch einen Kuss auf ihre Lippen drücken. »Warte hier, bleib, wo du bist«, flüsterte er an ihrem Mund. »Ich werde mich um alles kümmern. Gleich wirst du trocken und warm sein.«

Jordana hörte Patricks Schritte und das Rascheln von Kleidungsstücken. Als sie die Arme nach ihm ausstreckte, hielt er ihre Handgelenke fest. »Fass mich nicht an, noch nicht.«

Verwundert wartete sie. Er nahm ihr die Kämme aus dem Haar und strich es mit den Fingern glatt. Dann öffnete er ihr Kleid, und die feuchte Seide rutschte von den Schultern und Armen hinunter, klebte an Taille und Hüften, bevor es auf den Boden fiel. Dann fühlte sie ein weiches Handtuch auf der bloßen Haut.

In Patricks Händen wurde das Handtuch zu einem süßen Folterinstrument, mit dem er sie massierte und liebkoste. Als sie ihm die Hände auf die Schultern legte, bemerkte sie, dass er kein Hemd trug. Er kniete sich vor sie. Langsam und vorsichtig schob er ihr die Strümpfe von den Beinen und zog sie zusammen mit den Schuhen aus.

»Nein!«, rief sie halbherzig, als er sie wieder mit dem Handtuch zu streicheln begann.

»Ja.« Ohne ihr Gesicht aus den Augen zu lassen, begann er erneut mit dem magischen Spiel, reizte sie, bis sie seinen Kopf umfasste, um ihn fester an sich zu ziehen.

»Ja«, flüsterte er noch einmal.

Er nahm ihre Handgelenke, küsste sie und führte Jordana zum Bett. Dort liebten sie sich inniger und intensiver als je zuvor.

Patrick wurde von einem gewaltigen Donnergrollen geweckt. Es wuchs langsam an und erschütterte das Haus. Die einzige Lampe, die im Raum eingeschaltet war, begann zu flackern und erlosch. Automatisch streckte Patrick die Hand nach Jordana aus, um sie in die Arme zu nehmen. Doch er spürte dort, wo sie gelegen hatte, nur das zerknitterte Laken unter den Fingern.

»Jordana.« Seine Stimme ging in dem nächsten Donner

unter, der von ohrenbetäubender Schrillheit bis zum tiefsten Bass reichte.

Patrick warf die Decke zur Seite und stieg beunruhigt aus dem Bett. Nackt, wie er war, begann er nach Jordana zu suchen.

Doch seine Sorge war bald vergessen, als er sie auf dem Balkon entdeckte. Ihre Silhouette zeichnete sich beim grellen Aufleuchten des nächsten Blitzes am Himmel ab. Den Kopf zurückgeworfen, ließ sie sich die Haare vom Wind zerzausen und lachte. Sie sah aus wie eine Göttin, der die Elemente gehorchen mussten. »Jordana!«

Sie war so wunderschön, dass er für einen Moment nur flüstern konnte. Doch feinfühlig, wie sie war, hatte sie ihn wahrgenommen. Als sie sich zu ihm umwandte, waren ihre Augen auf ihn gerichtet. Sie winkte ihm zu, und er hätte sich fast einbilden können, dass sie ihn sah.

»Patrick!« Sie nahm seine Hand, als er bei ihr war und sie berührte. »Fühlst du das? Dieser Sturm! Die Elektrizität knistert geradezu! Die Geräusche sind für mich wie Farben, alle Farben des Regenbogens spüre ich. Im Gewittersturm kann ich das fühlen, was meine Augen sonst nur so schwach sehen.«

»Hast du keine Angst?«

»Vor dem Fühlen?« Sie lachte. Nie zuvor war sie so schön gewesen. »Niemals.«

Patrick griff ihr ins Haar und blickte in ihr Gesicht. Noch nie hatte er eine Frau gekannt, die die Farben des Gewitters spüren konnte.

»Und hast du Angst davor, mich zu lieben?«, fragte er unsicher und wartete gespannt auf ihre Antwort.

Sie zog seine Hand an den Mund und küsste sie. »Egal, was daraus wird, ich habe keine Angst davor, dich zu lieben. Alles Weitere wird sich zeigen.«

Patrick flüsterte ihr zärtliche, liebevolle Worte in seiner schottischen Sprache zu. Es waren Liebesbeteuerungen, die er ihr eines Tages verständlich machen würde.

Es hatte wieder zu regnen begonnen, der Wind ließ die Tropfen hart an das Fenster prasseln. Jordanas Verlangen war genauso heftig wie der Sturm, als sie Patrick an sich zog.

10. Kapitel

Patrick erwachte als Erster. Die Nacht war vorüber. Der Sturm hatte sich gelegt. Der Tag war frisch und klar, und genauso fühlte er sich. Während er die schlafende Jordana betrachtete, die sich wie ein Kätzchen an ihn schmiegte, verspürte er vollkommene Zufriedenheit.

Ihre Liebe hatte seine ganze Unzufriedenheit vertrieben und stattdessen Träume bei ihm geweckt, die er vorher nie für möglich gehalten hätte.

Im nüchternen Tageslicht traute er seinen Gefühlen dennoch nicht. Alle diese Empfindungen waren zu fremd für ihn, wie sollte er da wissen, ob sein überwältigendes Bedürfnis, bei Jordana zu sein, richtiger, tiefer Liebe entsprang? Er wusste, was sie riskiert hatte, welche Prinzipien sie über Bord werfen musste, um bei ihm zu sein. Sie wartete auf seine Liebeserklärung, die er ihr so gern machen würde. Aber er musste sicher sein!

Um sie nicht zu wecken, stand er ganz vorsichtig vom Bett auf und lief barfuß auf den Balkon. Das Stadthaus der Daniels war ein ziemlich ungewöhnliches Gebäude. Es hätte auch in New Orleans stehen können mit seinem Aussehen mit der baumbestandenen Wiese, den Gitterzäunen und Backsteinmauern, die es umschlossen. Mr. Osaka hatte ein Wunder vollbracht. Der bis jetzt vernachlässigte und verwilderte Garten stand inzwischen voller Blumen und war einfach atemberaubend schön.

Patrick atmete den wundervollen Duft ein, der von den prächtigen Blüten aufstieg, und versuchte sich vorzustellen, welche Freude Jordana gleich daran haben würde. Im nächsten Juni, wenn die Gartenrosen, die so klangvolle Namen wie Damaszener, Gloire, Apothecary und Maiden's Blush trugen, in voller Blüte ständen, könnte er mit ihr zwischen ihnen spazieren gehen und von all aus seiner Heimat importierten Sorten erzählen und den Legenden, die sich um jede von ihnen rankten.

Juni? Fast ein Jahr wäre dann vergangen. Wer wusste denn schon, was in einem Jahr geschehen konnte? Was er und Jordana dann tun würden? Lieber wollte er nicht an die Zukunft denken. Sie hatten diesen Tag für sich, und er war glücklich, ihn mit ihr teilen zu können. Er nahm die Rose aus der Vase, bevor er wieder zum Bett zurückging und sich neben sie kniete.

»Jordana«, flüsterte er und strich mit der Rose an ihrer Wange entlang. Er beobachtete, dass ihre Augenlider flatterten und sie verschlafen die Arme hob und nach ihm ausstreckte.

»Guten Morgen«, flüsterte sie leise lachend. »Es muss Morgen sein, ich fühle mich nämlich wunderbar.«

»Ja, tust du das?«, fragte er heiser. »Liegt es nur daran, dass es Morgen ist?«

»Es ist schließlich nicht nur irgendeiner. Es ist der Morgen nach …« Sie stockte einen Augenblick verlegen. »… nachdem wir zusammen waren.«

»Bereust du etwas, mein Schatz?«

»Nein, überhaupt nicht.«

Die vergessene Rose wurde zwischen ihnen zerdrückt, ihre zarten Blütenblätter verteilten sich auf Jordanas Brust wie edler Schmuck. »Niemals.«

Als sie sich umarmten, wusste Patrick, was auch geschah, immer wenn er in Zukunft Rosen sah, würden sie ihn an Jordana erinnern, daran, wie sie jetzt aussah.

Jordana legte die Gitarre zur Seite, nachdem die letzten sanften Töne verklungen waren. Eine halbe Stunde hatte sie im Bett gegen das Kissen gelehnt gesessen, das neue Instrument an sich gedrückt, und ihm versunken einige Akkorde entlockt.

Patrick sah von seiner Arbeit auf. Er spürte, dass sie etwas fast schon den ganzen Tag beschäftigte. Sie wirkte beunruhigt. Als sie jetzt im Schneidersitz und mit verschränkten Händen dasaß, drängte er sie sanft.

»Was ist, Jordana?«

»Philip hat heute angerufen.«

»Was wollte er denn?«

»Er braucht mich für die nächsten Fotos zur Sommer-Girl-Kampagne.«

»Wann?«

»Morgen oder spätestens übermorgen.«

Patrick wusste, wie sehr Jordana das Modellstehen hasste, dass sie sich nur darauf eingelassen hatte, um einem alten Freund einen Gefallen zu tun. Das Dinner bei Madame Zara damals, als er sie das erste Mal gesehen hatte, war als Feier für Philips großen Durchbruch gedacht gewesen. Damals kam der Auftrag für das Sommer-Girl-Projekt. Es sollte Jordanas letzter Beitrag zu seiner Karriere sein.

»Das macht dir mehr Sorgen als die anderen Aufträge bisher?«, vermutete Patrick.

Sie nickte. Sie konnte es ehrlicherweise nicht bestreiten. Aus dem Wochenende, das sie in diesem Stadthaus zusammen hatten verbringen wollen, waren inzwischen einige Wochen geworden. In dieser Zeit hatte Patrick sie gut kennengelernt und wusste ihre Stimmungen daher zu deuten. »Ich werde nicht allein Modell stehen.«

»Du fürchtest dich davor, mit einem dir unbekannten Partner zu arbeiten.«

»Ich kann nicht erklären, warum.«

»Du musst es auch nicht tun.«

»Ich weiß.« Sie lächelte. »Dir muss ich nie etwas erklären. Du verstehst mich auch so.«

»Ich meine, du brauchst nicht mit einem Fremden zu arbeiten, wenn du es nicht willst.«

»Ich habe Philip mein Wort gegeben, ich darf ihn nicht hängen lassen.«

»Ich könnte mit dir arbeiten«, schlug Patrick spontan vor. »Was hältst du davon?«

Sie wirkte vollkommen überrascht. »Ich bin sicher, du willst damit nicht belästigt werden«, erwiderte sie schließlich.

»Es macht mir nichts aus. Eigentlich hatte Conroy so etwas angedeutet, und Richard Chassen half mir, dich zu finden. Also schulde ich ihm eigentlich einen Gefallen.«

»Aber du willst doch sicher nicht, dass alle Welt uns zusammen sieht!«

»Meinst du?« Er verließ seinen Schreibtisch und setzte sich zu ihr auf das Bett. »Wo sollen die Aufnahmen diesmal gemacht werden?«

»Auf der Wiese, wo auch schon die ersten Fotos für diese Serie entstanden sind.«

»Das unschuldige Sommer-Girl kehrt zum Ausgangspunkt zurück und hat nur einen Liebhaber?«

»Ja. So stellt er sich das vor.«

»Dann werde ich natürlich dieser Liebhaber sein.« Er küsste sie leicht, aber voller Verlangen.

»Patrick, bist du sicher? Diese Bilder werden auch Teil einer Zeitungskampagne werden. Obwohl wir uns in der Öffentlichkeit selten zusammen gezeigt haben, gibt es schon Gerüchte über uns. Wenn du so etwas Untypisches tun würdest …« Sie zuckte mit den Schultern, »… hätte die Klatschpresse einen neuen Stoff.«

Patrick kniff die Augen zusammen und stand vom Bett auf, um zum Fenster zu gehen. »Willst du damit sagen, dass du unsere Beziehung lieber verheimlichen möchtest?«

Jordana strich sich das goldglänzende Seidenhemd, welches sie trug, glatt, und bedeckte damit ihre nackten Beine. Nervös fuhr sie noch einmal über das aufreizende Gewand. »Ich dachte, es könnte dir unnötige Komplikationen ersparen, wenn …«

»Ich möchte mir nichts ersparen. Tatsache ist, dass ich der Welt endlich zeigen möchte, dass du mir gehörst.«

Jordana bohrte die Finger in den weichen Seidenstoff. »Denkst du tatsächlich so über mich, Patrick?«, sagte sie leise.

»Du gehörst mir, Jordana.«

»Bin ich ein Besitz, den du zur Schau stellen kannst? Hast du das mit deinen anderen Frauen auch so gemacht?«

»Hör auf«, meinte er ärgerlich, als er ihre Unsicherheit bemerkte. Diese Überlegung war der eigentliche Anlass für ihre Unruhe gewesen. »Verdammt! Die Frauen, die es in meinem Leben bisher gab, haben nichts mit dir zu tun. Überhaupt nichts!«

Während er zornig aufbrauste, erinnerte er sich plötzlich wieder an die Opfer, die sie bisher gebracht hatte, und da wusste er genau, wusste, welche einfache Erklärung er ihr im Grunde schuldete.

Sie war ihm so wichtig! Das hatte er ihr in jeder erdenklichen Form gezeigt, aber eine starke Angst vor der Verbindlichkeit einer Liebeserklärung hinderte ihn daran, sie auszusprechen. Den Ärger über seine eigene Schwäche übertrug er auf sie.

»Wenn es dir so peinlich ist, mit mir zusammen zu sein, dann sollten wir vielleicht Schluss machen? Jeder könnte seine eigenen Wege gehen und vergessen, dass es den anderen jemals gab.«

Ihr Gesicht mit den großen, ins Leere blickenden Augen war blass. Und selbst in seinem Ärger hätte er alles darum gegeben, wenn sie ihn hätte sehen können.

Jordana fuhr sich mit der trockenen Zungenspitze über die Lippen. »Ist es das, was du möchtest, Patrick?«, kam es leise. »Dass *unser* Verhältnis beendet wird? Soll ich jetzt gehen?«

»Das hier ist dein Haus, Jordana. Und wie willst du denn irgendwohin gehen, wenn du nicht sehen kannst?«, fügte er noch voller Grausamkeit dazu.

»Es ist egal, wessen Haus dies ist, und ein Telefonanruf sollte das zweite Problem lösen. Rafe und ich sind gute Freunde geworden. Er würde sich darum kümmern, dass ich wegkomme.« Sie schloss die Hände wieder krampfhaft. »Ist es das, was du willst, Patrick? Soll ich Rafe anrufen?«

Patrick sah weg. Er spürte das starke Bedürfnis, sie in die Arme zu nehmen und ihr zu sagen, dass er sie liebte.

Stattdessen ballte er die Hände zu Fäusten und blickte sich wieder um. Er betrachtete ihr blasses Gesicht, das von dem goldblonden Haar umrahmt war, meinte förmlich ihren zitternden Pulsschlag an den Lippen zu spüren – als hätte er den Mund an ihren Hals gepresst. Das Bild von den roten Rosenblättern, die wie Rubine auf ihren hübschen nackten Brüsten gelegen hatten, tauchte wieder vor seinem Auge auf.

Immer wieder musste er denken, wie schön sie war!

Er seufzte. »Nein, Jordana«, sagte er schließlich sanft. »Ruf ihn nicht an. Das ist es nicht, was ich möchte.«

Jordana antwortete nicht. Ihr Gesicht blieb ausdruckslos. Was ging jetzt in ihr vor?

Wieder stieg Angst in ihm auf, die Angst, sie zu verlieren. Sie hatte sich ihm innerlich entzogen, verbarg ihre Gefühle hinter einer ausdruckslosen Maske. Doch er konnte es nicht ertragen, wenn sie unerreichbar war. Er musste es fühlen, dass sie wirklich zu ihm gehörte!

»Zieh dein Hemd aus, Jordana«, kommandierte er.

Die letzte Farbe wich aus ihrem Gesicht, und ihre schönen blinden Augen glitzerten.

Als sie sich nicht rührte, ging er langsam zu ihr und warf dabei sein eigenes Hemd von sich. »Zieh dein Hemd aus«, sagte er etwas freundlicher, während er den Reißverschluss seiner Hose hörbar öffnete.

Jordana saß noch immer unbeweglich da, schockiert von seinem Verhalten. »Patrick, das ist wohl nicht der richtige Moment …«, gab sie zu bedenken.

»Das Hemd, Jordana.« Er stand vor dem Bett und blickte auf sie hinab. Als sie noch immer nicht reagierte, fasste er in ihren Ausschnitt und nahm besitzergreifend ihre Brust. Sacht strich er über die zarte Haut und fand die empfindliche Spitze. Gleich darauf stellte er zufrieden fest, wie sie sich unter seiner Berührung erhärtete und Jordanas Gesichtsausdruck weicher wurde.

Er zwang sich, sie wieder loszulassen. Ein seltsames Gefühl überkam ihn, als er sah, wie eine leichte Röte sich auf ihren bleichen Wangen ausbreitete.

Jordana lauschte auf seinen stoßweisen Atem, versuchte die Nuance herauszuhören, um einen Anhaltspunkt für sein sprunghaftes Verhalten zu bekommen. Sie dachte, all seine Stimmungen zu kennen, aber noch nie hatte sie ihn so erlebt.

»Jetzt, Jordana.«

Die Stimme schien kaum zu Patrick zu gehören, aber sie ahnte, dass er am Ende mit seiner Geduld war. Doch was sie heraushörte, hatte nichts mit Aggression zu tun. Es war reine, hochgradig ansteckende Leidenschaft.

Langsam legte sie die Hand auf den ersten Knopf ihres Hemdes, öffnete ihn zögernd und glitt unbeholfen zum nächsten, dann zum nächsten, bis der letzte Knopf aufsprang und der Seidenstoff um ihre Hüften drapiert lag.

»Jetzt, Patrick«, forderte sie ihn mit klarer, sicherer Stimme auf.

Als er zu ihr kam, fragte er sich, wer denn nun der Verlierer war und wer wen beherrschte.

»Patrick hat was getan?« Dare McLachlan, ein Freund von Patrick, der sich gerade für einen Besuch in Atlanta aufhielt, sah Rafe Courtenay ungläubig an.

»Du hast es schon richtig verstanden«, versicherte Rafe ihm amüsiert.

»Patrick McCallum hat für eine Zeitungswerbung posiert? Ich kann es nicht glauben.«

»Glaub es ruhig. Die Doppelseite war letzte Woche in der ›Constitution‹ und wird außerdem in der nächsten Ausgabe von irgendeiner Frauenzeitschrift gedruckt. Jordana und er sind das Traumpaar schlechthin. Nichts ist mehr geheim, was die beiden betrifft – wo sie leben, was sie tun. Für die Liebe hat eine Einsiedlerin ihr verborgenes Dasein aufgegeben.«

Rafe lachte. »Patrick hat diesen traurigen Ruhm nicht erwartet, aber Richard Chassen, der Besitzer der Firma, die das Sommer-Girl produziert, schwebt im siebten Himmel. Die beiden sind der Renner. Unser Patrick hat jetzt schon genug davon.«

»Dann hat er diese Frau wirklich gern?«

»Gern haben?«

Rafe deutete zu Patrick hinüber. Wie Dare und Rafe war er formell gekleidet, mit einem weißen Hemd, dessen Kragen leuchtete. Selbst auf die beiden Freunde wirkte er sehr eindrucksvoll.

Patricks ganze Aufmerksamkeit galt Jordana, die im Kreis zahlreicher Bewunderer saß und sich angeregt mit ihnen unterhielt. Ihr blassblaues und cremefarbenes, mit Pailletten besetztes Kleid glitzerte bei jeder ihrer Bewegungen, wenn sie sich von einem zum nächsten Gesprächspartner wandte. Sie bot einen atemberaubenden Anblick.

»Mein Gott, sie ist wirklich schön!«

»Ohne Zweifel«, bestätigte Rafe, »das ist sie. Aber sie ist weit mehr als ein schönes Gesicht für Patrick.«

»Was ist denn mit seiner letzten Lady? Sie schien mir nicht der Typ zu sein, der so eine gute Partie kampflos aufgibt?«

»Das hat sie auch nicht. Maeve Delmari schleicht noch lauernd um ihn herum. Ich habe sie sogar bei dieser Veranstaltung hier vor kurzer Zeit noch gesehen.«

»Das gibt wohl Ärger«, spekulierte Dare.

Patrick reichte es jetzt. Zu viele Schmeichler beanspruchten Jordanas Zeit. Er schob sich in deren Mitte und entführte ihnen Jordana ohne eine Erklärung. Dann bugsierte er sie sicher durch die Menge und entmutigte jeden, der sich ihr nähern wollte, mit einem frostigen Blick.

»Lass uns nach Hause gehen, Jordana«, bat er. »Ich mag dieses Gedränge nicht.«

Immerhin hatte er noch die Geduld, sich anständig von seinen Freunden zu verabschieden.

»Es war schön, dich wiederzusehen, Dare. Jordana und ich werden bald nach Carolina fahren. Ich möchte, dass sie Raven kennenlernt. Sie sind beide eifrige Pflanzenliebhaber.« Dann wechselte er abrupt das Thema. »Rafe, wird das Flugzeug morgen früh zum Abflug bereit sein?«

»Ja, es wird alles bereit sein – wie verabredet.« Das Gesicht seines Freundes wirkte mit einmal auffallend ernst.

»Dann sehen wir uns um neun Uhr.«

»Bis dann also.« Rafes Gesichtszüge wurden weicher. »Gute Nacht, Jordana und viel Glück.«

Rafe überblickte die Menge der Gäste und schätzte ab, wie schnell er die Party verlassen konnte. »Morgen will er sie zu einer Gruppe von Spezialisten bringen – alles Kapazitäten auf ihrem Gebiet. Er ist entschlossen, irgendwie einen Weg zu finden, um ihr die Sehkraft wiederzubeschaffen.«

»Gibt es denn eine Chance?«

»Nicht im Mindesten. Jordanas Augen sind seit ihrer Geburt fast völlig erblindet.«

»Warum macht er das dann?«

»Warum Patrick das versucht? Weil er nicht glauben kann, dass etwas Wichtiges unmöglich sein sollte. Ich wäre übrigens jetzt nicht mehr am Leben, wenn er nicht so beharrlich sein könnte. Warum Jordana das mitmacht?« Rafes Stimme klang rau, aber liebevoll, als er die Antwort selbst gab: »Weil sie ihn liebt.«

»Dann begleitet sie ihn also, um sich die schmerzlichen Berichte der Ärzte anzuhören. Sicher nicht zum ersten Mal.«

»Ja, und besonders traurig für Patrick, der sich schließlich eingestehen muss, dass das unmöglich ist, was er sich am meisten wünscht.«

Dare schüttelte den Kopf. »Der harte Geschäftsmann ist wohl letztendlich weich geworden.«

»Er hat es sich noch nicht so recht eingestanden, aber so ist es.« Rafe sah sich erneut in dem überfüllten Raum um. Die Zeiten hatten sich geändert, in den letzten achtundzwanzig Jahren hatten sich die medizinischen Kenntnisse erweitert. »Wer weiß, vielleicht wird er morgen oder übermorgen oder später doch Glück mit so einem Versuch haben.«

»Ein Wunder der modernen Medizin?«

»Ja«, murmelte Rafe. »Das wäre ein Wunder für Patrick.«

11. Kapitel

»Es tut mir leid, Mr. McCallum.« Dr. Brodie sprach Patrick sein Bedauern aus. Er schien zu wissen, dass sein Gegenüber genauso sehr sein Patient war wie Jordana. »Der Schaden ist nicht wiedergutzumachen. Miss Daniels wird nie sehen können.«

Die Atmosphäre im Raum war zum Ersticken. Keiner sagte ein Wort. Patrick starrte aus dem Fenster und atmete tief durch. Dann meinte er: »Es gibt noch andere Ärzte.«

»Nein, Mr. McCallum. Es gibt niemanden, der Ihnen Hoffnungen machen kann. Weder hier in Edinburgh noch woanders auf der Welt. Es gibt keine anderen.«

»Verdammt, Brodie ...«

»Akzeptieren Sie es, lernen Sie, damit zu leben. Das ist mein Rat an Sie.«

»Nein!« Patrick wehrte sich mit aller Kraft dagegen, das zu akzeptieren.

»Sie haben keine andere Wahl.« Dr. Brodie blieb vollkommen gelassen. Er hatte solche Reaktionen schon öfter erlebt. »Gehen Sie nach Hause«, riet er. »Nehmen Sie Ihre schöne Freundin, und gehen Sie. Ihnen zuliebe ist sie hierhergekommen, um sich noch einmal das anzuhören, was sie bereits weiß. Sie ist erschöpft, körperlich und auch psychisch. Geben Sie Ihre Bemühungen auf, bevor Sie Schaden anrichten, wo Sie helfen wollten.«

»Es muss aber einen Weg geben.«

»Es gibt keinen. Ihr zuliebe: Geben Sie es auf! Fahren Sie zu Ihren Highlands. Lassen Sie sie mehr von Schottland kennenlernen als nur Krankenhäuser – und, ruhen Sie sich aus! Bedenken Sie, was Ihnen trotzdem alles gegeben ist. Mit der Zeit werden Sie schon herausfinden, wie viel das ist.«

Patrick wandte sich vom Fenster ab und blickte Jordana an. Sie wirkte sehr angespannt. Zum ersten Mal wurde ihm klar, was für eine Anstrengung diese Untersuchung für sie gewesen war. Wie schmerzlich, es immer und immer wieder zu hören, dass es keine Heilung gab! Trotzdem hatte sie alles tapfer mitgemacht. Für ihn.

Plötzlich wich alle wilde Entschlossenheit von ihm und die Überzeugung, dass er alles ermöglichen konnte und dass alles seinen Preis habe. Er hatte sich getäuscht und war in seinem Eifer grausam gewesen. Mit einem Nicken gestand er seine Niederlage ein.

Schnell lief er zu Jordana und strich ihr über die Wange. Ihre Miene drückte weder Tadel noch Schmerz aus, nur viel Tapferkeit. Wie lange er auch lebte, er würde sicher nie einer schöneren und mutigeren Frau begegnen. Davon war er überzeugt.

Dr. Brodies Pieper ertönte. Er wurde gebraucht, und er entschuldigte sich knapp. Was konnte er auch sonst mehr sagen? Er ließ Jordana und Patrick mit der bitteren Tatsache allein.

»Du wusstest es.« Patrick streichelte noch immer liebevoll ihre Wange.«

»Ja. Ich habe es lange gewusst.«

»Trotzdem hast du dich meinetwegen dieser Tortur unterworfen, Jordana.«

Sie legte ihre Hand auf seine. »Ist es so schlimm für dich, dass ich nicht sehen kann?«

»Nein.« Er spürte ihren Pulsschlag unter seinen Fingern. »Nein, es ist überhaupt nicht wichtig.«

Aber als er später mit ihr aus den dunklen Korridoren in das gleißende Licht des Tages hinaustrat, wusste er, dass er gelogen hatte.

Zu Hause in Edinburgh wurden Patrick alle Probleme bewusst. Jordanas und sein Zusammensein war nur eine vorgetäuschte Idylle. Egal, wie sehr er es auch zu verbergen versuchte, Patrick war niedergeschlagen. Tagsüber spielte er den großzügigen, galanten Gastgeber. Er zeigte ihr sein Heimatland, erklärte wortreich die Familiengeschichte der McCallums und wie sie in zahlreichen Auseinandersetzungen ihr Land verteidigt hatten.

Doch nachts zog er sich zurück. An den meisten Abenden nach dem Dinner saß Jordana allein in dem weitläufigen Esszimmer. Patrick hatte immer wieder höfliche Ausflüchte, um hinter den Türen seines Arbeitszimmers zu verschwinden.

Während Jordana immer mehr von Patricks Heimat und deren Bewohnern erfuhr, wurde der Mann, den sie liebte, zu einem höflichen Fremden.

»Aber das hört nun bald auf«, schwor sie sich, als sie den Raum durchstreifte, der ihr von den vielen einsamen Abenden, die sie darin mit Umherwandern verbracht hatte, schon viel zu vertraut war. Sie würden so nicht weitermachen. Die Entfremdung, die von Tag zu Tag größer wurde, musste ein Ende haben. Sie wollte – nein, sie brauchte – den kraftvollen, verwegenen Abenteurer, als den sie Patrick kannte. Den Mann, der genauso frech wie zärtlich war, der ihren Zorn anstachelte und dann wieder wundervoll sein konnte. Das Leben mit ihm war selten friedlich gewesen, aber auch nie einsam.

Als sie ihr Schlafzimmer verließ, wusste sie, dass sie ein Risiko einging. Sie konnte gewinnen oder verlieren. Aber was für eine Wahl hatte sie schon? Sie liebte ihn doch!

Deshalb straffte sie die Schultern und trat auf den Flur hinaus. Sie wusste inzwischen genau, wie weit die Treppe entfernt war und wie viele Stufen sie zur Eingangshalle hinuntersteigen musste. Dreiundsechzig Schritte von der letzten Stufe entfernt lag Patricks Arbeitszimmer.

Vor der massiven Doppeltür zögerte sie und zog den Hausmantel enger um sich. Aus Angst, er könnte sie abweisen, betrat sie das Zimmer, ohne anzuklopfen.

Im Raum war es erst völlig still. Dann hörte sie Patricks nervöses Atmen und das Klirren von Eis gegen Glas. »Was tust du hier?«, fragte er etwas schwerfällig. »Das kam wohl vom Scotch.«

»Wir müssen miteinander reden.«

»Müssen wir das?« Das Eis klirrte wieder im Glas.

»Bist du gekommen, um mir zu sagen, dass wir wieder nach Hause fliegen sollten? Keine Sorge, es ist alles arrangiert. Wir fliegen morgen Mittag.«

Sie hatte die Hand noch an der Türklinke. Nun trat sie weiter in den Raum hinein. »Ich bin nicht hergekommen, um über den Aufbruch zu diskutieren.«

»Was wolltest du dann mit mir besprechen?« Er war so kühl! Jetzt, wo sie hier vor ihm stand, wusste sie nicht mehr, was sie ihm eigentlich hatte sagen wollen.

»Bist du hier, um mir vorzuwerfen, dass ich dich gedemütigt habe?« Er trank wieder einen großen Schluck. »Wenn es dich beruhigt, ich habe ein schlechtes Gewissen. Gelb! Überall sehe ich die Farbe. Und dann sehe ich dich vor mir, wie du dein gelbes Hemd ausziehst.«

»Ich bin genauso schuldig wie du.«

»Du bist unschuldig.«

»Ich bin schon lange nicht mehr unschuldig. Ich hätte dich auch hindern können, Patrick. Wir wissen beide, warum ich es nicht getan habe.«

Es herrschte wieder Schweigen.

»Du hast es mir nicht übel genommen, mich nicht gehasst?«

»Wenn jemand schuld ist, dann sind wir es beide. Und hassen könnte ich dich sowieso nie.«

Er stöhnte und murmelte irgendetwas vor sich hin. Das Leder knarrte, und das Holz knackte, als Patrick sich abrupt hinsetzte. Jordana wartete, dass er die Worte wiederholte. Mit sicherem Schritt lief sie zu ihm hinüber. Niemand von den Angestellten hätte es gewagt, Patricks Anweisungen zuwiderzuhandeln und in den Räumen etwas zu verändern. So war stets alles an seiner Stelle belassen, dass Jordana genau wusste, wohin sie trat.

Sie lief um den Schreibtisch herum und blieb vor seinem Stuhl stehen. Patrick roch nach Seife und Scotch. Als sie ihm die Hand auf die Schulter legte, drehte er sich zu ihr um und schloss die Arme um sie, seine Stirn gegen ihre Brust gelehnt.

»Ich wusste nicht, dass es so ist. Ich glaubte nicht, dass ich je Vertrauen haben könnte. Du bist anders als die Frauen, die ich bisher kennengelernt habe. Ich habe viel genommen, du hast viel gegeben. Meine Arroganz hast du mit Freundlichkeit beantwortet, meine Ungeduld mit Geduld. Du bist stark und mutig – und vor allem würdevoll. Alles, worum ich dich bat, hast du gegeben, ohne je etwas als Gegenleistung zu verlangen.« Er seufzte tief. »Ich wollte dir wenigstens etwas verschaffen. Ich dachte, ich könnte es dir geben, zum Geschenk machen.«

»Meine Sehkraft.« Sie strich ihm durchs Haar und ließ die Locken durch ihre Finger gleiten.

»Ich habe in meinem Leben noch nicht viel getan, das man als nett bezeichnen könnte. Meine Versuche waren ungeschickt, aber glaub mir, ich wollte dich nicht verletzen.«

»Ich weiß. Es tut mir leid, dass ich nicht sehen kann. Ich

wünschte, ich könnte es. Wie gern würde ich dich anschauen! Aber manche Dinge sollen wohl einfach nicht sein, egal, wie sehr wir sie uns wünschen.«

»Und manche sind unabwendbar.« Er stand auf, ohne sie loszulassen. »Von dem Moment an, in dem ich dich gesehen habe – wie sehr ich auch dagegen angekämpft habe –, musste ich dich lieben.«

»Tust du das?«, fragte sie sanft.

Sie glaubte ihm. Er erkannte es an ihrem glücklichen Gesichtsausdruck. Aber weil sie die Worte endlich hören wollte, auf die sie so lange gewartet hatte, sagte er sie. Es waren Worte, die er nie zuvor zu einer Frau gesagt hatte, weil es nie eine Frau wie Jordana gegeben hatte.

»Ich liebe dich«, sagte er schlicht.

Jordana ließ die Finger über die Saiten der Gitarre gleiten. Ein zufriedenes Lächeln lag auf ihrem Gesicht, während sie eine schwermütige Melodie spielte. Geheime Zweifel und die Angst, das zarte Glück könnte bedroht sein, waren für einen Moment vergessen.

Das Haus, in dem sie ihre freudlose Jugend verbracht hatte, war inzwischen ein richtiges Liebesnest geworden. Wenn Patrick sich zu etwas bekannte, dann tat er es mit dem ganzen Herzen, so wie alles.

In einem Raum, der mit Blumen aus dem Garten geschmückt war, wartete Jordana auf Randy. Es war so viel in den letzten Wochen passiert, in denen sie ihre Freundin nicht gesehen hatte! So viel Wundervolles und Überraschendes.

Sekunden wurden zu Minuten und Minuten zu Stunden, während sie wartete. Als es klingelte, legte sie die Gitarre beiseite und eilte zur Tür. Sie öffnete aufgeregt und erwartete eine überschwängliche Umarmung, stattdessen wehte ihr ein schwerer Parfümgeruch um die Nase, es war ein exotisches Parfüm, das Randy niemals benutzen würde.

»Entschuldigung«, sagte Jordana atemlos. »Ich hatte jemanden erwartet. Kann ich Ihnen helfen?«

Auf ihre Frage antwortete niemand. Aber es war jemand da, der sie anstarrte. Es musste eine Frau sein. »Wer sind Sie?«

Ein Rascheln von Stoff war zu hören und das Geräusch eines Schuhabsatzes auf der Treppe.

»Na gut.« Jordana trat zurück und wollte die Tür wieder schließen.

»Nein.« Schmale Finger mit kratzenden langen Nägeln schlossen sich um Jordanas Handgelenk. »Noch nicht.«

Jordana blieb still stehen. »Kenne ich Sie?«

»Nein, aber wir haben beide einen, sagen wir, gemeinsamen Freund.«

»Sie meinen Patrick.«

»Ah«, ließ sich die tiefe, volle Stimme sarkastisch vernehmen. Sie verstehen also.«

»Was wünschen Sie?«

»Mit Ihnen reden.«

»Wir haben uns nichts zu sagen, Miss …«

»Delmari. Maeve Delmari.«

Jordana hatte von dem Namen schon gehört. Sie konnte sich nicht vorstellen, was diese Frau ihr zu sagen hatte, aber sollte es irgendjemandem helfen, dann würde sie ihr zuhören. Sie befreite sich aus dem Griff der Besucherin und trat zur Seite. »Kommen Sie herein, Miss Delmari, sagen Sie mir, was Sie zu sagen haben. Ich werde Ihnen keinen Platz anbieten, denn Sie werden nicht lange bleiben.«

Maeve war kaum eingetreten, als sie Jordana mit Vorwürfen

überhäufte. »Es wird, nein, es kann nicht lange dauern, wenn Sie Patrick wirklich lieben. Wenn Sie sein Leben nicht zerstören wollen.«

»Ich habe nicht die Absicht, ihm etwas zu zerstören.« Noch blieb Jordana ganz ruhig.

»Das werden Sie, wenn Sie weiterhin auf diesem Arrangement bestehen.«

»Unser Arrangement, wie Sie es nennen, geht Sie ganz bestimmt nichts an.«

»O doch. Weil er mir nämlich sehr wichtig ist. Weil ich weiß, was er braucht, um glücklich zu sein, Patrick benötigt eine Frau, die neben ihm herlaufen kann, ohne sich an ihn zu klammem. Er darf bei ihr nicht die Angst haben, Zeit seines Lebens an sie gefesselt zu sein. Er ist ein vitaler Mann, seine Söhne werden genauso sein. Deshalb brauchen sie eine Mutter, die auch so dynamisch ist wie er.«

Ihre Stimme änderte sich, sie klang zufriedener. Maeve spürte, dass sie Jordana bereits getroffen hatte. »Die ihn kennen, behaupten, er würde Sie lieben und dass er Sie nie verlassen wird. Also müssen Sie es tun. Sie müssen ihn verlassen. Das ist Ihnen hoffentlich klar.«

»Nein!«

»Doch. Verlassen Sie ihn, bevor das, was er für Sie empfindet, in Mitleid umschlägt.«

Jordana hantierte nervös an der Tür und öffnete sie. »Verlassen Sie dieses Haus, Miss Delmari.«

»Sicher. Sie wussten ja, es würde nicht lange dauern.« Sie trat einen Schritt zur Tür und blieb stehen. »Nur noch etwas. Sie wissen, ich habe recht, sonst hätten Sie mir nicht so lange zugehört. Ich habe nur das in Worte gefasst, was Sie schon längst wissen. Verlassen Sie ihn, Miss Daniels, solange die Erinnerungen, die Sie an ihn binden, angenehm sind.«

»Gehen Sie jetzt endlich.« Jordana zitterte. »Und kommen Sie niemals wieder.«

Maeve blickte in ihr blasses Gesicht und lächelte zufrieden. »Ich glaube auch nicht, dass das notwendig sein wird. Denken Sie über das nach, was ich sagte.«

Während der exotische Parfümgeruch immer noch in der Luft hing, stand Jordana an der Haustür und meinte eine Stimme aus der Vergangenheit zu hören, die sie als minderwertig bezeichnete, als ein armes Kind, das niemand lieben könnte. Dass sie eine Frau sei, die wenig zustande brächte.

Mit Tränen in den Augen wandte sie sich von der Tür ab und stolperte in den Garten.

Als Randy kam, saß Jordana noch immer dort im Garten, die Hände im Schoß gefaltet, die blinden Augen sahen in die Dunkelheit.

»Hier bist du.« Randy kam wie ein Wirbelsturm in den Garten gelaufen. »Es tut mir leid, dass ich so spät komme, aber ich hatte Probleme, die Schnalle zu finden, die du für Patrick haben wolltest. Er sieht sicher sehr gut aus im Kilt.« Als sie sich mit dem Päckchen neben Jordana setzte, begann sie freundlich zu schimpfen. »Die Haustür stand weit offen. »Jeder hätte …« Erschrocken hielt sie inne, als sie Jordanas Gesicht sah. »O je! Was ist denn passiert?«

»Nichts ist passiert«, sagte Jordana tonlos.

Randy nahm ihre kalten Hände. »Ist etwas mit Patrick? Was hat er getan?«

»Patrick hat nichts getan.«

»Was denn? Du warst doch vor wenigen Stunden noch so glücklich. Jetzt siehst du aus, als hättest du das Wichtigste in deinem Leben verloren.«

»Das habe ich auch.«

»Was ist passiert?«

»Später. Ich erkläre dir alles, aber später.«

Randy strich eine Haarsträhne aus Jordanas Gesicht. »Soll ich gehen?« Das Letzte, was sie wollte, war, Jordana in diesem Zustand allein zu lassen, aber sie musste fragen. »Ist es etwas, das du allein mit Patrick ausmachen musst?«

»Wenn er kommt, will ich mit ihm tatsächlich allein sprechen. Aber geh nicht, nicht, bevor ich es nicht getan habe. Dann komme ich mit dir zurück.«

»Zurück! Warum willst du denn das?«

»Bitte, Randy, keine Fragen. Nicht jetzt.«

Randy biss sich auf die Lippe. Sie hatte Jordana noch nie so gesehen. »In Ordnung. Ich werde mich verdrücken und irgendwo warten. Was soll ich mit dieser Schnalle mit dem McCallum-Wappen machen?«

»Wickel sie ein! Ich möchte, dass er sie bekommt, damit er ein Andenken an mich hat.«

»Jordana, bist du sicher …«

»Keine Fragen, das hast du versprochen.«

Randy widersprach nicht weiter. Sie legte das eingewickelte Geschenk neben Jordana, als sie Patrick rufen hörte, schlüpfte mit einem gemurmelten Gruß an ihm vorbei und lief zu ihrem Auto. Dort wollte sie warten.

»Randy!«, rief Patrick ihr hinterher. Dann zuckte er mit den Schultern, warf das Jackett lässig von sich, löste die enge Krawatte und suchte nach Jordana.

Sie wartete im Garten auf ihn. Als er die Hände auf ihre Schultern legte und einen Kuss auf ihr Haar drückte, musste sie die Tränen zurückhalten. Sie wusste, dass alle Erklärungen, die sie sich überlegt hatte, die Versuche, ihm alles verständlich zu machen, fehl am Platz waren. Diese Sache konnte nicht mit Würde überstanden werden. Aber weil sie ihn liebte, musste sie es tun. Zu dem Schluss war sie nach der Begegnung mit Maeve gekommen.

»Ich hätte nicht gedacht, dass die Tage so lang sein könnten oder dass ich dich so sehr vermissen würde.« Er stand hinter ihr und streichelte ihre Schultern. »Ich wusste irgendwie, dass du hier sitzt und auf mich wartest.«

»Patrick.« Sie versteifte sich. »Nicht.«

»Nicht?« Etwas in ihrem Tonfall alarmierte ihn. »Was nicht? Ich darf nicht sagen, dass ich dich vermisst habe? Ich soll dich nicht berühren? Was meinst du, Jordana?«

»Nichts, beides.« Sie wusste nicht, was sie sagen sollte. »Bitte, Patrick, mach es nicht noch schwieriger.«

»Mach was nicht noch schwieriger?« Er trat zurück und ließ die Hände sinken.

Jordana stand auf, das bunt verpackte Geschenk in der Hand. »Ich muss gehen.«

»Gehen?«, fragte er verständnislos. »Wohin?«

»Von dir fort. Ich hatte Zeit zum Nachdenken. Wir wussten beide von Anfang an, dass es schwierig werden würde. Was wir zusammen erlebt haben, war wundervoll, aber es kann auf Dauer mit uns nicht gut gehen.«

Patrick war wie vor den Kopf geschlagen. Sein Schmerz war so stark, dass er ihn nur mit Ärger ausdrücken konnte. »Und du verschwindest nun einfach so aus meinem Leben?«

»Es ist am besten so.«

»Für wen?«

»Für uns beide. Bevor ich gehe …« Sie hielt ihm das Päckchen mit der Schnalle hin. Nach einer Weile, als er es nicht nahm, legte sie es neben ihn auf die Bank. »Ich möchte, dass du das als Andenken an mich behältst.«

Patrick lachte trocken auf. »Ich werde mich so oder so an

dich erinnern, mein Schatz, dafür brauche ich keine Andenken. Was geht bloß in deinem Kopf vor?«

»Es tut mir leid, Patrick.«

Er wollte sie spontan in die Arme nehmen, sie küssen, bis er es sich anders überlegte. Stattdessen nickte er nur und meinte nachdenklich: »Ja, mir auch.«

Jordana beeilte sich, aus dem Garten zu kommen. Er sah, wie sich das blaue Kleid an sie schmiegte. Er hätte sie beinahe zurückgerufen, sie angefleht zu bleiben. Doch er drehte sich nur um und schloss einen Moment die Augen.

Im Garten war es nun still. Als er sich wieder umwandte, war Jordana verschwunden.

Einfach so, von einem Moment zum nächsten war es offenbar aus zwischen ihnen. Manche Dinge sollten wohl einfach nicht sein.

Als es zu dämmern begann, saß er mit dem ungeöffneten Päckchen in der Hand immer noch da. Die Ironie des Augenblicks entging ihm nicht. Er hatte so viele Geschenke verteilt, um den Abschied für seine Freundinnen leichter zu machen. Jetzt hatte er sein eigenes bekommen.

Aber es machte nichts leichter. Das begriff er nun.

»Verdammt, Patrick! Du solltest zu einem Arzt gehen. Jeder andere, der mit einem Wagen die Böschung hinunterfährt, würde das tun. Jeder, der auch nur einen Funken Verstand hat.« Doch Rafes Worte stießen auf taube Ohren.

Nachdem er wochenlang versuchte, den Playboy zu spielen, um Jordana zu vergessen, hatte Patrick schließlich die Staaten verlassen. Rafes Hoffnung, dass Schottland die gute Laune seines Freundes wiederherstellen würde, war schnell enttäuscht worden. Patrick wurde noch gereizter, noch störrischer und saß fast nur noch in seinem Arbeitszimmer, um vor sich hinzubrüten.

Und alles endete schließlich mit dem Unfall, der nicht hätte passieren müssen – es war die Folge von zu schnellem Fahren und zu wenig Schlaf gewesen. Patrick schien überhaupt nicht mehr zu schlafen.

»Ich brauche keinen Arzt. Die kleinen Wunden zählen nicht«, erklärte er mit schwerer Zunge und hob das Glas mit der klaren Flüssigkeit. »Die Medizin für innen ist wichtiger.«

Rafe blickte von Patrick zu den Magazinen, die auf dem massiven Schreibtisch verstreut lagen. Jedes Titelbild, das Jordana jemals gezeigt hatte, war da zu sehen.

»Eine schöne Frau«, sagte Patrick, der Rafes Blick verfolgt hatte. »Ein Toast! Auf die Frauen!« Das Glas krachte gegen den Kamin, und der Scotch verteilte sich glitzernd auf dem roten Teppich, die Flecken sahen aus wie die Rosenblätter auf Jordanas Brust damals. Sofort füllte Patrick sich ein neues Glas.

Als Rafe den Freund betrachtete, das Zittern seiner Hand bemerkte, stand sein Entschluss fest. Er hatte sich bisher niemals in Patricks innerste Angelegenheiten eingemischt, das war eine unausgesprochene Regel zwischen ihnen gewesen. Aber alle Regeln hatten eine Ausnahme – dies war so ein Fall.

Jordana schlief auf einem Liegestuhl beim Pool, während Cassie still an ihrer Seite spielte. Randy stellte ein Tablett mit Limonade und Kekse auf den Tisch und dachte so häufig an Maeve Delmari, als sie Jordanas schmalen Körper und die Schatten unter ihren Augen betrachtete.

Randy hatte eine lange und heiße Diskussion mit Jordana geführt, als sie die Geschichte der seltsamen Begegnung hörte, aber ohne Erfolg. Jordana war stur geblieben. Die Vorurteile der Großmutter hatten sich dem sensiblen Kind eingeprägt und waren der verletzten Frau mehr als gegenwärtig.

Als das Eis im Glas klirrte, richtete sich Jordana verwirrt auf. Dann erinnerte sie sich wieder daran, wo sie war. Dies war Georgia, nicht Schottland. Ihre Sommer-Idylle war beendet.

»Limonade?«, fragte sie schläfrig.

»Immer, wenn es heiß ist wie in der Hölle und der Kalender meint, es sei Oktober.« Randy setzte sich neben sie. »Alles erinnert dich an ihn, stimmt's?« Als Jordana nickte, verzog Randy das Gesicht. »Wenn ich das nur gewusst hätte.«

»Es gab nichts, das du hättest tun können. Wie alles Gute hat es geendet. Auch wenn ich den Schluss vorhergesehen hätte, hätte ich mir nicht einen Augenblick fortgewünscht. Patrick hat mich eine Weile geliebt. Denk daran, ein Leben kann an einem Tag gelebt werden. Ich habe dann viele Leben mit Patrick gelebt, und ich möchte keines missen.«

Unbemerkt von den beiden Frauen wurde ein Geräusch am Himmel immer lauter. Cassie bemerkte es als Erste.

»Mom! Da kommt ein Hubschrauber!«

Hinter den Baumkronen wurde er sichtbar, kam immer näher.

»Er kommt hierher!« Aufgeregt blickten die drei ihm entgegen.

Bevor Randy und Jordana so recht begriffen, was da geschah, schwebte die Maschine schon über der freien Wiese. Der Helikopter war kaum gelandet, als eine schlanke Gestalt heraussprang und über die Wiese auf sie zugelaufen kam.

»Rafe«, sagte Randy. Als sie das hoffnungsvolle Gesicht von Jordana sah, fügte sie leise hinzu: »Es ist nur Rafe.«

Am Rand des Swimmingpools blieb er stehen und rief: »Jordana.«

Sie war sofort aufgestanden. Ein Schauer überlief sie, und sie befürchtete automatisch das Schlimmste. »Patrick?« Sie streckte die Hand nach Rafe aus. Als er sie ergriff und Jordana in den Arm nahm, lehnte sie sich an ihn. »Ist er …«

Wenn Rafe irgendwelche Zweifel hatte, was seine eigenmächtige Aktion betraf, dann waren sie jetzt bei dem ängstlichen Gesichtsausdruck von Jordana beseitigt. »Es gab einen Unfall. Er selbst, aber er ist nicht verletzt«, sagte er leise. »Er braucht dich.«

»Ich dachte ... Ich habe befürchtet ... Ich muss sofort zu ihm.« Entschlossen ging sie ins Haus.

»Warte hier bei Rafe, ich packe deine Tasche«, schlug Randy ruhig vor. »Dann werden wir dich ankleiden, und schon bist du fertig zur Abreise.«

Sie hatte registriert, dass Rafe im Grunde zu gelassen war, und seinen Bericht deshalb gleich richtig eingeordnet. »Zehn Minuten«, versprach sie. »Ich nehme an, dieser Notfall kann so lange warten.«

Rafes Gesichtsausdruck blieb unbewegt. Ein kurzes Aufleuchten seiner Augen bestätigte allerdings ihre Annahme. Sie strich Jordana zärtlich über die Wange.

»Zehn Minuten, und du bist auf dem Weg zu Patrick.«

Jordana zog die Augenbrauen hoch, als sie neben Rafe lief. Die Gerüche waren ihr vertraut, es waren keine medizinischen. Die Geräusche – die Schritte auf dem Steinboden – waren auch anders, als sie in einem Krankenhaus gewesen wären. Dann verstand sie und sie umklammerte Rafes Arm fester.

»Das ist Patricks Besitz!«, rief sie erstaunt aus.

»Richtig, meine Liebe.« Rafe führte sie durch die Doppeltür zu Patricks Arbeitszimmer. »Hier ist er, etwas angeschlagen, enorm stolz, aber der Gutsherr in eigener Person.«

»Was, zum Teufel?« Patrick schnellte von seinem Sessel hoch, und der Stapel Papiere, den er in der Hand gehalten hatte, verteilte sich auf dem Schreibtisch. Er blickte von Rafe zu Jordana und glaubte einen Moment, eine Vision zu haben.

»Was tut sie hier?«, fragte er Rafe, ohne dabei Jordana aus den Augen zu lassen. Sie war viel zu dünn, wirkte fast zerbrechlich. Die Schatten unter ihren Augen waren bestimmt nicht nur auf die anstrengende Reise zurückzuführen. Ihre Augen glänzten fiebrig.

Doch redete er sich ein, ihm mache das alles nichts aus.

»Rafe sagte, dass du mich brauchst.«

»Das habe ich. Früher mal.«

Sie verlor jeden Mut. »Patrick, es tut mir leid. Ich dachte …«, stotterte sie.

»Was dachtest du, Jordana?«, meinte er kalt. »Es hat dich doch vorher nicht gekümmert. Sag es mir jetzt. Der Ordnung halber würde ich es gern wissen.«

»Patrick«, warnte Rafe ihn.

»Du hältst dich da raus«, kommandierte Patrick und stand auf, um sich vor Jordana zu stellen.

»Zu spät. Ich habe mich bereits eingemischt.«

Bevor Patrick widersprechen konnte, erzählte er ihm die ganze hässliche Geschichte, von der Begegnung mit Maeve, die ihm Jordana während des Fluges anvertraut hatte. Als er fertig war, starrte ihn Patrick eine Weile ungläubig an, bevor er sich zu Jordana umdrehte.

»Diese verdammte Maeve!«, schimpfte er, hielt Jordanas Schulter aber gleichzeitig ganz sanft fest.

»Wieso hattest du so wenig Vertrauen in mich?«, wollte er wissen.

»Ich hatte Vertrauen, immer.«

»Und trotzdem hast du mich verlassen? Wenn du mich wirklich so geliebt hättest, wie du behauptest, warum hat dich dann das Gerede einer alten Frau und einer eifersüchtigen Hexe beeindruckt?«

»Du irrst dich, Patrick«, mischte sich Rafe wieder ärgerlich ein. »Eben weil sie dich liebte, konnte das Gerede auf fruchtbaren Boden fallen. Durch den Einfluss ihrer Großmutter konnte Jordana nicht sehen, was sie der Welt alles zu bieten hat.«

Rafe und Patrick sahen sich fest an. Dann schüttelte Patrick störrisch den Kopf.

»Die Unsicherheit früherer Jahre soll das, was wir teilten, überschattet haben?«

»Lächerlich, nicht?«, bemerkte Rafe sarkastisch. »Genauso lächerlich ist, dass ein zwölfjähriger Junge, der von der Mutter verlassen wird und ohne sie zu einem erwachsenen Mann wird, Angst hat, jemandem zu vertrauen.«

»Angst!« Patrick drehte sich empört zu seinem Freund um, die Hände, die eben noch sanft auf Jordanas Schultern gelegen hatten, zu Fäusten geballt.

»Ja, Angst.« Rafe blieb vollkommen ruhig. »Es ist überhaupt keine Schande, Angst zu haben, Patrick. Eine Schande ist nur, wenn man von dieser Angst sein Leben bestimmen lässt.«

»Das reicht, Rafe.«

»Reicht es wirklich?« Sein Freund hatte den Blick fest auf ihn gerichtet. »Tatsächlich?«

Patrick beendete als erster den Blickkontakt. Er schaute zu Boden. Vor seinem inneren Auge sah er zwei Kinder, beide verletzt von der Grausamkeit Erwachsener. Der Junge war ein verbitterter Mann geworden, der jedem misstraute. Das Mädchen eine sanfte Frau, die an sich selbst zweifelte.

Er hatte es im Grunde geahnt, dass Jordana ihn nicht verlassen hatte, weil sie ihn nicht, sondern weil sie ihn zu sehr liebte.

Die Zweifel, die Emma, ihre Großmutter, in sie gepflanzt und die von Maeve noch verstärkt worden waren, hatte er durch sein Verhalten noch gefördert. Er hatte ihr nicht klargemacht, dass sie sein Glück war, nicht seine Last – und dass es ohne sie für ihn keine Zukunft geben würde.

Er wandte sich wieder Jordana zu. Sie hatte sich nicht bewegt, hatte kein Wort gesagt. Als sie geglaubt hatte, er würde sie brauchen, war sie gekommen. Mutig und, wie immer, ohne etwas dafür zu erwarten.

»Rafe hat recht, ich bin immer ein verbitterter, ängstlicher Mann gewesen. Dann habe ich die Frau gefunden, die mir alles bedeutet. Und aus mir wurde der Mann, der ich nun bin. Sieh mich an, Jordana.« Er legte ihr fest und fordernd die Hände auf die Schultern. »Sieh mich mit deinem Herzen an. Das ist der Mann, den du aus mir gemacht hast. Warum bist du gekommen, Jordana? Sag es.« Er strich ihr über das Haar. »Bitte, sag es.«

Einen Moment lang glaubte sie, ihn missverstanden zu haben, im nächsten wurde ihr klar, dass dem nicht so war. Ihr Herz begann vor Aufregung zu klopfen. »Ich kam, weil ich dich liebe, Patrick«, sagte sie schließlich leise.

Als Antwort zog er sie einfach nur in seine Arme, um sie so fest an sich zu drücken, dass ihr fast der Atem wegblieb. All die Müdigkeit der letzten Wochen war im Nu verflogen – ebenso das dumpfe Gefühl, das sie beide gequält hatte.

Jordana schmiegte sich an den Mann, der sie liebte. Sie war endlich nach Hause gekommen!

»Sag, dass du mich nie mehr verlässt, Jordana!«

»Ich werde dich nie verlassen, Patrick. Nie.«

Rafe wandte sich erleichtert ab. Er lächelte.

Die sanfte Jordana hatte mit ihrem sonnigen Wesen den schwierigen Patrick gebändigt.

– ENDE –

Marie Ferrarella

Der erste Schritt ins Glück

Roman

Aus dem Englischen von
Patrick Hansen

mtb

1. Kapitel

Das Geräusch war so vertraut, dass es den Lärm der Großstadt draußen vor dem Wagenfenster zu dämpfen und in den Hintergrund zu drängen schien. Sein Magen knurrte wie eine hungrige Raubkatze, die darauf wartete, sich auf eine ahnungslose Beute zu stürzen und sie zu ihrem Mittagessen zu machen.

In diesem Fall handelte es sich bei dem Opfer um einen Hamburger und Pommes frites, mit denen sein Partner längst hätte zurückgekehrt sein müssen. Nicht gerade eine ausgiebige Mahlzeit, doch er war nicht wählerisch. Außerdem hatte sein Frühstück nur aus heißem, pechschwarzem Kaffee bestanden. Einem Gebräu, das den, der es trank, spätestens dann hellwach machte, wenn es den Magen erreichte. Und heutzutage konnte ein Polizist in L. A. es sich nicht erlauben, etwas anderes als hellwach zu sein.

Ungeduldig strich Officer Alexander Mitchell sich mit langen, gebräunten Fingern über den Bauch und wünschte, McAffee würde sich beeilen.

Wie lange konnte es denn dauern, zwei fettige Hamburger mit Pommes frites aus einem Fast-Food-Laden zu holen? Mitch schaute auf den überfüllten Bürgersteig. Sein Partner war nirgends zu sehen. Stattdessen strömte die übliche Mischung am Streifenwagen vorbei. Ziellose Herumtreiber und echte Obdachlose trafen sich hier mit den unzähligen Angestellten, die aus den Büros geeilt waren, um in der viel zu kurzen Mittagspause etwas zu essen.

Keiner der vielen Menschen in Mitchs Blickfeld war ein hochgewachsener, schlaksiger Polizeiveteran mit zwei Dienstjahren auf dem Buckel.

Verdammt, wo blieb er bloß?

Schnaubend ließ Mitch sich gegen das verschwitzte Kunststoffpolster zurückfallen. Er fühlte, wie das Hemd ihm am Rücken klebte. Als er den Kopf nach hinten legte, knackte es in seinem Nacken, dann vernahm er erneut ein Knurren in der Magengegend.

Mitch bewegte die Schulter und versuchte, es sich bequem zu machen, aber vergeblich – er war einfach zu angespannt. Vielleicht sollte er weniger Kaffee trinken. Vermutlich fraß das Zeug ihm schon ein Loch in den Magen.

Er sah auf die Uhr. Gleich ein Uhr. Noch zwei Stunden bis Schichtende.

Und dann?

Zu Hause erwartete ihn nichts und niemand, doch daran war er selbst schuld. Das Alleinleben gefiel ihm und ersparte ihm eine Menge Probleme. Wenn man Menschen zu nah kam, fingen sie an, Fragen zu stellen. Auch McAffee hatte anfänglich versucht, zwischen ihnen ein freundschaftliches Verhältnis zu schaffen, doch Mitch hatte rasch klargestellt, dass sie nicht mehr als nur Partner waren und bleiben sollten. Es gab eine Grenze, die niemand überschreiten durfte. Sein Privatleben war wie eine Welt, in der zwei Inseln existierten. Auf der ersten war er selbst, auf der zweiten alle anderen.

Und so gefiel es ihm.

McAffees Vorschlag, heute Abend ins Kino zu gehen und anschließend ein paar Gläser Bier zu trinken, hatte er bereits abgelehnt. Jetzt, während er gelangweilt im Streifenwagen saß und das Leben an sich vorüberziehen sah, kamen ihm Zweifel, ob er richtig gehandelt hatte.

Vielleicht …

Nein. Er verstand sich ganz gut mit McAffee, doch das war noch lange kein Grund, den Mann zu mehr zu ermutigen. Mit der Distanz gab man auch das Misstrauen auf, und Mitch verließ sich auf sein Misstrauen. Ein Polizist durfte niemals vertrauensselig sein. Einmal war er es gewesen. Absichtlich. Doch er war bald wieder zur Besinnung gekommen und auf Abstand gegangen.

Aber wenn der Trottel nicht bald mit den Hamburgern auftauchte, brauchte er sich um einen gemeinsamen Abend keine Gedanken mehr zu machen. Ich bringe ihn um, dachte Mitch wütend.

Verdammt noch mal, wo blieb der Kerl?

Die Hitze stieg flimmernd vom Pflaster auf und drang in den Wagen. Die Schlagzeile der Morgenzeitung verkündete, dass Südkalifornien unter einer rekordverdächtigen Hitzwelle litt. Normalerweise machte Mitch das Wetter nichts aus, doch diese Schwüle wurde langsam unerträglich.

Nachdenklich beobachtete er, wie ein magerer alter Mann auf der anderen Straßenseite eine Flasche an den Mund setzte, die in eine zerfetzte, fleckige Papiertüte eingewickelt war. Armer Kerl, dachte Mitch. Überleben, darauf kam es an. Das war das Einzige, was er selbst sich vorgenommen hatte.

Überleben und Wiedergutmachung.

Deshalb war er Polizist geworden. Um wiedergutzumachen, was sein Vater der Gesellschaft angetan hatte. Mitch hatte nicht erwartet, dass sein Beruf ihm gefallen würde, doch das tat er. Mitch stand auf der Seite des Guten im Kampf gegen das Böse. Und manchmal, wenn auch selten, konnte er sogar etwas bewirken. Das besänftigte sein Gewissen.

Wenigstens etwas.

Der kleine Mann mit dem verwitterten Gesicht erhob sich

mühsam von seinem Platz am Bordstein. Mitch überlegte, ob er aussteigen und ihn wegen Alkoholgenusses in der Öffentlichkeit verwarnen sollte. Dass sich in der Papiertüte, die der Mann so fest gepackt hielt, Fruchtsaft oder Milch befand, war äußerst unwahrscheinlich. Rafferty hätte den Burschen unsanft zum Weitergehen aufgefordert.

Aber Mitch war nicht wie sein Sergeant. Er bezweifelte, dass der alte Mann irgendwelche Warnungen brauchte. Der arme Kerl sah aus, als wüsste er nur zu gut, wie hart das Leben war.

Mitch warf ihm einen Blick zu und machte eine Kopfbewegung in Richtung der nächsten Straßenecke. Eine Sekunde lang schien der Mann davonrennen zu wollen, doch dann gab er sich einen Ruck. Schwankend kam der Obdachlose auf den Streifenwagen zu. Die Papiertüte hielt er hinter dem Rücken versteckt.

»Ich habe nichts Unrechtes getan, Officer.« Der Mann zitterte am ganzen Leib.

Mitch fragte sich, ob er vor Angst zitterte oder weil der Alkohol seine Gesundheit ruiniert hatte. Er zog einen gefalteten Fünf-Dollar-Schein aus der Hosentasche. »Hier, kaufen Sie sich etwas zu essen.«

Der Mann riss ihm das Geld aus der Hand und starrte es an, als wäre es wie Manna vom Himmel gefallen. »Gott segne Sie, Officer.«

»Schon gut«, erwiderte Mitch streng. »Kaufen Sie sich damit etwas zu essen und nichts zu trinken.« Er musterte ihn ernst. »Ich werde erfahren, was Sie mit dem Geld machen.«

Der Mann wich langsam zurück, betrachtete Mitch aus glasigen Augen und imitierte einen Lakaien, der es nicht wagte, seinem König den Rücken zuzukehren. »Essen«, murmelte er. »Ja, Sir, sofort. Sie können sich darauf verlassen.«

Mitch glaubte ihm nicht, aber er hoffte dennoch. Niemand verdiente es, so hungrig zu sein.

Hungrig. Das ließ ihn an sein eigenes, noch immer überfälliges Mittagessen denken. Er sah den Bürgersteig entlang und entdeckte die hochgewachsene, dunkelblau gekleidete Gestalt, die gerade um die Ecke bog.

Na endlich.

In diesem Moment drang ein Knistern aus dem Funkgerät. Mitch unterdrückte einen Fluch. Er war hungrig und daher nicht in der Stimmung für einen Einsatz.

Ungeduldig starrte er auf das Funkgerät. Die Stimme, die über den Äther kam, wurde deutlicher. »Zwei-eins-eins in Juweliergeschäft Ecke Beverly und Wilshire. Inhaber und ein Passant verletzt. Verdächtiger flüchtig. In nördlicher Richtung. Braune Limousine. Vom Kennzeichen nur die Zwei und Adam-Charlie-Thomas bekannt. Vermutlich bewaffnet. Vorsicht. Erbitte Meldung von allen Einheiten in der Nähe.«

Den Rest des Funkspruchs bekam Mitch nicht mehr mit, denn keine zwei Meter von ihm entfernt glitt ein Wagen vorbei, auf den die Beschreibung passte. Das Nummernschild kam in Sicht. Auch die Buchstaben stimmten.

Das musste er sein.

Er schaltete die Sirene ein. Sofort beschleunigte die Limousine. Bremsen und Reifen quietschten, als die anderen Autofahrer auszuweichen versuchten.

Verdammt! Das Mittagessen konnte er vergessen.

Mitch riss das Mikrofon aus der Halterung und drückte mit dem Daumen auf den Sprechknopf, während er den Streifenwagen mit der freien Hand aus der Parklücke lenkte.

»Hier Mitchell. Der Verdächtige ist gerade an mir vorbeigefahren. Ich befinde mich Ecke Beverly und Lancaster. Nehme die Verfolgung auf.«

Er hängte das Mikrofon nicht wieder ein, sondern ließ es zu Boden fallen. Wie es aussah, würde er beide Hände am Lenkrad brauchen.

Mitch schaute in den Rückspiegel und entdeckte seinen Partner. McAffee hatte die Papiertüte weggeworfen und rannte auf den Streifenwagen zu.

Mitch blieb keine Zeit, auf seinen Partner zu warten. Der Verdächtige war schon fast außer Sichtweite.

Ein Adrenalinstoß ließ sein Herz schneller schlagen. Mitch fixierte das Heck der Limousine, während er einen Lieferwagen überholte und das Gaspedal durchtrat.

Das Leben war herrlich. Einfach herrlich. Daran hatte Mary Elizabeth Clancy nicht den geringsten Zweifel.

Summend schloss sie ihren cremefarbenen BMW auf und legte den langen, weißen Kleidersack vorsichtig, fast liebevoll auf die Rückbank. Er enthielt ihr Hochzeitskleid.

Seufzend warf sie einen Blick darauf und nahm die schützende Plastikhülle gar nicht wahr, sondern sah es so, wie sie es zwanzig Minuten zuvor in der exklusiven Boutique für Brautmoden vor dem dreiteiligen Spiegel getragen hatte. Eine Verkäuferin hatte neben ihr gestanden und ihr all die Komplimente gemacht, die bestimmt jede Kundin zu hören bekam.

Sie hatte wunderschön darin ausgesehen. Clancy war nicht eitel, doch sie wusste, dass die Frau nicht übertrieben hatte. Sie würde eine sehr hübsche Braut sein.

Jede Frau verdient es, an ihrem Hochzeitstag wie eine Märchenfee auszusehen, dachte Clancy. Sie schaute auf die Uhr und knabberte an der Unterlippe. Sie musste zurück zur Arbeit.

Clancy stieg ein, schnallte sich an und startete den Motor.

Die Hochzeit würde erst in dreieinhalb Wochen stattfinden, aber sie war immer gerne gut vorbereitet. Das war eine Angewohnheit, die ihr früh in Fleisch und Blut übergegangen war. Vermutlich kam das daher, dass sie als Kind wie eine Nomadin durchs Land gezogen war.

Wie eine sehr verwöhnte Nomadin, dachte sie lächelnd, während sie sich in den träge dahinfließenden Verkehr einfädelte. Sie war noch kein Teenager gewesen, da hatte sie dank ihrer Eltern bereits fast jedes Land der östlichen Halbkugel kennengelernt. Helen und Allen Clancy arbeiteten beide seit dreißig Jahren im diplomatischen Dienst.

Obwohl ihr aus jenen Tagen keine dauerhaften Freundschaften geblieben waren, hatte ihre Jugend durchaus Vorzüge gehabt. Sie hatte die besten Schulen besucht, beherrschte mehrere Fremdsprachen und fühlte sich fast überall in der Welt zu Hause. Ihr war nichts anderes übrig geblieben. Entweder passte man sich der neuen Umgebung an, oder man ging ein. Clancy war nicht der Typ, der einging.

Aber sie musste zugeben, dass es schön war, sich endlich irgendwo niederzulassen. Zu wissen, dass sie jeden Morgen beim Aufwachen dieselbe Einrichtung und beim Blick aus dem Fenster dieselbe Nachbarschaft sehen würde wie in der Woche zuvor.

Und dass es in ihrem Leben denselben Mann geben würde wie in der vergangenen Nacht, der vergangenen Woche und dem vergangenen Monat. Clancys wohlgeformte Lippen verzogen sich zu einem glücklichen Lächeln, als sie an Stuart dachte.

In mancher Weise erinnerte er sie an ihren Vater. Stuart Holden war gut aussehend, hochintelligent, fleißig und hatte eine großartige Zukunft vor sich. Außerdem war er ein Ausbund an Zuverlässigkeit. Zwar fehlte ihm der Sinn für Humor, der ihren Vater auszeichnete, aber das lag nur daran, dass Stuart noch recht jung war. Wenn er erst einmal ein paar Jahre älter war und seine Ziele erreicht hatte, woran Clancy nicht zweifelte, würde er bestimmt etwas lockerer werden. Was machte es schon, wenn er ein bisschen spröde war? Niemand war perfekt, und Stuart Holden war der Perfektion näher als die meisten Menschen.

Clancy ärgerte sich, als die Ampel direkt vor ihr auf Rot umsprang. Wenn es so weiterging, würde sie garantiert zu spät zur Arbeit kommen. Ungeduldig wartete sie darauf, dass es grün wurde.

Um sich zu beruhigen, atmete sie tief durch. Sie freute sich riesig darauf, ihre Eltern wiederzusehen, und war sehr aufgeregt. Es war jetzt sieben Monate her, dass sie sie zuletzt getroffen hatte. Die beiden hatten sie besucht, als sie auf dem Weg zu ihrem neuesten Auslandsposten, der US-Botschaft in Indien, gewesen waren.

Drei Tage vor der Hochzeit würden sie einfliegen. Stuart hatte ihnen eine Suite im luxuriösen Sheridan Hotel in Beverly Hills reserviert, und natürlich würde er auch die Kosten übernehmen. Als Hochzeitsgeschenk für Clancy, denn schließlich wusste er, was es seiner Braut bedeutete, in Gegenwart ihrer Eltern zu heiraten.

Ihr Vater war entsprechend beeindruckt gewesen. »Der Mann weiß, wie man die Eltern seiner Braut behandelt. Einen besseren Schwiegersohn könnten wir uns nicht wünschen«, hatte er bei ihrem letzten Telefonat lachend gesagt. »Wirklich, Honey, wenn du glücklich bist, sind wir es auch«, hatte er ernst hinzugefügt, bevor er den Hörer an ihre Mutter weitergereicht hatte.

Nun ja, dachte Clancy und musterte ihr Gesicht im Rückspiegel. Glücklich bin ich, sehr glücklich sogar.

Und ihre Eltern dabeizuhaben würde die Sahne auf der Torte sein. Auf der Hochzeitstorte. Der einen Meter hohen Torte. Obwohl sie auf der anderen Seite der Erde lebten, telefonierte Clancy regelmäßig mit ihren Eltern. Sie hatte sich ihrer Familie immer sehr verbunden gefühlt, selbst auf dem College.

Sie freute sich darauf, ihre eigene Familie zu gründen. Das war allerdings ein Thema, bei dem Stuart und sie sich nicht einig waren. Sie war achtundzwanzig und wollte spätestens in drei Jahren ein Baby bekommen. Stuart fand das zu früh.

»Kinder bedeuten Kosten«, hatte er mehr als einmal eingewandt. »Und ich möchte erst ein dickes finanzielles Polster haben, bevor wir uns diese Bürde aufhalsen.«

Clancy sah Kinder nicht als Bürde an, doch wenn sie sich Mühe gab, konnte sie Stuarts Standpunkt verstehen, jedenfalls ein wenig.

Mit angehaltenem Atem manövrierte sie ihren Wagen in eine Lücke auf der benachbarten Fahrspur. Der Fahrer hinter ihr hupte wütend. Sie zuckte mit den Schultern und warf ihm ein entschuldigendes Lächeln zu, das er wahrscheinlich gar nicht sehen konnte.

Vermutlich lag es daran, dass Stuart und sie so gut miteinander auskamen. Sie respektierte immer seine Meinung, auch wenn diese drastisch von ihrer eigenen abwich. Es wäre schön gewesen, wenn er auch ihre anerkennen könnte.

»Du würdest eine verdammt gute Diplomatin abgeben, Honey«, hatte ihr Vater nur halb im Scherz gesagt. Sie wusste, dass Allen Clancy gehofft hatte, seine einzige Tochter würde ihm und ihrer Mutter in den auswärtigen Dienst folgen, anstatt sich den Computern zuzuwenden. Aber das Leben ihrer Eltern war nicht das, was sie für sich selbst wollte.

Der einzige Mensch, mit dem sie in diplomatische Verhandlungen einzutreten beabsichtigte, war Stuart, und zwar um ihn in der Kinderfrage zum Nachgeben zu bewegen.

Oje, das klang ja fast, als wäre sie unzufrieden. Doch das war sie nicht. Stuart behandelte sie äußerst respektvoll und unterstützte sie in ihrem Beruf. Natürlich hatte sie ein paarmal ohne ihn auf Empfänge gehen müssen, weil er keine Zeit gehabt hatte. Er dagegen legte immer großen Wert darauf, sie an seiner Seite zu haben, wenn es in seinem Anwaltsbüro etwas zu feiern gab. Aber sich darüber zu ärgern wäre kleinlich, und Clancy war viel zu glücklich, um kleinlich zu sein.

Lächelnd summte sie zur Musik aus dem Radio. Dann öffnete sie das Fenster und genoss das warme Wetter. Sie mochte alles an Südkalifornien, selbst die gelegentlichen Hitzewellen. Für sie war es der schönste Ort der Welt.

Besser kann mein Leben eigentlich nicht werden, dachte sie.

Als vor ihr das Schild auftauchte, das den Beverly Glen Boulevard ankündigte, seufzte sie erleichtert. Der Verkehr strömte ungehindert in beide Richtungen. In spätestens fünf Minuten würde sie an ihrem Arbeitsplatz sein.

Die Ampel sprang auf Gelb, als Clancy die Kreuzung erreichte. Sie gab Gas, um sie zu überqueren, bevor das Rot aufleuchtete und alles zum Stillstand brachte. Normalerweise fuhr sie nicht so rücksichtslos, doch sie hatte keine Lust, sich wieder einen Vortrag von ihrem Vorgesetzten anzuhören. Sie hatte ihn schon gebeten, die Mittagspause um eine halbe Stunde verlängern zu dürfen, und vermutlich würde er ihr vorwerfen, »Privilegien« zu missbrauchen.

Dann ging alles so schnell, dass Clancy sich fragte, ob es ein Traum war.

Ein Albtraum.

Eine braune Limousine kam aus der entgegengesetzten

Richtung über die Kreuzung gerast. Sie war so schnell, dass sie fast abzuheben schien.

Eine Schrecksekunde lang starrte Clancy auf den Wagen, der direkt auf sie zukam, bevor sie verzweifelt versuchte, ihm auszuweichen.

Sie riss viel zu heftig am Lenkrad, und ihr Wagen geriet sofort ins Schleudern. Der Fluchtwagen rammte ihn auf der Fahrerseite.

Clancys Welt zerbarst wie ein rohes Ei, das aufs Pflaster prallte. Himmel und Erde schienen vor ihren Augen die Position zu tauschen.

Sie hörte jemanden schreien.

Wer war es? Stand jemand am Straßenrand und rief ihr eine Warnung zu?

Nein, es war ihre eigene Stimme. Sie schrie so laut, dass ihre Kehle schmerzte.

Die Angst packte sie mit eisernem, unbarmherzigen Griff und quetschte ihr die Luft aus dem Körper.

Sie würde nicht heiraten. Sie würde sterben.

Verdammt. Verdammt.

Heftige Flüche zerrissen die stickige Luft im Streifenwagen, als Mitch sein Entsetzen herausschrie. Er starrte auf den BMW, der direkt vor ihm über die Kreuzung flog. Der Wagen überschlug sich mehrmals, wie bei einem reißerischen Stunt in einem drittklassigen Kriminalfilm.

Übelkeit stieg in ihm auf, und er musste tief durchatmen. Der Fahrer des BMW musste einen äußerst fähigen Schutzengel haben, wenn er eine solche Kollision überleben wollte.

Die braune Limousine raste weiter. Der Mann am Steuer achtete nicht auf das Chaos, das er angerichtet hatte. Vermutlich war er sogar froh darüber, denn die quer über die Kreuzung schleudernden Autos verschafften ihm einen Vorsprung. Der Fluchtwagen steuerte den Freeway an und fuhr mit über neunzig Meilen pro Stunde auf die Überholspur.

Mitch wusste, dass er sich entscheiden musste und weniger als eine Sekunde Zeit dafür hatte. Sollte er die Verfolgung fortsetzen oder sich um die verletzte Person im Unfallwagen kümmern? Er war zwar kein Optimist, aber es gab eine winzige Chance, dass der Fahrer noch am Leben war.

Sein Instinkt nahm ihm die Entscheidung ab.

Fluchend trat er auf die Bremse. Der Streifenwagen stand kaum, da sprang Mitch auch schon hinaus und rannte zu dem BMW. Schlimmer hätte es nicht sein können.

Natürlich waren schon die unvermeidlichen Gaffer aus dem umliegenden Häusern hergeeilt, wie magisch angezogen vom zerfetzten, rauchenden Wrack.

Wütend auf diejenigen, die sich an der Tragödie eines anderen weideten, schob Mitch zwei Schaulustige unsanft zur Seite und rannte weiter. Aus dem Heck drang dunkler Qualm, und rotgelbe Flammen züngelten nach vorn zu den Türen.

»Er fliegt in die Luft!«, rief ein Mann hinter ihm, und die Menge wich zurück, zugleich verängstigt und fasziniert von dem makaberen Schauspiel.

Mitch war inzwischen nah genug dran, um zu sehen, dass es sich bei dem Fahrer um eine junge Frau handelte. Im nächsten Moment stockte ihm der Atem.

Clancy.

Blut verklebte ihr langes blondes Haar. Wie eine Stoffpuppe hing sie kopfüber im Gurt.

Mitch packte den Griff und versuchte, die Fahrertür aufzureißen. Es ging nicht. Vorsichtig tastete Mitch durch die zerborstene Scheibe, um den Sicherheitsgurt zu lösen. Das verdammte Ding hatte sie vermutlich gerettet, aber wenn er sie nicht bald losschnallte, würde es sie das Leben kosten. Benzindämpfe lagen in der Luft, und er wollte lieber nicht daran denken, was geschehen würde, wenn sie sich entzündeten.

Der Gurtverschluss gab endlich nach, und Clancy fiel nach unten. Mitch packte sie und zerrte sie durch das Fenster ins Freie.

Etwas Warmes rann ihr in die Augen. Wasser? Schwamm sie? Clancy versuchte, die Lider zu heben, doch sie schienen verklebt zu sein.

Verklebt?

Wasser war nicht klebrig.

Wo war sie? Was war los? Warum konnte sie nichts sehen?

Alles tat weh, und sie konnte nicht atmen. Verzweifelt kämpfte sie gegen die drohende Ohnmacht. Etwas packte sie unsanft und zerrte an ihr.

Ihre Augen ließen sich plötzlich öffnen, und sie erkannte einen Mann, der sich über sie beugte. Ein Mann in einem dunklen Anzug. Nein, kein Anzug, eine Uniform. Eine dunkle Uniform.

Polizei?

Mitch. Nein, nicht Mitch. Mitch war fort.

Ihr Hals fühlte sich an, als hätte sie Glassplitter geschluckt. »Ich …«

»Ruhig«, befahl Mitch.

Er legte sie neben dem Wagen auf den Boden. Er wollte sie nicht bewegen, doch es musste sein. Es war einfach zu gefährlich, sie hier liegen zu lassen. Vorsichtig trug er sie in Sicherheit.

Clancy stöhnte auf, als er sie aufs Pflaster legte. »Mein Hochzeitskleid«, protestierte sie mit kaum verständlicher Stimme. »Es liegt auf dem Rücksitz.«

»Ich hole es gleich«, versprach er. Als er in der Ferne eine Sirene hörte, seufzte er erleichtert. »Es wird alles gut.«

Er sah ihr ins Gesicht, doch sie hörte ihn nicht mehr. Sie hatte das Bewusstsein verloren.

2. Kapitel

Im nächsten Moment wurde Mitch klar, dass Clancy nicht nur bewusstlos war. Ihre Atmung hatte ausgesetzt.

Einen Herzschlag lang war er wie gelähmt vor Panik. Er schüttelte sie ab. Für Panik war keine Zeit. Er musste überlegen. Mitch rief sich in Erinnerung, was er über Wiederbelebung gelernt hatte. Es schien hundert Jahre her zu sein, dass er den Lehrgang gemacht hatte.

Clancy sah so zerbrechlich aus, dass er Angst hatte, ihr die Rippen zu brechen, wenn er eine Herzmassage vornahm. Solche Dinge überließ man besser den Sanitätern. Aber wenn er wartete, bis der Rettungswagen eintraf, wäre Clancy wahrscheinlich tot, bevor sie ihr helfen konnten.

Kalte Füße waren etwas für Leute, die es sich leisten konnten, untätig zuzuschauen.

Mitch legte Clancy flach auf den Boden, strich ihr das blutverschmierte Haar aus dem Gesicht und bog behutsam ihren Kopf in den Nacken. Dann beatmete er sie, zählte bis drei, verschränkte die Hände, legte sie auf die Herzgegend und drückte einmal, zweimal, dreimal kräftig.

Reglos lag sie da.

»Atme, verdammt, atme«, befahl Mitch durch zusammengebissene Zähne. Oder dachte er es nur?

Er schaltete sämtliche Gefühle aus und wiederholte die Herzmassage, diesmal schneller.

Nichts geschah.

Er tat es ein drittes Mal. Als er den Mund auf ihren presste, spürte er, wie ihre Lippen sich bewegten. Sie stöhne leise.

Gott sei Dank! dachte er.

Mitch hob den Kopf und sah, wie ihr Brustkorb sich hob und senkte. Sie atmete wieder. Er konnte sich nicht daran erinnern, jemals im Leben ein solches Erfolgsgefühl und eine solche Erleichterung verspürt zu haben. Der Triumph war wie die erste Frühlingsbrise nach einem langen, kalten Winter.

Ihre Augenlider zuckten. Clancy hatte immer die schönsten Augen gehabt, die er sich vorstellen konnte. Sie waren kristallblau, wie der im Sonnenschein glitzernde Ozean an einem windstillen Tag.

Clancy starrte ihn an, als würde sie ihn nicht wiedererkennen. Ihre Lippen bewegten sich, aber er hörte keinen Laut.

Mitch beugte sich hinab, bis er ihren Atem auf dem Gesicht fühlte.

»Du?«, flüsterte sie.

Er legte die Hand auf ihre. Mehr als Trost konnte er ihr nicht geben. Alle anderen Gefühle waren in ihm weggeschlossen. »Ja, ich bin es.«

Er sah, wie sie seinen Namen aussprach, hörte jedoch nichts. Ihre Finger schoben sich fast kraftlos zwischen seine. Er wusste, dass sie ihm dankte.

Im nächsten Moment wurden sie von Menschen umringt. Er sah hoch. Es waren Sanitäter. Jemand musste einen Krankenwagen gerufen haben.

»Lassen Sie uns weitermachen, Officer.«

Ein stämmiger Mann in einer weißen Uniform schob ihn sanft, aber unnachgiebig zur Seite. Mitch wollte aufstehen, doch dann merkte er, dass Clancy seine Hand noch immer hielt. Für ein so zartes Geschöpf hatte sie einen ganz schön festen Griff. Ein gutes Zeichen, machte Mitch sich Mut.

Sie würde es schaffen.

Vorsichtig löste er sich von ihr und ging zur Seite. Ein Sanitäter rollte eine Liege heran. Mitch sah sich um. Bis eben hatte er an nichts anderes gedacht als daran, Clancys Leben zu retten. Erst jetzt wurde ihm bewusst, welche Umstände ihn an genau diesen Punkt geführt hatten.

Das Leben ist schon eigenartig, schoss es ihm durch den Kopf.

Mit heulender Sirene hielt ein weiterer Streifenwagen neben seinem. Mitch fragte sich, ob jemand den Bastard geschnappt hatte, bevor er noch mehr Unfälle verursachte.

Die hintere Tür des Streifenwagens ging auf, und Mitch sah McAffee vom Rücksitz springen. Der Polizist eilte auf ihn zu.

Jetzt, da alles vorüber war, setzte bei Mitch wieder die innere Ruhe ein, die ihm half, seinen Beruf durchzustehen. Er wartete, bis McAffee vor ihm stand.

»Wo ist mein Mittagessen?«

Sein Kollege starrte ihn verblüfft an. »Mittagessen?«, wiederholte er. »Das … das habe ich fallen gelassen.«

Mitch dachte an den Obdachlosen, dem er Geld gegeben hatte, bevor die Meldung von dem Überfall gekommen war. Vielleicht hatte der Mann die Papiertüte gefunden.

Ohne den Unfallort aus den Augen zu lassen, entfernte Mitch sich von den Sanitätern. »Das heißt, du schuldest mir eine Mahlzeit.«

McAffee runzelte die Stirn. Wie konnte Mitch jetzt vom Essen reden? »Du bist weggefahren.«

»Um einen Verdächtigen zu verfolgen.« Die Schaulustigen kamen wieder näher. Ein kurzer Blick von Mitch reichte aus, um ein paar Männer zurückweichen zu lassen. Nichts hasste er so sehr wie Gaffer. Dauernd störten sie einen und brachten nicht nur sich selbst, sondern auch andere in Gefahr. »Deshalb brauchtest du noch lange nicht ein Essen wegzuwerfen, auf das ich mich gefreut habe. Disziplin, McAffee. Diese Welt ist nichts ohne Disziplin.«

Unwirsch winkte er einige hartnäckige Schaulustige zurück und ging zu seinem Streifenwagen.

McAffee sah ihm nach, unsicher, ob sein Kollege scherzte oder nicht. Seit zwei Jahren fuhren sie nun schon zusammen Streife, aber der Mann gab ihm immer noch Rätsel auf.

Vor der Fahrertür drehte Mitch sich noch einmal um und beobachtete, wie die Sanitäter Clancy in den Rettungswagen schoben. Noch lange nachdem sie die Türen geschlossen hatten und davongefahren waren, stand er da und schaute in die Richtung, in die sie verschwunden waren.

»Sie haben den Kerl geschnappt«, berichtete McAffee. »Ich habe es über Funk gehört, bevor ich ausstieg. Er fuhr hundertzehn, als sie ihn einholten.« Ungläubig schüttelte er den Kopf.

Mitch sah über die Schulter. »Noch jemand verletzt?«

»Nein.«

Der Rettungswagen war mit Sirene und Blaulicht nach Norden gerast. Vermutlich zum Queen of Angels Hospital, dachte Mitch und betrachtete seine Hand. Sie kribbelte. Mitch hätte schwören können, dass er Clancys Finger noch immer an seinen spürte.

Die weiche, weiße Welt, die sie umgab, wich langsam zurück, Schicht um Schicht, wie eine Zwiebel unter dem Schälmesser. Jede Schicht, die abfiel, brachte sie näher an die Oberfläche.

Näher zu den Stimmen, die wie aus weiter Ferne an ihr Ohr drangen.

Näher an den Schmerz.

Clancy wehrte sich dagegen, denn sie hatte Angst vor dem, was sie an der Oberfläche erwartete.

Doch der Lebenswille war stärker als die Angst und beförderte sie nach oben, immer weiter, bis sie es endlich schaffte, die Augen zu öffnen.

Sie war nicht in ihrem Zimmer. Sie war an keinem Ort, den sie kannte. Hatten ihre Eltern sie wieder irgendwohin mitgenommen? Musste sie eine neue Sprache lernen, sich an ein neues Land gewöhnen?

Fast fielen ihr die Augen zu, doch sie riss sie wieder auf. Um sie herum roch es nach Desinfektionsmitteln.

Mühsam drehte Clancy den Kopf zur Seite. Er fühlte sich schwer an. Sie war in etwas gewickelt. Decken? Verbände?

O Gott, der Unfall. Dies war ein Krankenzimmer. Sie befand sich in einer Klinik.

Sie war nicht gestorben.

Clancy blinzelte, bis ihr Blick klar wurde. In ihrer linken Hand steckten Schläuche, und es tat weh, als sie die Finger bewegte. Der Schmerz schien sie zu erdrücken, wie eine Würgeschlange, die ihrer Beute die Luft zum Atmen nahm.

Und dann war da noch ein Schmerz, der sich dumpf anfühlte, so als würde er zurückweichen, sobald sie ihn richtig zu spüren versuchte.

So als wäre sie nur halb.

Entsetzt sah sie an sich hinab, voller Angst vor dem Anblick, der sich ihr bieten würde. Dann seufzte sie erleichtert. Unter der Decke zeichneten sich ihre Beine ab, und dort, wo der weiße Stoff endete, lugten die Zehen hervor.

Sie hatte es sich nur eingebildet, weiter nichts. Sie hatte einen Unfall gehabt, einen schlimmen Unfall, aber jemand hatte sie gerettet, und bald wäre alles wieder gut.

Clancy bewegte die Zehen.

Und sah, dass nichts geschah.

Zum zweiten Mal packte sie die eisige Panik. Sie schluckte,

wehrte sich dagegen. Es gab eine logische Erklärung. Es musste eine geben.

Langsam wurde ihr bewusst, dass sie nicht allein im Zimmer war. Vorsichtig drehte sie den Kopf zur anderen Seite.

Stuart? War er hier? O Gott, es wäre so schön, ihn bei sich zu haben. Mit ihm würde alles wieder gut werden.

Doch es war nicht Stuart, sondern eine ganz in Weiß gekleidete junge Frau, die ans Bett trat und freundlich lächelte.

»Herzlich willkommen«, sagte sie fröhlich, während sie Clancy sorgfältig zudeckte. »Dr. Kleinschen wird sich freuen, dass Sie endlich aufgewacht sind.«

»Haben Sie …« Clancys Lippen fühlten sich rissig an. »Haben Sie nicht damit gerechnet?«

Die Krankenschwester zögerte. »Doch, natürlich.«

Die Antwort gefiel Clancy nicht. Was war mit ihr? »Meine Zehen«, flüsterte sie.

Die Schwester beugte sich vor und zog die Decke nach unten. »Sie sind alle da.«

Begriff sie denn nicht? Clancy hätte sie am liebsten gepackt und geschüttelt, doch allein das Sprechen kostete sie das bisschen Kraft, das sie noch besaß. »Aber sie bewegen sich nicht.«

Die Schwester legte ihr eine Hand auf die Schulter. »Sie bleiben jetzt schön brav liegen. Ich hole den Arzt«, sagte sie und eilte hinaus.

Vor Panik war Clancy schwindlig geworden. Sie spürte, wie ihr der Schweiß über die Stirn lief.

Langsam hob sie die Hand und tastete nach der Stirn, bis sie etwas Festes, Raues fühlte. Ihr Kopf war bandagiert.

Clancy presste die Lippen zusammen, während sie sich über das Gesicht strich. Es tat weh, aber sie musste es wissen.

Der Verband bedeckte ein Ohr und einen Teil der Wange. War ihr Gesicht unter dem Mull und Pflaster verunstaltet?

O Gott, dachte sie, wie sehe ich aus?

Ein hochgewachsener, leicht gebückter Mann in einem weißen Kittel betrat das Einzelzimmer. Er trug eine randlose Brille, hinter der braune Augen freundlich blickten. Ihnen schien nichts zu entgehen, als der Arzt Clancy prüfend musterte.

»Aha, Sie sind also wach«, sagte er, bevor er Clancys Hand nahm, als wären er und sie gute Freunde und nicht zwei Menschen, die der Zufall zusammengeführt hatte.

»Und wie fühlen wir uns?« Das aufmunternde Lächeln auf seinem faltigen Gesicht war echt. »Nicht so gut, was?«

»Doktor, meine Beine … Ich spüre sie nicht.«

Marcus Kleinschen entging der panische Unterton in der Stimme seiner Patientin nicht. Er nickte. »Als man Sie einlieferte, war Ihr Zustand äußerst ernst, junge Lady. Eine Weile dachte ich, ich müsste Ihre Milz entfernen, aber Sie hatten Glück.« Sein dünner grauer Schnurrbart hob sich, als er erneut lächelte. »Sofern man angesichts mehrerer Rippenbrüche, einer Nierenquetschung und einer Wirbelsäulenprellung von Glück reden kann. Aber Sie sind am Leben, was, wie ich hörte, einem tapferen Polizisten zu verdanken ist.«

Dr. Kleinschen betrachtete das geschwollene Gesicht zwischen den weißen Mullstreifen. Die Schwellungen und Blutergüsse würden rasch heilen, aber das andere … nun ja, das lag allein in den Händen einer höheren Macht. Er kannte solche Fälle, und sie gingen manchmal gut, manchmal ganz anders aus. Bei dieser Patientin war es noch zu früh, um etwas zu wissen.

»Angesichts der Schwellung an Ihrem Kinn würde ich sagen, Sie sind gegen das Lenkrad geprallt. Manchmal streckt sich in solchen Fällen die Wirbelsäule so sehr, dass der Rückenmarkskanal in Mitleidenschaft gezogen wird. Das wiederum bewirkt eine Schwächung oder ein Taubheitsgefühl. Selbst eine Lähmung ist nicht auszuschließen. Bei Ihnen gab es so viele Schwellungen, dass wir Sie neun Stunden lang operieren mussten. Dadurch habe ich den Besuch einer Opernaufführung vermeiden können. Meine Frau hatte die Karten schon vor zwei Monaten besorgt.«

Er beugte sich vor und senkte die Stimme. »Dafür bin ich Ihnen wirklich dankbar. Ich wünschte nur, Sie hätten mich auf angenehmere Weise von einem Opernbesuch abgehalten.«

Irgendwo im Hinterkopf wusste Clancy, dass der Mann nur nett zu ihr sein wollte. Doch sie interessierte weder die Oper noch irgendetwas anderes als das, was sie endlich von ihm erfahren wollte.

Sie hatte Angst, ihn zu fragen. Sie hatte noch mehr Angst, ihn nicht zu fragen. »Aber ich werde wieder ganz gesund, nicht wahr?«

Dies war der Teil, vor dem ihm am meisten graute. Der Teil, bei dem er die Wahrheit sagen musste, so schmerzlich sie auch sein mochte. »Wir wissen noch nicht genau, wie groß der Schaden an Ihrer Wirbelsäule ist.«

Nein, nein, er verstand nicht. Das war nicht das, was sie hören wollte. »Aber den haben Sie doch … in Ordnung gebracht, oder?«

Dr. Kleinschen hörte die Verzweiflung, sah die Spuren, die sie auf dem immer noch hübschen Gesicht hinterließ. Hilflos spreizte er die Finger, die trotz allen Geschicks keine Wunder bewirken konnten. »Ich habe es versucht.«

Versucht? Das war nicht genug. »Versucht« bedeutete nicht, dass er Erfolg gehabt hatte. »Werde ich wieder laufen können?«

Warum konnte er nicht einfach ja sagen? Sie war kaum älter als seine älteste Enkelin. Doch selbst die hätte er nicht anlügen können. »Wir müssen abwarten. Manchmal klären sich solche Fälle schon in wenigen Wochen. Manchmal nicht.«

Ihr Selbsterhaltungstrieb drängte Clancy dazu, keine Fragen mehr zu stellen. Doch sie war nie feige gewesen. »Wie sind meine Chancen, Doktor?«

Ihr Blick flehte ihn an, sie anzulügen. Er wünschte, er könnte es.

»Im Moment würde ich sagen ... fünfzig zu fünfzig.« Er bedeckte die bläulich verfärbten Finger mit seinen. »Es tut mir leid, dass ich so offen sein muss, aber Sie fragen mich, und der Respekt vor Ihnen verbietet mir, Sie anzulügen.«

Sie spürte, wie ihr die Tränen kamen. Schluchzend versuchte Clancy, sie zu unterdrücken. Weinen war so sinnlos.

»Ja«, bestätigte sie leise. »Ich habe gefragt.« Ein stechender Schmerz durchzuckte sie, und sie stöhnte leise auf.

Hastig verstellte Dr. Kleinschen eins der Ventile an den Schläuchen. »So, das müsste ein wenig helfen«, sagte er beruhigend. »Gleich geht es Ihnen besser.«

Das bezweifelte Clancy. Es würde ihr erst besser gehen, wenn sie wusste, dass sie bald wieder laufen würde.

»Danke, Doktor.« Ihre Stimme war schwach und matt. Die Augen fielen ihr zu, und sie nahm nicht wahr, wie der Arzt hinausging.

Als sie sie wieder aufschlug, schien die Sonne nicht mehr so hell ins Zimmer. Clancy wusste nicht, wie lange sie geschlafen hatte.

Vielleicht war es das, was sie brauchte – Schlaf. Dann würde alles verschwinden. Der Schmerz, die Angst, nichts davon würde existieren. Und sie würde wieder gesund werden.

Doch noch lag sie im Krankenhaus, eingehüllt in Verbände.

Plötzlich keimte Hoffnung in ihr auf. Mit angehaltenem Atem starrte sie auf ihre Zehen und konzentrierte sich.

Nein, es ging nicht.

Sie regten sich nicht.

»O Gott«, stöhnte sie.

Ein Räuspern lenkte ihren Blick von den unbeweglichen Füßen fort. Links von ihr stand jemand. Sie war nicht allein im Zimmer.

»Mary.«

Er sprach ihren Namen so leise aus, dass sie nicht sicher war, ob sie es nur geträumt hatte.

Ein stechender Schmerz durchzuckte sie, als sie den Kopf drehte. Im schwächer werdenden Licht erkannte sie das Gesicht ihres Verlobten.

Clancy hätte vor Freude weinen können. »Oh, Stuart.« Noch nie in ihrem Leben war sie so glücklich gewesen, jemanden zu sehen.

Zögernd trat Stuart ans Bett. Jeder Schritt verriet Widerwillen. Clancy kniff die Augen zusammen, als könnte das etwas an dem distanzierten, unnahbaren Ausdruck auf seinem Gesicht ändern. Seine Schultern waren gestrafft, als bereitete er sich auf eine höchst unangenehme, fast widerwärtige Begegnung vor. Clancy erkannte ihn kaum wieder.

»Stuart?«

Stuart wollte sich ein Lächeln abringen, aber alles in ihm sträubte sich gegen diese grauenhafte Situation. So hatte er sich das mit Clancy nicht vorgestellt.

Sie hob ihm eine Hand entgegen. Stuarts Arme hingen schlaff herab, als hätte er Angst, etwas in diesem Raum zu berühren.

Verwirrt ließ Clancy die Hand auf die Bettdecke fallen.

Ich muss etwas sagen, dachte er. Er musste diese schreckliche Episode anständig beenden. Deshalb war er schließlich ins Krankenhaus gekommen.

Stuart sah sich um und suchte nach etwas, was er anschauen konnte, um sich von dieser Atmosphäre voller Hoffnungslosigkeit und gescheiterter Pläne abzulenken. Hauptsache, etwas anderes als die Frau im Bett. Allein der Anblick ihres geschwollenen Gesichts, ihres zerschundenen Körpers ließ Übelkeit in ihm aufsteigen.

Wie hatte sie ihm das antun können?

»Das Krankenhaus hat mich verständigt. Du musst meine Telefonnummer bei dir gehabt haben.«

Bestimmt bildete sie sich nur ein, dass seine Worte wie ein Vorwurf klangen. »Natürlich hatte ich sie bei mir.« Schließlich war sie seine zukünftige Ehefrau.

Die wirren Gedanken formten sich zu einem brüchigen Ganzen. Der Zettel mit der Nummer steckte in ihrer Brieftasche. Die Brieftasche war in der Handasche gewesen. Wenn sie die Handtasche gefunden hatten, hatten sie vielleicht auch das Kleid gefunden.

So würde sie nicht zum Altar schreiten können.

Clancy wollte lächeln, doch die Wangen verweigerten den Gehorsam. »Ich nehme an, wir werden die Hochzeit verschieben müssen.«

Gut. Sie hatte es selbst ausgesprochen. Also verstand sie. Erleichtert drehte er sich zu ihr, ohne ihr ins Gesicht zu sehen. »Ja, das müssen wir.«

Sie fühlte sich benommen. Vielleicht sah Stuart deshalb so eigenartig aus. Als würde er zu Geschworenen sprechen, die seinen Mandanten für schuldig hielten.

»Ich werde wieder gesund, Stuart«, flüsterte sie.

Es war seltsam, dass sie glaubte, ihn trösten zu müssen, obwohl sie doch diejenige war, die Trost viel dringender brauchte. Aber Stuart war Notfällen nie gewachsen gewesen. Probleme hatte er stets ihr überlassen.

Ihre Kehle schmerzte, und am liebsten wäre sie in Tränen ausgebrochen. Warum tröstete sie ihn? Warum war es nicht umgekehrt? Warum machte er ihr keine Hoffnung?

Er liebte sie doch.

Stuart nickte nur. Als hätte er gar nicht richtig zugehört. Als hätte sie ihm aus der Morgenzeitung etwas vorgelesen, das ihn gar nicht interessierte.

Langsam stieß er den angehaltenen Atem aus. Es hinauszuzögern machte die Sache für keinen von ihnen leichter. Außerdem hatte er einen Termin. Er starrte auf die Infusionsflaschen. »Ich habe mit dem Arzt gesprochen.«

»Ja?«

Warum machte sie es ihm so schwer? Warum war sie nicht vernünftig genug, die Verlobung von sich aus zu lösen? Begriff sie denn nicht, was für eine Belastung sie für ihn wäre?

Die Verärgerung ließ sich nicht mehr verbergen. »Was er sagte, klang nicht sehr vielversprechend.«

Ihre Augen brannten. Wie konnte Stuart so etwas zu ihr sagen? »Mir sagte er, dass meine Chancen fünfzig zu fünfzig stehen.«

Stuart war sicher, dass der Arzt ihr die Wahrheit verschwiegen hatte. Er musste fort von hier, bevor es zu spät war. Zum Glück war dies hier geschehen, bevor sie geheiratet hatten. Gerald Billingslys Frau war querschnittsgelähmt, und Billingsly sah immer aus, als müsste er die Last der ganzen Welt auf den Schultern tragen. Jeder wusste, dass es die häusliche Situation war, die den Mann seit Jahren daran hinderte, in der Kanzlei aufzusteigen.

»Das ist die optimistische Sichtweise«, sagte Stuart.

Sie war so sicher gewesen, dass der Arzt ihr keine falschen Hoffnungen gemacht hatte. »Und die pessimistische?«

Clancy musste einsehen, dass er ihr einen Gefallen tat,

wenn er ihr die Wahrheit sagte. »Dass du nie wieder laufen wirst.«

Er begreift gar nicht, was seine Worte in mir anrichten, schoss es ihr durch den Kopf, und plötzlich sah sie ihn so, wie er wirklich war. Stuart interessierte sich nur für sich selbst, andere Menschen waren ihm egal.

Bestimmt würde sie seiner Zukunft nicht im Weg stehen wollen. »Clancy, ich möchte nicht, dass du mich falsch verstehst.«

Eine böse Vorahnung stieg in ihr auf. »Aber?«, fragte sie leise.

»Aber in diesem Abschnitt meines Lebens bin ich nicht in der Lage, eine solche Last … die Verantwortung zu übernehmen«, verbesserte er rasch. »Das verstehst du doch, nicht wahr? Ich muss an meine Karriere denken. Ich wäre nicht gut für dich. Du brauchst einen anderen. Jemanden, der mit … so etwas umgehen kann.«

Er zog sich von ihr zurück. Die Ratte, die das sinkende Schiff verließ.

Wie konnte er das tun?

Clancy schloss die Augen. Sie hatte diesen Mann geliebt, und er verließ sie ausgerechnet jetzt, da sie ihn am meisten brauchte.

»Verschwinde«, befahl sie heiser.

Sie nahm es viel zu schwer, doch das schlechte Gewissen, das er plötzlich verspürte, war nichts gegen die Erleichterung, es endlich hinter sich gebracht zu haben. »Mary …«

»Verschwinde«, wiederholte sie und kämpfte gegen den Schmerz und die Tränen. »Lass mich allein.«

Stuart wollte etwas sagen, entschied sich jedoch dagegen. Er hätte es vorgezogen, sich in Freundschaft von ihr zu trennen, doch wenn sie es so wollte, ging es eben nicht anders.

»Leb wohl, Mary.«

»Geh jetzt«, flüsterte sie.

Kaum hatte die Tür sich hinter Stuart geschlossen, brach Clancy in Tränen aus. Sie weinte so sehr, dass sie gar nicht bemerkte, wie ein Mann in dunkelblauer Uniform das Zimmer betrat.

3. Kapitel

Sie weinte.

Verlegen trat Mitch von einem Fuß auf den anderen. Tränen machten ihn immer unsicher. Er hatte keine Ahnung, wie er mit einem weinenden Menschen umgehen sollte.

Dies war eine jener klassischen Situationen, in denen alles, was man tat, falsch war. Aber mit verlegener Miene herumzustehen war auch nicht gerade hilfreich.

Warum war er überhaupt gekommen, mit dem kleinen Strauß Margeriten aus dem Shop unten in der Halle?

Clancy lag mit dem Gesicht zur Wand und hatte ihn noch nicht bemerkt. Noch konnte er wieder hinausschleichen. Der Gedanke war verlockend.

Doch dann schluchzte sie auf. Sie hatte Schmerzen, die nicht nur von den Verletzungen stammten. Es war weit mehr als das. Sie vergoss Tränen der Verzweiflung. Also blieb er und wartete, bis sie sich zu ihm umdrehte.

Der Schleier vor ihren Augen hob sich weit genug, um den Besucher wahrzunehmen.

Sie war nicht allein.

Doch, das bin ich, dachte Clancy im nächsten Moment. So allein wie noch nie zuvor. Sie fühlte sich, als wäre sie kopfüber in einen bodenlosen Abgrund gestürzt.

Es war nicht Stuart, um den sie trauerte, es war die Liebe, von der sie immer geträumt und die sie jetzt so jäh verloren hatte.

Um sie weinte Clancy. Und aus Angst, möglicherweise für den Rest ihrer Tage im Rollstuhl sitzen zu müssen.

Clancy schluckte mühsam. Eine Sekunde lang war sie verwirrt. Im Zimmer stand ein Polizist. Er hielt etwas in der Hand. Sie blinzelte.

Margeriten. Er hielt Margeriten in der Hand. Erstaunt ließ sie den Blick von den weißen Blüten zum Gesicht des Mannes wandern. Und dann erkannte sie ihn und glaubte zu träumen.

»Mitch?«

Er nickte. »Ja, ich bin es.«

Er wusste nicht, was er sagen sollte. Jedes Wort fühlte sich an wie eine zehn Pfund schwere Last auf seiner Zunge. Als er aus ihrem Leben verschwunden war, hatte er nicht geglaubt, sie jemals wiederzusehen. Schon gar nicht in einem Krankenhaus.

Und erst recht hatte er nicht erwartet, dafür verantwortlich zu sein, dass sie dort lag.

Mitch kam sich lächerlich vor mit den Blumen in der Hand, wie ein abgerichteter Affe. Er räusperte sich und hielt ihr den Strauß entgegen. »Ich wollte sehen, wie es dir geht.«

»Miserabel«, erwiderte sie leise.

Jede Bewegung schmerzte.

Erneut kamen ihr die Tränen, und sie kniff die Augen zusammen. Sie wollte nicht, dass jemand sie weinen sah. Vor allem Mitch nicht.

In den sechs Monaten, die sie zusammen verbracht hatten, war Clancy für Mitch der zuversichtlichste Mensch auf Erden gewesen. Ihr Optimismus war unerschütterlich. Doch abgesehen von dem Einbruch, nach dem sie sich damals kennengelernt hatten, war sie niemals mit den Schattenseiten des Lebens konfrontiert worden. Verwöhnt, geliebt, beschützt, hatte Clancy keinen Grund gehabt, etwas anderes als optimistisch zu sein.

Bis jetzt.

Mitch fragte sich, wie negativ die Prognose war. Er hätte sich vorher nach ihrem Zustand erkundigen sollen. Jetzt kam er sich vor, als wäre er wehrlos in einen Hinterhalt gelaufen.

»Was hat der Arzt gesagt?«, fragte er.

Clancy wollte nicht über den Unfall reden. Auch nicht über die Diagnose des Arztes. Sie hatte Angst, dass sie wieder zu weinen anfangen würde. Denn wenn sie das tat, würde sie vielleicht nicht mehr aufhören können.

Stattdessen traf der Zorn, den sie auf Stuart empfand, Mitch. Vor zwei Jahren hatte er sie verlassen, mit der jämmerlichen Ausrede, dass sein Beruf an erster Stelle stand. Als ob sie ihn je gezwungen hätte, sich zwischen ihr und seiner Arbeit zu entscheiden.

»Was tust du überhaupt hier?«, fuhr sie ihn an.

Er wusste genau, was sie meinte. Sie fragte nach der Vergangenheit. Nach Motiven. Er wusste auch, dass er ihr eine Erklärung schuldete, doch er wählte den einfachen Weg. Dieses eine Mal, dachte er, darf ich feige sein.

»Erinnerst du dich nicht? Ich bin der, der dich herausgeholt hat.«

Sie war eine so schöne, lebensfrohe Frau. Sie so zerschunden und hilflos zu sehen machte ihn wütend.

»Dann habe ich es mir also nicht nur eingebildet«, sagte sie langsam. »Du warst es tatsächlich.« Wenn sie sich große Mühe gab, erinnerte sie sich an die Hände, die sie so zärtlich gehalten hatten.

Oder war das alles nur ein Traum gewesen?

Mitch nickte. »Held auf Abruf«, wiederholte er, wie Clancy ihn damals immer scherzhaft genannt hatte. Er war ihr zu ernst gewesen. Doch er hatte allen Grund dazu gehabt.

Verlegen hob er den Strauß. »Die sind für dich.«

Er hatte ihr schon einmal Margeriten mitgebracht. Zu ihrer ersten Verabredung. Er war wiedergekommen, um sich von ihr einige gestohlene Gegenstände beschreiben zu lassen, und hatte von dem Eintopf geschwärmt, den sie gerade kochte. Sie lud ihn ein, mit ihr zu Abend zu essen. Zu ihrem und seinem eigenen Erstaunen nahm er die Einladung an und stand nach dem Ende seiner Schicht mit Blumen und Wein vor ihrer Tür.

Clancy befeuchtete sich die Lippen. »Danke.«

Er musste die Blumen ins Wasser stellen. Mitch sah sich um. Im Queen of Angels Hospital gab es fast nur Einzelzimmer. Die Wände waren pastellblau, die Einrichtung fast wohnlich.

Mitch spürte die Verzweiflung, die von Clancy ausging, wie seine eigene. Ihre Situation ließ sich nicht mit einem Strauß Margeriten und ein paar wohlmeinenden Worten wieder in Ordnung bringen.

Am einfachsten wäre es, sich zurückzuziehen und sich einzureden, dass er sein schlechtes Gewissen mit diesem Besuch beruhigt hatte.

Doch all die alten Schuldgefühle, vor denen er davongelaufen war, kehrten zurück und vermischten sich mit der Verantwortung, die er jetzt für Clancys Zustand empfand.

Also blieb er, wo er war, und nickte zu dem Krug hinüber, der auf der kleinen Spüle stand. »Ich glaube nicht, dass jemand etwas dagegen hat, wenn ich die Blumen dort hineinstelle.«

Clancy sagte nichts. Sie wollte keine Blumen. Blumen waren ein Symbol der Freude, des Glücks. Der Hoffnung.

In ihrem Leben gab es nichts Hoffnungsvolles mehr. Ihre Erwartungen, ihre Träume waren zerborsten.

Clancy hatte es stets vermocht, ein Gespräch in Gang zu halten, auch wenn Mitch nicht zum Reden aufgelegt gewesen war. Jetzt war das Schweigen wie eine Wand zwischen ihnen. Er musste etwas sagen.

»Ich habe dein Kleid aus dem Wagen geholt.« Irgendwann war ihm eingefallen, dass sie etwas von einer Hochzeit gesagt hatte. Er war an den Unfallort zurückgekehrt, an dem schon zwei Jugendliche dabei gewesen waren, das Wrack auszuplündern.

Clancys grüne Augen waren vollkommen ausdruckslos, als sie ihn ansah.

»Dein Hochzeitskleid«, wiederholte er. Die Worte fühlten sich an wie ein Kaugummi, das er seit Tagen im Mund hatte. Er war damals fortgegangen und hatte sich eingeredet, dass er es ohne jedes Bedauern tat. Doch die Vorstellung, dass sie einen anderen Mann heiraten würde, schmerzte plötzlich. »Du hast mich gebeten, es aus dem Wagen zu holen.«

Clancy erinnerte sich nur noch daran, wie der andere Wagen auf sie zugerast und sie hier, im Krankenhaus aufgewacht war. Nur die kräftigen Hände, die sie schützend, fast zärtlich gehalten hatten, sah sie noch vor sich.

Ihr Gedächtnis war wie ausgelöscht.

Sie seufzte tief. »Die Mühe hättest du dir sparen können.«

Mitch musste sich über das Bett beugen, um sie zu verstehen. »Wie bitte?«

»Ich sagte, du hättest dir die Mühe sparen können.«

In seinem Leben war kein Platz für Hoffnung mehr. Er hatte sie schon vor langer Zeit daraus verbannt. Und doch fand er keinen anderen Namen für das fremdartige Gefühl, das jetzt in ihm aufstieg.

»Die Hochzeit ist verschoben?« Er wusste, wie unsinnig die Frage war. Es war ihm vollkommen gleichgültig, mit wem sie zusammen war, solange er in Ruhe das tun konnte, was er tun musste.

»Abgesagt. Stuart will sich nicht mit einer behinderten Frau belasten.«

Stuart? War das sein Name? War das der Name des Mannes, dem sie für den Rest ihres Lebens ihre ganze Liebe hatte schenken wollen? Offenbar war er es nicht wert gewesen.

»Hat er das gesagt?«

Clancy entging der drohende Unterton in seiner Stimme. »Nicht ausdrücklich.« Sie war zu erschöpft, zu mutlos, um etwas anderes als Resignation zu empfinden.

Sie drehte das Gesicht zur Wand und wünschte, Mitch hätte ihr nicht das Leben gerettet.

In seinem Beruf begegnete Mitch sämtlichen Arten menschlicher Verzweiflung. Er hatte mühsam gelernt, Distanz zu wahren und keine Gefühle zuzulassen. Warum ihm das diesmal nicht gelang, wusste er nicht.

Und die Hoffnungslosigkeit in Clancys Stimme machte ihn mehr als verlegen.

Sie machte ihn zutiefst zornig.

Seine Stimme verriet nicht, was in ihm wütete. Als guter Polizist ließ er sich seine Gefühle niemals anmerken.

»Dann würde ich sagen, du kannst auf ihn verzichten.«

Als ob ihr etwas anderes übrig bliebe. »Ja.«

Er wollte sie trösten, ihr Gesicht nur noch ein einziges Mal streicheln. Doch es sah aus, als würde ihr jede Berührung wehtun. Selbst wenn das nicht der Fall gewesen wäre, hätte er sich nicht gestattet, seinen Gefühlen nachzugeben.

»Ein Mensch, der dich im Stich lässt, wenn du ihn brauchst, ist keine Träne wert, Clancy.«

Sie biss sich auf die Lippe. »Ich weine ja gar nicht.« Hast du das nicht auch einmal getan? fügte sie insgeheim hinzu und sah ihn an.

Ihre feuchten Wangen straften ihre Worte Lügen, doch Mitch widersprach ihr nicht, sondern schob die Hände in die Taschen und betrachtete Clancy. In dem großen Bett wirkte sie so klein und verloren, dass er sich hilflos vorkam.

»Du hast meine Frage nicht beantwortet«, sagte er schließlich. »Was hat der Arzt gesagt?«

»Er wollte sich nicht festlegen. Er meinte, dass ich vielleicht schon bald wieder gesund bin.«

Mitch sah ihr an, dass die Prognose keineswegs so positiv ausgefallen war.

»Aber es kann auch sein, dass ich nie wieder laufen werde.«

Ihr Gesichtsausdruck war ohne jede Hoffnung, ohne die Lebensfreude, die sie zu der Frau machte, die er geliebt hatte. »Das klingt, als gäbe es eine gute Chance, dass du wieder laufen kannst.«

»Fünfzig zu fünfzig.« Noch weniger, wenn sie Stuart glauben durfte.

Mitch nickte. Mehr konnte man im Leben nicht verlangen. Meistens waren die Karten wesentlich schlechter gemischt. Er sah Clancy an und berührte ihre Fingerspitzen. Sie waren kalt, und er legte die Hand um sie. »Wenn ich mich recht entsinne, warst du selbst in solchen Fällen davon überzeugt, dass das Glück auf deiner Seite ist.«

Es kam ihr vor, als wäre das alles hundert Jahre her. »Damals war ich viel jünger.«

»Zwei Jahre«, sagte Mitch. »Mehr nicht.«

Als er sie verließ, hatte sie sich so gefühlt wie jetzt: am Boden zerstört. Doch damals hatte sie laufen können. Sie war in der Lage gewesen, ihrer Enttäuschung Luft zu machen, anstatt hilflos im Bett zu liegen.

Clancy sah in das Gesicht des Mannes, den sie einst zu lieben geglaubt hatte. »Das ist eine lange Zeit, wenn man sie in Sekunden misst.« Jeder tiefe Atemzug tat ihr weh. »Und ich bin seitdem reifer geworden. Das dachte ich jedenfalls.«

In ihren Augen schimmerten Tränen. Damals hatte sie gedacht, endlich ihr Glück gefunden zu haben. Mitch war ihr Traummann gewesen, auch wenn sie insgeheim geahnt hatte, dass es nicht von Dauer sein würde. Die Beziehung zu Stuart war nicht leidenschaftlich gewesen, sondern ruhig, ohne Höhen oder Tiefen. Etwas, das sie für verlässlich gehalten hatte.

»O Gott, Mitch, es ist nicht fair.«

»Das Leben ist selten fair.«

Der Schmerz zerriss ihr das Herz, und Mitch bot ihr billige Weisheiten. Sie verzog die Mundwinkel zu etwas, das entfernt an ein Lächeln erinnerte. »Du hast noch immer deine klugen Sprüche drauf, was?«

Mitch strich sich über den Hinterkopf, wie er es immer tat, wenn er verunsichert war.

»Möchtest du noch einen hören? Okay. Wenn jemand dir helfen kann, dann bist du es selbst.« Er schaute ihr in die Augen, als könnte er sie dadurch besser überzeugen. »Du brauchst nur tief genug in dir zu graben.«

Das klang wie etwas, das sie selbst hätte sagen können, damals, vor hundert Jahren. Bevor eine braune Limousine ihr Leben zerstörte. »Tut mir leid, aber ich habe meine Schaufel nicht dabei.«

Sie gefiel ihm nicht. Die Frau im Bett war nicht Clancy, sondern eine Fremde. Und obwohl er wusste, dass es ihn nichts mehr anging, fühlte er sich irgendwie für sie verantwortlich.

McAffee kannte sich mit so etwas besser aus. Sein Partner war derjenige, der den Familien der Opfer die traurige Nachricht überbrachte, und schien immer genau zu wissen, was er sagen musste.

Aber McAffee war nicht hier. »Dies ist alles neu für dich. Du brauchst nur ein wenig Zeit, um dich daran zu gewöhnen …«

Sie sprachen nicht über eine neue Frisur, sondern über ihre Beine, ihr Leben. »Es wird morgen nicht besser aussehen als heute.«

Nein, dies war nicht die Clancy, die er gekannt hatte. Und das machte ihm Angst. »Woher willst du das wissen?«

»Eine Optimistin kennt sich mit solchen Dingen aus.«

Er brauchte Tatsachen. Allein mit Vermutungen würde er sie niemals überzeugen können. »Wie heißt dein Arzt?«

»Es ist ein längerer Name. Klein… ach, ich weiß nicht.« Sie sah den Mann vor sich, groß, schmal, freundlich. Und seine Worte hatten ihr das Herz gebrochen. »Ich habe nicht genau hingehört. Ich schätze, ich war ein wenig unaufmerksam, nachdem er mir die gute Nachricht überbracht hatte.«

Klein… fing der Name also an. Der Mann müsste zu finden sein. Mitch wollte mit dem Arzt reden, allein schon deshalb, um einen vollständigen Bericht abliefern zu können. Der Sergeant war ein penibler Mensch.

Außerdem mochte Mitch keine offenen Fragen.

»Wann hast du mit deinem Verlobten gesprochen?«

»Exverlobten«, verbesserte sie.

Zorn war gut. Er hatte erlebt, wie Zorn wesentlich mehr bewirkte als Optimismus. Zorn half einem durch die finsteren Zeiten, selbst wenn man glaubte, sie nicht überleben zu können.

»Exverlobter«, wiederholte er.

Wozu wollte er das wissen? Damals hatte er sie gar nicht schnell genug verlassen können. Clancy befeuchtete sich die Lippen. Sie fühlte sich schon wieder schläfrig.

»Er kam kurz vor dir. Offenbar konnte er es kaum abwarten, wieder ein freier Mann zu werden«, berichtete sie. »Er befürchtete wohl, ich würde erwarten, dass er sich um mich kümmert.«

Mitch betrachtete ihr geschwollenes Gesicht. »Hast du das erwartet?«

Ihre Augen blitzten. »Ich dachte, du kennst mich.« Und dann war der Zorn verschwunden und wurde von Teilnahmslosigkeit abgelöst. Sie akzeptierte ihr Schicksal, ohne sich dagegen zu wehren. »Ich wollte von ihm nur ein paar aufmunternde Worte hören. Stattdessen hat er mir den Boden unter den Füßen weggezogen. Aber warum habe ich mich auch mit einem Anwalt eingelassen? Die Typen denken nur an ihren eigenen Vorteil.« Sie sah Mitch an. »Noch schlimmer ist nur, sich in einen Polizisten zu verlieben.«

Sie meint es nicht so, sagte Mitch sich. Sie hatte ihn nie geliebt. Er war gegangen, bevor es dazu hätte kommen können. Er hatte es für sie beide getan.

»Der schlimmste Fehler, den man begehen kann«, stimmte er zu.

Mitch merkte, dass sie immer müder wurde. Er hätte nicht so lange bleiben dürfen, doch er tat es. Dieses Zimmer schien ihn auf unerklärliche Weise anzuziehen, obwohl er die vertraute Rastlosigkeit in sich spürte.

Er ging ans Fenster. Davor lag der Ozean. Der Abendhimmel war wolkenlos. Auf dem Wasser wimmelte es von Segelbooten.

Er selbst hatte nie ein Boot besitzen wollen. Auf einem schaukelnden Ding zu sitzen, mit nicht mehr als ein wenig Holz zwischen sich und der unendlichen Tiefe, hatte ihn nie gereizt. Einen sicheren Kurs durchs Leben zu steuern war schon schwierig genug.

»Gibt es jemanden, den ich für dich anrufen soll?« Er wusste, dass ihre Eltern im diplomatischen Dienst waren. Vielleicht hatte sie sie noch nicht verständigen können. Er drehte sich um und wartete.

»Mutter Teresa«, erwiderte Clancy schließlich.

Sie schrieb sich bereits ab. Aber das geht mich nichts an, sagte er sich. »Deine Eltern?«

»Nein«, antwortete sie so heftig, dass es sie beide erstaunte. Der Raum schien sich um sie zu drehen, bis sie ihre Kraft wiederfand. »Nein«, wiederholte sie flüsternd. »Ich werde es ihnen selbst sagen, sobald der richtige Zeitpunkt kommt.«

Was für eine eigenartige Wortwahl. Er ließ den Blick über die Schläuche wandern. »Meinst du nicht, dies wäre der richtige Zeitpunkt?«

»Das entscheide ich selbst.« Sie kniff die Augen zusammen. »Was willst du überhaupt hier? Du konntest es doch kaum abwarten, aus meinem Leben zu verschwinden.«

Sie besaß jedes Recht, ihm Vorwürfe zu machen. »Wie gesagt, ich bin derjenige, der dich herausgezogen hat …«

Sie hätte wissen müssen, dass er nur deshalb hier war.

»Du brauchst Angaben für deinen Bericht?«

Er nickte. »So ungefähr.«

Ihr Blick wanderte zum Krug auf der Spüle. »Und die Margeriten? Sind die jetzt vorgeschrieben, wenn man ein Unfallopfer befragt?«

Mitch zuckte mit den Schultern. »Ich wollte dir eine Freude machen. Du warst verletzt.«

»Ich bin verletzt.« Sie drehte das Gesicht zur Wand. »Bring mir keine Blumen, Mitch. Und auch kein Mitleid«, sagte sie. »Was ich brauche, ist ein Wunder. Wenn du keins in der Tasche hast, solltest du jetzt gehen.«

Sie wollte mit ihrem Schmerz allein sein. Mit ihrer Trauer.

»Ich …«

»Ich bin sehr müde, Mitch. Ich möchte nicht unhöflich sein, aber mir fallen gleich die Augen zu.«

Ihr fallen gleich die Augen zu, dachte er. Der Satz beschwor ein Bild aus der Vergangenheit herauf. Wie sie miteinander geschlafen hatten. Wild, leidenschaftlich, atemberaubend. Und danach war sie neben ihm eingeschlafen, einen Arm auf seiner Brust.

Clancy war eine Frau gewesen, die es in sehr kurzer Zeit geschafft hatte, ihm sehr, sehr viel zu bedeuten. Und er hatte niemanden haben wollen, der ihm etwas bedeutete. Die Verantwortung war zu groß. Die Verpflichtung, am Leben zu bleiben.

Im Moment war es ihm egal. Niemand wartete darauf, dass er nach Hause oder zu Besuch kam. Es gab keine Frau, in deren Leben er gehörte. Er war allein und unabhängig, und nichts und niemand hinderte ihn daran, das zu tun, was getan werden musste. Er brauchte nicht zu zögern, wenn er einem bewaffneten Wahnsinnigen gegenüberstand. Es gab keine Frau, keine Mutter, keine Kinder, die ihn von seiner Aufgabe ablenkten. Oder ihm Schuldgefühle einflößten.

Er hatte Clancy nicht als Witwe zurücklassen wollen. Und es gab noch andere Dinge, die gegen eine dauerhafte Beziehung sprachen. Dinge, die sich erst später ausgewirkt hätten.

Also war er gegangen, bevor sie zum festen Bestandteil seines Lebens hatte werden können.

»Nein, leider habe ich kein Wunder in der Tasche, Clancy.«

»Schade«, murmelte sie schläfrig. »Dann nützt du mir wohl nichts.«

»Nein«, pflichtete er ihr bei, bevor er leise hinausging. »Überhaupt nichts. Aber das habe ich immer gesagt.«

4. Kapitel

Es war mal wieder so ein Tag, der selbst die routiniertesten Polizisten an den Ruhestand denken ließ. Hektisch, chaotisch und eine einzige Aneinanderreihung von Verbrechen.

Die Hitzewelle lockt die Verrückten ins Freie, dachte Mitch, während der gepflegte, elegante Mann neben ihm abwechselnd jammerte und schimpfte. Mitch nickte ihm zu und notierte sich etwas, obwohl er mit den Gedanken nicht ganz bei dem Einbruch war, der irgendwann zwischen neun und zwei Uhr in John Bensons Haus stattgefunden hatte.

Heute war alles vertreten, von häuslicher Gewalt hinter efeubedeckten Mauern bis zu versuchtem Mord auf der Straße. Im sonst so friedlichen Beverly Hills, wo höchstens eine laute Stimme, aber gewiss kein Schuss die Stille brach, schien es nicht genug Polizisten für alle Einsätze zu geben.

»Hier«, sagte Benson und zeigte mit einem manikürten Finger auf die leere Stelle an der Wand, die ein riesiges Esszimmer von einem luxuriösen Salon trennte. »Genau hier hat mein Jackson Pollock gehangen, damit die Nachmittagssonne darauf fällt.«

Benson warf den beiden Polizisten, die sofort herbeigeeilt waren, nachdem seine Frau 911 gewählt hatte, einen ärgerlichen Blick zu. Keiner von ihnen schien zu verstehen, was es bedeutete, einen solchen Schatz zu verlieren.

»Jetzt ist dort eine Lücke.« Benson starrte auf die Stelle, als könnte er das Bild zurückzaubern. »Ich hätte den Wyeth aufhängen können, aber den hat der Einbrecher ebenfalls mitgenommen.«

John Benson war in bester Stimmung von einem besonders einträglichen Essen mit seinem Börsenmakler heimgekehrt, um entsetzt zu sehen, dass jemand in seine Villa eingedrungen war. Die Alarmanlage war geschickt überlistet worden, und der Wachhund schlief noch immer, nachdem ihm ein großes, mit einem starken Beruhigungsmittel präpariertes Prime-Rib-Steak verabreicht worden war.

Genau das machte Mitch misstrauisch.

»Ich verstehe es einfach nicht.« Benson rieb sich den Nacken. »Das Brillanthalsband meiner Frau lag offen auf der Kommode, aber das hat er nicht genommen.« Er blickte von einem Polizisten zum anderen. »Vielleicht hielt er es für Modeschmuck?«

»Vielleicht.« Mitch bezweifelte es. Das Puzzle, das er in Gedanken zusammensetzte, war um ein weiteres Teil gewachsen.

Aus dem Safe im Schlafzimmer war Geld verschwunden. Auch hier hatte der Dieb keine Probleme gehabt. Offenbar handelte es sich um einen Profi, der genau wusste, was er wollte – Geld und die beiden einzigen Originalgemälde im Haus. Und er hatte gewusst, wann er zuschlagen musste. Ein geduldiger Dieb.

Mitch gefiel das Bild nicht, das sich aus dem Puzzle ergab.

»Sieht aus, als hätten wir es mit einem Kunstliebhaber zu tun«, meinte McAffee, während er die Fotos der gestohlenen Bilder betrachtete. Benson hatte sie sofort hervorgeholt, wie ein Mann, der Aufnahmen seiner Kinder in der Brieftasche hat.

»Sieht ganz so aus.« Mitch warf einen Blick auf die Fotos. Sie weckten Erinnerungen. Er war mit Bildern groß geworden. Mit immer neuen Bildern.

Erstaunt drehte McAffee sich zu Mitch um. Sein Partner war auch sonst alles andere als gesprächig, doch diese Antwort war selbst für ihn ungewöhnlich einsilbig. Da Mitch kein Privatleben besaß, das ihn hätte beschäftigen können, musste es an dem Einbruch etwas geben, das ihn nachdenklich machte.

McAffee sah Benson an und hielt die Fotos hoch. »Was dagegen, wenn wir die eine Weile behalten?«

»Nein, natürlich nicht. Hauptsache, ich bekomme sie zurück. Die Bilder, meine ich. Das Bargeld interessiert mich nicht.« Die Situation war für Benson ungewohnt. Er war noch nie bestohlen worden. »Ich meine, natürlich interessiert mich auch das Geld.« Er überlegte kurz. »Es müssen etwa dreitausend Dollar sein, aber am wichtigsten sind mir natürlich die Bilder.«

McAffee schob die Fotos in die Brusttasche. »Wir tun unser Bestes.«

Benson wirkte nicht gerade überzeugt, als er ins Schlafzimmer eilte, um seine zutiefst erschütterte Ehefrau zu beruhigen.

McAffee ging zur Kommode. Das Brillant-Halsband lag da, als wäre es achtlos abgelegt worden. »Möchte wissen, warum er es nicht mitgenommen hat«, murmelte er.

»Der Markt ist nicht stabil genug.«

McAffee hörte auf, sich Notizen zu machen, und drehte sich verwirrt zu Mitch um. »Was?«

Mitch schüttelte den Kopf. »Nichts.«

Er hatte unwillkürlich ausgesprochen, was er als Kind oft von seinem Vater gehört hatte. Bargeld war Bargeld, und für Kunstwerke gab es immer Käufer, die bereit waren, für ihre Sammelleidenschaft eine Menge Geld auszugeben. Aber Schmuck war für Sam Mitchell stets etwas gewesen, mit dem die Menschen nur ihre Eitelkeit befriedigten. Etwas, von dem er die Finger ließ, weil der Markt dafür einfach nicht stabil genug war.

McAffee musterte seinen Partner. Es kam nicht oft vor, dass Mitch eine menschliche Schwäche erkennen ließ. Aber heute sah er erschöpft aus. Und ein wenig verwirrt. McAffee fragte sich, ob ihm an dem Einbruch etwas entgangen war. Falls es da etwas gab und Mitch es bemerkt hatte, würde er warten müssen. Mitch würde erst darüber reden, wenn er es sorgfältig durchdacht hatte. Das war seine Methode. Von Teamarbeit hatte Mitch noch nie viel gehalten.

Das hatte McAffee manchmal geärgert, vor allem am Anfang, als er noch voller Ideale gewesen war. Inzwischen hatte er gelernt, damit zu leben.

»Wie du meinst, Mitch.« McAffee steckte das winzige Notizbuch ein.

Die beiden Polizisten gingen zu den Bensons.

»Wir melden uns bei Ihnen, Sir«, versprach MacAffee und winkte ab, als der Mann aufstand. »Wir finden allein hinaus.«

McAffee wartete, bis Mitch und er draußen waren. Das Hausmädchen hatte frei, Mrs. Benson war bei einer Sitzung ihres wohltätigen Vereins gewesen, Mr. Benson mit seinem Börsenmakler zum Essen. Der Zeitpunkt war ideal für einen Einbruch gewesen.

»Offenbar wusste der Bursche genau, wann er zuschlagen musste«, sagte McAffee, als er in den Streifenwagen stieg.

»Profis wissen das meistens.« Die Guten waren immer geduldig. Vor allem einer.

Verdammt. Nach dieser langen Zeit.

Mitch hoffte inständig, dass er sich irrte, aber das mulmige Gefühl in der Magengrube sprach dagegen.

Er versuchte, nicht weiter darüber nachzudenken.

»Stimmt.« McAffee seufzte. Die Klimaanlage des Streifenwagens war noch immer nicht repariert worden. Der Sitz war klebrig, aber er war froh, nicht mehr stehen zu müssen.

Als Mitch den Motor startete, sah sein Partner auf die Uhr. Ihre Schicht war fast beendet.

»Junge, bin ich froh, dass dieser Tag vorbei ist.«

»Noch ist er das nicht«, widersprach Mitch grimmig. Sein Nacken kribbelte, wie jedes Mal, wenn ihm etwas ein ungutes Gefühl bereitete. Er dachte an das präparierte Steak und versuchte, sich einzureden, dass es nur ein Zufall war.

Erst an der nächstem Ampel bemerkte er, dass McAffee ihn eigenartig ansah. »Der Bericht«, erinnerte er seinen Partner. »Wir müssen ihn noch abgeben.«

McAffee schlug stöhnend die Hände vors Gesicht. Sein Leben bestand nur noch aus Papierkram. »Meine Tochter ist heute Abend bei der Schulaufführung eine Rübe. Meine Frau bringt mich um, wenn ich das verpasse.«

Eine Rübe. Fast hätte Mitch gelächelt. Irgendwie war es beruhigend, dass es noch Schulaufführungen gab, bei denen Kinder sich als Gemüse verkleideten.

»Solange ich den Fall nicht bearbeiten muss«, knurrte Mitch.

»Du hast wirklich ein gutes Herz, Mitch.«

»Ich habe es mir entfernen lassen.«

Genau das hatte Clancy zu ihm gesagt. Sie hatte es ihm nachgerufen, als er davongegangen war.

Mitch wirkte erschöpfter als sonst, aber sie hatten beide einen harten Tag hinter sich. McAffee zögerte.

»Hör mal, Mitch, ich würde nicht fragen, wenn …«

»Gut.«

McAffee runzelte die Stirn. »Komm schon, Mitch. Jackie ist erst sechs. Sie möchte, dass ihr Dad zusieht.«

Mitch schwieg einen Moment. Ohne es zu ahnen, hatte McAffee etwas gesagt, das Mitch tief unter die Haut ging. Mitch erinnerte sich daran, wie er sich als Kind nach seinem Vater gesehnt hatte. Nach jemandem, der für ihn da war.

Mitch bog nach links ab. Die Polizeistation war noch zwei Querstraßen entfernt. »Ich kümmere mich darum.«

McAffee war sprachlos vor Erstaunen. Mitch war sonst nie so verständnisvoll. »Mitch, du hast doch ein weiches Herz.«

Das hatte noch keiner von ihm behauptet. »Ja.« Mitch spuckte das Wort aus, als hätte es einen bitteren Beigeschmack. »Sorg dafür, dass es sich nicht herumspricht.«

McAffee wusste, dass Mitch es ernst meinte. »Warum ist es dir so wichtig, dass alle dich für einen miesen Kerl halten?«

»Weil ich einer bin«, sagte Mitch ohne jedes Lächeln.

Aber McAffee wusste ganz genau, was für ein Kerl Mitch war. Mitch hatte ihm zweimal das Leben gerettet. Und ihn gedeckt, als er aus Versehen eine Festnahme verbockt hatte. Damals hatten sie erst einen Monat zusammen im Streifenwagen gesessen, und McAffee war kurz davor gewesen, sich um einen anderen Partner zu bemühen. Mitch hatte die Schuld für den Vorfall auf sich genommen, weil ein dienstlicher Tadel in der Personalakte eines Anfängers folgenreicher war als in seiner eigenen.

»Nicht für mich, Mitch«, erwiderte McAffee.

»Halt den Mund, sonst lasse ich dich den Bericht in dreifacher Ausfertigung tippen.«

Angesichts der Tatsache, dass die Schreibmaschinen auf der Wache uralt waren und McAffee mit nur zwei Fingern tippte, war das eine echte Drohung.

Sie hielten, und McAffee öffnete die Tür. »Von mir erfährt keiner etwas«, versprach er, bevor er ausstieg.

Mitch ließ sich Zeit. Vielleicht würde der Papierkram ihn von den quälenden Gedanken ablenken, die ihm immer wieder durch den Kopf schossen.

Er wollte nicht mehr denken. An nichts mehr.

Es funktionierte nicht.

Mit Mühe gelang es Mitch, den Verdacht, den der Einbruch bei diesem Benson bei ihm ausgelöst hatte, für eine Weile zu vergessen. Vielleicht war alles nur ein Zufall. Einbrecher gingen häufig nach ähnlichen Methoden vor.

Clancy dagegen war nicht so einfach zu vergessen.

Clancy, mit dem traurigen, verzweifelten Blick, verfolgte ihn wie eine Melodie, die ihm immer wieder in den Sinn kam, ohne dass ihm der Text dazu einfallen wollte.

Eine Melodie, die einfach nicht verstummte, sosehr er sich auch dagegen wehrte.

Mitch legte den Bericht auf den Schreibtisch des Sergeants, zog sich um und verließ die Polizeistation. Noch als er in seinen Jeep Cherokee stieg, war er fest entschlossen, seine winzige, zehn Blocks entfernte Zwei-Zimmer-Erdgeschosswohnung anzusteuern. Nicht etwa deshalb, weil er sich zu Hause wohlfühlte, sondern weil es der einzige Ort war, an dem er ein paar Stunden Schlaf finden würde.

Doch dann fuhr er nicht nach Osten, sondern in die genau entgegengesetzte Richtung.

Zum Queen of Angels Hospital.

Zu Clancy.

Nachdem er sie vor zwei Jahren verlassen hatte, war es nicht einfach gewesen, sie zu vergessen. Es hatte länger als erwartet gedauert, obwohl er sich eingeredet hatte, das einzig Richtige getan zu haben.

Und ausgerechnet als er geglaubt hatte, darüber hinweg zu sein, musste so etwas passieren. Er wusste, dass er sie nicht im Stich lassen konnte. Nicht jetzt, da sie schwer verletzt im Krankenhaus lag. Nicht, nachdem der Mann, den sie hatte, heiraten wollen, sich als Feigling erwiesen hatte.

Mitch fühlte sich für den Unfall verantwortlich. Hätte er

die Limousine nicht verfolgt, wäre Clancys Wagen nichts ins Schleudern geraten. Und sie wäre jetzt nicht ans Bett gefesselt.

Aber vielleicht sieht ja inzwischen alles ganz anders aus, dachte Mitch. Dann könnte er sich diskret zurückziehen und sein altes Leben weiterführen.

Mitch unterdrückte einen Fluch, als ihm einfiel, dass er vergessen hatte, mit ihrem Arzt zu sprechen. Er nahm sich vor, nach dem Besuch bei Clancy eine Schwester nach dem Namen zu fragen.

Verdammt, was war bloß in ihn gefahren? Was er vorhatte, war in etwa so leichtsinnig wie ein Kopfsprung in ein unbekanntes Gewässer, noch dazu als Nichtschwimmer. Oder sich in einem Fass die Niagarafälle hinabzustürzen. Egal, wie er die Sache betrachtete, dass er ertrinken würde, stand fest.

Er besaß keinen Grund, im dritten Stock aus dem Fahrstuhl zu steigen und den langen Korridor zum Zimmer 324 entlangzugehen. Jedenfalls keinen vernünftigen.

Mitch kam sich vor wie jemand, der mit der Hand gegen eine Mauer schlug, nur um herauszufinden, wie viel Schmerz er ertrug. Mit zwölf Jahren hatte er das einmal getan, um seine Männlichkeit auf die Probe zu stellen.

Mit grimmiger Miene näherte er sich Clancys Tür. Das hier war kein Test, sondern einfach nur eine Verpflichtung, die er sich selbst auferlegt hatte. Etwas, das sein Ehrgefühl von ihm verlangte.

Er war ihr etwas schuldig.

Technisch gesehen war der Unfall nicht seine Schuld. Niemand konnte ihm einen Vorwurf machen.

Aber Mitch machte es sich nicht so einfach, wie es eine Untersuchungskommission tun würde. Für ihn zählten allein die Tatsachen. Clancy war einem Verbrecher zum Opfer gefallen, den er in Ausübung seines Dienstes gejagt hatte. Damit war er für den Unfall und dessen Folgen verantwortlich.

Damit war er für Clancy verantwortlich.

Ein Mann zeichnete sich dadurch aus, wie er sich seiner Verantwortung stellte. Es gab nicht viel, woran Mitch glaubte, doch das gehörte dazu.

Leise betrat er das Zimmer, um sofort wieder zu verschwinden, falls Clancy schlief.

Er sah sich um. Abgesehen von einem Tablett am Fußende des Betts sah alles so aus wie gestern. Das Essen darauf hatte sie nicht angerührt. Als er näherkam, drehte Clancy ihm das Gesicht zu. Sie sagte kein Wort, doch ihre Augen verrieten, wie überrascht sie war.

Er sparte sich die Begrüßung. Sie kam ihm überflüssig vor. »Du hast nichts gegessen«, sagte er nur.

Sie verzog den Mund. »Bei der Beobachtungsgabe wundert es mich, dass du nicht längst Hauptkommissar bist.«

Sie sucht Streit, dachte er. Sie braucht ihn, um sich abzulenken. Er kannte das, hatte es oft genug erlebt, auf den Straßen, auf denen er aufgewachsen war. Er hatte sich nie provozieren lassen und tat es auch jetzt nicht.

Mitch bemerkte die hauchdünnen Roastbeefscheiben neben dem Kartoffelpüree. »Du musst wieder zu Kräften kommen.«

Sie dachte an die Krankengymnastin, die vergeblich versucht hatte, ihren Beinen wieder Gefühl zu verleihen. Die Verbitterung stieg in ihr auf wie Übelkeit, und sie schluckte sie herunter.

»Wozu?«, fragte sie. »Um den Rufknopf für die Schwester zu drücken?« Clancy hielt das Kabel hoch und ließ den Daumen über dem Knopf schweben. »Das schaffe ich jetzt schon.«

Er musterte sie schweigend, bevor er ihr den Summer aus

der Hand nahm und ihn aufs Bett legte. »Dass du zu Selbstmitleid neigst, ist mir neu.«

»Mir auch.« Sie wollte nicht reden. Der winzige Hoffnungsfunke, den sie mühsam am Leben erhalten hatte, war endgültig erloschen, als die Physiotherapeutin nach einer Stunde harter Arbeit aufgegeben hatte. Ungeduldig wedelte Clancy mit der Hand. »Hör mal, hast du kein Verbrechen aufzuklären? Oder einen Strafzettel auszuschreiben?«

Er verschränkte die Arme. »Ich bin außer Dienst.«

Clancy unterdrückte eine Verwünschung. »Dann fahr nach Hause.«

Genau das hatte er tun wollen, aber er hatte es nicht fertiggebracht. Nicht, solange sie so war wie jetzt. Er dachte an das Lachen, das früher immer in ihren Augen getanzt hatte. Es war spurlos verschwunden. Sie würde nicht wieder gesund werden, wenn sie nicht sie selbst war. »Du machst es mir nicht leicht.«

Sie holte tief Luft. »Doch, das tue ich. Ich mache es dir sogar sehr leicht. Lass mich allein.« Sie sah zur geschlossenen Tür hinüber. »Was ist daran so schwer?«

Noch einmal betrachtete er sie wortlos. Dann drehte er sich zu ihrer Überraschung um und ging hinaus. Die Tür schloss sich hinter ihm. Clancy war allein.

Er tat nur, was sie verlangte. Nicht mehr und nicht weniger. Warum das bei ihr frische Tränen auslöste, verstand sie beim besten Willen nicht. Damals, vor fast zwei Jahren, hatte sie genug um ihn geweint.

Doch seit sie hier aufgewacht war, kamen ihr ziemlich schnell Tränen.

Clancy starrte an die Wand. Sie wollte nicht mehr denken. Das konnte sie morgen noch tun. Wenn sie sehr viel Glück hatte, würde es kein Morgen für sie geben.

Als die Tür sich mehrere Minuten später erneut öffnete, dachte sie, es wäre wieder eine Krankenschwester, die eine dieser sinnlosen Untersuchungen vornahm.

Doch es war Mitch.

Verwirrt starrte sie ihn an. »Was ist los? Hast du dich verirrt?«

Er schüttelte den Kopf. »Ich wollte gar nicht nach Hause. Ich habe mich bei der Krankenschwester nach dem Namen deines Arztes erkundigt.«

»Wozu?« Clancy drückte die Fäuste in die Matratze und stemmte sich hoch. Es war schrecklich, den Ballast, zu dem ihre Beine geworden waren, übers Bett schleifen zu müssen, um sich hinsetzen zu können.

Verärgert durchquerte Mitch das Zimmer. »Nicht.« Er legte eine Hand auf ihren Arm und die andere um den bereits bedrohlich wackelnden Ständer neben dem Bett. »Du wirst dir die Schläuche herausreißen.«

Sie schlug nach seiner Hand, doch er nahm sie nicht fort. »Vielleicht will ich das«, sagte sie leise. »Vielleicht will ich nicht, dass sie mit ihren Antibiotika und ihrer Zuckerlösung die Venen verstopfen.«

Behutsam, aber entschlossen drückte er sie aufs Bett zurück, bis sie den Widerstand aufgab. »Das passt nicht zu dir, Clancy.«

Verdammt, warum war sie nicht tot? Sie fühlte sich tot. »Sieh noch einmal hin, Mitch.« Trotzig hob sie das Kinn. »Nichts von dem hier passt zu mir.«

Er konnte sie gut verstehen. Aber ein Streit half ihr jetzt nicht.

»Okay, Clancy, du bist verletzt«, sagte er ganz sachlich. Mitleid wollte sie nicht. »Das bedeutet aber nicht, dass du dich aufgeben musst. Oder war alles, was du damals immer verkündet hast, nur Schauspielerei?«

»Es war keine Schauspielerei.« Mit zitternden Fingern strich Clancy sich über das Haar. Es war so streng nach hinten gekämmt, wie sie es früher niemals getan hatte. Die Schwester hatte zur Bürste gegriffen, und Clancy war sich wie ein kleines Kind vorgekommen. Sie senkte den Blick. Sie war nicht stolz darauf, sich geschlagen zu geben. Aber was blieb ihr denn anderes übrig? Jene andere Clancy, die nie die Hoffnung verloren hatte, war ein Dummkopf gewesen. »Vielleicht hast du recht.«

»Das habe ich meistens.« Er wartete, doch sie sprach nicht weiter. »In welcher Hinsicht denn?«

»Mit dem, was du über mich denkst.« Sie strich sich mit der Zunge über die Lippen. »Du denkst, dass ich mich selbst bemitleide.«

»Tust du das etwa nicht?«

Sein Tonfall war nicht vorwurfsvoll, doch sie fasste seine Frage so auf. Plötzlich kam es ihr vor, als wäre die Welt in zwei Hälften geteilt worden. Sie befand sich auf der einen, Mitch auf der anderen Seite. »Würdest du das nicht tun?«

Er hatte sich noch nie bemitleidet, nicht einmal in seinen schlimmsten Zeiten. Es hätte ohnehin nichts genützt. »Nein«, erwiderte er so scharf, dass sie ihn ansah. »Selbstmitleid ist eine gigantische Zeitverschwendung. Man muss etwas gegen das Problem unternehmen, was einen quält.«

Das konnte er leicht sagen. Clancy starrte auf ihre Beine. Den ganzen Tag lang, bevor die Krankengymnastin gekommen war, hatte sie versucht, in ihnen etwas zu fühlen, sie zu bewegen, und sei es auch nur einen Millimeter. Sie hatte geweint, gefleht, gebetet.

Gott war auf Urlaub, und die Leitung zum Himmel war besetzt. Ihre Zehen waren noch immer wie erstarrt, die Beine gelähmt. Von den Oberschenkeln abwärts war ihr Körper taub.

»Etwas unternehmen«, wiederholte sie dumpf. »Ich kann nichts unternehmen.«

Die Stationsschwester war eine mütterliche Frau. Sie hatte Mitch für Clancys Verlobten gehalten und ihm die gewünschte Auskunft gegeben. Und noch ein wenig Aufmunterung dazu. »Die Schwester meinte, du könntest dich physiotherapeutisch behandeln lassen.«

»Bei Baumstümpfen nützt Physiotherapie nichts.«

Sie war offenbar entschlossen, sich in einem Meer aus Selbstmitleid zu ertränken. Das würde er nicht zulassen. Seine Mutter hatte damals aufgegeben und war nur noch ein Schatten ihrer selbst gewesen. »Aber bei verletzten Gliedmaßen.«

Ihre Augen blitzten. »Begreifst du es denn noch immer nicht? Sie sind nicht nur verletzt, Mitch. Sie sind funktionslos. Ebenso gut hätte ich bei dem Unfall in zwei Teile gerissen werden können.« Sie ballte eine Hand zur Faust und schlug gegen ein Bein. Es bewegte sich unter dem Druck des Schlags, doch Clancy spürte es nicht. »Siehst du? Nichts.«

»Im Moment.«

»Für immer«, entgegnete sie.

Sie hörte Stuarts Worte. Sie war nichts als eine Last, eine Behinderte. Der Arzt hatte sich nur gescheut, ihr die Wahrheit zu sagen.

»Ich bin kein Mediziner«, sagte Mitch und schob das Tablett vor sie. »Ich weiß nur, dass ein Wagen stehen bleibt, wenn der Tank leer ist.«

Dann war sie jetzt eben ein Wagen mit Motorschaden. »Was für ein schmeichelhafter Vergleich.«

»Iss, Clancy.«

»Warum?«

Er spießte ein Stück Brokkoli auf und hielt es ihr hin. »Weil ich es sage.«

»Ich bin kein Polizeischüler, den du einschüchtern kannst.«

»Nein, das bist du nicht. Du bist eine intelligente Frau, die vernünftigen Argumenten zugänglich sein sollte.«

Sie seufzte. Sie schaffte es ja nicht einmal, ihn aus dem Zimmer zu werfen. Sie besaß keinerlei Kontrolle mehr über ihr Leben. »Hilft dir das hier gegen dein schlechtes Gewissen?«

Ihre Worte trafen ihn. »Mein Gewissen hat damit gar nichts zu tun.« Er drückte ihr die Gabel in die Hand. »Jetzt iss endlich, Clancy. Vorher verlasse ich dieses Zimmer nicht.«

»Das ist ein Grund …« Seufzend starrte sie auf das Gemüse. »Brokkoli mochte ich noch nie.«

»Er ist gut für dich.«

Sie verzog das Gesicht, als sie den ersten Bissen herunterschluckte, und legte die Gabel hin.

»Nimm sie wieder, sonst tue ich es«, drohte er.

Clancy fragte sich, wie weit er dieses lächerliche Spiel noch treiben wollte. »Du würdest mich füttern?«

Er zögerte keine Sekunde. »Wie ein Baby.«

Sie lachte, verzog jedoch keine Miene dabei. »Ich habe dich nie für einen fürsorglichen Mann gehalten.«

»Das bin ich auch nicht.« Sein Blick war ein stummer Befehl.

Gehorsam nahm sie einen zweiten Bissen. Sie schmeckte nichts. Die Übelkeit überlagerte alles. Als sie die Gabel wieder ablegen wollte, griff Mitch danach.

»Ich habe keinen Hunger«, protestierte sie.

»Wenn du wieder laufen willst, brauchst du Kraft.«

Er ließ es so einfach klingen. Als müsste man irgendwo eine Münze einwerfen, um den gewünschten Effekt zu erzielen. Doch der Automat funktionierte nicht.

Mit einem dramatischen Seufzer nahm sie ihm die Gabel ab und aß weiter. Es war sinnlos, aber sie kannte ihn. Er würde erst zufrieden sein, wenn sie den Teller halb geleert hatte.

Dass sie keinen Appetit besaß, war nicht gelogen. Er war verschwunden, zusammen mit der Zuversicht und der Widerstandskraft. Der Unfall hatte nicht nur ihre Beine gelähmt, sondern auch ihren Lebenswillen.

Am liebsten hätte sie sich zusammengerollt und wäre für immer eingeschlafen.

Doch Mitch blieb, wo er war, und hielt sie in der Welt fest, in die sie nicht mehr gehörte. Sie aß, schluckte mühsam, sah zu ihm hinauf und fragte sich, warum er hier war. Er war kein Mann, der zur Sentimentalität neigte oder sich gar davon leiten ließ.

»Das war's.« Schließlich schob Clancy das Tablett fort. Es war ihr egal, was er wollte. Sie brachte keinen einzigen Bissen mehr herunter. »Wenn du mich zwingst weiterzuessen, wirst du es bereuen.«

Mitch nahm das Tablett weg. »Es ist immerhin ein Anfang.«

Ein Anfang, dachte sie, ein Anfang würde bedeuten, dass es eine Richtung, einen Fortschritt, ein Ziel gab. Sie jedoch war bereits am Ende.

Mit verbitterter Miene starrte sie auf ihre reglosen Beine. »Es gibt keinen Anfang, Mitch.«

Mitch musste sich beherrschen, um nicht die Geduld zu verlieren. »Warum findest du dich so bereitwillig mit deinem Schicksal ab?«

War er so blind, wie er taub war? »Warum weigerst du dich so strikt, es zu tun?«

Sein Lächeln war matt, aber echt. »Vielleicht hat deine Zuversicht ein wenig auf mich abgefärbt.«

Früher hatte sie sich nichts sehnlicher gewünscht. Jetzt schüttelte sie nur traurig den Kopf.

»Zu spät, Mitch.«

5. Kapitel

Clancy erwachte nur widerwillig und hoffte einen kurzen Moment lang, alles wäre nur ein Traum gewesen. Der Unfall, die Verletzung an der Wirbelsäule, Mitch.

Der winzige Hoffnungsfunke erlosch, als sie ihre Umgebung wahrnahm. Sie befand sich noch immer in demselben Zimmer wie gestern. Und vorgestern. Und am Tag davor. Langsam fühlte sie sich, als hätte sie nie ein Leben außerhalb dieses Zimmers geführt. Vielleicht war alles andere nur ein Traum gewesen … das Glück, die Pläne.

Clancy rieb sich das Gesicht. Die Schwellung war abgeklungen, die Verbände verschwunden, bis auf den oberhalb des Auges. Die Schläuche hatten sie schon gestern Morgen abgenommen. Doch sie war noch immer ans Bett gefesselt.

Schlafen war das Einzige, was sie tun konnte. Der Fernseher, der über ihr auf einem Wandregal stand, interessierte sie nicht. Das Gerät war stumm geblieben, seit sie vor über einer Woche hier eingeliefert worden war. Ihre Lieblingsprogramme bedeuteten ihr nichts mehr. Nichts bedeutete ihr noch etwas.

Sie riss sich nur dann aus ihrer Erstarrung, wenn Freunde sie besuchten. Dann tat sie, als würde alles wieder gut werden. Sie machte den Freunden etwas vor, und die Freunde ihr. Alle lächelten ihr zu, wünschten ihr baldige Genesung und gingen schnell wieder.

Clancy besaß nicht genug Kraft, um auch dem Personal etwas vorzuspielen. Vor ihm zog sie sich in ein Schneckenhaus zurück, in dem es keine Zeit, kein Schmerz, keine Verzweiflung gab.

Sie waren alle so nett zu ihr. Vom Arzt bis zu der Frau, die jeden Morgen die Papierkörbe leerte, hielten sie alle die fröhliche Fassade aufrecht, ohne die niemand ihr Zimmer zu betreten schien.

Die Krankengymnastin kam zweimal am Tag. Zuerst hatte Clancy sich geweigert, mit ihr zu arbeiten, doch die Frau ignorierte ihren Protest einfach. Melody war klein und voller Tatkraft und redete unaufhörlich über belanglose Dinge.

Nie schien sie die Hoffnung aufzugeben, während sie Muskeln massierte, die nicht reagierten, und Beine bewegte, die gar nicht zu Clancy zu gehören schienen.

Und die ganze Zeit lächelte Melody. Wie die Krankenschwestern. Wie die Freunde, die Clancy besuchten.

Alles, so beteuerten sie immerzu, würde »wieder gut« werden.

Clancy war sicher, dass sie schreien würde, wenn noch ein lächelndes Gesicht in der Tür erschien.

Der Einzige, der nicht bis über beide Ohren strahlte, wenn er kam, war Mitch. Aber Mitchs ernste Miene war schon am Tag seiner Geburt in Granit gemeißelt worden.

Clancy verstand auch jetzt noch nicht, warum Mitch nach wie vor kam, warum er sich um sie sorgte. Es ergab keinen Sinn.

Mitch schob die Tür auf und sah es sofort. Clancys Gesicht wirkte frischer als gestern, das Blau und Grün der Blutergüsse war merklich verblasst. Selbst so ist sie wunderschön, dachte er.

»Wie geht es dir heute?«

Clancy öffnete die Augen. Warum kam er immer wieder? Warum ließ er sie nicht in Ruhe? Hatte er denn kein Zuhause?

»Wie immer«, erwiderte sie.

Jedes Mal, wenn er dieses Zimmer betrat, hoffte er auf eine Veränderung. Obwohl er auf der Schattenseite des Lebens zu Hause war, konnte er einfach nicht akzeptieren, dass Clancy nie wieder laufen würde.

Mitch trat ans Bett. »Hat der Arzt dir etwas Neues sagen können?«

Was sollte Kleinschen ihr schon sagen? Der Mann las die Eintragungen der Krankenschwester, fragte Clancy nach ihrem Befinden und strich mit dem verdammten Skalpell über beide Fußrücken. Mit dem Skalpell, das sie nie spürte.

»Es gibt nichts Neues.«

Er sah kein Tablett. Meistens kam er, bevor sie das Essen abräumten. »Hast du etwas gegessen?«

Sie mochte es nicht, wenn er sie wie ein Kind behandelte, und wollte nicht, dass er sich jeden Tag aufs Neue in ihr Leben einmischte.

Er deutete ihr Schweigen als Nein. »Müssen wir wieder ganz von von vorn anfangen?«

»Es gibt keinen Anfang.«

Er stand einfach nur da und wartete. Vermutlich verhörte er so Verdächtige.

»Ja, ich habe gegessen«, sagte sie schließlich. »Zufrieden?«

Sie hatte sich dazu gezwungen, obwohl sie keinen Sinn darin sah. Sie sah in nichts mehr einen Sinn. Die Zuversicht, die Lebensfreude, die sie früher einmal an jedem Morgen empfunden hatte, war ebenso verschwunden wie das Gefühl in den Beinen.

Seine Miene veränderte sich nicht. »Ich werde zufrieden sein, wenn ich dich laufen sehe.«

Sie lachte gequält. »Nicht nur du.«

Er hatte sich noch immer nicht daran gewöhnt, wie sehr

ihre Persönlichkeit sich verändert hatte. Früher war Clancy nie in eine Depression verfallen. Sie war immer fröhlich, unbeschwert, voller Hoffnung gewesen.

Ihr jetzt Informationen zu entlocken war wie Zähne ziehen. »Und diese Frau …«

»Melody«, unterbrach Clancy ihn gereizt.

»Melody«, wiederholte Mitch. »Hat Melody neue Übungen mit dir gemacht?«

»Warum sollte sie? Die alten haben noch nichts genützt.« Wozu sollte sie ihm erzählen, dass Melody und ein Kollege sie aus dem Bett gehoben und hingestellt hatten? Dass sie fast gestürzt wäre, als die Physiotherapeuten sie losgelassen hatten?

Er ertrug ihre erhobene Stimme mit einer Engelsgeduld, die sie wütend machte. »Der Arzt hat dir gesagt, dass solche Dinge manchmal Zeit brauchen.« Wenigstens das hatte er beim letzten Besuch aus ihr herausbekommen. Außerdem hatte er selbst mit dem Arzt gesprochen.

»Was zum Teufel soll er denn sonst zu mir sagen?«, entgegnete Clancy zornig. »›Tut mir leid, aber Sie werden für den Rest Ihres Lebens ein Krüppel sein‹?«

Sie verstummte, bevor ihr Wutausbruch in das Schluchzen übergehen konnte, das sie schon den ganzen Tag unterdrückte. Sie war es leid, die Tapfere zu spielen und allen etwas vorzumachen.

Mitch hörte es ihr an.

»Falls das so wäre, und er ein ehrlicher Mensch wäre, würde er es wohl besser formulieren, aber er hätte es dir gesagt.« Überrascht sah sie ihn an. »Ich vermute, er hat es dir nicht gesagt, weil es wirklich eine Chance gibt, dass du wieder laufen kannst. Eine ziemlich große sogar«, fügte er mit Nachdruck hinzu und ließ den Blick über ihren reglosen Körper wandern.

»Vorausgesetzt, du verlässt endlich dieses verdammte Bett und hörst auf, dich zu bemitleiden.«

Sie verzog den Mund zu einem zynischen Lächeln. »Nimm mir nicht den einzigen Spaß, den ich habe, Mitch. Mehr ist mir nicht geblieben.«

Sie wollte ihn vertreiben, ob sie es nun wusste oder nicht. Er würde freiwillig gehen. Aber erst, wenn er sie zur Besinnung gebracht hatte. »Nein, es gibt vieles, das du tun kannst.«

Clancy starrte an die Decke. »Was denn? Einen neuen Tanz erlernen?«

Offenbar war sie fest entschlossen, in ihrem Selbstmitleid zu ertrinken. »Warum lenkst du die Energie, die du an deine Wut verschwendest, nicht in die Beine?«

Gern, dachte sie, wenn ich könnte. Sie hob die Hände. »Tut mir leid, aber die Verbindung scheint unterbrochen zu sein.«

Mitch beugte sich über das Bett und drückte auf den Knopf, der das Kopfteil der Matratze anhob, bis Clancy aufrecht saß.

»Gestört, nicht unterbrochen, das ist ein Unterschied«, verbesserte er und sah ihr in die Augen. »Und selbst wenn du nie wieder laufen solltest, bist du nur dann ein ›Krüppel‹, wenn du deinen Lebensgeist ›verkrüppelst‹, Clancy. Deine Seele. Das kannst nur du selbst dir antun.«

Früher hätte sie ihm vielleicht geglaubt. Bevor sie ihre Zukunft in einem Autowrack zurückgelassen hatte. »Das ist ein Haufen Blödsinn.«

Dass sie ihm so antwortete, wie er es an ihrer Stelle vielleicht auch getan hätte, amüsierte ihn. Er tat nämlich nichts anderes, als tief in Clancys eigene Trickkiste zu greifen. Es erstaunte ihn, wie leicht es ihm fiel.

»Okay, einmal angenommen, ich liege im Bett, und du stehst hier«, sagte er. »Was würdest du zu mir sagen?«

Clancy sagte nichts, und er sah ihr an, wie verblüfft sie war. Er hatte sie überlistet, und sie wusste es. »Was würdest du sagen?«, wiederholte er.

Clancy betrachtete die Bettdecke. »Dass es mir leid tut«, antwortete sie kaum hörbar. »Sehr, sehr leid.«

Mitch musterte sie schweigend und wartete. »Das ist alles? Du würdest davonlaufen und mich im Stich lassen?«

Sie sah ihn noch immer nicht an.

»Würdest du das?«, fragte Mitch.

Ihr Kinn schoss hoch. »Das wäre etwas anderes.«

Er musste ihr Zeit lassen. Die andere Clancy existierte noch, er musste sie nur hervorlocken, ganz behutsam.

»Warum?« Er nahm ihre Hand. »Warum wäre das anders? Weil du etwas wüsstest, was ich nicht weiß?«

Sie wünschte, er würde sie endlich in Frieden lassen. Er verlangte von ihr, wieder die alte Clancy zu werden, und das war unmöglich. Der Unfall hatte ihr die Kraft geraubt. Das bisschen, das ihr noch geblieben war, brauchte sie, um ihren Freunden etwas vorzumachen. Aber Mitch war kein Freund. Er war es nicht mehr, seit er sie damals einfach verlassen hatte.

»Nein.«

Das war die Antwort, die er hören wollte. »Oder weil du denken würdest, dass ich wieder laufen könnte, wenn ich mir nur genug Mühe gebe.« Ihr Blick wurde abweisend, aber er ließ sich nicht einschüchtern. »Hör zu, Clancy, dein Leben ist noch lange nicht zu Ende.«

Was gab ihm das Recht, so mit ihr zu reden? Mitch hatte keine Ahnung, wie sie sich fühlte. »Es kommt mir aber so vor.«

Er ging ums Bett herum, sodass sie ihn anschauen musste. »Zugegeben, du stehst vor einer Herausforderung. Einer gewaltigen Herausforderung. Was willst du jetzt tun, aufgeben und sterben?«

Genau das wollte sie. Es wäre einfacher, als sich so zu quälen, wie sie es jetzt tat. »Okay, was würdest du an meiner Stelle tun?«

»Ich würde kämpfen.« Mitch dachte an all die Hindernisse, die er in seinem Leben überwunden hatte. »Das habe ich immer getan.«

Clancy war zu müde, um nachzufragen, was er damit meinte. »Vielleicht bin ich nicht so tapfer wie du«, erwiderte sie nur.

Das konnte er nicht so stehen lassen. »Doch, das bist du, Clancy. Du bist genauso tapfer wie ich.« Er war derjenige gewesen, der ihrer Beziehung keine Chance gegeben hatte. Sie dagegen hätte daran gearbeitet. »Vielleicht sogar noch tapferer.«

Er ging ihr auf die Nerven. Hatte sie denn nicht schon genug zu ertragen? »Warum tust du das?«

Genau das fragte ihn eine leise innere Stimme jedes Mal, wenn er ins Krankenhaus fuhr. Doch er ignorierte sie. Er tat es, weil er es Clancy schuldig war. Weiter dachte er darüber nicht nach.

»Wie oft willst du mich das noch fragen? Akzeptier doch einfach, dass ich hier bin. Manche Dinge geschehen eben.« Er sah sie vielsagend an und dachte dabei an früher. »Es muss nicht immer einen Grund dafür geben.«

Sie selbst wusste das nur zu gut. Aber Mitch tat nie etwas Unüberlegtes. Er hatte sie damals nicht spontan verlassen, sondern vorher darüber nachgedacht. Sie hatte keine Ahnung, warum er sich von ihr getrennt hatte, doch den Grund für sein Hiersein glaubte sie zu kennen.

»Wenn du das hier tust, weil du es dir als eine Art von Buße oder Wiedergutmachung auferlegt hast, vergiss es.« Sie machte eine wegwerfende Handbewegung. »Ich vergebe dir deine Sünde. Geh nach Hause und lass mich in Ruhe.« Sie hielt ihr Bein fest und versuchte, sich umzudrehen.

Er legte ihr eine Hand auf den Arm. Clancy sah ihn an. »Ich habe dir etwas mitgebracht.« Erst jetzt bemerkte sie, dass er eine zerknitterte Papiertüte bei sich hatte.

»Hörst du mir nicht zu?«, schrie sie ihn an. »Du sollst nach Hause gehen.«

»Ich höre dir zu, Clancy«, antwortete er ruhig. »Ich höre mehr, als du ahnst.« Er hörte ihren Hilfeschrei.

Seufzend ließ sie sich aufs Kissen zurückfallen. Er würde gehen, wenn er selber es wollte, keine Minute früher.

Mitch holte zwei Bücher heraus und betrachtete sie skeptisch. »Sie sind ein wenig zerlesen.«

Er und McAffee hatten einen fehlgeschlagenen Raubüberfall auf ein Antiquariat am Rande Hollywoods untersucht. Während er den Besitzer befragt hatte, waren Mitch auf einem Tisch zwei Bücher aufgefallen. Er hatte ausgiebig darin geblättert, bevor er sie für Clancy gekauft hatte.

»Dachte mir, es würde dir guttun, sie zu lesen und zu erfahren, wie andere Menschen mit Rückschlägen fertig werden.« Achtlos warf er die beiden Taschenbücher auf den Tisch.

Irgendwo in einem Winkel ihrer Seele rührte es sie, dass er sich solche Mühe gab. Doch Clancy wehrte sich gegen das Gefühl, denn sie wollte Mitch nicht dankbar sein. Sie wollte für niemanden etwas empfinden, schon gar nicht für ihn.

Clancy nahm die Bücher und las die Titel. Offenbar hatten sie schon oft den Besitzer gewechselt. Ob sie Mitch gehörten? Sie konnte sich kaum vorstellen, dass er so etwas las. Das eine war eine Biografie von Franklin Delano Roosevelt, dem US-Präsidenten, der vom Rollstuhl aus regiert hatte, das andere die Autobiografie von Helen Keller, der blinden und tauben Schriftstellerin. Überrascht sah sie Mitch an.

Er las die Frage in ihrem Blick. »Ich dachte mir, du würdest gern wissen, was zwei ›Krüppel‹ so alles erreicht haben.«

Seine Worte beschämten sie. »Du hast kein Recht, mir eine Predigt zu halten«, fuhr sie ihn an.

Er beugte sich übers Bett, bis sie nur noch ihn sah und die Kraft spürte, die er ausstrahlte. »Ich würde alles tun, um dich wütend zu machen.«

Seine Antwort verblüffte sie, das wusste er. Wut war besser als Teilnahmslosigkeit.

Clancy schob die Bücher fort. »Ich werde sie später lesen.«

Das war kein Versprechen. Sie sagte es nur, damit er Ruhe gab. Er durchschaute es. »Tu das.« Jetzt konnte er endlich zum wahren Grund seines Besuchs kommen. »Okay, fangen wir an.«

Sie ließ die Arme sinken. »Mitch, es ist sinnlos.«

»Clancy, mit Sinnlosigkeit kenne ich mich bestens aus. Ich sage dir schon, wenn es sinnlos ist.«

Clancy murmelte etwas Unverständliches, während er die Decke zurückschlug. Ihre beste Freundin Cynthia hatte ihr aus ihrer Wohnung einen Schlafanzug und Kosmetika geholt, weil sie gehofft hatte, dass die vertrauten Dinge Clancys Stimmung ein wenig heben würden.

Daher trug sie jetzt einen apricotfarbenen Pyjama, der, wie Mitch fand, viel besser zu der Frau passte, die er damals gekannt hatte. Es fiel ihm schwer, nicht dauernd hinzusehen. Den Blick auf ihr Gesicht gerichtet, ging er daran, das rechte Bein zu massieren. Kaum war ihr eine Physiotherapeutin zugeteilt worden, hatte er Clancy über deren Methode ausgehorcht. Zwei Sitzungen pro Tag waren gut, drei besser.

Sorgfältig achtete er auf jedes Zeichen einer Besserung, doch keins kam. Mitch konnte Clancys Verzweiflung verstehen, ließ es sich jedoch nicht anmerken.

Clancy ließ seine Hände nicht aus den Augen, während sie über ihr gefühlloses Bein wanderten. Eine vage Erinnerung stieg in ihr auf. Einst hatte sie es herrlich gefunden, seine Finger an ihrer Haut zu spüren. Jetzt hätte er genauso gut den Metallrahmen des Betts streicheln können. Sie fühlte absolut nichts.

Er spürte ihre Hoffnungslosigkeit und befürchtete, dass sie gleich in Tränen ausbrechen würde. Obwohl er kein gesprächiger Mensch war, begann er zu reden.

Behutsam bog er ihr Bein durch. »Und wann wirst du entlassen?«

Gestern, nachdem die Physiotherapeutin gegangen war, war eine Sozialarbeiterin erschienen, bewaffnet mit unzähligen Formularen, Broschüren und guten Ratschlägen. Clancy hatte gar nicht richtig zugehört und die meisten Unterlagen achtlos in den Nachttisch gestopft.

»Morgen.«

»Wer fährt dich nach Hause?«

Cynthia war gleich nach der Sozialarbeiterin aufgetaucht. »Cynthia. Sie wird die erste Woche bei mir bleiben.«

Das war gut. Clancy kam nicht allein zurecht, jedenfalls noch nicht. »Und danach?«

Sie zuckte mit den Schultern und starrte auf seine Finger. Er hatte nicht aufgehört, sie zu massieren. Warum fühlte sie nichts?

»Ihr Ehemann will sie nicht länger als eine Woche entbehren.« Clancy wollte nicht an die Zukunft denken. »Das Krankenhaus besteht darauf, mir regelmäßig eine Schwester und eine Physiotherapeutin vorbeizuschicken.«

Das hatte er bereits in Erfahrung gebracht. Er wusste auch, dass Clancy zwar wohlhabende Eltern besaß, sich ihren Lebensunterhalt jedoch selbst verdiente. Die Versicherung würde nicht auf Dauer sämtliche Kosten abdecken. Die Schwester und die Therapeutin würden zwei- oder dreimal in der Woche vorbeischauen, während der restlichen Zeit war Clancy auf sich allein gestellt.

Er begann, das andere Bein zu massieren. »Und während der restlichen Zeit?«

Sie betrachtete einen winzigen Riss in der Wand. »Ich schaffe es schon.«

Früher hätte er sich mit der Antwort begnügt, jetzt wollte er Einzelheiten wissen. Sie war viel zu niedergeschlagen, um sich allein um alles zu kümmern. »Hast du deine Eltern angerufen?«

Das hatte sie am zweiten Tag getan, sobald sie sicher gewesen war, dabei nicht in Tränen auszubrechen. »Ich habe ihnen erzählt, dass die Hochzeit nicht stattfindet.«

»Und?«

Ihr Mund wurde zu einem schmalen Strich. »Und nichts. Ich habe versprochen, mich wieder bei ihnen zu melden, sobald ich ein paar Dinge für mich geklärt habe.« Das war keine Lüge gewesen. Es gab nur mehr zu klären, als sie ihren Eltern gesagt hatte.

»Du hast ihnen nichts von dem Unfall erzählt?«

»Nein.«

Er verstand es nicht. Sie brauchte Hilfe. Sie brauchte jemanden, der sich um sie kümmerte. »Warum nicht?«

Clancy konnte sich ausmalen, wie ihre Eltern darauf reagiert hätten. »Weil sie sonst das nächste Flugzeug nach Kalifornien genommen hätten. Ich wollte ihr Leben nicht durcheinanderbringen.«

Er wusste, wie nah sie ihren Eltern stand. Die Geschichten, die sie ihm erzählt hatte, hatten ihn fast von einer Familie wie ihrer träumen lassen. Wenn er ein Träumer gewesen wäre. »Warum überlässt du die Entscheidung nicht ihnen?«

Sie schüttelte den Kopf, und ihre Stimme wurde etwas sanfter. »Da gibt es nichts zu entscheiden. Ich bin ihr einziges Kind, und obwohl ich sie sehr liebe, habe ich lange gebraucht, um sie dazu zu bringen, mich auf meinen eigenen Beinen stehen zu lassen.«

Zum ersten Mal, seit er sie aus dem Autowrack gerettet hatte, sah er, wie der Anflug eines echten Lächelns über ihr blasses Gesicht huschte. »Sie waren schon älter, als ich geboren wurde, und hatten immer das Gefühl, mir fünfunddreißig Jahre Lebenserfahrung voraus zu haben. Und die wollten sie mir unbedingt vermitteln, anstatt mir zu ermöglichen, sie selbst zu erwerben.«

Sie fragte sich, ob er wusste, wie es war, an der Fürsorge der Eltern fast zu ersticken, sie aber trotzdem zu lieben, weil sie es nur gut meinten.

»Wenn ich ihnen von dem Unfall erzähle, wirft es mich um Jahre zurück. Sie würden mich mit nach Indien nehmen und nie wieder allein lassen. Ich würde zu ihrem Anhängsel werden.«

Zu einem nutzlosen Anhängsel, dachte sie, sprach es jedoch nicht aus. Mitch hörte es trotzdem und nickte zufrieden. Also besaß sie doch noch einen Funken Widerstandskraft.

Das musste er ausnutzen.

»Hast du genug Geld für eine Pflegerin?«, fragte er unverblümt, denn für Nettigkeiten war keine Zeit. Er wollte sich nicht bei ihr beliebt machen, sondern ihr helfen, wieder die Frau zu werden, die sie einmal gewesen war.

Ihr Gesicht verfinsterte sich. »Das geht dich nichts an.« Sie wünschte, sie könnte ihr Bein aus seinem Griff ziehen, doch es verweigerte ihr den Gehorsam.

Zornig packte sie die Decke, um das Bein wenigstens zuzudecken. Doch Mitch hielt ihr Handgelenk fest und nahm sie ihr wieder weg, bevor er sich erneut dem Bein zuwandte.

Er schob die Pyjamahose hoch, bog das Bein durch, streckte es und knetete die Muskeln gründlich durch, damit sie die Spannung nicht verloren.

»Das bekomme ich oft zu hören«, sagte er, und sie sah ihn fragend an. »Uns Polizisten wird dauernd gesagt, dass wir uns nicht einmischen sollen.«

»Aber du tust es trotzdem, was?«

»Genau.«

Clancy schaute zum Fenster hinüber. Sie wusste, dass es auf den Hafen hinausging, aber alles, was sie sehen konnte, war der Himmel. Die Segelboote waren vor ihren Blicken verborgen. Sie wollte aufstehen, hinübergehen und die weißen Segel betrachten.

Sie wollte ihr Leben zurück.

Clancy presste die Fäuste in die Matratze, um sich hochzustemmen.

Mitch unterbrach die Massage. »Was tust du da?«

»Ich will nachsehen, ob die Boote da sind«, erwiderte sie trotzig.

Er hob den Kopf und schaute hinaus. »Sie sind da.«

»Ich möchte es mit eigenen Augen sehen«, sagte sie den Tränen nah.

Mitch zog die Decke zur Seite und nahm Clancy auf die Arme. Irgendwie schien sie genau dorthin zu gehören. Sofort verdrängte er das angenehme Gefühl und trug sie wortlos zum Fenster.

Obwohl sie ihn am liebsten weggeschoben hätte, legten ihre Arme sich wie von selbst um seinen Hals. »So habe ich das nicht …«

»Halt den Mund, Clancy, und lass zur Abwechslung einmal jemanden etwas für dich tun.« Er war es leid, sich wegen jedem bisschen, das er für sie tat, mir ihr zu streiten. Er wollte keine Dankbarkeit, aber er wollte auch nicht dauernd beschimpft werden.

Schweigend schaute Clancy hinaus. Die See war ruhig, der Hafen voller Jachten.

Plötzlich sehnte sie sich nach der Zeit zurück, in der sie es genossen hatte, Mitchs Arme um sich zu spüren.

6. Kapitel

Mitchs Schweigsamkeit ging McAffee langsam auf die Nerven. »Mitch, ich weiß, du bist ein verschlossener Mensch, aber was ist los mit dir?«

Mitch runzelte die Stirn und wartete, bis sie auf den Rodeo Drive eingebogen waren, bevor er antwortete. »Wie kommst du darauf, dass mit mir etwas los ist?«

McAffee lachte. »Normalerweise knurrst du wenigstens, wenn ich mit dir rede. Jetzt rede ich schon seit fünfzehn Minuten, und du hast noch keinen Laut von dir gegeben.«

McAffee hatte recht. Mitch hatte kaum ein Wort mitbekommen. Die Stimme seines Partners war für ihn nicht mehr als ein dumpfes Geräusch im Hintergrund, während er versuchte, sich über ein paar Dinge klar zu werden. »Vielleicht dachte ich, du führst ein Selbstgespräch.«

»Sehr witzig.«

Mitch behielt die Passanten im Auge, während er den Streifenwagen durch den dichten Verkehr manövrierte. Normalbürger und bizarre Typen bevölkerten die Gehwege.

Bei ihrem dritten Einsatz an diesem Vormittag war es um einen weiteren Einbruch gegangen, bei dem Kunstgegenstände gestohlen worden waren. Die Zeitungen nannten den Täter bereits den »Kunstliebhaber«. Diesmal hatte er in der Villa eines Filmproduzenten zugeschlagen.

Wie bei den beiden anderen Einbrüchen hatte der Täter dem Hund ein Schlafmittel verabreicht und sich mit dem wertvollsten Bild davongemacht, den Schmuck jedoch liegen lassen. Erneut war McAffee Mitchs nachdenkliche Miene aufgefallen, als sie den Tatort inspizierten. McAffee wurde das Gefühl nicht los, dass sein Partner mehr wusste, als er zugab.

Das ärgerte ihn höllisch.

»Es sind die Einbrüche, nicht?«

Mitch zuckte mit einer Schulter. »Sie gehen mir durch den Kopf, ja. Dafür werde ich schließlich bezahlt.«

Da der Tag vergleichsweise ruhig verlief, fasste er noch einmal zusammen, was sie bisher über den Täter in Erfahrung gebracht hatten. »Der Kerl ist gerissen. Er hinterlässt keinerlei Spuren. Keine Fingerabdrücke. Er legt die Alarmanlage lahm, was bedeutet, dass er sich mit Elektronik auskennt.« Das Lieblingshobby seines Vaters, wie Mitch sich erinnerte. »Das Bargeld lässt sich nicht zurückverfolgen, und die Bilder sind noch nirgends aufgetaucht.« Sam hatte immer Käufer im Ausland gefunden. Und jedes Mal einen anderen. »Das werden sie wohl auch nicht.«

Die Reichen verdienen denselben Schutz wie die Armen, dachte MacAffee. Obwohl er fand, dass sie sich die Verluste eher leisten konnten. »Glaubst du, er schlägt noch einmal zu?«

Mitch dachte an seiner Vater. Sam Mitchell war vorsichtig, aber eitel. Es machte ihm Spaß, die Polizei an der Nase herumzuführen. Zu den deutlichsten Erinnerungen aus Mitchs Kindheit gehörte die an das stolze Gesicht, mit dem sein Vater damals seine letzte »Neuerwerbung« gestreichelt hatte.

In diesem Moment wurde Mitch bewusst, dass sein Vater die Einbrüche nicht nur beging, um »seine Familie zu ernähren«, wie er immer behauptet hatte. Er liebte den Nervenkitzel.

»Ja, ich glaube, er wird wieder zuschlagen.« Nachdenklich nagte Mitch an der Lippe. Außer dem Captain wusste niemand auf dem Revier, dass sein Vater ein Profi-Einbrecher gewesen war.

Mitch dachte an LaRue. LaRue war ein Mensch, der einen

ans Duschen denken ließ, wenn man mit ihm redete. Aber er war ein hervorragender Informant. Er lebte auf der Straße. Klein, nervös, mit langem mausgrauem Haar, besaß LaRue Zugang zu den Kreisen, die Mitch die Einzelheiten liefern konnten, die er brauchte. Natürlich nicht umsonst.

Aber alles hatte seinen Preis. Er dachte kurz daran, wie er Clancy im Krankenhaus zurückgelassen hatte. An die Hilflosigkeit, die er gespürt hatte, als er sie nach dem Unfall in den Armen gehalten hatte.

Mitch verdrängte die Bilder. Für Gedanken an Clancy war kein Platz im Streifenwagen. Und in seinem Leben eigentlich auch nicht. Sobald er seine Schuld beglichen hatte, würde er sie vergessen.

Es war an der Zeit, die Fühler nach seinem Vater auszustrecken. Als er zuletzt von ihm gehört hatte, war Sam in Florida gewesen, aber das musste nichts heißen.

Mehr als eine zehn Jahre alte Beschreibung und ein paar Decknamen konnte er LaRue nicht bieten.

Da Mitch zu den Einbrüchen offenbar nichts zu entlocken war, wechselte McAffee das Thema. »Und wie geht es ihr?«

Mitch warf seinem Partner einen Blick zu. McAffee grinste. Mitchs Gesicht dagegen war nicht nur ernst, sondern schon fast finster. »Ihr?«

Mit der Miene konnte er vielleicht Verdächtige einschüchtern, aber nicht McAffee. »Der Frau, die du gerettet hast.«

Mitch sah wieder nach vorn und wechselte die Spur. Die anderen Autos hielten trotz des dichten Verkehrs Abstand. Es hatte Vorteile, einen Streifenwagen zu fahren. »Wie kommst du darauf, dass ich das weiß?«

»Verdammt, Mitch, stell dich nicht so an.«

Mitch antwortete nicht, sondern bedachte ihn nur mit einem vernichtenden Blick.

»Meine Frau hat gesehen, wie du in ihr Zimmer gingst. Alicia ist Krankenschwester im Queen of Angels.« McAffee schnaubte resigniert und starrte aus dem Fenster. »Das habe ich dir erst ein halbes Dutzend Mal erzählt. Sie meinte, die Patientin sei bei dem Unfall ziemlich übel zugerichtet worden.«

»Ist das der medizinische Fachausdruck dafür?«, fragte Mitch.

McAffee seufzte. »Nein, das ist mein Ausdruck dafür. Alicia sagte, die Frau …«

»Clancy«, unterbrach Mitch ihn leise.

»Clancy«, wiederholte McAffee, »ist ziemlich deprimiert. Was ich nicht begreife, ist, warum du dich zu ihrem persönlichen Begrüßungskomitee machst.«

Mitch hatte nicht vor, mehr zu diesem Thema zu sagen. »Denk weiter darüber nach, Partner.«

Die Frau an der Ecke trug einen Rock, der kurz genug war, um als Taschentuch durchzugehen. McAffee fiel auf, dass Mitch sie gar nicht wahrnahm. Der Mann hat kein Herz, dachte er. »Weiß du, ich habe ein paar Nachforschungen über deinen letzten Partner angestellt. Er hat seine Versetzung beantragt. Das muss an deiner gewinnenden Art liegen.«

Mitch lächelte grimmig. »Ja, das muss es wohl.«

McAffee verschränkte die Arme. »Ich kann es auch anders herausbekommen, weißt du.«

»Warum interessiert es dich überhaupt?« Er fragte seinen Partner doch auch nicht nach seiner Frau. Alles, was er über McAffee wusste, hatte der Mann ihm von sich aus erzählt.

»Ich weiß eben gern Bescheid«, erwiderte McAffee. »Alicia meint, das ist es, was einen guten Polizisten ausmacht.«

Es sollte ein Scherz sein, doch Mitch hörte den stolzen Unterton heraus. McAffee war tatsächlich ein guter Polizist, aber er sollte sich nichts darauf einbilden. »Deine Frau stellt keine sehr hohen Ansprüche, was?«

»Wohl nicht. Ich soll dich übrigens zum Abendessen einladen. Mal wieder.« Keiner von ihnen erwartete, dass Mitch die Einladung jemals annahm. Inzwischen sprach er sie nur noch aus Höflichkeit aus, und um seine Frau zufriedenzustellen.

Mitch lachte. Es ging McAffee zwar nichts an, aber was schadete es schon, wenn er es ihm erzählte? »Ich bin ein paarmal mit ihr ausgegangen.« Das war zwar stark untertrieben, musste jedoch reichen.

McAffee blieb vor Staunen fast die Sprache weg. »Mit Clancy, nicht mit Alicia, nehme ich an.«

»Ja, mit Clancy.« Plötzlich fiel ihm etwas ein. »Hast du nicht mal erwähnt, dass deine Frau Krankengymnastin ist?«

McAffee schüttelte den Kopf. »Nein, mein Schwager.«

Mitch verfiel wieder in nachdenkliches Schweigen. McAffee wusste, dass das Thema damit beendet war, und ließ sich über die Chancen der Dodgers bei der laufenden Meisterschaft aus.

Es war ein eigenartiges Gefühl gewesen, als das Krankenhaus in Cynthias Rückspiegel immer kleiner geworden war.

Clancy sog die frische Luft ein, und die Niedergeschlagenheit nahm ein wenig ab. Zwar war sie noch weit davon entfernt, so etwas wie Zuversicht zu empfinden, aber ihre Laune hatte sich spürbar verbessert. Neben Cynthia zu sitzen und ihr zuzuhören, wie sie über Julies schlechte Mathematiknote und die sündhaft teuren Nachhilfestunden sprach, war so angenehm, dass Clancy fast vergessen hätte, wie anders ihr Leben ab jetzt verlaufen würde.

Aber eben nur fast, denn der Rollstuhl hinter ihr schlug in jeder Kurve mit dumpfem Geräusch gegen den Beifahrersitz.

Außerdem hielt sie den Terminplan in der Hand, auf dem die Hausbesuche der Pflegerinnen und Krankengymnastinnen verzeichnet waren.

Sie würden kommen, sie untersuchen und betreuen und ihr doch nicht helfen können. Jedenfalls bis die Versicherung die Zahlungen einstellte, und niemand mehr so tun musste, als gäbe es für Clancy noch eine Hoffnung auf Genesung.

Mitch tat jetzt schon nicht mehr so.

Er war nicht gekommen, um sich von ihr zu verabschieden.

Eigentlich war es besser so. Sie wollte nicht, dass er sich auch noch zu Hause um sie kümmerte und alte, längst begrabene Gefühle weckte.

Und trotzdem …

Und trotzdem war da diese Enttäuschung darüber, irgendwie im Stich gelassen worden zu sein. Wie damals.

Erneut machte sich in ihr die quälende Leere breit, obwohl Clancy sich um Cynthias willen dagegen zu wehren versuchte. Ihr Freundin gab sich wirklich große Mühe, sie mit ihrem Optimismus anzustecken. Sie hatte noch nicht eingesehen, dass es für Clancy keine Zukunft gab, der sie optimistisch entgegenblicken konnte.

Kaum hielt der Wagen in Clancys Carport, da stieg Cynthia auch schon aus und eilte nach hinten.

»Gleich bist du wieder beweglich«, versprach sie, während sie den Rollstuhl auslud und ihn zur Beifahrertür schob. Dort zögerte sie, denn sie wusste nicht, wie sie Clancy aus dem Wagen und in den Rollstuhl helfen sollte.

»Das schaffe ich selbst«, sagte Clancy scharf und bereute es sofort. »Tut mir leid. Ich bin ein wenig gereizt.«

Als Mutter eines Teenagers war Cynthia Stimmungsschwankungen gewöhnt. Sie nickte lächelnd. »Ich helfe dir.«

Clancy ergriff die ausgestreckten Arme ihrer Freundin und

schaffte es mit äußerster Kraftanstrengung, sich vom Beifahrersitz zu ziehen.

Rasch schob Cynthia sie in ihre Wohnung, dankbar dafür, dass sie im Erdgeschoss lag. »Da sind wir – zu Hause«, verkündete sie überflüssigerweise, als sie die Tür hinter sich schloss.

Dann sah sie Clancy ins Gesicht und legte ihr eine Hand auf die Schulter.

»Es ist immer ein wenig seltsam, wenn man aus dem Krankenhaus nach Hause kommt«, sagte sie. »Als ich Julie bekam, fühlte ich mich die ersten vierundzwanzig Stunden lang in meinem eigenen Haus wie eine Fremde.« Ihre Stimme klang fest und selbstsicher. Sie ist noch genau so wie vor dem Unfall, dachte Clancy. »Du wirst darüber hinwegkommen.«

»Natürlich. Hör mal, ich halte dich nur ungern so lange von deiner Familie fern.«

Ihre Familie war nicht gerade begeistert gewesen, aber Cynthia hatte sich nicht davon abbringen lassen. »Du tust mir einen Gefallen. Joe wollte meinen Urlaub dazu nutzen, den Garten umzugestalten. Jetzt muss er es allein tun«, erwiderte Cynthia freudig.

Bevor sie sich über Joe und sein fehlendes gärtnerisches Talent auslassen konnte, klopfte es an der Tür. »Erwartest du jemanden?«, fragte sie erstaunt.

Clancy hoffte inständig, dass die Pflegerinnen und Krankengymnastinnen nicht sämtliche Termine umgeworfen hatten und früher erschienen. »Nein.«

»Wer immer es ist, ich schicke ihn weg.« Cynthia sah durch den Türspion und stellte fest, dass ihr Versprechen nicht so leicht zu halten war. »Es ist ein Polizist.«

»Groß?«

Cynthia nickte.

»Dunkles Haar, etwas zu lang?«

Noch ein Nicken, heftiger diesmal.

Clancy seufzte. Es war Mitch. »Athletisch gebaut?«

Cynthia drehte sich zu ihr um. Ihr Blick war ein wenig neidisch. »Du kennst ihn.«

»Ja, ich kenne ihn.«

»Hast du ein Glück.« Cynthia öffnete die Tür.

Clancy wollte ihn nicht sehen. Noch nicht. Vielleicht nie wieder. Sie war zwar zu Hause, fühlte sich jedoch wie eine Fremde. Es war, als wäre alles, was vor dem Unfall geschehen war, das Leben einer anderen Frau, mit der sie nur das Gesicht und den Namen gemeinsam hatte.

Es war nicht mehr ihr Leben.

Sie wollte erst einen Teil ihrer alten Identität zurückgewinnen, bevor sie sich jemandem stellte.

Doch Cynthia hatte Mitch bereits hereingelassen.

Nur am Rande nahm Mitch war, dass Clancy nicht allein war. Sie saß im Rollstuhl, als wäre er aus glühendem Eisen, das sie für immer brandmarken würde, wenn sie es sich zu bequem machte.

Wie gewöhnlich sparte er sich die Begrüßung. »Ich wollte nur mal nachsehen, ob du etwas brauchst.«

Was für eine vieldeutige Frage, dachte Cynthia. Sie beugte sich vor, damit er sie bemerkte, und streckte die Hand aus. »Hi, ich bin Cynthia Harris. Ich werde ein paar Tage bei Clancy wohnen.«

Er nickte. »Sie hat Sie erwähnt. Alexander Mitchell.« Er klang weder kühl noch freundlich, sondern einfach sachlich. Ohne Clancy aus den Augen zu lassen, schüttelte er ihrer Freundin die Hand. »Ich war im Krankenhaus, aber man sagte mir, dass du bereits entlassen wurdest.«

Clancy hatte nicht damit gerechnet, dass er auch weiterhin den barmherzigen Samariter spielen wollte. »Und ich dachte, ich könnte mich unbemerkt aus dem Staub machen.«

Falls ihr sarkastischer Ton ihn störte, so ließ er es sich nicht anmerken. »Ich wollte mich nur davon überzeugen, dass alles in Ordnung ist.«

»Nein, es ist keineswegs alles in Ordnung, aber das dürfte dir nicht entgangen sein.« Clancy sah, dass Cynthia sie mit offenem Mund anstarrte, doch es war ihr egal. Sie hatte ein Recht auf Selbstmitleid. Sie war in ihr altes Leben zurückgekehrt, und es passte nicht mehr. »Und ich werde heute keine Übungen machen. Ich bin zu müde.«

Sie zögerte, seufzte und warf Cynthia einen entschuldigenden Blick zu. »Tut mir leid, aber irgendwie weckt er meine schlechten Seiten.«

»Ich bin hier, um mit dir über nächste Woche zu reden«, sagte Mitch ruhig.

»Nächste Woche?«, wiederholte Clancy. Es fiel ihr schon schwer genug, an die nächste Stunde zu denken.

Er nickte und sah Cynthia an. »Wenn du allein bist.«

Ich bin allein, dachte Clancy und fror plötzlich. »Was ist mit nächster Woche?«

Er hatte lange darüber nachgedacht, und was er vorschlagen wollte, fiel ihm alles andere als leicht. Er war ein Einzelgänger. Mit ihr eine Wohnung zu teilen würde schwierig werden, aber das war eben der Preis, den er für das, was er angerichtet hatte, zahlen musste. »Ich dachte mir, ich ziehe bei dir ein, bis du wieder auf den Beinen bist.«

Obwohl sein Vorschlag sie vollkommen überraschte, musste sie lächeln, halb belustigt, halb verbittert. »Schön gesagt.«

Cynthia war nicht wohl bei dem Gedanken gewesen, ihre Freundin in einer Woche wieder allein lassen zu müssen. Sie legte eine Hand auf Clancys Schulter und nickte Mitch zu. »Gute Idee.«

Clancy hasste es, dauernd zu jemandem aufsehen zu müssen. Der Nacken tat ihr weh, und sie wurde immer gereizter. »Dann lass ihn doch bei dir einziehen.«

»Ich glaube, das würde meinem Mann nicht recht gefallen, aber wenn ich du wäre …«

»Bist du nicht. Das ist niemand«, entfuhr es Clancy, als hätte sie nur darauf gewartet, ihrem Unmut Luft zu machen. Plötzlich fand sie sich unausstehlich. »Entschuldige«, sagte sie zu Cynthia. »Ich weiß, seit dem Unfall bin ich …«

Cynthia unterbrach sie mit einem Kopfschütteln. »Kein Problem.« Sie sah Mitch an und konnte nicht verstehen, dass Clancy sein Angebot nicht freudig annahm.

»Es liegt allein bei Clancy, aber ich persönlich finde Ihren Plan äußerst vernünftig.« Cynthia war eine praktisch veranlagte Frau. »Du brauchst jemanden. Wenigstens zeitweilig. Ich würde es ja gern selbst tun, aber zwischen Beruf und Familie …«

Clancy hob die Hand. »Lass uns in ein paar Tagen darüber reden, ja?«, schlug sie vor. »Wer weiß, vielleicht ist es dann gar nicht mehr nötig.«

Mitch schaute ihr in die Augen. »Vielleicht.«

Doch sie wussten beide, dass es nötig sein würde.

Langsam fuhr Clancy im Rollstuhl ins Gästezimmer. Der flauschige Teppich machte es beschwerlich, und sie bekam schon Schwielen an den Handflächen. Noch etwas, das sie beständig an ihre Behinderung erinnerte.

Cynthia wird mir fehlen, dachte sie. Sehr sogar. Ihre Freundin hatte sich während der letzten sieben Tage rührend um sie gekümmert.

Jetzt sah Clancy ihr beim Packen zu. Mit jedem Kleidungsstück, das in den Lederkoffer wanderte, wuchs das Gefühl von Einsamkeit. »Ich möchte dir danken. Ich weiß, dass du es nicht leicht mit mir hattest.«

»He, wofür sind Freundinnen da?« Cynthia drehte sich zu ihr um. »Sag mal, was ist das für eine Geschichte mit dir und deinem kühlen Schutzengel?«

Der kühle Schutzengel. Irgendwie war das eine passende Beschreibung. Mitch war mehrmals vorbeigekommen, zweimal, während die Krankengymnastin da gewesen war. Jedes Mal hatte er die Frau ausgefragt und ihr aufmerksam zugesehen, als wollte er sich jeden Handgriff merken. Er hatte versucht, Clancy zu ein paar Übungen zu bewegen, doch sie hatte sich geweigert.

»Wir sind vor einigen Jahren mal zusammen ausgegangen.«

Cynthia bezweifelte, dass ein Mann wie Mitch sich damit begnügte. »Und du hast ihn dir entgehen lassen?«

»Er ist mir davongelaufen.«

»Offenbar hat er es sich inzwischen anders überlegt.«

Clancy schüttelte heftig den Kopf. Sie machte sich keine Illusionen. »Nein, er hat nur ein schlechtes Gewissen.«

Auch das bezweifelte Cynthia. Die Art, wie er Clancy ansah, war ihr nicht entgangen. »Warum er hier ist, spielt keine Rolle. Hauptsache, er ist es.«

Clancy schwieg.

Cynthia klappte den Koffer zu. »Entschuldigung. War ich zu direkt?«

»Nein, das warst du nicht. Es ist nur, dass ich weder sein Mitleid noch sein schlechtes Gewissen will. Das waren nicht die Gefühle, die ich von ihm wollte.«

Cynthia musterte Clancy. »Wollte? Vergangenheitsform?«

»Sehr vergangen.« Clancy zeigte auf den Rollstuhl, der sie gefangen hielt. »Sieh mich an, Cynthia. Ich bin nicht gerade ein toller Fang.«

Es war schwer, das Selbstmitleid hinzunehmen, mit dem Clancy sich quälte. »Nun ja, abgesehen von der gigantischen Depression, die im Moment absolut gerechtfertigt ist«, sagte sie, »würde ich sagen, du bist ein fantastischer Fang. Du bist klug, lustig, warmherzig.« Sie strich Clancy über die Schulter. »Und ich fand dich immer viel zu hübsch.«

Clancy schaute an sich hinab. »Ich kann nicht laufen.«

»Im Moment«, erwiderte Cynthia streng.

»Nein«, sagte Clancy leise. Sie war seit einer Woche zu Hause und hatte regelmäßig mit der Krankengymnastin gearbeitet, doch an ihrem Zustand hatte sich nichts geändert. Ihre Beine waren noch immer ein Ballast, den sie in den Rollstuhl und wieder hinaus schleppte. »Vielleicht werde ich nie wieder laufen.«

Selbst in dem Fall wäre sie kein weniger wertvoller Mensch. Cynthia wünschte, sie könnte Clancy dazu bringen, wenigstens das einzusehen. »Seltsam, als wir uns kennenlernten, waren deine Beine das Letzte, worauf ich geachtet hätte.« Sie beugte sich vor und küsste ihre Wange. »Denk darüber nach, Clancy.«

Der Klang der Türglocke hallte durch die Wohnung. Cynthia nahm den Koffer vom Bett. »Das hört sich nach dem Wachwechsel an.« Sie ging ins Wohnzimmer und sah über die Schulter. »Ich wünschte, ich könnte länger bleiben.«

Clancy lächelte dankbar. »Du hast schon so viel für mich getan.«

»Vergiss nicht, mit den Übungen weiterzumachen.«

»Er wird mich schon daran erinnern.«

»Das hoffe ich.« Cynthia zögerte, bevor sie die Tür öffnete, und senkte die Stimme. »Ehrlich gesagt, er gefällt mir wesentlich besser als dein aalglatter Exverlobter.« Sie öffnete die Tür, als Mitch gerade zum zweiten Mal läuten wollte. Er trug Zivil und einen Matchbeutel über der breiten Schulter.

»Wesentlich besser«, wiederholte Cynthia und starrte auf Mitchs kräftige Oberarme.

Mitch hatte das Gefühl, ein Gespräch unterbrochen zu haben. »Wie bitte?«

»Nichts«, Cynthia strahlte ihn an. »Ich habe nur gerade einen Gedanken zu Ende gebracht. Passen Sie gut auf sie auf, Mitch. Sie ist im Augenblick etwas anstrengend, aber sie ist es wert. Bis demnächst, Clancy.« Sie umarmte ihre Freundin zum Abschied und verschwand.

Jetzt, da er hier war, kamen Mitch Bedenken. Selbst als er noch mit ihr befreundet gewesen war, hatten sie nie darüber gesprochen, zusammenzuziehen oder auch nur die Wohnungsschlüssel auszutauschen. Sie hatten zwar miteinander geschlafen, aber er hatte nicht zugelassen, dass Clancy ihm unter die Haut oder gar ans Herz ging.

Und jetzt stand er vor ihr und war dabei, zu ihr zu ziehen. Wenn auch aus einem völlig anderen Grund. Er tat gut daran, das nicht zu vergessen.

»Ich bringe meine Sachen ins Gästezimmer.«

»Natürlich.« Sie fuhr den Rollstuhl zur Seite, um ihm den Weg freizumachen.

Dies ist ein Fehler, dachte sie. Ein großer Fehler. Aber sie hatte schreckliche Angst vor der Einsamkeit. Früher hatte sie es genossen, allein und ungestört zu sein, jetzt drohte es sie um den Verstand zu bringen. Die vergangene Woche mit Cynthia, mit ihrem unaufhörlichem Geschnatter und ihrer Art, immer nur das Lustige an allem zu sehen, hatte ihr gutgetan.

Das war auch der einzige Grund, warum sie Mitchs Vorschlag, bei ihr einzuziehen, nicht sofort abgelehnt hatte.

Und jetzt ist es kein Vorschlag mehr, dachte sie und sah ihm nach, als er ins Gästezimmer ging. Jetzt ist es Wirklichkeit.

Noch eine Wirklichkeit, über die sie keinerlei Kontrolle besaß.

7. KAPITEL

Ich habe nicht erwartet, dass es einfach wird, dachte Mitch, als er den Karton mit den Eiern aus dem Kühlschrank holte. Nachdem er gestern Abend seine Sachen vorbeigebracht hatte, war er noch einmal losgefahren, um etwas zu essen zu holen. Clancys Lieblingsgericht aus dem China-Restaurant.

Sie hatte es kaum angerührt. Resigniert hatte er seinen Teller geleert und den Tisch abgeräumt. Als er ihr danach vorschlug, ein paar Übungen zu machen, behauptete sie, zu müde zu sein.

Mitch wollte zunächst hart bleiben, gab jedoch bald nach. Vielleicht brauchte sie ihren Freiraum, wenigstens am ersten Abend. Sie beide mussten sich erst an alles gewöhnen, Clancy mehr als er selbst.

Mitch schlug ein Ei in die Pfanne. Im Moment wäre er lieber bei einer Observation, mit seinem Partner in einen unauffälligen Kleinwagen gequetscht, als hier. Er fand keine Nische, in die er sich zurückziehen konnte, um die Anspannung wenigstens für eine Weile loszuwerden.

Er hatte sich nie vor seiner Verantwortung gedrückt. Aber hier, allein mit Clancy, lagen die Dinge anders.

Hier war mehr im Spiel als das Schuldgefühl, das der Unfall bei ihm ausgelöst hatte. Gleich daneben lauerte eine andere Schuld, eine ältere, wohlvertraute Schuld. Und sie quälte ihn, obwohl er überzeugt war, damals richtig gehandelt zu haben.

Sie quälte ihn, weil er Clancy wehgetan hatte.

Ich hätte ihr noch mehr wehgetan, wenn ich geblieben wäre, sagte er sich streng.

Das letzte Ei wanderte zu den anderen drei in die Pfanne.

War es ein Fehler gewesen, ihr seine Hilfe anzubieten?

Vermutlich, aber sein Gewissen hatte ihm keine andere Wahl gelassen.

Gestern Abend hatte er sich große Mühe gegeben, es ihnen beiden etwas leichter zu machen. Doch die Fortschritte, die er im Krankenhaus gemacht hatte, waren offenbar nur Einbildung gewesen. Clancy und er benahmen sich noch immer wie zwei Schattenboxer im Ring.

»Möchtest du etwas fernsehen?«, hatte er sie gefragt.

Für ihn war ein Fernseher etwas, das bei anderen Leuten im Hintergrund lief, wenn er bei ihnen Ermittlungen anstellte. Er selbst besaß keinen und wollte auch keinen. Das Radio reichte ihm voll und ganz.

Clancy dagegen hatte sich immer gern auf dem Sofa an ihn gekuschelt und sich irgendeine geistlose Serie angeguckt, ganz so, wie die Produzenten und Drehbuchschreiber es von den Zuschauern erwarteten, vergnügt und ohne große Ansprüche.

Doch gestern Abend hatte nicht einmal das Clancy interessiert. Sie hatte nur mit dem Kopf geschüttelt. »Nein, ich gehe zu Bett.«

Er warf einen Blick zum Schlafzimmer hinüber. »Möchtest du, dass ich …«

Sie wusste, was er dachte. »Nein.« Es war ihr wichtig, etwas allein tun zu können. »Ich kann selbst zu Bett gehen.«

Als wollte sie es ihm beweisen, stemmte sie sich mühelos im Rollstuhl hoch. Clancy war immer eine hervorragende Sportlerin gewesen.

Dann ließ sie sich wieder sinken. »Die Schwester, die sie mir vor der Entlassung geschickt haben, hat mich gründlich vorbereitet.« Über ihrem Bett hing jetzt eine Stange, mit deren Hilfe sie sich hinlegen und wieder aufstehen konnte. Auf Clancys Gesicht spiegelte sich ihre Verbitterung wider. »Selbst Leute wie ich kommen mit den einfachen Aufgaben im Leben zurecht.«

»Leute wie du«, wiederholte er nachdenklich. »Du meinst die Leute, die sich selbst bedauern.«

Sie wurde blass, dann färbten sich die Wangen rot. »Habe ich etwa kein Recht dazu? Du bist doch nur hier, weil du ein schlechtes Gewissen und Mitleid mit mir hast.«

»Stimmt, ich habe Mitleid mit dir«, entgegnete er nicht weniger zornig. »Ich bemitleide dich, weil du dich bedauerst und deine Wut an denen auslässt, die dir nur helfen wollen.« Ihre Augen funkelten, aber sie erwiderte nichts. »Leute, die nicht aufgeben, werden nicht bemitleidet, sondern bewundert.«

Clancy warf ihm einen herablassenden Blick zu. »Bist du jetzt fertig?«

»Ja, ich bin fertig.«

»Dann gehe ich jetzt zu Bett«, verkündete sie mit eisiger Stimme.

Clancy wendete und fuhr zum Durchgang, doch der war nicht für Rollstühle gebaut worden, und daher stieß sie mit einem Rad gegen die Wand. Mitch musste sich beherrschen, um ihr nicht zu Hilfe zu eilen.

Stattdessen schob er die Hände in die Taschen und blieb, wo er war. Sie wollte es allein schaffen, und er würde sie nicht daran hindern.

Im kleinen Wandspiegel sah er ihre Tränen, als sie davonfuhr.

Trotzdem blieb er reglos stehen, so schwer es ihm auch fiel.

Da er nichts zu tun hatte, beschloss Mitch, selbst ins Bett zu gehen, um am Morgen früh genug aufstehen zu können. Normalerweise trank er nur einen Kaffee, bevor er zum Revier fuhr. Diesmal würde mehr als nur ein Becher auf dem Küchentisch stehen müssen.

Als er im kleinen Gästezimmer allein war, begann er seine wenigen Sachen zu verstauen. Wenn er Clancy helfen wollte, durfte er sich von ihrer Feindseligkeit nicht abschrecken lassen.

Als er die Hemden in den Schrank hängte, wurde ihm zum ersten Mal im Leben bewusst, dass man dazu aufrecht stehen musste. Wie würde er sich fühlen, wenn nicht Clancy, sondern er selbst in einem Rollstuhl sitzen würde?

Er verstand ihre Wut, und vielleicht würde es ihm sogar gelingen, diese Wut in nützlichere Bahnen zu lenken.

Plötzlich musste er lächeln. Er machte sich Hoffnungen, obwohl er alles andere als ein zuversichtlicher Mensch war.

Andererseits vermittelte er als Polizist anderen Menschen jeden Tag Hoffnungen. Indem er ihnen ein Gefühl von Sicherheit gab.

Der Rasierer glitt ihm aus der Hand und landete klappernd im Waschbecken. Er hatte ihn gerade in den leeren Spiegelschrank legen wollen, als er das Geräusch aus dem anderen Zimmer hörte. Etwas war zu Boden gefallen.

Mitch eilte über den Flur zu Clancys Zimmer.

Dem Zimmer, das jetzt ungebetene Erinnerungen weckte. Dem Zimmer, in dem er mit Clancy geschlafen hatte.

»Mir ist ein Buch heruntergefallen.« Vorwurfsvoll schaute sie ihm entgegen, als er eintrat. »Hast du gedacht, ich bin gestürzt?«

Er ließ sich nicht provozieren. »Nein, dazu klang es nicht dumpf genug.« Mitch hob das Buch auf.

Dann sah er sich im Schlafzimmer um. Die Vorhänge waren jetzt blau. Früher waren sie grau und rosafarben gewesen. Die

Tagesdecke auf dem Bett passte dazu, wie die alte zu den anderen Vorhängen gepasst hatte.

Aber das Zimmer duftete noch immer nach ihr. Warm, einladend. Sinnlich. Es duftete nach einem Frühling, der ein heißer Sommer zu werden versprach.

»Es wird schon werden«, sagte er leise.

Seine zuversichtlichen Worte schienen Clancy zu überraschen. »Wird es das?«, fragte sie mit ungewohnt sanfter Stimme.

Der Wunsch, sie zu berühren, überkam ihn, bevor er ihn wieder verdrängen konnte. Er trat vor und legte die Hand auf ihre. »Ja.«

Clancy betrachtete seine Hand. »Gibst du mir eine schriftliche Garantie?«

Er warf einen Blick auf das Buch, das er aufgehoben hatte. Es war eins von denen, die er ihr ins Krankenhaus mitgebracht hatte. Das von Helen Keller. »Lies einfach das Buch.«

Dann drehte er sich um und wollte hinausgehen.

»Weißt du«, begann Clancy so leise, dass er sie kaum verstand. »Als ich ein kleines Mädchen war, arbeiteten meine Eltern ein paar Jahre an der Botschaft in Deutschland. Nicht weit davon entfernt lag ein Park, in den sie mit mir gingen, wenn sie Zeit hatten.« Sie lächelte wehmütig, und obwohl er sich dagegen wehrte, faszinierte ihr Anblick ihn wie früher.

»Ich suchte immer nach Löwenzahn. Ich pflückte ihn, pustete und wünschte mir dabei etwas. Dann sah ich zu, wie die winzigen Büschel durch die Luft schwebten.« Sie sah hoch. Das Lächeln war verschwunden. »Jetzt ist Löwenzahn für mich nur noch Unkraut.«

Er hatte sich nie etwas gewünscht. Nur ein einziges Mal. Doch als sein Vater trotzdem nicht wiedergekommen war, hatte Mitch aufgehört zu träumen.

»Es ist Löwenzahn.«

»Ja.« Sie klang traurig. »Ich weiß. Es gibt keine Wunder.«

Mitch beugte sich zu ihr, getrieben von einem Gefühl, von dem er wusste, dass es kindisch war. Doch jetzt, weil sie so verloren und verlassen wirkte, umfasste er ihr Kinn und küsste sie. Ganz behutsam und zärtlich. Und er versuchte, nicht an die Leidenschaft zu denken, die einst zwischen ihnen entflammt war.

Er versuchte es und schaffte es nicht.

»Du brauchst kein Wunder, Clancy, nur Entschlossenheit.« Er richtete sich wieder auf. Was er empfunden hatte, wenn er sie in den Armen gehalten und geküsst hatte, war noch am Leben. Vielleicht war es begraben, aber nicht verschwunden. »Gute Nacht, Clancy.«

Sie nickte nur. Erst als die Tür sich hinter ihm geschlossen hatte, seufzte sie. »Doch, Mitch. Nur ein Wunder kann mir noch helfen.«

Er hörte es durch die Tür hindurch, als er in sein Zimmer ging.

Der Kaffeeduft weckte Clancy. Verwirrt sah sie sich um. Dann erinnerte sie sich.

Cynthia war fort. Jetzt war Mitch bei ihr.

Mitch.

Wärme durchströmte sie, und für den Bruchteil einer Sekunde stiegen längst vergessen geglaubte Gefühle in ihr auf. Hastig vertrieb sie sie.

Sie überlegte, welcher Tag heute war. Montag. Sie hatte versprochen, ihre Mutter anzurufen. Das bedeutete, dass sie fröhlich klingen musste. Schon jetzt graute ihr davor.

Clancy stemmte sich gerade in den Rollstuhl, als sie das leise Klopfen an der Tür hörte. »Ja?«

Mitch trug bereits Uniform. Er hatte Clancy einige Minuten Zeit gelassen. Erst als der Toast fertig gewesen war, hatte er beschlossen, zu ihr zu gehen. »Ich habe Frühstück gemacht.«

Vor dem Unfall war Clancy immer hungrig erwacht. Jetzt besaß sie keinen Appetit mehr.

»Du kochst?«

Er lächelte verlegen. »Ich koche.«

Sie konnte ihn sich nicht am Herd vorstellen. Nie hatte er sie in seine Wohnung eingeladen. Es war gewesen, als könnte er ihre Welt betreten, sie jedoch nicht seine. Das hatte sie gestört, aber sie war überzeugt gewesen, dass sich das eines Tages ändern würde.

Sie hatte sich getäuscht.

Clancy ließ sich in den Rollstuhl sinken. »Dann werde ich es riskieren.« Bevor sie ihn daran hindern konnte, trat Mitch hinter sie und schob sie in die Küche. Dort drehte er den Rollstuhl so, dass sie ihm an dem kleinen Tisch gegenübersaß. »Wie magst du Eier am liebsten?«

Essen war für sie so unwichtig geworden, dass sie sich kaum noch daran erinnerte. »Gebraten, mit dem Dotter nach oben.«

Er machte sie nur auf eine Art. »Es gibt Rührei.«

Clancy musste lächeln. »Das steht bei mir gleich an zweiter Stelle.«

In ihrem Blick lag ein leiser Hauch der Lebensfreude, die ihn damals so fasziniert hatte. Verblüfft stellte er fest, wie zufrieden ihn das stimmte. »Gut.«

Clancy betrachtete den Tisch. Er hatte für zwei gedeckt. Nicht festlich, sondern einfach nur praktisch. Wie der Mann selbst.

Mitch schenkte den Kaffee ein. »Trinkst du ihn noch immer schwarz?« Sie nickte. Auch daran erinnerte er sich also.

Sie legte die Hände um die Tasse und ließ die Wärme in

die Finger und die Arme strömen. Nur das Herz erreichte sie nicht. Nichts, dachte sie, wird mein Herz je wieder erwärmen.

»Mitch.«

Er zog die Augenbrauen hoch.

»Du brauchst das nicht zu tun.«

»Doch.« Er füllte seine Tasse und goss Milch hinzu. »Kaffee lässt sich aus einer Tasse einfacher trinken.«

Er wusste ganz genau, was sie meinte. »Du brauchst nicht bei mir zu wohnen.«

Er wartete, bis der erste Schluck im Magen ankam. »Hast du eine bessere Idee?«

Clancy starrte in ihre Tasse. »Nein.«

»Dann zerbrich dir nicht weiter den Kopf darüber«, sagte er. »Du kennst mich gut genug, um zu wissen, dass ich nichts tue, was ich nicht tun will.«

Das war deutlich genug. Damals hatte er nicht bei ihr bleiben wollen und war gegangen, ohne ihr eine Erklärung zu geben.

»Ja, ich weiß. Trotzdem brauchst du nicht zu bleiben.« Sie sah auf ihren Teller. »Rührei, tatsächlich.«

Das Schweigen war ihr unangenehm, und sie suchte nach etwas, worüber sie reden konnten. »Ich wusste gar nicht, dass du kochen kannst.«

Er war nicht besonders hungrig, aß jedoch, um Clancy Gesellschaft zu leisten. »Ich lebe allein. Immer nur essen zu gehen wird schnell langweilig. Und teuer.«

Sie hatte nicht erwartet, dass er sich eine andere suchen würden. »Du bist noch ungebunden?«

Noch? Er war es immer. Achselzuckend schob er den Teller von sich. »Ich möchte mir um niemanden Sorgen machen müssen.«

Einen Moment lang überlagerte die Neugier ihre Teilnahmslosigkeit. »Hast du mich deshalb verlassen?«

Er wusste, dass er ihr nie den wahren Grund genannt hatte. Er hatte lediglich gesagt, dass sein Beruf an erster Stelle stand, und beabsichtigte auch jetzt noch nicht, ihr sein Verhalten zu erklären.

Mitch stand auf. »Ich muss heute früh zum Dienst, müsste aber gegen fünf zurück sein.«

Vorausgesetzt, ich muss keine endlosen Berichte schreiben, fügte er schweigend hinzu und dachte an McAffee und seine als Rübe verkleidete Tochter. Er holte eine Karte aus der Brusttasche und schrieb eine Telefonnummer auf die Rückseite.

»Falls du etwas brauchst, ruf hier an.« Er hielt ihr die Karte hin. »Frag nach mir. Sara wird dich durchstellen.«

»Sara?«, fragte Clancy automatisch.

»Sie sitzt in der Funkzentrale.«

Er nahm den Pistolengürtel vom Kühlschrank und band ihn sich um. Sie beobachtete ihn dabei, und er musste daran denken, wie er im Morgengrauen in ihrem Schlafzimmer aufgestanden war und versucht hatte, die Uniform anzuziehen, ohne sie zu wecken.

»Sie geht nächstes Jahr in den Ruhestand«, fuhr er fort. »Und hat stahlgraues Haar.«

Clancy schob das Rührei auf dem Teller herum. »Danach habe ich nicht gefragt.«

Er nahm ihr die Gabel aus der Hand und hielt ihr den Bissen an den Mund. Sie öffnete ihn, und er fütterte sie wie ein kleines Kind. »Aber dein Blick hat gefragt.«

Als er ihr den nächsten Bissen in den Mund schieben wollte, nahm sie ihm die Gabel ab und aß selbst, wenn auch widerwillig. »Wie kommt es, dass du plötzlich in meinen Augen lesen kannst?«

Er wusste, dass sie auf ihre Trennung anspielte. »Das Licht ist hier besser.«

Clancy legte die Gabel ab. Mitch war so ausweichend wie früher. Warum war er hier und spielte den Schutzengel? Sie hob die Karte auf, die er auf den Tisch gelegt hatte.

Mitch entging nicht, dass Clancy sie in den Fingern hielt, als wäre sie ein Talisman, der sie vor Unheil beschützen konnte.

Sie hat Angst, dachte er. Angst davor, allein zu Hause zu bleiben.

Er stellte die Teller und seine Tasse in den Geschirrspüler. »Ich könnte mich krank melden.«

Das Angebot erstaunte sie. Sie hatte ihn für einen pflichtbewussteren Menschen gehalten. Oder war sein Schuldgefühl so gewaltig?

»Und was ist morgen?«, fragte sie zornig. »Und übermorgen? Willst du mich etwa zu deinem Beruf machen, Mitch?«

»Nein«, entgegnete er scharf. »Ich dachte nur, du würdest etwas mehr moralische Unterstützung wollen.«

»Was ich will«, schrie sie ihn an und senkte die Stimme gleich wieder, damit die Nachbarn sie nicht hörten, »ist, wieder laufen zu können.« Mitch drückte ihre Hand. »Das wirst du, Clancy. Das wirst du.«

Er sagte es mit einem solchen Nachdruck, dass sie ihm fast glauben konnte. »Ich dachte, Wunder gibt es nicht.«

Er ließ ihre Hand los. »Die gibt es auch nicht, nur Tatsachen.« Er schaute ihr tief in die Augen, bevor er sich umdrehte, um den Schlagstock vom Kühlschrank zu nehmen. »Soll ich dir etwas zu lesen mitbringen?« Er schob den Stock in die Schlaufe am Gürtel.

»Nein«, erwiderte sie leise. »Komm einfach nur zurück.«

Überrascht drehte er sich wieder zu ihr um. Clancys Angst

wurde immer größer, das spürte er. Er wünschte, er könnte sie ihr nehmen.

»Kennst du den alten Spruch?« Oje, jetzt schreckte er nicht einmal vor Binsenweisheiten zurück. »Was uns nicht umbringt …«

„… macht uns stärker.«

Ohne es zu ahnen, hatte er etwas gesagt, was ihr Vater immer von sich zu geben pflegte. Ihre Mutter hatte es für ihn sticken und rahmen lassen, und jetzt hing es in seinem Büro.

»Ja, ich weiß«, sagte sie und sah wehmütig auf ihre Beine hinab. »Junge, muss ich stark geworden sein.«

»Das wirst du noch.« Galgenhumor ist besser als gar keiner, dachte er lachend und streichelte ihre Wange, bevor er hastig zur Tür ging.

»Mitch.« Clancy stieß sich vom Tisch ab und fuhr auf ihn zu. »Wenn ich dich um etwas bitte, wirst du es für mich tun?«

»Das kommt darauf an.«

»Würdest du mich noch einmal küssen, bevor du gehst?« Sie zögerte. »Vielleicht bringt es mir Glück.«

Mitch antwortete nicht. Stattdessen beugte er sich vor und legte eine Hand um ihre Wange. Eigentlich sollte es nur ein flüchtiger Abschiedskuss werden.

Doch diesmal fiel der Kuss weder kurz noch freundschaftlich aus. Diesmal drangen die unter Schuld und Enttäuschung begrabenen Gefühle an die Oberfläche.

Mitch schob die Finger in ihr Haar, während der Kuss wie von selbst an Leidenschaft gewann. Clancy schmeckte noch genauso wie damals, als sie die Nächte miteinander verbracht hatten.

Noch immer raubte sie ihm den Atem. Und den Verstand. Er spürte, wie er sich in ihr verlor, wie er es immer getan hatte.

Wenn doch nur …

Nein, hier durfte es kein Wenn geben. Keine Reue. Er hatte genau gewusst, was er tat, als er sich von ihr getrennt hatte. Und er wusste auch jetzt, was er tat. Er war hier, um ihr zu helfen, sonst nichts.

In mir ist doch nicht alles tot, dachte sie. Noch glühte etwas in ihr, und er brauchte es nur zu entfachen. Er konnte es, das hatte sie gespürt. Er konnte etwas in ihr auflodern lassen.

Urplötzlich wurde ihr bewusst, wie sehr sie Mitch noch immer begehrte. Aber er begehrte sie nicht. Er bemitleidete sie nur, mehr nicht.

Mitch hob den Kopf und stützte sich auf die Armlehne des Rollstuhls.

»Verlier die Nummer nicht«, ermahnte er sie und zeigte auf die Karte, die sie noch immer zwischen den Fingern hielt.

»Ich werde nicht anrufen müssen.«

Der trotzige Ausdruck in ihren Augen entging ihm nicht. Er nickte. »Nur für den Fall.«

Dann ging er hinaus, bevor die Versuchung zu groß wurde.

8. KAPITEL

Die Einsamkeit begann, kaum dass Mitch die Tür hinter sich geschlossen hatte. Sie breitete sich in der Wohnung aus wie ein Gespenst, das sich verirrt hatte. Und der Einsamkeit folgte die Verzweiflung.

Es wurde ein Tag voller Enttäuschungen und Clancy wehrte sich mit aller Kraft gegen die Mutlosigkeit.

Vielleicht schaffte sie es, weil Mitch in ihr einen Funken Hoffnung geweckt hatte.

Um zehn Uhr rief die Krankengymnastin an, um den für mittags angekündigten Besuch auf den nächsten Tag zu verlegen. Clancy war zutiefst enttäuscht, denn sie hatte sich so danach gesehnt, einen anderen Menschen zu sehen. Im Krankenhaus war sie nie so allein gewesen wie jetzt. Dauernd war jemand gekommen. Ärzte, Schwestern, Freunde und Mitch.

Und nach der Entlassung war Cynthia fast immer bei ihr gewesen. An drei Abenden hatte Mitch sie besucht.

Jetzt lagen Stunden des Alleinseins vor Clancy. Die einzigen Stimmen, die sie hörte, kamen aus dem Fernseher, den sie eingeschaltet hatte, um nicht ganz allein zu sein.

Als das Telefon geläutet hatte, hatte sie gehofft, es wäre Mitch. Aber warum sollte er anrufen und fragen, wie es ihr ging? Er hatte ihr eine Nummer gegeben, unter der sie ihn im Notfall erreichen konnte.

Clancy legte auf und starrte an die Decke. Ihr Seufzer hallte durch die leere Wohnung.

Es war, als hätte Mitchs Kuss sie aus einem Dornröschenschlaf erwachen lassen.

Sie legte die Hände auf die Räder und steuerte das Badezimmer an. Im Vorbeifahren sah sie sich im Spiegel auf dem Flur.

Die Blutergüsse waren verheilt, nur auf dem rechten Wangenknochen war die Haut noch ein wenig verfärbt, und über dem Auge saß eine Schwellung.

Sie bremste und betrachtete ihr Spiegelbild. Eitel war sie nie gewesen, aber sie hatte immer Wert auf ein attraktives Äußeres gelegt.

»Er ist nicht wegen deines Aussehens hier«, sagte sie zu der Frau vor sich.

Vielleicht ist es ihm egal, wie ich aussehe, dachte Clancy, aber mir nicht. Sie fuhr sich mit den Fingern durchs Haar. Cynthia hatte es ihr am Samstagmorgen gewaschen, doch sie fühlte sich bereits wieder ungepflegt. Wie sollte sie es schaffen, es selbst zu waschen?

Sie presste die Lippen aufeinander und wehrte sich gegen die einsetzende Verzweiflung. Entschlossen steckte sie sich das Haar hoch und betrachtete sich mit kritischem Blick.

Ihr gefiel, was sie sah. Es war einer kleiner Triumph, aber immerhin ein Triumph. Sie war gerade damit fertig, sich selbst zu gratulieren, als die Krankenschwester eintraf.

Die hochgewachsene, schlanke Frau lehnte den angebotenen Kaffee ab, maß Clancys Blutdruck, gab ihr ein paar Ratschläge, tätschelte ihre Schulter und verschwand wieder. Der ganze Besuch hatte nicht länger als zwanzig Minuten gedauert.

Clancy war wieder allein.

Sie starrte auf das Telefon, als könnte sie ihm befehlen, endlich zu läuten.

Mitch konnte sich nicht erinnern, dass ein Tag jemals so lange gedauert hatte. Es fiel ihm schwer, sich auf die Arbeit zu konzentrieren. Noch nie hatte jemand darauf gewartet, dass er nach Hause kam. Das veränderte seine Sicht der Dinge.

Schon jetzt behinderte ihn die Lage, in die er sich gebracht hatte. Zu wissen, dass Clancy auf ihn wartete, ihn brauchte, machte ihn ungeduldig. Das bestätigte ihn in seiner Entscheidung.

Es war richtig gewesen, sich von Clancy zu trennen. Eine feste Beziehung hätte ihn nur abgelenkt. Von ihm selbst, von seiner Art zu leben.

»Bist du okay?« McAffee musterte seinen Partner, während sie die gewohnte Route durch Beverly Hills nahmen.

»Wieso?«

»Du wirkst irgendwie … ich weiß nicht … angespannt.«

Mitch zuckte mit den Schultern. »Die Hitze.«

McAffees schmale Lippen verzogen sich zu einem wissenden Lächeln. »Wessen?«

Mitch warf ihm einen warnenden Blick zu, doch McAffees Neugier war zu groß.

»Ich habe gehört, wie du heute Morgen mit Sara gesprochen hast.«

Mitch runzelte die Stirn. »Seit wann gehört es zu deinem Job, mir nachzuspionieren?«

»Seit ich weiß, dass du mir etwas verschweigst.«

McAffees Antwort ließ Mitch an seinen Vater denken. Er hatte seinem Partner noch nichts von seinem Verdacht erzählt, obwohl er von LaRue erfahren hatte, dass Sam Mitchell in Südkalifornien gesehen worden war, wenn auch nicht in der Gegend von Beverly Hills. Niemand wusste, wo Sam jetzt war. Keiner seiner alten Kunden hatte eine Ahnung, und falls doch, so behielt er sie für sich.

Hatte McAffee etwas mitbekommen? Mitch beschloss, sich dumm zu stellen. »Soll heißen?«

»Soll heißen, dass du eine Freundin hast. Du hast Sara gebeten, sie mit uns zu verbinden, falls sie anruft.« McAffee strahlte über das ganze Gesicht. »Ich hätte nicht gedacht, dass ich das noch einmal erleben würde.«

»Was das ‚Erleben' betrifft, wäre ich an deiner Stelle nicht so sicher«, knurrte Mitch und rieb sich den Nacken. »Außerdem irrst du dich.«

Ganz bestimmt nicht, dachte McAffee. Warum zum Teufel konnte Mitch nicht einfach zugeben, dass er ein Mensch wie alle anderen war? »Also macht die Frau, die Sara durchstellen soll, nur deine Wäsche, ja?«

»Ich mache meine Wäsche selbst.« McAffee rutschte auf seinem Sitz herum, und Mitch beschloss, ihm eine Antwort zu geben, bevor der Mann vor Neugier platzte. »Ich habe Sara gebeten, Clancy zu uns durchzustellen. Das ist die Frau ...«

»Ich weiß, wer Clancy ist«, unterbrach McAffee ihn und verschränkte zufrieden die Arme. »Und was läuft zwischen euch? Macht ihr dort weiter, wo ihr damals aufgehört habt?«

»Ich habe den Unfall verursacht, der sie in den Rollstuhl gebracht hat. Ich werde sie auch wieder herausholen.«

Mitch zu erklären, dass der Unfall nicht seine Schuld gewesen war, wäre sinnlos. Selbst die Untersuchungskommission war zu dem Ergebnis gekommen, aber Mitch lebte nach seinen eigenen Maßstäben. »Da hast du dir ja einiges vorgenommen.«

Das wusste Mitch. Er wusste auch, dass ihm nichts anderes übrig blieb, wenn er nicht den Respekt vor sich selbst verlieren wollte. »Es ist möglich.«

McAffee dachte an die Fragen, die er seiner Frau über Mary Elizabeth Clancys Zustand gestellt hatte. Die Prognose der

Ärzte klang nicht annähernd so optimistisch, wie Mitch zu glauben schien. »Ich wüsste gar nicht, dass ich mit Gott in einem Streifenwagen sitze.«

»Gott ist beschäftigt«, sagte Mitch.

McAffee kannte seinen Partner. »Also springst du für ihn ein?«

Mitch beobachtete, wie sich ein Ferrari und ein Mercedes um höchstens fünf Zentimeter verfehlten. Die beiden Wagen waren zusammen über zweihunderttausend Dollar wert. Manchmal kam es ihm unwirklich vor, wie reich manche Menschen waren, und dann dachte er an die Ketchupsandwiches, von denen er sich einmal ernährt hatte.

»So ähnlich.«

Mitchs Antwort warf mehr Fragen auf, als sie beantwortete. »Und wie willst du das machen?«

»Hast du nichts Besseres zu tun, als mit mir ein Quiz zu veranstalten?«

»Nein.« MacAffee lachte. Er hatte immer gewusst, dass sein Partner ein weiches Herz besaß. Mitch hatte es nur gut versteckt. Bis jetzt. »Soll ich dir die Nummer meines Schwagers geben?«

Mitch schwieg eine ganze Minute lang. Er hatte mit den Krankengymnastinnen in der Klinik gesprochen und auch mit der, die Clancy zu Hause betreute. Er hatte sich Notizen gemacht. Mehr als die Übungen, die sie mit ihr gemacht hatten, gab es nicht. Aber er wollte trotzdem nichts unversucht lassen.

»Ja.« Je mehr Informationen er sammelte, desto mehr konnte er für Clancy tun.

McAffee sah sich um. Er hatte auf die Menschen geachtet, nicht auf die Straßenschilder. »Wir sind nicht weit von seiner Praxis. Wir könnten bei ihm vorbeifahren, wenn du willst.«

»Einverstanden. Wie lautet die Adresse?«

Bevor McAffee sie ihm nennen konnte, meldete sich die Zentrale mit einem Einsatzbefehl. »Wir haben ein 459. Beverly Gien und Sunset. Wagen 17, bitte übernehmen Sie.«

Wagen 17. Das waren sie. Noch ein Einbruch. McAffee und Mitch wechselten einen Blick. »Schätze, der Besuch wird warten müssen.«

»Schätze ich auch«, meinte Mitch, während er auf die Überholspur fuhr, die Sirene einschaltete und scharf wendete. Sie waren drei Blocks von der DeSoto Avenue entfernt. Von dort aus waren es nur noch zwei Meilen bis zur Twelfth Avenue.

Die Codenummer für einen Einbruch hatte Mitch einen Adrenalinstoß verpasst.

Wenn es nun tatsächlich sein Vater war, der die Einbrüche beging? Wie würde er sich fühlen, wenn er dem Mann nach all diesen Jahren gegenübertrat? Ihn festnahm? Mitch wartete darauf, dass er etwas empfand, doch nichts geschah.

Die Scham, die ihn als Kind gequält hatte, kam nicht. Er war es einfach nur satt, unter seinem Vater zu leiden.

Einen Sohn zu zeugen, sagte er sich jetzt, macht noch keinen, Vater aus. Dazu gehörte viel mehr als das.

Plötzlich fiel Mitch ein, dass es Clancy gewesen war, die ihm das gesagt hatte. Sie hatten über eine ihrer Freundinnen gesprochen, die herausgefunden hatte, dass sie adoptiert worden war. Fast hätte er Clancy an jenem Abend von seinem Vater erzählt.

Das Haus lag weit von der Straße entfernt hinter einer großen Rasenfläche. Hohe Tore versperrten die Zufahrt.

Sie hatten den Einbrecher nicht zurückgehalten. Die Alarmanlage auch nicht. Mitch notierte sich den Namen der Firma, die sie installiert hatte. Bisher war es jedes Mal eine andere gewesen.

Nur die Vorgehensweise war wieder identisch. Auch diesmal berichteten die Bestohlenen, dass nur die Bilder und das Geld aus dem Safe verschwunden war. Der Hund, ein kräftiger, preisgekrönter Dobermann, war noch immer bewusstlos. Das Tier lag auf dem Rasen wie ein lebensgroßes Spielzeug.

Die zwölfjährige Tochter kniete schluchzend neben ihrem Hund. »Daddy, er wird sterben.« Mit tränennassem Gesicht sah sie ihren Vater an.

»Miranda«, wies der Bestohlene sie streng zurecht. Offenbar traf ihn der Verlust seiner geliebten Kunstwerke härter als der mögliche Verlust des Dobermanns.

McAffee und Mitch wechselten einen vielsagenden Blick.

»Wollen Sie denn nun die Einzelheiten wissen oder nicht?«, rief der Mann wütend.

Mitch beugte sich über das kleine Mädchen und betrachtete den Hund.

»Wird er sterben, Officer?«, fragte sie leise, um ihren Vater nicht noch mehr zu reizen.

Sam Mitchell hatte eine große Ehrfurcht vor dem Leben. Deshalb beging er nur Einbrüche, keine Raubüberfälle. Er vermied es sorgfältig, irgendjemanden zu verletzen, und selbst Haustiere waren vor ihm sicher. Deshalb war Mitch sicher, dass der Dobermann in wenigen Stunden wieder aufwachen würde.

»Nein, bestimmt nicht. Er wird vielleicht noch etwas benommen sein«, beruhigte Mitch die Kleine, »aber er wird nicht sterben.«

Als das Telefon läutete und das schrille Geräusch den eintönigen Dialog eines alten Spielfilms unterbrach, wäre Clancy fast aufgesprungen.

Als könnte ich das, dachte sie zynisch, während sie hastig zum Beistelltisch fuhr. Es war nach zwei. Sie hatte bereits mit ihrer Mutter gesprochen, und Cynthia hatte zweimal angerufen, um zu fragen, wie es ihr ging. Sie wäre mit einem Lexikon-Vertreter zufrieden gewesen, so sehr sehnte sie sich nach menschlicher Gesellschaft.

»Hallo?«

»Wie geht es dir?«

Clancy erkannte die tiefe Stimme sofort. »Ganz gut, danke.«

Mitch hatte sich den ganzen Vormittag hindurch Sorgen um sie gemacht, doch jetzt wusste er nicht, was er sagen sollte. »War die Therapeutin schon da?«

»Sie musste absagen.« Clancy sah förmlich, wie er das Gesicht verzog. Bei ihm musste alles in geordneten Bahnen verlaufen. »Sie kommt morgen.« Clancy schloss die Augen und stellte sich vor, wie er mit gerunzelter Stirn in einer Telefonzelle stand. Das Bild verschwand, wurde durch ein anderes abgelöst. Mitch, wie er sich über sie beugte, sie an sich drückte. Im Hintergrund heulte eine Sirene auf.

Clancy blinzelte.

»Okay, dann werden wir einiges aufholen müssen.«

Warum bestand er darauf, dieses Theater weiterzuspielen? Es war doch sinnlos. »Du rennst mit dem Kopf gegen die Wand«, sagte sie.

»Es ist mein Kopf.« Es gab nichts mehr zu sagen. »Wir sehen uns um sechs, Clancy.«

»Um sechs?« Mitchs Dienst war normalerweise um vier Uhr beendet.

War das etwa die Einsamkeit, die er in ihrer Stimme hörte? »Es lässt sich nicht ändern.« Er hatte mit McAffees Schwager John gesprochen und sich bei ihm ein paar neue Ideen geholt. Auf dem Heimweg würde er die Geräte besorgen, deren Anschaffung John ihm empfohlen hatte und mit deren Hilfe er Clancys Gymnastikprogramm erweitern würde.

»Na gut.« Clancy legte eine Hand in den Schoß. »Ich verstehe.«

»Ich komme, sobald ich kann«, versprach er.

Clancy legte auf, bevor er noch etwas sagen konnte.

Als Mitch kurz nach sechs die Wohnung betrat, saß Clancy am großen Fenster mit dem Rücken zur Tür. Es war das seitliche Fenster im Wohnzimmer, das auf ein weites, offenes Feld hinausging.

Das Feld, zu dem er eben gerade noch einen Abstecher gemacht hatte. Er fragte sich, ob sie ihn gesehen hatte.

Clancy hörte, wie die Tür geöffnet wurde, und drehte sich langsam um. Er kam spät, sicher, nur wenige Minuten, aber in diesen wenigen Minuten hatte sie befürchtet, er würde überhaupt nicht kommen. Wie beim letzten Mal.

Sie wollte ihm sagen, dass sie müde war, dass sie zu Bett gehen wollte, doch als sie hinübersah, war er nicht da.

Die Wohnungstür stand weit offen, nur Mitch war nirgends zu sehen.

»Mitch?«

»Bin gleich da«, drang seine Stimme vom Flur herein.

Und dann schob er einen langen Karton herein. Sie hatte keine Ahnung, was er enthielt, aber er war offenbar sehr schwer, denn Mitch musste sich mit der Schulter dagegenstemmen.

»Was ist das?«

Er lehnte den Karton gegen die Wand und ging hinaus, um einen zweiten zu holen. »Ich war vorhin bei McAffees Schwager.«

»McAffee?«, fragte sie laut, damit er sie hören konnte.

»Mein Partner.« Er stellte den Karton neben den anderen und verschwand wieder. Es waren insgesamt fünf Kartons, ohne die Gewichte. Sie herzuschaffen war nicht leicht gewesen. Er hatte den Wagen ausgeladen und sämtliche Kartons zur Tür geschleppt, bevor er sie öffnete. »Sein Schwager ist Physiotherapeut.«

Sie starrte auf die Kartons. »Und er hat dir seine Praxiseinrichtung verkauft?«

»Nein, aber eine Idee. Die Geräte habe ich gemietet.« Mitch schloss die Tür und wischte sich mit dem Handrücken die Stirn ab. Ob der Hammer und die Schraubenzieher noch immer in der Küchenschublade lagen?

Er ging hinüber. Sie waren noch da, und er legte sie auf die Arbeitsplatte. »Ich werde dir einen privaten Übungsraum einrichten.«

Ungläubig sah Clancy ihn an. »Wo?«

»Hier natürlich. Wo sonst?« Eigentlich hatte er alles erst nach dem Abendessen zusammenbauen wollen, doch jetzt beschloss er, es sofort zu tun. Auf die Weise gab er ihr keine Zeit, sich irgendwelche Ausreden auszudenken.

Die Wohnung war nicht gerade winzig, aber alles andere als geräumig. Zumal, wenn zwei Leute darin wohnten. »Hier ist kein Platz für all das.«

»Wir werden Platz dafür schaffen.«

»Wie soll ich mich denn jetzt noch bewegen?« Sie schlug mit der Hand auf die Armlehne des Rollstuhls. »Falls du es vergessen haben solltest, ich bin nicht so geschmeidig wie du.«

»Das habe ich keineswegs vergessen«, sagte er ernst und überlegte, welcher Karton die Anleitung enthielt. »Ich baue alles zusammen und zeige dir, wie du es benutzt.«

Den halben Nachmittag hindurch musste Clancy zusehen, wie ihre Wohnung sich in ein Fitnessstudio verwandelte.

»Begreif doch endlich, dass ich nie wieder laufen werde!«, schrie sie ihn irgendwann an. »Du hast dein Geld und deine Zeit verschwendet.« Sie zeigte auf die Geräte. »Warum nimmst du sie nicht einfach und …«

»Hier«, unterbrach er sie, während er eine kleine Schachtel aus der Tasche holte und sie Clancy in die Hand legte. »Ich habe dir noch etwas mitgebracht. Etwas, das wir nicht zusammenzubauen brauchen.«

Clancy betrachtete die Schachtel. »Was ist das?«

»Öffne sie und sieh nach.«

Langsam nahm sie den Deckel ab. Zum Vorschein kam ein Löwenzahn. Die weiße Kugel ruhte auf einem Taschentuch, das er in die Schachtel gelegt hatte, um die zarten weißen Büschel zu schützen.

Gerührt und unsicher zugleich sah sie Mitch an. »Was soll ich damit?«

»Wünsch dir etwas.«

Sie schluckte mühsam, bevor sie den Löwenzahn vorsichtig herausnahm und die Augen schloss. Eine Träne glitt ihr über die Wange, während sie sich etwas wünschte und dann pustete.

Die winzigen weißen Büschel segelten davon.

Mitch nahm ihr die Schachtel ab und legte sie auf den Couchtisch.

»Mitch?«

Er wollte keinen Dank. Er wollte nichts hören, was er vielleicht niemals vergessen würde. Abrupt kehrte er ihr den Rücken zu.

»Okay, ich suche jetzt die Anleitung. Du kannst sie mir vorlesen, während ich die Geräte überprüfe. Wir haben eine Menge Arbeit vor uns.«

Clancy nickte nur und starrte auf eine der winzigen weißen Federkronen des Löwenzahns auf dem Teppich.

9. KAPITEL

Clancy legte die vierseitige Anleitung zur Seite und betrachtete das Metallgestell, für dessen Zusammenbau Mitch fast zwei Stunden gebraucht hatte. Es bestand aus zwei drei Meter langen Stangen, zwischen denen sie sich über eine flache Plattform hangeln musste.

Sie fragte sich, wie sie das jemals schaffen sollte. Von den Oberschenkeln abwärts besaß sie noch immer kein Gefühl in den Beinen.

Mitch sah sie an, während er den Schraubenzieher hinlegte. Seine Handflächen waren gerötet und schmerzten ein wenig, denn er hatte jede Schraube so fest wie möglich angezogen.

Jetzt, da sie ihm nichts mehr vorlesen musste, war sie still geworden. Trotzdem konnte er ihre Gedanken so deutlich lesen, als hätte sie sie an eine Wandtafel geschrieben.

Sie wollte die Geräte nicht benutzen.

»Du solltest dir eine Chance geben, Clancy«, sagte er.

Sie seufzte. »Ich habe doch gar nichts gesagt.«

»Nein, aber du hast es gedacht.«

Sie musste lächeln. »Kannst du jetzt auch schon Gedanken lesen?«

»Das gehört zur polizeilichen Ausbildung.« Er wischte sich die Hände an den Jeans ab und nickte zu den Geräten hinüber. »Willst du es nicht einmal probieren?«

Clancy schüttelte den Kopf. »Nein. Vielleicht morgen. Hast du denn gar keinen Hunger?«

Essen war das Letzte, woran er im Moment dachte. Ihre

neuen Übungen waren viel wichtiger. Es gab Gewichte, um den Oberkörper zu trainieren, und einen am Türrahmen befestigten Streckapparat.

»Ich werde später essen.« Plötzlich ging ihm auf, dass sie vielleicht auf ihn gewartet und selbst noch nicht zu Abend gegessen hatte. »Aber wenn du …«

Ihr kam eine Idee. »Wie wäre es denn mit Pizza?«

»Du brauchst etwas, das dir Energie gibt«, sagte er.

Einen Moment lang schienen ihre Augen so belustigt zu funkeln, wie sie es früher so oft getan hatten. »Oh, ich weiß nicht. Tomatensauce, Käse, Teig, das entspricht Gemüse, Molkereiprodukten und Getreidekörnern.«

Warum eigentlich nicht? Hauptsache, sie entwickelte wieder Appetit. »Also gut, Pizza. Aber erst …«

Sie wusste, was jetzt kam. »Die Folterkammer«, erwiderte sie und musterte das Gerät voller Skepsis. »Was soll ich tun?«

»Komm erst mal hierher.«

Clancy betrachtete das Gerät. Mitch hatte es so aufgebaut, dass das Risiko zu stürzen äußerst gering war.

Jetzt stellte er sich hinter sie und half ihr, sich aus dem Rollstuhl zu stemmen. »So, jetzt leg die Hände um die Stangen und stütz dich auf sie.«

Sie tat es. »Mitch?«

Er hörte die Angst in ihrer Stimme. »Ich bin direkt hinter dir, Clancy. Versuch es einfach«, sagte er sanft.

Ihre Schultern schmerzten, als Clancy sich auf die Stangen stützte.

»Was jetzt?«, fragte sie mit zusammengebissenen Zähnen.

Seine Hände waren nur Zentimeter von ihrer Taille entfernt, doch er hielt sie nicht fest. »Jetzt versuch zu stehen.«

Ich kann es nicht, dachte sie.

»Clancy.«

Sie hob das Kinn und straffte die Schultern. Langsam, ganz langsam löste sie die Finger von den Stangen. Aber noch bevor sie den Griff ganz gelockert hatte, fühlte sie, wie die Beine unter ihr nachgaben.

Noch bevor sie fallen konnte, zog Mitch sie an sich. Sie zitterte am ganzen Körper. Vor Angst.

Vor Wut.

»Ich kann es nicht«, schrie sie verzweifelt. »Ich kann es einfach nicht.«

Er spürte ihren Schmerz, ihre Trauer und kam sich so machtlos vor.

Seine Stimme verriet nichts von dem, was er fühlte. »Du wirst es können. Wir werden jeden Tag üben, und bald wirst du loslassen und stehen können.«

Sie drehte ihm das Gesicht zu, und er sah ihre Tränen.

»Bist du sicher?«

»Ich bin sicher.«

Clancy legte den Kopf an seine Schulter. »Wenigstens einer von uns.«

Nur für einen Moment gab er seinem geheimen Wunsch nach, weil er es als Trost tarnen konnte. Er presste die Wange an ihr Haar, schloss die Augen und genoss das Gefühl der Nähe.

»Ich will nicht, dass du aufgibst, Clancy.«

Sie hob den Kopf und sah ihn an. Mitch hatte noch nie an Träume geglaubt, er hatte es immer nur mit der kalten, harten Wirklichkeit zu tun. Warum war das hier so anders?

»Warum nicht?«, fragte sie leise.

Behutsam ließ er sie auf den Rollstuhl sinken. »Weil ich sehen will, wie du läufst. Du wirst mich nicht los, bevor ich das gesehen habe.«

»Ich hoffe, du hast genug Kleidung zum Wechseln mitgebracht.«

Mitch lachte. »Das lass ruhig meine Sorge sein.« Er dachte daran, was er mit McAffees Schwager besprochen hatte. Sein Partner hatte einen kleinen Whirlpool in seinem Garten installiert, und McAffee hatte ihm gesagt, dass Mitch und Clancy ihn jederzeit benutzen durften.

Mitch schob einen Stapel Verpackungsmaterial mit dem Fuß zur Seite. »Ich kenne jemanden, der einen Whirlpool hat.«

»Schön für dich.«

»Wir können ihn am Wochenende benutzen. Und an zwei Abenden in der Woche.« Mitch sah es als Tauschgeschäft an. McAffee witterte eine Chance, mehr über sein Leben zu erfahren.

»Wir?«

»Ja. Der Pool ist für dich.«

Sie verstand noch immer nicht. Aber sie konnte sich vorstellen, wie er sie wie ein kleines Kind, das noch nicht laufen konnte, ins Wasser legte und wieder heraushob. Wie eine Schwerbehinderte.

Sie schüttelte den Kopf. »Nein, danke.«

»Das heiße Wasser ist gut für dich. Du wirst darauf treiben können. Außerdem ist es ein angenehmes Gefühl.«

Er übernimmt alles, dachte sie. Er marschiert hier herein und bestimmt mein Leben. Sie fuhr sich durchs Haar, und ihre Frisur löste sich. Beruhige dich, Mitch will dir doch nur helfen.

»Vielleicht wäre es wirklich ganz angenehm«, gab sie schließlich nach.

Ihre Worte erinnerten ihn an etwas. Er warf einen Blick auf den Karton, den er noch nicht geöffnet hatte, und zog ihn zu sich heran.

Bestürzt sah sie zu, als er ihn aufriss. Die Abbildung darauf zeigte eine Frau, die auf einer Art Bank saß, die quer über einer Badewanne angebracht war.

»Noch mehr?«

Er holte eine weiße Kunststoffbank heraus und stellte sie gegen die Wand. »Die Therapeutin sagte, du brauchst so etwas.« Er öffnete einen weiteren, viel kleineren Karton, der ein langes, schlauchartiges Ding enthielt.

Damit konnte sie ihr Haar waschen.

Sie sah ihn an. »Jetzt brauche ich nur noch in die Wanne zu steigen.« Vielleicht würde sie es schaffen, wenn sie den Rollstuhl richtig postierte.

Mitch sah das Problem nicht. »Ich werde dich hineinsetzen.«

Sie spürte, wie ihr warm wurde. »Du?«

Ihre Verlegenheit entging ihm nicht. »Clancy, ich habe dich schon nackt gesehen. Du kannst dich in ein Handtuch hüllen, wenn du dich dann wohler fühlst. Und ich werde nicht hinsehen«, versprach er, bevor er begann, die leeren Kartons neben der Tür zu stapeln.

Sie lächelte. »Ehrenwort?«

»Ehrenwort.«

Wenn sie nicht daran dachte, wie es einmal zwischen ihnen gewesen war, würde es vielleicht gehen. »Wie wäre es, wenn ich dusche, während du die Pizza bestellst?«

Sie fuhr ins Schlafzimmer und schloss die Tür hinter sich.

Mitch rief eine nahe gelegene Pizzeria an, bestellte das Essen und bat darum, es in einer Stunde zu liefern. Bis dahin würde Clancy wohl fertig sein.

Er legte auf und steckte sich das Werkzeug in die Tasche. Dann griff er nach der Bank und dem Duschschlauch. Clancy würde beides brauchen, um zu duschen.

Ihm war gar nicht bewusst, dass er vor sich hin pfiff, als er zum Badezimmer ging.

Den Duschschlauch zu installieren war einfach. Mitch brachte die Bank so an, dass Clancy mühelos in die Wanne und wieder hinaussteigen konnte.

Er steckte das Werkzeug wieder ein. »Bist du so weit?«, rief er.

Nein, dachte sie und zog das Handtuch fester um sich, das bin ich nicht. Clancy starrte auf die geschlossene Badezimmertür. Aber Mitch hatte recht. Dies war nicht das erste Mal, dass er sie nackt sah.

Doch damals war alles anders gewesen. Ganz anders.

Damals war sie gesund gewesen. Und sehr in ihn verliebt.

Er ging zur Tür, die in ihr Schlafzimmer führte, und klopfte leise. Als keine Antwort kam, öffnete er sie.

Clancy saß im Rollstuhl, in ein großes rosafarbenes Badetuch gehüllt. Er versuchte, nicht daran zu denken, dass sie darunter unbekleidet war.

»Was ist denn?«

Ihre bloßen Schultern bewegten sich auf und ab. »So habe ich mir das nicht vorgestellt.«

Mitch hob sie einfach aus dem Rollstuhl.

Sie legte die Arme um seinen Hals. »Erstklassiger Service, was?«

Er lächelte ihr zu, während er sie ins Badezimmer trug. »Ganz genau.« Ihr wurde warm, und das nicht nur, weil die Wanne schon gefüllt war. Ohne lange zu überlegen, schmiegte sie sich an ihn.

»Du hast eine Menge verborgener Talente«, flüsterte sie.

Lachend schüttelte er den Kopf. »Ein Bad einzulassen hat nichts mit Talent zu tun, Clancy.«

Sie lächelte. »Nein, aber mit Fürsorglichkeit.«

Er antwortete nicht, denn Komplimente waren ihm noch nie angenehm gewesen. Stattdessen setzte er Clancy behutsam auf die Bank und beobachtete ihr Gesicht, als ihre Zehen ins Wasser tauchten. Er hielt die Hand hinein, um zu prüfen, ob es zu heiß war. »Fühlst du etwas?«

Die Enttäuschung war gewaltig. »Nein.«

Mitch wusste plötzlich nicht, wo er seine Hände lassen sollte. Also schob er sie in die Taschen, in denen noch immer das Werkzeug steckte.

Er zeigte auf die Bank. »Du kannst sie zur Seite schieben und ins Wasser gleiten, wenn dir danach ist. Die Bank ist nicht fest installiert.« Verwirrt sah Clancy ihn an. »Eigentlich soll man sie an der Wand festschrauben, aber du wirst sie irgendwann nicht mehr brauchen.«

Sie verstand, was er damit sagen wollte, und war ihm dankbar.

Auch wenn er sich irrte.

Mitch brachte die Zeit damit herum, die leeren Kartons wegzuwerfen und die Möbel so umzustellen, dass die Übungsgeräte nicht allzu sehr störten. Das half ihm, nicht daran zu denken, dass Clancy nur wenige Meter entfernt nackt in der Wanne lag.

Der Pizzabote kam und ging wieder. Der leckere Duft machte Mitch Appetit, während er den Tisch deckte. Er sah zur Badezimmertür hinüber, dann auf die Uhr.

Clancy war jetzt schon fast eine Stunde im Bad. Er ging zur Tür und klopfte. »Clancy? Bist du fertig?«

»Ja.« Ihre Stimme klang gedämpft, fast zaghaft.

Warum kam sie nicht heraus? Hatte sie Schwierigkeiten? Er legte das Ohr an die Tür und lauschte. »Warum hast du mich nicht gerufen?« Mitch hatte sie auf die Bank gesetzt, aber nachdem sie sich das Haar gewaschen und sich eingeseift hatte, war sie vorsichtig ins Wasser geglitten. Die Wärme hatte sie entspannt, jedenfalls den Teil ihres Körpers, den sie noch fühlen konnte.

Aber sie war auch müde geworden und besaß nicht mehr genug Kraft, um sich auf die Bank zu ziehen und in das Badetuch zu hüllen.

»Weil …«, begann sie.

Mitch wartete, aber sie sprach nicht weiter. »Kommt noch etwas, oder soll ich die Erklärung selbst ergänzen?«

Ließ er ihr denn keinen Funken Stolz? »Weil dieser verdammte Unfall mir meine Würde geraubt hat, deshalb.«

Mitch öffnete die Tür und sah ihr nur ins Gesicht, obwohl die Versuchung gewaltig war. Sie hatte sich ein Handtuch um das nasse Haar gewickelt, sonst war sie nackt.

»Deine Würde hat niemals in deinen Beinen gesteckt, Clancy«, sagte er ernst. »Würde besitzt man, oder man besitzt sie nicht.«

Seltsam, dass diese Worte ausgerechnet aus seinem Mund kommen sollten. Unter anderen Umständen hätte sie selbst so etwas sagen können. »Selbst dann, wenn man nackt ist?«

Die Andeutung eines Lächelns huschte über sein Gesicht. »Wenn ich mich recht erinnere, vor allem dann, wenn du nackt bist.« Er nahm ein Badetuch, legte es ihr um die Schultern und hob sie aus dem Wasser. »Versuch zu stehen.«

»Ich kann nicht.«

»Leg deine Arme um mich und halt dich an mir fest«, befahl er.

Sie gehorchte, obwohl sie befürchtete, jeden Moment in die Wanne zurückzufallen.

»Du schaffst es«, flüsterte Mitch, während er das Badetuch

fest um sie wickelte. Trotz aller Vorsicht streiften seine Fingerspitzen ihre Brüste.

»Das glaubst du vielleicht«, murmelte sie und spürte, wie ihre Wangen sich erwärmten.

Mitch tat, als wäre nichts passiert. »Ich bringe dich jetzt ins Schlafzimmer, damit du dich anziehen kannst. Die Pizza ist schon da.«

Ihr war nicht bewusst, dass sie so lange im Bad gewesen war. Sie konnte kalte Pizza nicht ausstehen. »Vielleicht sollte ich erst essen und mich dann anziehen.«

Er drehte sich um und trug Clancy in das kleine Esszimmer. »Wie du meinst.«

Sie bemerkte sofort, dass er die Möbel umgestellt hatte.

»Gemütlich«, murmelte sie.

»Jetzt kannst du mit dem Rollstuhl um die Geräte herumfahren.«

Sie sah sich um. »Wo ist der Rollstuhl?«

»In deinem Schlafzimmer.« Er setzte sie auf den Stuhl und schob ihn an den Tisch. »Ich möchte, dass du beim Essen auf einem richtigen Stuhl sitzt.«

Sie wartete, bis er saß, öffnete den Pizzakarton und stellte erst jetzt fest, dass sie hungrig war. »Du hast ja Salami genommen.«

»Und Peperoni.« Er wusste, dass Clancy Salami nicht mochte und verrückt nach Peperoni war. Bei ihm war es umgekehrt. »Du kannst die Salami mir geben.«

Belustigt zog sie eine Braue hoch. Den Dialog hatten sie schon einmal geführt. »Wenn du mir dafür die Peperoni gibst.«

»Abgemacht.« Er musste über ihr verschmitztes Gesicht lächeln. Es war fast wie in alten Zeiten.

Aber eben nur fast. Ohne den Unfall, dachte er, während sie

die Salamischeiben am Rand stapelte, wäre sie jetzt mit einem anderen verheiratet. Verheiratet und glücklich.

Sie schob ihm ihren Teller hin und griff nach den Peperoni, die er von seiner Pizza genommen hatte. »Du hast nicht geguckt, oder?«

»Nein.«

Sie zögerte kurz. »Warum nicht?«

»Weil ich es versprochen hatte.«

»Und du hältst deine Versprechen.« Es war keine Frage.

»Immer.« Er war noch nie auf die Idee gekommen, eins zu brechen. »Du nicht?«

Doch, dachte sie, wenn ich kann.

10. KAPITEL

»Komm schon, Clancy, konzentrier dich. Du kannst es. Du musst es nur richtig wollen.«

Mitch stand am anderen Ende der beiden Stangen.

Clancy kämpfte. Der Schweiß rann ihr über die Haut, als sie sich hochzog.

Mitchs Gesicht verriet nicht, wie gespannt er war, als sie versuchte, den ersten Schritt zu machen. »Los, gib dir Mühe!«, befahl er.

Das Haar klebte ihr an der Stirn.

»Es hat keinen Sinn«, keuchte sie. »Ich kann es nicht, ich kann gar nichts mehr.«

Panik stieg in ihr auf, und sie ließ sich in den Rollstuhl zurückfallen. In den Stuhl, der ihr wie ein Gefängnis vorkam.

Der Unfall war fünf Wochen her, vor drei Wochen war Mitch eingezogen. Und egal, wie müde sie war, jeden Abend machte er mit ihr die Übungen, probierte neue aus und verwarf alte. Wenn Clancy aufhören wollte, ließ er es nicht zu.

Sie war es leid, so zu tun, als würde sie irgendwann wieder laufen können. Nichts wirkte. Nicht die Wärmebehandlungen, nicht die Massagen, nicht die verschiedenen Übungen, zu denen Mitch sie immer wieder antrieb. Selbst die Bäder im Whirlpool brachten nichts.

Wortlos hockte Mitch sich vor sie, nahm ihr linkes Bein zwischen die Hände und begann es zu massieren.

Sie wünschte, sie könnte es wegziehen. »Was soll das?«

»Ich massiere deine Muskeln.«

»Genauso gut könntest du Teig kneten«, erwiderte sie gereizt.

Seine Hände strichen über ihre Waden. Die Hände, die sie einst so zärtlich liebkost hatten.

Er ließ das Bein los und stand auf. »Okay, wie du willst. Vielleicht hast du recht.«

Verblüfft starrte Clancy ihn an. »Wie?«

»Vielleicht renne ich tatsächlich mit dem Kopf gegen die Wand. Vielleicht wirst du tatsächlich nie wieder laufen.«

Mitch sprach nur aus, was sie dachte, was sie ihm immer wieder ins Gesicht geschrien hatte. Doch jetzt kam sie sich vor wie ein Astronaut, der im Weltraum schwebte und dessen einzige Verbindung zur Raumfähre gerade gekappt worden war. Sie trieb davon, fort von ihrer einzigen Überlebenschance.

Wenn er sie aufgab, war sie verloren.

Sie packte die Armlehnen. »Sag das nicht.«

»Was?«

»Sag das nicht«, wiederholte sie mit Panik in der Stimme.

»Ich sage doch nur, was du selbst dauernd …«

»Es ist mir egal, was ich dauernd sage«, schrie sie und schlug mit der flachen Hand auf die Lehne. »Ich sitze in diesem verdammten Ding, nicht du.« Tränen rannen ihr über die Wangen. »Begreifst du denn nicht? Wenn du aufhörst, daran zu glauben, dass ich wieder laufen werde, dann werde ich es auch nicht. Nie wieder.«

Verwirrt, verzweifelt, wütend riss sie eine der kleinen Hanteln vom Tisch, um sie nach Mitch zu werfen. Nach ihrem Spiegelbild im Fenster. Nach der Welt.

Doch die Hantel entglitt ihren Fingern, fiel zu Boden und streifte dabei ihre Zehen.

»Au!« Ich schaffe auch gar nichts mehr, dachte sie angewidert.

»Was hast du gesagt?«, fragte er leise.

»Au!«, wiederholte sie. »Was ist daran so besonders?«

Clancy stockte der Atem, als ihr bewusst wurde, was der kurze Schmerzenslaut bedeutete.

»Au«, wiederholte sie fasziniert. »Ich habe ‚au' gesagt. Ich … ich habe etwas gefühlt!«

Das Haar fiel ihr ins Gesicht, als sie sich vornüberbeugte. Ungeduldig schob sie es fort und starrte auf ihre Zehen, als wären sie eigenständige, fremdartige Lebewesen.

Mitch kniete schon neben ihr und strich mit dem Daumennagel über ihre Sohle. »Spürst du das?«

Es war dumpf, als käme es durch mehrere Schichten Watte. Aber es war da. Sie spürte es.

»Ja.«

Er kniff in die Haut hinter den Zehen. »Und dies?«

Clancy nickte. Der Kloß in ihrem Hals drohte sie zu ersticken.

»Wackle mit den Zehen.«

»Ich weiß nicht, ob ich das kann«, flüsterte sie.

»Beweg sie, Clancy«, befahl er. »Versuch es, verdammt!«

Clancy packte die Armlehnen und konzentrierte sich.

Als Mitch schwieg, wusste sie, dass sie versagt hatte. Langsam öffnete sie die Augen. Sie war schweißnass und atmete so heftig, als hätte sie einen Langstreckenlauf hinter sich gebracht.

Und es nicht bis ins Ziel geschafft.

Mitch sah ihr ins Gesicht. »Er hat sich bewegt.«

»Was?«, fragte sie mit zitternder Stimme.

»Dein Zeh … hat sich bewegt, Clancy«, verkündete er feierlich. »Er hat sich bewegt!«, rief er.

Mitch hob Clancy aus dem Rollstuhl und wirbelte sie herum. »Dein komischer kleiner Zeh hat sich bewegt!« Er küsste ihr Haar. »Du hast es geschafft!«

Weinend umarmte sie ihn. Sie spürte die Wärme, die durch sein Hemd drang. Sie durchnässte den blauen Stoff mit ihren Tränen, aber es waren Tränen der Freude, und daher machte es nichts.

Dann schüttelte sie den Kopf. »Nein, du hast es geschafft! Du hast mich dazu gezwungen.« Ihr Blick war voller Liebe, als sie Mitch ansah. »Ich weiß nicht, was ich ohne dich getan hätte, Mitch.«

»Vor uns liegt noch eine Menge Arbeit, Clancy.«

Das wusste sie. Wäre dies ein Rennen, so wäre sie gerade erst dabei, sich die Schuhe zuzubinden. Aber sie besaß Laufschuhe, und das allein zählte im Moment.

»Hauptsache, du hilfst mir dabei«, sagte sie leise.

Sein Widerstand schmolz dahin. Die Liebe in ihren Augen überwand die Barrieren, die er gegen sie, gegen die Vergangenheit errichtet hatte. Er war plötzlich wehrlos.

Er schmeckte sie schon, bevor er den Kopf senkte. Es war herrlich, sie so zu küssen, wie er es früher getan hatte. Mit Leidenschaft und Hunger. Er verlor sich in ihr, und es machte ihm nichts aus.

Doch diesmal war es mehr als das. Er spürte den Unterschied ganz deutlich. Die Leidenschaft war anders als damals. Sie war aus der gemeinsam überstandenen Herausforderung entstanden. Die Herausforderung hatte sie näher zusammengebracht. Wo Clancys Hoffnung endete, begann Mitchs Entschlossenheit.

Clancy schlang die Arme um seinen Hals. Sie wollte wieder fühlen, wollte wieder fühlen, dass sie eine Frau war.

Mitchs Frau.

»Clancy, ich will dir nicht wehtun«, flüsterte er, doch in ihm war etwas entflammt, von dem er geglaubt hatte, dass es für immer erloschen war.

Verdammt, er begehrte sie. Er hatte sie immer begehrt, auch wenn er versucht hatte, es sich auszureden.

»Du tust mir nur weh, wenn du jetzt aufhörst«, erwiderte sie. »Mitch, ich will mich wieder wie eine Frau fühlen.«

Er schaute ihr in die Augen und wusste, dass sie es ernst meinte. Unwillkürlich ließ er den Blick über ihre Beine wandern. »Aber …«

Sie legte einen Finger auf seine Lippen. »Das Gefühl ist nur von den Schenkeln abwärts verschwunden.« Tränen liefen ihr über die Wangen, als sie lächelte.

»Oh, verdammt, Clancy, es wäre nicht richtig.«

»Doch«, flüsterte sie und nahm sein Gesicht zwischen die Hände. »Doch, das wäre es.«

Mitch war verloren, noch bevor er sich zu wehren begann. »Ich kann dir nicht widerstehen.«

Clancy streichelte seine Wange. »Dann versuch es gar nicht erst.«

Er gab auf und trug sie in ihr Schlafzimmer. Sein Herz hämmerte, als er sie behutsam aufs Bett legte.

Schweigend streckte sie die Arme nach ihm aus, voller Angst, dass er sich im letzten Moment doch noch abwenden könnte.

Doch er kam zu ihr, weil er nichts anderes tun konnte. Weil es keinen anderen Ort auf der Welt gab, an den er gehen konnte. Für ihn gab es in diesem Moment nur dieses Bett, diese Frau.

Clancy schob die Hände in sein Hemd, und seine Wärme durchdrang sie. Sie konnte ihn fühlen.

Sie fühlte.

Die Freude darüber war wie ein Regenbogen an einem stürmischen Himmel. Lauter Regenbogen zwischen dunklen Wolken.

Mitch zog sie an sich und genoss es, ihren kleinen, weichen Körper an seinem zu spüren. Er hatte Angst zu bleiben. Doch er hatte noch mehr Angst fortzugehen.

Obwohl die Erregung ihn zur Eile antrieb, zwang er sich zur Ruhe. Er hatte keine Ahnung, wie weit sie gehen konnte oder wollte, und er durfte ihr diesen Moment nicht verderben.

Er sah ihr in die Augen, während er ihre Bluse aufknöpfte. Dann glitten seine Finger über ihre erhitzte Haut. Er ließ den Mund über ihre Brüste gleiten. Ihre Haut fühlte sich an wie Seide und schmeckte himmlisch.

Vorsichtig zog er ihr die Bluse aus und hakte den BH auf. Ihr Atem ging schneller, so schnell wie seiner.

Clancy stöhnte auf, als seine Hände über ihre Brüste tasteten. Dies war es, was sie wollte, wonach sie sich gesehnt hatte. Er berührte sie so, wie er es einst getan hatte, und ließ sie sich so fühlen, wie sie damals gewesen war.

»Oh, wie sehr ich dich vermisst habe«, flüsterte sie.

Voller Ungeduld zerrte sie das Hemd von seinen Schultern, um seine Haut an ihrer zu spüren. Zum ersten Mal seit einem Monat fühlte Clancy sich lebendig, und sie klammerte sich an dieses Gefühl, an den Mut und die Hoffnung, die es in ihr wachsen ließ.

Mitch wollte ihr sagen, dass auch er sie vermisst hatte. Doch die Worte waren in ihm eingeschlossen, und er wusste nicht, wie er sie freilassen konnte.

Er konnte nur mit ihr schlafen. Wie er es in Gedanken schon unzählige Male getan hatte.

11. KAPITEL

Mitch wollte es nicht. Er wusste, wenn er jetzt nachgab, wäre er verloren. Dann gäbe es keine Umkehr mehr.

Wieder würde er am Beginn des langen, quälenden Irrgartens stehen. Der Wunsch, Clancy zu besitzen, wäre größer als der, zu atmen und zu leben.

Aber es war zu spät.

Wie ein Verdurstender küsste er sie. Sich zu sagen, dass er einen Fehler beging, dass er sich selbst der inneren Ruhe beraubte, die er endlich gefunden hatte, half nicht.

Wichtig war allein Clancy.

Hastig zog er das Hemd aus.

Mitch war immer ein starker Mann gewesen. Er hatte es sein müssen. Nur die Starken überlebten. Doch bei Clancy war er nicht stark, bei ihr fühlte er sich schwach.

Bei ihr empfand er nichts als Verlangen. Und dieses Verlangen verzehrte ihn.

Clancy wollte so sein, wie sie einmal gewesen war. Früher wäre sie zu diesem Zeitpunkt längst vollständig ausgezogen gewesen und hätte sich auf ihn gelegt. Doch das konnte sie nun nicht mehr.

»Du wirst die ganze Arbeit machen müssen«, flüsterte sie.

»Arbeit ist es nur, wenn du es nicht genießt.«

»Genießt du es, Mitch?« Sie musste es hören.

Sah sie es ihm denn nicht an?

»Verdammt, du weißt ganz genau, dass ich das tue.« Er küsste ihren Hals.

Seit er sie verlassen hatte, hatte es niemanden für ihn gegeben. Er hatte niemanden haben wollen. Sich von Clancy zu trennen war das Schwerste gewesen, das er je getan hatte. Clancy war ihm unter die Haut und ans Herz gegangen. Niemand hatte ihm je wieder so nah kommen dürfen.

Es war ihm nicht schwergefallen, niemanden in sein Leben zu lassen.

Doch jetzt war Clancy wieder darin, und er konnte sie nicht daran hindern.

Clancy fühlte sich hilflos, dem Verlangen und der Verlegenheit ausgeliefert, als er sie auszog. Mitch musste sie ausziehen. Sie schaffte es gerade noch, die Hüften anzuheben, damit er die Shorts an ihren Beinen hinabstreifen konnte.

Mitch sah ihr an, was sie dachte. »Nicht, Clancy. Denk an gar nichts.« Er hatte recht. »Nur an das hier«, sagte sie.

Er streichelte ihr Gesicht, schob die Finger in ihr Haar. »Nur an das hier«, wiederholte er.

Während er mit der einen Hand ihre Hüfte stützte, zog er mit der anderen erst die eine, dann die andere Seite ihres Slips herunter. Gerade weil es so langsam ging, wuchs die Leidenschaft in ihnen bis ins Unermessliche. Als Clancy endlich nackt war, mussten sie beide um Beherrschung ringen.

Und dann gehörte sie ihm. Und er gehörte ihr.

»Du bist so schön«, flüsterte Mitch voller Staunen.

Hastig zog er die Jeans aus und presste Clancy an sich, bis Traum und Wirklichkeit verschmolzen.

Er bedeckte ihr Gesicht mit Küssen, bis er eine Träne an den Lippen spürte. Sofort hob er den Kopf. »Was ist?« Zärtlich strich er ihr das Haar aus der Stirn. »Möchtest du, dass ich aufhöre?«

»Nein. Es ist nur …«

»Was, Clancy?«

»Ich kann nicht einmal meine Beine bewegen, um …«

Es gab Dinge, die ganz einfach nötig waren, um miteinander zu schlafen. Und sie brachte es nicht fertig, sie zu tun.

»Keine Sorge. Manche Dinge«, flüsterte er und spreizte behutsam ihre Beine, »tut ein Mann sehr gern selbst.«

Dankbar schlang sie die Arme um ihn. Sie spürte, wie sehr er sie begehrte.

Doch er hielt sich zurück.

»Jetzt, Mitch«, drängte sie. »Jetzt. Nimm mich jetzt.«

Er sah ihr ins Gesicht. »Bist du sicher?«

Ihr Blick liebkoste ihn und sagte Dinge, von denen sie wusste, dass ihr Mund sie niemals aussprechen würde. »Ich bin sicher. So sicher wie noch nie in meinem ganzen Leben.«

»Ich bin nicht gut für dich, Clancy«, erwiderte er dennoch. »Ich war es nie.« Selbst in einem Moment wie diesem war ihm bewusst, dass er nicht in ihr Leben passte. Es war eleganter und kultivierter als das, was er von zu Hause kannte. Irgendwann würde sie sich seinetwegen schämen, und das würde er nicht ertragen.

Clancy wollte nicht mehr reden. Sie bewegte sich so, dass ihre Brüste seine Haut streiften. »Schlaf mit mir, Mitch. Lass mich nicht darum betteln.«

Mitch wusste, dass es kein Zurück mehr gab.

Als er in sie eindrang, sah er das Leuchten in ihren Augen, ein Leuchten, das widerspiegelte, was er selbst empfand.

»Ich kann dich fühlen, Mitch«, rief sie überglücklich. »Ich kann dich fühlen.«

Ihre Vereinigung war sanft und wild, zärtlich und feurig. Wie Stürme und Regenbogen.

Mitch kostete sie aus, denn er würde lange davon zehren müssen. Er schwor sich, nie wieder so schwach zu sein und seinem Verlangen nachzugeben. Clancy bedeutete ihm zu viel, als dass er sie so ausnutzen durfte.

Doch diesmal, nur dieses eine Mal, würde er sich in einer Welt verlieren, von der er wusste, dass sie ihm nicht gehören konnte.

Irgendwann, als er in die Wirklichkeit zurückkehrte, hörte er Clancys leises Atmen. Ein herrliches Gefühl von Nähe und Geborgenheit erfüllte ihn. Auch das würde er nicht vergessen.

Er küsste ihre Schulter und wollte sich langsam von ihr lösen.

»Bleib bei mir, Mitch.« Sie seufzte wie eine Frau, die halb aus einem wunderbaren Traum erwachte. »Bleib heute Nacht bei mir.«

Sie sah so hinreißend aus, dass er am liebsten für immer bei ihr geblieben wäre. Aber nichts war für immer.

»Das tue ich doch«, sagte er und nickte in Richtung des Gästezimmers.

Das war viel zu weit entfernt. Sie wollte in seinen Armen einschlafen. »Bleib hier. In meinem Bett. Bei mir. Wie früher.«

Er wollte Nein sagen, doch er brachte das Wort nicht heraus.

Sie deutete sein Schweigen als Einverständnis und schmiegte sich an ihn wie ein zufriedenes Kätzchen. Sie seufzte und schloss die Augen.

Schützend legte Mitch den Arm um sie. Er würde keinen Schlaf finden, dazu war er viel zu aufgewühlt. Doch das machte nichts. Hauptsache, sie war neben ihm.

Es ist falsch, Clancy, dachte er. Wir wissen es beide. Aber lass uns heute ruhig so tun, als sei es das nicht. Nur heute Nacht.

Der Morgen kam auf leisen Sohlen und schlich sich allzu

schnell in Mitchs Bewusstsein. Und mit dem Morgen kam die Wirklichkeit.

Mitch wusste, dass er eine Wiederholung dessen, was am Abend zuvor geschehen war, nicht zulassen durfte. Ihretwegen.

Er betrachtete Clancy und musste lächeln. Also war er doch eingeschlafen. Die Decke war heruntergerutscht und bauschte sich an seiner Taille. Im Schlaf war er rastlos, nur wach wirkte er unerschütterlich. Im Schlaf hatte er sich nicht im Griff.

Unfähig zu widerstehen, ließ er eine Hand über Clancys Schenkel gleiten. Ihre seidige Haut erregte ihn.

Großartig, Mitchell. Was für eine Selbstbeherrschung.

Clancy legte eine Hand auf seine. »Hm, das kitzelt. Hör nicht auf.« Doch er tat es. »Was hast du gesagt?«

»Ich sagte, hör nicht auf.« Widerwillig schlug sie die Augen auf.

Mitch setzte sich auf und sah ihr ins Gesicht. »Nein, davor.«

Sie überlegte, noch benommen vom Schlaf. Sie hatte von ihm geträumt, davon, wie sie mit ihm in einem Feld voller Löwenzahn lag. »Hm?«

»Nein.« Er schüttelte den Kopf. »Du sagtest, das kitzelt.«

Clancy war plötzlich hellwach und starrte auf ihre Beine. »Das stimmt. Ich habe es gefühlt.« Sie schaute ihn an. »Tu es noch einmal.« Er strich über ihren Schenkel, und sie wand sich ein wenig. »Das andere. Streichle das andere Bein.«

»Ganz schön anspruchsvoll.« Der Scherz sollte die Anspannung verbergen, während er mit den Fingerspitzen ihre Haut berührte. »Und?«

»Es ist nicht viel, aber ich fühle etwas«, verkündete sie aufgeregt. Schweigend setzte er sich auf und schwang die Beine aus dem Bett. »Es ist besser für dich, wenn ich jetzt aufstehe.«

Was redete er da? »Unsinn. Oder bereust du, was wir getan haben?« Er sah sie über die Schulter an. »Ja.«

Clancy kam es vor, als würde ihr das Herz in der Brust gefrieren. Sie zog die Decke an den Hals. »Oh.«

Er brachte es nicht fertig, ihr in die Augen zu schauen. »Aber nur, weil es mich verrückt nach dir gemacht hat.«

Sie wartete eine Sekunde, kostete seine Worte aus. »Dann war es nicht nur aus Mitleid?«

Er drehte sich zu ihr um. »Wenn es jemanden gab, der Mitleid gebraucht hätte, war ich es. Ich war wie ein Ertrinkender.«

Sie ließ den Blick an seinem Körper hinab wandern. »Für einen Ertrinkenden warst du ziemlich eindrucksvoll.«

Sie schob ihre Finger zwischen seine. Er wusste, dass er jetzt gehen sollte, blieb jedoch auf der Bettkante sitzen. »Clancy, ich muss mich bereit machen.«

Clancy lächelte. »Du siehst aus, als wärst du das schon.«

Er lachte. »Du bist unverbesserlich.«

»Dann sehen Sie mich als Ihre Lebensaufgabe an, Officer Mitchell.« Mitch ließ sich zurückfallen. »Ich werde zu spät kommen.«

»Es wird sich lohnen.« Sie küsste seine Schulter. »Das verspreche ich dir«, flüsterte sie, ihre Lippen schon an seinen.

Und so verlor Mitch eine weitere Schlacht. Er tat es gern, ohne Rücksicht auf Verluste. Das erste Mal war wie ein Traum gewesen, doch jetzt, im Licht der hereinströmenden Sonne, war alles viel realistischer.

Und dennoch musste es ein Traum bleiben, denn sie verdiente viel mehr, als er ihr jemals geben konnte.

Clancy gab sich dem Zauber hin, der Sinnlichkeit, in die er sie mit seinen Küssen und Liebkosungen hüllte.

Es war, als hätte es alles andere nicht gegeben. Stuart, der

Unfall, die verlorene Zeit – nichts davon spielte noch eine Rolle. Alles war so wie davor. Mitch lag in ihrem Bett, liebte sie und gab ihr ein wunderbares Gefühl.

Jetzt wusste sie, dass sie Mitch noch immer liebte.

12. KAPITEL

Es war genau das eingetreten, wogegen er sich immer gewehrt hatte. Clancy und der Wunsch, ihr zu helfen, einfach nur bei ihr zu sein, bestimmten sein Leben so sehr, dass alles andere in den Hintergrund trat.

Stirnrunzelnd bog Mitch in eine Seitenstraße ein. McAffee und er waren unterwegs zu einer Zwanzig-Zimmer-Villa in Beverley Hills. Zum nächsten Einbruch.

Clancy lenkte ihn zu sehr ab. Eigentlich hätte er längst wissen müssen, wo sein Vater steckte. Clancy nahm fast seine ganze Zeit in Anspruch, und er war nicht zu mehr gekommen, als ein paar Bars zu besuchen, in denen Sam Mitchell früher oft gewesen war.

Jake, einer der Barkeeper, hatte ihn angestarrt und versucht, sich an den großen, mageren Jungen zu erinnern, den er einst gekannt hatte. Doch der kräftige Polizist, der jetzt vor dem Tresen stand, glich in nichts mehr seinem Vater.

»Sam?« Jake tat, als würde er nachdenken, während er mit einem zerfetzten Tuch an einem Fleck herumrieb, der sich längst ins Holz gefressen hatte. »Nein, der ist sauber, Alex. Jemand hat mir erzählt, dass er zum Glauben gefunden hat. Aber wahrscheinlich ist es eher eine reiche Witwe«, sagte er kichernd.

Von Andy hatte Mitch noch weniger erfahren.

Andy rauchte noch immer zwei Schachteln am Tag. Sein Husten war noch schlimmer geworden, die Haut gelb. »Du willst deinen alten Herrn verhaften, Alex? Er hat dich nicht richtig erzogen, was, mein Junge?« »Er hat mich gar nicht erzogen«, entgegnete Mitch. »Meine Mutter hat es getan. Wenn sie Zeit dazu hatte.«

Andy starrte ihn durch die Qualmwolke hindurch an. »War bestimmt nicht leicht für sie, was?« Er zuckte mit den Schultern. »Sam hat es auch nicht leicht gehabt, Junge. Glaub mir, Sam auch nicht.«

Die Worte waren Mitch lange nicht aus dem Kopf gegangen.

Er hatte nie versucht, das Leben aus der Sicht seines Vaters zu sehen. Mitch wusste, dass sein Großvater, ein Mann, den er nie kennengelernt hatte, seinen Vater regelmäßig verprügelt hatte und dass Sam Mitchell mit dreizehn von zu Hause weggelaufen war.

Doch wie hart seine Kindheit auch gewesen sein mag, es gibt ihm noch lange nicht das Recht, andere Leute zu bestehlen, dachte Mitch, als er und McAffee aus dem Streifenwagen stiegen.

Das jüngste Opfer des Bilderdiebs erwartete sie vor einer Wand, an dem schwarze Samtvorhänge einen leeren Fleck einrahmten.

»Mr. Wade, ich bin Officer Mitchell«, sagte Mitch. »Dies ist Officer McAffee. Wir sind hier, um Ihre Aussage aufzunehmen.«

»Also, wenn Sie uns kurz schildern könnten, was …«, begann sein Partner.

»Ich habe ihn gesehen«, platzte Wade heraus und fuhr sich durch das schüttere Haar. Der Brillant an seinem Finger funkelte in der Morgensonne. »Eigentlich sollte ich noch auf Hawaii sein.« Er verzog das Gesicht. »Nichts als Sand, Wasser und Sonne. Also habe ich meine Familie dort gelassen und bin zurückgekommen, um zu arbeiten.« Sein Atem ging schneller.

»Als ich das Haus betrat, wollte der Bastard gerade den Warhol von der Wand nehmen.« Er zeigte auf das Bild. Der Rahmen hing schief.

»Wie sah er aus?«, fragte Mitch.

»Mager. Sehr mager. Und groß. Aber er trug eine Skimütze. Sein Gesicht habe ich nicht gesehen.« Wade schüttelte den Kopf. »Am helllichten Tag. Sonst ist fast immer jemand im Haus. Woher wusste der Kerl, dass niemand da ist?«

Sam liebte keine Überraschungen. »Offenbar ist er sehr gründlich«, knurrte Mitch.

Er sah sich um. Allein die Möbel hätten ihn ein Jahresgehalt gekostet.

Dies ist die Art von Haus, an die Clancy gewöhnt ist, dachte er. Ein Haus, in das er nicht gehörte.

Mitch drehte sich wieder zu dem Mann um. »Was genau wurde gestohlen?«

Wade zog die Schublade eines auf Hochglanz polierten Schreibtisches auf und nahm einen Umschlag heraus, der mehrere Fotos enthielt. Zwei davon zeigten das gestohlene Gemälde.

»Der Monet.« Er reichte das Foto Mitch, der es an McAffee weitergab. »Ein weniger bekanntes Werk, aber trotzdem sehr wertvoll.« Wade ließ sich in den Sessel neben dem Schreibtisch fallen. »Warum musste er ausgerechnet den Monet nehmen?«, jammerte er.

»Offenbar ein Kenner«, erwiderte Mitch trocken.

Sie blieben noch eine halbe Stunde und sammelten so viele Informationen, wie sie bekommen konnten. Es war wieder dieselbe Vorgehensweise. Von dem Schmuck im Haus fehlte kein einziges Stück.

»Nun ja, wenigstens wissen wir, dass er sich gesund ernährt«, meinte McAffee auf dem Weg zum Streifenwagen.

»Wie bitte?« Mitch öffnete die Fahrertür und sah seinen Partner über das Wagendach hinweg an.

»Groß und schlank.« McAffee stieg ein. »Mit einem erlesenen Geschmack.«

Schweigend startete Mitch den Motor. Er war absolut sicher, dass sein Vater wieder aktiv war, er konnte ihn nur nicht finden.

»Diese Sache macht dir schwer zu schaffen, was?«, fragte McAffee, als sie losfuhren. »Oder ist es Clancy?«

»Beides«, antwortete Mitch nach einer Weile.

»Unser Mann hat zwei Wochen pausiert«, sagte McAffee und klappte sein Notizbuch zu. »Vielleicht wird er vorsichtig und wechselt öfter die Stadt.«

»Oder er wird einfach nur alt.«

McAffee überlegte. »Wie kommst du darauf, dass er älter ist?«

»Er scheint eine Menge Erfahrung zu besitzen.«

»Oder er ist ein Naturtalent.« McAffee schmunzelte. »Alicias Nichte ist erst zehn, aber sie programmiert unseren Videorekorder schneller, als ich die Bedienungsanleitung lesen kann.«

Mitch hörte nicht mehr zu. Er hatte eine Entscheidung getroffen. Wenn sein Vater tatsächlich der Einbrecher war, würde er ihn festnehmen.

Es würde ihm schwerfallen. Schließlich war Sam Mitchell immer noch sein Vater.

Da ist es wieder, dachte Mitch. Ich werde weich. Clancy macht mich weich.

Er warf einen Blick auf die Uhr. Offenbar brachte sie ihn auch dazu, sich auf den Dienstschluss zu freuen.

McAffee entging es nicht. »Solltest du sie nicht mal anrufen?«

Mitch antwortete nicht.

»Sie ist eine ganz besondere Lady, Mitch«, sagte sein Partner ernst. »Verscherz es dir nicht mit ihr.«

»Da gibt es nichts zu verscherzen.« Mitch bog in eine Einkaufsstraße ein. »Ich bin ihr etwas schuldig und werde meine Schuld begleichen, das ist alles.«

Es war weit mehr als das, und sie wussten es beide. McAffee sah wieder nach vorn. »Sicher.«

»Okay, spuck es aus«, fuhr Mitch ihn ungeduldig an. »Was ist?«

»Nichts.« MacAffee setzte eine Unschuldsmiene auf. »Ein Blinder kann sehen, dass zwischen euch etwas läuft.«

Mitch knurrte etwas Unverständliches. »Du bist nicht der Einzige, der um einen anderen Partner bitten kann.«

McAffee lachte. »Dich nimmt keiner.« Er zeigte auf die nächste Straßenecke. »Dort drüben ist eine Telefonzelle.«

Mitch warf ihm einen wütenden Blick zu, lenkte den Streifenwagen jedoch schon an den Bordstein. »Ich kenne die Gegend, McAffee.«

Als er Clancy anrief, klang sie erschöpft, aber keineswegs niedergeschlagen. »Du brauchst kein Essen mitzubringen«, verkündete sie stolz. Bisher hatte er jeden Abend etwas mitgebracht. »Warum nicht?« »Weil ich eine Überraschung für dich habe.«

»Ich mag keine Überraschungen.« Überraschungen waren selten angenehm. Das hatte er von seinem Vater gelernt.

»Die hier wird dir gefallen«, versprach Clancy. »Komm bald nach Hause.«

Komm bald nach Hause. Das hörte sich gut an. Zu gut, dachte er. Er durfte sich nicht daran gewöhnen. »Ich werde es versuchen. Machst du deine Übungen?«

»Ja, Chef.«

Ihre Stimme klang liebevoll. Er schüttelte das Gefühl ab. »Gut. Wenn ich komme, machen wir dort weiter, wo wir aufgehört haben.« »Versprochen?«

Er wusste, was sie meinte, und musste lächeln. »Ich rede von der Therapie.«

»Ich auch«, erwiderte sie. »Bis heute Abend.«

»Ja.«

Er legte auf. Wenn Clancy erst wieder laufen konnte, würde sie ihn nicht mehr brauchen. Dann gab es keinen Grund mehr, bei ihr zu bleiben.

Der leckere Duft begrüßte Mitch, noch bevor er den Schlüssel aus dem Schloss ziehen konnte. War jemand zu Besuch, oder kochte Clancy etwa selbst?

»Was tust du?«, rief er.

Zwei Teller lagen auf ihrem Schoß. Alles andere war bereits angerichtet. Überrascht drehte Clancy sich zu ihm um. Sie war so in ihre Arbeit vertieft gewesen, dass sie Mitch gar nicht kommen gehört hatte.

»Ich habe gekocht«, verkündete sie stolz.

Er warf einen Blick auf den Herd und dachte an all das, was hätte passieren können. Clancy hätte sich verbrennen können. »Das hättest du nicht zu tun brauchen.«

Dass er sich nicht so sehr zu freuen schien wie sie, störte sie ein wenig. Aber so war Mitch eben. Freude zu zeigen war für ihn schon ein Gefühlsausbruch. »Doch.« Sie stellte die Teller auf den Tisch und zeigt auf die Auflaufform. »Hühnchen Terrazini muss man selbst machen.«

Die Vorbereitungen hatten zweimal so lange gedauert wie früher. Der Supermarkt um die Ecke hatte ihr die nötigen Zutaten geliefert.

Mitch betrachtete den Tisch. Außer der Auflaufform standen noch ein Korb mit warmen Brötchen und eine Schüssel mit Gemüse darauf. »Das hast du alles zubereitet?«

Sie strahlte über das ganze Gesicht. »Ja.«

Er staunte. »Ganz allein?«

»Na ja.« Sie lächelte. »Gott hat das Hühnchen gemacht, den Rest ich.«

Mitch ging zu ihr, nahm ihre Hand, um ihr auf den Stuhl zu helfen, und stellte fest, dass sie sich nicht mehr so fest an ihn klammerte. Sie machte Fortschritte. Und mit jedem Schritt entfernte sie sich ein Stück von ihm.

Clancy ließ ihn nicht aus den Augen, als er den ersten Bissen nahm.

»Gut«, sagte er.

Sie kannte ihn lange genug, um zu wissen, dass dieses eine Wort aus seinem Mund höchstes Lob bedeutete.

Als er nach ihrem Teller griff, um ihn zu füllen, schob sie seine Hände fort. »Das kann ich selbst.«

Mitch schnitt ein Stück Fleisch ab und legte es auf ihren Teller. »Lass dich doch ruhig einmal bedienen.«

Sie hatte ihre Nervosität an ihm ausgelassen und warf ihm einen entschuldigenden Blick zu. »Du hast recht«, gab sie nach, bevor sie sich zurücklehnte und auf das Gemüse zeigte.

Sie wollte endlich einmal über etwas reden, das nichts mit ihrer Behinderung zu tun hatte. »Mitch, warum redest du nie über deine Arbeit?«

Die Frage kam überraschend, und er antwortete nicht sofort.

»Meine Arbeit ist nicht so, dass jemand wie du etwas darüber erfahren möchte«, sagte er schließlich.

»Jemand wie ich«, wiederholte sie. »Was soll das heißen?«

»Das weißt du selbst am besten.«

Hielt er sie etwa für snobistisch, nur weil sie anders aufgewachsen war als er?

Nein, es war mehr als das. Irgendetwas belastete ihn, das spürte sie. Sie legte eine Hand auf seine. »Bitte, Mitch, ich möchte wirklich wissen, was du den ganzen Tag tust.«

»Na gut. Wir untersuchen gerade eine Einbruchsserie in Beverly Hills.

Der Dieb stiehlt nur Bilder. Erstklassige Kunstwerke. Heute hat er einen Monet mitgenommen. Er ist sehr wählerisch. Außerdem kennt er sich mit Alarmanlagen aus.« Mitch wischte sich den Mund mit der Serviette ab. »Es ist sein Hobby.«

»Woher weißt du das?«, fragte sie erstaunt. »Weißt du denn, wer der Einbrecher ist?«

Seine Miene verfinsterte sich. »Nein, natürlich nicht.« Er schob den Teller zurück. »Ich werde jetzt duschen, und dann sollten wir uns an deine Übungen machen.«

Clancy nickte nur und sah ihm nach, als er hinausging. Er hatte seinen Teller nicht abgeräumt.

Hatte sie etwas Falsches gesagt?

Ich werde nachlässig, dachte Mitch verärgert. Früher hätte er sich niemals so verhalten.

Hoffentlich würde er von Clancy loskommen, bevor es zu spät war.

13. KAPITEL

Erst als er mit einem Handtuch um die Hüften aus dem Bad kam, bemerkte er, dass Clancy in seinem Zimmer auf ihn wartete.

»Rede mit mir«, sagte sie.

Er nickte zum Schrank hinüber. »Macht es dir etwas aus, wenn ich mich vorher anziehe?«

Mitch sah zwar großartig aus, aber im Moment interessierte sie nicht sein Körper, sondern seine Seele.

»Ob du eine Rüstung oder ein Feigenblatt trägst, ist mir egal«, antwortete sie. »Hauptsache, du redest mit mir.«

Mitch musste sich beherrschen, während er ein frisches T-Shirt herausnahm und zu den alten Jeans aufs Bett warf.

»Glaubst du, es gibt Regen?« Er zog eine Schublade auf und holte Unterwäsche heraus.

»Reden, Mitch. Ein ernstes Gespräch, nicht Geplauder.«

»Worüber?« Er schloss die Schublade ein wenig heftiger als nötig.

»Erzähl mir, was dich belastet.«

»Mich belastet, dass ich mich nicht anziehen kann und auf den Teppich tropfe.«

»Du schließt mich aus, Mitch.«

Er funkelte sie an. »War meine Tür etwa abgeschlossen?«

Sie stemmte sich mit einem Arm aus dem Rollstuhl und schaffte es, ihn an der Brust zu berühren, bevor sie zurückfiel. »Aus deinem Herzen, meine ich.«

Mitch fuhr sich durch das feuchte Haar. »Ich glaube, es

wird Zeit, dass wir dein Büro bitten, dir Arbeit nach Hause zu schicken. Das wird dich davon abhalten, solchen Unsinn zu reden«, sagte er scharf.

»Wir reden nicht über meine Probleme, sondern deine, Mitch«, beharrte sie.

Er nahm ein zweites Handtuch, trocknete sich das Haar und legte es sich um den Hals. »So?«

»Ja.«

An seiner Wange zuckte ein Muskel. »Ich habe keine Probleme.«

»Warum warst du beim Essen plötzlich so still? Warum bist du so abrupt aufgestanden und unter die Dusche gegangen?«

»Ich wollte mich waschen.«

»Du wolltest mir ausweichen.«

Mitch verlor die Geduld. »Wovon zum Teufel redest du?«, donnerte er. Sie ließ sich nicht einschüchtern. »Nicht nur Beine können gefühllos sein, Mitch«, sagte sie leise. »In dir ist etwas erstarrt ... eingefroren ... etwas, worüber du nicht sprechen willst. Hat es mit den Einbrüchen zu tun? Was belastet dich daran so sehr?«

Sein Gesichtsausdruck war kalt, distanziert. Sie erkannte ihn kaum wieder. »Dass ich sie nicht aufklären kann.«

»Es ist mehr als das, nicht wahr?« Langsam begriff sie. »Als ich dich fragte, wer der Täter ist, wurde dein Blick so seltsam.«. Sie zögerte. Eigentlich war es undenkbar. Deckte Mitch irgendjemanden? »Weißt du, wer es ist, Mitch?«

Mitch schwieg.

Clancy stockte der Atem. Das konnte nicht sein. Mitch war der ehrlichste Mensch auf Erden. »Du weißt es, nicht wahr?«

Plötzlich kam es ihm so sinnlos vor, ihr etwas vorzumachen. Er setzte sich aufs Bett. »Nein.« Er schüttelte den Kopf.

»Ich bin nicht sicher.« Sie musterte sein Gesicht. »Aber du hast einen Verdacht.«

Er sah sie an. »Ja.«

»Wer?«

Vielleicht würde sie endlich einsehen, dass es für sie und ihn keine Zukunft gab, wenn er es ihr sagte. Dass er ihrer nicht wert war. Dass sein Vater ein Verbrecher war. Sein Leben war eine einzige Lüge. Er war ein Heuchler und verdiente eine Frau wie Clancy nicht.

»Sam Mitchell«, flüsterte er. »Mein Vater.«

Verblüfft starrte sie ihn an. »Wie bitte?«

»Mein Vater«, wiederholte er. Das Wort hörte sich fremd an. Er hatte in all den Jahren nicht oft Gelegenheit gehabt, es zu benutzen.

»Du scherzt.«

Er lachte verbittert. »Sehe ich so aus?« Er zwang sich, Clancy in die Augen zu schauen. »Sam Mitchell ist der Grund, aus dem ich Polizist wurde. Als eine Art Ausgleich. Mein Vater war ein Dieb, also gehörte ich auf die andere Seite, sozusagen als Wiedergutmachung.« Und daran arbeitete er noch immer. Hart, sehr hart.

Clancy konnte es kaum glauben. Er hatte nie über seine Eltern gesprochen. Bisher hatte sie angenommen, dass sie beide tot waren und kein sehr gutes Verhältnis zu ihrem Sohn gehabt hatten. Auf den wahren Grund dafür wäre sie nie gekommen.

»Und du glaubst, er ist derjenige, der die Bilder stiehlt?«

»Ja.«

»Warum? Hast du seine Fingerabdrücke gefunden?«

Leider nicht, dachte er. Das hätte mir manch schlaflose Nacht erspart. »Nein, aber etwas fast genauso Eindeutiges.«

Mitch sah aus dem Fenster. Es war noch hell draußen. Warum kam ihm bloß alles so finster vor?

»Mein Vater hatte zwei große Leidenschaften – Elektronik und Kunst. Die eine finanzierte die andere. Sämtliche Einbrüche weisen die Handschrift meines Vaters auf.«

Clancy fragte sich, ob er seinen Vater liebte. Oder hasste er ihn? Das Dilemma, in dem er steckte, musste grausam sein.

»Wenn das so ist, warum vernimmst du ihn nicht?«

»Ich habe keine Ahnung, wo er ist.«

Wie schrecklich, dachte sie. Ihre Eltern waren zwar eine halbe Weltreise entfernt, aber sie konnte sich immer auf sie verlassen.

»Er verschwand, als ich zwölf war«, erzählte Mitch. »Irgendwann erfuhr ich, dass er an der Ostküste lebt. Seit zehn Jahren habe ich nichts mehr von ihm gehört.«

Clancy wollte ihn in die Arme nehmen, wagte es jedoch nicht. Er hätte es für Mitleid gehalten.

»Der Einbrecher, hinter dem wir her sind, nimmt nur Geld und Bilder. Den Schmuck rührt er nicht an«, fuhr er fort. »Und die Hunde bekommen präpariertes Fleisch, damit sie einschlafen. Kein Zweifel, es ist mein Vater.«

»Was wirst du tun, wenn du ihn fasst?«

Sein Gesicht war wie versteinert. »Ihn festnehmen.«

Clancy drückte seine Hand. »Es tut mir leid.«

Er wollte kein Mitgefühl. Er wollte überhaupt kein Gefühl. »Ja, mir auch.«

Sie spürte, wie er sich zurückzog. »Es muss schwer gewesen sein, so aufzuwachsen.«

»Für meine Mutter war es härter. Sie war eine ehrliche Frau. Als Kind stahl ich einmal einen Schokoriegel im Supermarkt. Mein Vater lachte und war stolz auf mich. Aber meine Mutter war entsetzt. Sie ging mit mir zum Supermarkt, wo ich den Riegel zurückgeben musste. Sie hatte höllische Angst, ich könnte so werden wie mein Vater.« Er zuckte mit den Schultern. »Verhör beendet?«

»Ich habe dich nicht verhört, Mitch. Ich wollte nur wissen, was dich belastet.« Warum begriff er nicht? »Ich möchte in deiner Welt leben.

Mitch. Lass mich herein, anstatt mich dauernd auszusperren.«

Er versuchte, ihr seine Hand zu entziehen, doch sie ließ nicht los. »Meine Welt ist kein freundlicher Ort.«

»Du lebst in ihr«, sagte sie nur.

Er lächelte traurig. »Oh, Clancy, was soll ich nur mit dir machen?«

Sie ließ ihren Blick über seinen Körper wandern, bevor sie ihm in die Augen sah. »Ich hätte da einen sehr guten Vorschlag.«

Mitch zog sie aus dem Rollstuhl und drückte sie an sich. Ihre Wärme gab ihm die Geborgenheit, die er so sehr brauchte.

»Darf ich raten?«

»Musst du das noch?«

»Dein Bett oder meins?«

»Deins«, erwiderte sie lächelnd. »Hin und wieder ist ein Wechsel der Umgebung ganz anregend.« Ihr Blick schien ihn zu streicheln und war voller Liebe.

Behutsam legte er sie aufs Bett.

»Mitch?«

»Ja?«

Sie küsste ihn. »Es macht nichts.«

»Was?«

»Das mit deinem Vater«, flüsterte sie.

Ihr Atem strich über seine Haut. »Doch, es macht etwas.« Er drehte sich zu ihr, um sich bei ihr aufzuwärmen, bevor er sich wieder der Kälte des Alltags stellte. »Aber nicht in diesem Moment.«

Bald würde dieser Moment nicht mehr als eine verschwommene Erinnerung sein. Eine wundervolle, bittersüße Erinnerung.

Als sie sich wenig später so nah waren, wie es nur zwei Liebende sein konnten, glaubte Clancy, etwas gehört zu haben. Fast hätte sie schwören können, dass Mitch etwas geflüstert hatte. Die Worte gingen ihr auch dann nicht aus dem Kopf, als die Leidenschaft sie nur noch fühlen und nicht mehr denken ließ.

Ich liebe dich.

Hatte er es tatsächlich gesagt? Oder wünschte sie es sich nur so sehr, dass sie es sich eingebildet hatte?

Ich liebe dich auch, Mitch. Ich habe dich immer geliebt.

14. KAPITEL

Cynthia nahm die Berichte, an denen Clancy während der vergangenen Woche gearbeitet hatte, und sah sich erstaunt um. Wo früher der Esstisch gestanden hatte, befand sich jetzt eine Art Laufband mit Geländer. Die andere Seite des Wohnzimmers nahm ein Schreibtisch ein. Darauf stand der Computer, über den Clancy mit ihrem Büro verbunden war.

»Ich bin froh, dass du wieder die Alte bist«, sagte Cynthia.

Clancy strich über die Armlehne ihres Rollstuhls. »Noch nicht ganz, aber ich bin auf dem besten Weg.«

Sie hatte Cynthia bereits gezeigt, welche Fortschritte sie gemacht hatte. Beide Frauen hatten Tränen in den Augen gehabt, als Clancy ohne fremde Hilfe aufgestanden war.

»Wie läuft es zwischen dir und deinem Schutzengel?«

»Manchmal denke ich, es läuft alles in die richtige Richtung, dann kommt es mir wieder vor, als wollte er nur bleiben, bis ich wieder gesund bin.«

»Dann lass dir Zeit«, riet Cynthia.

»Das kann ich nicht. Es wäre nicht fair. Ich schulde ihm Ehrlichkeit.«

»Du schuldest ihm Glück«, warf Cynthia ein. Was Männer betraf, war Clancy einfach zu naiv. »Manchmal muss man lügen, um das Beste für sie zu tun, glaub mir.«

Doch Clancy ging Ehrlichkeit über alles. »Ich weiß nur, ohne Mitch wäre ich vermutlich nicht mehr hier.«

Cynthia wusste, was ihre Freundin meinte. »Clancy!«, rief sie schockiert.

»Viele Menschen begehen Dummheiten, wenn sie keine Hoffnung mehr haben.« Sie hob die Hand, als Cynthia protestieren wollte. »Mitch hat mir gezeigt, dass der Gesundungsprozess im Kopf beginnt. Als ich das eingesehen hatte, ging es aufwärts.« Clancy schaute auf den Rollstuhl. »Selbst wenn ich dieses Ding nie verlasse, werde ich wohl trotzdem damit fertig.«

»Er ist schon ein toller Kerl.« Cynthia klang ein wenig neidisch.

»Ja. Er weiß es nur nicht.«

»Na, dann sag es ihm.«

»Das habe ich auch vor.«

»Ich muss los«, sagte Cynthia. »Ruf mich an, falls du etwas brauchst.« Sie küsste Clancy auf die Wange. »Aber bestimmt wird es dir an nichts fehlen.« Sie klopfte auf die Unterlagen, die Clancy bearbeitet hatte und die sie mit ins Büro nehmen wollte. »Und komm bald wieder zur Arbeit, ja? Du fehlst uns.«

»Ihr fehlt mir auch.« Clancy warf einen Blick auf die Blumen, die die Kollegen ihr geschickt hatten. »Ich schaffe es schon, Cynthia.«

Cynthia lächelte ihr zu. »Daran zweifle ich nicht. Bis bald.«

Clancy wendete den Rollstuhl und fuhr zu den Stangen. Sie arbeitete täglich daran, eisern entschlossen, die kurze Strecke zu bewältigen. Und eines Tages würde sie es schaffen, aus eigener Kraft einen Fuß vor den anderen zu setzen.

»Okay, du Ungeheuer. Mal sehen, wer hier der Chef ist«, sagte sie zu dem glänzenden Metall und stemmte sich aus dem Rollstuhl.

Clancy drückte erst eine, dann eine zweite Taste. Der Computer piepte und bestätigte damit, dass ihre Arbeit gespeichert wurde. Als sie hörte, wie jemand einen Schlüssel ins Schloss schob, sah sie hinüber. Der Türknauf drehte sich.

Es war erst kurz nach vier. Am Dienstag holte Mitch immer die Post aus seinem Briefkasten. Zweimal in der Woche sah er in seiner Wohnung nach dem Rechten. Warum kam er so früh? »Mitch?«

Er schloss die Tür hinter sich. »Ja. Hat noch jemand einen Schlüssel?«

»Mein anderer Liebhaber. Ich befürchtete schon, ihr würdet euch am Carport begegnen«, scherzte sie. »Du bist früh zurück. Stimmt etwas nicht?«

Er nahm sein Pistolenholster ab und legte es auf den Kühlschrank. »Nein.« Er sah sie an. »Warum?«

»Du kommst sonst immer erst um fünf. Und dienstags holst du immer deine Post.«

Er nahm eine Dose aus dem Kühlschrank, riss sie auf und nahm einen Schluck. »Ich musste noch etwas besorgen.« Er stellte die Dose ab, zog zwei Karten aus der Hemdtasche und legte sie auf den Tisch.

»Was ist das?«, fragte Clancy erstaunt.

Er schob die Karten mit den Fingerspitzen zurecht, bis sie gerade nebeneinanderlagen, dann lächelte er. »Wie viel zahlen sie dir in deiner Computerfirma eigentlich? Mir scheint, sie überschätzen deine Auffassungsgabe. Es sind Eintrittskarten.«

»Wofür?« Sie beugte sich über den Tisch und betrachtete sie. »Für ein Musical!« Die Karten waren für »West Side Story«, eins ihrer Lieblingsmusicals.

»Genau.«

Sie starrte ihn an. »Aber du hasst Musicals! Willst du etwa mit mir hingehen?«

»Ja. Um dir eine Freude zu machen.«

Clancy legte die Hand auf die Karten, als könnte sie es noch immer nicht glauben. »Ich verstehe nicht. Warum tust du das?«

»Weil du endlich einmal andere Leuten sehen sollst als nur Therapeuten und Ärzte und mich.«

»Ich habe mich nicht beklagt.«

Er wünschte, sie würde es endlich einmal tun. Er wünschte, sie würde ihn nicht so ansehen. So, wie ein Mann angesehen werden wollte. Als wäre er etwas Besonderes. Clancy machte es ihm schwer, nicht zu vergessen, dass dies nur ein zeitweiliges Arrangement war.

»Ziehst du dich jetzt um?«, fragte er ungeduldig.

»Sofort.«

Sie fuhr zur Tür, stoppte, wendete und kehrte zu ihm zurück. Überrascht wich er zurück. Fast hätte sie ihn gerammt. »Was ist denn?«

»Ich habe etwas vergessen.«

Clancy stemmte sich aus dem Rollstuhl, bis sie stehen konnte. Vorsichtig legte sie einen Arm um Mitch, ließ den anderen folgen, strahlte ihn an und küsste ihn.

»Danke.«

»Dank mir noch nicht«, warnte er. »Du wirst dir noch mein Gejammer anhören müssen. Darüber, dass ich dasitzen und mir anhören muss, wie vollkommen normale Menschen plötzlich in Gesang ausbrechen.«

»Ich werde es überstehen.« Sie summte einen der Songs aus dem Musical, während sie rasch hinausfuhr.

Ihre Selbstständigkeit war genau das, was er erreichen wollte. Und doch rief sie in ihm ein Gefühl der Leere hervor. Weil sie irgendwann ohne mich zurechtkommen wird, dachte er. »Brauchst du Hilfe?«

Clancy schloss die Schlafzimmertür hinter sich. »Nein, alles unter Kontrolle«, rief sie fröhlich.

»Ja«, flüsterte er. »Ich weiß.«

Mitch ging ins Gästezimmer und zog sich um.

Sie trafen früher am Dorothy Chandler Pavillon ein, als Mitch erwartet hatte. Für einen Donnerstagabend herrschte auf dem Freeway ungewöhnlich wenig Verkehr.

Clancy hatte während der ganzen Fahrt geredet. Anstatt einfach abzuschalten, wie er es bei McAffee und anderen oft tat, hatte Mitch zugehört. Ihre Begeisterung wärmte ihn wie ein flackernder Kamin an einem Winterabend.

Ohne nachzudenken griff er nach ihrer Hand.

Die überraschende Geste ließ Clancy verstummen. Die zweite Überraschung kam, als er nicht in die Tiefgarage fuhr, sondern vor dem Eingang hielt. »Ich dachte, du hasst es, deinen Wagen einem Fremden zu überlassen.«

»Heute Abend machte ich eine Ausnahme.«

Clancy lächelte glücklich. Er tat es ihretwegen.

Mitch gab den Schlüssel dem Pagen, der eilfertig die Fahrertür öffnete, stieg aus und half Clancy ins Freie.

Verwirrt blickte sie auf den Rollstuhl, der zusammengeklappt auf dem Rücksitz lag. »Hast du nicht etwas vergessen?«

Nein, er hatte nichts vergessen. Den Rollstuhl hatte er nur für den Fall einer Autopanne mitgenommen. Falls er Hilfe holen müsste, wollte er Clancy nicht allein im Wagen lassen. Jetzt, da sie hier waren, brauchten sie den Rollstuhl nicht.

Er schüttelte den Kopf. »Du kannst es doch nicht ausstehen, wie die Leute dich anstarren, wenn du in dem Ding sitzt.«

Das war etwas, woran sie sich noch gewöhnen musste. Sie wusste, dass sie zu empfindlich war, aber sie fand die neugierigen, oft auch mitleidigen Blicke unerträglich.

»Stimmt«, erwiderte sie. »Es ist so auffällig. Aber es ist zu weit, ich schaffe es nicht.«

»Kein Problem.« Bevor sie protestieren konnte, hob er sie auf die Arme. Wie von selbst legten ihre Arme sich um seinen Hals. Es war unglaublich romantisch.

Mehrere Umstehende lächelten. »Findest du das weniger auffällig?«, fragte Clancy.

»Nein, aber wie ich dich kenne, kannst du damit umgehen.«

Sie schmiegte sich an ihn. »Da hast du recht. Ich komme mir vor wie eine Prinzessin, die von ihrem Ritter aus höchster Not befreit wird.« Sie mussten sich ein Lachen verkneifen, als der Page sie verblüfft anstarrte.

Mitch zuckte mit den Schultern. »Sie hat sich heute Nachmittag den Knöchel verstaucht«, sagte er zu dem jungen Mann. »Aber sie wollte das Musical unter keinen Umständen versäumen.«

Der Page nickte so heftig, dass sein Pferdeschwanz gegen die rote Jacke schlug. »Es ist ein tolles Stück«, bestätigte er, während er sich ans Steuer des weißen Wagens setzte.

»Wir erregen Aufsehen«, sagte Clancy zu Mitch. »Stört es dich?«

»Keineswegs.« Er sah nicht aus, als würde es ihm etwas ausmachen, dass sie auf dem Weg ins Theater sämtliche Blicke auf sich zogen. Sie wusste schon jetzt, dass sie diesen Abend niemals vergessen würde.

Und Mitch für immer lieben würden.

Sie sah sich um, als er sich neben sie setzte. Ihre Plätze lagen in der sechsten Reihe und direkt am Gang. Die Karten mussten ihn ein Vermögen gekostet haben.

»Ein Kollege hatte keine Zeit«, erklärte er, als sie ihn danach fragte. »Da hat er sie mir verkauft.«

Was er ihr nicht erzählte, war, dass er Slattery den doppelten Preis dafür bezahlt hatte.

»Sie waren bestimmt sehr teuer, und ich weiß, dass du lieber zu Hause wärst und mich mit Übungen zum Schwitzen bringen würdest als hier zu sitzen und in Anzug und Krawatte hinreißend auszusehen.«

Mitch wäre fast rot geworden. »Hinreißend« war ein Wort, das ihm für einen Mann unpassend schien. »Du wirst mich sicher entschädigen.«

Sie legte die Hand auf seine. »Nichts lieber als das.«

»Ich dachte an deine Übungen.«

»Unter anderem.«

»Unter anderem«, wiederholte er.

Es wurde dunkel im Zuschauerraum. Clancy legte den Kopf an seine Schulter und versuchte sich zu erinnern, wann sie sich jemals so zufrieden, so glücklich gefühlt hatte.

Mitch hatte schon so viel für sie getan. Dieser Abend war nur ein Beispiel. Dieser Mann, der so verzweifelt versuchte, Distanz zu ihr zu wahren, war eine vielschichtige Persönlichkeit. Immer wenn sie glaubte, ihn durchschaut zu haben, verwirrte er sie erneut, indem er ihr eine bislang verborgene Seite seines Charakters offenbarte.

Clancy schob die Finger zwischen seine. »Ich liebe dich, Mitch«, flüsterte sie.

Er tat, als hätte er es nicht gehört. »Psst. Sonst verpasst du noch den Anfang.«

Er hat mich gehört, dachte sie. Sie sah es an seiner plötzlich angespannten Miene. Er würde sich eben daran gewöhnen müssen, dass sie ihn liebte.

Der Abendhimmel war sternenlos, als sie nach der Vorstellung nach Hause fuhren. Mitch hatte die Musik noch im Ohr, obwohl sie das Theater vor zwei Stunden verlassen und in einem nahe gelegenen Restaurant zu Abend gegessen hatten.

Clancy summte die Ouvertüre vor sich hin.

Er schüttelte erstaunt den Kopf. »Ich begreife noch immer nicht, was du an so etwas findest.« Er schaltete das Autoradio ein.

Sie drehte es leiser. »Du warst genauso gerührt wie ich, gib es zu. Du hast zwar eine raue Schale, aber auch einen weichen Kern.«

Sein Kern war zu weich, das war das Problem. Sonst würde es ihm nicht so schwerfallen, zu Clancy auf Abstand zu bleiben. Sonst würde er sich nicht vormachen, dass er sich wieder von ihr trennen konnte.

»Du irrst dich, Clancy«, erwiderte er. »Ich bin kein bisschen weich.« Sollte er protestieren, soviel er wollte. Sie glaubte ihm nicht. »So? Wie würdest du dann das nennen, was du heute Abend gemacht hast?« »Therapie.«

Es war wirklich faszinierend, wie er sich wand, nur um sich vor der Wahrheit zu drücken. »Wirklich?«

»McAffees Schwager meinte, es sei wichtig, dich nicht nur körperlich, sondern auch geistig in Form zu halten«, sagte er, und es klang, als würde er aus einem Lehrbuch für Krankengymnastik zitieren. »Aus irgendeinem mir unerfindlichen Grund magst du solche Veranstaltungen. Also bin ich mit dir hingegangen, und siehe da, du sprudelst wie eine Flasche Champagner, die zu heftig geschüttelt wurde.«

Das stimmte, aber nicht etwa weil sie ein schönes Musical gesehen hatte.

»Weil du etwas Wunderbares getan hast. Und weil du es für mich getan hast«, sagte sie leise.

Mitch seufzte. Um seinem Widerspruch zuvorzukommen, legte sie ihm einen Finger an den Mund. »Ich lasse nicht zu, dass du es herunterspielst. Du hast etwas Wunderbares getan und wirst die Folgen tragen müssen.« Sie sah, wie er eine Augenbraue hochzog. »Und die wären?«

»Ich werde dein unerschütterliches Image ins Wanken bringen.« Der Rollstuhl rutschte gegen den Beifahrersitz, als Mitch forsch die Spur wechselte. »Du bist kein harter Mann, Mitch. Du hältst dich nur dafür.« Es hatte keinen Sinn, ihr zu widersprechen. Er wusste, wer und was er war, aber sie würde erst aufhören, wenn er ihr recht gab. »Was immer du sagst.«

»Genau, was immer ich sage.«

Lächelnd lehnte Clancy sich zurück. Jetzt musste sie ihn nur noch dazu bringen, endlich selbst das Gute zu sehen, das sie in ihm sah. Es war eine Herausforderung, der sie sich gewachsen fühlte. Mitch hatte ihren Kampfgeist zu neuem Leben erweckt. Sie wusste, dass sie alles schaffen konnte, was sie sich vornahm.

15. KAPITEL

Irgendetwas stimmte nicht, das spürte Mitch sofort, als er den Schlüssel ins Schloss schob. Er drehte ihn, doch das vertraute Klicken blieb aus. Die Tür war offen.

Jemand befand sich in seiner Wohnung.

Mitch ließ die Post fallen, die er aus dem Briefkasten geholt hatte. Sekunden später hielt er den Dienstrevolver in der Hand.

Langsam schob er die Tür auf.

»Als du klein warst, hast du immer Cowboy gespielt. Erinnerst du dich an den versilberten Colt, den ich dir in Cheyenne gekauft habe?«

Entgeistert steckte Mitch die Waffe ins Holster zurück. Als er sich nach der Post bückte, bewegte er sich wie in Zeitlupe, den Blick auf die schmale Gestalt gerichtet, die auf dem Sofa saß.

Nach zehn Jahren war sein Vater aufgetaucht. Mitch warf die Briefe auf den Tisch, ohne den Mann aus den Augen zu lassen, der ihn damals im Stich gelassen hatte.

»Was tust du hier?« Mitchs Stimme war kalt und distanziert. Misstrauisch ging er auf seiner Vater zu.

»Ich hörte, dass du nach mir suchst. Ich habe mir selbst aufgemacht.« Sam hob die Hände. »Tut mir leid, alte Gewohnheit.«

Eine alte Gewohnheit, die immer noch aktuell ist, dachte Mitch. Er ließ sich nichts vormachen. Sein Vater war noch nie hilflos oder auch nur verlegen gewesen.

»Wie hast du mich gefunden?«

Sam lachte. »Bitte, beleidige mich nicht. Ich bin vielleicht alt, aber jemanden zu observieren macht mir noch immer Spaß.«

Das erklärte, warum Mitch sich dauernd beobachtet gefühlt hatte. Et war beschattet worden. Von seinem Vater. »Ebenso wie Kunstwerke zu stehlen, nicht wahr?«

Wieder hob Sam mit unschuldsvoller Miene die Hände. »Ich bin ein ehrlicher Mensch geworden«, sagte er lächelnd. »Das hat Jake dir doch erzählt.«

Mitch hatte gewusst, dass die Freunde seines Vater ihm von den Nachforschungen seines Sohns berichten würden. Trotzdem hatte er nicht erwartet, seinen Vater bei sich zu Hause anzutreffen. Erst recht nicht auf seinem Wohnzimmersofa.

Mitch holte einen Stuhl aus der Küche und setzte sich rittlings, darauf. »In Beverly Hills hat es eine Serie von Einbrüchen gegeben.«

Sam nickte. »Ich weiß. Ich verfolge sie in der Zeitung. Macht einen nostalgisch.«

»Aber du hast sie nicht begangen.«

»Wie gesagt, ich habe mich zur Ruhe gesetzt. Schon vor Jahren.« Sam sah sich um. Das Zimmer war geradezu spartanisch eingerichtet. So wohnte ein ehrlicher Polizist. »Ich dachte mir, du solltest es von mir persönlich erfahren.«

Das nahm Mitch ihm nicht ab. »Warum erst jetzt?«

Sam zuckte mit den Schultern. »Man wird älter und bereut so manches.« Er beugte sich vor. »Es war ein großartiges Leben, Alex, und ich habe jede Minute genossen. Schade, dass ich dich zurücklassen musste.« »Ein solches Leben hätte ich niemals führen können.«

Sein Vater legte die Fingerspitzen aneinander. »Ich weiß. Genau deshalb habe ich dich damals nicht mitgenommen.« Es war ihm schwergefallen, den Jungen bei Polly zu lassen. »Aber aus dir ist trotzdem etwas geworden.«

Mitch konnte es kaum glauben. Sein Vater klang tatsächlich stolz. Bildete er sich wahrhaftig etwas darauf ein? »Ja, das stimmt. Aber das habe ich wohl kaum dir zu verdanken.«

Sams Gesicht ließ erkennen, dass er die Meinung seines Sohnes nicht teilte. »Ein wenig vielleicht doch.«

Der Mann war wirklich unverschämt. »Wie kommst du denn darauf?«

»Ganz einfach.« Sam setzte sein vertrauenerweckendstes Lächeln auf. »Mein schlechtes Vorbild hat dich sicher angespornt, ein ganz besonders guter Polizist zu werden. Also habe ich dir geholfen, wenn auch auf sehr ungewöhnliche Weise.«

Mitch verschränkte die Arme auf der Stuhllehne. »Und jetzt soll ich dir glauben, dass du nichts mit den Einbrüchen zu tun hast?« »Natürlich.«

»Und warum sollte ich das tun?«

»Weil ich dich nie angelogen habe.« Sam lächelte noch immer, nur sein Blick war ernst geworden. Manche Dinge war ein Mann seinem Sohn schuldig. Die Wahrheit, zum Beispiel. »Kein einziges Mal.«

Die Rolle des Heiligen stand Sam Mitchell überhaupt nicht. »Du hast Mutter angelogen.«

»Nein, das habe ich nicht. Nicht einmal zu Beginn«, widersprach er. Er wusste, dass das, was er jetzt sagen musste, für seinen Sohn schwer zu akzeptieren war. Aber Mitch war alt genug, um die Wahrheit zu verkraften. »Sie wusste, worauf sie sich einließ.«

Mitch erinnerte sich nur zu lebhaft an die Worte seiner Mutter. Sam Mitchell war das personifizierte Böse gewesen und sie das unschuldige Lamm, das von allem nichts gewusst hatte. Ob sie sich etwas vorgemacht hatte? So perfekt, dass sie es schließlich glaubte? Oder hatte auch sie ihren Sohn angelogen?

»Sie sagte, du hättest sie angelogen.«

Sam lächelte traurig. Polly hatte nicht anders handeln können, das verstand er. Aber er wollte, dass Alex endlich die Wahrheit erfuhr. »Sie hat diese Geschichten erzählt, um ihr schlechtes Gewissen zu besänftigen. Eine ehrliche, gottesfürchtige Frau wie sie konnte sich nicht eingestehen, dass sie einen Dieb heiratete. Dass sie sich von Gefühlen hatte leiten lassen, von unreinen Gefühlen, die sie vom Pfad der Tugend abbrachten.«

Mitchs Vater lehnte sich zurück und schien etwas zu sehen, das Mitch nicht erkennen konnte. »Eine Weile fand sie das, was ich tat, spannend und aufregend. Sie hat oft gelacht. Ja, deine Mutter hat gelacht«, beteuerte er, als sein Sohn ihn ungläubig anstarrte.

»Du hast uns im Stich gelassen«, sagte Mitch leise.

Sam sah ihn erstaunt an. Aber eigentlich hätte es ihn nicht überraschen dürfen. »Das denkst du von mir?«

»Ich denke es nicht.« Rastlos stand Mitch auf. »Ich weiß es.«

»Sie hat mich weggeschickt, Junge.«

Mitch drehte sich um. Sein Blick warnte Sam Mitchell davor, ihn anzulügen.

»Sie wollte nicht mehr mit mir leben und drohte, mich an die Polizei zu verraten, wenn ich nicht gehe. Mir blieb keine andere Wahl.«

Mitch hatte Mühe, die Worte seines Vaters zu verarbeiten. Seine Welt stand plötzlich Kopf, und verzweifelt klammerte er sich an das Einzige, das ihm noch Halt gab. An seine Wut.

»Also hast du uns ohne Skrupel verlassen.«

»Ich hatte Skrupel, Alex. Viele sogar.« Sam wünschte noch immer, es wäre alles anders gekommen. In seinem Herzen würde Polly für immer das Mädchen mit den lachenden Augen bleiben. »Und ich habe euch regelmäßig Geld geschickt.«

Mitch war froh, seinen Vater endlich einer glatten Lüge überführen zu können. »Wir lebten in Armut.«

Sams Gesicht blieb unverändert. »Ich weiß. Sie hat alles weggegeben.

Für wohltätige Zwecke, vermute ich.« Betrübt schüttelte er den Kopf. Arme Polly. Es wäre besser, wenn sie und er einander nie begegnet wären. »Sie wollte Buße tun. Für das, was sie für die größte Sünde ihres Lebens hielt.« Er ließ den Blick über Mitchs athletische Gestalt wandern.

»Ich freue mich nur, dass sie dich nicht mit in ihr Unglück gezogen hat«, flüsterte er während er aufstand und zu seinem Sohn ging. Er war fast einen Kopf kleiner und musste sich recken, um Mitch eine Hand auf die Schulter zu legen. »Auf meine Art bin ich sehr stolz auf dich.«

Mitch hatte erwartet, dass er zurückzucken würde, doch die Berührung war ihm keineswegs unangenehm. »Wärst du auch dann noch stolz, wenn ich dich jetzt festnehmen würde?«

Sam ließ die Hand sinken. »Ich habe mit den Einbrüchen nichts zu tun. Wäre ich sonst hier?«

»Vielleicht bist du nur besonders gerissen.«

Sam lachte herzhaft. »Ich weiß, wie pflichtbewusst du bist, Alex. Nein, wenn ich schuldig wäre, wäre ich nicht hier.«

»Wenn du es nicht warst, weißt du wenigstens, wer es war?«

Sam stellte ihm eine Gegenfrage. »Würdest du es mir glauben, wenn ich es dir verriete?«

Mitch wusste es nicht. »Vielleicht.«

Der Junge kann auch nicht lügen, dachte Sam. Das hatten sie gemeinsam. Bevor er antwortete, ging er in dem kleinen

Raum umher. Sein Sohn hätte es besser haben können. Aber der Preis wäre Alex zu hoch gewesen.

Er drehte sich wieder zu Mitch um. »Ich mag es nicht, wenn man mich kopiert.« Sam wusste, dass der Täter ihn nur kopierte, um die Polizei auf eine falsche Spur zu locken. Der Kerl besaß keinen eigenen Stil. Sam verschränkte die Arme und schaute aus dem Fenster. »Wenn ich du wäre, würde ich mich mal unter den Kollegen umsehen«, sagte er wie beiläufig.

»Kollegen? Ein Polizist?«

Sam lächelte. »Leute, die Urlaub machen, informieren oft die Polizei in der irrigen Annahme, dass ihre Kunstschätze dann sicherer sind. Unser Mann ist jung, schnell und schlau. Kurz gesagt, ein Typ, wie ich es in meiner Glanzzeit war.«

Mitch war immer noch nicht überzeugt. »Das trifft auf eine Menge Leute zu.«

»Stimmt.« Sam nickte. »Es könnte zum Beispiel Richard Slattery sein. Könnte aber auch ein anderer sein.«

Mitch wusste, dass sein Vater nicht einfach nur einen beliebigen Namen nannte. »Slattery?« Der Mann besaß einen guten Ruf und war schon zweimal ausgezeichnet worden. Er war umgänglich und freundlich. Mitch fiel ein, dass er die Karten für das Musical von Slattery bekommen hatte. Und an dem Abend war wieder eingebrochen worden.

Sam hatte damit gerechnet, dass sein Sohn skeptisch reagieren würde. An seiner Stelle hätte er das wohl auch getan.

»Vielleicht solltest du dir einmal seine Wohnung ansehen«, schlug er Mitch vor. »Du könntest vielleicht etwas Interessantes finden. In seiner Abstellkammer. Zum Beispiel ein in Folie gewickeltes Metallrohr. Ziemlich viel Aufwand für ein schlichtes Stück Blech, scheint mir.« Sam lächelte. Es war nicht einfach gewesen, das herauszufinden. Die alten Verbindungen funktionierten noch. »Der letzte Käufer hat kalte Füße bekommen.«

»Woher weiß ich, dass du es ihm nicht untergeschoben hast?«

»Guter Punkt.« Sam hatte noch eine Karte, die er auf den Tisch legen konnte, bevor er aus dem Spiel ausstieg. »Na schön. Slattery interessiert sich auffallend stark für das Haus der Monroes an der Walnut. Die Monroes sind bis Ende des Monats in Europa. Wenn ich du wäre, würde ich es beobachten lassen.«

Mitch schob die Hände in die Taschen. »Warum erzählst du mir das alles? Dir konnte doch gar nichts passieren. Ich hätte dich nicht gefunden.«

»Ich weiß. Sieh es als eine Art Wiedergutmachung an.« Sam zuckte mit den Schultern. Über Gefühle zu reden fiel ihm ebenso schwer wie Mitch. »Man weiß ja nie, wie lange das noch gegangen wäre.« Er war nicht mehr so jung wie früher. Und auch nicht so unsterblich.

Sam sah hoch. »Ich lebe jetzt in Atlantic City und bin nur hier, um alte Freunde zu besuchen.« Und weil Jake ihm erzählt hatte, dass Alex nach ihm suchte. »Komm vorbei, wenn du jemals an der Ostküste sein solltest.«

Es war Zeit zu gehen, aber eins musste er seinem Sohn noch sagen. »Ich habe deine Mutter geliebt, Junge. Und dich. Es sollte eben nichts daraus werden, das ist alles.«

Sam drehte sich um und ging zur Tür.

Er war fast draußen, als Mitch ihm etwas nachrief. »Dad?«

Mitch fühlte sich wie ein Kind – wie der Junge, der damals zugesehen hatte, wie sein Vater davonging.

Sam schaute über die Schulter, die Hand schon auf dem Türgriff. »Ja?«

»Danke.«

Sam lächelte. Sein Sohn war so wortkarg wie er. Er verstand ihn und nickte nur. »Gern geschehen.«

In dem Moment, in dem Mitch durch die Tür kam, sah Clancy ihm an, wie aufgeregt er war.

»Irgendetwas ist geschehen«, sagte sie und fuhr im Rollstuhl auf ihn zu. »Was ist es?«

Woher wusste sie das? Er hatte versucht, sich nichts anmerken zu lassen.

»Ich habe meinen Vater gesehen.« Er war noch immer vollkommen durcheinander. Während der ganzen Fahrt von seiner zu Clancys Wohnung hatte er versucht, Sam Mitchells unerwartetes Auftauchen zu verarbeiten.

Sein Vater hatte ihn und seine Mutter verlassen, weil er sie unglücklich machte. Und danach hatte er versucht, für sie zu sorgen, indem er ihnen Geld schickte. Davon hatte seine Mutter Mitch nie etwas erzählt. Er war sich wie ein Waisenkind vorgekommen.

Sie verachtete ihn, weil er der Sohn seines Vaters war. Zugleich jedoch glaubte sie fest daran, dass man sein eigenes Kind nicht hassen durfte. Dieser Widerspruch war für sie so quälend gewesen, dass sie sich schließlich das Leben nahm.

»Wo?«, fragte Clancy atemlos. »Wann?«

»In meiner Wohnung. Er wartete auf mich.«

»Was hat er gesagt?«

»Dass er nichts mit den Einbrüchen zu tun hat.«

Sie wusste nicht, ob Mitch seinem Vater glaubte oder nicht. »Was noch?«

Er hatte keine Zeit mehr. Er musste telefonieren. Spontan gab er Clancy einen Kuss. »Ich erzähle es dir später.« Er ging an den Apparat und wählte McAffees Nummer.

»Hallo, Alicia? Hier ist Mitch. Ist Simon da?«

McAffee war so verblüfft wie seine Frau. Sein Partner hatte ihn noch nie zu Hause angerufen. »Etwas nicht in Ordnung, Mitch?«

»Vielleicht, vielleicht nicht.« Ungeduldig rieb Mitch sich den Nacken. Mit dem Captain oder dem Sergeant wollte er nicht über seinen Vater reden. Aber allein konnte er den Einbrecher nicht schnappen. Er brauchte jemanden, dem er vertrauen konnte.

McAffee.

»Ich habe gerade einen Tipp bekommen. Es geht um die Einbrüche. Hättest du heute Abend Zeit, ein Haus zu beobachten? Außerdienstlich?«

McAffee zögerte. »Der Sergeant weiß nichts davon?«

»Nein. Ich will nicht, dass es sich herumspricht. Es kann sein, dass ich mich irre.« Sobald McAffee zugestimmt hatte, würde er ihm von seinem Vater erzählen. Aber nicht vorher. Und nur unter vier Augen.

McAffee wusste, dass Mitch ihn nicht darum bitten würde, wenn es eine andere Möglichkeit gäbe. Er vertraute seinem Partner. »Okay. Wo und wann?«

»Ich bin gleich bei dir. Dann erzähle ich dir alles.« Mit grimmiger Miene legte Mitch auf.

Als er sich umdrehte, sah er Clancys enttäuschtes Gesicht. »Du hast keine Zeit mehr zum Essen?«

»Vielleicht später. Aber ich weiß nicht, wann ich wiederkomme. Halt mir etwas warm.«

»Ich werde mich für dich warmhalten«, versprach sie lächelnd. Er war bereits auf dem Weg zur Tür. »Hat es etwas mit deinem Vater zu tun?«

»In gewisser Weise.« Er würde ihr alles erklären. Nachher.

Clancy bekam ein mulmiges Gefühl und strich sich über den Bauch. »Viel Glück.«

Mitch nickte, ging noch einmal zu ihr, nahm ihr Gesicht zwischen die Hände und küsste sie.

»Danke.«

Clancy lag wach und starrte an die Decke. Mitch war seit Stunden fort und hatte nicht einmal angerufen. Sie war bis zehn aufgeblieben, hatte dann jedoch aufgegeben und sich hingelegt.

Aber sie konnte nicht einschlafen. Alles war so still. Jedes Mal, wenn sie einen Wagen hörte, dachte sie, es wäre Mitch.

Warum war sie so unruhig? Er hatte sie doch nicht verlassen, sondern war mit McAffee unterwegs.

Und wenn ihm etwas zustieß?

Wenn er …

Hastig verdrängte sie die Fragen. Mitch war Polizist. Die Gefahr gehörte zu seinem Beruf. Wenn sie bei ihm bleiben wollte, musste sie lernen, auch damit zu leben. Sonst würde sie irgendwann den Verstand verlieren.

Leichter gesagt als getan.

Irgendwann hörte sie, wie die Wohnungstür geöffnet wurde, und fragte sich, ob sie es sich nur einbildete.

Ihr Herz klopfte trotzdem.

Wenn es tatsächlich Mitch war, würde er in sein Zimmer gehen? Oder würde er zu ihr kommen? Sie hielt den Atem an.

Einen Moment später stand er in der Schlafzimmertür. Er zog sich das Hemd aus. Die Waffe hatte er bereits abgelegt. Vermutlich lag sie wieder auf dem Kühlschrank.

Sie beobachtete, wie er aus der Hose stieg und sich leise zu ihr ins Bett legte.

Erwischt!

Clancy drehte ihm das Gesicht zu. »Wie ist es gelaufen?«

»Ich wollte dich nicht wecken. Schlaf weiter.«

Sie streckte sich, und ihr Arm streifte ihn. »Du hast mich nicht geweckt. Ohne dich kann ich nicht mehr einschlafen. Sag schon, wie war es?«

»Der Einbrecher ist nicht aufgetaucht.« Mitch unterdrückte ein Gähnen.

Es war ein langer Tag gewesen. Und es würde eine lange Nacht werden. Für McAffee. Sein Partner hatte ihn um zwei Uhr abgelöst und würde bis zum Morgen in der Nähe des Monroe-Hauses ausharren.

»McAffee übernimmt die zweite Schicht.«

»Wollt ihr morgen Nacht wieder los?«

»Ja.«

Bis sie Erfolg hatten. So war Mitch eben. Sie schmiegte sich an ihn. »Jetzt erzähl mir von deinem Vater.«

Er war hundemüde und musste in wenigen Stunden aufstehen. Aber er hatte es ihr versprochen. Er schloss die Augen und zog Clancy an sich. »Du hast mir gar nicht erzählt, dass du Gutenachtgeschichten magst.«

Sie lachte. »Ich habe dir vieles nicht erzählt. Aber das werde ich noch.« Im Gegensatz zu ihm besaß sie keine Geheimnisse.

»Ich nehme dich beim Wort.«

Er berichtete ihr vom Besuch seines Vaters. Bald war er so vertieft darin, dass ihm gar nicht bewusst wurde, wie herrlich es war, mit jemandem darüber reden zu können.

16. KAPITEL

Die Straßenlaterne tauchte den Asphalt in fahles Licht. Dies war die dritte Nacht, in der Mitch sich in dem geparkten Wagen langweilte. Er hasste es, Clancy allein zu lassen.

Vielleicht war es dumm von ihm, seinem Vater zu glauben.

Wie auch immer, dies war die letzte Nacht, in der er und McAffee das Anwesen der Monroes beobachteten. Übermorgen würde das Ehepaar aus Europa zurückkehren, und daher würde es morgen in der Zwölf-Zimmer-Villa von Reinigungspersonal wimmeln.

Das bedeutete, dass der Einbrecher entweder in dieser Nacht oder gar nicht mehr zuschlagen würde. Mitch rieb sich das Gesicht. Hatte sein Vater ihn hereingelegt? Vielleicht sollte er sich endlich damit abfinden, anstatt einem Phantom nachzujagen und sich die Nächte um die Ohren zu schlagen.

Clancy brauchte ihn. Ihre Versicherung zahlte nicht mehr, und die Krankengymnastin war am Freitag zum letzten Mal gekommen. Er gehörte nach Hause, um mit Clancy zu arbeiten, anstatt in der Kälte zu hocken und Kaffee zu trinken, der so schmeckte wie der Pappbecher, in dem er sich befand.

Mitch sah in den Rückspiegel. McAffees Wagen hielt mit ausgeschalteten Scheinwerfern hinter ihm. Wachablösung.

Er stieg aus und fragte sich, ob er seinen Partner nach Hause schicken sollte. Er hatte Slatterys Abstellkammer noch nicht inspiziert. Dazu brauchte er einen Durchsuchungsbefehl, und dazu brauchte er einen handfesteren Grund als das Gerede seines Vaters.

McAffee kurbelte die Scheibe herunter. »War was los?«

Mitch schüttelte den Kopf. »Langsam glaube ich, wir warten umsonst.«

»He, wenigstens hast du mir vertraut.« McAffee grinste. »Dafür habe ich gern auf meinen Schönheitsschlaf verzichtet.« Endlich waren Mitch und er echte Partner. »Ich hole ihn am Wochenende nach.«

»Du kannst schon jetzt damit anfangen.« Mitch drehte sich um. »Wir sehen uns morgen früh im …«

Er erstarrte. Irgendetwas war über den Rasen gehuscht. Ein Schatten.

»War was?«, flüsterte McAffee.

»Ich bin nicht sicher.«

»Soll ich Verstärkung anfordern?«

»Um einen Schatten zu schnappen? Nein, lass mich erst nachsehen.« Mitch hörte, wie McAffee ausstieg. »Bleib hier, falls er mir entwischt.«

Mitch rannte über den Rasen. Die Alarmanlage blieb stumm, als er über den Zaun kletterte.

Jemand war im Haus. Jemand, der die Anlage außer Gefecht gesetzt hatte.

Also hatte sein Vater doch nicht gelogen. Mitch fragte sich, ob auch der Hinweis auf Slattery stimmte.

Das Hausmädchen der Monroes hatte ihm beschrieben, wo Maxwell Monroes Arbeitszimmer lag. Dort hingen die Bilder, hinter denen der Dieb her war.

Mitch ging um das Haus herum und stand eine Minute später vor dem Durchgang zum Arbeitszimmer. Kein Geräusch drang heraus, aber Mitch spürte, dass jemand darin war.

Er holte den Dienstrevolver heraus und hielt ihn mit beiden Händen, während er zur Tür schlich. Vorsichtig stieß er sie auf.

Nur der Mondschein erhellte das Zimmer. Und der dünne Strahl einer Taschenlampe auf dem Fußboden. Das reichte aus, um die hochgewachsene, schlanke Gestalt zu erkennen. Sie stand mit dem Rücken zur Tür und hatte gerade ein Bild aus dem Rahmen geschnitten.

Treffer.

Mitch trat ein, spreizte die Beine und richtete die Waffe auf den Einbrecher. »Nehmen Sie die Hände über den Kopf. Sie sind festgenommen.«

Rastlos schaute Clancy auf die Uhr. Das Warten machte sie verrückt. Sie wollte es Mitch endlich erzählen.

Sie war heute beim Arzt gewesen. Ein auf Behinderte spezialisierter Fahrservice hatte sie hingebracht und auch wieder abgeholt.

Die Prognose war positiv ausgefallen. Dr. Kleinschen hatte gestaunt.

»Sie haben verblüffende Fortschritte gemacht, Clancy.« Der Doktor tätschelte ihre Hand. »Aber manchmal ist die Liebe eine bessere Medizin als alles, was wir Ärzte Ihnen geben können, nicht wahr?« Er notierte etwas und klappte den Ordner zu. »Hat er Sie nicht hergebracht? Ihr junger Mann, meine ich.«

Ihr junger Mann. Es klang einfach wunderbar. »Er arbeitet.«

Dr. Kleinschen tippte auf die Akte. »Die Schwellung hat beträchtlich abgenommen. Der Rückenmarkskanal wird kaum noch in Mitleidenschaft gezogen. Und die Übungen wirken Wunder. Ich wünschte, alle meine Fälle endeten so gut.«

Clancy hatte es kaum abwarten können, nach Hause zu fahren und es Mitch zu erzählen.

Wo ist er? fragte sie sich jetzt und sah zum wiederholten Mal auf die Uhr. Langsam fielen ihr die Augen zu. Sie wehrte sich gegen die Müdigkeit. Sie musste wach bleiben.

Als er die Wohnung betrat, sah Mitch, dass Clancy im Rollstuhl eingeschlafen war.

Sie hatte auf ihn gewartet, obwohl sie ins Bett gehörte. Sie musste sich ausruhen. Ihm wurde warm ums Herz. Clancy folgte stets ihren Gefühlen, nie der Vernunft. Vielleicht bedeutete sie ihm deshalb so viel.

Clancy erwachte, als Mitch die Tür schloss. Sie blinzelte, ließ die Schultern kreisen und bemerkte erst jetzt, dass er anders dastand als sonst.

»Ist es vorbei?«

Mitch nahm das Holster ab. »Es ist vorbei.«

»Und es war nicht dein Vater«, sagte sie.

»Nein. Es war ein Kollege.« McAffee und Slattery waren befreundet gewesen. Aber sein Partner war ebenso überrascht gewesen wie er. Vielleicht noch mehr.

Mitch legte die Waffe auf den Kühlschrank und drehte sich zu Clancy um. »Wieso bist du noch auf?«

Sie lächelte. Es würde noch Hunderte solcher Nächte geben. Tausende. Sie würde immer auf ihn warten.

»Ich habe auf dich gewartet.«

»Du solltest längst im Bett liegen.«

»Dort ist es zu einsam.« Sie ergriff seine Hand. »Außerdem wollte ich dir etwas zeigen.«

Mitch war vollkommen erschöpft. Slattery war geflüchtet, und er hatte über das halbe Grundstück rennen müssen, bevor er ihn eingeholt und zu Boden geworfen hatte.

»Kann es nicht bis morgen warten?« Er stellte sich hinter den Rollstuhl, um sie ins Schlafzimmer zu schieben.

»Es wartet seit drei Tagen. Du hast deinen Fall gelöst, und ich finde, jetzt hast du eine gute Nachricht verdient.«

Ihm fielen fast die Augen zu.

Clancy stemmte sich hoch, und er beugte sich vor, um ihr zu helfen.

Sie winkte ab. »Nein, stell dich dorthin.« Verwirrt tat er es. »Nein, noch weiter weg.«

Etwa drei Meter von ihr entfernt blieb er stehen. Er war plötzlich hellwach, und sein Herz schlug wie wild, als er Clancy zusah.

Wie ein Kleinkind, das seine ersten Schritten unternahm, setzte sie einen Fuß vor den anderen, die Arme zur Seite gestreckt, um das Gleichgewicht zu halten.

Es kam ihr vor, als würde in Mitchs Augen etwas glitzern. Aber vielleicht lag das nur daran, dass ihre eigenen sich mit Freudentränen füllten.

Als sie endlich zwischen seinen Armen stand, legte er diese um sie und presste Clancy an sich. Sie fühlte, wie heftig sein Herz an ihrem schlug.

Sie konnte laufen. Gütiger Gott, sie konnte wieder laufen. Eine Freude, wie er sie noch nie erlebt hatte, raubte ihm fast den Atem. Und doch lag ein Schatten auf seinem Glück. Er fühlte, wie ihm die Tränen kamen. Tränen der Erleichterung, der Freude und der Trauer.

Es war vorbei. Er hatte sich eine Aufgabe gestellt und sie erledigt. Und dabei ein Stück von sich selbst geopfert.

Langsam ließ er die Arme sinken.

Clancy fröstelte, als wäre ein kalter Wind durchs Zimmer geweht.

»Sieht aus, als würdest du mich nun nicht mehr brauchen«, sagte Mitch leise.

Sie starrte ihn an, als hätte er in einer fremden Sprache

gesprochen. Ihr Lächeln verschwand. »Wovon redest du da?«

Er versuchte, unbeschwert zu klingen. »Na ja, jetzt, da du wieder laufen kannst, wirst du wieder zur Arbeit gehen. Du bist gesund. Es ist nur eine Frage der Zeit, bis dein Leben sich wieder normalisiert hat.«

Sie weigerte sich, ihn zu verstehen. »Was willst du mir damit sagen, Mitch?«

Verdammt, warum tat es so weh? Warum konnte er nicht einfach davongehen, wie damals? Es hatte ihn zerrissen, aber er hatte es überlebt. Er würde es auch diesmal überleben. »Dass ich ausziehe.«

»Einfach so? Du kannst mich einfach so verlassen?«, fragte sie ungläubig, mit heiserer, fast erstickter Stimme. »Nach allem, was wir zusammen durchgemacht haben?« Sie packte seinen Arm und zwang Mitch, sie anzusehen. »Verdammt, Mitch, ich liebe dich.«

»Nein, das tust du nicht. Du liebst mich nicht. Was du fühlst, ist nur Dankbarkeit, Clancy. Das wird vergehen.«

Sie löste sich von ihm und wäre fast hingefallen. Er hielt sie fest. »Erzähl mir nicht, was ich fühle.«

Sie machte es ihm so schwer. Begriff sie denn nicht, dass es so für sie besser war? Dass er es für sie tat? »Wir wussten beide, dass es nur vorübergehend war.«

Clancy kämpfte gegen die Tränen. »Zu Anfang vielleicht.«

Seine Stimme war ausdruckslos. »Nichts hat sich geändert.« Verdammt, sie würde ihn nicht gehen lassen. Nicht schon wieder. »Doch. Du hast dich geändert. Ich habe mich geändert.« Wenn sie gekonnt hätte, hätte sie ihn geschüttelt. »Zwischen uns ist etwas. Und es ist stärker als beim letzten Mal.«

Vielleicht hatte sie es ihm deshalb noch nicht erzählt. Sosehr sie sich auch darüber freute, so sehr fürchtete sie insgeheim, dass ihre Gesundung das Ende ihrer Beziehung bedeutete.

»Du hast mir noch nicht einmal erklärt, warum du mich damals verlassen hast.«

Er wünschte, sie würde endlich aufhören. Ihm fehlte die Kraft, sie beide, Clancy und sich selbst, zu überzeugen. »Das habe ich dir bereits gesagt. Ich bin in erster Linie Polizist …«

Das war kein Grund, sondern nur eine Ausrede. »Ich habe nie verlangt, dass du etwas anderes bist.«

»Das brauchtest du nicht. Ich weiß es auch so.«

Sie verstand ihn nicht. »Warum?«

Die Antwort war einfach. »Weil du etwas Besseres verdienst.«

»Meinst du nicht, ich weiß selbst, was ich verdiene?«

Er versuchte, ihr wieder in den Rollstuhl zu helfen, doch sie rührte sich nicht von der Stelle. »Das Beste«, sagte er schließlich.

»Genau«, erwiderte sie mit Nachdruck. »Das Beste. Dich.«

Irgendwann würde sie ihn hassen, weil er nicht in ihre Welt, zu ihren Eltern und Freunden passte. »Mein Vater ist ein Dieb. Meine Mutter hat Büros geputzt. Du dagegen hast Eltern, die mit Staatsoberhäuptern plaudern.«

»Mitch, mir ist vollkommen gleichgültig, was unsere Eltern sind oder waren. Mir ist nur wichtig, was du bist. Du bist gut und anständig und … wunderbar. Und ich liebe dich.« Zärtlich strich sie ihm über das Hemd. »Unsere Kinder werden einen sehr soliden Vater und einen sehr interessanten Großvater bekommen.«

»Kinder?«

»Ja. Das ist die zweite Überraschung.«

Mitch packte ihre Schulter fester, als er beabsichtigt hatte.

Als sie das Gesicht verzog, lockerte er den Griff, ohne sie loszulassen. »Du bist schwanger?«

»Ja. Das Stäbchen war blau.« Die Worte blieben ihr fast im Hals stecken, aber sie lächelte tapfer. »Ein Test für zu Hause. Ich habe ihn mir gestern liefern lassen.«

Schwanger. Mit seinem Kind. »Warum hast du nichts gesagt?«

»Weil ich erst wissen wollte, was du für mich empfindest«, antwortete sie kaum hörbar. »Ich wollte, dass du meinetwegen bleibst, nicht wegen des Babys.«

Offenbar verstand sie es noch immer nicht. »Clancy, ich wollte deinetwegen gehen.« Kopfschüttelnd drückte er sie an sich. »Weil du für mich der wichtigste Mensch auf Erden bist.«

Sie musste schlucken, bevor sie antworten konnte. »Dann sehe ich nicht, wo unser Problem liegt.«

Er widersprach nicht. Es war verrückt, aber vielleicht würde es doch klappen. Wenn sie beide sich genug Mühe gaben. Vielleicht löste die Liebe doch alle Probleme. Aber vor dem Unfall war Clancy bereit gewesen, einen anderen zu heiraten.

»Was ist mit Stuart?«

Stuart war ein Fehler gewesen. Der Versuch, sich über Mitch hinwegzutrösten, mehr nicht. »Stuart war nur ein Lückenbüßer. Jemand, der mir wie mein Vater vorkam. Solide, verlässlich. Aber das war er nicht.« Ihr Blick schien sein Gesicht zu streicheln. »Du bist wie mein Vater.« »Ich?« Mitch lachte. Da irrte sie sich gewaltig.

»Ja, du. Du bist bei mir geblieben, obwohl ich dich immer wieder wegstieß. Jetzt ist es umgekehrt. Ich bleibe bei dir, auch wenn du mich loswerden willst.« Sie versuchte sich auf die Zehenspitzen zu stellen und schaffte es nur mit Mühe. »Ich finde nämlich, dass ich das Beste bin, was dir passieren konnte, Alexander Mitchell.«

»Das bist du.«

»Und da ich dich liebe, werde ich nicht zulassen, dass du eine Dummheit begehst. Zum Beispiel die, mich zu verlassen.«

Es geht nicht, dachte er. Ich kann nicht gehen. Ich kann ohne sie nicht leben.

Wahrscheinlich hätte er spätestens an der Tür kehrtgemacht. Lächelnd fuhr er sich durchs Haar. »Für dich ist alles klar, was?«

»Ja. Nur ein Punkt noch nicht.« Sie wollte es von ihm hören, während er ihr in die Augen schaute. »Sag es, Mitch.«

»Ich liebe dich, Clancy.«

Ihre Augen funkelten. »Noch einmal.«

Er wiederholte es mit noch festerer Stimme. »Ich liebe dich, Clancy. Ich weiß, es ist verrückt, aber … Heirate mich, Clancy.«

Sie zögerte keine Sekunde. »Ja!«

»Du wirst es nicht bereuen?«

»Niemals.« Sie schlang die Arme um seinen Hals und küsste ihn. »Und jetzt bring mich zu Bett.«

Er hob sie hoch. »Genau das hatte ich vor.«

Sie legte den Kopf an seine Schulter. Hierher gehörte sie. Als Kind und Teenager hatte sie die Welt bereist, aber hier war sie endlich zu Hause. In seinen Armen.

»Welchen Namen geben wir dem Baby?«

»Lass uns morgen früh darüber sprechen.« Er trug sie über die Schwelle ihres Schlafzimmers. »Im Moment denke ich an etwas anderes.«

Sie setzte eine Unschuldsmiene auf. Nur ihre Augen leuchteten. »An was denn?«

Er küsste sie voller Zärtlichkeit und Vorfreude. »An dich, Clancy. Nur an dich.«